JOHN IRVING

UNTIL I FIND YOU

SHINCHOSHA

また会う日まで

上

ジョン・アーヴィング

小川高義 訳

UNTIL I FIND YOU

by

John Irving

First Japanese edition published in 2007 by Shinchosha Company
Japanese translation rights arranged with
Garp Enterprises, Ltd. c/o Intercontinental Literary Agency
through Japan UNI Agency, Inc., Tokyo.

Illustrations by Ai Noda
Design by Shinchosha Book Design Division

私の若い心をよみがえらせてくれた
末の息子エヴェレットへ。
この物語を読むくらいに大きくなったら
もう子供ではないのかもしれないが
まだ子供であったとしても
その子供時代がすばらしいものであって
ここに書かれた育ち方とは
誰がどう考えても大違いであることを
強烈に願っている。

たしかな記憶、というような言い方をするとして——ある瞬間であれ、場面であれ、事実であれ、忘れまいとする定着処理を施されて残ったものを記憶と言っているのだが——少なくとも私の場合には、記憶は一種の「語り」であって、心の中に持続しながら、語ろうとするうちに変化する。人間には感情のもつれることが多いから、すっかり納得できる人生などはあり得ない。そこをどうにか納得できるように整理するのが作家の仕事かもしれないが、ともかく過去を語ろうとして口を開けば、どこかに嘘が混じっている。

——ウィリアム・マックスウェル『では、またあした』

また会う日まで［上］　目次

第Ⅰ部　北海

第Ⅱ部　女の海

第Ⅲ部　幸運

また会う日まで　上

第Ⅰ部　北海

1　教会の人々、およびオールド・ガールズの世話になる

母親に言わせればジャック・バーンズは役者になる前から芝居をしていたのだが、ジャックが鮮烈に覚えている子供時代の思い出は、どうしても母の手につかまりたくなる瞬間ばかりで、そんなときは芝居などしていなかった。

もちろん四歳か五歳になるまでは人間の記憶などないに等しく、また覚えていられるようになったとしても、まだまだ記憶の対象にばらつきがある。不完全と言おうか。錯誤もあろう。ジャックが母と手をつなぎたくなった最初の記憶は、案外、百回目か二百回目だったのかもしれない。

就学前のテストによると、ジャック・バーンズは年齢以上に言葉を知っていたようだ。大人との会話が多くなりがちな一人っ子としては、おかしなことではない。親一人子一人であれば、なおさらだ。それよりも、ジャックが筋の通る覚え方をしたということが重要だろう。この点では三歳で九歳児に匹敵した。四歳になると十一歳と同程度に、細かい記憶の保持、時間経過の理解ができた（ここで言う細かい記憶の例としては、人の服装、街路の名称などが挙げられる）。

テストの結果は母親には不可解なものだった。母の名はアリス。注意散漫な子を持ったつもりでい

た。昼間から夢を見ているような子供だから、実年齢より幼いと見ていたのである。

ともあれ一九六九年の秋、ジャックが四歳で、まだ幼稚園へも行っていなかった日に、母は息子を連れて、さる街角へ行った。ピクソールおよびハッチングズ・ヒル・ロードという道が交差する。この界隈はフォレスト・ヒルといって、トロントでも高級な地区である。もうすぐ下校時間だからね、とアリスは言った。女生徒が出てくるところを見ておくのだそうだ。

セント・ヒルダ校は、当時、「教会の女学校」と呼ばれていた。幼稚園児から十三年生までが在籍する――この時期カナダのオンタリオ州には、まだ「第十三学年」が残存した。すでにジャックの母は心に決めていた。男の子とはいえジャックをこの学校に入れる。だが、そんな話をすぐジャックに聞かせることはなかった。そのうちに、お待たせしたというように校門が開き、女生徒がぞろぞろ流れ出る。見たところ様子はさまざまで、むっつりした子も、楽しそうな子も、かわいらしい子も、だらしない子も、それぞれに程度の差がありそうだ。

「来年からは」と、アリスが言った。「この学校も男の子を入れるのよ。たいした人数じゃないし、四年生までなんだけど」

ジャックは動きがとれなくなっていた。息もできない。女だらけだ。通りすぎる女生徒の真っ只中にいる。大きくて騒がしい娘もいるが、みんな制服で、その色はグレーとえび茶色。あとでジャック・バーンズが自分でも死ぬまで着るように錯覚した色である。セーラー服スタイルのブラウスの上に、グレーのセーターか、えび茶のブレザーなのだった。

「ここに入れてもらおうね」と母は言った。「そうするんだから」

「どうやって?」

「いま考え中」

女生徒はグレーのプリーツスカートに、グレーのソックスをはいていた。カナダ人が「ニーハイ」

という膝までのソックスである。いわゆる生足を眼前に見るのは、ジャックには初めてのことだった。若い娘の内部にどんな不安定な作用があって、ソックスを足首まで押し下げているというか、せいぜい足首しか隠さない状態にしているのか、このときのジャックにはわからなかった。学校の規則では「ニーハイ」と言えば「膝まで」に決まっている。

ジャック・バーンズは、こうして立っている自分が女生徒の目には入らないということに気づいていた。視線が素通りしているのかもしれない。その中で一人だけ――かなり上の学年なのだろう、だいぶ女らしい胸や腰になっていて、唇の肉感などアリスと変わらないくらいだが――まるで見つめたまま固まったように、ジャックの目に見入っている娘がいた。

四歳のジャックには、はたして自分が目を離せなくなったのか、娘のほうが金縛りになったのか、あまり判然としなかった。どっちにしても、相手の顔を見たら、すっかり読まれているような気がして恐ろしくなった。ジャックが大きくなったらどんな男になるのか、娘には見えたのかもしれない。その見えたことが、かなわぬ憧れになって、この娘を動けなくしたのでもあろうか（それとも、いきなり目をそらしたことを考えれば、われながら不覚という思いにとらわれたか、と後年のジャック・バーンズなら結論づけたところだろう）。

この女生徒の海の中に、ジャックは母と立ち続けた。ようやく迎えの車が来ては走り去り、また徒歩で帰っていく足音も消えた。どぎまぎさせる、どきどきさせる、あの笑い声も聞こえない。だが初秋の空気の中には、ぬくもった香気のようなものが残っていて、やむなく吸い込んでしまったジャックは、これは香水なのかと混乱した頭で考えた。しかしセント・ヒルダの女生徒なら、香水の匂いを残すというよりは、少女の香しさそのものを漂わすと言ってよいのである。ジャック・バーンズは、いつまでも気になって仕方なかった。四学年を終えるまで気にしていた。

「なんで、この学校なの？」女生徒がいなくなってからジャックは言った。わずかに落ち葉が動くだけとなった静かな街角である。

「いい学校だからよ。それに、女の子なら安心でしょ」

　ジャックはそうでもなかったはずだ。とっさに母の手につかまろうとしていた。


　この年の秋、まだジャックが入学したわけでもない秋に、母はびっくりすることばかりした。ほどなくジャックの生活にのしかかるだろう女生徒を見せたかと思うと、今度は北ヨーロッパへ行くと言い出した。逃げているジャックの父を追って、立ちまわり先と思われる北海沿岸の都市を尋ね歩くらしいのだ。二人で父をさがし出し、責任逃れを追及する。母は自分たち二人のことについて、よく「父が放ったらかした責任」という言葉を使った。ただ、四歳の子供ながらに、このまま放ったらかされたきりだろうとは思っていた――ジャックの場合、生まれる前に放ったらかされたのだ。

　そして、外国の町を尋ね歩くと言った母が、何の仕事をするつもりなのかもわかっていた。母は、その父親と同じで、タトゥー・アーティストだった。手に職があるとすれば刺青の技術だけなのだ。

　北海の都市をまわる旅では、各地の刺青師がアリスに仕事を分けてくれるはずだった。アリスが父親のもとで修業したことは知られていた。この父はエジンバラにあって――正式に言えばエジンバラ市内の港町リースで――名の通った刺青師だった。アリスがジャックの父になる男を知った不幸も、リースでの出来事だ。その男はアリスを身ごもらせ、結局は去っていった。

　アリスの話では、ジャックの父は「ニュー・スコットランド号」という船に乗った。カナダのハリファックスへ行ったのだ。いい仕事にありついたら呼び寄せる――と約束してくれたとアリスは言う。でも便りはなかった。消息は聞こえた。ほかの町へ移ったらしい。すでにハリファックスでは曰くつきの男になっていた。

ジャックの父は、もともとキャラム・バーンズといったのだが、まだ大学生だった時分に上の名前だけウィリアムに変えた。父の父はアラスデアだったから、それでもうスコットランドに義理を果たしたようなものだとウィリアムは言った。エジンバラからノヴァ・スコシアへ出奔するにいたった頃のウィリアムは、王立オルガニスト協会の「アソーシエイト」という認定を受けていた。つまり音楽の学士号があって、オルガン演奏の有資格者でもあったということだ。南リース教区教会のオルガニストをしていたときに、聖歌隊にいたアリスと出会ったのである。

エジンバラ育ちで、階級意識があり、しかるべき教育もある男が——由緒正しき名門校からエジンバラ大学へ進んで音楽を専攻したのに——町としては格下のリースへ行ってオルガン奏者になることが初めての就職口だとしたならば、しばらく都落ちという気分になってもおかしくはない。だが、よく冗談めかして、スコットランド教会のほうがスコットランド聖公会よりも給料がいいと言っていた。本来の宗旨はどうあれ、南リース教区教会でちっともかまわないというのである。墓石が三百あるかないかの墓地に一万一千の霊が眠っているらしい教会だ。

貧乏人は墓石を建てさせてもらえない。でも夜になると、とジャックは母に聞かされた。遺族が灰を持ってきて、フェンスの隙間から墓地にまいてしまう。だったら、たくさんの霊が夜の闇にふわふわ飛んでいるのか、と思ったジャックはこわい夢を見たのだが、教会自体は——ひとえに墓地のせいであっても——かなり評判の高いところで、またアリスはウィリアムのために歌うようになって、すでに天国へ行けたような心地になっていた。

南リース教区教会では、聖歌隊とオルガンが会衆の背後に位置している。合唱の席はせいぜい二十名が坐れる程度だ。前列に女性、後列に男性がならぶ。牧師が説教をする間はずっと、アリスに前列から乗り出していてほしい、とウィリアムは言った。よく見ていたいのだそうだ。アリスは青いローブを着て——「ブルージェイのブルー」とジャックには言った——白い襟をつけていた。こうしてジャックの母は、父に恋をした。一九六四年四月のこと。ウィリアムがオルガニストとして赴任した月である。

「歌ってたのはキリストの復活の賛美歌でね」という言い方をアリスはした。「墓地にはクロッカスや水仙が咲いてたっけ」（おそらく内緒の灰が肥料になったのだろう）

アリスは、聖歌隊の指揮者でもある若いオルガニストを、父親に引き合わせた。刺青パーラーには〈我慢の店〉という通称ができていた。我慢はリース港のモットーでもある。ウィリアムにとっては初めて見る刺青の店となった。所在地はマンデルソン通りかジェーン通りのどちらかだ。あの当時は、とジャックの母は言った。リース・ウォークの大通りに鉄橋がかかって、マンデルソンとジェーンがつながっていたという。だがジャックは、刺青の店がどっちの通りにあると言われたのか、まったく覚えていなかった。その店に母と住み込んで、列車の音が頭の上に響いたということしかわからない。

母は「針に眠る」という言い方をした。両大戦にはさまれた時期の用語らしい。景気が悪ければ刺青の店で寝てしまうということだ。ほかに泊まれるところはない。だが、ほかの意味でも使われた。刺青師が——たとえばアリスの父親のように——店で死んだときにも、そんな言い方をしたものだ。というわけだから、アリスの父は、どちらの意味でも、針に眠る男でありつづけた。

アリスの母はアリスを産んだときに死んだので、父親が——この人にジャックは会ったことがなかったが——刺青の世界で娘を育てた。ジャックの目から見る母は、刺青師としてはめずらしい存在だった。母自身は刺青をしたことがないのだ。おのれの基本がわかるまでは体に墨を入れてはいけないと父親に言われていた。絶対に変わらない部分、というような意味だったらしい。

「あたしが六十か七十になったらってことじゃないの」と、まだ二十いくつの母は言った。「あんたの場合は、あたしが死んでからにしてね」とも言ったのだが、これは刺青をしようなんて考えてくれるなという、母なりの表現なのだった。

アリスの父は、のっけからウィリアム・バーンズが気に入らなかった。ところが二人の男の初対面の日は、ウィリアムが初めて刺青をする日にもなった。右脚にしっかりと墨が入って、トイレに坐ると自分で読める位置にある。それまでアリスと練習していた復活祭の賛美歌の出だしを彫ったのだ。「きょうキリストはよみがえり」という歌詞で始まる。歌詞があるからいいようなものの、もし音符しかなかったら、思いきり目を近づけなければ——たとえば隣の便座に坐るようなことがあって間近に見なければ——どんな曲かわからなかっただろう。

とにかく、この若い有能なオルガニストに刺青をしたとたんに、アリスの父は言ってのけた。ウィリアムは必ずや「墨の中毒」になる、「コレクター」になる。つまり一回ためして終わるようなことはない。二十回でも足りないと思うだろう。あとは病みつきで、全身が一枚の楽譜のようになり、どこもかしこも音符だらけになる。おぞましい予言になったものだが、アリスはまったく動じなかった。刺青にのめり込んだ若いオルガニストは、すでにアリスの心を奪っていた。

この程度の話なら、四歳になったジャック・バーンズには、だいたい聞かされていたことである。だからヨーロッパへ行くのだと知って驚いたのは、その次に母が言ったことによる。「来年の今頃、あんたが学校へ行くようになっても、お父さんが見つからなかったら、すっぱりあきらめて二人で暮らしていこうね」

これはショックだった。父はいない——「いない」どころか「逃げた」——という認識がジャックに芽生えてからは、母と二人でウィリアム・バーンズという人をさがしまわっていたように思う。さがし続けるのだと思い込んでいた。すっぱりあきらめる可能性は、北ヨーロッパへ行こうと言われたことよりもなお子供心に違和感があった。またジャックの就学をひどく重要視する母の見解についても、全然わかっていなかった。

アリスは自分がろくに学校へ行かなかったせいで、大学教育のあるウィリアムに引け目を感じていた。ウィリアムの実家は両親ともに小学校の先生で、かたわら子供のピアノ教室のようなことをしていたが、やはり本職のレッスンは格が違うと思っていた。南リース教区教会でオルガンを弾かせるにはもったいない息子だ。そう考えたのは、当時のエジンバラとリースにあった階級差ばかりではない(スコットランド聖公会とスコットランド教会という宗派の差も関わっていた)。

アリスの父親は、およそ教会へ通うような男ではなかった。娘を教会へ行かせ、聖歌隊にも入れたのは、刺青の店よりも外の暮らしを見せたかっただけだ。まさか教会で、聖歌の練習で、娘が破滅の元凶に出会うとは思いもよらなかった。しかも、その無責任な女たらしを娘が店へ連れてきて、そいつに刺青をすることになった！

さかんに理屈を言ったのはウィリアムの両親だ。南リース教区教会の首席オルガニストであるよりは、たとえ次席でもオールド・セントポール教会で弾けるようにしたらよい。なにしろ聖公会なのだし、エジンバラの教会だ。リースではない。

ウィリアム本人の心をとらえたのはオルガンだ。六歳でピアノのレッスンを始めて、九歳まではオルガンに手を触れたこともなかったが、七歳か八歳のときにはピアノの鍵盤の上に、つまりオルガンでいえば音栓《ストップ》がありそうな位置に、それらしく紙を貼りつけていた。すでにオルガンを弾くことを夢見ていた。そして夢に見るオルガンは、オールド・セントポール教会にあるファーザー・ウィリス製作の名器だった。

親の意見として、オールド・セントポール教会の助手待遇のほうが南リース教区教会の首席より上等だというのであっても、ウィリアムの意向としては、ただ名器を弾きたかっただけのこと。会堂の響きがすばらしくて、とジャックは母に教えられた。それが名器の評判を高めている。だったらオルガン自体はどうでもいいんじゃないか、とジャックはあとで考える。残響時間が——音が六十デシベル減衰するまでの時間が――おおいに物を言ったのだ。

この教会での催しをアリスは覚えていた。ああなると「オルガン・マラソン」だと言った。きっと資金集めのような趣旨だったはずだが、オルガニストが三十分か一時間ずつ交替して、二十四時間のコンサートにする。誰がいつ弾くかというのは、どうしても奏者の上下関係で決まるので、えらい人は聴衆の多い時間に出て、そうでない者は集まりの悪い時間帯にまわされる。若手のウィリアムは真夜中の直前――せいぜい三十分前――が出番になった。

会場は半分、あるいは半分以上、空席だった。その中で夢中になっていたのがジャックの母だ。やや腕前の落ちるオルガニストが、次の出番に待機している。ちょうど真夜中からの受け持ちなのだ。ウィリアムは、せっかく名高い音響空間で弾くのだから、静かな曲ではもったいないと考えた。ジャックが母から聞いてわかったかぎりでは、父は「聞かせる」つもりで弾いたようだ。ボエルマンの「トッカータ」を選んだ。アリスに言わせると「元気がよくて、うるさい」曲だそうだ。

教会の脇を、狭い横町が通っていた。教会の外壁に体を寄せて、雨宿りしたそうに縮こまっていたのが、エジンバラの最下層民らしき男である。このへんの酔っ払いと見てよかろう。横町で意識を失ったのか、ここで寝る気になったのかわからない。いつもの寝場所でもあるのだろうか。だが、いくら酔っ払いでも、ボエルマンのトッカータが終わるまで寝ていられるものではない。教会の外にいても無理だったようだ。

この酔いどれ人士が会場へ来たときの物まねを、アリスはおもしろがって演じた。「うるせえから、いいかげんにしてくれっつってんじゃねえか、このやろ。がんがん鳴らしやがって、んとに、これじゃ寝てらんねえだろうが。え、こんなことされたら、死んでるやつだって、おちおち死んじゃいらんねえぞ」

教会でこんな口のきき方をする人間は、さっさと罰があたって死ねばいい、とアリスには思えたが、神様が事件の処理をする暇もなく、ウィリアムが演奏を再開した。すさまじい勢いだ。あまりの大音響にオールド・セントポール教会にいた全員がすっ飛んで逃げた。アリスも逃げた。真夜中担当のオルガニストも雨の中に立っていた。あの口の悪い酔っぱらいは影も形もなかったわ、とジャックは母に聞いた。「トッカータの圏外で安らかな居場所をさがしたんでしょうね」

あたりに響きわたる大演奏ではあったが、ウィリアム・バーンズはオルガンに失望していた。一八八八年製のファーザー・ウィリスは、もし初期状態のままで保存されていたら、もっと価値があったかもしれない。しかし残念ながらウィリアムの見るところ、ひどく「いじられて」いた。やっと弾ける立場になったと思ったら、改修されて電動式になっていた。一九六〇年代の反ヴィクトリア朝気質をあらわす例だろう。

しかし、アリスがオルガンそのものを心配したとは思えない。むしろアリスへの打撃は、もしウィリアムが南リース教区教会の職を離れてオールド・セントポール教会のファーザー・ウィリスを弾くとしても、ついていって聖歌隊に入るわけにはいかなかったことだ。当時、オールド・セントポールには男声の合唱団しかなかった。アリスとしては会衆席からウィリアムの背中を見るしかない。

ここの合唱団がつくづく羨ましかった。十字架を先頭に行進し、また会堂の前方に——どこからでも見えるように——位置を占めるのだ。後方にいて人目につかないリースの教会とは大違いだ。そして何といっても惨めだったのは、ジャックの父に思いを寄せた聖歌隊員はアリス一人ではなく、妊娠したのがアリスだけだと知ったことである。

オールド・セントポール教会の副オルガニストになったウィリアム・バーンズは、正オルガニストおよび司祭に対して、知らん顔を通すわけにはいかなかった。リースの刺青師の娘を孕ませたとなれば、上昇志向の両親や、スコットランド聖公会が、軽視するはずはない。誰が決めたことなのか——つまりジャックの母の言い方だと「ノヴァ・スコシアへ飛ばしてしまう」処分を決めたのが誰なのか

――ついにジャックにはわからずじまいになるのだが、たぶん教会、両親ともに一役買っていたのだろう。

飛ばされた先にも同じような名前の教会があった。ハリファックスの町では、カナダ聖公会の教会に、やや簡素な「セントポール教会」という名称がついていた。ただしファーザー・ウィリスのオルガンはない。この町で第一等のオルガンを有するのは、オックスフォード通りの「第一バプティスト教会」なのだ。ウィリアム・バーンズは、さぞかし決断を急がされたのだろう。そうとでも思わなければ、なぜオルガンではなく宗派を選んだのかわからない。本来なら教会よりも音楽を優先させる男だった。ちょうどセントポール教会のオルガニストが退職することになっていたから、タイミングだけは天の配剤と言えた。

ハリファックスで曰くつきの男になった経緯には、聖歌隊の若い娘が一人か二人いたと見てよかろう（さらに年増が一人という説もある）。聖公会に見限られるまでに、さしたる時日は要さなかった。あれではバプティスト教会だって見限ったはず、とジャックは母に聞いている。

ウィリアムの両親がアリスに言うには、息子に金の仕送りはしておらず、ことさら居所を隠してもいないそうなのだ。仕送りのほうは本当かもしれない――ろくに金のない親だった。だが居所については、知っていてとぼけているのではないか、とアリスには思えた。また、町にいられなくなったウィリアムは――わずかの差でアリスとは入れ違いになった――金が欲しくなっていただろう。ふたたび刺青をしていたことを、捜索を開始したアリスは突き止めた。ハリファックス在住のチャーリー・スノウという男の店である。店とはいえ、機器の電源を車のバッテリーから取っているようなところだ。しばらくウィリアムは次の仕事を見つけていない。うまく見つけて、さらに短時間で失職したのは、トロントへ行ってからのことである。

アリスがオールド・セントポール教会を恨みに思うことはなかった。教会側がどういう形でウィリアムのカナダ行きをお膳立てしたのか、そんなことは関係ない。オールド・セントポールの教区民が——アリスがいた南リース教区教会の人々ではない、というのは意外だが——アリスもあとを追っていけるように、募金により旅費を工面してくれたのだ。

それだけではない。ハリファックスへ来てから面倒を見てくれたのも教会だ。カナダ聖公会が誠意を見せた。ただし、とりあえず教区の会館に留め置いたとも言える。アーガイル、プリンスという二つの道が交差する街角にあった。ここで出産の日を待てというわけだ。すでにアリスの腹は、だいぶ「目立って」いたのである。

ジャック・バーンズは難産で生まれたということになっていた。「Cセクション」なのよ、と北海をめぐる最初の港町に来て、母は言った。これを四歳の頭で考えると、ハリファックスの病院には「Cセクション」という区画があって、きっと難産の子が生まれるところなのだ、という答えになった。少し時間がたって——おそらくヨーロッパの旅のあと、というよりは途中だったろうが——帝王切開《シゼリアン・セクション》とは何であるかを知った。それでようやく、母と入浴したり、裸の母を見たりしてはいけない理由がわかった。帝王切開の傷跡を見られたくないからだと言われた。

というわけで、ジャック・バーンズはハリファックスの町で、ここのセントポール教会の人々の世話を受けて生まれた。母が思い出として——まずまず懐かしむように——語ったところでは、スコットランド教会の聖歌隊から流れてきた若い女がすっかり親切にしてもらえて、同じ教会の人間でも勝手放題のオルガニストには非難囂々《ごうごう》だったのだ。スコットランド聖公会もカナダ聖公会も、もとは同系の宗派である。トロントへ逃げたウィリアムがいつまでも隠れていられなかったのも、ハリファックスの聖公会の人々の働きによるらしい。

アリスが言うには、「教会の目はごまかせなかった」。

さて、こうしてノヴァ・スコシアでジャックが生まれてから、母はチャーリー・スノウのもとで働いた。この男はイギリス人で、第一次大戦中は商船に乗り組んでいたのだが、モントリオールで勝手に船を下りたとの噂がある。やはりイギリスからモントリオールへ来ていて、ボーア戦争に従軍したこともあるフレディ・ボールドウィンに、刺青の技術を習っていた。

この二人は、刺青男の「グレート・オミ」を知っていた。刺青だらけの顔を見せることが興行になっていて、ハリファックスへもサーカス団に同道してやって来たのだ。町へ出るときはスキー帽で顔を隠した。「ただ見はさせないってことね」とジャックは母に聞かされた（それで子供はなおさら怖い夢を見そうになる。おっかない刺青の顔がジャックの目に浮かんで仕方なかった）。

チャーリー・スノウに教わって、アリスは機材の洗浄用にエチルアルコールを使うようになった。管の部分を洗うパイプクリーナーを、あらかじめアルコールに漬けておく。また、毎晩、管と針を煮沸した。「料理用なのよ。貝やロブスターの蒸し器だったわ」

チャーリー・スノウは、リネンの生地を自家製の包帯にしていた。「肝炎なんてあんまりない時代だったから」と、アリスは解説した。

フレディ・ボールドウィンは、畢生の作というべきものを、チャーリー・スノウの体に残していた。チャーリーの心臓の上には、シッティング・ブルが坐って、カスター将軍を見据えていたのだ。だいぶ右胸に寄った将軍は、うつろな目になっている。ちょうど真ん中には、胸骨の上で、帆船が帆を張っていた。鎖骨から広がる旗に「帰帆中」の文字が躍る。

チャーリー・スノウが寿命を全うしたのは一九六九年。八十歳になっていた（死因は出血性胃潰瘍）。アリスがこの男から学んだことは多い。だが、日本風の鯉の絵を教えてくれたのはジェリー・スワローだった。彫師としては「船乗りジェリー」といって、チャーリーに弟子入りしたのは一九六二年だった。だからチャーリー門下の相弟子だとアリスは言いたがったが、もちろんアリスはリース港の〈我慢の店〉で父親について修業をすませていた。
ハリファックスの波止場へ着いたとき、ジャックの母はすでに彫師の腕を持っていたのである。

ジャック・バーンズには生まれた土地の記憶がない。四歳までに意識した町はトロントだけだった。父がトロントにいて何をしているのかを風の便りに母が聞き、母子ともどもハリファックスをあとにしたときには、まだジャックは赤ん坊だった。だが行ってみれば、もう父はいない。これが毎度おなじみの筋書きになりかけていた。父の不在がわかる年頃になって、そのウィリアムはヨーロッパにもどったという話が伝わった。ふたたび大西洋を越えたのだ。

成長期のジャックは、トロントでの父の所行があったからこそ、自分もセント・ヒルダ校へ入れられたのではないか、と思うことがあった。考えにくいことではあるが、この学校はウィリアム・バーンズを上級生の合唱訓練のために雇用した。団員は九年生から十三年生までの生徒だった。とくに上級生向けには、ピアノとオルガンの個人指導もしたようだ。十代になったジャックが、女学校における父の発展ぶりをどう思ったかは、想像するしかない（女子の音楽教育に対する顕著な貢献によって、同校は付属チャペルでの日々の儀礼においてもウィリアムを首席オルガニストに任じたのだった）。

ウィリアムがセント・ヒルダ校で活躍した時期が短かったのは驚くまでもない。よろめいてしまった一人目はピアノを習っていた十一年生の娘だったが、妊娠させられたのは十三年生だった。この娘は中絶のため車でバッファローへ連れて行かれている。アリスが父のいない息子を連れて追ってきたときには、すでにウィリアムは遁走していた。母と子は、またしても教会の人々に迎えられることになった。

セント・ヒルダは聖公会系の学校で、そのチャペルは卒業生の結婚式場としても利用度が高く、トロントにおけるカナダ聖公会の支城のようになっていた。一九六〇年代には奨学制度の枠は小さかったが、ともかく資金を出していたのは卒業生の組織である。強力な同窓会だった。まず聖職者の子女が奨学生として優先される。あとは適当な基準で決まっていた。聖公会、学校当局のほかに、同窓会もまた早耳で、アリスの境遇を聞きつけた（その境遇の構成要素がジャックであることは言うまでもない）。というわけで、わずかに募集が始まる男子の中に入れてもらおうと言われたジャックは、きっとママにはそんな味方がいるのだろうと思った。

なるほど、すでにご利益はあった。下宿先として落ち着いたのが、ウィックスティード夫人という卒業生の家なのだ。この人は同窓会でも有力な古株で、夫に死なれてからは、どういうわけか未婚の母の後ろ盾にもなっていた。代弁して戦うだけではなく、宿を貸すのでもあった。

ウィックスティード夫人は、いまさら泣きもしない未亡人だった。スパダイナ、ロウザーという二本の道が交差する角に、さほど威圧感はないが堂々たる邸宅をかまえて、ほぼ一人で暮らしていた。その家に母子が住み込んだ。広くはない部屋を二間だけ割り振られて、浴室は共同である。でも小ざっぱりした部屋だった。天井が高い。

家政婦がいて、ロティーという。もとはプリンス・エドワード島の住人で、足の悪そうな歩き方をした。このロティーが子供の面倒を見てくれたので、アリスは心得のある唯一の仕事をさがしにかかった。

一九六〇年代のトロントは、北米における刺青のメッカとは言えそうになかった。かつて父の店で修業を積み、またハリファックスへ来てからもチャーリー・スノウ、船乗りジェリーと知り合って腕を磨いたアリスであれば、トロントの刺青産業にはもったいないくらいの彫師だった。たとえばビーチコーマー・ビルよりも上を行く。このビルは（なぜかジャックにはわからなかったが）仕事をくれようとはしなかった。「チャイナマン」の異名をとった男は、やはりアリスよりも技量は落ちたが、仕事はくれた。本名はポール・ハーパーといい、ちっとも中国風ではない。ともかく一九六五年現在のトロントではアリスがタトゥー・アーティストの筆頭であることを見抜いて、一も二もなく雇ってくれた。

チャイナマンの店は、ダンダス通りとジャーヴィス通りの交差点の北西側にあった。古いウォーウィック・ホテルに近いところで、さるヴィクトリア様式の家から地下へ降りられるようになっている。この地下に刺青の工房があるのだった。ダンダス通りからは直接歩いていける。いつも窓のカーテンが閉まっていた。

幼いジャック・バーンズは、お祈りをするついでに、ポール・ハーパーのためにも祈ろうと思うことがあった。チャイナマンと呼ばれる男は、アリスを仕事の軌道に乗せようとしてくれている。ここがアリスの選んだ町ということになるのだろう。ジャックが選んだとは言えないが。

しかし、ひとの世話になるというのは良いことではない。恩義をこうむれば代価もある。チャイナマンがアリスに恩着せがましい態度をとることはなかったが、ウィックスティード夫人は話が違った。善意は疑えないとしても、ジャックとアリスに負担がないわけではない。夫人の離婚した娘には「家賃免除の間借り人」と言われたけれども、家賃がなければ負担がないというのは表現として不当である。

またウィックスティード夫人は性急な判断を下してもいた。アリスのスコットランドなまりが下層階級らしい目印になってしまうという。刺青の関係者だということは、あまり感心できないにせよ、一応は風変わりでおもしろいかもしれない。だが、言葉の問題は将来に禍根を残すだろう。こういうことをジャックなりに理解すると、ウィックスティード夫人の考えが二つ見えてきた。母の発音がおかしいのは、英語を――というのは夫人が話す英語が正しい英語であるとして――荒らすものである。また、これが「お気の毒にも」アリスへの呪いとなって、いつまでも出身地リースから浮かび上がれないことになる。

資金力と母校愛にものを言わせて、夫人はセント・ヒルダの若い国語の先生を家庭教師として連れてきた。キャロライン・ワーツという。アリスの聞き苦しい発音を直してくれるはずだった。夫人の見解では、ワーツ先生は話し方がすばらしいのはもちろん、アリスの発音をおもしろがるような、よけいな想像力の働かない人だった。だが、ことによるとワーツ先生は、アリスにずっと厳しい見方をしてたのかもしれない。若い女の刺青師については、発音が悪いだけなら、まだ罪はなかろうにと思っていたのである。

キャロライン・ワーツは、もとはドイツの出で、まずエドモントンへ来てから、こっちへ移った。きわめて優秀な教師である。どんな相手の外国なまりでも根治させてやっただろう。外国という言葉を聞いただけで、自信たっぷりに立ち向かっていった。ところが、アリスへの見方が厳しくなった原因が何であれ、その息子たるジャックは、すっかりお気に召したようだった。もう目を離したくないというようだ。幼い顔立ちに将来の可能性を読んでいるような目になることもあった。

さて、アリスのほうは、もうスコットランドへの愛着が抜け落ちてしまっていた。いままでの言語には未練がないとばかりに、キャロラインが教える話し方に順応する。故郷の父に死なれ——アリスがハリファックスへ来て、まだジャックが生まれるまえのことだった——またウィリアムに捨てられたあとのアリスでは、このワーツ先生の敵ではなかった。

大西洋を越える前に純潔を失って、越えてからはスコットランドなまりを失ったということになる。「失うといっても、たいしたものじゃなかったわ」と、いずれジャックには打ち明ける（たぶん発音のことだろう、と子供は思った）。アリスはワーツ先生にもウィックスティード夫人にも、何ら憤懣を感じていなかった。教養には欠けるかもしれないが、口のきき方はわきまえていた。そういうジャックの母に、そしてジャックに、ウィックスティード夫人は、じつに親切なのだった。

足の悪いロティーに、ジャックはなついていた。手をつなぎたいと思うよりも早く、ロティーのほうから手を握ってくれた。ロティーに抱きしめられると、なんだかジャックのためでもロティー自身のためでもあるような気がした。

「息を止めてね。あたしも止める」と言いながら抱いてくれた。そうすると合わせた胸に双方の心臓が打っているのがわかった。「ああ、生きてるわねえ」とロティーは言うのだった。

「うん、ロティーも、生きてる」と答えるジャックが、はあはあ息をしていた。

いずれジャックは、ロティーがプリンス・エドワード島を出た際にも、ハリファックスへ船出した母と似たような事情があった、と知ることになる。ただロティーの場合にはトロントへ着いてから死産したのだった。そしてウィックスティード夫人およびセント・ヒルダの同窓会組織の世話になった。これを聖公会と呼ぼうが、監督派と呼ぼうが、英国教会と呼ぼうが、女学校の同窓会はたいしたネットワークなのである。新世界の流れ者である母子としては、「オールド・ガールズ」の保護を受けて幸運だったと言わねばならない。

2
小さな兵士に救われる

ストロナクというのはアバディーンシャーに多い名前なので、アリスの父ビル・ストロナクは刺青の世界では「アバディーン・ビル」として知られていた。実際にはリースの生まれで、アバディーンと縁が深いわけではない。一人娘アリスの言うところでは、アバディーンで飲んだくれためちゃくちゃな週末があったので、終生アバディーン・ビルになったそうだ。若い頃、まだ娘が生まれる前のアバディーン・ビルは、サーカスと旅回りをしていた。夜のテントでサーカス団員に刺青をする。たいていは石油ランプの明かりで仕事をした。ランプの煤から上等の墨をつくることを覚えた。煤に糖蜜を混ぜたのだ。

一九六九年の秋、ジャックを連れてヨーロッパへ発つ前に、アリスは行く先々の町で心当たりの刺青師に宛てて手紙を書いた。なにしろリース港の〈我慢の店〉で修業したのだ。アバディーン・ビルの娘とわかれば話は早かろう。北海の港町の刺青師でアバディーン・ビルを知らなければもぐりである。

ジャックとアリスは、まずコペンハーゲンへ行った。オーリー・ハンセンという男がニューハウン十七番地の店にいる。手紙を読んで、アリスが来るのを待っていた。この「刺青オーリー」は、アバディーン・ビルと同じく、船乗り相手の商売をしていた。海の男の刺青師だ（自分ではタトゥー・アーティストなどと言わず、刺青師とか彫師とか言いたがった）。また、やはりアバディーン・ビルと同じで、刺青オーリーの得意な図柄は、心臓と人魚、蛇と船、旗と花、蝶と裸婦である。

このときは四十の坂にかかったばかりのオーリーが、アリスに彫師としての名前をつけることになる。運河に面したオーリーの店に、アリス母子が入っていった。黒っぽい運河の水が揺れて、船がちゃぷちゃぷ浮いていた。十一月下旬の風がバルト海から吹いてくる。オーリーは仕事中の客から目を上げた。半裸の男の大きな背中に、全裸の女を彫っていたのだった。

「あんたがお嬢のアリスだね」と、刺青オーリーが言った。もうこれでアリスは、自前の店も持たないのに名前だけは決まっていた。

ここで働くことも即座に決まった。最初の一週間はオーリーが輪郭を彫って、アリスにはぼかしをつけさせていたのだが、翌週にはアリスに最初からまかせるようになった。

この店で大事なのはオーリー・ハンセンが海の男だということで、その点アリスはぴったりだった。何と言っても父親を練習台にして育ったのだ。電動式の機械彫りを教わる前に、まず手彫りで入門したのである。

父の店を経験しているアリスは、刺青オーリーがアセテートの型紙として持っている下絵を熟知していた。ひび割れた心臓や、二つに裂けた心臓、また薔薇の花と棘にからんで血を流す心臓がわかっていた。髑髏の下で交差する骨、火を吐くドラゴン。十字架にかかったキリストには鬼気迫るものがあった。頬に緑色の涙を一粒落とした処女マリアも精妙きわまりない。剣を振るって蛇の頭を断ち切っている女神像というのもあった。航海する船、あらゆる形状の錨、イルカに横坐りする人魚もできた。裸婦も手がけたが、これはオーリーの型紙に範をとらず、自分流の絵として仕上げた。

オーリーの裸婦には納得できない一点があったのだ。うっすらした少なめの陰毛が、眉毛を逆さにしたような弧を描く。そこへ縦の筋がすっと引かれるから、笑った口元に一本線を立てたという案配だ。どちらかというとオーリーは腋毛を多くつけたがっていた。だがアリスは面と向かって逆らうこともなく、裸婦は「うしろ姿」が好みだとしか言わなかった。

この店には、もう一人、若い職人がいた。ラルス・マドセン、またの名を「女好きラルス」あるいは「女好きマドセン」。いくらか度胸のついてきた若者で、裸の女はどんなのも好みだとアリスに言った。「フロントでもバックでもいただくよ」とのことだ。

こういうときアリスは、もし返事をするとしても、「子供の前じゃないの」と言って黙らせた。

子供はラルスになついた。トロントにいた頃は、チャイナマンの刺青ショップへ連れて行かれたことがなかった。母親が腕のいいタトゥー・アーティストであることは知っていた。だが仕事場を見せたがる母親ではなかったのだ。しかしコペンハーゲンへ来てしまえば、面倒を見てくれるロティーはいない。だからオーリーの世話でホテル・ダングルテールの従業員区画にバス付きの二間が見つかるまでは、ジャックと母はニューハウン十七番地の仕事場に住み込まざるを得なかった。

「また針に眠ってるわね」お嬢のアリスは、複雑な心境のように言うのだった。

これまでにもアリスは、無条件ではないものの、ジャックに電動機器で遊ばせたことがあった。子供の目にはピストルのように見える。もちろん音を考えれば歯医者のドリルに近くて、毎分二千回は針先を動かす機械だ。

コペンハーゲンに来るまでの、多少なりともジャックが許された針の仕事では、オレンジやグレープフルーツが練習材料になっていた。一度だけ、というのは鮮魚は高くつくとアリスが言うからだが、カレイで練習したことがあった（生きのいいカレイは人間の皮膚に近似した代用品だ、とアバディーン・ビルが教えていた)。しかし、女好きラルスは、自分がジャックの練習台になることを承知したのだった。

ラルス・マドセンはジャックの母とくらべても、さほどに年下ではないのだが、技量ではだいぶ見劣りがした。そういう男だから子供にも気前がよかったのかもしれない。刺青オーリーは、アリスの腕前を見てとると、ラルスにはぼかしの仕事しかさせなくなった。たまに例外はあったが、原則としてはオーリーとアリスが絵柄を決めて、ラルスに色づけをさせてやる。だが、女好きラルスは、自分の肌を使ってジャックに筋彫りをさせたのだ。

えらく勇敢な、というか無鉄砲なことだった。相手は四歳の子供である。ただ幸いに、ジャックが担当するのは踵《かかと》だけと決めていた。ラルス・マドセンの踵には、「引っかき屋」(すなわち下手な職人)の手で、昔の女の名前が二つ彫りつけられていた。現在の恋愛行動が思わしくないのはそのためだ、と本人は考えていた。ジャックの任務は女の名前を消すことにあったのだ。

刺青の総数の二〇パーセントは、すでにある図柄をごまかすために行われる。また、ごまかしたい刺青の半数には、人の名前が関与している。女好きマドセンは、髪はブロンドで、目は青く、笑うと歯に隙間が見えて、鼻は喧嘩に負けてから曲がったきりという男だが、その踵についていうならば、まず一方は小さな赤いハート形の花模様になっていた。つまり棘のある緑の枝から、いくつもハートが咲いて出た花盛り。非常識なバラの木が、花ではなくてハートをつけたというようだ。もう一方の足は、踵に黒いチェーンを巻いたかに見える。枝にからみついた名前はキルステンで、チェーンにつながっているのがエリーゼだった。

小さな手にぶるぶる動くマシンを持って、初めて生きた人間の肌を刺そうとしたジャックだから、つい力が入りすぎたのだろう。本来は、酒のまわった客でもなければ、そう血が出るものではない。マドセンもコーヒーより強い飲料を口にしていなかった。だから針は――せいぜい〇・四ミリ、深くても〇・八ミリしか刺さらないとして――出血をもたらすことはないはずだ。ジャックがそれよりも深く刺したのは間違いない。ラルスの態度は立派だったが、薄霧のように墨が散って、予想外の鮮血が飛んだから、ふき取るべき量は多くなった。血も出ていたが、ワセリンでてかてか光ってもいた。

このときラルスが文句を言わなかったのは、若い元気の証拠というだけではあるまい。アリスに惚れていたはずだ。子供のために踵を犠牲にしても、アリスの気を引きたかったのではなかろうか。

アリスが二十代の前半で、ラルスは二十の手前であったとしても、そんな年頃では、ちょっとした差が実際以上の重みになる。しかもマドセンの髭は、大人っぽく見せてくれるような代物ではなかった。ちっぽけなヤギひげを偉そうに生やしているのだが、うっかり剃り残したのかと思うような存在感しかないのだった。

この男の実家は魚の商売をしていた（普通の魚屋であって、魚に刺青をするわけではない）。女好きのラルスは家業を嫌った。針を打つ才能に限りはあっても、とにかく刺青の世界にいれば、実家からも魚の世界からも、それなりに独立していられた。もし髪を洗うなら、シャンプーのあと、絞りたてのレモン汁でリンスした。これは踵にくっついて消えない女の名前（キルステンとエリーゼ）と似たような性質の問題で、家業にまつわる魚臭さが毛根にまで染みついていると思っていたのだ。

刺青オーリーはジャックがごまかしたキルステン――ハート形と棘の枝にからんでいた名前――を子細に検分して、これならハンブルクのヘルベルト・ホフマンも顔負けだ、と言ってのけた（どう誉められても、ラルス・マドセンが血を出していたのは確かだが）。

アリスが文字の刺青をカバーアップするときは、葉っぱと木の実の模様を使っていた。どんな字でも、とジャックに教えた。葉っぱや木の実に変えられる。花びらにしてもよい。文字によって丸みがあったりなかったりするが、丸いものなら木の実にできる。とがった文字は葉っぱの素材になりやすい。花びらは丸くてもとがっていても大丈夫。

キルステンからは木の実よりも葉っぱが生じた。風変わりな花びらもできた。ハートと棘は元のままなので、ラルスの左の踵は乱雑な花束に取り巻かれた。多数の小動物が虐殺され、その心臓が収拾のつかない花園に散乱したというようだ。

ジャックは「エリーゼ」もどうにかなると思ったが、黒いチェーンというのは、葉っぱと木の実をどう組み合わせても、その背景としては異様である。しかもエリーゼのEは、およそ草花らしきものに変更しづらかった。

四歳の子供が人間の肌への二度目の試行として選んだのはヒイラギの小枝だった。とがった葉に真っ赤な実をつければ、エリーゼのような短い名前にもうってつけと考えたのだ。しかし結果を見るかぎり、ふざけて金網に取りつけたクリスマス飾りが壊れている、という趣になっていた。

ところが刺青オーリーは、あの伝説の彫師、ブリストルのレス・スクースも、ジャックの針さばきを羨ましがったろうよ、と評したのみなのだ。これは絶賛である。アバディーン・ビルが見たら墓の中で起きあがるだろうとでも言ったら、なおさら高い評価になったかもしれないが、墓の父親を云々したらアリスがいやがるかもしれないと思ったオーリーが遠慮した。

アバディーン・ビルは、自分が死んだら遺灰を北海に撒いてくれ、と漁師に頼んでいたのだが、その願いは果たされず、南リース教区教会のフェンスから中の墓地に撒かれていた。アリスは立ち会っていなかった。酒で命を縮めたね、と一度だけオーリーは口にした。それだったら北海の刺青師には知れたことだ。

娘の不始末で——家を出てハリファックスへ行き、父のない子を産んだから——アバディーン・ビルが酒びたりになったのか。それとも昔から酒飲みだったのか。アバディーンでめちゃくちゃな週末があったらしいことを思えば、娘の旅立ちは事態を悪化させたとしても原因ではなかったろう。

お嬢のアリスは、そんな話をしなかった。刺青オーリーも二度と持ち出すことがない。ジャック・バーンズは噂や伝聞だけで育つことになったが、そういうものはニューハウン十七番地にいれば何の不足もなかった。

いかにも四歳の子供らしく、あとかたづけは母親にまかせたから、ラルスの踵を洗浄してバンデージしてやったのはアリスである。刺青は自然に落ち着いていくものだ。何時間かバンデージをしておいて、無香料の薬剤で汚れを落とす。じゃぶじゃぶ洗ったりはしない。ローションは使う。墨を入れた直後は日焼けみたいな感じだな、とオーリーはジャックに言った。

四歳の手によるカバーアップは、芸術点は低かったかもしれないが、昔の女の名前は二つとも隠しおおせていた。女好きマドセンの踵が、人体から植物が繁茂したようになっていたとしても——いや、オーリーが「反クリスマスのプロパガンダ」と言うほどのひどいものだったとしても——それはそれとしておこう。

哀れなのはラルス。「女好き」はオーリーにつけられた渾名だが、実態とはかけ離れている。ラルスが女を連れているところをジャックは見たことがないし、女の話をするのも聞いていない。当然、キルステンもエリーゼも、名前でしか知らない。その知らない名前を墨と血にまみれさせた。

四歳の子が大人の話を熱心に聞いていたりはしない。ジャック・バーンズも、時間経過の理解力が十一歳なみだったとはいえ、父の物語についてわかったことは、すべて母親からそっと聞かされた話に基づいていた。アリスと大人たちとの会話も、いくらか聞こえてきたけれど、それでわかったのではない。大人の話には気持ちが向いたり向かなかったりで、十一歳児のように耳を傾けはしなかった。

ウィリアム・バーンズのことは、女好きラルスでさえも覚えていた。ただ、彫ったのはオーリーだけだ。音符の刺青にぼかしの作業は不要で、ラルスの出る幕はなかった。黒一色の図柄であり、アウトラインを彫るしかないだろう。

「真っ黒けの男だったな」とオーリーは言った。

こんな言い方をすると――もしジャックが聞いていたらの話だが――父は黒ずくめの服装をしていたと解釈したかもしれない（オーリーはお嬢アリスの味方だったから、ウィリアムの薄情な心など「真っ黒だ」と言ってやりたかったのでもあろう）。

オーリーがジャックの父につけた渾名は、子供もしっかりと聞き取った。刺青師は「楽譜男」と言ったのだ。

オーリーはウィリアムの右肩に、バッハのクリスマス音楽を写譜していた。旗がちぎれて流れるように音符の刺青が広がった。きっと「クリスマス・オラトリオ」か「クリスマスの歌によるカノン風変奏曲」だったろう、とアリスは思った。若きオルガニストが好んだ曲には、アリスも知っている曲が多かった。ウィリアムの肝臓あたり、つまり墨を入れる痛みが激しいあたりには、オーリーの手によって、かなり長さのある入り組んだヘンデルの曲が刻まれた。

「これまたクリスマスの音楽だ」と、オーリーは突き放すように言った。「メサイア」の一部だったのかしら、とアリスは思った。

ここへ来るまでにウィリアムが入れていた二つの刺青には、オーリーは手厳しかった。もちろんアバディーン・ビルの仕事ではない（あの右脚に彫ったイースターの賛美歌には、オーリーも感嘆していた）。もう一つ、賛美歌らしき断片があって、これは左のふくらはぎを足首のない靴下のように巻いていた。ここだけは歌詞もついていた。女好きマドセンはすっかり感心して、まだ歌詞を忘れていなかった。どこの聖公会でも歌われるものなのだ。「神の息よ、われに吹きて」である。

アリスは最後まで歌詞を知っていた。単純な節回しだが、アリスに言わせれば、お祈りの文句に節をつければ、それで賛美歌になるのだった（ジャックに歌ってやったこともあり、ウィリアムの指揮で練習したこともある)。この「神の息」の刺青は、オーリーとラルスが口をそろえて誉めたくらいだから、おそらくチャーリー・スノウか船乗りジェリーの仕事だろう、とアリスは推理した。ハリファックスにいた時期のウィリアムに施された刺青について、アリスに詳しく教えようとする人はいなかった。

出来の悪い二つの刺青に関しては、オーリーほどに厳しくなかったラルスも、たいした彫り方ではないことに異論はなかった。ウィリアムの左の腰にも音符の刺青はあった。しかし、ウィリアムが腰を曲げれば音符がひしゃげるということを、彫師は計算に入れなかったようである。

たったこれだけの論拠ではあったが、トロントへ行ったウィリアムは、ビーチコーマー・ビルの店を訪ねたはずだ、とアリスは判断した。ただし、あとになって、チャイナマンだって似たような計算ミスをしかねなかった、と考えを修正する。もう一つの計算ミス、つまり右の二頭筋の下側で音符がねじ曲がってわからなくなるということも、あの二人のどっちがしでかしたとしてもおかしくはない。

刺青オーリーと女好きマドセンの話から、ジャック母子は「楽譜男」の出来上がり具合について、かなりの情報を得ることができた。どうやら刺青マニアになったらしい。あれはコレクターになる、というアバディーン・ビルの見込みは正しかった。

「だけど、音楽のほうはどうなんです?」と、アリスは言った。

「どうってえと?」オーリーが聞き返す。

「どこかでオルガンを弾いてるに違いないんですよ。仕事はしてると思うんです」

このあとの静けさを、ジャック・バーンズは案外はっきりと覚えている。その先の会話はよくわからない。刺青オーリーの店では、静けさといっても、いわゆる静けさにはならなかったせいもあろう。ラジオはポピュラー音楽の局がかかりっぱなしだ。さらに、ジャックの母が父の居所を問題にした瞬間は——いくら四歳でも、これが母の生涯の中心テーマだと認識していたが——三台のタトゥーマシンが稼働中だった。

刺青オーリーはお得意の裸婦像にとりかかっていたが、人魚なので、アリスが疑問視する逆さ眉毛の図案はついていなかった。針を打たれていたのは、だいぶ年のいった船乗りで、眠っているとも死んでいるとも見えた。ぴくりとも動かずに横たわる老水夫に、オーリーが人魚のしっぽの鱗を筋彫りする(いわば魚の下半身で、人間の女の腰はない。腰まわりの図案にもアリスは疑問の目を向けていた)。

女好きラルスも熱心に働いていた。スウェーデンの男を客として、オーリーが決めた海蛇の絵にぼかしをつけている。大蛇ということなのだろう。締めつけられている心臓が破裂しそうになっていた。アリスは自分の看板である「ジェリコのバラ」を仕上げるところだった。みごとな植物の図柄が、若い男の心臓あたりに広がっている。アリスから見ると、この絵がわかるほどの男ではなさそうだ。いわんやジャックの年では見当もつくまい。ちょっとした隠し絵なんですよ、としか男には知らせていなかった。

「秘密のバラ」と、母は男に言った。

じつは花弁の中に、もう一つの花が忍ばせてある。「ジェリコのバラ」には女陰の花びらが見えるはずだ。でも、そう思って見なければわからない。のちにジャックも知るようになるが、わかりにくいほど刺青の価値は上がるのだ(いい作品になると、わかった人には、ぱっと開いて見える)。

タトゥーマシンが三台動いたら、相当うるさい音が出る。しかも「ジェリコのバラ」の若い客が、さっきから声をあげて泣いていた。胸部への刺青は痛みが肩まで響きますよ、とアリスはあらかじめ言っていた。

だがアリスが「仕事はしてると思うんです」と言ったとき、ジャックは停電になったのかと思った。ラジオでさえ静かになった。

仕事中の彫師が三人いて、何の合図もせずに、三人そろって足元スイッチから足を離すということがあるのだろうか。ともかく三台とも止まったのだ。墨と痛みの流れが中断した。昏睡したような水夫が目をあけて、赤くなった前腕に未完の人魚を見た。心臓を締めつける蛇を——それも自分の心臓の真上に——彫らせていたスウェーデン人は、ラルスにいぶかしげな目を向けた。泣きべその若者も息を詰めた。ジェリコのバラは、そして当然、胸の痛みも、終わりなのか？ラジオだけが、また騒ぎだした（デンマーク語の放送といえども、クリスマスの歌だとジャックはわかった）。どこからも返事がないので、アリスはさっきの問いを繰り返した。「どこかでオルガンを弾いてるに違いないんですよ。仕事はしてると思うんです」

「していたよ」と、刺青オーリーが言った。

過去形で言われたので、また今度も遅かったのか、とジャックは思ったが、四歳の子供では何かの誤解だったかもしれない。母が失望を顔に出さなかったのは意外だ。平然と足をスイッチに戻し、仕事の続きとしてバラ色の花びらをバラの花に隠そうとした。若者がまた呻きだす。老水夫は人魚のためなら我慢して目を閉じる。いつも色づけのラルスは、スウェーデン人の心臓の上で心臓を締めつける蛇が、ますますきつく締めていくさまに見せようとしていた。

オーリーの刺青ショップの壁には、ステンシルや手書きの下絵がずらずらと貼ってあった。こういう図案の候補を「フラッシュ」といった。ジャックは、こんなフラッシュだらけの壁を見て、何となく暇つぶしをした。オーリーは「父逃亡」の件を語りだしていた（こういうときにかぎって子供の注意力は散漫になる）。

「カステル教会のオルガンを弾いてたよ。といっても偉いほうじゃなかったが」

「副オルガニスト、ですね」

「弟子みたいなのか」と、ラルスが口を出す。

「だが腕は確かだったぜ。自分で聞いたわけじゃないが、そういう評判だ」

「女にかけても、たいした腕前だそうで……」と、ラルスが話を始めそうになった。

「子供の前じゃないの」

このときジャックが見ていた壁には、「男の破滅」という分類のフラッシュがかかっていた。男ならではの自滅パターンが刺青の図案になっている。博打、酒、女——。ジャックがおもしろがったのは、マティーニのグラスに乳房を入れた絵だった。ちょうどオリーブの実のように、乳首がぽっちりと酒の上へ出る。似たような趣向で女の尻もあった。どっちの場合も、グラスに氷のように浮かぶのは、二つのサイコロなのだった。

破滅ものはジャックの母も得意だったが、いくらか違った絵になっていた。素っ裸の女が——もちろん後ろ姿ということで——ボトルに半分ほど入ったワインを飲んでいる。サイコロは女の手の中にあった。

「じゃあ、カステル教会で、何かトラブルがあったんですね？」

女好きマドセンがうなずいた。うらやましそうだ。

「子供の前だからな」というのがオーリーの答えだった。

「そうですか」

「聖歌隊の子じゃなかったよ。教区の人には違いないが」

「軍人の若妻」とまで言ったのはラルスだが、ジャックはちゃんと聞いていなかっただろう。子供は、ぽかんと口をあけて、グラスの乳首を見ていた。テレビを見て呆気にとられたようなものだ。母がラルスに「子供の前じゃないの視線」を飛ばしたのは見ていない。

「で、町を出た？」

「教会で聞いてごらんよ」

「ご存じではない？」

「ストックホルムらしいんだが、不確かでね」

ここでスウェーデン人の海蛇を仕上げたラルスが、「ストックホルムなんか行ったって、ろくな仕事はしてもらえないよ。わざわざスウェーデンから、うちの店へ来るお客さんがいるんだから」と言い、ちらっと自分の客を見た。「そうでしょう？」

すると、このスウェーデン人は、ズボンの左脚をたくし上げた。「こいつはストックホルムで彫らせたんだ」

ふくらはぎの刺青は、みごとな出来映えを見せていた。刺青オーリーかお嬢アリスの作であってもおかしくない。短剣の図柄である。緑と金色の柄をつけた刃が、バラの花に刺さっていた。花弁にも柄にもオレンジ色の縁取りがあって、剣と花の全体に緑と赤の蛇が巻きついていた（どうやら蛇を好む客らしい）。

ジャックは、母の顔つきから考えて、この刺青がすごいものらしいとわかった。オーリーでさえ良品と見たようだ。女好きマドセンだけは、口惜しさのあまり、ものが言えなくなっていた。魚屋の家業を継ぐことになりそうだと思い始めていたのかもしれない。

「ドク・フォレストの仕事だよ」と、スウェーデン人は言った。

「どこの店にいるんです？」と、オーリーが聞いた。

「ストックホルムに店なんてあったっけ？」と、ラルスが言う。

「自宅を仕事場にしてる」と、スウェーデン人が教えた。

ストックホルムは旅の予定に入っていないことを、ジャックは知っていた。母のメモにはなかったはずだ。

アリスは、胸が痛くなっている若者に、そうっとバンデージを当ててやっていた。息をするたびに花びらが動くよう、胸に「ジェリコのバラ」を入れてくれ、という注文で始めたのだった。「これをお母さんに見せようなんて思わないでね」と、アリスは言った。「もし見せたとしても、何なのかは言わないで。あんまり長いこと見せてもだめ」

「わかったよ」

老いた船乗りは、腕を曲げ伸ばししながら、筋肉の収縮につれて人魚の尾が動くさまを喜んでいた。まだ色づけは済んでいない。

そろそろクリスマスで、刺青の商売としては、いい季節だ。しかしウィリアムが逃げた——こともあろうにストックホルムへ——と聞かされては、アリスがクリスマス気分に浮き立つというわけにはいかない。ジャックにしても同じこと。

まわりも暗い。午後四時か五時だが、ニューハウンの店を出る頃には、すでに暗くなっていた。そして時刻がどうあれ、運河沿いのレストランは料理を始めていた。もうジャックとアリスには匂いがわかる。ウサギ、鹿のもも肉、鴨、カレイのロースト、サーモンのグリル、やわらかな子牛。ソースとして煮込んだフルーツもわかった。またデンマークチーズのこってりした匂いが、冬の町にまで流れてくることも多い。

いつも二人は、幸運のおまじないとして、停泊中の船を数えながら運河の道を帰っていった。クリスマスの時節柄だろうが、ホテル・ダングルテールの隣には広場があって、像が立っている。その上にかかるアーチにも電飾が施され、いつまでも像を守ってやろうとするように見えていた。ホテル自体にも電気仕掛けの花輪が飾ってある。

従業員用の居室へ向かう途中、よくクリスマスビールを飲んだ。色が濃くて、甘みの感じられるタイプだったが、ジャックには水で割って飲ませた。

オーリーの店でアリスの客となったなかに、銀行業界の男がいた。背中から胸にかけて、さまざまな外国通貨を彫り込んでいる。この男が、クリスマスビールは悪い夢を見なくなるから子供にもよいものだ、と言っていた。たしかに飲んでいると効き目があるようにジャックには思えた。ほんとうに見ていないのか、見ても覚えていないのか、そこまではわからない。

夢を見るジャックは、ロティーに会いたくなっていた。無条件に抱きしめてくれて、息を止めて合わせた胸に打っていた心臓を思い出した。ある晩、ホテルの部屋で、そのように母に抱きついた。アリスは息を止めることを面倒くさがった。ロティーよりも落ち着いて鼓動する母の心臓を感じながら、ジャックは「ああ、生きてるね」と言った。

「そりゃそうよ」とアリスは答え、さっきよりも面倒くさそうな気配がありありと見えていた。「あんただって生きてるでしょ。いま見たら生きてたもんね」

いつのまにか、どうしたものか、すでに母は抱きついたジャックから体を離していた。

翌朝、まだ日の出前から——この季節のコペンハーゲンでは八時を回っていたかもしれないが——母はジャックを連れて、フレデリクスハウンの城郭へ行った。「カステレット」という名称の史跡である。いまも兵舎があり、司令部がある。教会もある。これが城郭の教会、すなわちカステル教会で、ウィリアム・バーンズがオルガンを弾いたらしいのだ。

お城が嫌いな男の子はいない。ママが本物の城に連れてきてくれた、ということになれば、ジャックとしては大喜びで、一人で遊んでいなさいと言われたら、かえって望むところなのだった。

「ここのオルガニストと、大人同士のお話があるからね」というのが母の言葉だった。

好きにしてよいことになったジャックは、まず監獄を見つけた。教会裏の壁に沿って、牢屋がならんでいる。耳を当てる穴が壁にあいているのは、囚人にもこっそり教会の儀礼を聞かせてやるためだ。でも囚人がいないのでジャックはがっかりした。からっぽの牢屋でしかない。

教会オルガニストは、アンカー・ラスムッセンという人だった。いかにもデンマーク風の名前である。アリスによれば、礼儀正しくて、なお率直な態度だったという。あとでジャックは、オルガニストが軍服を着ていたのはおかしいと言うのだが、お城の教会にいるくらいだから半分は軍人さんなのよ、とアリスは説明するのだった。

このラスムッセンのもとで助手待遇だった短い期間に、若きウィリアムはバッハのレパートリーを増やしていた。ソナタを数曲。および「前奏曲とフーガ　ロ短調」、「クラヴィーア練習曲集第三巻」(父が会得したというドイツ語の曲名を、母がちゃんと覚えていたのだから、ジャックはすっかり感心した)。またウィリアムは、クープランの「修道院のミサ」を弾かせても、なかなかの腕前を見せたらしい。アリスが刺青の音符から見当をつけたように、ヘンデルの「メサイア」からクリスマス曲を弾いてもいた。

たらし込まれた教区民の女、つまり軍人の若妻のことについて、ジャックは母に聞かされなかったが、わずかながら知ったかぎりでも、父がカステル教会を辞めさせられたのは、リフレーンを弾きそこなったからではなさそうだった。

牢屋を見飽きたジャックは、外へ歩いていった。凍るような寒さだ。ぼんやりした薄日が射して、なおさら空の暗さが際立つ。行進する兵隊がいたのはおもしろかったが、そっちへは寄っていかず、堀を見に行った。

この星形の城郭には、ぐるりと堀をめぐらしてあるのだが、四歳児の目には池のようにも小ぶりな湖のようにも見えた。その水が凍りついているのだからびっくりだ。オーリーの刺青ショップでは、ニューハウン運河はめったに凍らないと聞かされていた。バルト海も、まず凍らないと思ってよいそうだ。よほどに寒くならなければ海水は凍らない。だったら堀の水はどうなっているのだろう。きっと淡水なのだろうが、このときのジャックは、ここは凍っている、としか思わなかった。

子供にとっては、とんでもない驚きだった。氷が黒く見える。では、水が凍っていることを、四歳児がどのように認識したのだろう。水の上であるはずのところを、カモメと鴨が歩いていたからだ。普通の生き物が歩けるらしいと思ったからだ。でも念のため、そのへんの石ころを拾って投げてみた。石は氷上を跳ねて進んだ。カモメは飛んで逃げた。鴨は、パン屑でも投げてもらったつもりなのか、いったんは石に駆け寄ったが、すぐに離れていった。カモメも氷の上へ戻った。まるで会議のように坐りこんだ鴨のまわりを、カモメが小馬鹿にしたように歩きだす。

ときに遠ざかり、ときに近づくように、兵隊の行進が続いていた。凍った堀には木製の防御壁ができていた。狭い木の通路のようなものと思えばよい。堀に向けて斜面になっている。ジャックは楽々と降りた。カモメは何をやってるんだと言いたげに目を丸くして、鴨はまったく知らん顔だった。黒い氷に降り立った子供は、失踪中の父よりもなお謎めいたものを見つけたような気がした。水の上を歩いているのだ。もう鴨でさえ、こっちを見ている。

堀の真ん中へ進んだら、教会のオルガンかと思う音が聞こえた。よくわからないが低い音だ。あまり音楽らしくない。オルガニストがアリスに話をしながら、効果音をつけているのだろうか。それにしても、こんな低音は聞いたことがない。オルガンではない。カステレットの堀が歌いかけてくるのだ。凍った池がジャックの存在に抗議している。古城の堀が侵入者を感知した。

氷がひび割れて、うめくような音を立てた。いよいよ割れたときは銃声ほどにも響いた。ジャックの足元にクモの巣のような花模様ができる。兵隊の叫びを聞いたと思ったら、きーんと冷たい水の感触があった。

頭がもぐったのは一秒か二秒だった。両手を上に突き出したら、棚状の氷にとどいた。この棚に肘まで乗せられたが、自分の体を引っ張り上げるだけの力はない。それに氷の棚が体重を支えてくれることもなかったろう。ジャックには現状維持が精一杯だ。凍えるような堀の水に半身をひたして動けない。

木の壁まで集まった兵隊の靴音で、カモメも鴨も飛び去った。デンマーク語の指令が大声で交わされる。兵舎の鐘が鳴っている。この騒ぎを聞きつけて、アリスおよびオルガニストらしい男が来た。こんなときにオルガニストが来て何になる、とジャックは思っていたのだが、アンカー・ラスムッセンは――この男がラスムッセンだとして――見たところ音楽家というよりは軍人だった。

アリスはヒステリックに叫びちらしていた。こうなったのも父のせいだと思うのだろうかとジャックは心配になった。元をただせばそうかもしれない。もう助からない、という考えも出た。子供が乗って割れた氷なら、ここまで来られる兵隊はいないだろう。

と、ジャックの目に、その男が映った。ごく小柄な兵士だった。真っ先に駆けつけた兵隊の中にはいなかった。たぶんアンカー・ラスムッセンが兵舎から呼び寄せたのだろう。軍服ですらない。長い下着をつけているだけなのだから、いままで寝ていたのか、病気療養中なのか。氷の上を渡ろうとして、早くも震えているようだ。そろそろと進んでくる。兵隊はああいう訓練をしているのだろう、とジャックは思った。肘をついて腹這いになり、ライフルは肩ひもを利用して引きずっていた。がちがち震える歯で肩ひもをくわえているのだった。

ジャックが落ちた穴まで這ってくると、この兵はライフルをすべらせ、銃床を先にしてジャックのほうへ押し出した。ジャックはどうにか両手でライフルの肩ひもにつかまった。銃剣の根元をつかんだ兵士が、子供を引きずり出して、引き寄せる。

もうジャックの眉毛は氷結して、髪の毛がばりばり凍りつくのもわかった。全身が氷上に出て、四つん這いになろうとしたジャックに、小柄な兵士がどなりつけた。

「腹這いになってろ」これが英語だったことでジャックが驚いたのではない。ちっとも兵隊らしくない声なので驚いた。まるで友だち同士のようにジャックには聞こえた。ティーンエージャーとも言えない子供ではないのか。

　ジャックは橇《そり》のように平たくなって、小柄な兵に引きずられるまま、氷の上を堀端の木壁まで移動した。待ちかまえていたアリスに、抱きしめられ、キスをされ――いきなり、ひっぱたかれた。ジャック・バーンズが母にたたかれた記憶は、これより後にも先にもない。そして、たたいた瞬間に、母はわっと泣きだした。ジャックは迷うことなく、母と手をつなごうとしていた。

　ジャックは毛布にくるまれ、司令の官舎へ運ばれた。だが司令官に会った記憶はない。あの小柄な兵士が衣服を見つくろってくれた。大きすぎてだぶだぶだったが、ジャックの驚きは、これが普通の服だったことだ。軍服ではない。

「兵隊さんだって非番の服くらいあるわよ」と母は言ったが、四歳児にはわかりにくい概念だった。城郭をあとにする別れ際に、アリスは小柄な兵士にさよならのキスをした。かがまないと難しいような相手だ。兵士が背伸びしてキスを迎えにいくのをジャックは見た。

　このとき、助けてくれたお礼に刺青してあげればいいのに、という考えが浮かんだ。兵隊も船乗りと同じで、刺青が好きなはずだ。この思いつきをアリスもおもしろがったらしい。引き返していって、今度かがみ込んだのは耳元でささやくためだった。小柄な兵士は、言われたことに興奮ぎみだった。アリスの持ちかけた話に、訴える力があったことは間違いない。


　さて、こうしてストックホルムへ向かうべき理由が増えた。職人芸のドク・フォレストに会うばかりではなくなった。アンカー・ラスムッセンの話では、ストックホルムのヘドヴィグ・エレオノーラ教会でオルガニストをしていたエリック・エルリングという人が、三年前に世を去った。あとを継いだのが若手の俊秀、二十四歳のトルヴァルド・トレーン。いま助手をさがしているとの噂である。

　まさかウィリアムが自分より年下のオルガニストの助手になりたがるとは思えない、とアリスは言った。だがアンカー・ラスムッセンの見解は違った。ウィリアムは知恵も資質もあって立派なオルガニストになれる人物だ。いまは各地で修業して、さまざまなオルガンを弾き、ほかのオルガニストから学ぶというか芸を盗む時期である。ウィリアムが転々と居所を変えるのは、女のトラブルばかりではないだろう。

たまげるような説だ、とジャックは母に聞かされた。たしかに母はオルガンを弾くウィリアム・バーンズに恋をしたが、そのウィリアムがオルガンに誘惑されているとは思わなかった。ウィリアムは次から次へと、大きく立派なオルガンに寄っていきたいのだろうか。とにかく違うオルガンを追いたいのか。若い女が馬好きになる場合と似たようなものか（ウィリアムが女を取り替えるように師匠を取り替えるという発想は、さらにアリスを動転させたようである）。

ジャックは、すぐにストックホルムへ行くのだろうと思ったが、母の考えは別にあった。クリスマスの休暇シーズンに、刺青オーリーの店は繁盛するだろう。だがストックホルムという町では、もしドク・フォレストほどの腕達者が自宅で営業しているなら、刺青は違法すれすれの行為なのかもしれない。そんな町ではたいした稼ぎにならないとアリスは判断した。とりあえずオーリーの店で繁忙期のおこぼれを頂戴してから、ジャックと旅立っても遅くはない。

というわけで、ニューハウン十七番地を去ることになってから、別れの挨拶が長引いた。この店の前で写真のポーズをとった覚えはないが、シャッターの音にジャックが慣れっこだっただけかもしれない。風景のスナップを撮る人がいてもあたりまえの界隈だ。

アリスには贔屓の客がついていた。クリスマス休暇の船員を中心に人気が出たので、深夜まで営業して客をさばいた。女好きマドセンのほうはお茶をひくことが多くなり、仕事中のアリスに代わってジャックをホテル・ダングルテールまで何度となく送っていった。

部屋まで来ると、ジャックが歯を磨くまで、ラルスはベッドに坐って待っていて、それからお話をして寝つかせてやった。ジャックとしては、すぐに眠たくなるような話だ。ラルスの子供時代の、哀れっぽい回想である（だいたいは魚にまつわる失敗談で、聞いているジャックには簡単に回避可能ではないかと思われたが、ラルスにとっては悲惨な重大事件なのだった）。

ジャックが寝るのは従業員部屋のうち狭いほうだ。もう一部屋との間仕切りになる形でバスルームがあって、どちら側にも引き戸がついている。ジャックが眠ると、ラルスは便座に腰掛けて雑誌を読んでいた。ときどき目を覚ましたジャックには、バスルームの戸の磨りガラスに映るラルスのシルエットが見えた。便座のラルスは、頭を膝にくっつけて寝ていることが多く、帰ってきたアリスに起こされていたものだ。

ラルスに刺青をしてくれと頼まれて、アリスは承知した。本物の心臓より上の位置に、割れた心臓を彫って欲しいとの注文だ。本物だって割れてるんだと言った。アリスは上下に割れた真っ赤な心臓を彫ってやった。断裂した箇所には墨の入らない皮膚が帯状に残る。ここに名前を入れることもできようが、アリスもオーリーも名前はやめたほうがいいと言った。裂けた心臓は、それだけでラルスの痛みを語りつくしている。

しかし、ラルスはアリスの名前を欲しがり、アリスは断った。「あたしに失恋したわけじゃないでしょう」そうだったのかもしれないが。

「だから、言いたいのは――」と、女好きマドセンは、思いがけず堂々と答えた。「彫師としての名前を入れてもらいたい」

「ほう、署名入りか！」と、刺青オーリーの声が大きくなった。

「じゃあ、いいわ。そういうことなら」と、アリスは言った。

割れた心臓の中間地帯、その真っ白な皮膚に針をあてて、アリスは筆記体の文字を彫り込んだ。

お嬢のアリス

ジャックの面倒を見てくれたことで、アリスは女好きラルスに感謝していた。「お代はいらないわ」と、裂けた心臓にバンデージをしてやりながら言った。

オーリーにはどんなお礼をしたものか、ジャックにはわからなかった。オーリーに進呈できるものはないかもしれない。人もうらやむアリスの得意芸「ジェリコのバラ」でさえ、オーリーに感心はされたが、受け取ってはもらえなかったろう。

コペンハーゲンを離れる前の晩に、早めに店じまいしたオーリーが、ニューハウンの高級レストランへ連れていってくれた。暖炉のある店で、ジャックはウサギの肉を頼んだ。

「あら、よくピーター・コットンテールを食べられるわね」と、母が言った。

「よけいなこと言わないほうがいいよ」と、ラルスは言った。

「あのな、『ジャック』と、オーリーも口を出して、「それがピーター・コットンテールってことはないぜ。デンマークのウサギは服なんて着ちゃいないからな」

「刺青するだけさ」ラルスがふざけた声を出す。

誰も見ていないときに、ジャックはウサギの肉を観察したが、刺青はなさそうだった。そのまま食べていたのだが、クリスマスビールはもっと飲めばよかったろうか。

この晩、だいぶ夜も更けて、ジャックはこわい夢を見た。目が覚めたときは裸になって震えていた。夢の中で、また氷が割れて、カステレットの堀の水に溺れたのだ。しかも堀の底には何百年分もの溺死した兵隊が沈んでいて、ジャックも死の仲間入りをした。冷たい水が死人を完全に保存していた。まったく理屈に合わないが、あの小柄な兵士も死んでいた。

いつものようにバスルームの電灯がついていた。いわばジャックのための常夜灯だ。磨りガラスの戸を二度開けて、母の部屋へ行った。いやな夢を見たときは、母のベッドにもぐり込んでもよいことになっていた。

でも先を越されていた！　ジャックのと似たような狭いベッドの足側に、母の二本の足の指先が上を向いてシーツから出ていた。その間に、ほかの二本の足がある。これは指先が下を向いて、足の裏が見えるのだ。

とっさに、なぜかわからないが、女好きマドセンが来ているのだと思った。でも、よく見ると、この正体の知れない素足には、刺青のない踵がついていた。それに母の足の間の足は、ラルスの足にしては小さすぎた。母の足より小さい。いや、ジャックの足とも大差ない！

バスルームから流れる光の中で、目についたものがある。よく母が衣類を置く椅子に、軍服が乗っていた。子供用かと思うサイズだ。でも着てみたら予想以上に大きかった。ズボンは何度も折り返し、ベルトは最後の穴で留めた。シャツもジャケットも肩幅がありすぎる。肩章が腕にかかって、袖はすっぽりと手を隠した。

もし強いてジャックに言わせれば、小柄な兵士の軍服は、私服よりもワンサイズ大きめだと言ったかもしれない。堀に落ちたあとで借り着をした（母が非番の服と言っていた）ときよりも大きかった。

衣服の謎は、この時点では重要だとも思われず、ジャックはおかまいなしに母のベッドサイドへ行って、気をつけの姿勢で立った。母と小柄な兵士が目を覚ましたら、敬礼をしてやろう、兵隊は敬礼をするものだ――（この衣装で、この演出だから、ジャックの初舞台みたいなものだった、と母に言われることになる）。だが、気をつけの姿勢を保っているうちに、目の前の二人が眠っているのではないとわかった。ゆさゆさとベッドが揺れているのに、さっきから気づいてはいなかった。母は目を閉じているが、寝ているのではない。やや開き気味の口から、速くて浅い息づかいが洩れる。首筋が伸びようとしている。

小柄な兵士は、その足しか見えなかった。おそらく顔をアリスの胸の谷間に埋めていたのだろうが、そのへんまでは毛布がかかっていた。やっぱり夢を見て逃げてきたのだろう、とジャックは推論した(そうであればベッドが震えているのも説明がつく)。ジャック自身が見たくらいで、きっと今夜はこわい夢の夜なのだ。この兵士もこわい思いをして、母のベッドへもぐり込んだに違いない……。ここに至ってもジャックは兵士のことを仲間の子供のように思っていたらしい。

と、小柄な兵士はいきなり猛烈な夢に見舞われた。毛布を蹴っ飛ばし――むき出しの尻がバスルームの光に浮かんで――ぎゅうっと抱きしめられたせいだろうか、なんだか苦しげな声をあげた。このとき母の目があいた。その目の前に、やっぱり小柄な兵士が、気をつけの姿勢になって立っていた。

とっさに息子とわからなかったのは、軍服を着ていたせいだろう。

母の悲鳴でジャックは慌てふためいた。そして慌てたのは小柄な兵士も同じ。軍装の四歳児を見て、兵士も悲鳴をあげた(またもや子供じみた声が出た)。ジャックは二人そろって悪夢を見ていたのだと考えて、急にこわさを募らせ、これまた泣き叫んだ。おしっこを漏らした――被害を受けたのは小柄な兵士のズボンだ。

「ジャッキー!」母は息を呑んだ。

「お堀で溺れた夢を見て、死んだ人がいて、むかしの兵隊で」と、ジャックは話した。「いたでしょ」

と、これは小柄な兵士に言う。

こうしてみると、それほど小さいわけではない。ペニスの大きさにジャックはびっくりした。助けてくれたときの銃剣の半分くらいありそうで、ぐいっと上に突き出したところなど、まったく銃剣のようなのだ。

「じゃあ、さよなら」と、アリスは小柄な兵士に言った。

兵は命令に従順だ。ひと言も文句を言わず、まっすぐバスルームへ進み、用を済ますと、アリスの寝室へ衣服を取りに戻った。もうジャックは軍服を脱いで、ちゃんと椅子の上でたたんでから、母親のベッドにもぐり込んでいた。

ベッドの親子が、服を着る兵士を見ていた。ジャックは命の恩人のズボンを濡らしたことでどぎまぎしていた。これに兵士が気づいた瞬間も、はっきりとわかった。どうにも困ったという顔になったのだ。この勇敢な若者が、長い下着を着て、堀の薄氷をそろそろ進んできたときの難渋した顔と似ていなくもない。

だが、兵士は兵士だ。ジャックに向けた目には、まあ仕方あるまい、という表情があった。この状況ならやむを得ないと言いたげだ。小柄な兵士は、去り際に、さっきジャックがしようとしたことをした。きちっと敬礼をしたのだった。

素っ裸の兵士を見たのに、どこにも刺青はなかったようだ。バンデージもしていなかった。そんなことを考えて、もう眠らないようにした。眠ったら、またカステレットの堀で溺れる夢を見そうだった。

この悩ましい問いを母にぶつけてみた。「刺青のサービスしなかったの？　なかったみたい」

「したわよ……ちゃんと一回」と、母はとまどったように答えた。「あんたは見なかったらしいけど」

「何を入れたの？」

「何って……小さい兵隊さんよ」とまどった感じが強まる。「あの人よりも小さいの」

あの半サイズの銃剣を見たあとでは、ジャックは兵隊さんを「小さい」とは感じられなくなっていた。でも母には「で、どこへ入れたの？」とだけ言った。

「あの、踵へ——左のほうの」

バスルームから来る光の具合が悪かったのだろう、と子供は考えた。踵だったら、しっかり見ていたはずなのに、どこにも刺青はなかったと思う。きっと見落としたんだ、ママの言うとおり――。

ジャックは母に抱かれて眠った。こわい夢を見たあとは、そういうことが多かった。小柄な兵士がとっていた、あの苦しそうな姿勢にはなっていない。


これがコペンハーゲンだ。あと三十年ほどは、ジャック・バーンズが再訪することはない。だが刺青オーリーや女好きマドセンのことは忘れなかった。二人とも母とジャックに親切にしてくれた。また、あの凍った堀――カステレットの堀に引き込まれそうになったことも忘れない。助けてくれた小さい兵士のことも。それで兵士は母を助けたことにもなる。

だがコペンハーゲンでの現実を、ジャックがわかっていたわけではない。いつの間にか、あるパターンができていた。この時点では知らないことがありすぎた。とくに母が言わないかぎり、なかなかジャックにはわからない。刺青サービスだけではなく、あれこれ知らされなかったことはある。

堀で溺れる夢を見ると、そのたびに夢は同じだった。溺れたところから始まって、もがきもしない。いつまでも冷たいと思うだけだ。そして、いつも変わることなく、何百年も前からのヨーロッパの死兵の群れに加わった。その中で、あの小柄な兵士が際だっていた――ペニスが突出して大きかったからではなく、凍った敬礼に禁欲的な厳しさがあったからだ。

3　スウェーデンの会計士に助けられる

ある日、いくらか大きくなってからのジャックは、なぜ父はイングランドへ行かなかったのかと疑問を発することになる。イングランドでは父をさがさなかったではないか。イングランドなら、女もオルガンも、充分にそろっているはずだ。刺青だって長い伝統があるはずだ。

アリスの答えはあっさりしていた。スコットランド人の気性としてイングランド人を嫌ったのだという。オルガンはもちろん、たとえ女が欲しかろうが、刺青が欲しかろうが、イングランドへは行かなかったろう。だが疑問は残った。ウィリアム・バーンズは、キャラムからウィリアムに改名したくらいなのだから、たいしてスコットランド風にこだわっていなかったのではなかろうか。

アリスとジャックは、コペンハーゲンからフェリーに乗って海峡を越え、上陸したマルメから列車でストックホルムへ向かった。一月のスウェーデンは日照時間が少ない。このときは年が明けて一九七〇年になっていた。ウィリアムは、ここへ来てまもなく地下へ潜ったかのようである。ドク・フォレストにしても、刺青パーラーを店開きするのは、まだ二年は先のこと。ドクを見つけるだけでも容易なことではないのだった。

アリスとジャックがまず訪れたのは、ヘドヴィグ・エレオノーラ教会である。光り輝く黄金ドームというべき建物だ。その周囲は墓石だらけの雪景色である。中へ入ると、祭壇と手すりも金色だ。大きなオルガンは緑色を帯びた金色。会衆の席はくすんだ緑色をしているが、銀色がかった薄い色で、苔のように黒ずんでいるのではない。広い円形の堂内では二枚一組の窓ガラスに色がなく、冬の日射しそのままに薄ぼんやりしていた。

こんなに壮麗な教会をジャックは見たことがなかった。ルター派に属して、昔から立派な合唱団を持っている。ここでもウィリアムは女性団員に手を出して、三人目と関わったところで、一人目に気づかれることとなった。それを明るみに出したのはウルリカという第二の娘だったが、第一と第三、すなわちアストリッドとヴェンデラも、おおいに心を痛めていた。そうなるまではウィリアムはよくやっていたのである。教会オルガニスト、トルヴァルド・トレーンの助手を務め、かたわらストックホルム王立音楽大学で作曲法を学んでいた。

哀れなるアストリッド、ウルリカ、ヴェンデラ——この三人に会っておきたかったと、あとでジャックは考える。トルヴァルド・トレーンには会った記憶がある。ジャックの目で見ても若い人だった。たしかに二十四歳は若い。線は細いが、すばやい身のこなしと生き生きした目の持ち主だ。このトレーンの前では、母がすっかりおとなしくなったようにジャックは思った。合唱団の三人という衝撃のニュースもさりながら、トレーンその人に降参してしまったようなのだ。このあとジャックは何人ものオルガニストに会うことになるが、トレーンはめずらしく身なりがよかった。黒いブリーフケースを持っていたのも、仕事のできそうな感じがした。

若くて、颯爽として、前途有望なトレーンを見ていると——少数精鋭の生徒にオルガンを教えているそうだが——かつてのウィリアムにあった将来がそっくりトレーンに実現しそうなことをアリスは思ったかもしれない。母の去りがたそうな様子はジャックにもわかった。ようやくヘドヴィグ・エレオノーラ教会を出ようとして、母は黄金色の祭壇を振り返っていた。雪が積もっている外の、ストックホルムの常闇かと思われた薄暗がりの中でも、アリスは輝くドームのほうを何度でも振り返るのだった。しかしジャックは、さっきの母とトレーンの話をほとんど聞いていなかった。この教会の建物と、若きオルガニストの出現に、四歳児の注意力はすっかり奪われていた。

さて、ともかくも、いまだドク・フォレストは見つからず、ウィリアムは地下に潜ったようである。ただ、港町へ来て刺青もせずに素通りできるウィリアムではない、とアリスは考えた。このストックホルムにだって、まともなタトゥー・アーティストが一人はいるとわかっている。ということは、ドク・フォレストさえ見つければ、ウィリアムの行き先を聞き出せる確率は高い。細かい図柄を彫らせる客は、痛みをごまかしたいばかりに、自分からしゃべりだすことが多いのだ。

さて、ドク・フォレストの居所をさがしながら、アリスはかなりの出費を重ねていた。その名も〈グランド〉というストックホルム随一のホテルに泊まっていたのである。旧市街と海に面した部屋からは、島々を結ぶ船の停泊する桟橋が見えた。そんな船の船長になった気分で、いま上陸したばかりというポーズをつけたことを、ジャックは覚えている。母がウィックスティード夫人への絵はがきに、高いホテルに泊まっていますと書いて、ジャックにも読んで聞かせたので、高いホテルなのだとわかった。だが、アリスには、それなりの計算があったのだ。

ここからはオペラ座、劇場が近いので、飲食のために来る人々もいる。ビジネスマンの朝食やランチの場でもある。〈ダングルテール〉にくらべると、ロビーが大きくて、いくらか明るさがある。ジャックはロビーに住みついたようなもので、まるでホテルが城でジャックが王子様のようだった。

アリスの単純な計算は、当面うまくいっていた。親子には人前で着られるような衣服の持ち合わせがないので、あるものだけを年中着ている。洗濯代も馬鹿にならない。じつは金に困って客引きをしたい立場であるけれども、毎朝ものすごい量の食事をした。バイキング形式の朝食は宿泊料金に含まれていたのだ。まともな食事は朝だけなので、たらふく腹に詰め込みながら、裕福そうな朝食の客に、刺青の客になりそうな人はいないかと目を配っていた。

昼食は抜きにした。ランチの客は、まず一人では来ない。だが刺青をする決断は一人でするものだとアリスは思っていた（一生消えない絵柄を彫るのに、友人同僚と相談の上で決めるということはない。たいていは、やめておけ、と言われる）。

夕方のジャックは一人で部屋にいて、薄切りの肉やフルーツをつまんでいた。母はバーにいて刺青をするかもしれない客の目星をつける。夜が更けてジャックが寝てしまったあとで、アリスは食堂へ行って、一番安い前菜を注文するのだった。どうやらグランドの泊まり客は、一人で夕食をとるケースが多いらしい。出張のビジネスマン、とアリスは推定した。

見込みのありそうな客がいると、アリスはいつも同じように近づいた。「刺青をしていますか？」（これをスウェーデン語で言えるようにもなった）。

もし答えがイエスなら、さらに「ドク・フォレストの仕事ですか？」と聞く。だが、その名前は誰も聞いたことがなかった。そもそも、たいていはノーの答えが返った。

刺青をしていないという客には、次の質問がある。まず英語で聞くが、通じなければスウェーデン語で言ってみた。「一ついかがですか？」

ほとんどの相手はノーと言うが、たまには、いいかも、がある。「かも」だけでアリスには充分だ——せいぜい可愛らしく、きっかけをつくらせてもらえばよい。

ジャックは、眠れないときには、母と客との会話を暗唱した。なつかしいロティーのことを考えたり羊を数えたりするよりも役に立った。あとでジャック・バーンズという役者ができあがった原点は、このセリフを覚えたことにあるのかもしれない。

「オ時間サエアレバ、部屋ト道具ハゴザイマス」

「時間トイウト？」

「場合ニヨリマス」

「料金ハ？」

「ソレモ場合ニヨリマス」

いずれジャックは「お時間さえあれば、部屋と道具はございます」のセリフに首をかしげることになる。出張中のビジネスマンは、アリスに商売を持ちかけられて、何の話だと思いはしなかったか。ある女性客などは、刺青の客だったはずなのに、そんなものは要らないと言った。アリスの部屋へ来てから、四歳児がいたので仰天したばかりか、外へ出しておいてくれと言ったのだ。

それは困るとアリスは言った。若くもなく美人でもない女は、おおいに機嫌を損ねたようだ。しゃべる英語はたいしたものだったが——案外、イギリス人だったのかもしれないが——アリスが部屋で刺青の営業をしていることをホテル側に通報したのは、この女だった可能性が高い。

タトゥーマシン、顔料、電源パック、足元スイッチ、小さめの紙コップ、アルコールと傷薬とグリセリン、ワセリンとペーパータオルというような一切合財は、部屋にメイドが来そうなときは、まったく目につかないように隠していた。ストックホルムという町で刺青がアングラな存在であるならば、ここで営業して収入を得ているとホテルに知れたら、あまり幸福な結果にはなるまい。

あとでジャックは、あの英語のうまいレズビアンの女がいたから支配人とのトラブルもあったのではないかと思うのだが、だったら母と支配人にはどんな交渉があったのかとまでは考えがおよばなかった。ホテルに対する母の態度が急に変わったことだけは気づいた。母は「もし今日中にドク・フォレストの手がかりがつかめなければ、あしたは出ていこうね」などと言うようになった。でも宿泊は続いた。ジャックが夜中に目を覚ますと、母がいないことが多かった。幼い子供には時刻が判然としなかったが、食堂で夕食をとるとしたら遅すぎるとだけは思った。こんな時間にアリスはどこへ行ったのか。支配人に無料サービスをしていたのだろうか。

とにかく会計士に出会ったのは運がよかった。どこの町へ行っても、偶然の出会いがなければ救われないものなのか、とジャックは思うようになる。助けてくれたのが会計士だったのは、いささかドラマ性に乏しいが、あの小柄な兵士がヒーローだったあとだから、なおさらそうだったのだろう。もちろん会計士かどうかは知らずに、ジャックと母は朝食の席でこの男を見つけたのだった。

トルステン・リンドベルイという。ひょろひょろに痩せていて、食事以外の対策が要るのではないかと思うほどだが、その朝食がジャックとアリスにも負けない、すごい食べっぷりなのだった。まず目についたのは、刺青をするかもしれない雰囲気ではなく、ニシンを大皿に大盛りにしておいて――母子はニシンが嫌いだったが――大山になった魚をむしゃむしゃ食べ進むリンドベルイの姿であった。この陰鬱な長身の男に、刺青をしているか、する気はないかと聞くのも忘れ、ジャックと母は唖然としてリンドベルイの食べ方をながめていた。この人も食事らしい食事は朝のバイキングだけなのかと思わざるを得ない。ニシンが好物かどうかはともかく、食欲においては親近感を抱かせる男だった。

おそらく目を丸くしていたのだろう。だからこそトルステン・リンドベルイのほうでも、びっくりした目をしたに違いない。ジャックと母が食べる分量もすごかったと、あとでリンドベルイは言った。これはニシンの量ではない。鋭敏な会計士としては、ああやって経費節減を心がける親子だと見たのかもしれない。

ジャックは卵三つのオムレツから、ていねいにマッシュルームを取り除いていた。母に食べてもらうのだ。母は母で、クレープを食べ終えると、メロンボールを息子に残しておいた。ひたすら食べるリンドベルイは、ニシン群島の攻略を続けていた。

もし会計士とは金に細かいしみったれで、子供の前でもふさぎ込んでいるような人種だと思うなら、トルステン・リンドベルイに会ったことはないだろう。すごい朝食をたいらげると――ジャックとアリスは客になりそうな候補を物色していた分だけ、まだ食べ終えていなかったが――テーブルの横で立ち止まったリンドベルイは、好意あふれる笑顔をジャックに向けた。スウェーデン語で話しかけたので、困った子供は母の顔を見た。

「すみません、この子は英語しかわからないので」と、アリスが言った。

「それはいい！」と、リンドベルイが言ったのだから、まるで英語をしゃべる子供は、とくに元気づけてやらなければならないように聞こえる。「水もないのに魚が泳ぐ、なんて見たことあるかな？」

「ない」と、子供は答えた。

この男、着ているものはフォーマルだが――紺のスーツにネクタイなのだが――態度物腰はピエロのようである。見かけだけなら葬式に参列しそうだが――いや、ひょろ長い棺桶に合わせて着替えさせられた骸骨のようでさえあるのだが――子供相手の身のこなしからすると、これからサーカスの芸でも見せてくれそうな不思議な雰囲気があった。

リンドベルイは上着を脱いで、アリスに渡した。持ってもらったような、持たせたような、まるで女房あつかいだ。もったいぶった格好をつけながら、ワイシャツの袖のボタンを片方はずし、肘までまくり上げた。前腕には、いま水のない魚と言ったものがあった。みごとな彫物である。しっくりと無理なくおさまっていた。リンドベルイの手首に魚の頭部がかかり、尾の先は曲げた肘にまでおよぶ。前腕が魚になっていると言ってもよい。日本風の図案らしいが、鯉ではなかった。きらめく青と躍動する黄色が交替したかと思うと、両者が溶け合って緑色がきらめく。それがまたミッドナイトブラックと上海レッドに変わる。トルステン・リンドベルイが腕の筋肉に力を入れ、手首に近いほうをひねると、魚は泳ぎだした――いわば尾を広げた琉金《りゅうきん》が、リンドベルイの手のひらに向けて身をくねらせるようなのだ。

「これでもう見たよね」リンドベルイがジャックに言い、ジャックは母の顔を見た。

「なかなか結構ですが」と、アリスは言った。「ドク・フォレストの作ではありませんね」

リンドベルイの答えは落ち着いていて、なお迷いのない強さがあった。「ドク・フォレストのほうは、公然とお見せするわけにはいきません」

「ドク・フォレストをご存じ?」

「もちろんですよ。そちらこそご存じなのかと」

「作品を拝見しただけ」

「どうやら刺青に詳しい方のようだ」リンドベルイも興奮ぎみになった。

「お魚をしまってくださいな」と、アリスは言った。「お時間があれば、部屋と道具はあります」(あとで回想するジャックは、自分も母も「お魚」をスウェーデン語で言えればよかったのにと思う)。

トルステン・リンドベルイを部屋へ案内して、下絵を見せ、筋彫りマシンを準備した。だが、マシンを始動させるのは気が早すぎたとわかる。トルステン・リンドベルイは、かなりの通人であり、その場の勢いで刺青をするようなことはなかった。

とりあえず、ほかの部位に彫ったものをアリスに見てもらいたいと言った。尻にも彫ってあるそうだ。「子供の前ですよ」とアリスは言ったが、子供が見ても差し支えないものだとリンドベルイは請け合った。

ジャックの母が子供にはリンドベルイの尻の割れ目を見せたくなかったことは疑いないが、痩せた男の尻くらいでは軽微なショックというにすぎず、また尻にあったものと言えば、左半分に一つの目玉、右半分にすぼめた唇というだけで、さほど公序良俗に反してはいなかった。目玉は痩せこけた尻の中央線に向けて横目を使っているようで、唇のほうは生乾きの口紅をちゅっと押しあてたキスマークというべきだ。
「いいじゃありませんか」と言ったアリスの口ぶりでは、見たくなかったということがリンドベルイにもわかる。いそいでズボンを引き上げた。

だが、これだけではなかった。刺青だらけなのだ。会計士の職務は、通常、着衣で行われる。おそらく仕事上のつきあいのある誰もが、まさかリンドベルイに刺青があるとは思わなかったろう。いわんや尻に目玉がついているとは思うまい。じつは刺青オーリーの仕事まであって、アリスは見た瞬間にわかった。オーリーお得意の裸婦で、へんな逆さ眉毛の陰毛つきである。ただし、どこか違うと思わせるところもあった(母がちゃんと見せようとしないので、ジャックには違いがわからなかった)。このほかトルステン・リンドベルイの体には、アムステルダムの刺青ペーテル、ハンブルクのヘルベルト・ホフマンの作品もあった。だが、このような錚々たる名人の中にあって、なおアリスに感銘をあたえたのがドク・フォレストだった。

リンドベルイの骨と皮のような胸部には、帆船が帆を張っていた。三本マストの頑丈な船体に、フル装備の威容である。だが舳先の下から海竜が頭をもたげていた。その首は船の帆のように大きい。舳先の左舷側から現れた海竜は、その尻尾を右舷の海面に突き出している。こんな怪物が相手では、船の命運も極まったようだ。

ドク・フォレストは元は船乗りだったに違いない、という説をアリスは述べた。リンドベルイの胸の帆船は、いまは亡きチャーリー・スノウの胸骨にあった「帰帆中」の船よりも上出来だ。リンドベルイはドク・フォレストの居場所を知っていて、案内してやってもよいと約束した。また、どんな刺青をアリスにしてもらうのかも、あすには決めたいと言う。
「ジェリコのバラを、個別注文モデルで頼みたい気がする」
「ぜひお勧めしたいですね」

それでもリンドベルイは決心をつけかねているようだった。心配性の男らしい。こんなに痩せているのも、新陳代謝に問題があるわけではなく、あれこれ気をまわすせいだろう。グランド・ホテルにおけるアリスの立場を、とくにジャックの境遇を心配した。

「いくら冬のスウェーデンといっても、男の子は外で運動しなくちゃ!」ジャックはスケートができるかとアリスに聞いた。

カナダにいたとはいえ、スケートをしたことはない、とアリスは言った。

いい方法がある、とリンドベルイが言う。妻が毎朝メーラレン湖で滑っているから、きっとジャックに教える気にもなるだろう。

いとも簡単に妻に教えさせると言いだしたリンドベルイをどう思ったのか、アリスは何とも言わなかった。言ったとしてもジャックは聞いていなかったろう。子供はトイレに入っていた。朝食の食べすぎで腹が痛かった。だからスケートがどうこうという話はそっくり聞き逃したが、トイレから出たときには、すでに冬の体育計画ができあがっていた。

ジャックの母はリンドベルイの妻のことを、まるで会ったことのある人のようにしゃべったが、それを四歳児はおかしいとは思わなかった。「リンドベルイは痩せてるけど、奥さんは反対にがっしりしてるの。とことん明るい性格だから、あの人がいるだけでビアホールに歌が絶えないわね」

この奥さんは、リンドベルイが刺青をしているのを嫌ってはいないが、自分ではする気がないのだ、ともアリスは言った。肩幅のある大柄な女性で、アリスくらいの女なら二人も入りそうなセーターを着ている奥さんは、夫が約束したとおり、ジャックをメーラレン湖のスケートに連れていった。アグネタ・リンドベルイが旧姓を使いたがることに、ジャックは気がついた。ニルソンというらしい。

「だって、アグネタ・ニルソンのほうがいいじゃない。リンドベルイよりもなじむわ」とアリスは言って、この話を終わらせた。

何にせよジャックの印象に残ったのは、この大きな女の人がすいすい滑っていたことだ。でも、すぐに息を切らしていたのが、気がかりではあった。毎朝滑っているというわりには、ろくに息が続かない。

ジェリコのバラの「個別注文」は、リンドベルイにも時間の都合があることを考えれば、三日がかりの仕事になりそうだった。筋彫りだけで四時間ほどかかるだろう。巧妙に隠した秘部のぼかしをつけるのに、四日目が必要になるかもしれなかった。

出来上がった刺青をジャックが見せてもらえなかったのは残念だ。もしリンドベルイが「個別」と言ったものを見ていたら、ものごとは見かけとは違うのだとわかったかもしれない。

メーラレン湖は大きな淡水湖で、旧市街に隣接したスラッセンというところでバルト海に流れ込む。雪がひどくない日には絶好のスケート場になる。ジャックは、カステレットの堀でこわい思いをしたものの、メーラレン湖には落ちる心配をしなかった。アグネタみたいな大人が乗れる氷なら、子供が乗っても平気だろう。それに滑っているとアグネタは何度も手をつないでくれた。ロティーの手のように確かだった。こうしてジャックが止まり方、曲がり方、またバックの滑り方まで教わっているときに、アリスはリンドベルイの右の肩胛骨にジェリコのバラを仕上げていた。そっち側を奥さんに向けて寝るんだって、と母は言った。朝になってアグネタが目を覚ますと、花に隠れた女陰が見える。ジャックは大きくなってから、そんなものを寝覚めに見たがる女がいるのかと思うのだが、そもそも刺青は万人向きではない。世にトルステン・リンドベルイのような人間がいるからこそ、ジャックの母が「お嬢のアリス」になることもできたのだ。

ジェリコのバラが完成してから、リンドベルイはジャックとアリスを連れて、ドク・フォレストに会いに行った。何の変哲もない住まいだが、仕事場にしている小さな部屋だけは、どの壁にも下絵がびっしりだ。アリスはドクに尊敬の目を向けた。小さく引き締まった男で、前腕などはポパイのようだ。口ひげの手入れは行き届き、もみあげを長く伸ばしている。髪の毛は茶系の金髪で、きらきらと目が輝く。やはり元は船乗りだった。初めての刺青はアムステルダムへ行ったときのことで、彫師は刺青ペーテルだったという。

ドクはアリスを雇っておけないことを惜しんだが、もともと一人で食べていくだけでも容易ではなく、スポンサーをさがしているのが実情だった。どうにか店を出すだけの資金援助が欲しいのだ。楽譜男については――ここへウィリアム・バーンズが来ていたのは言うまでもない――パッヘルベルの「第四アリア」か「トッカータ」を彫ったらしい、とジャックは母に聞いた。あるスウェーデン映画に使われて有名になったパッヘルベルの曲、というような話を母はしていた。「ひょっとしてモーツァルトだったかしら」とも言ったが、映画の中の音楽なのか、父の刺青のことなのか、ジャックにはよくわからなかった。それよりも蛇に気をとられていた（一方の壁が、蛇や海竜、また深海の怪物の絵で埋めつくされていた）。

「その後ウィリアムがどこへ行ったのか、ご存じないでしょうねえ」とアリスは言った。そろそろグランド・ホテルには居づらくなった。あるいは逆に、グランドの支配人がアリスに飽きられていたのかもしれない。

「オスロじゃないかな」とドク・フォレストは言った。

「オスロ！」アリスは大きな声を出していた。いままで以上に絶望感のにじむ声だ。「オスロに刺青師なんていないでしょうに」

「いるとしたら自宅営業だね」

「オスロ」さっきよりアリスの声が落ち着いた。だがストックホルムと同じく、オスロは予定外の町だった。

ドク・フォレストは、「オルガンがあるからな」とも言う。「古いものだそうだ。やつが言ってた」もちろんオルガンくらいあるだろう。そして腕前はともかく彫師と名のつくものがいるならば——たとえ自宅営業であろうとも——ウィリアムは見つけだすはずだ。

「教会の名前を言ってましたか？」

「いや、オルガンだけだ。音栓《ストップ》の数が百二だとか」

「だったら、すぐ見つかるかも」アリスは、ドクやジャックに聞かせるよりは、独り言のように言った。

壁一面の下絵からテーマらしきものが見えてきて、ジャックにもわかりかけていた。蛇が剣に巻きついたような図柄らしい。

「泊まるのはホテル・ブリストルがいいよ、アリス」トルステン・リンドベルイが言っている。「グランドよりも客は減るかもしれないが、支配人に目をつけられないのはよかろう」

リンドベルイが「目をつける」と言った意味について、ジャックが思いめぐらすのは後年のことだ。このときアリスは、ほとんど反応をしていない。会計士に礼を言っただけである。もちろんドク・フォレストにも言った。

ドクはたくましい腕でジャックを抱き上げ、やさしく言った。「じゃあな、大きくなったら、また会いに来てくれ。そのときは彫ってやってもいいぞ」

ジャックはグランド・ホテルのロビーが気に入っていた。朝起きて船の汽笛が聞こえるのもよかった——船は付近の島々との通勤の足でもある。メーラレン湖でのスケートもおもしろかった。アグネタ・ニルソン、あの強そうなリンドベルイ夫人と滑ったのだ。あたりが暗いことを別にすれば、ずっとストックホルムにいてもよかった。だが、またもや母との旅が始まっていたのである。

イエテボリまで列車で行って、オスロ行きの船に乗った。景色のいい旅であったに違いないのだが、子供の記憶にあるのは、暗かったこと、寒かったことだけである。何と言っても、まだ一月。緯度の高い北国だ。

商売道具を一式そろえての旅だから、荷物は多い。どこの町に着いても、これで短期滞在だとは思えなかった。ホテル・ブリストルでも、フロント係はしばらく泊まる客だと思ったらしい。「あんまり高級ではなくて」と、アリスが部屋の希望を伝えた。「でも一応さっぱりして、狭苦しくないような――」

荷物を運ばせたほうがいいな、と気を利かせたフロント係が、ボーイを呼んだ。ジャックには親しげに握手をしてやったが、子供は手が痛くなった。ノルウェー人は初めてだ。

ここのロビーは、グランドほどに立派ではなかった。居着くようにはなりたくない、とジャックは思った。オルガンが古いとかどうとか、そんなことはどうでもよい。音栓の数が百二だという話も、だから何なのだ。

いままで人の世話になってきた。彫師が三人、オルガニストが二人、小柄な兵士、刺青をした会計士。今度は誰の世話になるのだろう。カーペット敷きの暗い廊下を、ボーイと荷物のあとについて歩きながら、そう思っていた。

部屋は小さく、息苦しかった。チェックインの時点で外は暗くなっていた――暗いといえば、いつでも暗い。部屋からの眺めは、隣の建物が見えるだけ(薄ぼんやりした部屋にカーテンが閉まっていて、つまらない静かな生活があるようにアリスには見えた――かつて夢見たウィリアムとの生活と異なることは確かだろう)。

グランドでの最後の朝食から、何も口にしていなかった。まだレストランが開いてます、とボーイは言ったが、急がないと間に合わないそうだ。すでにジャックの母は、きっとレストランは高いから、なるべく安いものを注文しよう、と言っていた。

ジャックはボーイが言うお薦めメニューに関心を向けなかった。「ぜひクラウドベリーをご賞味ください。あとは、もちろんトナカイのタンですね」

「サーモンにするわよ」と、母はボーイがいなくなってから言った。「二人で分けようね」

このとき子供は泣きだした。さっきの握手で手が痛くなったからではない。腹が減ったからでも、ホテル暮らしがいやになったからでもない。スカンジナビア名物の暗い冬のせいでもない。たしかに光は欠乏していて、スウェーデンやノルウェーでは、もし凍っていないフィヨルドがあれば、身を投げたくなる人もいるだろうが、いまジャックが泣きたくなったのは、旅のせいというよりは、旅の理由のせいなのだ。

「見つからなくたっていい！」と言って泣いた。「見つけないほうがいい」

「見つかれば、それでよかったと思うわよ――無駄じゃないんだわ」

だが、もし二人が「父の放棄した責任」であるならば、もう未練のない存在だと言われたようなものではないか。ウィリアムがアリスを捨て、ジャックまでをも捨てたのなら、もし見つけだしたところで、また捨てられるだけではないのか（という考えを四歳の子供が述べたわけではないとしても、何となくそのように感じたのであり、だから泣いたのでもあった）。

母に強く言われて、ジャックは泣きやんだ。泣いていては食事にも行けない。

「サーモンを二人で分けます」と、アリスがウエーターに言った。

「トナカイのタンは要らない」と、ジャックは言う。「クラウドベリーも要らない」

もう食事中の客はいないも同然だった。年配の夫婦が黙って坐っている。たがいに押し黙っているからといって、刺青をしたくなる気分かどうかはわからない。コーナーテーブルに男一人の客がいた。もはや絶望しきったように沈んでいる。フィヨルドに身投げする志願者かもしれない。

「刺青で救えるタイプじゃないわ」とアリスは言った。

するといると、若い男女が入ってきた。カップルを見て母がどういう反応を起こすのか、ジャックは初めて見た。すぐにでもフィヨルド身投げ人になりそうだ。迷うことなく飛ぶだろう。

男は痩せ型のスポーツマンタイプだった。長髪が肩までかかる。ロックスターのようでもあるが、服装は悪くない。連れの女は、妻なのか恋人なのかわからないが、目も手も男から離せないようだ。ひょろひょろして細長い体型だが、大きな笑顔と美しい胸の持ち主であった（ジャックは四歳にして、すでに胸を見る目があった）。ホテルの泊まり客なのか、オスロの地元住民なのか、いずれにせよクールな若いカップルだ。刺青オーリーの店にいても、なかなかお目にかかれない。もう刺青は済ませたのではないか。

「あの人たちは？」とジャックは言ってみたが、母は目を向けることができなかった。

「だめよ」声に力がない。「あの人たちは、だめ」

母がどうなってしまったのかジャックにはわからなかった。あの二人は恋愛中のカップルだ。恋愛は聖なる旅立ちのような経験ではないのか。初めての刺青だってそうだろう。ジャックは、母とオーリーが、刺青の動機になる人生の転機、というような話をするのを聞いていた。聖なる旅だったらそんなものになるだろう。このカップルはそういう状態にあると見てよい。もし泊まりの客だとするならば、もう体を重ねてきたあとの夕食かもしれない——ということまではジャックの知るところではない（どうやら、もう一度重なりたくて夕食ももどかしいというのが実情だろう）。

今夜のスペシャルを言いたくて待機中のウエーターがいるというのに、二人は休みなくいちゃついていた。ジャックは、ウエーターが注文をとって引き下がってから、母を突ついた。「僕から言ってみようか。できるよ」

「やめてよ——サーモン、食べてなさい」まだ母の声は小さかった。

こんなに厳しい気候なのに、若い女は露出度の高い服装で、太腿がむき出しになっていた。きっと泊まってる人だ、とジャックは思った。この天気で外出するような服ではない。またジャックは刺青を見たような気もした。ホクロかもしれないけれど、膝の内側に何かあった。じつは打ち身の傷であるのだが、とっさにジャックは立ち上がり、度胸よくカップルのテーブルに近づいた。母はついて来なかった。

まっすぐに美人のそばへ行って、いまでも眠れないときにベッドで言うセリフを口にした。「刺青をしていますか？」（まず英語で言った。もしスウェーデン語で言ったとしても、たいていのノルウェー人には通じただろう）。

美人のおねえさんは、ジャックが冗談を言いにきたと考えた。男はあたりを見回した。ここはどんな場所なんだと思ったのではなかろうか。こんな子供が出てくるのは、ライブのエンターテインメントではないかというわけだ。ジャックから見ると、この男の人を困らせてしまったのかと思う。そうでないなら、どうしてこうなるのだろう。ジャックに向ける目が、痛々しいものを見るようだ。

「いいえ」と、女も英語で答えた。男は首を振った。やはり刺青はしていないということか。

「一つ いかがですか」ジャックは女に——女だけに——言った。

男がまた首を振った。まるで子供を見たことがないように、不思議そうにジャックを見る。だがジャックから見返すと、男は目をそらすのだ。

「いいかも、ね」美人妻ないし恋人が言った。

「お時間さえあれば、部屋と道具はございます」とジャックは言ったのだが、すでに美人の注意はそらされていた。二人ともジャックを見ていない。視線の先は母だった。テーブルについたままで泣いている。ジャックはどうしたらいいかわからなくなった。

女は、母よりもジャックのほうが気になったようで、ぐっと乗り出してきたから香水の匂いが伝わった。「時間というと？」
「場合によります」どうにか言えた。丸暗記のおかげだ。母が泣いているので子供も不安になってい
る。母を見るのではなくて、美人の胸を見つめてしまった。母の泣き声が聞こえなくなったから、ま
すます不安に駆られた。
「料金は？」と、男が言った。だが、まじめに聞いたというよりは、ジャックの感情を傷つけまいと
したようだ。
「それも場合によります」これはアリスが言った。もう泣きやんだばかりか、息子のうしろへ来て立
っていた。
「じゃあ、また今度に」と言った男の声につらそうな響きがあって、またジャックは男の顔を見てし
まった。その妻ないし恋人はうなずいただけだ。こわくなっていたのかもしれない。
「おいで。あんたも役者ね」母が耳元でささやいた。なぜか男は目を閉じていた。ジャックが去って
いくのを見たくないのだろうか。
　子供は振り返ることもなく、手だけうしろへ出していた。さっき握手で痛くなった手は、本能的に
母の手をとらえた。ジャック・バーンズが母と手をつなぎたくなるときは、たとえ暗がりでも、指先
に目がついているようだった。

4　不運続きのノルウェー

オスロに新規の客はいなかった。ホテル・ブリストルに泊まっている外国人や、レストランへ来る客の中で、アリスの商談に応じてくる肝の据わった人間は、すでに刺青のある経験者ばかりだった。

このホテルでも部屋代は朝食込みであったので、ジャックと母は朝だけ思いきり満腹にする食習慣を続けていた。そんな大食い競争のような時間に、あるドイツ人ビジネスマンと出会った。妻を伴って旅行中である。このドイツ人の胸に「船乗りの墓」が彫ってあった（沈む船に、いまだドイツの旗がひるがえる）。右の前腕にはザンクト・パウリ界隈の灯台がある。しっかりした海の図案は、ヘルベルト・ホフマンの手によるものだろう。ハンブルクの繁華街レーパーバーンから、やや引っ込んだ位置に店を持っている彫師だ。

ドイツ人は妻に刺青を頼むと言った。その背中には、すでに四十五センチほどのトカゲが彫られている。朝食のあと、妻自身がアリスの下絵の中から、光沢のある緑色の蜘蛛を選んだ。そこでアリスは、まず女の耳たぶに黒一色のらせん形を彫った。蜘蛛は赤い糸でぶら下がり、鎖骨と喉の中間で、肌のくぼみに降りようとしている。

「なかなか野心作でしょう、オスロとしては」と、アリスは夫婦に言った。

アリスはヘルベルト・ホフマンとの出会いを楽しみにしていた。ホフマンのいるザンクト・パウリへ行ってみたい気持ちは、ずっと前からある。ホフマンと言えば、刺青オーリーや刺青ペーテル同様に、アリスが父の店で知った北海の刺青世界を代表する存在だった。ホフマンは刺青オーリーからタトゥーマシンを授けられている。そしてホフマン自身の体に、オーリーやペーテルの仕事がある。ジャックもホフマンを一目見たいと思っていたが、商売人としての動機があったわけではない。オーリーに話を聞いていたからだ。ホフマンの尻には大きな鳥が彫ってある。尻の左半分が、羽を全開に広げたクジャクになっているという。また刺青ペーテルにも興味をそそられていた。これはタトゥー・アーティストとしての評判よりは、ペーテルが片足の男だと聞いたからだ。

ドイツ人の体にヘルベルト・ホフマンの作品を見たアリスは、どうせならハンブルクに行ってみたいものだと思ったが、なお口惜しいのは、一週間オスロにいて、いまだ初心者の客がいないことだった。アリスの言葉では、初めて刺青をする「ヴァージン」である。ノルウェーには聖なる旅立ちを求める人間はいないのか。そういうタイプがいないのか、このホテルにいないだけか。

朝だけ貪るように大食して、昼と夜は空腹をかかえるという食生活が続いたが、それなりにジャックにも好みが出てきた。北欧ではグラヴラックスというサーモンのマリネが気に入った。スモークサーモンよりもいいと思う。食事のたびに、お子さまにどうぞと執拗に勧められるクラウドベリーも、たしかに悪くないものだ。トナカイの肉は、まったく食べないわけにはいかなかったが、どうしてもタンだけは食べるに忍びず、最後まで遠慮した。だが、昼と夜は前菜とデザートだけに限定しているのに、食事代だけでもアリスの稼ぎでは追いつかなかった。しかもオスロには、ウィリアムの話をしてくれる人がいない。ノルウェーにおいてウィリアムの情欲(および、結果としての破滅)に関わったのは、うっかり人前では言えないような年齢の娘だった。子供の前でなくても言いにくい。

ホテル・ブリストルの正面から、やや坂を上がった位置にオスロ大聖堂が見える。初めてそんな角度で見た暗い朝、この大聖堂は、市電の線路がある長い街路の先で、いきなり道の真ん中からせり上がったように見えた。でも市電に乗ることはなかった。すぐに歩ける距離なのだ。

「あれだわね」と、アリスが言った。

「なんで？」

「あれなのよ」

これだけの大聖堂なら、音栓《ストップ》が百二もついた古いオルガンがあってもおかしくない。ドイツのヴァルカー製オルガンは、一八八三年と一九三〇年に修復されていた。外装は一七二〇年にさかのぼる。もともと緑色だったのが一九五〇年にグレーに塗り替えられた。グレーになったことで、ヴァルカーのバロックオルガンらしい重々しさが増したようである。

大聖堂はレンガ造り。ドームは緑青《ろくしょう》の色をして、塔の部分にご大層な時計がついている。この時計を見ていると、ルター派という以上の、まじめくさった感じがした。通常の礼拝の場というよりは、ありがたい文化遺産の殿堂として建っているようなのだ。

ジャックとアリスが聖堂に入った第一印象もそのようなものだった。キャンドルがない。堂内の照明は電灯である。大きなシャンデリアが天井から下がっている。古風なデザインのブラケットが、キャンドルに似せた光を壁に投げる。祭壇には、最後の晩餐と十字架上のキリストが、たいした奇跡でもなさそうに合体していた。ずらずらと古物が飾られた祭壇は、骨董屋のようである。説教壇へ上がる短いずっしりした階段も装飾が多く、木製の花輪が金色に塗られていた。この壇にかぶさるように、まるで天空が落ちてくるかに思わせるのが、浮島のような天使の群れだ。ハープを弾く天使もいる。

いまはオルガンを弾く人も、会衆席で祈る人もいない。杖をつくようにモップを持った掃除係の女が——面倒くさそうに——応対してくれた。あとでアリスがジャックに教えることになるが、このときは大聖堂にわずかでも関係する誰もが、ウィリアムのことを思い出したくなかったらしい。だがジャックを見れば思い出してしまう。

掃除の女は、やって来た子供を見て、凍りついたようになった。あっと息を呑んで、腕をこわばらせる。モップを体の前で捧げ持つようになっていた。まるでモップが十字架で、その力にすがってジャックを払いのけたいというようだ。

「オルガニストの方は？」と、アリスが言った。

「どのオルガニスト？」

「何人いるんですか？」

掃除の女は、ジャックから目を離せなくなっていたが、大聖堂のオルガニストはロルフ・カールセンという人だと答えた。いま「出ている」という。そう聞いたジャックの集中力が切れた。この教会にお化けでも出そうな気がした。

「カールセンさんは大きな人です」と、掃除の女が言っている。ただし「大きい」というのが体の大きさなのか、地位の大きさなのか、はっきりしない。両方かもしれない。

牧師さんも出払っている、と女は言う。モップを魔法の杖のように揺らしているが、呆然としてジャックを見ているので、自分の動きに気づいていなかった。ジャックは、そのへんにバケツはないものか、と思っている。どう見ても、なさそうだ（バケツがなくてモップが使えるのだろうか、と子供には不審なのだった）。

「じつは、あのう」と、アリスが切り出した。「若いオルガニストをさがしてまして、ウィリアム・バーンズという外国人ですが」

掃除の女は祈るように目を閉じた。あるいは、ほんとうにモップが十字架になって救ってくれるという、あり得ない願望が信念になっていたのかもしれない。おごそかにモップを持ち上げて、ジャックに向けた。

「あの人の子だっ！」と、女が言う。「見ればわかるよ。睫毛の感じがそっくり」

ジャックが父親似であると言われたのは初めてだった。ジャックの母までも、いま初めて気づいたように、しげしげと子供を見た。あっと驚いたらしいのは掃除の女と変わらない。

「あらまあ、あんた、奥さんなんだね！」と、女はアリスに言った。

「そうなりたかったんだけど」アリスは手を差し出して、「アリス・ストロナクといいます。この子はジャック」

掃除の女は、まず腰に手をなすりつけてから、アリスとしっかり握手をした。母がびくっとしたので、どれだけ力が入ったのかジャックにもわかった。

「あたしはエルゼ＝マリー・ローテ。神の恵みを、ジャック」と女は言ったが、ホテルのフロント係を思い出して、ジャックは差し出された手をとらなかった。

エルゼ＝マリーは詳しい事情を語りたくなさそうだった。教会の人は「あの話」を忘れられないんだから、としか言わない。あきらめて帰ったほうがいいよ、とのことだ。

「今度は、どんな人だったんですか」と、アリスが言った。

「イングリッド・モエといってね――ほんとに女の子よ」エルゼ＝マリーは泣きそうになる。

「あの、子供の前ですから」

掃除の女はジャックの耳をふさいだ。乾いた強力な手で左右の耳をすっぽり隠されたから、ジャックには女の言うことが聞こえなくなった。母の応答も聞こえない。だがエルゼ＝マリーが最後に言ったことの中に、もう「あらまあ」はなかったようだ。「誰も口をきいてくれやしないからね」大聖堂を出る親子にエルゼ＝マリーが言って、がらんとした堂内に響いた。

「その娘がいるでしょう――その子が」と、アリスが言った。「イングリッド・モエに話を聞くわ」

しかし、ふたたびオスロ大聖堂へ来たときに、ジャックの印象では、二人はわざと避けられていた。掃除の女はいなかった。脚立に乗った男が、壁用ブラケットの切れた電球を取り替えていた。用務員としては服装がよすぎる（たぶん、きわめて良心的な信者だろう――あれもこれも買って出る人なのだ）。ともかく、この男が何であれ、ジャックとアリスのことを聞いていたのは間違いない。むっつり黙っていた。

「ウィリアム・バーンズという人を知りませんか。スコットランド人です」とアリスは言うと、男はその場を離れようとした。「じゃあ、イングリッド・モエという娘さんは？」アリスが男のうしろ姿に呼びかける。電球の男は足を止めなかったが、ぎくりとしたらしいのはジャックにもわかった（するど、またしてもシャッターの音がした。大聖堂を出てジャックが母と手をつなごうとしたときである。ホテル・ブリストルへ帰ろうとする母子を、写真に撮った者がいる）。

ようやく、土曜日の朝に、オルガンを弾く音が聞こえた。ジャックは母の手を求めた。オルガンのほうへ連れていかれる。どうして道がわかるのか、と思うのはあとの話。

オルガニストの席は一段高いところにあって、大聖堂の奥から階段を上がらなければならない。オルガニストは一心不乱に弾いていて、ジャックとアリスが間近に来るまで気づかなかった。

「ロルフ・カールセンさん？」アリスの声に確信らしきものはなかった。演奏中の若い男はティーンエージャーであるようだ――これがロルフ・カールセンということはあるまい。

「いいえ」若者はぴたりと演奏をやめていた。「ただの学生です」

「お上手なのね」アリスはジャックの手を離して、学生にくっついて坐った。

女好きラルスに似ていなくもない。金髪で、青い目で、線が細い。だがラルスよりもっと若くて、刺青もない。喧嘩で怪我をしたことのない鼻が、女の子の鼻のように小さかった。みっともないヤギひげも生やしていない。オルガンの音栓にかけた手が、そのまま凍りついたように動かない。アリスは近いほうの手をとって引き寄せ、膝の上に置かせた。

「こっちを見て」と、ささやきかける（若者は目を向けられない）。「じゃあ、聞いていて」と、話を始める。「私ね、あなたみたいな若い男性を知ってたの。ウィリアム・バーンズといって」と言うと、一瞬、ジャックのほうへ顔を向け、「彼の子なの。見てやって」（若者は見ようとしない）。

「口をきいちゃいけないんです」と、若者が思わず言葉を発した。

アリスは、あいているほうの手を若者の顔にあて、向き合うようにさせた。男の子には母親を見る目というものがある。とくに小さい子の場合はそうなので、ジャックにとって母とは、顔を近づけられると、まともに見つめ返せないほど、美しい存在なのだった。だから若いオルガニストが目を閉じてしまったのも、よくわかると思った。

「お話ししてくれないなら、イングリッド・モエに聞きますよ」と母は言ったようだが、もうジャックは目を閉じていた。学生に共感したせいもあろう。いずれにせよジャックは目を閉じていると耳もおろそかになった。暗闇では気になることが多くて落ち着かない。

「イングリッドは言語障害があるんです」学生が言っている。「なかなかしゃべろうとしません」

「だったら聖歌隊の子じゃないのね」そう聞いて、ジャックも若者も目を開けた。

「もちろん違います。オルガンの生徒です。僕みたいな」

「あなた、お名前は？」

「アンドレアス・ブレイヴィク」

「刺青をしていますか、アンドレアス？」そう聞かれて答えに困ったようだ。こんなことを聞かれるとは思っていない。「一ついかがですか」とアリスはささやいた。「痛くないわ。それに――お話ししてくれるなら――無料サービスでいいのよ」

日曜日の朝、まだ教会には早い時間に、ジャックはホテルの食堂にいて、いつも以上に思いきり頬張って食べていた。一人で食堂にいなさいと母に言われたのだ。アンドレアスに刺青のサービスをしている間、いくらでも食べていてよいことになった（ストップをかける母はいないのだから）。ビュッフェテーブルまで二度も行き直してから、ソーセージを二皿食べたのはまずかったかと思い始めたが、時すでに遅かった。ソーセージが体の中を駆け抜けようとしていた。

ずっと食堂で待ってなさいと母に言われていたのだが――つまりアンドレアスの用事が済んだら母が食堂へ来ることになっていたのだが――いまトイレに急行しなければならないことも確かなのだ。一階にもトイレはあったはずだけれど、子供にはうろ覚えだったから、さがして間に合わなくなる危険を冒すよりは、階段を駆け上がり、カーペットの廊下を部屋まで走って、どんどんドアをたたいた。

「ちょっと待って」母が何度も言った。

「ソーセージだよ」とジャックは泣かんばかりに言う。ようやく開けてもらったときは、体を二つに折り曲げていた。

それからバスルームへ突っ走り、ドアを閉めた。大急ぎだったから、ベッドが乱れていたことも、母が裸足だったことも、またアンドレアス・ブレイヴィクがジーンズのチャックを上げていたことにも、気づいたような気づかなかったような――。この学生のシャツは、裾がはみ出たままで、ボタンもかけていなかった。でもジャックは刺青を見ていない。アンドレアスの顔は、手でこすっていたかのように腫れぼったい。とくに口のまわりがそのようだ。

泣いていたのかな、とジャックは思った。「痛くないわ」とアリスは言ったが、そうはいかないことをジャックは知っていた（刺青にもよりけりで、どの部位にどんな顔料で彫るかによって違うのだ――ある種の色遣いは肌への刺激が強くなる）。

ジャックがバスルームから出たときには、もう母もアンドレアスも衣服を着直していて、ベッドが整っていた。タトゥーマシン、ペーパータオル、ワセリン、顔料、アルコール、傷薬、グリセリン、電源パック、足元スイッチ――小さい紙コップさえも――片付いていた。というよりは、寝室を駆け抜けてバスルームへ直行したジャックは、そういうものを見た覚えがなかった。

「痛かった？」と、ジャックはアンドレアスに聞いた。

若いオルガン学生は、子供の声を聞かなかったのか、それとも初めての刺青の痛みから立ち直りきれないショック状態にあったのか、呆然としてジャックを見ていた。アリスは息子に笑いかけ、その髪をぐしゃっと乱しながら、「痛いわけないわよねえ？」とアンドレアスに言った。

「はいっ」という答えは、へんに大きな声になった。いいえと言いたいのではないか。でも胸に「ジェリコのバラ」なんていうことはない、とジャックは思った。そんな時間はなかった。腎臓あたりに小さい図案だったかもしれない。

「どこに彫ったの？」と母に聞いた。

「きっと忘れられないところ」と、母はアンドレアスに笑顔を見せつつ、ささやいた。じゃあ胸骨のへんかな、とジャックは思う。だったらアリスに触れられた若者がびくっと震えたのも理屈が通る。やんわりとではあるがアリスは若者をドアのほうへ押しやろうとしていた。若者には歩くのがつらそうだ。

「きょうはバンデージしてたほうがいいよ」と、ジャックは言ってやった。「日焼けみたいな感じだって。ローションつけるといいんだ」

廊下に出たアンドレアス・ブレイヴィクは、わけがわからない様子だった。こんな簡単な指示で、頭がこんがらかるらしい。アリスがドアを閉めながら、さよならと手を振った。

母がベッドに坐りこむのを見たら、なんだか疲れてるみたいだと思えた。そのまま母は手を頭のうしろに組んで仰向けになり、笑いだした。ジャックの知っている笑いだ。すぐ涙に変わる笑い。理由はよくわからない。泣きだした母にジャックは――よくあることだが――どうしたの、と聞いた。「アンドレアスは何も知らなかった」アリスが泣き声で言った。いくらか落ち着いてから、「もし知ってたら、言ってくれたと思うけど」。

もしアリスがこれから朝食だとしたら、教会へ行くのが遅くなる。それに、とアリスは言った。もうジャックが二人分食べたようなものだ。

ホテル・ブリストルで洗濯物を出すと、シャツ用のボール紙がついて返ってきた。衣類がボール紙でサンドイッチになって、たたまれている。そういう紙を一枚、母が抜き出したのをジャックは見ていた。白い厚紙に、いつも顔料にマークをつけるフェルトペンで、大文字だけで名前を書いた。「イングリッド・モエ」と黒い文字がならんだ。

アリスはボール紙をコートの下に隠した。二人で大聖堂への坂を上がる。行ってみると日曜日の礼拝が始まっていた。オルガンが鳴って、賛美歌も聞こえている。聖歌隊の行列があったのかどうか、いずれにせよ見逃した。オルガンを弾くのは偉大なる(少なくとも、大きい人だという)ロルフ・カールセンだろう、とジャックは思っていた。オルガンの響きがすごくいい。

教会はほぼ満席になっていた。会衆席の後列で中央通路の近くに坐る。説教中の牧師を見れば、あの電球男だった。ジャックとアリスについては、牧師から何か言ってあったに違いない。説教の途中なのに、気にして振り向く人がいて、みな痛々しいものを見るような顔をしていた。

することもないので天井を見上げたジャックの目に、おっかない絵が見えた。死んだ男が墓から出ようとしている。その手をとってやっているのがイエスであることは確かだが、そうであっても死体が歩くのだから、やっぱりこわいと思うのだった。

すると、いきなり牧師が天井を指さし、ノルウェー語で聖書の一節を読み上げた。みんなで見ていると思ったら、なぜかジャックの気持ちが楽になった(何年もたってから、ようやくジャックは絵の意味がわかり、聖書の英訳を読むことになる。ヨハネによる福音書第十一章四十三―四十四節、イエスが死んだラザロをよみがえらせる場面だ)。

こう言いながら、大声で「ラザロよ、出てきなさい」と呼ばわれた。すると、死人は手と足を布でまかれ、顔も顔おおいで包まれたまま、出てきた。イエスは人々に言われた、「彼をほどいてやって、帰らせなさい」。

牧師が「ラザロ」と大きな声を出したとき、ジャックは飛び上がりそうになった。わかった単語はラザロとイエスだけだ。でも、これで死人の名前がわかったわけで、それもなぜか気休めになった。

礼拝が終わると、アリスは立ち上がり、中央通路でボール紙を胸にかざしていた。教会を出ようとする人は、いやでも通りがかりに「イングリッド・モエ」を目にする。ジャックと同い年くらいの子が侍者の役を務め、十字架を持って人々を先導した。アリスのそばを通るときは、うつむいたままだった。最後に通りかかったのは、ジャックが電球の人と思った牧師である。ふだんなら侍者のあとに来るのだが、きょうはわざと遅れていた。

立ち止まって、ため息をつく。電球男は、しゃべると穏やかな声だった。「もうお帰りください、ミセス・バーンズ」

そう呼ばれて気づいたとしても、あえて訂正はしなかった。牧師としては、誤解したというよりは、むしろ親切のつもりだったかもしれない。

牧師はアリスの手首を押さえると、首を振りながら、「あなたと、ご子息に、神の恵みを」と言っていなくなった。

これを聞いたジャックは、掃除の人も「神の恵み」と言っていたのを思い出して、ノルウェーでは神の恵みが大流行なのだろうと思った。そう言えば、あのラザロも、墓を出ながら、恵みがどうこうと言いそうだ。

ホテルへ戻って、アリスはスープを飲んだ（これが昼食だ――スープだけ）。もうアリスには将来の刺青客をさがす元気がないのかもしれないが、ジャックは一人いるのではないかと思った。食堂の入口からこっちを見ている若い娘がいるのだ。子供っぽい顔のわりに上背がある。お席にご案内をと言われて断ったようだ。でも、母が刺青をするような相手ではない。アリスにはアリスなりの流儀があって、ある程度の年齢に達しない客には彫ろうとしない。あのベビーフェースの女の人は、いくら何でも若すぎる感じだ。

アリスは、この娘を見た瞬間に、イングリッド・モエだとわかった。ウエーターに追加の椅子を持ってこさせたので、そこへ長身の物慣れない娘が仕方なさそうに坐る。手をテーブルに出して、浅く腰かけていた。まるでフォークやスプーンをオルガンの音栓にして、これから演奏を始めるような姿勢である。腕も指も、この年齢にしては、異様に長かった。

「つらい目にあったようね。あの人に会ったのが不幸だった」と、アリスは娘に言った（あの人というのは父のことだろうとジャックも思った。ほかに考えようがない）。

イングリッド・モエは唇を噛んで、長い指先を見つめた。一本に太く編んだ金髪が、すっと伸びた背中に垂れて、背骨の下端まで届きそうだ。この娘が口をきくと、しゃべるだけで大変な苦労をするために、せっかくの美少女ぶりが損なわれていた。舌を見せたくないのか見せられないのか、歯を食いしばってしゃべろうとする。

この調子ではキスしたりされたりするのは苦しいだろう、と思ってジャックはぞっとした。ずっと後年、初めて出会った父も同じことを思ったのではないかと想像し、恥ずかしくなる。

「刺青してください」とイングリッド・モエが言った。「あなたのことは聞いてます」発音上の障害のため、ほとんど聞き取れないくらいだった。少なくとも英語ではそうなる。

「まだ若すぎるわ」

「彼にとっては若すぎなかった」

この「彼」を言うのに、イングリッドの唇がめくれ上がり、歯が見えた。首筋が突っ張って、唾を吐くかのように下あごが前に出る。きれいな少女の急激な変化は、悲劇とさえ言えた。たやすくない発話行為が、この娘を醜くしてしまう。

「やめたほうが無難よ」とアリスは言った。

「してくれないなら、トロンド・ハルヴォルセンに頼みます」イングリッドが必死に言う。「たいしてうまくない人だけど――ウィリアムに感染症を起こした人で、たぶん誰にでも起こすと思うけど」

アリスがびくっとしたのは、おそらく「ウィリアム」と言われたからだろう。不衛生な針なり下手な刺青師なりが感染症を起こしたと聞いたことよりも、娘がこの名前を口にしたせいなのだ。しかし、イングリッド・モエは、アリスの反応を誤解した。

「もう治りました」と、言葉を吐き出すように言う。「抗生物質で治ったんです」

「あなたには彫りたくない」

「どこにどう彫ってほしいか決めてあるんです。トロンド・ハルヴォルセンには見られたくないところ」とまで口をゆがめながら言った様子からは、トロンド・ハルヴォルセンとは食べられない魚の一種であるようにも聞こえた。イングリッドは右手の長い指を左の乳房の内側へ、心臓あたりへ、広げた。「ここです」小さい胸にかぶせた手の指先が肋骨にかかっている。

「そこは痛いのよ」とアリスは教えた。

「痛くしてください」

「心臓を彫ってくれというのね」

割れた心臓かな、とジャックは思ったが、いまは食卓の銀器で遊んでいて、注意力は散漫だった。

アリスは肩をすくめた。割れた心臓なら船乗りの刺青としてありきたりで、目をつぶっていても彫れるだろう。「名前は入れないわよ」

「名前なんて要りません」じゃあ心臓だけかな、二つに裂けたやつ、とジャックは思った（ちょっとしたものだぜ、と女好きマドセンが言っていた）。

「いつか誰かとの出会いがあったら、その人に何もかも説明することになるわよ」アリスが警告として言った。

「そういう人には、どうせ何もかも知られると思います」

「支払いはどうするつもり？」

「あの人の行き先を教えます」このときジャックは聞いていなかった。イングリッドの障害に邪魔されてもいる。「あの人の行きたがる先」だったかもしれない。

ともかく流儀も何もなくなった。こうなれば若すぎることはない。もう子供ではない。子供のようには見える。顔が子供っぽいだけで、とジャックでさえ思った。もし強いてジャックに言わせたら、もうすぐ三十歳になりそうな十六歳と答えたろう。これから年上の女だらけの世界に遭遇するのだとは、まだ知る由もない。

真昼。ホテルの部屋へ流れ込む琥珀色の光が、イングリッド・モエの白い肌を、実際よりも金色に近づけて染めた。ツインベッドの一方に上半身裸になって坐り、その横にアリスがいる。もう一方のベッドにはジャックが坐って、背の高い娘の乳房に目を見張っていた。

「だって子供でしょ――見られても平気です」と、イングリッドが言ったのだ。

「こっちが平気じゃないのよ」と、アリスは言った。

「でも、見ていてもらいたいんです。この子、きっとウィリアムそっくりになります。そうでしょう？」

「そりゃそうだけど」

ことによると、イングリッドが平気だったのは、もともと見るべき胸がなかったせいかもしれない。それでも、ジャックは目を離せなかった。娘は背筋をぴんと伸ばして、長い指で膝を押さえている。前腕部の青い静脈が、黄金色の肌に浮き立った。そのほかにも胸元から下へ、浅い胸の谷間を一本の青い筋が走る。どきどきと脈打って、肌の下で何か生きものが動いているかのようだった。

アリスは心臓の輪郭を決めた。イングリッド・モエの左胸の内側に、乳房から谷間にかけて心臓がおよんでいる。これは割れた心臓ではないとジャックが気づいたときは、もう輪郭ができていた。てっきり二つに裂けた心臓を注文されたのかと思ったが、見えてきたのは一つの完全な心臓だ（本人には鏡でも使わないかぎり制作中の心臓は見えないだろうし、また刺青よりも乳房を見ているらしいジャックに、イングリッドはじっと目を合わせていた）。

アリスがイングリッドの胸部へ筋彫りを進めていたときにも、この娘はぴたりと静かになっていた。しかし涙は止まらず、頬をつたって落ちる。アリスは涙に動じることなく、左の胸に落ちかかったときだけ、よけいな涙の粒を払いのけた。飛び散った筋彫りの黒インクを（ペーパータオルにちょこっとワセリンをつけて）拭きとるように、まったく意に介さずに拭いたのだ。

アリスが心臓に赤でぼかしをつける段階になって、ようやく普通の作品ではないことがわかってきた。イングリッドの胸には起伏が乏しいという条件のもとで、小さな丸い心臓が動くように見えた。呼吸の上下動にともなって、脈を打つのがわかるのだ。血を流しそうな本物らしさがある。いままでにジャックが見た母の図柄では、心臓がたくさんの花に乗ったり、バラの花に縁取られたりしていたが、今度のは心臓が一つあるきりだ。小さめのようであり、また何か違うと思わせるものがある。刺青の心臓は、イングリッド・モエの左胸を横から支え、また本物の心臓にかかるようにできていた。いつか幼子の手が、この位置に置かれることだろう。

仕事を終えたアリスは、手を洗いにバスルームへ行った。イングリッドが乗り出して、すらりとした手をジャックの脚に乗せた。

「目がお父さんにそっくり。口も似てる」と、ささやく。だが、ささやきとしては悲惨である（「くち」と言ったはずなのに、ごちゃごちゃした音声が「うち」のようにも聞こえた）。まだアリスがバスルームから出てこない。イングリッドはさらに身を乗り出して、ジャックの口にキスをした。子供に気絶しそうな震えが走った。イングリッドは口を開けていたので、歯がかちりと当たった。障害が移ったりしないかと思ったのは、子供としては無理もなかろう。

バスルームを出たアリスは、手鏡を持っていた。ジャックとならんでベッドに腰かけ、完成した心臓を初めて目にするイングリッド・モエを見ていた。イングリッドはしばらく何も言わず、じっと刺青をながめた。いずれにしてもジャックは聞いていない。バスルームへ行ったのだ。歯磨きを大量に口に入れ、流しの水でゆすいでいた。

イングリッドは「割れてないじゃない」と言ったのかもしれない。「二つに裂けた心臓と言ったのに」

「あなたの心臓は何でもないもの」と、アリスは言ったかもしれない。

「真っ二つだわ！」とイングリッドが断言したのは聞こえて、ジャックはバスルームを出た。

「そう思ってるだけよ」と、母が言っていた。

「注文と違ってるじゃないの」イングリッドが言葉を吐き飛ばす。

「本物そっくりにしてあげたわ——小さい心臓」

「何すんのよ、ばか！」

「子供の前じゃないの」

「まったく、もう話にならない」少女は鏡を胸の刺青に近づけた。たしかに注文どおりではなかろうが、つい見入ってしまうようなものだ。

　アリスはベッドからバスルームへ立った。ドアを閉める直前に、「ほかの人との出会いがあったらね、イングリッド——きっとあるはずよ——その誰かさんが手を出すと思うわ。生まれた子供たちもさわりたがると思う」

　アリスは流しの蛇口をひねった。イングリッドにもジャックにも泣き声を聞かれたくない。ジャックが「バンデージしてないよ」と、閉まっているバスルームのドアに言った。

「あんたがやっといて」母が水音にかぶせて言う。「もうその人に関わりたくないから」

　ジャックは、イングリッド・モエの手くらいの大きさのガーゼにワセリンを塗りつけて、乳房の横の心臓にあてがった。テープでガーゼを肌に留める。乳首にさわらないように気をつけた。イングリッドがいくぶん汗ばんでいたので、テープを貼りづらかった。

「やったことあるの？」

「あるさ」

「だから、そうじゃなくて、胸にってこと」

　ジャックはいつもどおりの手順をこなした。見よう見まねというものだ。

「じゃあ、きょう一日、このままね」と言ってやる。イングリッドはシャツのボタンをかけていた。ちっぽけなブラは省略したようだ。「日焼けみたいな感じだよ」

「そこまで知ってるの？」立ち上がると、さすがに長身で、ジャックの背丈ではやっと腰までしか届かなかった。

「ローションをつけるのもいいね」

またキスでもされるのかと思うように、イングリッドが腰をかがめてきた。ジャックはぎゅっと口を結んで、息を詰めた。おそらく震えていたのだろう、イングリッドは大きな手をジャックの肩に添えて、「こわがらなくていいのよ――何にもしないから」そしてキスをするのではなく、そっと耳元で「シベリウス」とささやいた。

「なに？」

「おかあさんに言って。あの人はシベリウスと言った。それしか考えてなかったわ。もちろん、行くってことよ」

イングリッドは部屋のドアを開けた。わずかに開けて、つい最近までホテルの部屋を出ることに慎重だった経歴があるかのように、廊下の様子をうかがった。

「シベリウス？」と、ジャックはその言葉を試すように言った（きっとノルウェー語だと思った）。

「あなたのために言うの。おかあさんのためじゃないわ。いいから伝えといて」

廊下を歩き出したイングリッドを、ジャックは見送った。うしろから見ると子供っぽくはない。大人の女が歩いていた。

部屋の中へ戻って、顔料のパレットになっていた小さな紙コップを始末した。グリセリンとアルコールと傷薬のキャップがちゃんと締まっているか確かめる。バンデージも片づけた。二台のタトゥーマシンの針は、ペーパータオルの上にならべた。母は筋彫り用のマシンを「ジョーンジー・ラウンドバック」、ぼかし用のマシンを「ロジャーズ」と言っている。いずれにしても針の洗浄をするはずだ。

ようやくバスルームを出たアリスが泣いていたことは、もう隠しようがなかった。いつもジャックは母のことを美しい人だと思っていたが――たいていの男がどういう目を向けるかということは、ジャックの母への思い込みに何らの悪影響もおよぼさないのだが――きょうはイングリッドのような童顔の美少女の黄金色になった胸に刺青をしたことで、だいぶ母もまいっているようだった。

「心臓の止まるような娘だったわね」とだけ母は言った。

「シベリウスだって」と、ジャックは母に知らせた。

「え？」

「シベリウス」

そう聞いただけではアリスにもわけがわからなかったが、しばらく我慢して考えた。「たぶん行き先のことだね」とジャックは言う。「会えるのかもしれない」

アリスは首を振った。それを見たジャックは、また予定外の町なのだろうと思った。どこの国なのかもわからない。

「どこなの？」と、母に聞いた。

母はまた首を振った。「どこじゃなくて誰っていう話ね――。作曲家なのよ。フィンランドの」

ジャックは「フィンランド」を聞きそこなった。死人ランドのようにも思えた。

「シベリウスはフィンランドの作曲家よ」と母が教えた。「つまり、あんたのお父さんはヘルシンキへ行ったということ」

そんな町が予定にないことは確かだ。いやな地名ではないか。地獄《ヘル》の入った町なんて、ちっとも好きになれない。

フィンランドへ発つ前に、アリスはトロンド・ハルヴォルセンに会っておきたいと思った。ウィリアムに感染症をもたらしたという下手な彫師である。刺青オーリーなら「引っかき屋」と言っただろう。オスロ市街の東部、ガムレビエンというところで、アパートの一階を仕事場にしている男だった。

仕事場とはいえアパートのキッチンにすぎない。

老いた船乗りである。かつてボルネオで手彫りの刺青を受け、次いで日本でも、やはりマシンではなく手で彫ってもらった。右の前腕には刺青ジャック（これはオーリーの師である）の作があり、左前腕にはオーリーお得意の裸婦があった。太腿や胃のあたりを中心に自作の刺青もあるのだが、そういうのは下手としか言いようがない。「まだ修業中だったからな」と言いながら、さまざまな失敗例を見せた。

「楽譜男の話をしてくれませんか」と、アリスが切り出した。

「彫ってくれと言われた音符を彫っただけなんだ。どんな曲だか知らない」

「感染症を起こしたとか」

トロンド・ハルヴォルセンは、にやりと笑った。上下とも犬歯がないようだ。「そういうこともあるよな」

「針の消毒はするんですか？」

「やってられないよ」

火にかけた鍋が煮え立っていた。魚の頭のようなものが入っている。キッチンには魚の匂いとタバコの匂いが、ほぼ均等に参画しているようだ。

アリスはあきれた顔になっていた。この仕事場は、下絵からして汚らしい。ステンシルが料理の油と煙にまみれていた。キッチンテーブルに出しっぱなしの紙コップで顔料が固まっている。本来の色がわからなくなっているようだ。

「私はアバディーン・ビルの娘でして」とアリスは言いかけたが、もう自分の話などどうでもよくなっていたようだ。「刺青オーリーの店にいたこともあります」声がすうっと消えそうになる。

「親父さんのことは聞いてる。オーリーも知らない者はないね」ハルヴォルセンは、いやな顔をされても無頓着のようだ。

　ジャックは、なんでここへ来たんだっけ、と思っていた。

「楽譜男ですけど」と、アリスはさっきの話をする。「どこへ行くとは言ってなかったでしょうねえ」

「感染症で怒らしちまってなあ」と、ハルヴォルセンが認めた。「また来たときには、旅の話なんかする雰囲気じゃなかった」

「ヘルシンキへ行ったんでしょう」とアリスは言った。ハルヴォルセンは聞いているだけだ。もしアリスが知っているのだったら、なぜハルヴォルセンに問いただしているのか。「ヘルシンキでは、どんなタトゥー・アーティストをご存じです？」

「あっちには、ろくなのがいないよ」

「こっちには、でしょう」

　トロンド・ハルヴォルセンは、ジャックに片目をつむってみせた。この母親じゃあ、おまえも苦労してるだろうな、と言うようだ。鍋をかき混ぜながら、魚の頭をちらっとジャックに見せた。「ヘルシンキでは」と、魚に話しかけるように言う。「刺青をしようと思ったら、俺みたいな昔からの船乗りに頼むのさ」

「引っかき屋、ですか」

「ここみたいに自宅でやってるところだ」ハルヴォルセンが防戦の構えを見せはじめた。いささか腹を立てている。

「そういう知り合いがフィンランドにいますか？　上手下手はともかく」

「船乗り連中が行きつけにしてる料理屋がある。港へ行ったら、〈サルヴェ〉って店をさがしてみな。聞けばわかるよ。評判の店だからな」

「それで？」

「どこで刺青をやってるかウエートレスに聞くんだ。古株のやつなら知ってるだろう」

「わかったわ。ありがとう、ハルヴォルセンさん」アリスが差し出した手を、ハルヴォルセンはとらなかった。引っかき屋にもプライドはある。

「好きな男でもいるのか？」ハルヴォルセンが笑うと、歯の欠けた歯並びが見えた。

ジャックの母は子供の髪をぐしゃっと乱して、腰へ引きつけるように抱いた。「この子がいるんですから」

トロンド・ハルヴォルセンは最後まで握手をしなかった。「そうかい。さぞかし似てるんだろうな」と、引っかき屋が言った。

ホテル・ブリストルへ帰って、黙々と荷物をまとめた。この二人がチェックアウトするというので、フロント係は喜んだ。ロビーは外国のスポーツ記者やスケートファンでごった返していた。スピードスケートの世界選手権が、オスロ中央のビスレット・スタジアムで開催される。二月中旬とのことだが、気の早い報道陣やファンが、もう集まっていたのだ。ジャックはスケート選手が見たかったので、残念な気がした。

この年の二月、オスロの気温は平年よりも四度か五度は低かった。寒いと速い氷になるのだとフロント係が言った。ジャックは、スケート選手は暗い中で滑るのか、それともスタジアムに照明があるのか、と母に聞いた。母も知らなかった。

ヘルシンキはどんな町かと母に聞こうとしたが、「もっと暗い」と言われそうな気がして、聞かずにおいた。真昼でも薄い日光で、またホテルの部屋が琥珀色を帯びた。でもイングリッド・モエの金色に輝く肌がないと、オスロは永遠の暗闇に突き落とされたようだった。

夢の中で、まだジャックは、あの娘の照り映えた胸部と、乳房の横側で脈打つ心臓を見ていた。その肌にガーゼをあてたら、刺青が熱を持っていた。熱い心臓がバンデージを通してジャックの手を熱くした。

イングリッド・モエの歩く姿が大人の女のようだったカーペット敷きの廊下を、今度は自分が母と歩きだして、ジャックは父をさがすこともまた夢なのではないかと思っていた。ただ、この夢に終わりはないらしい。

そのうち、昼になるか夜になるかわからないが、どこかのレストランへ行くのだろう。ヘルシンキの船員仲間に評判のサルヴェという店だ。そしてウィリアム・バーンズに会ったウエートレスがいる。どんな話をしたのか――つまり、どこへ行けば刺青をしてもらえるのか教えたという話を聞かされる。でも、そっちへ行けば、ウィリアムはまた楽譜の刺青をしてもらったあとなのだ。母に説明を聞かされ、父は教会で出会った女の人というか女の子を誘惑してしまったことになる。どれだけの宗教音楽をやってのけても、そういう悪さをした男をさがしているジャックとアリスに、教会の人が手助けをしてくれるわけがない。

またしてもウィリアムは消えているのだろう。オルガンの音にかき消されるようなものだ。壮麗な大聖堂の大オルガンで大傑作が響いたら、どんな合唱でも、どんな人間の声でも、音楽の渦に呑まれてしまう。笑いも消える。つらさも消える。ジャックが熟睡していると思った母が夜中にこらえきれなくなる悲しみさえも押し包んでしまうだろう。

「さよなら、オスロ」と、ジャックは廊下でささやいた。この廊下を歩いていったイングリッド・モエの心臓は、二つに裂けてなんかいない完全なものだった。

母がかがんで、ジャックの首筋にキスをした。「こんちは、ヘルシンキ」と耳元で言われた。またしてもジャックは母と手をつなごうとした。これだけは要領がわかっていた。確実にわかっていたのはこれだけだ――と、あとになってわかる。

5　うまくいかないフィンランド

はるばる来た道を逆戻りで、ストックホルムへ引き返した。それから船に乗り、一晩がかりでフィンランド湾を突っ切る。寒さが厳しい。ものの一分でも立っていると、海水のしぶきがジャックの顔に凍りついた。そんな天候だというのに、氷上のような甲板で真夜中まで飲んだり歌ったりするフィンランド人やスウェーデン人がいた。騒ぐだけ騒いでから吐いているところをアリスは見ていた。どうせ吐くなら風下に向けるのがよい。朝になってジャックが見たなかには、風上を向いていたらしい不幸な人々がいた。

アリスは酔った船客から情報を聞き出した。若い連中が多い。ヘルシンキでタトゥー・アーティストに都合がよさそうなホテルと言えば、ホテル・トルニであるそうだ。そこの〈アメリカン・バー〉と称される店が、金回りのよい学生のたまり場になっている。あるフィンランド人またはスウェーデン人によると、このバーは「大胆な」女の子を求めて行くところなのだという。そういう若い女なら、お嬢アリスとは相性がよいのではないか。「大胆」と聞いたアリスは、刺青をいやがらない娘たち（および、そういう娘とつきあいたがる男たち）を考えた。

このホテルについては、昔はよかったと言っておこう。鉄格子のついた古いエレベーターが「当分の間」は使用停止ということで、五階に部屋のあるジャックとアリスは階段とすっかりお馴染みになって、手をつないで上がった。部屋はバス・トイレなし。流しはあるけれども、出てくる水は飲料に不向きだと言われた。窓の外にはハイスクールらしきものが見えた。ジャックは窓辺に坐り、うらやましげに生徒を見た。友だちがたくさんいるらしい。

バスとトイレは同じ階の客と共用になっていて、曲がり角の多い廊下を遠くまで歩かなければならなかった。客室の数は百である。ある日、ジャックは退屈のあまり、母にせがんで一緒に数えてもらった。バスルーム付きの部屋は半数にも満たない。

しかし、アリスがこのホテルを選んだのは正しかった。ここへ来て間もなく、アメリカン・バーに集まる客のおかげで、いい商売ができるようになった。ジャックが見るかぎり美人は少なかったが――そして大胆なのかどうかわかるには経験不足だったが――かなりの数の若い女と、それを上回る若い男が、刺青に対して度胸がよかった。だが、この仕事では、酒飲みは出血が多いと相場が決まっている。ヘルシンキでの母はペーパータオルを大量に消費した。

一週間もすると、アリスの稼ぎは、クリスマスシーズンに刺青オーリーの店にいた頃と変わらなくなった。ジャックはタトゥーマシンの音を子守歌にして寝入ったものだ。ここでもまた「針に眠る」という表現が妥当である。

〈サルヴェ〉というレストランへ行って、個性の強いウエートレスの意見に従い、ホワイトフィッシュのフライでもパイクパーチでもなく、アークティックチャーという魚を茹でたものを注文した。だが、一皿目の料理として、きょうは相手の顔を立てながら、トナカイのタンを食べてみることにした。いつまでも敬遠していることが、かえって面倒になってきた。ジャックは食べてびっくりした。ゴムみたいな感じが全然ない。うまいのだ。デザートにはクラウドベリーを食べた。暗い金色をした実がほんのり酸っぱくて、バニラアイスクリームの甘みと、ほどよいコントラストをなしていた。

ジャックがデザートを食べ終えるまで待ってから、母は刺青をする家を知らないかとウエートレスに聞いた。もちろん、ねらいは別にある。

「そう言えば、ホテル・トルニに女がいるって聞いたっけ」と、ウエートレスは言いだした。「泊まり客らしいのよ。外国人でね——。器量はいいんだけど、悲しい女だってさ」

「悲しい?」アリスは驚いたようだ。ジャックは母を見ていられなかった。悲しいことは子供心にもわかっている。

「そういう噂なのよ」と、ウエートレスは応じた。「小さい子を連れてるんだって。この子みたいな」そう言ってジャックを見る。

「へーえ」

「アメリカン・バーに入り浸ってるんだけど、刺青はホテルの部屋でやるんだって——子供が寝てたりもするらしい」

「おもしろい話だわねえ」と、アリスは言った。「ほかに一人いるんじゃなかったかしら。たぶん男の人で」

「ああ、サミ・サロね。でもホテル・トルニの女のほうが腕はいいみたい」

「そのサミ・サロって、どんな人?」

ウエートレスは、ふうっと息を吐いた。ずんぐりした肉づきのいい女で、着ている衣装がぱんぱんに張っている。足が痛くなっているようだ。一歩踏み出すたびに目を細くする。太い腕がぷるぷる揺れた。でも年齢だけなら、ジャックの母よりは上という程度だろう。エプロンの下にしまい込んでいた布巾で、テーブルを拭き始めた。

「あのさ」と声を低くする。「サミには、ちょっかい出さないほうがいいよ。あっちは、あんたの居所を知ってんだから」

これもアリスには驚きのようだった。ホテル・トルニにいる女刺青師の正体をウエートレスに知られているとは思わなかったのだろう。しかし、ジャックとアリスが入ってくれば、すぐにわかりそうなものではある。若い女と小さな子供でアメリカ英語をしゃべる二人組、という条件に合う親子が、どれだけヘルシンキにいるだろう。

「サミ・サロに会いたいわ」と、アリスは言った。「ある人に刺青をしたかどうか聞きたいのよ」

「向こうが会わないんじゃないかな。あんたに客をとられて、おもしろくないらしいもの。そういう噂なのよ」

「いろんな噂が、よく耳に入ること」

ウエートレスは、ぶっきらぼうな優しさをジャックに向けた。「くたびれたの？　寝不足じゃないのかい。そばで刺青やってられたんじゃ、寝られないでしょ？」

ジャックの母は席を立って、息子に手を伸ばした。店は混んでいて騒々しい。飲食時のフィンランド人は、ずいぶん賑やかになるようだ。子供は、母がウエートレスに言ったことを、うまく聞き取れなかった。だいたいの見当をつけただけである。「どうもご親切に」というようなことだろう。「ホテル・トルニへ来る夜があったら、なるべく痛いところに彫ってあげるわよ」だった可能性も高い。サミ・サロへの伝言を頼んだことだってあり得る。このウエートレスがサミと知り合いだということは、ジャックにも見えていた。

その後、サルヴェへ行くことはなかった。食事はホテルで済ませ、アメリカン・バーを本拠地にしていた。

教会はどうなってるんだろう？　ジャックは、眠りに落ちていきながら、そう思うことがあった。父がヘルシンキで弾いているだろうオルガンのことを、誰かに尋ねたらよさそうなものだ。この町で父に出会って不幸な目にあった女の人は、どこにいるのだろう。シベリウスがどうとかいうのは？

　ひょっとして母はウィリアムさがしに疲れてきたのではないのか。いや、さがしあてることが恐ろしくなったのではないか。ようやく顔を合わせたと思ったら、あっさり袖にされる、という結末を考えたのかもしれない。ウィリアムだって、二人に追われていることは、とうにわかっているだろう。教会音楽にしても、刺青にしても、狭い世界のことなのだ。ウィリアムのほうから姿を現すことはないのか。そうしたらなんと言えばよいだろう。もう逃げまわらないで一緒に暮らしてほしいと、ほんとうに願っているのだろうか。暮らすとしたら、どこで？

　自信喪失になるとしたら、ヘルシンキはつらい町である。アリスは不安になったようだった。夜中にトイレに行きたくなると、むりやりジャックを起こして、一緒に廊下を歩かせる。またジャックにも一人で部屋を出て行かせない（ジャックが流しにおしっこをした夜もある）。アリスがアメリカン・バーをうろついて客を引こうとしている晩は、ジャックは鉄格子のついたエレベーターを見張り所にして、様子をうかがったものである。このエレベーターは、永遠に故障中というらしく、バーよりも一つ上の階で凍りついたように動かなくなっていた。

　脈のありそうな客がいると、アリスは動かないエレベーターを見上げた顔で、ジャックにさりげなく合図する。ジャックは、鳥かごに幼児を入れたように、浮いていた。

　アリスが客を階段に案内するのを見届けると、ジャックはエレベーターを降りて先に五階まで駆け上がる。母が客を連れて廊下を来るときには、もうドアの前で待っていた。

「あらまあ、こんなとこにいたの、ジャック」と、いつでも母は言う。「刺青したいの？」

「ちがうよ」と、いつでもジャックは答える。「そういう年じゃないから、見てるだけ」

ばかばかしいと言えばそれまでだが、こんな繰り返しを、飽くことなく続けた。客から見れば、二人で一組になっている。

ヘルシンキへ来てから三週間目になった頃、ジャックはもうシベリウスのことを忘れていた。若い女が二人（どちらも「大胆」に見えるが）、バーでアリスに近づいた。刺青の話を持ちかけて、二人で一つと言ったようだ。上の階のエレベーターからでは、なかなか話が聞き取れない。

「二人でなんて無理よ」と、母が言ったらしい。

「平気だって」と、背の高いほうが言う。

さらに背の低いほうが「あたしたち、あっちのほうも共通なんだから。刺青くらい、どうってことないわ」。

故障中のエレベーターの中から見る母が、首を振っていた。合図で振ったのではない。いままでにも母が客を断る場面を見ていた。へべれけに酔った若い男にも、二人連れ三人連れの男にもノーと言っていた。一度に一人しか部屋へ案内することはない。だが、このノッポとチビの女二人は、いつもと違うようだった。アリスのほうが気圧されている。前から知っている人なのだろうかとジャックは思った。

アリスはくるっと背を向けて歩きだした。しかし、あとから二人もついてきて、しきりに何か言っている。母が階段を上がりかけるのを見てから、ジャックはエレベーターを出た。ノッポとチビも上がってくる。

「もう大人だわよ」と、背の高いほうが言っていた。

アリスはまた首を振った。ついてくる二人にかまわず階段を上がる。

「ああ、ジャックね」と、背の低いほうが階段を見上げて言った。ここにいることを知られていたのかとジャックは思った。「あたしたち、音大生なのよ。あたしは教会音楽の専攻で、合唱もオルガンもやってるわ」

アリスは息が切れたように階段の途中で立ち止まった。一階と二階の中間の踊り場で、二人がアリスに追いついた。ジャックは二階から三人を見下ろし、母が来るのを待っている。

「こんちは」と、背の高いほうが言った。「あたしはチェロを弾いてるの」

背が高いといってもイングリッド・モエほどではないが――また、ああいう息を呑むような美人ではないが――すらりとした大きい手の感じは似ていた。波打つブロンドの髪を男の子のようなショートにしている。コットンのタートルネックの上にスキーセーターを重ね着しているが、くたびれたセーターで、トナカイを何頭かあしらった模様が色あせていた。

背の低い娘は、ぽっちゃりした体型にかわいらしい顔をして、濃い色のロングヘアが胸の高さまで届く。黒のショートスカート、黒のタイツ、膝までの黒ブーツ、またVネックのセーターも黒いが、これだけは体に大きすぎるようだ。すごく柔らかそうな素材のセーターで、トナカイの模様はなかった。

「音大生なのよ」と、アリスが繰り返す。

「シベリウス音楽院の学生」と、背の高いほうが言った。「聞いたことある?」子供は何とも答えずに、母だけを見ていた。

「シベリウス……」このアリスの言い方だと、口に出すまでに喉が痛かったようだ。

かわいい顔立ちのぽっちゃり娘が階段を見上げて、ジャックに笑いかけた。「もう間違いなくジャックね」

背の高い娘が二段飛びに上がってきて、ジャックの前で膝をつき、その顔を両手にすっぽり包んだ。手に湿り気があった。「あらまあ、ほんとに」と言った息に、フルーツ味のチューインガムのような匂いがあった。「すっごく似てるじゃない」

　ジャックの母も、背の低い娘とならんで上がってきた。「その手を離して」と、背の高い娘に言う。言われた娘は立ち上がり、あとずさりで子供から離れた。

「ごめんね」と、ジャックに言う。

「何のつもりなの」アリスが二人の音大生に言った。

「だから――刺青よ」背の低い娘が答える。

「ジャックがどんな感じか見たかったし」と、背の高いほうが白状した。

「べつに構わないでしょ、ジャック」背の低いほうが言った。

　ただ、何はともあれ四歳だ。この二人組が言ったことを、どれだけ正確に覚えていることになるのだろう。たとえば数日後、数週間後、あるいは数カ月後にいたるまで、あの階段での話は何だったのかと母に聞き、都合のよい答えを返されたということはないのだろうか。ジャックが覚えているつもりになったのは、二人組が実際に発した言葉ではなくて、アリスの不動の解釈としての、ウィリアムに捨てられた物語だったのかもしれない。

　のちのちジャック・バーンズは、まだ階段上にいるような錯覚を持つことがあった。エレベーターの故障が当面どころか永遠に近いものだったせいもあろうが、母による父の物語と父の実像との異同について、何年も考えることになったからでもある。

　確かな記憶としては、こんなところだ。ふたたび母が階段を上がりだし、ジャックはつないだ手を離していなかった。二人の音大生が歩調を合わせ、ずっと五階までついてきた。ドアの前へ来た母が、あたふたとバッグに手を入れキーをさがすのを見て、母が動揺しているのがわかった。キーはジャックが持っていた。そういう習慣だったのだ。

「これ」と、キーを母に差し出した。

「ああ、よかった、なくさなくて」そう言われてジャックは二の句が継げなかった。こんなに混乱した母は初めてだ。

「ジャックを一目見たかったのよ」と、背の高い娘がまだ言っていた。

「刺青なんて、ついでに考えただけ」背の低いほうが言った。

アリスは二人を部屋に入れた。このときもまた、ほんとうに初対面なのかと思った。アリスは電灯を全部つけた。すると、またもや背の高いほうがジャックの前で膝をついた。もう一度ジャックの顔を手ではさみたかったのかもしれないが、どうにか自制したらしく、ただジャックを見ただけだ。

「大きくなったら、女の子といっぱいつきあうんでしょうね」

「なんで？」

「うっかりしたこと言わないで」アリスが娘に言った。

かわいい顔とロングヘアの背の低い娘も、ジャックの前で膝をついた。

「ごめんね」二人がコーラスで言う。そう言われたのが自分なのか母なのか、ジャックにはわからなかった。

アリスはベッドに坐り込んで、ため息をついた。「二人で一つにしたいっていう刺青はどんなの？」二人の若い女の中間地帯に視線を向けて、どちらにも合わせようとしなかった。この大胆な娘たちの軽薄ぶりを意識して、ジャックがへんに影響されているように思ったのだろう。

ノッポとチビの二人組が注文したのは、やはり割れたハートの一種だった。今回は縦に割れたものである。左半分は背の高い娘の胸へ、右半分は背の低い娘の、それぞれ心臓側に彫るのだという。さほどユニークな発想ではないが、刺青をしたくなる衝動にあまり独創性が見られないということは、そろそろジャックにも見えていた。割れたハートという図案がめずらしくはない上に、その描き方も限られている。また体のどこへ彫るかと考えても、おのずと答えは決まってくるだろう。

当時、まだ刺青は記念品のようなものだった。旅の記録、あるいは一生一度の恋、失恋、立ち寄った港の思い出――。肉体が写真のアルバムになる。ただ、刺青そのものが写真的な表現にならなくてもよい。芸術性、美的快感はなかったかもしれない。だが醜いものではない。醜さを意図してはいない。その昔の刺青には感傷の味わいがあった。また、そういう気分にならなければ、体に墨を入れようとは思うまい。

もし図案の意味がめずらしくないとしたら、できあがる刺青がユニークだということもないだろう。よくありそうなのが母親への思い、去っていった恋人、初めての航海。だいたいは船乗りの刺青の絵だ。船乗りが感傷的な連中だということは明らかではなかろうか。

ノッポとチビの音大生も同類だった。品は悪いかもしれないが、アリスに嫌われたわけでもなさそうだ。それに一応の年齢に達している。ジャックの目で見ても、イングリッド・モエよりは確実に上だった。

背の高いほうはハンネレという名前だった。色あせたトナカイ模様のセーターとコットンのタートルネックの下に、ブラはつけていなかった。ジャックは女性の胸に早熟な関心を寄せていたけれども、ハンネレについて印象が強かったのは、まるで処理をしていない腋の下だった。この若い女は上半身がしっかりしているが、胸だけはイングリッド・モエよりは大きい程度でしかない。びっくりするような腋毛は、髪の毛よりも濃いめのブロンドだ。へその上へシルクハットを押しかぶせたように、ワインをこぼした染みの色がついているのは、フロリダ州の形をした痣だった。

アリスが筋彫りのマシンで作業を始めると、ハンネレは唇をとがらせて口笛を吹いた。機械の音がうるさいので、ジャックには何の曲かわかりにくい。ハンネレは窓際に陣取って、大きく脚を広げていた。女らしい格好と言えたものではないが、どうせジーンズをはいているのだし、もともとチェリストなのである。演奏中はこんな坐り方になるだろう。

ずっと後年になって、ジャックの前で裸の女がチェロを弾くことになるのだが、そのときジャックはハンネレを思い出し、はたしてウィリアムの前では裸の演奏をしたのだろうかと考える。そういうことまで父と共通なのかと思って恥ずかしくもなる。なぜウィリアムがハンネレに惹かれたのかもわかるような気になる。たしかにハンネレは大胆な娘で、半分の心臓を胸部に彫り進められながら、なお平気で口笛を吹いていた。

アリスがマシンを変えて、ぼかしの作業に入っていたとき、ジャックは大きいベッドに坐っていた。ぽっちゃり型の背の低い娘とならんでいる。名前をリトヴァといった。ハンネレより胸がふっくらしている。ジャックは眠いのを我慢して、リトヴァが半分の心臓を彫る番になるまで起きていようとした。

きっと眠たい顔になっていたのだろう。「もう歯を磨いて、パジャマに着替えたら?」と母に言われた。

流しへ立っていって、歯を磨いた。ここの水は飲むなと何度も母に注意されている。洗面台に水差しが置いてあって、飲料水が入っていた。歯を磨いたら、そっちの水で口をゆすぐようにとも言われていた。

開いているクロゼットのドアに隠れてパジャマに着替えた。リトヴァにもハンネレにも裸を見られまいとしたのだ。それから、またベッドに乗り上がると、リトヴァがベッドカバーを下げてくれた。枕に頭を乗せて静かになったら、リトヴァがベッドカバーをかけて寝かしつけようとする。マシンの音と、かすかだが大胆なハンネレの口笛しか、聞こえるものはなかった。

「いい夢見なさい、ジャック」リトヴァがおやすみのキスをした。「英語だと、スイート・ドリームズ、なんて言うんでしょう?」と、これはアリスに向けた。

「まああね」母の声がつっけんどんになった。ジャックにも耳慣れない感じがした。

ひょっとすると「スイート・ドリームズ」は、ウィリアムの言葉遣いだったのかもしれない。アリスと、リトヴァ、またハンネレにも言ったのではないか。ハンネレの大胆な口笛が、一瞬、はたと止まった。左胸にぼかしをつける針の痛みが、いきなり耐えがたくなったようなのだ。「スイート・ドリームズ」が痛かったのだろう、刺青の針ではない、とジャックは思った。

子供は眠気と戦っていた。いつの間にか瞼が重くなる。つい手が出ていった。リトヴァの柔らかいセーターがある。あたたかい手の指が小さい指を包んでくれる感触があった。

それから母が言ったことは、聞こえたのかどうか不確かだ。「どこへ行くとは言ってなかったかしらね」

「聞いてないわ」と、ハンネレが口笛の合間に言ったのかもしれない。

「あなたとジャックに追いまわされてるってさ」これはリトヴァが言ったのを、はっきりと聞いた。

「それでもういいじゃない」

「追いまわすなんて言ったの？」

「あたしの言葉」と、リトヴァが言った。

「あたしたち、いつも言うわ」と、ハンネレが言った。

「でも、ジャックが彼の責任だってことは、二人とも認めるでしょう？」

たしかに父親が責任を負うべきことに異論はなかった。だが、これもまたヘルシンキで耳にした大人の会話の一例で、ジャックは半分眠りながら聞くともなく聞いたにすぎない。ふと目が覚めたときは、リトヴァのかわいい顔が上から笑いながらジャックを見ていた。その表情からすると、まだ幼いジャックの顔に、父親の面影を見ようとしていたに違いない（いまだにジャックは、あのかわいい顔を夢に見ることがあって、眠りにつく間際に目に浮かんだりもするのだった）。

ついにジャックはリトヴァの丸い胸を見ることなく終わった。腋の下がハンネレのように未処理だったのかどうかもわからない。目を覚ましたら、すぐ隣で眠るハンネレの顔が枕の上にあった。コットンのタートルネックだけで、スキーセーターは着ていなかった。きっとリトヴァの半分心臓が彫りあがるのを待ちきれず、眠ってしまったのだろう。マシンの音は聞こえたが、母が邪魔になって、リトヴァの胸も腋の下もジャックからは見えなかった。母の肩越しにリトヴァの顔が見えただけだ。ぎゅっと目を閉じて、痛みをこらえる顔になっていた。

ハンネレの寝顔は、ジャックのすぐ目の前にあった。いくぶん口を開けている。寝息にはチューインガムのフルーティーな香りは消えていて、わずかながら口臭があった。髪の毛は、香しいような、むっとするような匂いを放った。ホットチョコレートをカップに入れたまま放っておいて、苦みが強まったような感じだろう。でもジャックはキスしたいような気がして、息を止め、じりじりと顔を近づけていった。

「寝なさい、ジャック」と、母が言った。背中を向けている母に、どうして目覚めているのを知られたのか、まるで見当がつかなかった。

ハンネレの目が大きく開いて、ジャックを見つめた。「その睫毛がねえ、死んでもいいと思うくらい。――英語でそういうふうに言わない？」と、アリスに聞いた。「死んでもいい、なんて」

「まあね」

リトヴァが洩らしそうになった泣き声を押し殺した。

ベッドカバーの下で、ハンネレの長い指がジャックのパジャマをさぐり、お腹をくすぐった（いまだにジャックは、あの指を夢で感じることがあって、眠りにつく間際に感触を思い出したりもするのだった）。

　ノックの音は、だしぬけに響いた。ジャックは夢から起こされた。部屋は真っ暗だ。母は隣でぐうぐう寝ていて、ぴくりとも動かない。この「ぐうぐう」で母だとわかる。腰に感じる手は、ハンネレではなくて母の手だ。

「誰か来たよ」と、小さな声で言ったが、母には聞こえていなかった。

　またノックの音が、さっきよりも大きく響いた。

　たまにアメリカン・バーの客が、アリスが来るまで待ちきれなくなることもあった。酔った勢いで部屋へ押しかけ、刺青をさせようとしてドアをたたくのだ。アリスは酔っぱらいはお断りで追い返していた。

　ジャックは体を起こして、きんきん声でどなった。「時間外だよっ」

「俺は客じゃねえ」怒った声が廊下で発せられる。

　母がびくっとしたようだ。こんなに驚いたのは、あの小柄な兵士の夜以来ではないか。すっと伸び上がって、ジャックをひしと抱きしめた。「何の用ですっ」

「楽譜男のことを聞きたいんだろう?」と、男の声が言った。「俺が彫ったんだ。やつのことなら、ちゃんと知ってるぜ」

「サミ・サロ?」

「ああ、相談があって来たんだ。まず開けてもらいたいね」

「ちょっと待って、サロさん」

　アリスはベッドを出て、ナイトガウンの上からローブを一枚はおった。手持ちの下絵の自信作をベッドにならべる。パジャマ姿のジャックが、海の男の世界に漂った。心臓と花、帆を張った船、草の腰蓑を巻いた半裸の女、というベッドに子供がいる。蛇、錨、船乗りの墓、ジェリコのバラ、アリス版「男の破滅」が、四歳児を取り巻く。ハートの鍵、蝶の羽根をつけた(うしろ姿の)裸婦というのもあった。この裸婦はチューリップの花から出ようとするところだ。

たったいま刺青の夢から覚めたように、子供は下絵に囲まれていた。ドアを開けたアリスは、サミ・サロに道をあけてやって、この刺青世界に進ませた。出来のいいものを見せつけたら、へっぽこ職人は目が釘付けになるに違いない、とアリスは計算していた。

「で、ものは相談だが……」と言いかけて、サロの足が止まった。ジャックなど眼中にない――というより、下絵に目を奪われている。

かなり年配の、枯れた男だ。げっそりした顔に、人の心をのぞくような表情がある。耳までかぶったネービーブルーの帽子も、同色の短いジャケットも、水兵が身につけるようなものだ。冬服で五階まで階段を上がって汗ばんでいた。息が荒い。ものも言わずに、アリスの作品を見ていた。

サロの好みは、ジェリコのバラか、ハートの鍵か。どっちか五分五分だったろう。ハートの鍵というのは、裸婦の胸にキーが水平に乗っていて、どこやらを鍵穴として描いているものだった（うしろ姿ではないのだから、アリスの図案としてはめずらしい）。

負けた、という顔から察するに、サミ・サロは男の破滅を地でいく人物だったろう。「その相談というのは……」と、アリスが水を向けた。

サロは、頭を垂れて祈りたいような手つきで、帽子をとった。ジャケットのボタンもはずしたが、それ以上は何もせず立っていた。ジャケットの下に着ていたのはダーティーホワイトのセーターで、そのクルーネックの上へはみ出して見えていたのが、まるでサロの首をつかもうとするかのような骸骨の手の、くすんだグレーの指だった。つまらない刺青もあったものだ――と、母の顔を読んだジャックは判断した。セーターのおかげで骸骨の手しか見えていないのが、つくづくありがたいことだった。

ほかにサミ・サロの刺青は見なかった。サロにしても語り合いたくて来たのではない。

「相談というのは」と、用件を言いだした。「楽譜男のことを教えてやるから、この町を出てってくれ。どこへなりと消えればいいんだ」

「ご商売の邪魔をしてしまったとは思いますよ」

サロはうなずいて了承した。ジャックはこの男が気の毒になって、顔を枕の下に埋めた。サロは「女房のやつ、店でがさつな口をきかなかったかな」と言ったようだ。「夜勤させちまってるんで」

あの個性の強いウエートレスが奥さんだったのか、とジャックは思った。枕をひっかぶった四歳児として、大人の世界にはいろいろあるらしいとわかった。サロが過労の妻よりずっと年上であることは、ジャックにも見当がついた。女の様子ではサロの娘であってもおかしくない。

さて、これで手打ちということになって、双方とも言い分はなかった。

「アムステルダムだよ。やつの背中にバッハをちょっと彫ったんだが、アムステルダムへ行くとか言ってた」

「では、旅の手はずが整ったら、すぐにヘルシンキを出ますよ」

「なかなか遣り手だね」というサロの声が聞こえた。もう廊下に出ていたのではないか。

「ありがとう、サロさん」アリスが言ってドアを閉めた。

アムステルダムなら旅の予定にあった町だ。ジャックは一本足だという刺青ペーテルを早く見たいと思った。


「聖ヨハネ教会を忘れちゃいけないわ」と、母が言った。ジャックはてっきり船会社へ行くものと思っていた。「お父さんがオルガンを弾いたところだもの、一目見ておこうね」

海に近い。昨夜は雪が降り続いた。ずっしりした海の雪で、木々の枝が垂れ下がっている。

「ヨハネクセン・キルッコ」アリスがタクシーの運転手に言った（教会名をフィンランド語で言え

た！）。

すごい教会だ。赤レンガのゴシック風大聖堂で、二本の塔がそびえている。日の光を受けた塔は、うっすらと緑色に輝いていた。木製の会衆席が濃いブロンドの色だったので、ジャックはハンネレの腋毛を思い出した。二人の到着を知らせるように鐘の音が響く。アリスの話では、三つの鐘が鳴らすのはヘンデルの「テ・デウム」の冒頭なのだそうだ。

「ドのシャープ、ミ、ファのシャープ」と、元聖歌隊員が小さく声に出した。

丸みを帯びた祭壇画は、縦長の構図に薄い色遣いで、ダマスカスへ向かうパウロの改宗を描いていた。オルガンはヴュルテンベルクのヴァルカー製。一八九一年の建造である。一九五六年に改修されて、七十四のレジスターがついていた。オルガン用語でレジスターと音栓《ストップ》が同じであることはジャックも知っていたが、その数が音の大きさや響きの豊かさにどう関わるのかは知らなかった（ウィリアム・バーンズを悪人として見るあまり、オルガンには熱意を向けられなかった）。

ヘルシンキが快晴となった日に、ステンドグラスを通る光がオルガンのパイプにきらめいて、たとえ弾く人がいなくてもオルガンがひとりでに響きだすかに見えた。だが、ともかくオルガニストは来ていたのだから、アリスが事前に話をつけたに違いない。カリ・ヴァーラという、闊達で、髪の毛を振り乱した男だった。たったいま列車の窓から顔を出したように乱れている。何かというと手を組み合わせる癖があった。人生の一大事となる告白でもするのか、いきなり膝をつこうとするのか——奇跡を目のあたりにして、がつんと衝撃をくらった人のようだ。

「きみのお父さんは、すぐれた音楽家だ」と、ほとんど拝むような態度でジャックに言う。子供は口がきけなくなっていた。父を誉められるとは、いつもと勝手が違う。「だが才能は磨かれねばならない。さもなくば枯れる」オルガンの低音域のような声だった。

「アムステルダムと聞いたんですが」と、アリスが口をはさんだ。いまにもカリ・ヴァーラが恐ろしい真実を——子供の前では言えない領域にあることを——語ってしまうのではないかと心配したようなのだ。

「ただアムステルダムというだけじゃない」オルガニストが声を響かせる。ジャックはヴァルカー・オルガンに目をやった。何かの曲が流れ出しそうな気がしないでもない。「なにしろ旧教会で弾くというのだから」

せっかくヴァーラが敬意を込めて語ったのに、ジャックにはわからなかった。だが母は教会名を聞いただけでも喜んでいた。

「すごいオルガンがあるそうで」と、アリスは言った。

カリ・ヴァーラは深々と息を吸った。また列車の窓から顔を出そうというようだ。「旧教会のオルガンは、どでかい」

ここでジャックが足をフロアに引きずったか、咳払いのような音を発したか、ふたたびヴァーラの注意が子供に向いた。「きみのお父さんに言ったんだよ。大きいことは必ずしもベストではない。でも、若い人なんだね、自分の目で見ないと気がすまないらしい」

「そうなんです。いつでも何でも見たがってました」と、アリスが相づちを打った。

「一概に悪いわけではないんだが」と、ヴァーラは言ってくれた。

「一概に良いわけでもないんです」

カリ・ヴァーラがジャックの上へかがみ込んだ。オルガニストが組んだ手に石けんの匂いがした。

「オルガンの才能があるかもしれないな」ヴァーラは組んでいた手を離し、思いきり腕を広げて、ヴァルカー・オルガンを抱えたいような形になった。「弾いてみないか?」

「とんでもない」アリスがジャックの手を引っ張った。

通路を行って、聖ヨハネ教会の外へ出る。積もったばかりの雪に陽光がきらきら映えていた。「ミセス・バーンズ！」うしろからヴァーラが呼びかけた（アリスが自分からミセス・バーンズを名乗ったろうか？）。「旧教会で弾くオルガンは、旅行者にも娼婦にも聞かれるそうですよ」「子供の前ですから」アリスは首をまわして言った。タクシーを待たせている。次の目的地は船会社だ。

「教会の所在地が、赤線地帯の中にある、と言いたいのですよ」

アリスの足が揺らいだようだが、すぐに立ち直って、ジャックとつないだ手に力が入った。

ヘルシンキから船でハンブルクへ渡り、列車に乗り換えてアムステルダムへ向かう、という話も出たのだが、だいぶ遠回りになる上に、ハンブルクに居続けたくなりかねないとアリスは思った。ヘルベルト・ホフマンに会って、仕事を手伝わせてもらいたい気持ちは、それほどまでに強かった（そうなっていればカナダへは帰らなかったかもしれないし、ジャックがセント・ヒルダ校へ通うこともなく、それ以後の進学もなかったろう）。アリスがさかんにホフマン宛ての絵はがきを出したので、ジャックは住所を覚えてしまった――バンブルガー・ベルク八番地。もしハンブルクへ渡って、ザンクト・パウリの界隈へ、レーパーバーンの通りへ行って、ヘルベルト・ホフマンの刺青工房を訪ねたとしたら、おそらく長居したのではなかろうか。

しかしヘルシンキから乗れた船は、ロッテルダム行きの貨物船だった（貨物船が人間の客を運ぶことはめずらしくなかった）。ロッテルダムからは短い列車の旅でアムステルダムへ行ける。これはジャックの記憶に残った。雨が降っていて、ところどころ水びたしの風景があった。まだ冬なのに、ちっとも雪がない。でも列車の窓から見ていると、いつまでたっても春が来るとは思えない。アリスは窓ガラスに頭をつけていた。

「ガラス、冷たくないの？」と、ジャックは言った。

「気持ちいいのよ。熱でもあるのかしら」

ジャックは母のひたいに手を当てた。それほど熱くはない。母は目を閉じて、うつらうつら眠りかけた。通路をはさんでビジネスマン風の男が、アリスをちらちら見ていた。ジャックは男をにらみつけて、目をはずさせた。すでに四歳にして、視線で人を抑えられた。

片足だという刺青ペーテルを思ってわくわくしていたし、どでかいと言われた旧教会のオルガンの大きさを考えてもいただろう。だが別種の疑問が、ひょっこりと頭に浮かびもした。

「ママ」と、小さく呼んだ。母が起きないので、もう少し大きな声で言ってみた。「ママ？」

「役者ねえ」と、母が小声を返した。目を開けてはいない。

「赤線地帯って、なに？」

アリスは見つめる目になったが、疾走する列車の窓の外を見たのではない。また目を閉じたときに、あのビジネスマンがふたたびアリスを盗み見た。「そうねえ」アリスは目を開けない。「行けばわかるんじゃないの」

6 聖なる騒音

アムステルダムへ行ったあとで、アリスは別人のようになった。多少なりとも持っていた自信、道義心が、ほとんど消滅するにいたった。母が変わったことはジャックにも見てとれたはずだが、なぜかとまではわからなかったろう。

赤線地帯の北東端にあるゼーダイクに、〈デ・ローデ・ドラーク〉という刺青パーラーがあった。英語で言えば〈ザ・レッド・ドラゴン〉。ここの彫師はテオ・ラトマーカーといい、刺青テオと呼ばれていた。だがアムステルダムでは刺青ペーテルの名が大きすぎて、その影になっているしかないのだから、皮肉な通称だったろう。

しかし二流の腕前だと思われている店にも、なおウィリアム・バーンズは客として来ていた。ザムエル・シャイト作曲「われら唯一の神を信ず」の断片が尾骶骨の上で三日月形になるように、ちまちまと彫らせていたのだった。ドイツ語の歌詞が音符にかぶさって見にくくなった。これがアムステルダムに来たウィリアムの最初の刺青である。

あとでペーテルにも彫ってもらった。ペーテルは、テオのやることは素人芸だと言いつつ、バッハの「イエス、わが喜び」を彫った。どこに彫ったのかは明かさなかったが、音符と歌詞がかち合ったりはしないそうだ。

この男、本名をペーテル・デ・ハーンという。当代きっての刺青師と言えた。片足がなくなっていることは、子供時代のジャックにとって、どうにもならない謎だった。母に聞いても教えてくれない。もどかしくはあったが、想像力は鍛えられた。アリスから見ると、ペーテル・デ・ハーンのすごいところは、ヘルベルト・ホフマンの体に刺青を彫って、親交を結んでいたことである。

刺青ペーテルの店は、シント・オーロフスという通りにある建物の地下だった。つまりウィリアムは二度までも赤線地帯で刺青をしてもらったことになる。音楽で記録を残すやつだな、一生消えないよ、とペーテルは言った。そういう男のための一生になったのがアリスだが……。

地下の店は、かなり暖かくなっていた。ペーテルは仕事中にシャツを脱ぐことが多い。そのほうがタトゥー・アーティストとして信用されるんだ、とアリスに言った。はたで聞いていたジャックは、お客がペーテル自身の刺青を見て感心するのだな、と思った。

「だったら、あたしは脱がないほうがいいわ」と、アリスが言った。これについてジャックは、きわめて理にかなったことを考えた。母は自分では刺青をしていないのだから、お客さんの信用を失うかもしれない。

ペーテル・デ・ハーンは、肌が白く、鐘のような体型をした男だった。さっぱりとひげを剃った顔である。つやつやした髪をバックになでつけていた。たいていは黒っぽいズボンをはいて、一本の足を店の入口に向けている。そうやって木製の椅子に坐っていると、もはや付け根でしかない足は、ほとんど外からは見えなかった。ぴんと背筋を伸ばして姿勢がよい。坐った形がぴたりと決まっていた。でもペーテルが立ったところを、ジャックは全然見ていない。

松葉杖でも突くのだろうか。杖を二本か。それとも海賊のような義足か。車椅子で動くのか。ジャックにはさっぱりわからなかった。ペーテルが動くところを見ていない。

ペーテルの息子が若い職人として存在した、ということをジャックはあとで聞いたけれども、記憶にあるかぎりでは若い人と言えば母のほかに一人しかいなかった。おっかない男で、ヤーコプ・ブリルという名前だった(このブリルの印象が強かったあまり、ペーテルの息子がまったく記憶に残らなかったのかもしれない)。

ヤーコプ・ブリルは、ロッテルダムに自前の店を持っていた。週末になると店を閉め、アムステルダムへ来て、土曜日の正午から真夜中まで、ペーテルの店を手伝う。ご指名の常連客が順番待ちをしていた。ブリルについている客は、熱心なクリスチャンばかりだった。

小さい体が痩せて引き締まっていた。凄みのある骸骨と言うべきか。そういう男が宗教画しか彫らない。お得意なのは「キリストの昇天」だった。ブリルの骨張った背中には、天使の群とともに地上を離れるキリストの像がある。天をぼんやりと雲に包まれたように描き、天使の翼を絢爛にするのが、ブリル好みの図柄だった。

胸に彫るとしたら「キリストの苦悶」がよい、というのがヤーコプ・ブリルの意見だった。茨の冠をかぶせられた救い主が、頭から血を流す。手も足も横腹も血を流している。ブリルの説だと、血は不可欠なのだった。自身の胸には、キリストの血だらけの頭のほかに、聖書から「主の祈り」の文字が彫られていた。左右の前腕と二の腕には、聖母マリア、幼子キリスト、マグダラのマリア——後光が差しているのといないのと——があった。腹部は、あの飛びきり恐ろしい絵、墓を出るラザロのための取っておきの場所だった(だからブリルは消化不良なのだ、とアリスは言っておもしろがった)。

マグダラのマリアを二箇所に彫っているくらいの男だから、寛容の精神に富んでいるのではないか——とりわけ、赤線地帯にいる飾り窓の婦人労働者に、厳しい目を向けることはないのではないか、と思えるかもしれない。しかしブリルは、娼婦という存在への反発をあらわにした。中央駅から徒歩でペーテルの店へ来るまでに、わざわざ娼婦を見なくてもすむはずだ。それどころか駅から店への最短経路をとるならば、飾り窓地区を突っ切るまでもない。ところがブリルは、ダム広場に面したホテルに宿をとった(この時期に〈クラスナポルスキー〉といえば大変に高級なホテルであり、ブリルのような男には不相応でさえあった)。そしてホテルに出入りする際に、赤線地帯をくまなく歩く。ペーテルの店との行き帰りに必ずそうしていた。

ヤーコプ・ブリルは、判断も性急だが、歩くのも速い。二本の運河が通っている地区の、それぞれの堤防道といい横丁といい、きっちり巡回して歩いた。ごく狭い路地では、戸口にいる女をかすめそうになる。猛烈な勢いで通過した。この男が来たと見ると、女のほうが引っ込む(風が起こるからかな、とジャックは思っていた)。ある日、ジャックは母と二人で、ホテルを出たブリルのあとをつけてみたが、とても追いつけるものではなかった。ジャックなどは、ブリルの姿を見失うまいとしたら、駆け出す必要があったろう。

クラスナポルスキーは、ジャックとアリスにとっても、やはり高級すぎるホテルだった。だが、安宿に泊まって失敗したことも考えた。〈デ・ローデ・レーウ〉、すなわち〈ザ・レッド・ライオン〉というホテルが、ダムラック通りにある。その真向かいがデパートで、あるときジャックは母と離ればなれになり、五分か十分は迷子の身分になっていた。

ザ・レッド・ライオンに泊まったジャックは、玉突き場でネズミを見つけて喜んだ。キューを置いているラックの裏に一匹ひそんでいた。ラックのうしろへキューを突っ込んで揺すると、反対側からネズミが飛び出すということがわかった。

よくセールスマンが泊まるホテルだった。前の客が、かなりの量のマリファナを、引き出しに隠したまま忘れていった。ジャックは下着をさがしていて、これを見つけた。コペンハーゲンで、キリスト生誕の模型をクリスマス・プレゼントとして母からもらっていたのだが、飼い葉桶の中身がだいぶくたびれていたので、マリファナを代用として突っ込んだ。というわけで、ジャック所有の幼いキリストはマリファナを寝床として、マリア、ヨゼフ、王様、羊飼い、そのほかの登場人物も、馬草《まぐさ》ならぬ麻薬に膝まで埋まっていた。その匂いに気づいて、アリスが事の次第を知ったというわけである。

あたしたちには不向きなホテルだとアリスは言ったけれど、さりとてマリファナを捨てた様子もない。とにかくクラスナポルスキーへ移った。懐具合に似合わない一流ホテルに泊まることに、いつもの成り行きという感はあったが、ヤーコプ・ブリルと同宿なのだから決して第一希望ではなかったろう。この男にくらべれば、玉突き場のネズミのほうが、まだ仲良くなれそうだった。

ブリルのあとをつけようとしたのは、あの一度きりだった。もともとブリルは足が速すぎたし、振り切るつもりでもあったろう。ふだんのジャックと母は、ペーテルの店との往復に赤線地帯を抜けながら、ちょっとした遊びをしていた。毎回少しずつ違う道筋をとったのだ。そうしたら娼婦がみんな顔なじみになった。気のいい女がそろっていて、まもなくジャックは名前を覚えられ、母も刺青師の「お嬢アリス」として知られるようになった。

戸口や窓に見える女たちの中で、ジャックとアリスに好感を持っていない者は、数は少ないとしても、きわだって冷ややかな態度をとった。たいていは年がいっている。ジャックにしてみれば母の母くらいに思えたりする。ただ、若くても意地の悪い女がいないわけではなかった。

そんな一人が、ずけずけと言ったことがある。「ここは子連れで来るとこじゃないよ」

これにアリスは「あたしだって働いてんのよ」と応じた。

この時分、赤線にいる女は大半がオランダ人だったが、地元の出ではないことが多かった。アムステルダムの女が娼婦になるとしたら、ハーグへ行って商売をすればよい。逆にハーグの女、あるいはオランダの他の都市、また地方の女は、アムステルダムへ出る(あれこれ言われて家族が迷惑する確率が低い)。

スリナムからの移民家族が増えたのも、この時期である。一九七〇年の赤線地帯では、茶色の肌をした女を見かけることが、だんだん当たり前になっていた。それ以前には、もう少し薄い茶色の女が、かつてのオランダ植民地、インドネシアから来た。

ある女がジャックにプレゼントをくれた。茶色が濃いほうの、つまりスリナムの女だ。ジャックは初めて会ったはずなのに名前を知られていたので驚いた。

窓辺にいた女だが、赤線地帯ではなくて、コルシェスポールト通りかベルフ通りのどちらかだった。父のことを聞いてまわっていたときのことである。ジャックはスリナムの女を見て、てっきりマネキンだと思った。ぴくりとも動かず、まったく坐像のようだった。それが突然、表へ出てきて、肌と同じ色のチョコレートをくれたのだ。

「これはジャックにと思って、とっといたんだよ」子供はびっくりして口がきけなくなった。ちゃんとお礼を言いなさい、と母に叱られた。

平日の朝、ジャックと母が刺青ペーテルの店へ行こうとする途中に、あまり仕事中の女はいなかった。もし週末であれば、やや労働時間が早まる。もちろん夜には、この一帯はすっかり紅灯の巷となってにぎわう。ジャックとアリスを知っている女でも、商売繁盛にとりまぎれて、名前を呼ぶことも、顔を向けることさえもできなくなるのだった。

まだ春は遠くて肌寒い季節ではあったが、ここいらの女は窓辺にいるよりも戸口に立つことが多くなって、おしゃべりしあっている。ハイヒールにミニスカート、また胸元の深くあいたブラウスなりセーターなりという格好だが、ともかく服は着ていた。それに人なつっこいところがあるので――アリスにはどうかわからないが、ジャックは可愛がってくれるので——売春の本質についての特異な考えをアリスから息子に吹き込むこともできたのだ。

娼婦の客は男だけ、という時代だった。ジャックが見ていると、客になる男は、客になるところを見られるのを喜ばないようだ。また帰るときには大急ぎなのだから、どこかへ入るまでのゆっくりした歩き方とは大違いだ。これはと思った戸口の前、窓の前を、さんざん行ったり来たりして、ようやく行き先を決めているらしいのだが。

もともと喜びも決断力も乏しい男なのよ、と母は言った。そういう男にアドバイスをする女が娼婦なのだ。女全般——または妻といったような一人の女——を理解しづらくなった男に、女をわからせてやる。ああいう男が決まり悪そうにしているのも、本来なら女房や恋人のような大事な内緒話のできる相手と話せばよかろうに、どういうわけか、そうはいかなくなっているか、そうしたくなくなっているからなのだ。心の「障壁」があるんだわ、とアリスは言った。男にとって女が謎になっている。もし本音をさらけ出すとしたら、わざわざ料金を払って、知らない女を頼るのだ。

料金というのは誰が誰に払うのか、と思っていたら、払うのは男だと母に教えられた。みじめな男の話を聞いてやるのは大変な仕事ではないか。母は明らかに娼婦に同情的だった。だからジャックもそうなった。母が男を軽蔑するらしいから、ジャックも男は嫌いだった。

だが、嫌いとか何とか言っても、ヤーコプ・ブリルの域には届かない。ブリルがむき出しにする嫌悪感は、まわりにびんびん伝わってくる。娼婦も、その客も、毛嫌いしているようなのだ。ジャックと母に対してもそうだった。未婚の母と非嫡出子だからでしょ、とアリスは言った。

アリスが刺青をすることも、ブリルは気に入らないようだった。半裸の男に触れるのは、まともな女の職業ではないという。ブリル自身は女の客をとらなかった。せいぜい例外として、手や前腕、足首には彫っている。足首より上は「行きすぎ」で、あとはすべて「なれなれしい」そうなのだ。

行きすぎる箇所、なれなれしい部位に宗教画を求める女性客は、お嬢アリスの担当にまわされた。それでもブリルは、アリスが宗教を題材にすること自体けしからんと思っていたようだ。宗教画を誠実に彫れるほどの宗教心はなかろう、というのだった。

アリスには、バラの花をあしらった小さな十字架、という可愛い図案があった。これを胸の谷間に彫るのが女性に人気で、見えないチェーンで低く下げたネックレスのようになる。肩胛骨いっぱいに十字架上のキリストを彫ることもあった（ブリルのキリスト像よりは、苦しみが少なめで、血はだいぶ減っていた）。茨の冠をかぶせられたキリストの頭部もあった。たいていは二の腕か太ももに彫る。だがアリスのキリストには「エクスタシー」の表情がありすぎる、とブリルは難癖つけていた。

「こうなったイエスは天国に入りかけてたんじゃないかしら」というのがアリスの解釈だ。

これを否定したブリルの身振りは激しかった。さっと腕を胸の前にかざして、骨っぽいバックハンドの一撃をアリスにくらわせるかという勢いだった。

「やめとけ、俺の店だ」と、刺青ペーテルが言った。

「子供の前じゃないの」アリスはいつもの決め言葉。

ブリルが見せた毒のある目つきは、いつもなら娼婦に向けているものだった。

この男がペーテルの店を出るところを、ジャックもアリスも見ていない。毎週土曜日の真夜中に、赤線地帯の営業活動が熾烈をきわめる時間になって、店を出るのだ。もう女という女が労働にいそしんでいる。繁華な町で、この窓、あの戸口と、一人残らず通過しようとするならば、いつになったらホテルに戻れることだろう、とジャックは不思議に思うようになる。

スピードが落ちることはないのだろうか。どこかで女につかまったりはしないのか。あの目に宿る烈火の怒りは、眠るときしか消えないのか。それとも、夢の中では、地獄の業火がなお赤々と燃えるのか。

土曜日のアリスは海岸通りへ応援に行かされることが多かった。ペーテルの計らいである。あたたかいペーテルの店で、ブリルとだけは冷えた関係になっているのをアリスが嫌がったからだ。テオ・ラトマーカーの店、ザ・レッド・ドラゴンで、ちょっとは技術指導でもしてやればどうだというのである。

「まあ、テオのやつもな、きょうは骨休めするか、お嬢アリスに一手教えてもらうか、そんなところでいいだろう」

テオもずいぶん軽く見られたものだが、「引っかき屋」と一緒くたにされるほどひどくはないのである。ただ、赤線地帯に拠点のある彫師として、刺青ペーテルのような名人と隣り合ったのが不運なのだった。サミ・サロやトロンド・ハルヴォルセンなみの下手ではない。技能よりも判断がまずかったわ、とアリスは言った。テオの店にいる職人でロビー・デ・ウィットという若者に、アリスは好感を抱いた。じつはロビーこそアリスに熱を上げていることは、この近辺では常識になっていた。

ジャックとアリスは、なるべくブリルとは顔を合わせないようにした（ブリルとしても異存はなく、むしろ二人がいなくなって欲しいとさえ思っていた）。テオの店へ行くのはちょうどよい気分転換になる。案外、旅行者が来る店で、とくに土曜日には多い。じつはペーテルの店でブリルと二人では手の足りない土曜日に、テオのほうへ客をまわしていたのだった。それだけペーテルに心の余裕があったのだが、お嬢アリスを指名するようにと言ってやることも忘れてはいなかった。

ラトマーカーは、新規の客がアリスを指名することに釈然としない思いはあったかもしれないが、いわば特需景気なのだから、ありがたかったことは確かだろう。アリスとも気が合いそうだった。ジャックと母には、ふたたび生活パターンができていた。アムステルダムへ来てからの数週間、赤線地帯での暮らしは、コペンハーゲンで刺青オーリーや女好きマドセンと過ごした幸福な日々と似ていなくもなかった。

ラルスと同じように、ロビー・デ・ウィットもまた、ジャックに優しくしてアリスの歓心を得ようとしていた。アリスのほうは、ロビーが嫌いではないという程度だ。ボブ・ディランが好きなのは同じだった。二人でディランの曲を歌って、タトゥーマシンの音量を上回った。ラトマーカーもディランは好きだったが、その本名で呼びたがり、ドイツ語式の発音で言っていた――しかも語学的には間違っていたと、あとでわかる。

「じゃあ、またデア・ツィンメルマンを聞こうか？」と、ジャックに言う。古いレコードをかける担当になっていたジャックに、ウィンクしてみせるのだった（ただし、文法上はデン・ツィンメルマンがよろしい）。

ロビー・デ・ウィットの顎にちょんちょんと生えているひげを、ジャックはおもしろがった。女好きマドセンが同じところに生やそうとしていたのを思い出す。幼子イエスそのほかクリスマスにもらったフィギュアには、まだマリファナの匂いが消え残っていたから、ロビーが手で巻いてつくっているシガレットの甘い匂いもわかった。母が何回くらい吸ったのか、そこまでは覚えていなかった。ボブ・ディランを歌うときに乗りがよくなるのよ、と母は言ったが。

ラトマーカーはアラスカ沖で夏に操業する漁船に乗り組んだことがある。そのとき「エスキモーの刺青師」に彫ってもらった。胸にアザラシ、背中にヒグマである。

相対的に言って、ジャックにも母にも幸せな日々だ――とジャックには思えた。

母はまたウィックスティード夫人に絵はがきを出した。このときのジャックは知らなかったが、夫人からは仕送りがなされており、いまなお身分違いな高級ホテルに泊まっていられるのも、一つには夫人のおかげだった。彼女はよい卒業生なのである（まともなホテルに泊まらせることは、スコットランド訛りを抜けさせるのと同様に、アリスの将来への備えになると思っていたのかもしれない）。絵はがきはアムステルダムらしい狭い運河の風景だった。もちろん飾り窓の女は構図の中に入らない。「ジャックがロティーによろしくと言ってます」と、アリスは書いた。もっと書いてあったかどうかジャックに覚えはない。ただ、ロティーの名前に続けて、にこにこ笑う顔を描き、まだ余白があったのでJとイニシャルを添えた。

「これならロティーにも誰かわかるね」と、母が言ってくれた。

絵はがきは、ジャックのにこにこ顔を乗せて、トロントへ飛んでいった。

さて、この子の記憶力はどうなったのだろう。すでに三歳にして、記憶の連続性は九歳児なみだと言われたのではなかったか。細かいことを記憶にとどめ、時間の経過を理解することにおいて、四歳で十一歳に匹敵したのではなかったか。

だがアムステルダムでは勝手が違った。旧教会へ足を踏み入れ、「どでかい」というオルガンを聞くまでに、二、三カ月は母と暮らしたような気がした。だが、もちろん現実には、そうするまでにアリスが一週間待ったとも考えにくい。

旧教会は赤線地帯の真っ只中にある。一三〇六年、ユトレヒト大司教が創建したとされ、アムステルダムでは最古の建造物である。一四二一年と一四五二年の、二度の大火をくぐった。一五六六年には偶像破壊の狂乱で、祭壇に大きな被害を出した。一五七八年、アムステルダムが正式にプロテスタントの町になると、ローマカトリックの装飾がはぎ取られ、プロテスタントの儀礼に合わせるべく改装されている。説教壇は一六四三年、聖歌隊の前の仕切りは一六八一年に作られたものだ。この教会にはレンブラントの最初の妻が埋葬され、十七世紀オランダの海の英雄を讃える墓碑が五基残っている。

オルガンは、なるほどカリ・ヴァーラが「どでかい」と言ったとおりで、また古いものでもあった。ハンブルクのクリスティアン・ファーターが手がけた一七二六年製の大オルガンだ。四十三の音栓《ストップ》を持つ美麗な傑作のはずだったが、せっかく二年がかりで完成させたのに、二つ以上の音栓を同時に引くと、がたっと音が狂うのだった。この欠陥もどでかいもので、その後十一年も放っておかれたが、ついにミュラーという人物がオルガンの解体点検を命ぜられ、五年かかって修理をなしとげた。

ところが依然として旧教会の大オルガンは、調子っぱずれが普通の状態になっていた。だからコンサートの前には必ずチューニングをする。古い建物に温度の問題があるのだった。旧教会はしかるべき暖房がきかない。

その日も教会内は寒かった。ジャックと母が、若いオルガニストとならんで演奏用の椅子に坐った。オルガニストと言っても、生っ白い子供みたいな若者で、ひげを剃るほどの年でもない。これで神童とでもいうことか。いかに才能があるかという話をアリスは年長のオルガニストから聞いたらしい。そのヤーコプ・フェンデルボスは、どうしても時間がとれないそうだ（アムステルダムの西教会でも、またハールレムとデルフトの教会でも仕事があった）。そんなわけで十五歳の弟子が代役になったのだ。

天才児の名前はフランス・ドンケル。この年齢とは言いながら、やけにアリスの前でびくついていた。アンドレアス・ブレイヴィクもそうだったが、まともに目を合わせてしゃべれない。どうにかジャックがわかったところでは、カリ・ヴァーラの話が間違っていたことを、母はこの神童から聞き出したらしい。つまり父は旧教会のオルガニストとして雇われたのではなく、チューニングを担当しただけなのだ。この骨が折れる日常業務の見返りに、ウィリアムは「どでかい」オルガンで練習することを許可されていた。ほんとうに特別なオルガンなのです、とフランス・ドンケルは言った。「すばらしくも、むずかしくも」ある。それをウィリアムは、かつてない良好な状態に保っていた。練習の時間には好評も悪評も立った（という話が出た頃には、ジャックはベビーパウダーの匂いに気を取られ、何が何だかわからなくなっていた）。

「すごい人だったと思います――オルガニストとして」と、若いドンケルが言っていた。

「チューニングしただけなんでしょ」と、アリスが応じた。

フランス・ドンケルは、この発言を受け流して、おごそかな解説をした。旧教会は朝から晩まで活動している。教義上の儀式があって、合唱の練習があって、いろいろな文化活動がある。活動というのは夜間の公開講座になっていて、コンサートやリサイタルのみならず、講演、詩の朗読会などもある。そういう長い活動時間に、オルガンのチューニングをやっているわけにはいかないのだ。

「だったら、いつやるの？」

「はい、あの……」若いドンケルが言いよどんだ。次に言ったかもしれないことは、「真夜中を過ぎないとチューニングを始められなかったんです。だから練習の時間というと、たいてい午前二時とか三時とか」

「じゃあ、がらんどうの教会で弾いてたってこと？」

「それが、あの……」と、また言いよどむ。ジャックは退屈しきって上の空。でもドンケルが言ったことを聞いたような気もする。「なにしろ大きな教会でして、すごく響きが長いんです。残響時間が五秒ですから」ここで神童はジャックに目を走らせ、解説を続けた。「弾いた音がエコーになって演奏者に返ってくるまでの時間のこと」

「ふうん」子供は眠りかけている。

若いドンケルの説明が止まらなくなっていた。「お父さんはバッハのトッカータが好きだったよ。大空間の効果を考えた曲なんだ。空間は音楽を大きくするから――」

「この際、音楽はいいのよ」アリスが口を出した。「ウィリアムはからっぽの教会で弾いてたの？」

「まあ……」

それからの話がアリスにもわかりにくかったとするならば、四歳児の頭でわかるはずがなかった。

教会内の残響時間が五秒だとすると、たとえばニ短調のトッカータのようなドラマチックな音楽が、すぐ近所の娼婦たちの耳に達するまでに、どれくらいの時間がかかるだろう。旧教会の外は馬蹄形の街路になっていて、そういう女の部屋がある（六、七秒か、それとも娼婦もやはり五秒で聞いたろうか）。

教会の外へ出れば音は弱まるかもしれないが、午前二時か三時であれば、もう飾り窓の営業も下火になっている。寒々しい冬の夜気の中を、旧教会通りをはるかに越えて、音は届いていったことだろう。もっとも狭苦しい道筋——ご近所のトロンペッテル通り——で働く女たちにも、ウィリアム・バーンズが好んで弾いたヘンデルやバッハが、楽々聞こえたはずである。さらに運河を越え、アウデザイズ・フォールブルフワルの通りも越えた界隈に立つ娼婦にも聞こえたのではなかろうか。

「そんなに遅い時間だと、年のいってる人たちは店じまいにかかりますよ」フランス・ドンケルが、どきどきしながら口にした。こんな話になると「子供の前じゃない」の領域に入るとでも思ったのだろうか（娼婦とは疲れを知らぬアドバイス係で、きわめて哀れな男たちに女のことを教えてやっている、とジャックが素直に信じていることを、ドンケルは知らなかった）。

いい年をした娼婦も、この時期には少なくなかった。六十代の現役もいた。そういう年長組の多くは、旧教会に隣接した建物の一階を仕事の場にしていた。若手の同業者よりも教会音楽に感化されやすかったかもしれない。もちろん、若い人でも一夜にしてバッハやヘンデルのファンになったことはあります、とドンケルは言った。

「娼婦が聞きに来たの？」

フランス・ドンケルが落ち着かなくなった。右に左に体がずれ動いている。演奏席は革張りですべりやすい（またベビーパウダーの匂いがする、とジャックは思っていた）。

後年のジャックは、ベビーパウダーの匂いがすると娼婦を思い出すようになる。疲れた女が化粧を落とし、商売上の衣装をささやかなクロゼットにしまおうとする姿が、目に浮かぶのだった。家へ帰るのなら、ハイヒールやミニスカートに用はない。また来るのが翌日の昼前であれ午後であれ、そんな格好では出てこない。町を歩くときはジーンズか普段着のスラックスだ。ブーツにしろ重たい靴にしろ、ヒールというほどの高さはない。洒落っ気はないが暖かそうなコートを着て、ウールの帽子をかぶっている。見かけでは娼婦かどうかわからない。ただ、午前二時、三時になって一人で出歩いているとしたら、ほかにどんな女がいるかということだ。

さて、オルガン音楽はどうだったのか。飾り窓の女たちに一時間から二時間も帰りたくない気にさせたのか。フランス・ドンケルの説明だと、たいていは十数人の女が旧教会に来たらしい。そしてウィリアムの演奏を最後まで聞いているのが普通だった。明け方の四時か五時になる。もちろん教会内は冷えきっている。

こうしてウィリアム・バーンズは聴衆を得た。娼婦を相手に弾いたのだ！

「たしかに喜ばれていたようです」と、天才少年は続けた。いやに重々しい。神童または異常者のみにある言い方だ。「私もそんな時間に起き出して、聞きに行ったことがあります。そのたびに聞く人の数が増えていました。いい演奏家です。バッハやヘンデルの、いつでも弾けるレパートリーがあります」

「この際、音楽はいいのよ」アリスがさっきと同じことを言った。「どうなったのか教えて」

「ある一人が家へ連れ帰ったようです。というか、一人ではなかったかも」

これが事実であったのか、これだけが事実であったのか（ベビーパウダーのせいでジャックの集中が切れたと言っておこう）。

いずれにせよ教会側の覚えはめでたくなかった。娼婦に聞かせるというのは、いわんや交流があるというのは感心できない。何と言っても教会なのである。おそらくウィリアムは解雇のような処分になったのだろう。そして娼婦が――たとえ年長組の一部だけにせよ――騒ぎを起こした。抗議行動があった。アムステルダムはデモだらけの町で、ジャックとアリスも、ホテルの窓から、ダム広場のデモを見ていた。ヒッピーの時代である。アリスの仕事にも、ピースマークを彫ってくれという注文が多かった。また（若い男女の局部などに）この当時はやっていた、あまり粋ではない例のスローガン「戦争ではなくセックスを」も彫らされた。ベトナム反戦デモの一つや二つは見ている。

赤線の女たちがウィリアムの味方をして、かくまってやったことも考えられる。「迫害された芸術家と見てましたから」と、フランス・ドンケルは言った。「自分でそう思ってる女もいます」

いまのウィリアムの居所について、天才少年はアリスではなくジャックに目を向けて言った。「娼婦に聞くほかないでしょう。私だったら年のいった部類から会ってみますが」

アリスには聞くべき相手の目算があった。おおむね年長の、この地域では目立って冷ややかだった女たちだ。

「ありがとう。お時間とらせたわね」と、アリスは若いオルガニストに言った。立ち上がって、ジャックに手を伸ばす。

「何か弾きましょうか？」フランス・ドンケルが言った。ジャックの母はもう息子の手を引いて、階段へ行きかけていた。大教会の奥のロフトのような場所にいる。一般の席からは上にあって、見えることはない。そびえるようなオルガンのパイプは、六メートルを越えるかもしれない。

「じゃあ、ウィリアムが弾いてた曲をお願いできるかしら？」と、アリスは言ったものの、坐りなおして聞くつもりではなかった。

歩きだしてから見ると、ドンケルは革張りの演奏席にベビーパウダーを振っていた。やっぱりベビーパウダーだ！　神童のズボンの尻は粉まみれになっている。演奏中の横への動きをなめらかに、という考えだ。三段鍵盤の端から端まで手が届かないので、ベンチを滑りやすくして左右に動こうというのである。

鍵盤の上には、オルガンが木の壁のようにせり上がっている。ねじ穴がぼこぼこあいているのは、真鍮の飾りが取れたり、取り外されたりした箇所だ。オルガニストから見えるとしたら、楽譜のほかには、一枚のステンドグラスだけだろう。ドンケルは古ぼけたものに取り囲まれている。だが、いったん弾き始めれば、そんなことはどうでもよさそうだった。

アリスは教会を出る前に、音に追いつかれた。深々とした音が正確に重なって、応答し、反響する。バッハの「トッカータとフーガ　ニ短調」。たたきつけるような音響が、階段を下りる二人に降りかかった。くねくねと下りた通路の片側に木の手すりがあったことを、ジャックはいつまでも覚えていた。反対側は手すりといっても蠟を引いた綱が張ってあっただけで、焦げたキャラメルのような色をしていた。綱は大人の手首くらいに太かった。

大音響に酔ったように、ふらふらと階段を下りた。さっさと外へ出たいと思ったアリスは、うっかり曲がる方向を間違えて、中央通路で正面の祭壇を向くことになった。ものすごい音の渦に巻かれた。いつもなら会衆席になるところの真ん中に、びっくりした観光客がかたまっていた。説明中に言葉を失ったらしいツアーガイドがいる。ぽかんと口をあけたままで、そこからバッハが流れ出してでもいるようだ。どんな解説をしていたのか知らないが、「トッカータとフーガ」が終わらないことには、どうなるものでもあるまい。

外の通りへ出ると、黄昏の光の中で、窓辺や戸口の女にもオルガンの音が届いていた。いま演奏中の曲を知っているらしい。いままでに何度も明け方に聞いたのだろう。批評精神の浮かぶ顔からして、ウィリアムのほうが上手に弾いていたことは察せられた。

急ぎ足で教会を離れた。冷ややかな女から聞き取り調査をするタイミングではない。音楽が続いているかぎりだめだ。ワルムース通りへ来ても、まだ音は響いていた。警察署を過ぎても、神々しい騒音が追ってくる。刺青ペーテルの店へ行く道のりの、ほぼ半ばを過ぎてから、どでかいオルガンの音は、ようやく耳に聞こえなくなっていた。

ウィリアムの経歴は下降線をたどり始めたのだろうか。オルガニストではなく、ただのチューニング係だったのか。そうならば演奏というよりは練習だ。あるいは低級な聴衆のためだけに、普通なら人の来ない時間に演奏したということか。旧教会の大オルガンは、聞かせていただくだけでありがたいものなのか。

大きな音であり、聖なる音でもあった。娼婦という、金をもらわなければ動きたがらない者でさえ、進んで身を委ねたくなるような、とにかく聞きたくなるような音だった。

7　Also Not on Their Itinerary

7　またも予定外の町

一九三九年十一月九日、リースの町は初めてドイツ軍の空襲を受けた。港に被害はなかったが、アリスの母は、ぎゅう詰めの防空壕で流産した。「あたし、そのときに生まれていてもよかったのよ」と、アリスは口癖のように言った。

もしアリスが「そのとき」に生まれていれば、あとで母が出産時に死ぬことも、アリスがウィリアムに出会うこともなかったかもしれない。たとえ出会ったとしても、ウィリアムとほぼ同い年だったろう。「そうだったら、あの人に憧れたりしなかったはず」(という発言は、子供といえども、まともには受け取れなかった)。

ジャックは肌と同じ色のチョコレートをくれたスリナムの女の名前を覚えていなかったし、コルシェスポールト通りだったかベルフ通りだったかもはっきりしないのだが、いずれにしてもシンゲル運河とヘーレン運河にはさまれた小路だったはずだ。ということは、いわゆる赤線からは少々離れている。徒歩で十分から十五分。どちらかというと住宅地なのだった。

そんなところへアリスが行って、ウィリアムに関するどんな噂を聞き込もうとしていたかというと、ブロンド・ネルにブラック・ローラという二人の女のどちらかに言われて、自転車男のアンクル・ヘリットに話を聞こうとしたからだ。ブラック・ローラは年のいった白人女で、髪の毛を真っ黒に染めていた。アンクル・ヘリットは気むずかしい老人だが、自転車に乗って娼婦の買い物を代行している。老人のメモ帳に、女たちがランチやスナックに欲しいものが書き込まれる。あまり高額な商品は受け付けない。またタンポンやコンドームもお断りだ（そういう用事を引き受けるタンポン男、コンドーム男がいたのかどうか、ジャックと母は見かけなかった）。

女たちはアンクル・ヘリットに悪ふざけを仕掛けるのが常だった。すると老人も反撃に出て、たった二、三日のことではあるが、買い物を頼まれてやらないと言う。熊手のように痩せたサスキアという女がいた。アリスとジャックに、サンドイッチを買ってきてくれと頼む。いつでも腹が減ったと言って、食べてばかりいる女だ。そして、いつでもアンクル・ヘリットを怒らせていた。ジャックか母を見かけると、ハムとチーズのクロワッサンを買ってくれと金をよこす。だから次に通りかかるときに、注文どおりのサンドイッチを渡してやった。もちろん、ちょうど客がついていたら、渡すわけにはいかない。

サスキアは売れっ子だったから、ハムチーズクロワッサンは、よくジャックのものになった。アリスとしては自腹でもう一つ分払うくらい何でもない。サスキアのような赤線の女からは、いい話が聞き出せる。アリスが聞き上手なのでもあった。女同士なら、ということだ（悲しい話のある女には、アリスと相通じるものがあったのだろう）。

サスキアの話には二人の男が出てきた。一人目のひどい客はブルット通りの部屋へ来て、サスキアに火をつけようとした。ライターの液体ガスを顔に向けて振ったのだ。サスキアは右腕で目鼻をかばった。火傷は負ったが、手首から肘までだ。傷跡の残った腕にはブレスレットをじゃらじゃら巻いた。

ブルット通りの戸口に立つと、腕を伸ばし、ブレスレットを鳴らしてみせる。いやでも人の目を引いた。おかげで客が増えたのだ。

これだけ痩せていると愛嬌には乏しい。また歯が悪いものだから、笑いかけるとしても絶対に口をあけなかった。「この商売、キスなんかしなくていいんだからね。ありがたいわ。あたしにキスしたら興醒めだわよ」と、ジャックに言って、にっと笑った口になり、ぼろぼろの歯を見せた。

「子供の前だから」と、アリスがやんわり言った。

サスキアは、どことなく奔放な色気を発していた。右腕だけにブレスレットをじゃらつかせ、何でもないほうの左腕は素肌を見せる。男の予想としては、夢中になって乱れる女だと思うのではなかろうか。火傷をした腕にとどまらない、もっと内側から出るような痛ましさのオーラが、男を引き寄せたのかもしれない。つらそうな色が炎のように目に浮いているではないか。

二人目のひどい客は、サスキアをぶちのめしていた。ブレスレットをはずそうとしないサスキアを殴ったのだ。どこかで火傷の由来を聞いてきて、見せてみろと言った（これを聞いたジャックは、普通のお客さん以上にアドバイスの要る人なんだなと思った）。

サスキアが泣き叫んだので、この道筋の女が四人と、角を曲がったあたりの女が三人、すっ飛んできて加勢した。緊急のアドバイスを要する男を引きずり出し、コートハンガーでひっぱたいたり突ついたり、下水管掃除のラバーカップでたたいたりした。そのうちに、ある女がビデの排水口ボルトで男の頭を一撃し、結局、血を見るにいたった。男はわけがわからなくなって喚きちらし、まだまだアドバイスが足りないと思わせる状態になったところで、やって来た警察に連れて行かれた。

「それで歯がそうなったの？」と、ジャックは聞いた。

「そうなのよ。あたしはね、この火傷のあとを、好きな人にしか見せないの。ジャックとおかあさんは見たいと思う？」

「見たい」と、ジャックは答える。

「無理にとは言わないけど」と、アリスは言った。

「ちっとも無理じゃないわ」

サスキアはジャックと母を案内して、小部屋のドアもカーテンも閉めたのだから、まるで客をとろうとするようだ。ほとんど家具らしいものがないことにジャックは驚いた。シングルベッド、ナイトテーブル。それだけだ。唯一の照明であるランプが低く垂れ下がり、赤いガラスのシェードがついている。衣装用のクロゼットにはドアがない。掛かっているものは下着ばかりが目につく。ライオンの調教師が使いそうな鞭が一本あった。

流しがあった。白いエナメルのテーブルもあるが、診察室の備品のような感じだ。このテーブルにタオルがうずたかく積んであって、一枚だけベッドに広げてある。アドバイスを求める人が濡れた服を着てきた場合の用心かな、とジャックは思った。これじゃあベッドに坐るしかない、アドバイスのやり取りにはおかしな場所だ、とも思ったが、サスキアには当たり前のようで、ベッドに腰かけるとジャックとアリスにも坐るように誘った。

ブレスレットを一つずつはずして、ジャックに持たせる。ガラスシェードのついたランプの赤い光の中で、子供と母親は、ぐしゃぐしゃに皺の寄った生々しい傷跡を見た。熱湯をかぶった鶏の首のような、と言えなくもない。「ほら、ジャック、さわっていいのよ」とサスキアが言うので、ジャックはおそるおそる手を出した。

「痛いの？」

「もう平気」

「歯は痛くない？」

「抜けてるんだから痛くないわね」サスキアはジャックが持つブレスレットを、一つずつ戻させていった。ジャックは順番を間違えないように、大きいものから小さいものへと気を遣った。

こんなに痩せ細って、何か食べたがっている女に、サンドイッチを頼まれてやらないなんてことができるのか。ジャックは自転車男のアンクル・ヘリットをひどいやつだと思った。買いものを断るほどに怒らなくたってよさそうなものだ。しかし、へそ曲がりの代行屋にも、それなりの理屈はあった。夜明け前に、旧教会の前で自転車を止めたものなのだ。会衆席へすべり込んで、精神を高める音楽に聴き入った。老人はウィリアム・バーンズのファンだった。サスキアはそうでもないのだろう。

「だったらフェムケに聞きなよ」と、自転車男は言った。「ウィリアムをその女のところへ行かせたのは俺なんだ。フェムケなら、いいこと教えてくれるだろう、ってな」

こんなことはジャックにはわからない話だったが、アンクル・ヘリットが母に対しても怒った口をきいているのはわかった。いま自転車で遠ざかる老人を見送りつつ、スタウフ通りに立っている。老人は角を曲がって、カーサ・ロッソを通り越した。これはポルノ映画やライブのセックスショーをやっている劇場だが、何のことやらジャックにはさっぱりわからない（そういうアドバイスもある、と思ったのかどうか）。

スタウフ通りを行ききった戸口にいる女は、エルスという名前だった。母と同い年か、わずかに上か、とジャックは思った。親切な人だった。農家の育ちだそうだ。いつかは父や兄が赤線に来て、ばったり出くわしちゃうかもしれないわね、と言った。窓辺や戸口で見かけてびっくりされるかな、でも入れてやらないんだ、ということでもある（きっとアドバイスの要らない人たちだ、とジャックは思った）。

「フェムケって誰？」ジャックは母に聞いた。

するとエルスが、「フェムケの話、したげようか」。

「子供の前だけど」

「お入りなさいよ。ジャックに聞かれてもいいように話すから」でも、このあとの成り行きとして、エルスなりアリスなりがフェムケについて言ったことは、子供にはちんぷんかんぷんなのだった。

エルスはいつもプラチナブロンドの鬘をかぶっていた。地毛を見せたことがない。太い腕をジャックの肩にまわした。その腰に顔を押しつけられたジャックは、すごい力だと感じた。さすがに農家の出というだけのことはある。豊満な胸をして衣装の衿ぐりは深い。オペラ歌手を見るようだ。歩けば胸から先に進むので、巨艦の船首のような迫力がある。こういう女に話があると言われたら、おとなしく拝聴するのがよいだろう。

でもジャックはまもなく注意散漫になった。エルスの部屋へ来て、サスキアに見せられた部屋とそっくりなのに驚いた。ここでも坐ろうと思ったらベッドしかない。タオルが一枚広げてある。そのベッドに三人で坐った。フェムケの話が「子供の前じゃないの」的な事柄であっても、心配するまでもなかった。娼婦エルスの部屋と巨乳に、子供は催眠状態に近くなり、エルスが言っていることを理解するどころではなかったのだ。ただ、フェムケという女が、このアドバイス産業にあって新顔らしいことだけは察した。それが元はアムステルダムの弁護士の妻で、ちっとも金に困っていないというのだから、話はこんがらかる。ひょっとしたら夫婦が共同で事務所を持っていたのかもしれないが、ジャックには家族法がどうとかとしか聞こえなかった。とにかく事情はもつれる。フェムケは夫が女を買っていたことを知った。コルシェスポールト通り、ベルフ通りあたりの、やや高級な娼婦を求めて足繁く通っていたのだった。フェムケは浮気の一つもしたことはなかった。そのフェムケが、扶養料とは別の面でも、オランダ離婚史を書き換えることになった。

ベルフ通りからヘーレン運河へ出る街角に、フェムケは立派な部屋を調達した。娼婦の部屋としては風変わりで、いくらか階段を下りていった地下に、窓と戸口がある。歩道よりも低いのだから、通行人は娼婦を見おろす形になる。車で通っても見えていた。

怒れるフェムケは、部屋を買い、娼婦に貸して商売をさせたのだろうか。それならば、結婚を破綻させた卑しい事業から、儲けを吸い上げてやったことになる。あるいは、もっと悪女めいた仕掛けを考えていたのか。フェムケ自身がベルフ通りから見下ろせる位置に立って、来始めた客の中には前夫の仕事仲間もいたのではないか。もとは夫婦をそろって知っていたという紳士だっているだろう。などと考えるのは、たしかにショックだ（フェムケ本人には不思議でもなかったようだ——前夫は別として、たいていの男には魅力的だという自意識があったから）。

同じ道筋の娼婦からは賛否両論があった。前夫を公然とやっつけたことには賞賛が集まったが、フェムケが娼婦の権利のための活動家となったことは是認されながらも——なにしろ信念の旗印を掲げておいて、人に認めさせないと気が済まない女だが——やはり本物の娼婦とは言えないのだった。少なくとも（エルスのように）本物とは見なさない女がいた。

もともと金欲しさでやっているわけではないから、客を選ぶこともできた。かなりの客をはねつけている。いわゆる赤線地帯の女にも、すぐ近い道筋の女にも、そんな贅沢はあり得ない。しかも客にしてみれば口惜しくてたまらない。また一見の客だったら、娼婦とはこんなものかと思うだろう。ベルフ通りのご同業の中には、ずばり商売の邪魔だと指摘する声もあった。フェムケが一番の売れっ子になったばかりか、近所の目があるところで突っぱねられた客は、ほかの通りへ行ってしまう（振られた現場を見ていた女とどうにかなろうとは思うまい）。

だが味方もいた。年長組の娼婦に多い。またフェムケは未明の旧教会で音楽を愛好した女を見つけると、がっちり仲間になっていた（聖歌隊員や娼婦には転換が容易なのだろう、とジャックが考えたのは間違っていたのかどうか——つまり、音楽を好むと、それを弾くオルガニストも好きになるものなのか）。

フェムケが前夫への意趣返しにこだわったことを思えば、ウィリアム・バーンズに対しても執念深かったのではないかと予想されるかもしれない。ところが実際にはウィリアムの音楽を喜び、気持ちのよいつきあいをしただけだ。前夫から解放されたことで、それまでとは違った愛の形を知ったのである。金のために性を売りつつ、ときによっては採算を度外視する女心がわかってきた。もしウィリアムを連れ帰ったという音楽ファンが一人ではないとしたならば、いったい何人が無料奉仕のアドバイスをしたのだろう。

だいぶあとになってジャックは考える。ああいう赤線の女たちを、父はありがたい戦利品としたのだろうか。それとも、ふだんは金でアドバイスをする女がめずらしく金の請求をしないなら、そのアドバイスに出し惜しみはあっただろうか。

四歳児にはわかりにくい話だった。それに、まともに受けるのは四歳児だけだろう。

わかりにくかろうが何だろうが、これがフェムケにまつわる話だった。そのようにエルスからは聞いた。さらに(あらゆるものが)時間によって変化する。以後の年月にあって、アリスがジャックに語り直すうちに変わりもしただろう。ともかく母子がベルフ通りの部屋へ行ったときは、明らかに訪問を予期していたらしいフェムケがいた。

服装は娼婦らしくなかった。上流のディナーパーティーでホステス役を務めるような衣装である。その肌も、金髪も、光り輝いて文句のつけようがない。胸はふっくらと丸くふくらみ、腰が堂々と張り出している。どこから見ても、いい女だ。ジャックの目で見ても、アムステルダムの窓や戸口に、こんな人はいなかった。何につけ見下すような雰囲気を全身から発しているのだから、どれだけの男をはねつけてきたのか容易に見てとれる。はたして客をとったことがあるのかと疑わしいような女である。

たとえばアリスのような、とうに捨てられたのに、いつまでも男を追いかける女のことは、さぞかし侮蔑していただろう。きっと子供なんか大っ嫌いだろうとジャックは思った（ただし、フェムケの母への感情を誤解して、自分が嫌われていると考えたかもしれない）。とっさに、この部屋を出ていきたい、と思った。いままでに見た二つの部屋とくらべると、フェムケ自身のように高級な感じがした。置いてある家具も贅沢だ。

ベッドはない。大型の革製カウチがある。タオルは見あたらなかった。なんと机がある。窓際のコーナーに坐り心地のよさそうな革張りチェアーがあり、読書用ランプの光があたるようになっていて、手近に本棚がある。たぶんフェムケは窓辺に坐って本を読むのだ。客が来ないかと窓の外を見たりはしない。むしろ客のほうから外階段を下りてきて、ドアなり窓なりをノックしなければなるまい。そういうときに、読書の邪魔をされた気分のフェムケは、机から目を上げることがあるだろうか。

壁には絵が何枚もかかっていた。風景画だ。牛のいる風景という一枚もある。じゅうたんは東洋風で、フェムケ本人と同じくらい金がかかっているだろう。たしかにジャックは、このとき初めて、無敵の金力を見せつけられたと言える。ほかのものに目もくれない傲慢さを知った。

「遅かったじゃないの」と、フェムケがアリスに言った。

「もう帰ろ？」ジャックは母に手をさしのべたが、握ってもらえなかった。

「いまでも連絡はあるんでしょ」アリスが娼婦に言う。

「……連絡、ね」と、繰り返したフェムケが、腰を揺らし、ぺろりと唇をなめた。一晩ぐっすり眠った女がベッドで伸びをするような、気ままな贅沢三昧にひたっている仕草だ。着ている服は、ひと風呂浴びてあたたまるように、体に心地よいものだろう。立っていても、背もたれの高い椅子に坐っていても、ゆらりと傾きそうな風情がある。おそらく熟睡中であっても、可愛がられる猫のような体になっているだろう。

人の噂だが、フェムケは安全な基本方針として童貞好みなのだった。若い男の子に手を出した。警察からは年齢を証明できるものを提示させてから客にしろと言われていた。この女はジャックの記憶に残る。こわい感じだったという記憶か。

童貞っていうのは、とアリスに教えられた。未経験の若い男で、まだ女の人にアドバイスをしてもらったことがない――。あの夕方近くのフェムケの部屋で、女の人というのはアドバイスがなければわからない、とジャックは初めて思ったが、こわいから何とも言い出さずにおいた。

「まだ連絡がとれるんだったら、ひとつ伝言を頼まれてもらえないかしら」と、アリスは話を進めた。

「頼まれるような柄に見える？」

「もう帰ろ？」ジャックはもう一度言ってみたが、それでも母は手をとってくれなかった。仕方なしに窓の外を見た。車が一台通った。お客さんが来そうな気配はない。

アリスが何か言っていて、興奮ぎみだった。「でも父親だったら、息子の顔くらい知りたいでしょうに」

「それくらいは知ってるはずよ」というフェムケの答えは、「ウィリアムは、けっこうジャックを見てるんだから」と言ったも同然に聞こえた。こんな情報（ないし誤報）は人生を変える。ジャックは確実に変えられた。この日から、どこかで父が見ているという想像をするようになった。

氷が割れてジャックが堀の水に落ちたところも、ウィリアムは見たのだろうか。小さい兵士が来なかったら、楽譜男は息子を助けようとしただろうか。ストックホルムのホテルで朝食を食べるジャックも見たのだろうか。オスロでバイキング形式の食べものを頬張ったのも、ヘルシンキでバーを見おろす不良エレベーターに乗っていたのも見ていたか。

アムステルダムの土曜日はどうなのだ。海岸通りの刺青ショップでは、窓辺に坐ったり戸口に立ったり、週末でにぎわう街路を見ているしかなかった。赤線地帯をうろつく男は数知れず。その中に父がいて、一回、二回と、店の前を通ったのか。もしフェムケが言うように、父がジャックを見知っているのだとしたら、いままでにジャックは何度父を見て、父と気づかなかったのだろう。

いや、ウィリアム・バーンズだとわからなかったのはどうしてだ。いくら何でもウィリアムがシャツをまくって楽譜の刺青を見せたわけはなかろうが、父と子なら似通ったものがありはしないか（たとえば、ジャックの顔をのぞき込んだ女たちに、睫毛が似ていると言われたではないか）。

ベルフ通りのフェムケの部屋へ行った日から、ジャックはウィリアム・バーンズを探しはじめた。ずっと前から探していたと言えば言えるのだが、きっかけになった根拠は、いかにも頼りない。娼婦だろうと思える女——たぶん嘘つきで、どう考えても底意地の悪そうな女が、父はジャックを見ていたと言ったのだ。

アリスはすぐさま否定した。「そんなの嘘よ、ジャック」

「嘘というなら、あなたが自分に嘘をついている」と、フェムケは応じた。「いまでもウィリアムに愛されてるなんて思ったら、それが嘘よ。愛されたことがあったと思うだけで冗談だわね」

「愛されてましたとも」

「もし、ほんとにそうだとしたら、その愛した女が客をとったらたまらないでしょうね。窓か戸口に立ってごらんなさいな。ウィリアムは卒倒するんじゃないかしら。もし、大事な女だと思うなら」

「思うに決まってるじゃないの！」アリスは叫んでいた。

四歳の子供の立場で考えたらどうだろう。母親が他人とどなり合いをする。その内容をしっかり聞き取れるだろうか。いま言ったことを追いかけよう、何とかわかろうとするうちに、もう次のことや、その次のことを聞き逃しているのではないか。四歳児が大人の議論を聞いたり聞かなかったりするときは、そんなものだろう。

「だから戸口に立つところをウィリアムに見られたらどうなのよ。賛美歌っていうのか、お祈りっていうのか、そんなの歌いながら」と、フェムケが言っていた。「どんなだっけ？『神の息よ、われに吹きて』だったかな」フェムケは旋律も知っていて、口ずさんでみせた。「これってスコットランド教会？」

「聖公会なんだけど。――あの人に教わったの？」

フェムケは肩をすくめた。「旧教会へ行く女には教えてた。彼が弾いて、みんなで歌った。あなただって、そういうときはあったでしょうに」

「ウィリアムに愛されたことを証明する必要はないわ。あなたに対しては、ない」

「わたしに？　わたしは関係ないわ。ご自分に証明したらどうなの！　ためしに客の一人や二人とってごらんなさいな。三人でも四人でも。そうしたらウィリアムも悩むんじゃない？　もし、あなたを大事にしたいと思ったことがあるならば」

「子供の前じゃないの」

「ジャックにはベビーシッターでも見つけたら？　赤線のお友だちがいるんでしょ？」

「どうも、お邪魔いたしました」とアリスは言って、ようやくジャックの手をとった。

ベルフ通りを離れて、旧教会付近の赤線地帯に戻った。そろそろ暗くなりかけている。教会のオルガンは鳴っていないが、このへんの女たちは戸口まで出ていて、ジャックとアリスが来るのを待ち受けていたようでさえある。アンヤという年かさの女がいた。親切かどうかという面では断続的なところがあって、きょうは「断」のほうだったらしい。「神の息よ、われに吹きて」を鼻歌にしているのが、いささか冷酷に感じられる。

まずまず簡単な曲だ。一応は歌だけれど祈りとして言葉を語るようなものだから、肝心なのは歌詞である。シンプルなものは美しいのだ、とジャックは思った。母の好きな曲でもある。

次にマルフリートという女の前を通った。どちらかというと若いほうだ。いつもジャックに「ジャッキー」と言うのだが、きょうは黙っている。そこへ来たのが、アネリース、お転婆のナンダ、カチャ、突っ張りのアヌーク、奥様ミース、赤毛のロースという面々。やはり賛美歌を鼻歌にする。これにアリスは知らん顔だった。古株のヨランダだけが歌詞を知っていた。

「神の息よ、われに吹きて……」と歌っている。

「ほんとに、そういうことするの?」ジャックは母に言った。「ぼくはもう会えなくてもいいと思う」子供の嘘だ。

ここでアリスが言ったことは、「あたしが会いたいのよ、ジャック」だったかもしれないし、「お父さんがあんたに会いたがってるのよ、ジャッキー」だったかもしれない。

フェムケが思いついたことを刺青ペーテルに話すと、この片足の男はアリスに思いとどまらせようとした。ペーテルは右腕の二頭筋にウッディー・ウッドペッカーの刺青をしている。このウッドペッカーでさえ、母が窓辺か戸口で賛美歌を歌うことには反対であるような印象が、ジャックにはあった。のちにジャックは、あの写真はどうなった、と母に聞くことになる。刺青ペーテルのウッドペッカーとならんで母に撮ってもらったはずなのだ。「たぶん撮れてなかったんじゃないかな」としか母は答えなかった。

この写真のあと、ジャックと母は刺青テオの店へ行った。若い職人ロビー・デ・ウィットが何本か巻いてくれたマリファナを、アリスがハンドバッグにしまう。ここではロビーが母子とテオの写真を撮ったのではなかろうか(それも撮れてなかったのかな、とジャックは思うことがあった)。

それからハムとチーズのクロワッサンを買ったが、ブルット通りへ行ってみるとサスキアには客がついていた。ジャックが自分のものになったサンドイッチを食べ歩きしながら、母とスタウフ通りへ行くと、母はエルスと立ち話になった。ジャックは聞いているのかいないのか半々だ。「あんまり勧めないけど」とエルスが言っていた。「そりゃまあ、あたしの部屋を使いたいんならかまわないし、ジャックを見ていてもあげるわよ」

エルスの戸口からでは、ブルット通りの様子がわからなかったので、運河を渡って出直したのだが、まだサスキアの体はあいていなかった。エルスの部屋へ戻ったら、今度はエルスがふさがっていた。やむなくブルット通りへ逆戻りで、サスキアから最寄りのヤネケとのおしゃべりになった。

「あの賛美歌、どうなってんの？　お祈りの文句みたいなの？」アリスは首を振っただけだ。三人で通りに突っ立って、サスキアの客が出てくるのを待つ。ややあって抜け出る男がいた。「あれが犬なら、尻尾を巻いたってとこだねえ」と、ヤネケが言った。

「みたいね」と、アリスも言う。

ようやくサスキアがカーテンをあけて外の三人を見た。にっこりと口をあけて手を振ったのだが、こんな笑顔を客に向けようとしたことはない。サスキアも部屋を使っていいと言った。エルスと二人がかりなら、ジャックの世話もできるだろう。

「ほんとにありがたいことだわ」アリスが、やけどと殴打の経歴を持つ女に言った。「もし刺青のご用があったら……」これは最後まで言えなかった。サスキアも目を合わせない。

「もっとひどいこともあるから」サスキアが誰にともなく言った。またアリスは首を振る。「あのさ、ジャック」サスキアは話題を変えたくてたまらないようだ。「ハムとチーズのクロワッサンを食べたばっかりの子って感じだね。この幸せ者め」


アムステルダムの娼婦は、全員が警察に登録されていた。顔写真を撮って、まったく私生活に関わる情報まで握られる。届けたところで仕方ないような情報もあったが、もし娼婦に愛人でもいるならば仕方ないでは済まされない。娼婦への殺人、暴行は、愛人からの被害であることが多いのだ。客の犯罪はめずらしい。この当時、未成年の娼婦はいなかった。また警察も赤線の女にきわめて好意的だった。この地区については、きっちり把握していたのである。

すっかり春めいた日の朝に、ジャックとアリスはワルムース通りの警察へ出頭した。エルスとサスキアが付き添ってくれた。ニコ・アウデヤンスという人の好さそうな署員が、アリスと面談した。この男が担当するようにサスキアが頼んだのだ。やけど事件でも殴打事件でも、いち早く駆けつけた警官がニコだった。きょうは私服だったからジャックはつまらないと思ったかもしれないが、ニコは赤線地帯で人気のある警察官だったのだ。受け持ち区域で顔なじみというだけではなく、ほんとうに信頼されていた。年齢は三十前後だろう。

愛人の件について、アリスはノーと答えた。そんなのはいない。だがニコは疑念を持ったようだ。

「じゃあ、誰のために歌おうっていうのかな」

「昔はいたんですよ」と、アリスは言った。ジャックの首筋に手をあてがって、「この子の父親です」

「そういう場合は、いる、という扱いだね」この言い方はやわらかだ。

ここで口をきいたのはエルスだったろうか。「一日だけ、午後から宵の口だけなんです」

「実際に客をとるわけじゃありません」と、アリスは言ったのかもしれない。「窓辺に坐るとか、戸口に立つとか、そんなふうにして歌うだけです」

「でも片端から断ったんじゃ、しまいには怒りだすやつもいるだろう」

するとサスキアが言った、はずだ。「あたしらがどっちか一人ついてますよ。あたしの部屋を使うなら、あたし。もしエルスの部屋だったら、エルスがくっついて待機する」

「で、ジャックはどうする？」

「どっちか一人がいますってば」

ニコ・アウデヤンスは首を振る。「どうも感心しない話だなあ。似合わない仕事だろうに」

「これでも聖歌隊員でしたから」と、アリスは言った。「歌えますよ」

「そもそも聖歌やお祈りの場じゃあないんだぜ」

「だったら寄ってやってくださいな」と、サスキアが言った。「群衆が集まっちゃったときの用心に」

「たしかに、この人なら集まるな」

「いいじゃないの」と、エルスも言う。「新顔が立てば人が集まるに決まってるわ」

「いくら新顔だって、客を中へ入れてカーテンを閉めれば、外の連中は散るだろう」

「わたしは客をとりません」と、もう一度アリスが言ったとしてもよいところだ。

「断るより引き受けたほうが楽だったりして」サスキアが言う。「筆おろしのお客なんて——かわいいわよ」

「早く終わるしね」エルスも言った。

「子供の前じゃないの」

「あんまり若いやつは困るぞ」と、ニコ・アウデヤンスが言った。

「どうもお世話さまでした。もし刺青のご用があれば——」と言いかけて、アリスは口をつぐんだ。うっかり無料サービスをちらつかせたら、賄賂だと受けとられると思ったのだろう。でも、よさそうな男だ。うっすら緑がかった青い目で、頬骨の高いところに小さいL字形の傷跡がある。

　ワルムース通りへ出てから、アリスは二人に礼を言った。これで一日だけ、午後から夕方の商売女になる許可が出た。「ニコに承知させるほうが、あんたを止めるより楽だと思ったのよ」と、サスキアが言った。

「この人、いつも楽をしたがるから」とエルスが言って、三人の女が笑った。ときにオランダの女がやるように、腕を組んで横ならびに歩いている。アリスを真ん中にしたから、エルスがジャックと手をつないでやっていた。

　このワルムース通りは赤線地帯の一方の外縁として伸びている。ジャックとアリスはホテルへ帰ろうとして、ほかの二人もアリスの衣装選びを見てやる気でついてきた。アリスは手持ちの服で間に合わせるつもりなのだ。サスキアがブルット通りに立つときのミニスカートも、エルスがスタウフ通りでアドバイスするときの胸元が深くあいたブラウスも、アリスは持っていない。

シント・アネン通りとの交差点に出たのは、午前十一時ごろだったはずだ。ずっと向こうに一人だけ営業中の娼婦が見えた。かなり距離があるのに顔がわかったようで、手を振ってくるので、こっちからも振り返す。この通りの方向へ、つまり赤線地帯の内部に目を向けていたら、ワルムース通りをやって来るヤーコプ・ブリルに気づかなかった。さっきから四人ならんだままである。ブリルに迂回する余地はない。オランダ語できついことを言った。何かしら悪態のようなものだろう。サスキアが負けずに言い返した。エルスもサスキアも商売の衣装ではないが、ブリルにはわかったのだろう。このへんの娼婦ならすっかり調べ上げている男だ。

ヤーコプ・ブリルを通そうとすれば、女三人が組んだ腕をほどくしかなかった。ブリルとしても、赤線地帯を歩いていて少しでも足を止められたのは初めてだったかもしれない。アリスの顔は知らないわけがない。それが二人の娼婦にはさまれている。子供はというと、いつもブリルの視線はジャックを素通りするようだった。見えていないも同然。

「神の目で見れば、人はみな交わる者に同じ！」と、ブリルはアリスに言った。

「いい人だと思ってつきあってるだけよ」

「あんた、神の目だなんて、どうしてわかるの？」と、エルスが言った。

「そんなもん、人間にわかりゃしないわ」サスキアも言う。

「神の目には、いかなる小さな罪も見える！」ブリルが叫びをあげた。「いかなる姦淫もお忘れにならない」

「男は忘れっぽいけど」エルスが言った。

サスキアが肩をすくめて、「あたしも、よく忘れるかな」。

シント・アネン通りへ突き進んでいくブリルを、四人は見送った。ネズミが走るようなもので、何の目的があるのやらわからない。たった一人出ていた女は、もう引っ込んだようだ。ブリルが来ると見たのだろう。

「ああいう人がいるから、真夜中まで出てはいられないのよね。飾り窓にいるのを見られたり、戸口で歌ってるのを聞かれたりしたら、何て言われるかわかりゃしない」アリスは笑った。ぽきんと折れそうな声になる。この笑いは母が泣く前触れだとジャックは思った。

次に口をきいたのは、エルスか、サスキアか。「あんなのがいてもいなくても、真夜中には引っ込んでるほうがいいわよ」

ワルムース通りからダム広場へ出て、クラスナポルスキー・ホテルへ入った。「姦淫て、なに？」と、ジャックが言う。

「アドバイスすること」アリスが答えた。

「だいたいは、いいアドバイスね」サスキアが言った。

「どっちみち必要なのよ」エルスも教える。

「罪って、なに？」

「たいてい何でも」アリスの答え。

「いい罪と悪い罪があるわね」エルスが言った。

「あら、そう？」サスキアはこんがらかったような顔で、ジャックと変わらない。

「だから、いいアドバイスと悪いアドバイスってこと」エルスの説明にジャックは、罪のほうが姦淫よりも複雑らしいと考えた。

ホテルの部屋へ来てから、アリスが言った。「ねえ、ジャック、罪のことで言っとくけど、すごく大事な問題だと考える人と、もともと罪なんてものはないと考える人がいるのよ」

「で、どっちが正しいと思うの?」とジャックは聞いた。アリスはつまずきそうになったが、足をとられるようなものがあるとはジャックには思えなかった。とにかく転びそうになって、エルスに支えられた。

「だめだわ、このヒール」とアリスは言ったが、ヒールの高い靴をはいていたわけではない。

「あのね、ジャック」サスキアが口をきいた。「これからママの衣装選びをするの——大事なことなのよ。だから難しい話で気が散ったら困るのね」

「あとでゆっくり話せばいいんだし」エルスも言い聞かせようとした。

「歌が始まってからにしてね——あたしのいないところで」と言ったアリスを、エルスがかまわずクロゼットへ押していった。

サスキアは早くもアリスのクロゼットを点検していた。宙にかざしたブラジャーは、サスキアには大きすぎるが、エルスにはとんでもなく小さい。サスキアがオランダ語で何か言って、エルスを笑わせた。「あたしの服なんて、おもしろくないでしょ」と、アリスが二人の娼婦に言った。

ジャックの記憶によれば、母はクロゼットにあるものを片端から試着していった。ふだんからジャックの前では肌をさらすことがない。だからジャックは全裸または半裸の母を見たことがない。このときの一時間か二時間は、初めてブラとパンティーだけの姿をたっぷり目にすることになった。それでもアリスは乳房を横から隠すように腕をたたんで、手首を胸の前で組んでいた。ジャックからよく見えたのはサスキアとエルスだ。この二人は母を取り巻くように動いて、着せたり脱がせたりしていた。なるほど旺盛にアドバイスをしそうな人たちだ。

やっとのことで衣装が決まった。きれいだけど普通だ、とジャックは思った。この服と同じで、母もまた、きれいだけど普通。このへんの女を見た感じとくらべて、そう思う。ノースリーブで浅い衿ぐりの黒い服だった。ぴったり合っているが、露骨にタイトではない。

本物のハイヒールは持っていないから、いくらか高めの靴にして——これでもアリスには高いだろう——パールのネックレスをつけた。もとは母親のネックレスだ。スコットランドからカナダへ発った日に、父がくれた。養殖パールだと思うが、ほんとうのところはわからない。どんなものにせよアリスには大事なものだ。

「ノースリーブだと寒くないかしら」とアリスが言うので、サスキアとエルスは黒のカーディガンを見つくろった。

「きついみたい」アリスは不満げだ。「ボタンがかからないわ」

「ボタンなんていいのよ」エルスは言う。「腕が冷えなければいいんでしょ」

「そう、前は開けておいて、腕を体に巻くように」サスキアが要領を実演した。「ちょっと寒そうな感じがセクシーなの」

「べつにセクシーにならなくても」と、アリスは答える。

「セクシーって、なに？」と、ジャックが言う。

「いいアドバイスがもらえそうだと男に思わせるのよ」エルスが教えた。いま二人でアリスの髪に大騒ぎしている。それが終わっても口紅という案件がある。さらにはメーキャップ。

「口紅はいらない。メークもしたくない」と言うアリスに、二人は聞く耳を持たなかった。

「いいから、口紅くらいしなさい」エルスが言った。

「濃いめのを」と、サスキアも言う。「アイシャドーもね」

「アイシャドー、きらい！」アリスは泣きそうな声を出した。

「あんた、ウィリアムのこと考えてるんじゃないの？　まじまじと見られたらどうしようなんてさ」と、エルスが言った。「ほんとに姿を現すと思ったりして」こう言われてアリスはおとなしくなり、化粧されるにまかせた。

その変貌を、ジャックはただ見ているだけだった。母の顔は彫りが深くなって、唇がくっきりした。何より不思議なのが目にかかる暗さで、まるで近しい人に死なれたがジャックには黙っているというような目に見える。全体の印象として、母がひどく大人びた。

「どうかしら？」

「すっごい《スマッシング》」と、サスキアが言う（赤線にはイギリス人の客も多いので、いい感じの言葉として聞き覚えたのだろう）。

「こりゃ、群衆どころじゃないわ。暴動になるかも」このエルスの発言を、アリスがいい感じに受け取ったとは言いきれない。

「ねえ、どう思う、ジャッキー」

「すごくきれい。ママじゃないみたい」アリスはぎくりとしたようだ。

「アリスらしいと思うよ」サスキアが励ますように言う。

「これがアリスよ」と、エルスも言った「あたしたちはね、ジャック、秘密の量を増やしたの」

「秘密って何よ」アリスが言った。

「いくらか隠したとも言える」と、これはサスキア。

「ママとしての部分を隠したの」エルスが補足する。

「そんなのはジャックに見えてればいいんだもんね」サスキアがジャックの髪に手をやった。

「ま、いいわ」とアリスは断を下した。鏡に背を向けて歩きだし、もう振り返らなかった。

アムステルダムの赤線地帯は、観光客が思うほどには大きくない。道幅の狭い建て込んだ地区で、しかもピーク時の人口密度はかなりのものだから、一見の客などは迷路に入ったような気になって、どこまでも飾り窓の女がならんでいるように錯覚する。じつは端から端まで——ダム広場から海岸通りまで——歩いても十分とはかからない。旧教会あたりからブルット通りのサスキアの部屋、またスタウフ通りのエルスの部屋なら、五分と歩かなくても行けるだろう。

土曜日の午後、新しい女が出たという噂が、ぱっと広まった。あまり娼婦らしくない女が賛美歌のようなものを口ずさんで、スタウフ通りに立つときとブルット通りに立つときがある。この話が燃え広がる火のように赤線地帯を駆け抜けた。日暮れ前には、旧教会通りの年長組が、お嬢アリスの歌を聞いてやろうと、スクラムを組んでやって来た。アンヤが、アネリース、お転婆のナンダと連れ立っている。カチャは、突っ張りアヌーク、奥様ミースと来た。夕食どきになって赤毛のロースが古株ヨランダと来た。こういう年増の面々は、何も言わず、長居もしなかった。アリスがわざわざ恥をかくだけだと高をくくっていたのだが、きれいな女がきれいな声を出すのだから、見ても聞いても、どうにか様になってしまう。

街をうろつく男たちにとって、アリスの歌声は、サスキアがやけどの腕に巻くブレスレットの音のように、ふらりと寄っていきたくなるものだった。しかし、いざ寄っていけば、みな断られる。娼婦がいるべき場所にいるくせに、客になりたくて声をかける男には、ただ首を振るばかりなのだ。ときには賛美歌を中断して、はっきりノーと言わざるを得ない場合もあった。エルスの部屋の前にいたときなどは、あきらめの悪い紳士に食い下がられて、いま恋人を待っているところだから、お客をとっている暇がない、と言ってやった（これをサスキアがオランダ語に通訳してくれて、ようやく男はいなくなった）。サスキアの部屋にいたときは、若い一団にからまれた。その中の一人か、あるいは全員に、否と言ったのだろう。はねつけられたのを恨んだ連中は、アリスのいる戸口を囲んで、好き勝手な歌を無遠慮な声で歌いだした。

アリスは部屋へ引っ込んでドアを閉めた。窓辺に坐って、さっきからの「神の息よ、われに吹きて」を歌い続けたが、もう外には聞こえなかった。エルスが立ち去らせようとして、一人をのぞく全員と口論になったところへ、ニコ・アウデヤンスが忽然と姿を現し、さっさと動かない若者にどなりつけて追い散らした。エルスと言い争わなかった一人は、うしろ向きに走っていた。アリスから目を離せなかったのだ。

ニコはジャックに笑いかけた。そのジャックは窓辺に見える母に手を振る。アリスは歌を続けていた。「おかあさんのことは、ちゃんと見回っていてやるよ、ジャック。――きみのこともな」と、ニコは言った。

たしかに男どもを部屋へ入れてやったほうが簡単だったかもしれない。アドバイスをもらえないと知ったときの失望は、「さっぱりわからない」から「頭に来た」にいたるまで、さまざまな形態があった。すごすご引き下がる男も、いきり立つ男もいる。アリスはひたすら歌うだけで、せっかくサスキアとジャックが持ってきたハムとチーズのクロワッサンを食べる暇も惜しんでいた。日が落ちて間もなく、刺青テオもやって来た。ワインを一本と、果物、チーズをバスケットに詰めてきたのだが、アリスは自分では受け取ろうとしなかった。テオに抱きついてキスはしたものの、すぐにエルスとジャックに手招きしてバスケットを持たせる。こうなったらサスキアに食べさせる一手だ。いつも空きっ腹を抱えているのだから。

ロビー・デ・ウィットも来た。アリスを見て傷心の面持ちだ。口をぱくぱく動かすのがガラス窓の向こうに見えるだけで、歌っているらしいとしかわからない。ロビーはマリファナのシガレットを持ってきていて、これはアリスも素直に受けた。窓を離れて戸口へ出たら、一本火をつけて、いい気分で歌っていられるだろう。

そう言えば、と後年のジャックは思いあたることがあった。ボブ・ディランだったら、すごい一曲に仕立てたかもしれないような夜だった。

この夜、赤線地帯に人があふれる十時ごろ、エルスとサスキアとジャックが、アリスに同行して短い距離を移動した。ブルット通りのサスキアの部屋から、スタウフ通りのエルスの部屋へ行ったのだ。ジャックはエルスに抱かれていた。半分眠っている。顔をエルスの肩にくっつけていた。こういう移動の際には、アリスは歌わなかった。「ほんとにウィリアムは姿を見せるかしら」

「だめもとだと思ってたよ」サスキアが言った。

「今夜はもう切り上げよう、アリス」エルスがドアを開けた。するとアリスはまた戸口に立とうとする。いまにも賛美歌を再開しそうになったところで、スタウフ通りをやって来るフェムケが見えた。

「歌ってないんだね」と、フェムケは言う。

「あの人、やっぱり来ないの？」アリスが聞いた。

サスキアとエルスが詰め寄っていく。もう頭に来たというところを隠そうとはしない。ジャックは目が覚めた。といって何がどういう話なのかわからない。しかもオランダ語だ。フェムケは一歩も引かない。エルスとサスキアが食い下がる。エルスがフェムケを敷石の道に投げ飛ばすのではないかとジャックは思ったが、アリスが歌い出して、どなりあいが止んだ。「神の息よ、われに吹きて」こんなにうまく歌う母を聞いたことがなかった。フェムケも母の声にまいったようだ。ひょっとすると「まさか、あんた、ほんとにやるとはね」と言ったのかもしれない。アリスは歌をやめない。むしろ声を大きくしたようだ。ともかくジャックは夢うつつだったから、フェムケの言葉は「まさか、あの人、ほんとに引き受けるとはね」だったかもしれないが、定かではない。

ジャックがわかった範囲で言えば、どうやら父はクルーズ船に乗ってピアノを弾いているらしい。いや、父かどうかはともかく、船とかピアノとか言っている。ピアノとはアリスにも意外だったろうが、たいていのオルガニストはまずピアノを習うものだ。ウィリアムもそうだった。それよりも驚くのは、ウィリアムがオーストラリアへ行って、シンディ・レイという刺青師に彫ってもらおうと考えたことだろう。

アリスは曲目を換えたが、歌をやめる気配はなかった。歌詞の切れ目のような些細なことは気にかけず、またウィリアムがオーストラリアへ旅立ったかもしれないことも関係ない。「よき羊飼い主イエス」と歌った（この一行だけの繰り返しだ）。

オーストラリアまで行けばアリスとジャックも追ってこない、とウィリアムは考えたのだろうか。ジャックはエルスのふっくらした大きな胸に抱かれて、いまにも眠ろうとしていた。アリスはまた曲を換えて、なお歌うことをやめなかった。「聖なる甘き秘蹟」を繰り返す。スタウフ通りを歩きだしたフェムケを追うように、アリスの澄んだ歌声が流れた。フェムケの姿が消えた頃には、アリスは「神の息よ、われに吹きて」に戻っていて、ジャックが目を覚ました。

「もう、いいんじゃないの、アリス」とサスキアが言ったが、アリスはきかなかった。

「オーストラリアって、どこ？」ジャックはエルスに聞いた（旅の予定にないことだけはわかっている）。

「心配ないよ、ジャック。そんなとこ行くことになんかなりゃしない」と、サスキアが言った。

「地球の裏側だもんね」エルスが言った。そう聞いて子供は安心したようなものだが、それでも父が群衆にまじってこっちを見ているのではないかという想像がやまなかった。

「ちょっとアリス――いいかげんにやめなよ」サスキアが言った。

「よき羊飼い……」また歌を換えて始めた。いくらか音量は絞っていた。

フェムケの退場ばかりに目が行っていて、誰もヤーコプ・ブリルの登場に気づかなかった。まだ真夜中でもないのに、ブリルがスタウフ通りにやってきていた。しかし歩いているのではない。宗教上の怒りで麻痺したように突っ立っている。「いま歌ってるのは聖歌ではないか――祈りではないか！」と、アリスに怒声を浴びせる。

アリスはじっと見つめ返し、「聖なる甘き秘蹟」を続けた（このときのアリスの心境では、三曲しか——それも題名だけしか——思い出せなかったのではないか）。

「冒瀆だ！」ブリルが喚く。「神を汚している！」

サスキアがオランダ語で何か言った。あまり敬虔とは言いがたい用語に聞こえた。エルスが近づいて、どんと押した。ブリルは片膝を折ったものの、どうにか敷石に手をついて、転ぶことはなかった。立ち上がったところへ、エルスがもう一突きする。今度も転びはしないが、建物の壁にぶつかって跳ね返された。「子供の前じゃないの」と、エルスが口調だけは穏やかに言う。さらに突き飛ばそうとして迫ると、もうブリルは逃げ腰になった。

「肝心なときにニコがいないんだね」サスキアが茶化してみせたが、エルスは警察力に頼らなくてもよさそうだった。

ふたたびアリスは「神の息」を歌いだした。と、誰の目にも、その男が見えた。さっきエルスと口論しなかった男、ブルット通りをうしろ向きに走って逃げた若者だ。一目アリスを見ようと戻ってきた。いまは一人だけだ。エルスがオランダ語で話しかける。もうブリルは退治できたようなものなので、今度はこの若いのを突き飛ばそうという勢いである。

「その人はいいのよ。一人だけ悪さをしなかった」アリスはついに歌をやめた。棒立ちの若者に笑いかける。「アドバイスが必要みたいね」

「そこまでしなくたっていいのよ」と、エルスが言った。

「だって、そんな感じだもの」

「サスキアかあたしで役に立ってあげるから」

「わたしのアドバイスが欲しいんじゃないの」

「いいから今夜はもう切り上げなってば」

「よかったら中へ来ない?」そう言われて、若者は英語がわからないような顔をした。エルスが通訳して、若者がうなずく。

「おいで、ジャック」サスキアが子供の手をとった。「さあて、ハムとチーズのクロワッサンでも食べようかな。あんたもどう?」

アドバイスの欲しそうな若者は、オリーブ色の肌をして、黒っぽい髪を切り詰めていた。華奢な体つきだ。切れ長の目を見開いて、女の子のような整った顔立ちをしている。娼婦の部屋へ誘われたというのに、まだ一歩も動かずに立っていた。もう一度見ようと思っただけなのだ。ふたたび声をかける度胸まではないはずだった。きっかけのあろうはずがなかった。いや、さっき口をきいたのかどうかも怪しい(すっかりびくついた表情からすると、前回は仲間の誰かがアリスと話をつけようとしただけだろう)。

エルスが若者の背後へまわって、どんとアリスのほうへ押し出した。その手をとってやったアリスが、室内へ招き入れる。若者の背丈はアリスのあごにしか届かなかった。アリスがドアとカーテンを閉める。外の三人がひとかたまりに立った。「いまの人、ふでおろし?」と、ジャックが言った。

「そりゃそうだわ」と、エルスは言った。

でも警察でニコ・アウデヤンスが言っていたことを思い出したジャックは、「あんまり若いやつで困らない?」

「こんな時間だったら平気だわ」と、サスキアが言った。

この日は、午後から夜にかけての半分くらいが、ジャックの寝る時間になっていた。まずエルスの部屋で一時間かそこら、次にサスキアの部屋。もちろん往復で移動した時間はエルスに抱かれて眠った。それにしても疲れたことは間違いない。サスキアは部屋へ戻るとカーテンを閉めて、ジャックがよく眠れるようにしてやった。自分では戸口に立って門番をする。エルスは十五分か二十分おきにスタウフ通りへ行って、まだアリスが童貞君にアドバイスを続けているのか様子を見た。

エルスが二度出ていくのがわかるまで、ジャックは眠気を我慢した。「そういう人は早く終わるって、エルスが言わなかったっけ？」

「もう寝なさい」と、サスキアが言った。「あの若い子は英語がへただから、ひどく手間がかかってるの。ゆっくり話してあげないとだめなんじゃないかな」

「ああ」

「おやすみ、ジャック」

だいぶ間があいてから、ひそひそと話す声がして、ジャックは目が覚めた。三人の女が、赤いガラスシェードつきランプの光を受けて、サスキアのベッドに腰かけている。これでよくジャックが寝ている余地があるものだが、とにかく起きていることは知らせまいとした。母のネックレスが切れたらしい。あとの二人が直そうと手を出している。「ドジなことされたね」と、サスキアが言った。「これだから若い子は困る」

「わざとやったわけじゃないのよ――はずしたことがなかったんでしょ」と、アリスは声をひそめて言った。「どうせ養殖なんだけど――あれで良かったのか悪かったのか」

「ネックレスなんか、つけたままでいいのに」エルスは言う。

「でも、かわいい子だった。ほんとに何もかも初めてなんだもの」アリスは声をひそめている。

「あれだけ時間をかけるとは、たんまり持ってきたんだろうね」と、サスキアが言った。

「あら、お代はとってないわよ。そんなことしたら本物の商売になっちゃう」これで三人とも笑ったが、「しーっ！　ジャックが起きるわ」と、アリスは声を低くした。

「起きてるよ」ジャックが口をきいた。「あの人にアドバイスできたの？」アリスは息子を抱いてキスをして、サスキアとエルスは切れたネックレスを直そうとした。

「そうね、まずまずアドバイスできたかな」

「こんないいアドバイスは二度とないでしょ」と、サスキアが言った。

「ただじゃ二度はないよ」とエルスが言って、また三人が笑った。

「やっぱり宝石屋へ持っていかないとだめだわ」サスキアがばらけた真珠をまとめてアリスに返した。

これをアリスはハンドバッグへ入れる。

サスキアとエルスがホテルまで送っていこうと言うと、アリスは少し遠回りして帰ってもいいかと答えた。旧教会の周辺を通って、まだ頑張ってるというところを年長組の娼婦に見せたいというのだった。「いくら何でも遅すぎるよ。たいてい店じまいしてるだろ」と、エルスが言った。

「やるだけやってみてもいいんじゃない」と、サスキアは言う。「一人でも出てる人がいたら、話は伝わるもの」

もう午前二時か三時になっていただろう。アウデケニス通りを抜けたら、急に音楽が鳴りだした。古い運河にかかる橋を渡ると、ますます大きく聞こえた。まったく旧教会のオルガンは聖なる大怪獣だ。「バッハ?」と、ジャックが母に聞いた。

「そう、バッハね。でもお父さんが弾いてるんじゃないわよ」

「なんでわかるの?」エルスが言った。「フェムケなんて女は信用できやしないんだから。のぞきに行っても損はないよ」

「バッハの幻想曲ト長調。よく結婚式で弾くのよ」つまりウィリアムに似つかわしい曲ではないだろう。だがサスキアとエルスは、とにかく正体を見定めようと言った。

まず周辺をひとまわり歩いてから、とアリスが言うので、そのようにした。一人だけ戸口へ出ている女がいて、音楽を聴いている。若手のマルフリートだ。「夜更かしだね、ジャッキー」

「みんな夜更かしだよ」と、エルスは言った。

教会へ入る。年長組が二人だけ坐っていた。お転婆ナンダは眠っているらしい。突っ張りアヌークはアリスに目を向けようとしない。

広い会衆席の奥まで来たが、狭い階段を上がったのはサスキアとエルスとジャックだった。アリスは階段の下で待っていた。「あの人はオーストラリア行きの船なのよ。もう着いたか、まだ乗ってるか、どっちかだもの」と、頑として言い張る。「クルーズ船だなんて、どれだけの女に出会うことか」

ふっとベビーパウダーの素朴な匂いがして、フランス・ドンケルの姿が見えた。いきなりサスキアとエルスが現れたので、この若き天才オルガニストはたまげたようだ。弾いていた手が止まった。それから二人の娼婦にはさまれたジャックが見えた。

「やあ、お父さんだと思ったかな」

「そうでもないわ」と、サスキアが言った。

「おしゃべりはいいから、弾いてなさい」と、エルスが言った。階段を下りきらないうちに、神童はふたたびバッハに向かっていた。

「あのドンケルって子でしょ?」とアリスが言った。ほかの者がうなずく。「まったく、チューニングしてるみたいに弾くんだから」

バッハの「幻想曲ト長調」が、トロンペッテル通りを行く四人を追って響いた。まだ体を売る若い女がちらほらと出ている。シント・アネン通りを抜ける手前で、ようやく音楽を振りきった。

「オーストラリアへ行くわけじゃないよね」と、エルスが言ったかもしれない。

「ええ、ジャックを連れて行くには遠すぎるわ」と、アリスは答えたかもしれない。

「誰にだって遠すぎるよ、アリス」と、サスキアが言った。

「まあね」とだけアリスは言った。いつになく言葉がはっきりしない。ものの言い方に――ブルット通りの部屋で女同士のささやきにジャックが目を覚ましてから――母らしくないような夢心地のいいかげんさがあった。のちにジャックにも見当がつくようになって、従来の母がどれだけマリファナを吸っていたかという問題なのだと思いあたる。アムステルダムへ来るまでは、母はマリファナと仲良しではなかったのだ。しかし、このときは土曜日の夜から日曜の朝にかけて、だいぶ親しんでいたらしい。

サスキアとエルスは、母子をホテルまで送り届けた。こんな時間でも赤線地帯が危険だと思うわけではないのだが、アリスがヤーコプ・ブリルと出くわさないか心配だ。ブリルもまたクラスナポルスキーに泊まっていることは知っていた。

二人の女がジャックとアリスに抱きついてキスをして、今夜はお別れになった。もうジャックと母は寝る支度だ。めずらしく母が先にバスルームへ立った。ジャックの記憶にはないことだ。すると何がおもしろいのか、いきなり母の笑い声が聞こえた。

「どうしたの？」

「下着を、エルスの部屋に脱いできちゃった！」

アドバイスの仕事はかなり気を遣うものだったようだ。ジャックが歯を磨いたら、もう母は寝入っていた。ジャックは寝室の明かりを消し、バスルームだけは点灯したままドアをわずかに開けておいた。そうやって常夜灯にしている。母が先に寝るなんて初めてだと思った。ならんで寝ようとしたら、母は眠りながらも歌っていた。賛美歌でなかったのはありがたい。マリファナの効き目かもしれないが、スコットランド訛りが復活していた。以後、母の訛りは、酒なり薬物なりで酔ったときにしか聞かれなくなる。

このときの歌は本物の民謡だったのか、つまり娘時代に覚えたものであったのか。それよりは、でまかせの戯れ唄に寝ながら節回しがついたものと考えるべきかもしれないが、ジャックには確かめようがなかった（昼から夜まで歌いどおしだったのだから、寝言に節がついてもおかしくない）。

アリスが歌った寝言唄は――

ああ、絶対なりたくない
にゃんこにも、クッキーにも、尻尾にも
リース港《みなと》のみじめな場所は
牢屋でなければ波止場の通り
そう、絶対なりたくない
ひとつ本気で確かなことは――
たとえ落ちても波止場はいやだ
ひゅあなんかになるものか

「ひゅあ」というのはわからないが、語呂がいい感じはする。子守歌みたいなものを、寝ながらでも歌ってくれているのか、とジャックは思った。

いつものように、目をつむって、おやすみのお祈りをした。いくらか声を大きめにした。今夜は母が寝ているから二人分のお祈りだ。「くださった一日が終わります。神様に感謝いたします」

二人とも日曜日の正午まで寝ていた。起きてからジャックは、「ひゅあって、なに？」

「あたし、そんな寝ごと言った？」

「うん。歌ってた」

「ひゅあってのは、スコットランドで、まあその娼婦というか――アドバイスする人ね」

「人間が、にゃんこやクッキーや尻尾になるの？」

「それもアドバイス係の意味になるの」

「ふうん」

刺青ペーテルの店へ行こうとして、母と子が手をつないで赤線地帯を歩いていたときに、また子供が聞いた。「波止場通りって、どこ?」

「何が何でも行かないところよ」それしか母は言わなかった。

「どうしてペーテルは片足がないの?」これはもう百回も聞いたろう。

「だから言ったでしょ。自分で聞きなさいって」

「自転車に乗ってたのかな」

昼下がり。この地区では、もうアドバイス産業が忙しくなりつつあった。立っている女はジャックとアリスに呼びかけてくる。旧教会周辺の年長組でさえそうだった。この道を通ることにアリスがこだわったのだ。ヤーコプ・ブリルにくらべれば半分くらいのスピードで、あの窓この戸口と通過する。「神の息よ」を口ずさむ女は一人もいなかった。

シント・オーロフス通りへ行って、刺青ペーテルに別れの挨拶をする。「なあ、アリス、いつだって復帰してくれていいんだからな」と、片足の男が言った。「ジャックは、二本の足を大事にしろよ。そのほうが世の中を歩けるようにできてるんだ」

それからゼーダイクの刺青テオの店にもまわった。ロビー・デ・ウィットは、アリスに刺青をしてもらいたがった。「割れた心臓はだめよ」と、アリスは言った。「裂けていようがいまいが、もう心臓は彫りたくないの」そこでロビーは右の二の腕にアリスの署名を入れてもらうことで納得した。

お嬢のアリス

一字たりともゆるがせにしないアリスの書法に、テオ・ラトマーカーはすっかり感心して、自分でも頼みたいと言いだした。彫ったのは左の前腕。いままで空白にしておいた、とっておきの部位なのだという。文字の列は、ラトマーカーの肘から腕時計の文字盤にまで達した。いま何時かと見るたびに、お嬢のアリスを思い出すことになる。

「どうだい、ジャック」と、刺青テオは言った。「またデア・ツィンメルマンでも聞くか?」(この男はドイツ人ではなくて、デアとデンの区別をつけられないのだが、さりとてジャックにしても――いまのところは――ドイツ語を知っていたわけではない)

ジャックは、ボブ・ディランのLPを選んで、プレーヤーに乗せた。まもなくロビー・デ・ウィットも声を合わせていたが、アリスの好きな曲ではなかった。アリスは仕事を続けるのみで、歌はロビーとボブにまかせた。

「夜明けに鶏が鳴いたら――」と、ボブとロビーが歌う。「窓から見ても僕はいない」ここまで歌が進んだとき、アリスはAの字を彫りはじめていた。「きみのために僕は旅立つ」ボブとロビーが甘ったるい声を出す。「もういいんだ。このままで」

まあ、このままでよかったかどうか――先々のことを考えれば、よくなかったのかもしれないが――アリスはひたすら彫っていた。

エルスが船会社に案内してくれた。ごちゃごちゃした窓口で、エルスがいてくれたのは大助かりだった。やっと決まった行程は、列車でロッテルダムへ行って、そこから船でモントリオールへ渡る。あとはどうとでもトロントへ帰れよう。

「なぜトロントなのさ」と、サスキアは言った。「カナダが故郷ってわけでもないんだろう?」

「いまはそうなのよ。もうリースへは帰らない。スコットランドのウィスキーを全部やると言われても帰らないわ」なぜそこまで言うのか語ろうとはしなかった(亡霊だらけなのかもしれない)。「それのに、ジャックにぴったりの学校があるのよ。いいところだわ」と、サスキアとエルスに言っているのが聞こえた。母がかぶさってきて耳元でささやく。「女の子なら、安心だもの」
セント・ヒルダ校の女生徒――とりわけ年長の女学生――と混ざりあうと思うと、ジャックはぞくりと寒気がした。またしても、そしてヨーロッパでは最後になったが、つい母と手をつなごうとしていた。

第Ⅱ部　女の海

8 女の子なら安心

セント・ヒルダ校に男の子が入学することを高学年の女生徒は嫌っているらしい、という印象がジャックにはあった。男児の在籍は四年次までに限ると決まっているのに、男の子がいるというだけで——たとえ小さい子であっても——悪影響があると見られたようだ。エマ・オーストラーの意見では、「とくに年長の女生徒に影響する」とのことだった。

エマは気の強い娘で、自分でも年長組である。六年生だから初等部では最上級だ。ロセター通りの校門で、六年生は下級生を送り迎えする車のドアの面倒を見てやっている。一九七〇年、すなわちセント・ヒルダが男子の入学を認めた年の秋に、エマは六年生で十二歳。ジャックは五歳になっていた。これまでにエマは家庭の事情で一学年遅れていた。ジャックが登校した初日に、車のドアを開けてやったのはエマである。この経験は人格形成に関わった。

それでなくてもジャックは車が気になっていた。黒のリンカーン・タウンカーだ。じつは送迎サービス会社の車で、ウィックスティード夫人は車の必要があると、いつも利用していた（夫人もロティーも自分では運転することがなく、アリスは免許すら持っていない）。運転手は気さくなジャマイカ人だった。ピーウィーという名前の大男で、車に負けないくらいに黒い。ウィックスティード夫人お気に入りの運転手である。

初登校の日に運転手つきのリムジンで行きたいと思う子がいるだろうか。だが、アリスがウィックスティード夫人のやり方に従ったのは、あながち悪いことではなかった。この卒業生《オールド・ガール》はジャックの学費のみならず、リムジン代の面倒まで見てくれるようなのだ。

アリスはチャイナマンの店で深夜営業になることが多かったから、学校へ行くジャックを起こして朝食の世話をしてやるのはロティーだった。ウィックスティード夫人も子供のネクタイを結んでやるくらいの早起きはするのだが、どこか覚めきっていないようではあった。だいたいの服は、前の晩にロティーが用意してある。朝もまた着るときに手を貸してくれた。

そのような朝、ジャックは薄暗い母の部屋へ立ち寄って、行ってまいりますのつもりでキスをする。それからロティーに送られてスパダイナ通りとロウザー通りの交差点へ出ると、ピーウィーが車を停めて待っていた。だがアリスも初日は自分で見送るつもりだった、とだけは言っておこう。

「ねえ、アリス」と、ウィックスティード夫人が言った。「あなたが連れて行ったら、ジャックを泣かすようなものだわ」

夫人はジャックが泣くような状況づくりには断固反対なのだった。ある朝、ネクタイを結んでやりながら言った。「からかわれることもあるだろうけどね、ジャック。だからといって泣いたらだめよ。もし怪我でもしたら泣きなさい。そういうときだけ思いっきり泣くの」

「じゃあ、からかわれたときは？」と、ジャックは言った。

ウィックスティード夫人は、亡夫の形見である床屋の看板のような赤と青のパジャマの上に、プラム色の化粧ガウンを着ていた。ネクタイの面倒を見てやるときは、必ずキッチンのテーブルについて坐っている。朝一番のティーカップのぬくもりで指をほぐしながら結ぶのだ。白髪にはカーラーを巻いたまま。顔はアボカド油でてかてかしている。

「なにごとも工夫なさい」

「からかわれても?」

「おだやかにね」と、ロティーが一案を述べる。

「二度まではおだやかに」夫人が言う。

「三度目は?」ジャックが聞く。

「そのときは工夫」

ネクタイを結ぶと、夫人はジャックのおでこから鼻筋にかけて、ちゅっちゅっとキスをした。ジャックの顔についたアボカド油を、ロティーがふいてくれる。ロティーからのキスもあるが、たいていは玄関へ出てからだ。そしてドアを開けて表へ出る。待っているピーウィーのところまで手を引かれていく。

ロティーは足を引きずって歩く。ジャックには、刺青ペーテルが片足だったのにも負けないくらい、ひどく気になることだった。だから何度も母に言ったものだ。「なんでロティーはああなってるの?」もう百回も聞いたはずだ。

「ロティーに聞いてよ」

だが、初めて学校へ行った日には、思いきって口に出せないまま車に乗った。

「さあ、どうなってんでしょうね」と、ピーウィーは言った。

「何なのかな。聞いてみてよ、ピーウィー」

「そりゃ無理だ。坊ちゃんなら聞けるでしょう。あたしゃ運転手だから」

ピクソールおよびハッチングズ・ヒルという二本の道が交差する地点は、たとえ墓に入ってからでも目に浮かぶだろう、とジャック・バーンズはあとになって考えた。ピーウィーがじりじりと車を徐行させる。年長組の女生徒が、やれやれ、また一人金持ちの子が来た、と思う。あたたかい九月の朝だった。ふたたびジャックは女生徒が着るタックなしの制服ブラウスを意識する。その胸元に、グレーとえび茶のくっきりしたストライプのネクタイが、ゆるやかに巻かれていた（あと二年もすればボタンダウンのシャツの第一ボタンをはずして着るようになる）。だがジャックの記憶に鮮やかなのは、つんと腰を突き出してみせる娘らしい姿態だった。

およそ静止することがない。ほかの子に腕をまわして抱きついたり、片足に体重をかけて軽いほうの足で地面をとんとん踏んだりする。椅子に坐ったと思うと、勢いよく足を組んで、浮かせた足をぶらぶら揺する。グレーのプリーツスカートが超ミニなので、つい目がいったジャックは、太ももの量感に驚いていた。女生徒は指先や爪や指輪を突つき、また眉毛、髪の毛へさかんに手をやる。まるで爪の下に秘密をさがすような面持ちだが、たしかに秘密はあるのだろう。友だち同士だけに通じる手のサイン、そのほか何やらの通信手段がありそうな気配だった。

ロセター通りの校門で、ピーウィーが車を止める。ジャックから見た六年生は、隠しごとが多そうで、なお歯止めがきかないようだった。十一歳か十二歳の女の子は、自分の容姿はひどいものだと思っている。もう子供ではなくなっていて、少なくとも自意識においてはそうなのだが、若い女というにはまだ間がありすぎる。個人差の大きい年頃でもあって、見た目にも身のこなしにも若い女になりかけたような子がいれば、男の子のような体つきで、照れ屋の若者のような行動をとる子もいる。

エマ・オーストラーは違った。十二歳にして十八歳になりかけている。車のドアを開けてもらったジャックは、エマの鼻の下にうっすらと生えかけた毛を、汗だろうと思い込んだ。たくましい腕が日焼けして、毛の色がブロンドに変わっている。髪の毛はというとダークブラウン。太い三つ編みが、きれいと言えば言えそうな顔の片側だけを縁取るように肩の高さを通過して臍《へそ》まで届く。編んだ髪の重さが、ふくらみかけた胸の谷間をしっかり押さえて、その左右の形をわからせた。六年生ともなれば、総数の四分の一くらいは、そろそろ盛り上がりが目についた。

リムジンを降りて立つと、ジャックの身長はエマの腰までしか達しなかった。「ネクタイ、踏まないようにね」と、エマが言った。たしかに膝まで垂れているが、エマに言われるまでは、踏んづける危険を想定していなかった。またグレーの半ズボンは、つんつるてんで「みっともない」ものである、というのがウィックスティード夫人の見方だった（女の子とは違って、男の子はソックスも短い）。

エマがジャックの下あごに手を出し、ぐいっと上を向かせた。「あら、何この睫毛――かわいーい！」と、大きな声を出した。

「え？」

「この先、大変よ」と、エマ・オーストラーは言う。その顔を見ながらジャックもまた、大変になるらしいと思っていた。さっきの見間違いにも気づいた。鼻の下の汗と思ったものは、これだけ近くで見れば、産毛が生えているのだとわかる。ただ、ひげのような毛があることに敏感な娘心までは、五歳のジャックにわかるはずがない。いい感じだと思って、さわってみたくなったのも当然だ。

初めて学校へ行くことが、初めての刺青と同じように、ひとつの聖なる旅立ちであるならば――まあ、ジャックのはこんなものだった。エマ・オーストラーの口ひげに手を出したら、確実に人格形成に関わる経験になるだろう。「お名前は？」エマがかがみ込んできた。

「ジャック」

「ジャックなに？」

苦しくてたまらない一瞬があって、その間ジャックは、毛の生えたエマの鼻の下のために、自分の姓を忘れていた。だが、毛のことだけで戸惑ったのではない。もともと洗礼名はジャック・ストロナクだったのだ。父は母との婚姻関係がないままに、ジャックをも捨てた。だからアリスとしては、母子ともにウィリアム側の姓を名乗る謂われはないと考えた。これに反対したのはウィックスティード夫人である。アリスは「バーンズ夫人」にはなりたくないとこだわったが、ウィックスティード夫人は子供に非嫡出としての苦労をさせてはならないと言った。その意見によって、ジャックの名前は正式に変更され、ともかくも名目上は嫡出子になった。しかもウィックスティード夫人は民族統合の推進派だった。ジャック・バーンズのほうが、ジャック・ストロナクよりも、カナダ文化に溶け込むことが容易だという見解なのだった。この人なりの善意とは言えるだろう。

さて、ジャックが名前を言いよどんでいたことは、ある先生の目にとまった。「灰色幽霊」と渾名がついたマクワット先生で、まったく霊がただよっているような人だった。すうっと現れる秘術があるようで、いつの間にか来ている。前世においても、すでに死人だったのではなかろうか。先生にまつわる異様な冷気からは、そうとしか思えない。吐く息までも冷たかった。

「どうしたっていうの？」マクワット先生は言った。

「このジャック何とかいう子が」と、エマ・オーストラーが答える。「名前を最後まで言えなくなってます」

「では、あなたの力で言わせてごらんなさいな」

灰色の幽霊はアジア系ではないけれど、目が細くつり上がっていた。髪をうしろへ引っ張って、きりきり締め上げ、鋼鉄色のかたまりのように丸めているので、いやでも目が細くなる。薄い唇がぎゅっと結ばれているのは、いつも半開きのエマとは好対照だ。エマの口は花が咲くように開かれる。その口の上の産毛は、花びらに花粉がふんわり散ったようなものだった。

ジャックは手を出すまいとした。とくに右手の人差し指に我慢をきかせた。マクワット先生は、出たと思ったら、すぐに消えていた。あるいはジャックが目を閉じていたのだろうか。エマの口ひげのような毛にさわるまいとして目をつむり、それで灰色幽霊がいなくなるところを見なかったのかもしれない。

「考えて、ジャック」エマ・オーストラーの息は熱い。マクワット先生の息を逆転したような熱さだ。

「さ、フルネームよ、何だったかしら」

「ジャック・バーンズ」やっと小さく言えた。

エマがぎくりとしたのは、この名前だったのか、それとも指か。やわらかな毛の生えた鼻の下を人差し指でなでられたのと、名前を教えられたのが完全に同時だったことは、まったく偶然の成り行きである。さわった肌の感触が信じられないほどやわらかで、ジャックは思わず「おなまえは？」と口にしていた。

エマは、この人差し指をつかんで、そり返らせた。がくっと膝をついたジャックは、痛さに悲鳴をあげた。すると、ふたたび灰色幽霊のマクワット先生が忽然と姿を現し、「言わせるというのは、泣かせることじゃありませんよ、エマ」と叱った。

「エマなに？」ジャックは大きいおねえさんに指を折られそうになりながら言った。

「エマ・オーストラー」わざと力を入れてひとひねりしてから、エマは指を離した。「よっく覚えときなさい」

エマにしろ、その名前にしろ、忘れられるものではなかった。痛かったことも、それが当たり前のように思えた。エマが主でジャックが従であるように生まれついたのだろうか。ジャックの痛そうな表情に、マクワット先生はそんなことを読みとったかもしれない。ジャックのほうでも、のちの話ではあるが、父が十一年生の子と関係して、十三年生の子を妊娠させたというときに、この先生はもう学校にいたはずなのだと思いつく。さもなくば「あなたはウィリアム・バーンズの子ね？」と言ったはずがない。

これを聞いたエマは、あわててジャックの睫毛を見直した。「じゃあ、お母さんは刺青の人ね！」と、また大きな声を出す。

うのに！）。

「そう」とジャックは言った（何ともはや、学校に知り合いなんかいないだろうと心配していたとい

もう一人、新入生の到着をじっと見ている先生がいた。その完璧な声に、ジャックは聞き覚えがあった。いや、毎晩夢で聞いていたかのようにわかるのだ。キャロライン・ワーツ先生。母のスコットランド訛りを完治させた人だった。発音が美しいのはもちろん、ぴたりと決まった安定感のある声は、どこで聞いても――とりわけジャックの夢の中では――それとわかるものだった。先生は、かつて住んだエドモントンでは、無条件の美女だったのかもしれない。トロントのような国際色豊かな都会へ来てからは、いまにも消え入りそうな、こわれやすい佳人になっていた（おそらく私生活に何らかの気落ちするようなこと――たとえば幻想でしかない恋とか、出会ってからすぐの早すぎる別れとか、そんなものがあったという線だろう）。

「おかあさんによろしくね、ジャック」と、ワーツ先生が言った。

「はい、ありがとうございます」

「刺青の人がリムジン持ってるんですか？」と、エマが質問する。

「ウィックスティードさんが車と運転手を雇ってるのよ」

このときもまた灰色幽霊は消えていた。マクワット先生がいなくなるとしたら、かき消えるとしか言いようがない。ジャックは肩にまわされたエマの手を意識した。そうやって歩かせてくれるエマの腰あたりに、自分のあごがくっつきそうになる。エマはかがみ込んで耳打ちした。ワーツ先生には聞かせたくないようだ。「よかったじゃないの、おかあさんも、あなたも」これは大きな車のことか、運転手のことか、とジャックは思った。だがウィックスティード夫人が「刺青の人」に肩入れして、その人に小さな息子がいるという話は、とうに学園では知れていた。ジャック本人よりも、話のほうが先に入学したのだった。エマ・オーストラーが言わんとしたのは、車に限らず、ウィックスティー

ド夫人が面倒を見てくれていることだった。次にエマが言ったこともジャックは意味を取りそこなった。「やったじゃない。家賃なしで住めるなんてラッキーだわよ」

「ありがとう」と答えて、ジャックは手をつないでもらおうとした。初日から親しくなれる人がいたと思うとうれしかった。ウィックスティード夫人の離婚した娘も、ジャック母子のことを「家賃免除の間借り人」と言ったことがある。エマの母親も離婚していたりするのだろうかとジャックは思った。そういう境遇だとしたら、ジャックとアリスを庇護しようとするウィックスティード夫人のような心優しき卒業生には、ことのほか共感できるかもしれない。

「おかあさん離婚したの？」と、ジャックはエマ・オーストラーに聞いた。これは相手がまずかった。エマの母は何年か前につらい離婚をして、とんでもない後遺症のようなものが消えていないのだが、結果として「オーストラー夫人」であることの意識が消えなくなっている。娘のエマとしても、この問題はいまだに膿を出しきれないような痛みがあるのだった。

親しみを込めて、口には出さずとも心が通った合図として、とジャックが誤認するような力で、エマはジャックの手を握りしめた。わざと痛めつけたのではないとジャックは思い込んだけれども、オスロのホテルでフロント係と握手したときにも匹敵する握力が伝わった。「ノルウェー人なの？」とジャックは言った。エマは息づかいが荒くなっていて、そんなことは聞こえない。全力でジャックの手を握りつぶしてしまおうとしたのか、それとも離婚のあとで化け物じみた男嫌いに変質した母親への反感を抑えつけようと必死だったのか、いずれにせよエマは新規にふくらんだ胸を大きく上下させていた。涙が一粒、これもジャックは汗が垂れたのだと誤解したのだが、エマの頬を流れ落ち、鼻の下の毛にひっかかった。生えたばかりの苔に一滴の露が乗っかったようだ。セント・ヒルダ校へ通うことにジャックが抱いていた不安感は、とりあえず解消した。六年生の女の子に低学年の案内役をさせるとは、すばらしき名案ではなかったか！

地階への石段でジャックは転びそうになった。するとエマがうまく立たせた、というばかりか腰に引きつけて抱え上げ、ジャックを学校教育の場へ運び込んだ。すっかり感謝感激のジャックは、エマにすがりついた。エマもまたジャックを抱きしめてやったのだが、その強烈な力でエマのあたたかい喉元へ顔を押しつけられたジャックは、このまま息が詰まるかと思った。気絶する寸前には亡霊が見えるものらしい。だとすればジャックが灰色幽霊を本物の幽霊だと思ったこともうなずける。エマがいまにもジャックの背骨を折るか、十二歳の胸に押しつけて窒息させるかという瀬戸際に、またしてもマクワット先生が出た。

「離しなさい、エマ」幽霊の先生が言った。ジャックのシャツの裾がはみ出して、膝小僧あたりまで垂れていたが、それでもネクタイのほうがもっと下まで行っている。朦朧としかかり、苦しい息になっていた。「裾を入れてやりなさい」と、灰色の幽霊が言い、言ったと思ったら、いなくなっていた。霊界へ帰ったのだろう。

膝をついたエマが、ちょうどジャックの身長にならんだ。ジャックの半ズボンは短すぎるのみならず、きつすぎるのでもあった。シャツの裾を入れてやるなら、ズボンのボタンをはずし、ジッパーをおろさなければならない。ズボンに差し入れた手で、ジャックの尻をつかまえ、そっと耳元で「いいおシリだわ」と言った。

ジャックはだいぶ息を回復していたので、誉められたお返しにと思って、「いいおヒゲだね」と言った。このときから、セント・ヒルダ校に在学中および後々までの友情が、しっかりと固められたのである。これなら母に言われたとおり、いい学校なのだろう、とジャックは思った。心躍るエマとの出会いは、(少なくともジャックが思うに)女の子なら安心だという判断材料になるのだった。

「うぅーん、ジャック」エマがそっと耳打ちする。嘘みたいにやわらかい上唇が、ジャックの首筋をかすめていた。「きっと仲良くなれるわね」

初等部の廊下にいるとアーチ形の出入口がいくつも見える。天国へ来たような、とジャック・バーンズは思った（もし天国への通路があるならば、こんなアーチがついているのだろうと以前から思っていた）。リノリウムの床には黒とグレーの三角形の模様がついていた。学校生活も、そのあとの大人になってからの生活も、いわばゲーム盤のようなものなのかという感じだ。なるほどジャックが未経験なだけで、ゲームであることは確かかもしれない。

もう一つゲームと言えるものがあった。二階のトイレへ行くと、ごく小さな窓のガラスが割れていて、そこから校庭が見えた。男子トイレはここしかない。小型の磨りガラスが素っ気ない黒の鉄格子にはまっている。その一枚が割れていた。ジャックが四学年を修了するまで、ずっと割れたままだった。男子用の便器は低いものが設置されていたが、幼稚園生のジャックにはまだ高すぎて、背伸びしてなお上向きに飛ばす必要があった。

二階の廊下には、寮生になっている年長の女生徒が来ることもあった。あまり頻繁には来ないが、来れば威圧感がある。初等部を通過するのが寮へ行く経路になっていた。入寮できるのは七年生以上に限られる。中等部と高等部の生徒総数五百名のうち、寮生は百名程度にすぎなかった（セント・ヒルダは市街地の学校なので、自宅からの通学生が多いのだ）。

ジャックから見る寮生は、すごく年上の印象があった。むっつりと不機嫌そうな表情が出ているのだが、それは外交官の娘など国外からの生徒に限ったことではないし、出身地によって暗いのでもない。「ノヴァ・スコシアの不良娘」と称される生徒たちも、エマ・オーストラーが「BCのおバカ」と言っているブリティッシュ・コロンビア州から来た娘らも、暗いと言えば暗いのだ。寮生には島流しにでもあっているような雰囲気がただよっていた。寮生の合唱団の歌声は、学園内でもっとも哀調を帯びた音楽として聞こえた。

初等部にいるかぎり、寮生を見かけることは少ないのだが、ジャックが三年生だったある日のこと、トイレから出ようとしたところへ（まだジッパーを上げつつあったのだが）、二人組の十三年生がすたすたと歩いてきた――マニキュアの光る指先、足首まで巻きおろしたソックス、すらりと伸びた脚、しっかり張った腰、ふくらんだ胸……。ジャックはパニックを起こした。あわてた手の動きで、引っ込めるべきものをジッパーにはさんだ。当然、悲鳴をあげた。

「あらやだ、男の子じゃないの」と、一人が言った。

「ほんとだ、可哀想なものをはさんじゃったみたい」

「いつごろから手でいじるものかしら――。お黙りなさい！」と、きつい声を出す。「ちょん切ったわけじゃないでしょ」

「まかせて」もう一人がジャックのそばで膝を曲げた。「うちに弟がいるから、要領わかってるのよ」

「ちょっと、要領って、まさか――」と言いながら、一人目も膝をつく。

「さあてと――手を離して！」弟がいるという娘がジャックに言った。

「痛い！」ジャックは泣き声になる。

「ちょびっと皮をはさんだだけよ。血も出てやしないわ」この娘は十七、八にはなっているだろう。あるいは十九か。

「どうなると大きくなるの？」最初の娘が言った。

「ジッパーにはさまれたら大きくなる気分じゃないわよ、メレディス」

「じゃ、気分によっては大きくなる？」メレディスという娘が言う。

十三年生のおねえさんがジャックのものを片手に持って、もう一方の手は親指と人差し指でつんつんとジッパーを引っ張る。

「わあ！」

「わあって、どうしたらいいの?」救いの手を伸ばした娘が言った。「大きくなるまで待ったげようか?」

「それにしても、女殺しの睫毛だわ」と、メレディスが言った。「もっと大きくなったら、あっちでもこっちでも、はさまれるわよ」

「わあ!」

「あらま、血が出てる」第二の娘が言った。ジャックは危機を脱したが、この娘は手に持ったジャックを離さなかった。

「何やってんのよ、アマンダ」と、メレディスは言った。

「ね、ほらほら」これはジャックに言ったのではない。ジャック自身は、下を見なくても、大きくなるのがわかった。ちょっとだけ、そうなった。

「お名前は?」メレディスが言った。

「ジャック」

「どう? よくなった?」アマンダが言う。

「きゃー、見てよ、これ」メレディスが言う。

「どうってことないって。まだまだこんなもんじゃないでしょ?」そう言われてもジャックはこんなに大きくなったことはない。このままでは破裂する、と思った。

「また痛くなってきた」

「その痛さとは違うでしょ」アマンダはやさしく握ってから、ジャックを離した。

「こんな大事なもの、もうジッパーにはさんじゃだめよ」メレディスが警告を発しつつ立ち上がり、ジャックの髪の毛に手をやって乱した。

「あたしたちのこと、夢に見るかもね」アマンダが言った。

先っぽの傷はほんの数日で癒えたのだが、夢はなかなか消えなかった。

幼稚園児を担当したシンクレア先生は、まわりが女の子なら安心というアリスの信念と同じことを言った。幼稚園児のお昼寝時間に六年生がやって来たことも、この安心幻想に拍車をかけた。率先して手伝いに来たのがエマ・オーストラーだ。ほかに二名の六年生、エマの親友でシャーロット・バーフォードとウェンディ・ホルトンがいた。三人でシンクレア先生を手伝う。五歳児を寝かせるための補助なのだが、なかなか寝つかない原因だったと言うほうが事実に近い。

シンクレア先生がジャックの記憶にくっきり残ったのは、あの三人とのお昼寝タイムが発生することをジャックの運命にしたからだ。いつも先生はいなかった、という記憶が一番はっきりしている。昼寝の時間は、エマ・オーストラーの言う「おやすみストーリー」で始まった。エマはいつでもお話を聞かせる役だった。早くも将来の職業人たる片鱗を見せていたと言える。ウェンディとシャーロットが子供たちの間を巡回して、ゴム製のマットがちゃんと敷きのべられているか、毛布がきっちり掛かっているか、靴は脱いだか、と面倒を見ているときに、薄暗くした部屋でエマの語りが始まるのだった。

「ひどい一日で、すごく疲れてしまったのですね」エマの物語はいつもこんな調子だった。眠くなるように話しているはずなのに、効果は正反対だった。幼稚園児はこわくて昼寝どころではなくなった。エマの古典というべき得意ネタになったのは、ロイヤル・オンタリオ博物館へ園児を引率したシンクレア先生が、「コウモリの洞窟」という展示室で全員を見失うという話である。現実には、ジャックが初めての遠足で博物館へ行ったのは三年生になってからで、担任はキャロライン・ワーツ先生だった。

このワーツ先生を、ジャックはもっともなつかしく思い出すことになる。たおやかな美人だったたからだけではない。ジャックが早い段階で演劇に開眼したのは、ワーツ先生の指導によるところが大きい。この分野でも優秀な先生なのだった。演劇には燃えている。ただ、そっち方面の才能にくらべれば、教室での指導は頼りなかった。三年生クラスを掌握しきれない。舞台を離れ、フットライトのきつい光を浴びないところでは――しつけ不足の教室でも、わずかながら無法ぶりでは上を行く一般社会でも――ワーツ先生はすぐにどぎまぎしてしまう性分だった。すっかり自信を失って、管理能力など薬にしたくてもない。

遠足でのワーツ先生は、もしエマの物語に登場すれば、輝かしい主役を演じられたかもしれない。それくらいに要領が悪かった。「コウモリの洞窟」で先生自身が度を失ったときには、もう子供たちはエマに聞かされた定番のホラー物語をありありと思い出していた。すでに五歳ではなく、八歳になっていたのだが、そんなことは関係ない。コウモリ洞窟のことを初めて知った幼稚園時代には、エマの創作した怪談として聞いたのだ。それを目の当たりにしてしまった。

すると館内に案内放送が流れた。哺乳類の展示室が一部停電になっているという。これは物語の第一章にすぎないと子供たちは思った。「落ち着いてください」と放送の声が言い、ワーツ先生はこらえきれずに泣きだした。「まもなく復旧いたします」洞窟の紫外線灯は消えていなかった。あとは消えていると言うべきか。これこそエマが語ったとおりである。

エマの怪談では、なぜか子供たちは洞窟の奥へ這っていって、コウモリがいるところで眠るしかないのだった。いわゆる吸血コウモリと、ただのオオコウモリの違いを見きわめることが何より大事だ、とエマは言った。しっかり目をつむっていないと紫外線灯にやられて目が見えなくなるかもしれない。また、眠っていても、眠ったふりをするのでも、湿り気のある熱い息がどこから来るか、警戒を怠ってはいけない。そういうものが必ず来る。

もし喉元に来たならば、たぶん吸血コウモリだ。そうだったら払いのけて、両手で喉を守らなければならない（エマの言葉だと「ばかみたいに頑張る」）。でも、そういう熱い息をへそのあたりに感じたら、いやらしいだけのオオコウモリであるはずだ。子供の腹に息を吹きかけて温もらせてから、ざらついた舌を出して、へその塩分をなめようとする。たしかに気持ちは悪いけれども、大きな被害が出るわけではない。こういうコウモリなら、じっと寝ているだけでよい。そもそもオオコウモリの大きさでは、ちょっとやそっとで払いのけられるものではない。それにエマの説では、びっくりさせなければ、たいして危険な動物ではないのだった。

「じゃあ、びっくりさせたら、どうなるの？」ジミー・ベーコンという子が聞いたのを、ジャックは覚えていた。

「言わずにおこうよ、エマ」と、シャーロット・バーフォードが言った。

コウモリの洞窟で置き去りにされるというエマの話の結末に、聞いている子供は身の毛もよだつ思いをした。ほとんどの子がこわくて寝つけなかったことを考えれば、実際に息を吹きかけていたのはコウモリではなく三人の娘だったということは、ほぼ周知の事実だったろう。それでも幼稚園児は指示されたように行動した。へそに息をかけられると、じっと動かずにいた。この話が何度も語られているうちに、ジャックは三人の舌を識別できるようになった。もともと微妙な差とも言えないが、どの舌もざらついてはいなかった。将来に悪夢を残したかどうかを別とするなら、身体への被害は軽微である。また吸血コウモリによる喉への攻撃にも、子供たちは必死になって防衛努力をした。つまり、ばかみたいに頑張って、手で喉を守り、きゃあきゃあと大騒ぎで払いのける動作をした。

「ジャック、起きる時間よ」と、エマ（かシャーロットかウェンディ）が必ず言った。でも寝てなんかいなかった。

シャーロット・バーフォードは柄の大きな娘だった。六年生にして大人になったようなものだ。そこへ行くとウェンディ・ホルトンは野生の小動物という趣がある。思春期らしい悩みから目の下に隈ができていて、ぷくっと膨れた唇を噛んでいることを見逃してやれば、九歳としても通ったろう。小ぶりな幼児的体型のウェンディだが、へそを舐める能力は劣っていなかった。いや、オオコウモリの真似をすることにかけては、エマよりも激しく、シャーロットよりも容赦ない（シャーロットの場合は、メロンのような膝をしている体格だから、その舌も幅広く、分厚く、ジャックのへそには舌先さえも入りようがなかった）。

幼稚園へ戻ったシンクレア先生は、子供たちは昼寝のあとですっきりしていると思っただろうか。目が冴えているらしいから、よく眠ったあとだろう、と誤認しなかったろうか。もちろん子供たちはほっと安心したところで、それが顔に出てもいた。きょうもまたエマ・オーストラーのお昼寝物語を生き抜いた。眠りに落ちようとするところも、いつも趣向の異なる目覚ましのところも終わったのだ。そう思って感謝したくなっている表情が、顔に浮いていたのである。

もう一つ、エマのお昼寝物語の定番となって、コウモリ洞窟に迫るものがあったのは、息が苦しくなる子供という大作だった。その結末は三種類あったが、始まりはエマの話の常として「ひどい一日で、すごく疲れてしまったのですね」なのだった。

ジャックは、ゴードンとキャロラインの間で昼寝をした。二人とも姓はフレンチといって、男女の双子なのだが、いかにも仲が悪くて隣同士にはさせられないのだった。シンクレア先生が受け持つ生徒には、もう一組の双子がいた。ヘザーとパツィーで、姓はブース。そっくりの女の子で、こちらは片時も離れてはいられなかった。どっちかが病気になると、もう一方も幼稚園を休んで悲しみにひたる。自分が病気になる順番を待っていたのかもしれない。ブース姉妹が昼寝をするときは、マットを重なり合うように敷いて、一枚の毛布にくるまっていた。そうやって一つの子宮に同居した過去を模倣していたのでもあろうか。

子供の息が詰まる話が始まると、どっちの双子も落ち着きを失ったが、騒ぎ方は違っていた。そっくりのブース姉妹は一枚の毛布に吸いつき、ちゅうちゅう音をたてた。それで今度はジミー・ベーコンがじっとしていられず、うんうん呻きはじめる。ジャックの両側にいる男女の双子は、もっと体の動きが激しくて、わけのわからない奇行を突発させた。それぞれの毛布をかぶったまま、かかとをゴム製マットに打ちつける。突っ張った足が乱れ打ちで上下した。これだけでもびっくりするが、この動きが止まってからが、なおさら心配になる。ばたついていた足がぴたっと停止して、二人とも同じ病気で急死したようなのだ。いつもは離れたがっているのに、死ぬときは一緒だというのだろうか。

三種類あった結末で、幼稚園児は金縛りも同然になった。「この中の三人は」と、エマは言う。「ひどかった一日が、もっとひどくなるのです」こうなると男女の双子が足をばたつかせ、まもなく急死がやって来る。ちゅうちゅう吸っている二人分の同じ音に、鼻を鳴らす声が入り混じる。ジミー・ベーコンが死にそうに呻く。「この中の一人は、離婚したお父さんと二人だけの夜になる」と、エマの話は続いた。「じつはもう亡くなっているのです。お父さんは過剰なセックスで死にました」(ジャックの嫌いな箇所だった)

モーリーン・ヤップという、父親が中国人で、神経の細い女の子が、あるときエマの話に口を出した。「過剰なセックスって、なあに?」

「あんたには関係なさそうね」と、エマは切り捨てた。

ところが同じことをジャックが尋ねたときには、「すぐにわかるわよ」という答えだった。

ジャックは毛布の下で身震いした。アムステルダムで母がサスキアやエルスと話していたのを聞いたことは、うまく理解したとは言えないまでも、それだけが判断の根拠なのだ。もしセクシーに見えたら、うまくアドバイスできそうに思われる、とエルスが言っていたではないか。だったらセックスとは、アドバイスをすることに関係あるのだろう。つまりアドバイスのように、いいのと悪いのがあるはずだ。エマの話に出てくる離婚した父親という人が、過剰なために命を落としたとするならば、きっと最悪の部類だったに違いない。

「お父さんには悪い女がついてたんだけど」と、エマは話の先を言った。「今度のはすっごく若い子で、細くて頑丈なんだから、棒みたいだわね。握りこぶしは石のよう。それが子供を嫌うのよ。だって邪魔だもの。うろちょろする邪魔者がいなければ、もっとセックスできるでしょう。だからお父さんが亡くなると、子供の頭を両手でぐりぐり……ああ、頭が砕けそう！」

まるで合図を受けたように双子が足をばたつかす。さらに毛布をちゅうちゅう、鼻声、呻き声。

「さて一方」と、いつもエマは言う。「シングルマザーだったおかあさんが死んじゃった子もいるわね」(ジャックはこの箇所がつくづくいやだった)

「やっぱり過剰なセックス！」たいていはモーリーン・ヤップが叫んだ。

「悪いセックス？」と、ジャックが聞くこともあった。

「悪い男がいたの」エマが園児に教えてやる。「何たって世界でも一流の悪いやつだから、おかあさんがいなくなった子にのしかかって、その子の顔にじかにお腹を押しつける」

「息できないよ？」知恵の足りないグラント・ポーターが毎回聞いた。

「そこなのよ」エマの答えはほぼ決まっていた。「困るわよね」双子の足は空前の乱れ打ちとなり、毛布に吸いつくほうの双子はぐちゃぐちゃに濡れた音を立て、ジミー・ベーコンは窒息寸前のように呻いている。

「では、女の恋人がいるおかあさんだったら、どうでしょう？」と、エマは問いかける(ジャックが何よりも嫌った箇所だ)。「その女の胸は、みんなのお母さんより大きくて、お父さんの若い愛人より引き締まって、ものすごいサイボーグみたいなの。おっぱいに骨が詰まってるみたいな、それくらい大きくて固いのよ」女の胸に骨が詰まっているという発想は、後々までジャックの安らかな眠りを妨げることになる。もちろん息苦しい子供の話が延々と続いていたお昼寝時間には、幼稚園児は一睡もしていなかった。「さあ、誰がどの子なのかな?」と、エマは必ず聞いたものだ。

「どの子にもなりたくない」モーリーン・ヤップが泣きだすのは予想どおり。

「悪い男のお腹に顔をふさがれて苦しいのが、すごくいやだ」グラント・ポーターはまじめになって言いたがる。

「骨が詰まったおっぱい、いやだ!」ジェームズ・ターナーという、これまた知恵の足りない子が、いつも大騒ぎする。

たまにジャックも勇気を出して言ってみた。「僕だったら、痩せた女の石みたいに固い握りこぶしが、一番きらい」だがエマ・オーストラーほかの三人組は、すでに人選を果たしていた。ぎゅっと目をつむっていても、ジャックには三人の行動開始がわかった。

離婚した父親の愛人で、石のような握りこぶしを持つ痩せて頑丈な女——これはウェンディ・ホルトンの役だ。子供の頭を膝にはさんで締めつける。ウェンディの膝は野球のボールのように、くりっと固い。まもなくジャックの頭が痛くなる——思いきって目を開けると、スカートの奥のながめは、残念ながら暗くてよくわからない。

とんでもない母親の愛人という骨入りサイボーグ胸の女は、メロンのような膝をしたシャーロット・バーフォードだった。膝のような感触の胸もあるまい。インプラント以前の時代にはなかったはずだ。シャーロットのスカートの奥については、ジャックは目を開けることがなかった。見ているところを見られたらと思うと、あまりに恐ろしいだけだった。

そして母の愛人たる悪漢、裸の腹を子供の顔に押しあてて息を詰まらせる怪人は、もちろんエマ・オーストラーが担当した。ジャックはまず鼻の頭でエマのへその位置をさぐりあてた。いくらか息をする余裕ができた。舌先でへそを探ったこともある。エマは「わ、いま何やってるかわからなくてやってるなんて、そんな」と言った。

これに比べれば、まだしもコウモリ洞窟のほうが楽だった。ワーツ先生は茫然自失に近かったけれども、三年生の子供たちは、もし来るとしても吸血コウモリかオオコウモリだけではないかと思っていた。離婚した父親の悪い愛人も、シングルマザーの愛人だった悪い男も女も、コウモリ洞窟にはいないのだ。離婚したばかりの親にとりついた淫乱な悪人どもを思えば、相手はただのコウモリだ。

セント・ヒルダの幼稚園へ行かなかった三年生は、哺乳類の展示室で停電になったときには、まだ怯えていなかった。何の先行経験もないだけにコウモリ洞窟でもこわいとは思わない。ただ幼稚園から上がった子供たちに不安感を見せられて、それが伝染していった。

ワーツ先生がこわがることは、たいして意外ではなかった。三年生の教室でも先生の精神がばらけたようになった前例はある。だがコウモリ洞窟の展示室では、灰色幽霊の来援を仰ぐことはできなかった。学校の初等部にいるなら、いつもどおりマクワット先生がいつの間にか出現して助けてくれる。しかしロイヤル・オンタリオ博物館にあって、ジャックそのほかの三年生に泣かれる状況では、そうはいかない。子供がすぐに目をつむってしまうことが、なおさら先生をあわてさせた。

「あなたたち、目を開けなさい！　眠っちゃだめ！　こんなとこで寝ないのっ！」

ぎゅっと目を閉じたままのキャロライン・フレンチが、あわてふためく先生に適切きわまりない助言をした。「先生、オオコウモリをおどかさないで。おどかさなければ危なくないの」

「目を開けなさい、キャロライン！」先生の声が悲鳴になる。

「湿り気のある熱い息が喉に来たら、それは違うんです」

「え、喉に何ですって？」先生は自分の首を手でかばっている。

ジャックは先生を思いやって、つらい気持ちになった。演劇における存在感を現実の危機的場面で持ち得ないのはおかしいが、きれいな人だと思うことに変わりはない。じつは先生が好きなのだ。「吸血コウモリのことです」と言ってあげようとしたけれど、キャロライン・フレンチは横から口を出されるのが大嫌いだ（双子の片割れに邪魔されることが多いから）。

「へんなこと言ったら、先生がこわがるだけじゃない」むくれたキャロラインが言う。「先生、湿って熱い息が喉に来たら、ばかみたいに払いのけるんです」

「だから何を払うの？」ワーツ先生はひいひい泣いている。

「おへそに来たら、じっとしててください」ゴードン・フレンチが言った。同じ双子が、わざと違った言い方をするようだ。

「動いちゃだめです」と、ジャックも言った。

「おへそで、何にも息してない！」先生の声が甲走る。

「ほうら、ジャック」キャロライン・フレンチが言った。「よけいおかしくなっちゃった」

「落ち着いてください」放送の声が繰り返した。「まもなく復旧いたします」

「あ、なんで洞窟の奥へ逃げ込むんだっけ」と、ジミー・ベーコンが言った（この点では、エマの話がどうなっていたか、誰も思い出せなかった）。

「奥へなんか行くんじゃありません！」ワーツ先生がわめき散らす。「みんな、目を開けなさいっ！」

ジャックは紫外線灯で目をやられるかもしれないと言おうとしたが、これ以上まずいことを知ったら先生が取り乱すだけだと思い直した。

「オオコウモリがいる」と、ジャックが身じろぎもせず小さな声で言った。だが、その正体はモーリーン・ヤップだ。がっくり膝をついてジャックのへそ付近に顔があり、過換気症状を起こしていた。

「やめなさい！」先生が叫ぶ。ジミー・ベーコンが先生の腰に顔をすりつけながら、うんうん呻いていたのだ。たぶん先生としてはジミーの喉元をつかまえるつもりなどなかったろうが、ジミーの反応は吸血コウモリに対するようなものだった。ばかみたいに大騒ぎして、払いのけようとした。キャロライン・ワーツ先生も一緒になって悲鳴をあげた（演劇においては「計算した抑制」を持論として引かなかった先生が！）。

というのがジャックの初めての遠足だ。セント・ヒルダ初等部での経験としては通例となるのだが、しっかり予習をしたのがあだになったかもしれない。幼稚園のお昼寝時間にエマ・オーストラーに聞かされた話が、ものすごい予習になっていた。ジャックを指導するお姉さん役を買って出ていたエマである。

ジャックは何と幸運な子なのだろう。女の子なら安心だ。間違いない。

9　まだ早い

9　Not Old Enough

　ジャックが一年生になった年には、エマ・オーストラーらの三人は七年生で、すでに中等部へ進んでいた。初等部の指導役になった六年生は、さほどに恐ろしくなかった。ジャックの記憶に残ってはいない。エマはいつでも会えると強烈に言い放っていたくらいで、学校で見かけない日がなかったわけではないが、丸二日会わないことは少なかった。ウェンディ・ホルトンとシャーロット・バーフォードがいることもわかったが、たいていは安全な距離をおいて目撃したにすぎない（あいかわらずウェンディのことは「石の握りこぶしのホルトン」で、シャーロットおよびメロンなみの膝については「骨が詰まった胸のバーフォード」として覚えていた）。

　一年生を担任したウォン先生は、バハマ諸島でハリケーンのさなかに生まれたという人だった。熱帯の嵐を思わせる性質はどこにもなさそうな先生だが、何にでもすぐ謝ってしまうのが癖なので、それだけはハリケーンの余波をこうむっていたのかもしれない。生まれたときに襲来したというハリケーンの名称を、先生は口にしようとはしなかった。そうであれば、先生の無意識のどこかにハリケーンの影が落ちているのではないか、と一年生にも思いあたったかもしれない。だが、おとなしい先生の身体にも声にも、まず波乱らしきものは出なかった。「ごめんね、みなさん、幼稚園と小学校の違いは、まず第一に、お昼寝の時間がないことです」と、ウォン先生は初日に言った。当然のことではあるが、ほうっという安堵の声がいっせいに上がり、期せずして感謝の表現が見られた。男女の双子はばたばたと足を動かし、別の双子は毛布を吸うような音をそろって発し、ジミー・ベーコンは心から呻いていた。だが、そんな一年生の反応も、「バハマ先生」と陰で呼ばれるようになる人の好奇心の嵐を呼び起こすことはなかったのだから、この新しい担任が、いかに生気の乏しい人だったかがわかる。

初等部ではチャペルでの礼拝があった。大講堂での毎日の集会が、週に一度は礼拝に代わる。そんなときにモーリーン・ヤップがジャックにささやいた。「何となく、エマ・オーストラーとかお昼寝の話とか、思い出したりしない？」言われたとたんにジャックは喉がぐっと詰まりそうになり、「やかましヤップ」という渾名がついたモーリーンと、歌うことも話すこともできなかった。「その気持ちわかるよ」と、ヤップは言う。「何がひどかった？　すごく忘れられないようなことは？」

「みんな、かな」ジャックは答えを絞り出した。

「そりゃ、みんなそうよ」と、キャロライン・フレンチが言った。

「みんなが、すべてを覚えてるってこと」いつもの喧嘩相手ゴードンが訂正を入れた。

「うるさいわね」キャロラインは言う。

「僕なんか、また呻きたくなる」ジミー・ベーコンが本音を洩らした。ブース姉妹は毛布がないのに二人そろって吸いつくような音をたてる。

この一年生どもは、離婚した父親がセックス過剰で死んだという話が、大好きなのだろうか。もう一度、コウモリ洞窟の展示室で、無防備な状況に置かれたいのか。シングルマザーの物語、体格と性欲が異常に発達した愛人の話がなつかしいのか。それとも、なつかしいのはエマ・オーストラーか。

エマとその仲間。思春期にさしかかった、あるいは思春期でもがいている、ウェンディ・石の握りこぶし・ホルトン、およびシャーロット・骨の詰まった胸・バーフォード。

第一学年には転入生のルシンダ・フレミングがいた。ウォン先生の言う「静かな怒り」に取りつかれた娘で、それが自傷傾向となって出現している。先生は悩めるルシンダを、まるで本人がいないような言い方で、クラスに紹介した。

「ルシンダから目を離してはいけません」と先生は言い、ルシンダは自分に注がれる視線を冷静に受けとめた。「もしルシンダが鋭利な道具、また危ないと思われる品物を手にしていたら、すぐ先生に知らせてください。もし一人でどこかへ行こうとする素振りがあれば、それも危ないかもしれません。まちがってたら、ごめんなさいね。でも、用心に越したことはないでしょう、ルシンダ？」と、先生は静かな少女に言った。

「それでいいです」ルシンダは平静な笑顔を見せた。ひょろっと背の高い子だ。目の色は青い。白っぽいブロンドの幽霊じみた髪の毛を、まるでデンタルフロスのように歯にこすりつける癖があった。全体としては太く編んだポニーテールの髪だ。

ここでキャロライン・フレンチが発言した。この癖がルシンダの髪なり歯なりに有害ではないかとの疑問である。髪を歯にすりつけているのは、おそらく静かな怒りの予兆であり、さらなる問題行動を先取りするものだ、という趣旨のようだ。

「ごめんなさいね。悪いけど、その意見には賛成できないわ」ウォン先生は言った。「ルシンダは髪の毛や歯で自分を痛めつけようとは思っていないわよね？」

「ええ、いまは」ルシンダが口ごもるように言う。いくらか髪の毛が口に入っていた。

「危ない感じはしません」と、モーリーン・ヤップが言った（このヤップは自分でも髪を口に含むことがある)。

「まあね、気持ち悪いけど」へザー・ブースが言った。

うり二つのパツィーも、「そうそう」。

ルシンダ・フレミングが転入生で、セント・ヒルダの幼稚園へは行かなかったのはよいことではなかったか、とジャックは考えた。もしエマ・オーストラーと会っていたら、ルシンダの「静かな怒り」志向に、どのような影響が出たか知れたものではない。ルシンダは、髪の毛を嚙んでいる合間に、出生の秘密をジャックに語った。何でもルシンダの母はエイリアンに子を産まされた。だから父は宇宙人なのだという。ジャックは、このとき六歳とはいえ、ルシンダの母は離婚したのだろうと推測した。もしエマ・オーストラーによる息苦しい子供の物語を聞いていたら、どの終わり方だったにせよ、ルシンダ・フレミングは自己最高の怒りに燃えただろう。


ジャック・バーンズは四角形の中庭へは行かないことにしていた。桜の季節にさえも行かなかった。この庭に向かって、一階の音楽練習室がならんでいる。だから庭にいればピアノのレッスンが聞こえるのだ。そういう部屋のどこかで、いまだに父が教えているような錯覚に見舞われることもあった。そんな音楽は聞きたくなかった。

また、食堂にある白くて丸いシャンデリアは、白地図タイプの地球儀を思わせた。国境がはっきりしなくて、どこにどの国があるのかわからない。陸と海の区別さえはっきりしなかった。父が失踪した世界はこのようなものだ。ウィリアム・バーンズは宇宙人だったのかもしれない。

ルシンダ・フレミングの静かな怒りがどんなものか、何かしらの形に見えないかとジャックはさがし求めたが、ちっとも見えてこなかった。いや、兆候があったとしても、この目に見えるものだろうか。自分のどこかにも怒りはあるのかと思うが、何が怒りかさえわからない。怒りに詳しい権威は誰だろう（ウォン先生ということはない。体内のハリケーンとは絶縁してしまったような人だから）。
いまの暮らしでは、母とは変なすれ違いになっている。母が寝ているうちに学校へ行って、母が帰るころにはジャックが寝ている。もしアリスに怒りがあるとしたら、あの痛みを植えつける針の術に表現されているのかもしれない。そうやって男性を主体とする刺青の客に、一生消えない印をつけている。

ウィックスティード夫人はどうか。いつもジャックのネクタイを、あわてず騒がず、しかし覚めきらないような顔をして結んでくれているのだが、「二度まではおだやかに」の哲学を信奉しながらも、三度目が必要になったらどうするか教えようとはしなかった。自分で工夫しなさいとは言われたが、アドバイスとしては漠然としすぎるようにジャックには思えた。ともかく、静かであれ何であれ、およそ怒りは関係なさそうだ。ではロティーはというと、子供を亡くしたことがある人なのに、怒りに相当するものはすべてプリンス・エドワード島に置いてきた、とジャックの目には映った。

「あたしはね、もう怒らないようになったの」と、ロティーは言った。怒り全般、とくに静かな怒りについて、ジャックが教えてもらおうとしたときの返事である。「怒りに身をまかせない。それだけは言ってあげられると思うけど」

のちにジャックはロティーがどんな女だったのか考えるようになる。若くもなく、老いてもなく、女の性《さが》なんてものは束の間の発現を見たにすぎない。鏡映りを横目で気にしたりすることはあるのだから、まだ色気が抜けきったわけではないと思わせる程度だ。これでも昔は、というような美しさの面影は、ロティーがまったく無警戒になった瞬間にのみ、ジャックにも見えていた。こわい夢を見たあとで、ぐっすり寝ていたロティーに起きてもらったときだとか、ロティーが身なりを気にする手間もとらずに、学校へ行くジャックを起こした朝だとか。

ルシンダ・フレミング自身に静かな怒りのことを聞いてしまえば、六歳児が思いつく解決法として単純明快だったのだろうが、ジャックが勇気を出して尋ねた相手はエマ・オーストラーだった（怒りの権威なら、まずエマということになるだろう）。だがエマはこわいのだ。それよりはエマの友軍たる二人のほうが、手始めとしてはよさそうだ。というわけで、まずウェンディ・ホルトンとシャーロット・バーフォードに聞いて、度胸をつけてから、エマに聞こうと思い立った。先にウェンディに話を持っていったのは、二人のうちでは小さいからだ。

初等部は昼休みが三十分早い。食堂でウェンディに話しかけたのは、のっぺりした地球のようなシャンデリアの下だったから、いかにも取り留めのない感じにふさわしい。このときのウェンディは、しっかりと（いつまでも！）記憶に残る。ぼんやりと取り憑かれたような目をして、唇を嚙み、艶のないブロンドの髪にブラシはかかっていなかった。すりむいた傷のある膝も忘れることはできなくなる。石の握りこぶしのように固そうだった。

「どんな怒りですって？」

「静かな」

「だから何だっていうのよ」

「あの、どんなものなのかと思って。静かな怒りって何だろ」

「へんな加工肉、食べてないでしょうね？」ウェンディがいかがわしそうにジャックの皿をのぞき込んだ。

「そんなのは食べないけど」と言いながら、ジャックは手にしたフォークで、色の悪い肉とベージュ色のポテトを分けた。

「で、ちょっとは怒りを知りたいと？」

「そんな感じ」ジャックは慎重に応じている。目をウェンディから離さない。ウェンディは未発達の胸部に握りこぶしを押しつけ、指の骨を鳴らすという気持ちの悪い癖がある。

「じゃあ、トイレへ来てくれない?」

「え、女子トイレ?」

「だって、あたしが男子用にいたら、よけいまずいじゃないのよ、ばかチン」ジャックはよく考えたいところだったが、ウェンディにテーブルへかがみ込むように立たされて、なかなか頭が働かない。それに「ばかチン」にもたまげた。ほぼ女子校と言ってよい環境で、それはないだろうと思うのだ。

「お邪魔してごめんなさい。でも、ウェンディはお昼食べないつもりなの?」と、ウォン先生が言った。

「死んだほうがましです」

「まあ、どうしましょう、そんなこと言われてしまって!」

「来るわよね。それとも、根性ないの?」ウェンディはジャックの耳元でささやいた。その固くて傷ありの膝が、ジャックの脇腹にぐりっと当たる。

「じゃあ、行く」

ジャックが食堂を出るとしたら、ウォン先生の許可を得る決まりになっていた。だが先生は(死んだほうがましとまで言うウェンディに昼食を強要しようとしたことで自責の念にかられて)何にでも謝る癖が出ていた。「ウォン先生——」と、ジャックが言いかけた。

「ええ、わかってるわよ、ジャック」先生の口から言葉がこぼれる。「ごめんなさいね、先生のせいで、あなたが困ったんじゃないかしら。きっと何か理由があって席を立とうとしたのに、先生が止めたことになるのかもしれない。ああ、何てこと! もう止めたりしないからね」

「すぐ戻ります」とだけ、ジャックはやっと口にした。

「そうね、すぐよね」おそらくウォン先生の体内のきわめて勢力の弱いハリケーンは、強力な悔恨に打ち負かされていた。

食堂から最寄りの女子トイレで、ウェンディ・ホルトンはジャックを個室へ連れ込み、便座に立たせた。左右の脇の下に手を突っ込み、ジャックをまっすぐに立たせたのだ。便座に乗って立ち上がると、ちょうど目と目が合う背の高さになった。ジャックが足をすべらせないように、ウェンディはジャックの腰を押さえていた。

「怒りを感じたいのね？　内なる怒り」

「そうじゃなくて、静かな怒り」

「結局同じだわよ、アホくさ、チンくさ」

こうして長らくジャック・バーンズの記憶にとどまる表現ができた。つくづく気がかりな概念ではないか。

「ほら、感じなさい」ウェンディはジャックの手を取って、乳房に置かせた。いや、実態は無乳というに近い。

「感じるって、何を？」

「この、ばかチン。わかりそうなものじゃないの」

「これが、怒り？」いかなる無理な想像をしても、いま小さな手をあてがっているものに対して、これが乳房とは言えなかったろう。

「七年生になって、まだこんななのは、あたしだけなのよ！」ウェンディは怒りの火をくすぶらせながら口走った。なるほど、怒りはあったろう。

「おー」

「それしか言えないの？」

「ごめん」と、ジャックはすぐに謝った（これだけはウォン先生に学んだ成果だ）。

「ねえ、ジャック、あんたにはまだ早いのよ」と、ウェンディが宣告した。それだけ言うと手を離すので、ジャックは便座でふらふらする。「あたしが廊下に出て、ドアを三度たたいたら、いま出ても大丈夫ってことだからね。——怒り」と、思い出したような補足がある。

「静かな怒り」ジャックは念のため繰り返した。次にシャーロット・バーフォードに聞くときは、いくらか方法を変えようと思った。だが、どうすればいい。

ウェンディがドアを三度たたいたので、ジャックは廊下へ出た。びっくりした顔のキャロライン・ワーツ先生がいた。ほかに誰もいない。「ジャック・バーンズ」いつもながら先生の言い方に乱れはない。「あなたが女子トイレにいたなんて、先生は思いもよりませんでした」思いもよらなかったのはジャックも同じだから、そのように答えた。それでワーツ先生に寛容の精神が生じたようだ。この先生は自分の気持ちがわかってもらえると喜ぶ。ただし、落ち込んだ気分から立ち直るには、時間のかかる人だった。

ジャックが期待をかけたのは、むしろシャーロット・バーフォードだ。ともかくも胸はある、と観察した。どんな怒りの持ち主であるにせよ、ふくらまない胸のせいではないだろう。だが、どうやって近づこうかという考えがまとまらないうちに、シャーロットのほうから近づかれてしまった。

週に一度、昼食のあとに、ジャックは年少組の合唱団で歌っていた。年に何度かは本番がある。感謝祭、クリスマス、戦没者追悼のような記念日の儀式に出演するのだった。復活祭には、おみごとな喜びの歌をやらかす。

来たれ、心に誠のある者よ
高らかに喜びの歌声を上げよ

ジャックはオルガニストとは目を合わせなかった。いやというほどオルガニストに出会った過去がある。この学校では女の人が弾いていたが、それでもオルガニストという存在は、有能だという父を思い出させた。

シャーロット・バーフォードと廊下で出くわした日に、ジャックは「イエス、いとうるわし」か、「みかみのあいをば、よろこびたたえよ」か、どちらかをハミングしていた。どっちにしても似たような誉め歌だ。ウェンディ・ホルトンに押し込まれ、その怒りは何かと思いながら、胸とも言えない胸に手を当てさせられた女子トイレの前を通過していたら——このトイレは死ぬまで忘れられないだろうが——中からドアを開けてシャーロット・バーフォードが出てきた。まだ濡れた手に、あの強烈な液体石けんの消毒臭をただよわせたシャーロットが、いま出たトイレにジャックを引っ張った。

「何の怒りですって？」と、大きなむき出しの膝を片方出して、ジャックを手洗いシンクに追いつめる。ぴたりと鳩尾《みぞおち》を押された。骨だらけの乳房だったものの正体——。

「静かな、心の中の——いつまでも消えない怒り」ジャックは適当に思いついて言った。

「そんなのは、あんたは知らないし、誰も教えてくれないし、自分でわかるようになるしかないってば」ぐりぐりと膝が食い込む。「頭に来るものは、みんな怒りよ」

「でも、僕が頭に来てるのかどうか」

「来てるわよ。あんたの父さん、いかれちゃってたんでしょ。だから、あんたと母さんが、人の世話で生きるようになったんでしょ。みんな、あんたのことで賭けてもいいってさ」

「僕に？　何のこと？」

「たいした女たらしになるだろうって。父親に似て」

「女たらしって、なに？」

「そのうちわかるよ。りすチン。それはそうと、あたしの胸にはさわらせない」シャーロットが顔を寄せ、ジャックの耳たぶに歯を当てながらささやいた。「まだまだ」

もう出る手はずはわかっていた。シャーロットが廊下へ出てから、ドアを三度たたくまで待った。でも今度はワーツ先生が通りかかっていたりはせずに、歩み去るシャーロットがいただけだ。その腰が揺れている。揺らそうとして揺らしているのではないのだが、見ているジャックはホテル・ブリストルの廊下をすたすた歩いていったイングリッド・モエを思い出した。シャーロットのスカートは、冬のオスロで暮らすには短すぎるだろうけれど。

いくらでも知らないことはあるものだ。「女たらし」だけではない。人の世話とはどういうことだ。チンくさ、いかれちゃった、さらには「りすチン」なのだから、ますます考える材料は増えた。

ウィックスティード夫人にネクタイを結んでもらう朝の話題として、こういうことがふさわしいとは思えなかった。お茶を一杯飲んだだけで、まだカーラーを巻いてアボカド油で顔がてかてかしている時間帯では、話そうとしても無駄だろう。ロティーにだってできる話ではないと思った。苦しかった過去のある人だ。どうして足が悪いのか知らないが、ともかく悪くなっているのだし、プリンス・エドワード島に置いてきた暮らしもあるだろう。心に負担をかけるような質問をする相手として適任ではない。もちろん母に聞いたらどんな反応が返ってくるかは知れている。「もっと大きくなったら話そうね」と答えることを母は好んだ。世の中には、初めての刺青と同じ分類のものがあって、それ相応の年齢でなければだめらしい。

ということであれば、ジャックにも相応の心当たりがあった。まるで無風状態で謝ってばかりのウォン先生の指導下でジャックが第一学年を浮遊していたとき、エマ・オーストラーは七年生であり、実年齢は十三ながら、もうすぐ二十一かとも思われた。エマとならば、どんな話題でも規制の対象外だった。エマがむくれることだけが心配だ(ウェンディやシャーロットよりも後回しにされて、かっかと怒るに違いない)。

さて、廊下での無法、トイレでの蛮行を、つまり教室以外での年長の女生徒の行動を、誤解しないでやってもらいたい。セント・ヒルダはしっかりした学校なのだ。とくに勉学の面では厳しい。おそらく授業が厳しいからこそ、つい教室の外では羽目をはずしたくなったのかもしれない。用語や発音を徹底して鍛えられていると、その反動で自己表現に走りたくなるのだろう。有能な教師集団の中には、ワーツ先生ならずとも正しい言葉遣いの旗手たらんとする人は少なくない。女生徒は独自の言語を欲した。廊下語でありトイレ文法である。だから「ええっとぉー」のような口調がはやる。「あたし的には、ってゆーか、どーすんのよ、なに、それー」の類である。年長の娘らは仲間同士で、またジャックに向けて、そのような口をきいた。もし教室内だったら、ワーツ先生のみならず、ほかの教師もただちに叱責しただろう。

だがピーウィーは別だ。ウィックスティード夫人が雇っているジャマイカ人の運転手である。リンカーン・タウンカーの後部席に乗るエマ・オーストラーとジャックに、小言めいた口をきく立場ではない。エマが乗っているのは不思議だが、乗り込まれた最初の日には、ピーウィーもジャックもびっくりしたくらいなのだ。肌寒い雨の日の午後だった。エマの家はフォレスト・ヒルという地区にある。いつもは徒歩で通学した。放課後のエマは——中等部と高等部に在学中は——スパダイナとロンズデールという二本の道の交差点にあったレストラン兼コーヒーショップへ行って、友だちとたむろしていたものだ。しかし、その日は違った。寒いからでも雨だったからでもない。

「宿題を見てもらわないとだめなんでしょ、ジャック」と決めつけた（まだ一年生なのだ。二年生になるまでは、たいして宿題は出ない。三年生か四年生までは、手伝ってもらう必要もないだろう）。

「こちらのお嬢さんは、どこへお連れしますかね」ピーウィーがジャックに言った。

「この子の家でいいわ」と、エマは言う。「すっごい宿題、出まくりだもんね、ジャック？」

「こりゃあ、坊ちゃんの手には負えないや」と、ピーウィーは言った。ジャックはぐうの音も出ない。

エマは後部座席にどっかりと坐って、ジャックを引き寄せた。

「いいこと教えたげるわ」と、声をひそめる。「いずれ聞いといてよかったと思うから」

「何を聞いとくの？」ジャックも声を小さくした。

「バックミラーに運転手の目が映ってなかったら、あっちからも見えないの」

「おー」このときジャックからピーウィーの目は見えなかった。

「まだまだ先は長いんだけどね。まず大事なことは、とにかく何かわからないと思ったら、あたしに聞くようにする。ウェンディ・ホルトンなんていう根性曲がりには、絶対に聞いちゃだめ。シャーロット・バーフォードは食べたがりへの道をまっしぐらだから、やっぱりだめ。ぎゅうっと握られちゃうかもよ。もし何か思いついたら、あたしに言うの。いい？」

「何かって？」

「だからさー、女の子に手を出したいなー、なんて思ったら。どうしてもって思ったら、相談して」

「手を、どこへ？」

「だから、いまにわかるってば」

「おー」エマの鼻の下の毛には、もう手を出したことがあるのだが、あれも申告事項だったのだろうか。

「あたしに手を出してみたい？」と、エマが言い出した。「さ、ほら、どうなの？」

ならんで坐ると、エマの肩までも届かない。背筋を伸ばしてもそうなのだ。なんだか急にエマの胸にくっついていきたい気がした。襟元の下あたり、盛り上がりつつある乳房の上へ、顔を寄せたくなっていた。それでも気になるのは鼻の下の毛のほうだ。手を出したらいやがるということはわかっていた。

「ま、いいわ。そういうことね」と、エマは言った。「手を出したいとは思わない。まだなのね」ジャックは惜しい機会を逃したと思った。それが顔に出たのだろう。「そんな悲しい顔しないでよ」と、エマはささやく。「きっとそーなるって」

「何がどうなるの？」

「お父さんみたいになんのよ。そういう期待度が大だって、みんな思ってんの。あなたには開かれるドアが多いだろうって」

「ドアって、何の？」と聞いてもエマが答えないので、これまた「もっと大きくなったら」に分類される事項なのかとジャックは思った。「女たらしって？」これを聞いて話題を変えたつもりだ。

「いくらでも女が欲しくなる人よ。次から次へ、休みなく」

だったら僕じゃないな、と思った。いまは女生徒の海を泳ぐような気分で、これ以上いて欲しいとは思わない。学校のチャペルでは祭壇のうしろにステンドグラスがあって、四人の女が——たぶん聖人だろうとジャックは思ったが——イエスにかしずいていた。この学校ではイエスでさえも女に囲まれている。どこも女だらけなのだ。

「人の世話になるとも言ったよね？」

「それだったら、いまのあんたとお母さんじゃないの」

「どういうこと？」

「だってウィックスティード夫人の援助で暮らしてるんでしょう。刺青だけで子供をセント・ヒルダへ通わせるほど稼げやしないわ」

「はい、お嬢さん、着きましたよ」まるでエマだけを乗せてきたように、ピーウィーが言った。この大きな自動車をスパダイナとロウザーの角で歩道に寄せると、もう迎えのロティーが体重をほとんど片足に乗せて立っていた。

「あら、あんたのこと待ってたみたいだ」と、エマがジャックの耳元でささやいた。

「おや、まあ、エマじゃないの。ずいぶん大人っぽくなったこと」ロティーが頑張って口にした。

「しゃべってる暇がないのよ、ロティー。ジャックがね、大事なことで悩んでて、教えてあげなくちゃいけないの。そのつもりで来たんだから」

「あらら」と言ったロティーが、二人のあとについて、ぎくしゃく歩いていった。エマはおかまいなしの歩幅でジャックを玄関へ連れていく。

「きっとウィックウィードは昼寝中ね」と、またエマがささやいた。「静かにしてなくちゃ。起こさないほうが世話がないわ」

ウィックスティード夫人の名前を「ウィックウィード」と言い換えるのは初めて聞いたが、エマ・オーストラーは臆面もなく言ってのけたようだ。キッチンの奥に階段があることまで知っているらしい。ジャックと母が間借りする部分へ上がっていける。

あとで種明かしがあった。エマ・オーストラーの母親、すなわち離婚してから怪物的に男嫌いになった女は、ウィックスティード夫人の離婚した娘の友人であり、したがってジャック母子を家賃免除の間借り人と見なす解釈も共通していた。エマの母、夫人の娘ともにセント・ヒルダの卒業生である。同級生でもあった(年齢はアリスとたいして離れていない)。

エマは一階のキッチンに向けて、用もなくうろうろ歩きまわっていたロティーに呼びかけた。「お茶とか何とか欲しくなったら、勝手に取りに行くから、ロティーは上がってこなくていいわよ。悪い足で無理することないって!」

ジャックの部屋で、エマはまずベッドカバーを引きはがし、シーツの点検をした。それから、おもしろくなさそうな顔をして、ばさっとカバーを戻す。「あのさ、ジャック。いずれそのうちってことだけど、ある朝起きたらシーツがぐちゃぐちゃになってると思うよ」

「ぐちゃぐちゃ?」

「ま、そのうちに」

「おー」

エマは次の行動をとった。バスルームを抜けて、ジャックの母の部屋へ行く。ジャックは一人で謎のぐちゃぐちゃを考えていた。

アリスの部屋にはマリファナの匂いがあった。ジャックは母がそんなものを部屋で吸うのは見たことがない。おそらく母の衣服に匂いが移っているのだろう。チャイナマンの刺青ショップで吸うらしいのは知っていた。髪の毛に匂いをつけて帰ってくることがある。

エマ・オーストラーがふうっと空気を吸い込んで、心得た目つきをした。どうやら母のクロゼットで在庫調査をしているようだ。セーターを一着とって、クロゼットのドアミラーの前で身体にかざす。これを着たら似合うかと思っているのだろう。アリスのスカートを腰の位置にあてたりもした。

「お母さんて、ヒッピーっぽい人じゃない？」

ジャックは母がヒッピーだと思ったことはないが、言われてみればそんなものだ。この当時、セント・ヒルダの制服を着た娘たちや、どんどん増える一方だった離婚した母親軍団から見れば、まったくヒッピーだったろう（未婚の母で刺青師なのだから、ヒッピーと言われるくらいは、たいした誉め言葉かもしれない）。

どういう現象ではない、とジャック・バーンズが知ったのはあとのことだが、女なるものは、ほかの女の衣装ダンスを前にして、どれが下着の引き出しか、一目でわかるようにできている。エマは十三歳にして、すでに女の勘が働いた。一発目でアリスの下着の引き出しを開けられた。発展途上の胸にブラをあてがう。まだ大きすぎたが、そうでなくなる日が来ることはジャックにも見えていた。と、なぜか認識できないが、ペニスが鉛筆のように硬くなった。とはいえ母の小指くらいのサイズだ。しかも母の手は小さい。

「あら、見せて、硬くなってる」と、エマが言った。まだアリスのブラを持っている。

「え、何を？」

「あんた、硬くなったのよ。きゃはは、見せてったら見せて」

その正体はジャックにもわかっていた。いまヒッピーと言われた母の用語では、「立つ」というのもあった。どういう呼び方をするにせよ、ジャックは母の寝室でエマ・オーストラーにそのものを見せることになった。なお困ったことに、ロティーは下のキッチンでよたよた歩いているし、ウィックスティード夫人は昼寝していたご老体を起こしかけたようだし、エマはじっくり見てから、がっかりしたような顔をした。「あちゃー、しばらくは役に立ちそうにない、と」

「何の役？」

「ま、そのうちに」

「ヤカンが噴いてるよ！」下からロティーがどなった。

「じゃ、火を止めといてよ！」エマが下へどなり返す。「ったく」と、これはジャックに言って、「ようく見張ってたほうがいいね。ぴゅっと出たら教えて」

「おしっこ？」

「また別の感覚があるの」

「おー」

「ま、要するにさ、あたしには隠しごとをしない」と手を出したエマに握られて、ジャックは不安になった。人差し指をひねられたことを思い出す。「お母さんには黙ってなよね。半狂乱になるかも。ロティーにも内緒。よけい足がおかしくなるかも」

「ロティーはなんでああいう歩き方なんだろう」何でも仕切りたがるエマ・オーストラーだから、何でも知っているだろうとジャックは思った。いやはや、知っていた。

「あれはね、無痛分娩《エピドゥラル》の麻酔がドジだったの。赤ちゃんはすぐ死んじゃった。めちゃくちゃな話よ」

出産の失敗で足がおかしくなるものなのか！　もちろん耳で聞いただけのジャックは、それが女だけの身体部分だろうと考えた。母の帝王切開が病院の「C区画」で行われたと思い込んだのと同様、ロティーは出産時にエピドゥラルというものを無くしたのだと思った。きっと女体の大事なところに違いない。それが欠けると足を引きずるようになる。後年、医学書の索引で「エピドゥラル」を見つけられなかったジャックは、「C区画」の誤解をも思い出す（じつは母が帝王切開をしなかったというのは、もっと大きな発見だった）。

「お茶がはいってるわよ！」ロティーがキッチンからどなった。エマが恐ろしい相手であるとロティーは知っていただろう、とジャックは大きくなってから思う。

「あたしを思ってエッチな夢を見てね、おチビちゃん」エマは握ったものに言った。よいお友達である。やさしく気を遣ってズボンの中にしまい込んでくれた。とくにジッパーには気をつけた。

「こんなのも夢を見るの？」

「だから、このおチビちゃんが見たときには、教えてよね」

10　一人だけの観客

10　His Audience of One

　二年生になると、マルコムという男の先生が担任になった。この当時、セント・ヒルダには男の先生は二人だけ。マルコム先生は奥さんと離れられない人だった。じつは重大な理由があって、毎日、学校へ連れてくる。奥さんは目が見えない上に、車椅子を降りることができない。先生の声が聞こえる範囲にいれば、それだけで安心できるようだった。マルコム先生は辛抱強くて思いやりがあって、教師としては申し分がなかった。生徒の評判も上々だ。しかし、二年生の子供たちは、先生がかわいそうだと思っていた。あの奥さんではあんまりだ。この学校では、年長の女生徒を見ていると、情緒的に冷たい外面の裏側に、自己破壊の衝動を隠し持っていたりして、その原因が両親の離婚騒動にあるとされる場合が少なくない。だったらマルコム先生も離婚してくれないか、というのが二年生の日々の祈りになっていた。もし先生が奥さんを殺したとしても、非難することはなかったろう。いや、生徒の目の前で殺してくれたら、拍手喝采だったかもしれない。

　だが先生自身は、いつも争いごとを静めようとしていた。また髪の毛やひげに関して、時代の先取りをした人でもある。髪が薄くなった先生は、あっさり丸坊主に剃ってしまった。一九七〇年代前半ではめずらしい。もっとめずらしかったのがひげの処理で、伸ばして手入れをするわけでもなく、きれいに剃っているわけでもない。不ぞろいに生えたままである。この頭と顔を容認していたのだから、この時代の学校としてセント・ヒルダは立派なものだ。二年生の子供と同じく、学校側も先生によけいな悩みを負わせまいとしたのだろう。盲目で車椅子に乗った妻、というだけで先生は気の毒な存在だったのだ。

教室での二年生は、マルコム先生を喜ばせようと思って、勉学に励んだ。先生に言われるまでもなく、おとなしくなっていた。先生が困るようなことはしない。ただでさえ先生は苦労している人なのだ。

この悲劇に対するエマ・オーストラーの見解は、たとえ薄情な環境に慣れ親しんだ自身の事情に影響されていたとしても、マルコム夫妻を見る目が狂っていたとはいえないだろう。奥さんの名前はジェーン。かつて教会ピクニックへ行った先で、屋根から落ちた。みんなに好かれる美人女子高生だったのが、いきなり下半身不随の身になった。エマに聞くかぎり、先生はいくぶん年下でジェーンに憧れを抱いていた。そして奥さんが麻痺したから、先生は真剣に恋をした。もう高望みではなくなった。「事故の前だったら、あの奥さんにつきあってもらえるようなクールな男じゃなかったのよ」と、エマは言った。「でも屋根から落ちた車椅子ジェーンには、もう贅沢は言えなかった」しかし、あのマルコム先生なら、たとえ唯一の選択肢であったとしても、ジェーン・マルコムはとんでもなく幸運だったろう。

目が見えないことについては、のちの話がある。結婚してから何年もたっていた。若年型の黄斑変性という病気になったのだ。マルコム先生が二年生に説明したところでは、奥さんは視野の中心部を失った。光はわかるが、ものの動きがわからない。中心でなければいくらか見えている。だが、外周部でも色彩は認識できていなかった。

精神の失調となると、また別の話だ。だが、それを言ったら、子供たちも先生自身も、つらくてたまらないだろう。というわけで、第二学年の初日には、周辺部、外周部という単語がむずかしい新出語になり、それから一日に二語ずつ増える学習が始まった。狂気、偏執、妄想などは、二年生で習う単語にはならなかった。しかし、習おうが習うまいが、車椅子ジェーンはそういう言葉で呼ばれるべきものであり、すでに理性の外側へ押し出されていたのだった。

奥さんがぎりぎりと歯がみしたり、いきなりパツィー・ブースの机に車椅子を正面衝突させたりすると、ジャックはルシンダ・フレミングのほうを見ることが多かった。奥さんのあからさまな怒りが、ルシンダの静かな怒りを誘発するのではないかと、なかば期待していた。双子のブース姉妹を個別に攻撃するのは、たしかに常軌を逸している。奥さんがパツィーの机に車椅子をぶつけると、もう一人のヘザーも一緒になって悲鳴をあげた。

どうかすると奥さんは顔を激しく左右に揺らした。わずかな周辺だけの視覚を振り払いたいのだろうか。いっそのこと全部見えないほうがましだとでも思ったのかもしれない。マルコム先生の質問に手をあげる二年生がいると、目の見えないジェーンは車椅子の膝に顔を押しつける姿勢をとった。まるで正面からナイフ魔に襲われて、喉をかき切られまいと突っ伏したようだ。先生の奥さんが急にばらけたようになる瞬間があるのだから、クラスの注意力はいやが上にも高まった。授業を熱心に聞いている一方で、目だけは奥さんに向いていた。

せいぜい三秒か四秒、また週に二度あるかないかだが、疲れているらしいマルコム先生が言葉に詰まったりすると、果然、車椅子ジェーンが動きだし、各所で衝突を繰り返した。教室の通路を進んできて、がつんがつんと机にぶつかり、手の甲をすりむきながら過ぎていく。

すると先生は保健室へ飛んでいって、保健婦を連れてくるか（傷の程度が軽ければ）救急箱を持ってくる。その間、奥さんは、子供たちが見張っているしかなかった。うしろから車椅子を押さえて、奥さんが落ちないように頑張る子がいる。ほかの子は遠巻きに突っ立っているだけだ。とにかく車椅子から出さないようにと指示されていた。そんなことが七歳児にできるかどうかはわからない。幸い、奥さんが自分から降りようとすることはなかった。子供たちの名前を呼びちらし、ばたばた動いている。名前だけは一週間で覚えていた。

「モーリーン・ヤップ！」と、奥さんがどなる。

「はいっ！」と、モーリーンもどなり返し、奥さんは見えない目をヤップのほうへ向ける。

「ジミー・ベーコン！」すごい声だ。

ジミーは呻く。車椅子ジェーンも耳は達者なのだ。見えなくてもジミーが呻いた方角へ顔が行った。

「ジャック・バーンズ！」と叫んだ日もある。

「こっちです、奥さん」二年生とはいえ、ジャックの言葉遣いは年齢以上のものがあった。

「きみのお父さんも言葉遣いはよかったわ」先生の奥さんがずばりと言った。「性質《たち》は悪かった。あなったら悪魔の呪いだから、きみは気をつけることね」

「はい、気をつけます」ジャックとしては精一杯の自信をこめて答えたのだろう。だが、ほとんど女だらけの学校では、圧倒的に敗色濃厚であることが見えていた。エマ・オーストラーに言わせると

「どかんと賭けてもいい」そうだ。いつもならお好みの小説や映画を語るような恭しげな言い方で、そういう話をした。ジャックには父ウィリアムの遺伝子が強い効果をもたらしているはずなのだ。女たらしが遺伝性であるならば、必ずやジャックに出現するだろうというのだった。セント・ヒルダにいる誰の目で見ても、また極度に制限された外周だけの視野しかないマルコム夫人から見ても、まず間違いなくジャック・バーンズは父の子であった。少なくとも、そうなりそうなのだった。

「しょうがないことなのよ、ジャック」と、エマは哲学者のような口をきいた。「みんな興味津々だわね。あんたがどうなっていくのか」ジャックの行く末に遺伝学上の関心があるのは、マルコム先生

の奥さんも例外ではなかったようだ。

しかし、ジェーン・マルコムがもっともひどくなるのは、先生が二年生の教室に戻ったときだった。保健婦を連れているか、救急箱を持ってきている。「ほら、来たよ、ジェーン。戻ったぞ」と、先生は必ず言うのだった。

「この人はね、わたしの世話を焼くのが好きなのよ」車椅子ジェーンは生徒たちに言った。「何でもやってくれちゃうの。わたしが自分でできないこと、何でも」

「おい、もういいよ、ジェーン」と、先生は言う。でも奥さんはすりむけた手を先生にとらせようとはしない。初めはゆっくりと、だんだん攻撃の手が速くなって、奥さんは先生の顔をひっぱたいた。「何でもしてくれるのが大好きなのよ！」と騒ぎ立てる。「食事させて、着替えさせて、体を洗って――」

「おい、よせったら」先生は一応言おうとする。

「洗った体を拭いてくれる！」もう悲鳴である。ここまで来れば終わりになって、あとは泣きごとじみた音声を洩らしていた。

するとジミー・ベーコンが同調して呻きだす。まもなく毛布がなくても毛布を吸う音を出せるブース姉妹がくちゅくちゅと始める。男女の双子も遅れをとることなく足をばたつかす。ジャックはルシンダ・フレミングを盗み見る。たいていルシンダもジャックを見ている。その笑顔は穏やかで、謎の怒りを秘めていることなど表には出ていない。見たいの？　――と笑顔が言っているようだ。じゃあ見せてあげてもいいけど、と約束してもいるらしい。でも、まだよ――。

ジャックは「まだ早い」の世界に住んでいた。幼稚園から小学校二年生ごろの話である。マルコム先生を気の毒に思うことは、それ自体が教育になっていたが、より記念すべき意味で、また永続する効果の点で、ジャックの教育はマルコム先生ではなくエマ・オーストラーの手の中にあったと言ってよい。

雨の日には、また雪の日にはもちろんのこと、エマが迎えの車に乗り込んできて、ピーウィーに指示を出した。「そのへん適当に走ってよ。こっち見ないでね。前方不注意はだめ」

「坊ちゃんは、いいんですか？」ピーウィーはいつも念を押す。

「うん、まあね。ありがと」

「お嬢さんにゃ、かなわないね」

うしろの席でだらしなく坐ったジャックとエマは、ひっきりなしにチューインガムを噛んでいた。そのときのガムによって、ミントやフルーツの息になる。エマは編んだ髪の毛をジャックにほどかせたが、また編み直すことまではさせなかった。ほどいたときのエマの髪は、二人で妖しげに顔を隠せるくらいの量がある。「もしガムを髪にからませたら、ただじゃおかないからね」と、エマは言うのだった。だが、あるときジャックが何かで大笑いしたら、急にエマは母のような口をきいた。「ガムを嚙みながら笑うんじゃないの。喉に詰まったらどうするの」

エマが「トレーニング・ブラ」と小馬鹿にしたように呼ぶものを二人で検分するという、不思議な時間もあった。ジャックが見たかぎりでは、このブラからエマの胸部に発せられる指令は、すでに実効を上げつつあったようだ。発達途上の胸だったことは確かである。ブラの趣旨には合っている。

さて、成長の話を続ければ、ジャックのほうは目に見える進展がなかった。「おチビちゃん、どうなった？」と、あいかわらずエマは気にしていた。ジャックはおとなしく見せてやる。「もう、なに考えてんのよ、このチビ」と、エマがのぞき込んで言ったこともある。

夢を見るとまで言われたのだから、こいつが考える存在であってもおかしくはないはずだが、それにしてもジャックのおチビちゃんは思考過程の片鱗すらも見せなかった。——まだ早い。

第二学年が終わると、マルコム先生を見かけるのは、ほぼトイレの中だけに限られた。先生はときどきトイレへ泣きに行くようだ。しかしジャックが目にする先生は、ひげの具合を見ていることが多かった。ひげらしく形成されていく影模様が、先生の主たる（または唯一の）自己満足でもあったろうか。

マルコム先生の奥さんを見ることもほとんどなくなった。一日に二度あるかないかの割合で、女子トイレに「使用中止」の表示が出るので、先生が車椅子の奥さんに付き添っているのだとわかる。そういうときは女の子も遠慮するように指示されていた。

ジャックは、トイレ内で奥さんが先生をひっぱたく音を聞いたことがある。聞き違いとは思えない。それ以上は聞かないように急いで通りすぎようと思ったが、マルコム先生の哀れな声に追いつかれた。「まあ、まあ、ジェーン」と言っている。それが間もなく「頼むよ、ジェーン――」になって、さて次はというところで、廊下ではおなじみの騒がしさが毎度のメロドラマをかき消した（六年生が何人か来たのだが、もちろん何十人も来たように騒がしい）。

ジャックは、セント・ヒルダに在学した後半の二年間に、マルコム先生に会えないのは惜しいという気になったことが何度もある。だが、あのような酷い日常を目撃したいわけではなかった。以来、車椅子の人を見かけて気の毒に思ったのはマルコム先生を知る以前と変わらないが、それ以上に、介護の側にいる人がかわいそうだと思うようになった。

おチビちゃん、およびジャックの本体は、八歳になっていた。三年生である。このペニス君がまったく独自に夢を見て、かつ独自に考える能力を保有した宣言を出すまでにはいたらずとも、すでにおチビちゃんとジャックは（完全に分離してはいなくても）並行して生きるようになっていた。

キャロライン・ワーツ先生が「こわれやすい佳人」であるということは、小柄な体型であるためにいっそう際立っていた。三年生の母親の誰とくらべても小さい。また先生のつけている香水に誘われて、三年男児は算数ができないことにしたがった。答えを間違えれば、先生が机にかがみ込んで直してくれる。だから香水の匂いを吸い込んで、先生の右の鎖骨にあるかわいい痣《あざ》と、首筋の右側の小さい釣り針のような傷痕を、とくと拝見できるのだった。

この痣といい傷痕といい、先生が心を乱すと、燃えるような色になった。コウモリ洞窟の展示室で、紫外線灯の光を受けた先生の傷痕を、ジャックはありありと覚えていた。ネオンストロボのように光が生きて脈打った。どうして先生に傷痕があるかというのは、ジャックの想像力の範囲では、刺青ペーテルが片足だとか、ロティーが足を引きずるとかいうような現象と同類項だ。もちろんロティーについては、「エピドゥラル」が女体の急所であるとの誤解から、想像はへんに込み入った。

ワーツ先生の好きな作家がシャーロット・ブロンテで、『ジェーン・エア』を聖書のように思っているということは、初等部では常識になっていた。年に一回、この小説を劇として上演し、中等部や高等部に見てもらうのが、初等部の重要な文化活動になっていた。これだけの大作だったら――ジェーンの不屈の精神や、またロチェスターの失明と改心もあるのだから――年長の女生徒の演技力に期待するほうがよかったのかもしれないが、ワーツ先生は初等部の演目にするのだと言いきった。そしてジャックは、三年次と四年次の二度にわたって、ロチェスターの役に配されたのだった。

初等部でそのセリフを覚えられる男の子は、ジャックのほかにいないだろう。「道を踏みはずしそうになったら、あとの悔恨を恐れなさい。悔恨は人生の毒になる」というセリフを、ジャックは意味がわかっているように言ってのけた。

ロチェスターを演じた一年目、ジャックが三年生のときのジェーン役は、六年生のコニー・ターンブルだった。ふさぎ込んだようなタイプの子で、孤児のジェーンには適役だったろう。「人間は静かに満足するべきだなどと言ったら、体のいい嘘になります」とコニーが言うと、じつに説得力があった（どうあっても静かな精神にはなれそうにない子だった）。

ただ、ばかばかしくも滑稽な場面ができるのは仕方ない。ジャック演ずるロチェスターが、ジェーン役のコニーを抱き寄せて、「ああ、かくもか弱く、なお不屈なるものの、あったためしがない」と大きな声で言っているのに、コニーおよび女生徒の誰に対しても、その胸にまでしか身長が届かない。「指につまんで曲げられそうな女ではないか！」とジャックが言うと、それはなかろうという笑いが観客から洩れていた。

上から見おろすコニー・ターンブルの目は、「やれるもんならやってみなよ、チンくさ」と言っているようだ。しかし、ジャックには役者として人の心をとらえる力があった。セリフ覚えがよいとか、発音がきれいだとか、その程度の理由だけではなく、ワーツ先生の指導により、すっかり板についた存在感を発揮するようになっていた。

「どうするんですか？」と、ジャックは聞いた。

「一人だけの観客がいると思いなさい」ワーツ先生は言う。「一人の心にふれる演技をするの」

「一人って誰ですか？」

「誰であって欲しい？」

「おかあさんかな」

「おかあさんなら、いつだって近くにいるでしょ」

それにしてもロチェスターで人の心にふれられようか。その役はジェーンではないのか。でも、先生はそんなことを言ったのではない。陰ながらジャックを見ていたくなるような人は誰なのか。人知れず観客の中にいて、ジャックだけを見ていたいと思う人。ジャックからは見られずに、ジャックを心に留めておきたいと思う人。

そんな一人なら、やはり父しかいなかった。ウィリアムを念頭に置いた瞬間から、ジャックは舞台人になりきった。カメラに映される人生の始まりだ。役者の仕事はたいして複雑ではないのだと、いずれ知ることにもなる。二段階しかない。まず観客に愛される。そうすれば泣かすこともできる。いつの場合も、観客の影の中に父がいると思えれば、どんな芝居もやってのけた。「考えるのよ、ジャック」と、ワーツ先生が促す。「一人の心だけよ。さあ、誰かしら」

「おとうさん？」

「そうよ、出だし快調じゃないの！」先生の痣と傷痕も燃えているようだ。「さあ、どうなるかしら」ばっちりうまくいった。コニー・ターンブルの大きく強そうなジェーンを相手にする小さなジャックのロチェスターでも、初めから上々の出来だった。

　ロチェスターが、「ジェーン、この私を、神をも畏れぬ犬のような輩と思うのか」と言うだけで、ジャックは観客をつかんでいた。そんな馬鹿なと思うだろうが、コニー・ターンブルもつかんでいた。ジャックの手をとってキスする場面で、コニーは口を開け気味にして歯や舌まで押しつけたのだった。

「上手だわ、ジャック」と、その耳元へささやいたコニーは、拍手が鳴りやまぬ間ずっとジャックの手を握っていた。このコニーをエマ・オーストラーが嫌っている気配が、ジャックに伝わった。観客に混じっているはずのエマから舞台へ向けて、嫉妬がさあっと吹き寄せていたのである。

　さて、ジャックがロチェスター役を気に入った一番の理由は、目の見えない設定があるからだった。マルコム先生の奥さんがあっちこっちへ衝突した奇行が、参考になっていたことは確かだろう。だが、見えない設定には、ほかの利点もあった。稽古中に転んで倒れたりすると、ワーツ先生が駆けつけてくれるのだ（じつは痛そうな振りをしているだけなのだが、先生に手当てしてもらえるのがうれしくて、ジャックは転んで倒れていたのだった）。

　少年のペニスが初めて何かを考えたような行動を起こしたのは、コニー・ターンブルによって手にフレンチキスをされたからではない。断じて、ない——。おチビちゃんが初めてものを考えたらしいのは、キャロライン・ワーツ先生への反応としてである。年上の女性と関わる傾向は、オスロ滞在中に会ったイングリッド・モエに始まって、この先ずっとジャック・バーンズの人生につきまとう。

ワーツ先生の手は、三年女子とくらべても、さほどに大きくはなかった。先生が子供をなだめようとすると――いや、話しかけるだけでもそうなることがあったが――その子の肩に手をかけるので、おびえた小鳥がふるえるような、わずかな振動が肩に感じられた。まるで先生の手が、あるいは先生そのものが、どこかへ飛んでいきそうだ。ほんとうに先生が飛び立つ日が来ても、三年生の子供たちが驚くことはなかったろう。それほどに繊細可憐な人だった。羽根を集めて女人の形にしたようなものなのだ（これまた「こわれやすい」と形容したくなる所以である）。

ところが先生は教室の管理が下手だった。いつもの三年生よりもひどかったわけではない。もっとも、中にはローランド・シンプソンみたいなのがいて、いずれ十代で少年院へ送られ、結局は刑務所暮らしが身につくことになる。またジミー・ベーコンの場合も、だらしない欠点は呻きたがる癖ばかりではない。そもそも好きになれないやつである。三年生のハロウィーンパーティーで、お化けの扮装をしたことがあった。下着もつけない素っ裸の上に、目の穴をあけたシーツをすっぽりかぶっただけなのだ。そこへ四年生の担任だった灰色幽霊のマクワット先生が、いつものように突然現れたものだから、肝をつぶしたジミーはシーツ一枚の姿でウンチを洩らすことになった。

いずれにせよワーツ先生のようにか弱いと、幼稚園の学級経営も難しかったろう。自分の子供さえ、もてあましたかもしれない。この先生の強さは舞台の上でしか発揮されないのだろうか。アリスの見解は、直感的で、手厳しいものだった。「キャロラインて、忘れられない誰かさんでもいるんじゃないかしら」

ワーツ先生から学んでジャックの生涯の教訓となったことがある。すなわち、人生は筋書きどおり

リフを覚え、脚本どおりにセリフを言った。ジャックが生まれつき記憶力抜群であったのは演劇の世界では大きな長所であり、また一人だけの観客を想像するようになったのは、ワーツ先生の教えもあるが父のおかげでもある。だがジャックは舞台指導で優秀な先生ばかりか、教室ではまったく頼りない先生にも、しっかりと注意力を向けていた。そうやって見ていると、実人生で名優になるためにはアドリブの術を磨かないとだめらしい。たしかにセリフを覚えることは大事だが、時と場合によっては即興のセリフを言わないといけないこともある。ワーツ先生という人は、ジャックに教えたことにより、ただし割合としては自身が習得できずに逆の見本となったことが大きいが、とにかくジャックの注意を引いたのだ。三年生で同級だった女子よりも、先生のほうが長らく記憶に残り、長いことジャックの人生から去らなかったことは、さして驚くまでもない。

ジャックはワーツ先生にキスする夢を何度も見た。そんなときの先生は、先生のような服装ではなかった。夢の先生は時代遅れの下着姿になっていた。ロティーの通販カタログで見たようなものだ。なぜかわからないだけに心が騒ぎもするのだが、その手の下着はティーン向け、未婚の女性向け、ということになっていた（結婚してから下着のタイプが変わるというのは、このときも、のちのちまでも、ジャックには謎であった）。

現実のワーツ先生が教室でどんな服装をしていたかというと、たまにはシースルーに近いクリーム色のブラウスを着ることもあったが、三年生の教室が寒かったせいで、セーターを着ていることが多かった。これが体にぴったりと合っていた。あれはカシミアだわ、とジャックの母は言ったが、そうであればワーツ先生はセント・ヒルダの教員給与を上回る被服費を払っていたことになる。

「ワーツって、愛人がいるわね」と、エマは言った。「お金持ちとか、まあ、趣味はいい人――なんてのが、あたしの勘」

ジャックはエマに責められて、その都度、否定を繰り返すことがあった。コニー・ターンブルに手へのフレンチキスをされて、固く立ったではないかというのだ。また、ロチェスター役のジャックがジェーン役のコニーを抱きしめて、顔をコニーの胸に埋めていたときにも、おチビちゃんは何ら反応をしなかったと、否定の答えを言いつづけた。ところが、キャロライン・ワーツ先生という可能性を、いまだエマは思いついていなかった。先生に接近するたびに、ジャックがぴくんと立っているとは――実際に先生のそばへ寄りついていても、夢の中の先生がさまざまな脱ぎ方をしていても、ジャックに変化の兆しが出ていたのだとは、エマは知らなかった。

ワーツって愛人がいるわ、というエマの説に対しては、それが金持ちだろうと趣味人だろうと――いや、元の恋人であったとしても――ジャックはそんなものに実在して欲しくなかった。先生が通販カタログにあったコルセットやガードルやブラジャーをつけている夢に、邪魔なやつが入り込んできたら困るのだ。

三年生の女の子については夢も見なかった。二年あまりも静かな怒りを隠しとおしたルシンダ・フレミングさえも、ジャックの夢には出なかった。そして、もし夢の中のワーツ先生が、その鼻の下のごく狭い領域に、たとえ極薄でもひげらしきものを有していたとするならば、そこだけはエマ・オーストラーが影響していたのだった。エマの鼻の下部分に惹かれていることは、ジャックが自分でどうこうできるものではなかった。夢の中ではなおさらだ。だんだんと、おチビちゃんの生命力が増すにつれて、ジャック本体の指令にはよらず、そのもの自体としての勢力を強めていくようだった。

「どうなってる、ジャック?」と、フォレスト・ヒル一帯をぐるぐる走らせるリムジンの後部席で、エマはささやいて言うのだった。

「まだだよ」と、ジャックは答えた（これが安全第一の答えになる、という正しい認識を持っていた）。

夜、ロティーに寝かしつけられてから、ジャックは起き出して母の部屋へ行くことが多かった。母のベッドへもぐり込んで寝てしまう。ただ、生活時間に差があるので、母がベッドにいることはまずなかった。母が帰って寝ようとする時間には、ジャックはとうに熟睡中だ。ときどき寝ぼけた母が片足をジャックに乗せかけてくる。するとジャックは目を覚ます。母の髪にはシガレットとマリファナの匂いがあった。吐く息に残る白ワインはガソリンなみにきつかった。どうかすると二人そろって目が覚めて、暗がりで小さなささやき声をかわした。なぜ声をひそめたのかジャックにはわからない。ロティーやウィックスティード夫人に聞かれるということではないだろう。

「ごきげんいかが、ジャック」

「元気です、そちらは?」

「なんだか他人の挨拶だわね」と、あるときアリスがささやいた。この母が演技を見てくれたことがないので、ジャックはがっかりしていた。だから、そのように言うと、アリスは「あら、あんた、いつも芝居してるじゃない」と言った。

ジャックとしては、『ジェーン・エア』そのほかワーツ先生指導下の演劇のつもりだった。この先生は舞台が好きなのに、その題材には小説からの翻案をしたがる。どの演目も完全に手の内に入れておきたいからなのだ、とジャックにわかったのは後のこと。自分で脚色するかぎり、脚本家から子供におかしな指示が行くことはない。ワーツ先生は好きな小説を好きなように舞台化した。子供たちには舞台をしっかり把握するようにと教えたが、じつは先生があらゆる演技、あらゆるセリフを、掌握しつくしていたのだった。

ただし、先生がいいところをカットしていたということを、あとでジャックは知る。先生は検閲官でもあったのだ。たとえば『ダーバヴィル家のテス』を取り上げたときは、「処女」の章に重きを置いて、「処女喪失」の章はいつの間にか終わらせた。しかもテスの役にジャックを起用したのだから、なおさらびっくりする。

「誰よりもテスを咎めたのはテスなのです」という出だしで、劇は始まった（完璧な発音を誇る先生は、語り手として声をかぶせることが大好きだ）。そしてジャックは、「まだ経験という色に染まらぬ感情の器でしかない」テスを演じるには、たしかに適役だったろう。

それにしても、女装をして――しかも白いガウンだ――また乳搾りの娘になっていても、この少年はしっかりと舞台をつかまえた。「テスの子供時代の様相が、いまだ名残をとどめていた」と、ワーツ先生の語りが入って、エンジェル・クレアがテスをダンスに誘いそこなう。だらしのないエンジェルだ。これを演じたのはジミー・ベーコン。いつも呻いているやつで、シーツ一枚まとってウンチを洩らした実績の持ち主だから、この上ない適材適所とは言えるだろう。

「……はじけるような女らしさが出ていても」と、先生は運命を語るように言う。「テスの頬には十二歳の面影が、また目には九歳の輝きが見てとれることがあった。いや、五歳の表情が口元をかすめることさえあったのだ」

この間ずっと、テス役のジャックには、することがなかった。舞台に立って、男とも女ともつかない純真無垢な雰囲気を発していただけである。ロチェスター役のほうが張り合いはあったが、テスはテスで見せ場もあった。性別なしの純真無垢も、まずまず良かった点だろう。たとえばテスがダーバヴィル氏に言うセリフ（この卑劣漢ダーバヴィルには、あの荒っぽいシャーロット・バーフォードを中等部から借りてくるという妙手を、先生は思いついていた）。「どんな女も口にすることを、心で感じる女もいるのだと、お考えになったことはないのですか」（シャーロット演じる男は、ジャック演じる女をいたぶって、すっかりご満悦の体だった）。

死んだ赤ん坊を教会に埋葬する場面で、ジャックは客席の年長組のざわめきを聞いた。もう泣いているのだった。テスの落ちぶれる物語は、まだ始まったばかりなのに！　ジャックが語ると、まるで子供の墓の前で対話をしているようだった。「……刺草《いらくさ》が生えるのも神の御心による、わびしい土地の片隅で」と言いだすと、客席の上級生は自分が薄幸の身の上になったような錯覚を起こした。それこそが原作者トマス・ハーディはいざ知らず、脚色のワーツ先生が計算した効果なのだった。「……洗礼もされなかった赤子、飲んだくれの嫌われ者、自分で命を絶った者、また、ありとあらゆる不徳な者が眠る土地で」と、上級生を泣かせて調子に乗ったジャックが芝居を続けた（練習中は「ありとあらゆる」を何度か言いそこなったけれども、アドリブ嫌いのワーツ先生は、そこだけ省略することなど許さなかった）。

ジャックが「わたしとダンスなさることはありません」とジミー・ベーコンのエンジェル・クレアに言うところでは、あらためて上級生は心をねじ曲げられる思いをした。「ああ、これが悪い予兆にはなりませんように！」テスのジャックは、エンジェルのジミーに言い、女生徒がまた泣いた。ハーディの世界で、悪い予兆にならないものなどあるだろうか。テスが暗い運命にあることを女学生は知っていた。もう変えることなどできやしない、と知らしめるようにワーツ先生が仕組んだとおり。

それが先生から女生徒へのメッセージなのだ。用心せよ！　誰だって妊娠の危険がある！　エンジェル役のジミー・ベーコンみたいな意気地なしでもないかぎり、男はみんなシャーロット・バーフォードのダーバヴィルみたいに薄ぎたない。そういう先生の意図を、ジャック演ずるテスが、ちゃんと観客に伝えていた。キャロライン・ワーツ版の初等部演劇は、中等部および高等部への道徳教育におよんだのだ。

この年、ジャックは三年生だ。舞台版の『ダーバヴィル家のテス』には理解力が追いついていかなかった。だが、メッセージはジャックに向けられたものではない。セント・ヒルダ校で最重要のメッセージは、年長の女生徒に発せられていた。ジャックは一介の役者だったにすぎない。たとえ意味がわからなくても、ちゃんとセリフを言える子だ、と先生には思われていた。そして、もし（上級生の中で）いまだ要点をつかんでいない愚鈍な娘がいると困るので、採り上げる原作は、いつも女性に試練がやって来る小説と決まっていた。

ジャックがワーツ版『緋文字』でヘスター・プリンを演じたときは、八歳の男児が姦通した女の印であるAの文字を胸につける役柄を、母にも見てもらおうとしたのだが、母は来ようとしなかった。「あの話、嫌いよ」寝室の暗がりでアリスは息子にささやいた。「一方的だわ。キャロラインに写真を撮ってくれるよう頼もうかな。写真ならいいわ。あれを劇として見せられたくはない」

ワーツ先生の炯眼《けいがん》は、ウェンディ・ホルトンの超自然的なまでの過酷な痩身に――ぐりぐり押してくる膝と、石のような握りこぶしの強さに――復讐の権化となったロジャー・チリングワースとの同一性を見ていた。この配役においても中等部の生徒を一人調達し、それがまたジャックを悩ませた経歴の持ち主だったのだ。

ディムズデール牧師の役は、惨憺たるミスキャストだった。選ばれたのはルシンダ・フレミングで、三年生のときにはジャックよりも頭一つ背が高かったのだが、おそらくワーツ先生の希望的観測では、ルシンダの静かな怒りが、牧師の罪悪感において転回点を迎えるタイミングで舞台上に噴出し、満場の度肝を抜くはずだったのだろう。考えられるタイミングは、牧師がヘスターに叫ぶところ。「われら二人を神がお許しになるように！　この世界で最悪の罪人になったわけではないのだから。この罪にまみれた牧師などよりも、なお悪い者が一人いるではないか！」ここでルシンダが、ぶちっと切れてくれていたら、事はうまく運んだろう。フットライトにがんがん頭を打ちつけるとか、舞台の幕で首を吊りそうな狂乱を演じてくれてもよかったのだ。

だがルシンダは怒りを外へ出さなかった。ディムズデール牧師なみに責めさいなまれていたのかもしれないが、たとえ長らく予知されていた怒りの噴火があったとしても、ステージの上では起こりそうになった。ジャックは、いずれ自分だけが被害を受けそうな気がしたけれども、とにかくディムズデール役のルシンダと共演するくらいは、まだよかった。大変なのは、チリングワース役のウェンディと、舞台を降りてからだった。先生の目の届かないところへ来ると、ウェンディはこの役を割り振られたのがジャックのせいだったように決めつけた（たしかに報われない役ではある）。『緋文字』はジャックにとっては痛ましい上演になった。ウェンディが隙あるごとにジャックの肋間にパンチや膝蹴りを入れたのだ。

「あら、いやだ」と、アリスが薄闇の寝室でささやいた（息子に手をふれるだけで、ひどく痛そうなのがわかった）。電気をつけて、「あんた、清教徒《ピューリタン》に何をされたの？　Aの字って胸につけるんじゃないの？　Aの字でひっぱたかれてるみたい」。

この母は、ワーツ先生演出の『アンナ・カレーニナ』で、アンナになったジャックが鉄道自殺する場面も見に来ることはなかった（「また写真を撮っといてもらうようにするわ」）。それにしてもワーツ先生の教育演劇には、悲運の女の種が尽きないようだった。またウロンスキー伯爵の役にはエマ・オーストラーを配したのだから、なんという鮮やかな手腕であろう。エマの口にひげらしきものが生えているのもぴったりだ。

放課後に――つまりジャックの部屋で、あるいはピーウィーがちらりとエマの脚を観賞するリムジンの後部席で――話題を引きまわすのは、あいかわらずエマだった。舞台の上とは勝手が違う。ジャックが存在を主張するわけにはいかなかった。舞台を降りてからの場にあっては、エマと即興の掛け合いをしなければならない。これについてはジャックはまだまだ修業が足りなかった。

「完璧よね、ジャック――あたしたち、しっかり不倫してるわ！」

「してる？」

「お芝居でよ」

「じゃあ、いまは何なの？」いま、と言ったのは、リンカーン・タウンカーの後部席で、エマの重量級の脚が一本振り出され、よく母が半睡状態の突発行動として息子に片脚を乗せかけるのと同じようになって、ジャックが押さえつけられたことを指す。ジャックの部屋のベッドにいたこともある。そういうときのエマは、ジャックの宿題を手伝ってるから邪魔しないで、とロティーに言っておくのだった。

「この子、勉強が遅れてるから、あたしが引っ張り上げてあげるの。もうちょっと人の言うことを聞けば、できるようになると思うんだけど」

エマの言うことを聞かないなんてあり得るのだろうか。車の中にしろベッドの上にしろ、エマには力で圧倒される。ひげのような毛にジャックが弱いことも見透かされている。絹のような感触の鼻の下を、ジャックにすりつけてくるのだ。コニー・ターンブルが手にフレンチキスめいたことをしたように、しかしコニーよりも上手に、ジャックの手の甲にすりつける。手ではなくて頬のときもあるし、なんと（ジャックのシャツをまくっておいて）腹にこすりつけ、へそまで来ると、とくに念入りに可愛がったこともある。「ここんとこお掃除してあげようか？　糸くずみたいなのがついてるよ」

これは序章にすぎなかった。エマがウロンスキー伯爵で、ジャックがアンナだという設定のときでも、またエマがエマ・オーストラー本人であって、ジャックの人生における脇役に甘んじるはずがない現実の場合でも、とにかく始まったばかりである。ワーツ先生が口癖として言うように、すべては「最後のセリフ」に向けて進むのだ。「一人だけの観客に覚えていてもらうように、最後のセリフを言いなさい。何が何でも記憶に残るように」

「おチビちゃん、どうしてる？　何したがってる？」結局、エマの話はそこへ行った。

ちょうど微妙な時期にさしかかっていた。『アンナ・カレーニナ』のリハーサル中で、いまだワーツ先生が構想する『分別と多感』のことは知らされていなかった。エマとジャックは、ベッドの上で

「宿題」をしている。ロティーが下のキッチンでばたばた動いているようだ。ジャックは、そのペニスが何をしたがってるかという質問には、いつものように「べつに」と答えた。

「見てみようじゃないの」と言われて、見せた。エマのため息がつくづく悲しそうだった。アンナと鉄道のことを考えすぎていたのかもしれない。でも、このまま永遠にエマをがっかりさせたくはなかった。

「夢を見ることはあるよ」

「夢って何の？　誰が出てくる？」

「エマが出る」と答えた（このほうがワーツ先生が出ることよりも安全な答えだと思われた）。

「あたし、何してる？」

「だいたいは、ひげが出る」と、これは正直に言った。

「変態じゃないの、りすチン」

「ワーツ先生は下着姿で――」うっかり口に出してしまった。

「やだ、あたし、ワーツと同じ夢に出るの！」

「ていうか、先生が一人と、エマのひげが出る」と、ジャックは白状した。「あと下着と」

「誰の下着なのよ？」

ジャックは二階の廊下を忍び足でロティーの部屋へ行き、通販カタログの最新号を持ってきた。

「ちょっと、何よこれ、ジャック。こんなの着たら、見られたもんじゃないわ。本物はこうなってるのよっ！」

以前にはエマのトレーニング・ブラを見たことがあった。きょうのブラは目立って大きかったわけではないが、このブラがはずされてしまうと、乳房にはそれなりの形状と質感が見えていた。パンティーも脱いで、プリーツスカートの上へ押しあてるように展示する。ウエストバンドにレースの縁取りがあったのは、ジャックおよびおチビちゃんには新鮮な経験だった。

「動いたっ」と、エマが言った。

「何が？」

「とぼけちゃって」二人でおチビちゃんをながめた。まったくのチビではなくなった。エマがのぞき込んで、「ワーツ先生」と言った。「目をつむって、ジャック」もちろんジャックは言われるままだ。

「キャロライン・ワーツ」と、のぞき込むエマがささやく。「すてきな下着を見せたげるからね」目は閉じていても、ジャックにはわかった。おチビちゃんは、この着想を喜んでいる。

「やっとおもしろくなってきたわね」

「エマの髪をほどいていい？」

「いま？」

「うん」エマは言うことをきいてやったが、目はジャックのおチビちゃんから離さなかった。長い髪がジャックの腰まわりに垂れる。太腿への刺激があった。「あ、効いてる」と、エマが実況中継をした。「この方法で正解だわ」

「ヤカンが噴いてるよ！」ロティーが下のキッチンからどなった。

「ちょっと確認させて」おかまいなしにエマは言う。「あたしの鼻の下の毛がワーツ先生についていて、あとはロティーの下着、っていう基本線ね」

「ロティーのじゃないよ。ロティーが持ってるカタログの――」（ワーツ先生がロティーの下着をつける図柄は、あまり考えたくなかった）。

「髪の毛は？」

「エマの、かな。長いんだけど」

「ようし」とエマは言ったが、ジャックからは顔が見えない。ほどけた髪ですっぽり隠されている。

「いよいよ優先項目が見えてきたわ」

「何が見えてきた？」

「だから、あんたは髪とか毛とか、そんなものに反応する。お決まりの年上願望もある」

「おー」（毛髪への固着はもちろん、年上の女への趣味があると指摘されても、ジャックにはちっともお決まりとは思えなかった）。

「ああ、ほんと、おもしろくなってきたわね」そう言いきったエマが、首をうしろへ振った。ジャックはしっかりと立っていた。こんなのは初めてだ。おチビちゃんがこれ以上背伸びをしたら、へそのほうまで——糸くずがくっついているというが——ずっと影が伸びたかもしれない。

「うわあ、ジャック、どうすんの、これ」

そんなこと言われたって困る。「どうにかしなくちゃいけないもんなの？」

エマはジャックをつかまえ、はだけた胸に抱き寄せた。いつもより大きくなったペニスが、ちくちくするウールのスカートにこすれた。大きな娘に抱きしめられて、ジャックはもぞもぞ動いた。おチビちゃんがエマの太腿にあたる具合がよくなった。「ああ、ジャック」とエマは言う。「かーわいいこと言うのねー。もう言葉にならない。しなきゃいけないなんてこと全然ないのよ。そのうち自然にわかるからね。記念日みたいになるよね」

ジャックは手を出して、エマの胸に触れた。エマはなおさら力を込めてジャックの顔を抱き寄せた。

その次のことはおチビちゃんの意向による。いま二人は腰と腰をくっつけるようにベッドに坐っていたのだが——双方から抱きついたようになっているのに——ジャックのペニスはどういうわけかエマの太腿にくっついたままだった。ジャックがエマの太腿を感じるならば、エマはジャックのペニスを感じていたに違いない。ジャック八歳、エマ十五歳である。ジャックが大きく脚を振って、エマの反対側の腰へかぶせると、エマの上へ乗っかったような体勢で、おチビちゃんはエマの膝よりも上にあり、真ん中の位置で左右の太腿に接していたのだった。

「ちょっと、ジャック、わかってやってるの？」（わかっているわけがない）。エマが嚙んでいるガムのミント味が香る息を、ジャックは頭の上から感じた。「おチビちゃんが、わかってるのかも」と、エマは一人で受け答えした。まだジャックはエマの腰に腕をまわせるほどではないが、とにかくエマを押さえてしまっていた。右手がパンティー上部のレースにかかっている。これはエマがスカートの上へ広げてあった。「ねえ、おチビちゃんは、何がわかってるの？」一種の愛情表現ではあろうが、いつものエマの言い方にある皮肉調がないわけではなかった。

「こいつが知ってることなんか知らないよ」と言わざるを得なかったが、そういう間にもおチビちゃんとジャックは驚異の新発見をしていた。エマ・オーストラーは股ぐらにも毛があった！

毛のある部分にペニスの先端が触れた瞬間、ジャックは、殺される、と思った。エマは両脚でジャックの腰をはさんでおいて、ジャックをあおむけに転がした。おチビちゃんは、ちくちくするウールのスカートに巻き込まれそうになっている。手さぐりするエマがいくらか苦労したようだ。手づかみされて、ちぎられる、とジャックは不安に駆られたが、そういうことにはならなかった。やや力を込めて握られただけだ。

「いまのは何なの？」ジャックは、こうして握られたことよりも、先端の感触として知った毛のほうがこわかった。

「うっかり見せられないのよ。児童へのセクハラになるから」

「え、何になる？」

「見てびっくりだろうなー」とエマは言い、きっとそうだろうとジャックも思った。見たいという気はしない。ジャック、あるいはおチビちゃん、の不思議な欲求は、いまの場所へ行きたいということだ（もし見たらどんな見かけなのか不安だった）。

「見たいわけじゃないよ」と、すぐ言っておいた。

ジャックの腰を締めつけていたシザーズホールドが緩んだ。ペニスの握り方も、いくらか優しいものになる。「やっぱり毛にこだわりがあるのね」

「お茶が出すぎちゃうわよっ！」ロティーが下からどなった。

「だったら、ティーバッグだか茶こしだか知らないけど、出しとけばいいじゃないの」と、エマもどなり返す。

「冷めちゃうわよっ！」

エマはパンティーをはくときはジャックに背中を向けたくせに、ブラをつけてシャツのボタンをかけたときは正面を向いていた。おチビちゃんがさぐりあてたのが、ある隠し場所だったことは間違いないが、どうしてそんなところに毛があったのだろう。

「宿題はどうなったの？」ロティーが下から言っている。ほとんどヒステリックな声である。麻酔で大変な目にあった過去を追体験しているような慌てぶりだ、とジャックには思えた。

「ロティーって、どういう人生を送ってるの？」とエマは言ったが、視線はジャック、この子のペニスに置いたままだ。おチビちゃんが、みるみる通常サイズに戻っていく。「ほら、ジャック、この子から絶対に目を離しちゃだめよ。ちょっとした奇跡みたいじゃないの。あ、ちょっとしたとも言えないかな。

——ほら、かーわいー！　じゃあね、って感じ」

「悲しいのかもしれないよ」

「そのセリフ、覚えときなさいね。いずれ使えるかも」と言われても、ペニスの悲しみを認知することが、どこでどんな役に立つのやら、ジャックにはさっぱり見当がつかなかった。セリフについて一家言あるワーツ先生なら、これに反対意見を唱えそうな気がした——アドリブ的すぎると言うのではないか。

一週間たって、エマは離婚した母親のブラジャーを一つ持ってきた。普通の半分くらいではないかとジャックは思った。だがカップの下側を針金が支えていて、小さいながらも、やけに強圧的でぎょっとする。いわゆるプッシュアップ・ブラなのよ、とエマが解説した（こんなに自己主張の強いブラはまたとあるまい――と、ジャックは思った）。「押し上げてどうするの？」

「うちのママ、胸がちっちゃいのよ。なるべく大きく見せたいの」だが、このブラは別の観点からも変わっていた。香水の匂いが強いのだ。わずかに負けているが汗の臭いもする。まだ洗濯もしていない使用済みブラを、エマが勝手に持ち出したのだった。「そのほうがいいでしょう？」

「なんで？」

「あんたが匂いを吸えるじゃない」と、エマは言ってのける。

「だから、知らない人の匂いが何だってのさ」

「いいから、やってごらん。おチビちゃんがどういう好みか、わかんないわよ」たしかに、お説ごもっとも（残念ながらジャック本人にわかるまでには何年もかかる）。

また、時間がかかると言えば、ダンダス通りとジャーヴィス通りの北西側交差点にあるチャイナマンの刺青ショップは深夜営業をしたためしがないということが、ジャックの耳に入るまでにも、かなりの時間がかかった。ダンダス通りの歩道から降りていく地下の店は、たいてい夕方には閉まっていた。そんなことを誰に聞いたのか、ジャックの記憶には残らない。クイーン通りの刺青ショップあたりで、その道のマニアにでも聞いたのだったか。母が自前の店を構えた時期のことだったろう。

七〇年代のクイーン通りと言えば、お嬢アリスのような人間に好意的だったはずがない。だいぶ柄の悪い連中がそろっていた。ヒッピーには敵対し、ウィスキーをあおって、白いTシャツを着たようなタイプである。ジャックに話をしたのも、そんな一人だったかもしれないが、一応もっともらしく聞こえた。屋号もつかないチャイナマンの店は、夜になれば閉まっていた。金曜日、土曜日には、いくらか延長したかもしれないが、八時や九時を過ぎることはなかったそうだ。

では、ジャックがセント・ヒルダ校の生徒だった頃に、アリスは夜な夜などこへ行っていたのだろう。まるで手がかりはなかった。あとになって考えると、という程度のどこまで信用できるかわからない推論だが、おそらく母は息子との癒着を断とうとしていたのではないかとジャックは思った。大きくなるほど父親に似てくる。ウィリアムの面影が浮かぶほど、アリスは息子との距離をとろうとした。

エマ・オーストラーが母親のプッシュアップ・ブラを持ち込んだことも、ここでの関わりがあったかもしれない。そんなものがあればアリスが気づくに決まっている。ジャックは毎晩、この愚かしい小道具と寝ていたのだ。母のベッドで寝る夜は、このブラも持っていった。アリスが片脚をジャックに押しかぶせて、ジャックが目を覚ますというような夜だった。アリスもまた、なぜか目が覚めた。謎のブラジャーが母子にはさまれて潰れていた。カップの下の硬い針金が、アリスにも感じられたのだろう。ベッドに坐り直して、電気をつけた。

「何、これ」と、臭いのしみたブラを手に取る。このとき息子に向けた目つきを、ジャックは生涯忘れられない。まるでエマの母親が、ここで母子の間に出現したようだった。ジャックの淫行の現場を押さえたというか、おチビちゃんが毛の生えた内密の領域に接していたのを見つけたようなのだ。

「これはプッシュアップ・ブラ」と、ジャックが解説しようとする。

「そんなのわかってる。誰の、って言ってるの」アリスはふんふんと鼻をきかせ、いやな顔をした。ベッドの掛け布団を引きはがしたら、おチビちゃんに目を丸くすることになった。気をつけの姿勢をとったように、パジャマのズボンから突き出している。「さ、聞かせてもらいましょ」

「エマ・オーストラーのママのもので、エマが持ってきて置いてったの。なぜか知らないけど」

「見当はつくわ」とアリスが言うと、ジャックは泣きだした。あからさまだった母の怒りが、しぼんでいくようだ。おチビちゃんもしぼみそうになっている。

「めそめそしないの——泣くんじゃないっ！」鼻をかみたくなったジャックに、母がブラジャーを差し出したが、すぐに実行はできなかった。「ほら、早く！」と母が言いつける。「どっちみち返す前に洗うんだから」

「おー」

「さ、いつでもどうぞ。全部聞かせてもらう。どういう遊びをエマとやってるの？　そこんとこから聞こうか」

というわけで全部話した。いや、全部ではないかもしれない。エマが胸をはだけたとは言わなかったろう。エマがおチビちゃんを見たがった回数はごまかしたろうし、エマの毛の生えた内密の領域にくっついたこともあるとは言ったはずがない。だが、母は実情をかなり見通したようだ。「あの子、十五でしょ。あんたは八つよ——。あっちのママと相談しないとだめね」

「エマはどうなる？　叱られるかな」

「そうなってもらいたいわ」

「僕もそうなる？」

このときのアリスの顔といったらない！　いつぞや「他人の挨拶だわね」と言われて、よくわからない気もしたが、いま得心がいった。母は他人を見るような目をしている。「遠からず、困ったことになるわよ」

11　内なる父

ジャックとエマに展開されているドラマや、その母親同士を待ち受けている運命にくらべれば、ワーツ先生が三年生のクラスを扱いかねていることなどは、軽微な問題だと言えるだろう。だが、いくらアドリブ的な行き当たりばったりであっても、それなりのドラマはあったのだ。

ルシンダ・フレミングのうしろにいるとジャックは前が見えなくなるが、そのルシンダが前の席に坐っていた。毎度ながら、わざとやっているように、大型のポニーテールでジャックの顔をひっぱたく。背中の半分くらいまで垂れていて、箒のような太さがあった。ジャックも頭に来て、両手づかみに引っ張ることがあった。ジャックの机の上にルシンダの後頭部がくっつくまでに引いてやるが、そのまま動けなくさせるのは難しい。あごでルシンダのおでこを押さえるとよいのはわかったが、けっこう痛かった。ルシンダのほうは痛くも何ともないらしい。自傷癖があるということになっているが、それすらジャックには信じられなくなっていた。ルシンダは、ジャック扮するヘスターを相手にディムズデールを演じたことを役不足と思ったのかもしれないし、ジャックより頭一つ背が高いことがいやだったのかもしれない。ポニーテールでひっぱたいてやればジャックが成長すると思ったと考えられなくもない。

キャロライン・ワーツは、ルシンダが箒のような髪の毛でジャックに打ちかかるところを見ていない。ジャックがルシンダの後頭部を机に押さえつけたあとの状況しか知らなかった。「やめてちょうだい、ジャック。先生をがっかりさせないで」

ジャックの夢の中では「がっかりさせないで」と言う先生は、奥深い魅惑の声を出していたが、三年生の教室ではそうはいかない。現実のワーツ先生をがっかりさせたら大変だ。先生はどうしてよいかわからなくなる。それなのに三年生の子供たちは、わざわざ先生をがっかりさせていた。演劇指導のときだけ別人のような鬼監督になるというのは納得しがたい。だが教室ではまったく頼りないのだから、それこそ攻めどころの弱点だったのだ。

あるときゴードン・フレンチが、いつも仲違いしている双子の片割れの頭に、ペットのハムスターを放って、髪の毛にもぐらせたことがある。そのあとの反応からすれば、ハムスターが狂犬病になって人に嚙みついたかと思うほどだった。実際には、いつも車輪をまわして走るのと同じように、ぐるぐると芸もなく頭を駆けめぐっただけである。するとワーツ先生は、ハムスターが怪我をしたら大変とでも思ったのか、声をあげて泣きだした。泣くというのは、がっかりした先生が最後に行きつく表現だ。その「最後」が、またかと思うほどに何度もある。「もう、先生は、こんなにがっかりするとは思いませんでした！」と嘆き悲しむのだった。「どれだけ心が傷ついたか、口では言えません！」こうして先生が泣くと、子供たちは逆に先生に注目しなくなる。これからどうなるかという次のことに、神経を張りつめていた。といって準備を整えることはできない。あの灰色幽霊の出現は、たとえ予期していたとしても、出ればびっくりなのだった。

三年生の教室に、出入口は一つしかなかった。すでに超常現象の域にあるという噂のマクワット先生も、さすがに壁抜けの術はできない。だからドアノブが回転するところは見えるのだが、それでも子供たちははらはらどきどきしてしまう。ドアが大きく開いたと思ったら、誰もいないということがあった。まだ灰色幽霊は廊下にいて、息を切らしていたりする。でも、その音だけでジミー・ベーコンは呻きだし、二組の双子は毎度おなじみの異常信号を発するのだった。しかし、あるときは、ドアノブがぴくりと動いたかどうかで、もうマクワット先生が飛び込んできていた。いずれ犯罪者になるローランド・シンプソンだけは、わざと目を閉じていた（びっくりする状況を好むのだ）。

ウィックスティード夫人の話によると、灰色幽霊は戦時中に肺を片方なくしていた。ただし、いつの戦争でどっちの肺をなくしたのか、ジャックにはわからない。従軍看護婦だった先生が、毒ガスを吸ったらしいのだ。いまでも息苦しくなることがある。なるほど息を切らしてばかりいた。だが、どこでどんなガスにやられたのか、ということはジャックには謎のままだ。

このマクワット先生が言いそうなことは、三年生の子供でさえセリフとして書けたかもしれない。いきなり出てくることは止められないが、そのあとはワーツ先生脚色の劇に登場するような口をきいたのだ。墓石のように冷たく、はあはあと息を切らした声で、「あなたがた……いったい誰が……ワーツ先生を、泣かせたの？」と言うのだった。

子供たちは、あっさりと口を割る。この恐怖の質問に耐えられず、仲間の誰をも裏切ってしまう。もう友情も誠意もあったものではない。つまりマクワット先生にまつわる伝説の暗い核心がここにある。もし先生が毒ガスにやられて肺を片方なくしたならば、そのとき死んだということはあり得ないか。いまなお幽霊でないとは言いきれないではないか。先生の肌、髪、衣服——すべて灰色、灰色、灰色。あんなに手が冷たいのはなぜだ。学校へ来るところも、帰っていくところも、人の目にふれないのはなぜだ。気がつけば出ているというのはなぜなのだ。

この灰色幽霊がゴードン・フレンチを問いつめたことを、ジャックは長いこと記憶する。「女の子の、髪に……何を……したの」

ゴードンが一息つける。

「あの、ハムスターです、おとなしいんです」

「犬みたいだったわよ」と、キャロラインは言った。ゴードンは来るものが来たと思っている。またもや我慢の時なのだとわかるから、机の間の通路に立って、兵士のような不動の姿勢に固まる。

「ハムスターを……いじめなかった……でしょうね、キャロライン」と先生は言い、そのときだけはゴードンが一息つける。

「髪の毛にもぐってきたら気持ち悪いです」

「いま、どこにいるの？」いきなりワーツ先生が叫ぶ（この先生と双子の一方が、どちらもキャロラインなのだから紛らわしい）。

「自分で、さがしなさい……キャロライン」と、灰色幽霊は言った。だが、キャロライン・フレンチがさがそうとするより早く、ワーツ先生が四つんばいになってキャロラインの机の下にもぐった。

「やだ、あなたじゃないわよ」マクワット先生があきれたように言う。子供たちも全員が這いまわって捜索していた。

「何ていう名前なの、ゴードン？」と、モーリーン・ヤップが聞いた。

だが灰色幽霊は、まだゴードンを解放しようとはしていない。「ついてらっしゃい、ゴードン……。ハムスターが見つかるように祈ることね。このままだと、きっと死ぬから」

灰色幽霊に教室から連れ出されるゴードンを、みんなが見送った。行き先はチャペルだとわかりきっている。まず誰もいない。たまに練習中の合唱隊がいるが、先生はおかまいなしに子供をチャペルに置き去りにする。会衆席の真ん中へんで、中央通路の石のフロアにひざまずかせるのだ。しかも逆向き。顔が祭壇とは反対方向にある。「あなたは……神に背を向けました。神様がご覧になっていなければ……いいけれど」

あとでゴードンが言うように、神に背を向けて、自分が見られているかわからなくなる感覚は、いやなものである。ほんの数分で、うしろに誰かいるらしく思えてくる。祭壇か説教壇のあたりだ。イエスに付き添っている四人の女が——聖人というか、もう幽霊なのだろうが——誰か一人ステンドグラスから抜け出して、氷のような冷たい手を出してきそうな気がするのだった。

三年生の授業はこういう形で中断してばかりだったので、もう誰がチャペルに連れていかれ、神に背を向かされたのか、わけがわからなくなっていた。まあ、誰であれ、連れていかれるだけである。連れ戻してはもらえない（だからローランド・シンプソンなどは、チャペルに住みついて神に背を向けていたようなものだった）。そのうちに誰かが気づいて——ヤップであることが多かったが、「ワーツ先生、そろそろゴードンの様子を見に行ったほうがいいと思います」と言った。「あっ、そうでした」と、先生は叫びをあげる。「いやだわ、すっかり忘れてた！」そこで誰かが救出の任務を帯びて、ゴードン（またはローランド）を迎えに行き、うしろ向きでチャペルにひざまずく、さびしき恐怖と言ってしかるべきものから解放してやった。教会で逆向きになるのは、わざわざ逆境を求めるような感じがする。

しかし、この三年生が四年生になる準備は、まずまずできていたと言ってよかろう。なにしろ四年生担当はマクワット先生だ。チャペルへ連れていってお仕置きをする必要がある四年生は、いままでにワーツ先生の情緒的溶融を親しく見物したことのない転入生だけだった。灰色幽霊なら学級経営は楽なものだ。もとはワーツ先生の受け持ちクラスで、そのために何度もマクワット先生の霊能力による支援が要請されていたのだから。

この学年では、いつものトラブルと処罰が続いた。灰色幽霊はこわいけれど、ワーツ先生を泣かせるのはおもしろい。そのくせ、あんなに泣かなくたっていいだろうと思う。あの先生が弱いからマクワット先生が出てくる（ジャックが夢に見るワーツ先生は、例のプッシュアップ・ブラをつけて、やはり弱々しさを露呈していた——あのブラはアリスからオーストラリー夫人に返却されたが、こういう夢を見なくなったわけではない)。

ジャックの夢に灰色幽霊が出ないのはありがたかった。子供の心で考えると、これはマクワット先生がすでに死んでいるという見解に、さらなる信憑性をあたえるものだった。ところが、この先生は三年生の教室では生きた大活躍をしていた。ワーツ先生がわっと涙にくれるのと、マクワット先生がいきなり出現するのが、どちらも当たり前になったのだ。だからジミー・ベーコンがモーリーン・ヤップに向けて裸を見せたとき——つまり、ハロウィーン衣装のつもりのシーツをまくり上げ、このとおり下着もつけていないのだと開示したとき——ワーツ先生の感情は、またしても口では言えないほどに傷ついた(こんなに徹底的にがっかりするなんて考えもしなかった、と悲しい心を打ち明けた)。かくして灰色幽霊はジミーをチャペルに連行して、逆向き放置の刑に処し、こわくなったジミーが幽霊に扮《ふん》したままで糞《ふん》をした。マクワット先生の出現がジミーの脱糞の発端になったとするならば、祭壇の上のステンドグラスからイエスが消えたと思ってジミーがあわてふためいたことが、事件の完成につながった。

「衣装がまずかったわね、ジミー」糞害のシーツについて、ワーツ先生はそれしか言わなかった。

ルシンダ・フレミングが性懲りもなくポニーテールを振りまわしてジャックへの嫌がらせを続け、ジャックは仕返しにルシンダの頭を机に押さえつけるという争いが収束しなかったのは確かだが、そんなことでワーツ先生が泣いたわけではなかった。ルシンダとジャックの紛争は、先生を泣かせる一歩手前で停戦していたのだ。そうすれば灰色幽霊の出現を見なくてすむとでも、甘いことを考えたのかもしれない。

しかし、ある別件によって、ルシンダは耳をつかまれチャペルに引っ立てられた。ローランド・シンプソンがチャペルで神に背を向けていた間に、その算数の答案をすべて消してしまったのだ(なぜそんないたずらをしたのか、ほかの子には思いもよらないことだった。ローランドの答案なんて、初めからでたらめだらけに決まっている）。

ジャックがチャペルに連れていかれたのは一度きりだ。しかし印象には残った。ルシンダの髪をつかんで机に押さえつけたからワーツ先生を泣かせたのではなく、ルシンダにキスをしたからだ。もちろんジャックが夢想したキスの相手はワーツ先生である。でも実際にはルシンダ・フレミングの首筋が対象になってしまった。

こんな気色の悪い珍事を誘発した可能性がある人物は一人しかいない。エマ・オーストラーだ。母親のブラジャーが返却されてきたことだけなら、さして深刻に受け止める事態ではなかったろうが、ジャックに「チクられた」ということが腹立たしくてならなかった。エマの母親は、エマがジャックに「セクハラ」をしているというアリスの主張には、まるで動じなかった。女性または女の子が、男性または男の子に、セクハラをしかけるなんてことはあり得ない、というのである。エマがどんな遊びを教えたのかは知らないが、ジャックだっておもしろがっていただろう、とオーストラー夫人は論じた。とはいえ、エマが軽い処罰を受けたことは間違いない。「足止めなのよ」とジャックに言った。一カ月は放課後にまっすぐ帰宅しなければならない。

「後部座席でくっついたりできないね。おチビちゃんに気をつけの姿勢をとらせることもできない」

「でも、一カ月でしょ」

「三年生のクラスに、そそられる子なんていないでしょうに」と、エマは問いかけた。「ワーツは別として」

ここでジャックはまずいことをした。ルシンダ・フレミングのことで困っている話をしたのだ。ポニーテールでいじめられている——。まったくジャックは自分から面倒に首を突っ込むようにできていた。このときのエマは、ジャックを困らせてやりたい気分だったろう。

「ルシンダはね、ジャックにキスしてもらいたいのよ」

「ほんと？」

「本人はわかってないだろうけど、じつは」

「僕より大きいけど」これも一つの論点だ。

「いいからキスしちゃいなさい。あとはもう奴隷みたいに言うことときくでしょ」

「奴隷なんかいらない」

「自分じゃわかってないだろうけどね」と、エマは言う。「相手がワーツだって思えばいいじゃない」

この週にはゴードンのハムスターが黒板用のチョーク入れで死体となって見つかっていたのだから、ジャックも危険な兆候を感じるべきではあったのだ。縁起が悪い！　だがジャックは無警戒だった。ずいぶん長いこと踏ん切りがつかずにいたのだけれど、実行を断念するにはいたらなかった。ルシンダのうしろの席にいて、しゅっしゅっと鞭のように振られるのを見ていると――まあ、首筋がちらちらと見えていた、とだけ言っておこう。そして、ある日、ワーツ先生が黒板に新しい単語を書いていたときに、ジャックは爪先立ちになって、机の上へ乗りだし――ポニーテールを持ち上げて――うしろからルシンダ・フレミングの首筋にキスをしたのだった。

おチビちゃんからは何の反応もなかった。またもや悪い兆候だ。これはジャックも意識した。だが何たる破天荒だったことか。子供たちはルシンダの静かな怒りなるものに気をつけろと言われていたのではなかったか。どこが静かだというのだろう！　たしかにルシンダは、髪を引っ張られても、うしろの机に押しつけられても、音声は一切発しなかった。だが、キスされたときだけは、まるでゴードンの死んだハムスターが恨みを抱いた亡霊となって嚙みつきにきたのではないかと思うほどだった(ジャックの妄想が過激化した夢にあって、さまざまなブラと体型補整器具をつけて出てくるワーツ先生にキスをしても、その反応はルシンダの錯乱エネルギーには遠く及ばなかった)。

ルシンダ・フレミングは顔を真っ赤にして泣き叫んだ。机の横の通路にひっくり返り、手足をばたつかせて、頭およびポニーテールに猛烈な往復運動をさせる。人食いネズミの群に襲われたら、こうなるかもしれない。これはもうワーツ先生の小規模な収拾能力をはるかに越えた事態である。ルシンダが自殺をはかる前のウォーミングアップ状態にあると判断したらしい先生は、「ああ、ルシンダ、誰のせいでそんなにがっかりしてしまったの？」とか何とか、とんちんかんな発言を大きな声でしでかした。びっくりするほど不適切なことを言う人だ。この先生が何を言うかという興味から、生徒の悪ふざけがやまなかったのかもしれない。

ワーツ先生は、お気に入りの小説を脚色する際には、みごとなセリフを思いつく耳の感性を持っていた。自分が務める語り手のために、いいとこ取りをしたりもする。『分別と多感』で、ジャックがエリノアを演じたのは、完璧な配役だった（常識派の姉のほうの役だ）。このエリノアについては先生のナレーションが入って、「すばらしい心の持ち主でした。気立てがやさしく、しかも芯の強さがあったのです。そうした強さをあからさまに見せないこともできました。これは母親でさえも身につけていなかったことで、ある妹などは身につけたくないと決めてさえいたのです」。

しかし、残念ながら、四年生になったジャックは、常識的ではないほうの娘マリアンの役を割り振られた。ジャックとしては気に入らない。お節介な母親ダッシュウッド夫人を演じてみたかった。それなのにワーツ先生は、過去の実績を都合よく忘れていた。盲目になるロチェスター、処女喪失のテス、Aの字を胸につけるヘスター、線路に飛び込むアンナという芸歴を積ませた過去はどこへやら、ジャックでは三人の娘を産んだ母親には若すぎると言ったのだ。

先生は突発事があるとおろおろするだけなのに、どんなときも話し方だけは格調があって、きれいな発音を失わなかった。まるっきり状況がわかっていないことが明らかでありながら、なお美しくしゃべっている。この落差が子供たちには不思議でならなかった。

というわけで、ルシンダ・フレミングが板のように突っ張って、頭をフロアに打ちつけていたとき、先生はクラスのみんなにこう言った。「あなたがたは思慮が足りません。いったい誰のせいで、ルシンダがこのような苦しい目にあっているのですか」

「はあ?」と、モーリーン・ヤップが言った。

「ルシンダがおしっこ洩らしてる」と、キャロライン・フレンチが観察した。

たしかにルシンダの周囲には水たまりが広がりつつあった。スカートの生地が灰色を濃くしている。どかどか打ちつけるルシンダの頭の動きに合わせて、やはりというべきか男女の双子がかかとの乱れ打ちを始めていた。下手っぴいな音楽バンドのリズムセクション、という感じがなくもない。そして例によってブース姉妹が毛布に吸いつくような音を立てたと思うと、ぴたりと息をそろえて、喉が詰まるような音に変わったのだからおぞましい。毛布を吸うというよりは、毛布で絞め殺されるような音声だ。しかし、尿の池でばんばん規則正しく頭をぶつけるルシンダ・フレミングという光景に伴奏をつけるとしたならば、いかなるワーツ先生の発言よりも、こういう音がふさわしい。

「ルシンダは、いま困ったことになっています」ワーツ先生は言わなくてもわかりそうなことを三年生クラスに伝えた。「どうしたら少しでも楽にしてあげられるでしょう」ここでジミー・ベーコンが呻き声をあげたのは、いつもどおり。

ジャックは何とかしたいと思ったが、どうすればいいのか。「キスしただけなんです」と説明を試みた。

「あなたが、何ですって?」と、先生が言った。

「首筋にです」

ルシンダ・フレミングが白目をむいたのがジャックにもわかった。この世界から去っていきそうな気配がある——。と、ルシンダが自前の音を発した。幼稚園以来、本物の毛布から遠ざかっているブース姉妹のために、息詰まる音を代わってやろうとしたようだ。いずれ鑑別所から刑務所へ行く定めのローランド・シンプソンさえも、ふっと気が弱くなって（このときだけは）まわりに協調していた。そして、もしジミー・ベーコンがシーツをかぶっていたならば――まあ、はっきり言うまでもあるまい。

キャロライン・フレンチは、ハムスターが百匹くらい髪の毛にもぐってきたような顔になった。おバカさん組のグラント・ポーター、ジェームズ・ターナー、およびゴードン・フレンチは――いや、まったく、すべての男子が、ローランド・シンプソンやジミー・ベーコンも例外とはせず――ジャックはつくづく根性が悪いと思っていた。なんとルシンダ・フレミングに、精神の障害があるらしい女の子に、キスをしたというのだ（なかなか消えない恥になろう）。すると、モーリーン・ヤップが泣きだした。自分はちっともキスなんてされないという不安に駆られたのだろうか。ただ、ヤップの泣き声などは、ワーツ先生にくらべれば高が知れていた。

ルシンダ・フレミングは舌を喉に詰まらせたのだろうか。それで苦しがった声を出しているのか。「あ、血が出てる！」と、キャロライン・フレンチが叫んだ。たしかに口のまわりに出血がある。だが舌ではない。下唇を食い破りそうになっていた。

「自分の口を食べてる！」と、モーリーン・ヤップが悲鳴をあげた。

「ああ、ジャック、こんなことになるなんて、先生は口で言えないほどがっかりです」と、ワーツ先生は泣いた。こうまで動揺するとは、ジャックがルシンダを妊娠させたとでもいうようだ。ジャックがチャペルでのお仕置きを受けるのは時間の問題だろう。もとはキスに発して、ここまでの事態になったのだ。失禁、流血、これがパントマイムなら名演だろう死後硬直まがいの様相――。首筋へキスしただけなのに！

このときジミー・ベーコンが気絶した。灰色幽霊の出現はまさに圧巻というべきで、恐れ入ったジミーは、ウンチをする暇もなかったことだろう。この出現を見た子はいない。あっと思ったときには、もうマクワット先生がしゃがんで、ルシンダをのぞき込んでいた。歯を食いしばったルシンダの口をこじあけて、無惨な下唇を救い出す。それからルシンダの口に本を一冊くわえさせた。「これを……嚙んでなさい、ルシンダ。もう唇は……放っときなさい」

この本をジャックは覚えていることになる。いくら記憶力のよい子とはいえ、つまらないことと大事なこととの区別をつけかねるときはあったのだが、よくルシンダが机の上に置いていたエドナ・メイ・バーナム著『ピアノ教本Ⅱ』は、ジャックにとって「つまらない」とは言いきれなかった。かつて父が使った本ではないかと思うのだ。これを教科書にしただろう。セント・ヒルダ校で二人の女生徒に手を出したらしい日々に、課題図書として指定した本ではなかろうか。たぶん一人は、いや、二人ともだろうか、この教本で学んだかもしれない。

キスから始まった大騒ぎに耐えられず、モーリーン・ヤップも、ジミーほど派手にではないが、気絶した。ひょっとすると灰色幽霊が出現したばかりか、ルシンダの上へかがみ込んだのだからなおさら、このマクワット先生が死の天使のように見えたのかもしれない。もちろん灰色幽霊ならば、唇を嚙んだ場合の対処は心得ていただろう(いつの戦争なのかはともかく、従軍看護婦だったというのだから、目撃した流血はこんなものではなかったはずだ)。

ワーツ先生はというと、いつものことだが泣きやまない。となると、いつもの展開で、「あなたが……」と、マクワット先生が息を切らしながら言う。「誰がワーツ先生を……泣かしたの?」

「僕です」と、ジャックが答えた。自分から言いだしたとは、みんなびっくりだ。普通にはないことだ。灰色幽霊だけが当然のような顔だった。ジャックは「すみません」とも言ったけれど、マクワット先生は別のことを考えた。

ルシンダ・フレミングがふらついた足で立ち上がった。ざっくりと切れた口から血がこぼれ出て、シャツもネクタイもぐしょ濡れだ。また尿にまみれてもいるというのに、ルシンダ本人は知ってか知らずか、その笑顔の異様なまでの静けさは、事件の前と変わらない。

「あなた……縫わないと、だめね」と、灰色幽霊が言っている。「この人を……保健室へ……頼むわよ、キャロライン」このときもワーツ先生は自分のことかと誤解したが、キャロライン・フレンチのほうが気を利かせて、付き添い係の任務を自覚した。「あなたは……行かないのよ」と、灰色幽霊はワーツ先生に言った。「あなたのクラスなんだから……持ち場じゃないの」

ブース姉妹もモーリーンに付き添って保健室へ行くように指示を受けた。意識を取り戻したばかりのモーリーンは、まだ朦朧としているようだった。ジミー・ベーコンも完全には覚めていないらしい。四つん這いになったまま立ち上がらないのが、ゴードンの死んだハムスターをあきらめずに捜索しているようだった。このジミーを保健室へ連れて行く役目は、グラント・ポーターとジェームズ・ターナーが負わされた（こんなおバカ同士の二人組にまかせたら、はたして目的地に着けるのかどうか、とジャックは思った）。

さて、マクワット先生に耳を引っ張られたジャックは、その手が意外にやさしいので驚いていた。耳たぶをつまむ親指と人差し指は氷のように冷たかったけれども、教室から連れ出されながら、耳が痛いとは思わなかった。廊下に出ると、もう耳は離されて、冷たい手で舵をとるように首筋を押されはしたものの、この状況としては心あたたまる会話が成立したのだった。

「で、きょうのワーツ先生は……どう困ったことになってたの？」と、マクワット先生がそっと小さく聞いた。

キスの一件を言わされるのはいやだったが、ここまで来れば迷ったのも一瞬だけのことだ。相手が灰色幽霊では、嘘でごまかすのは考えられない。「僕がルシンダ・フレミングにキスしたからです」と、白状した。

マクワット先生は平然とうなずいた。「どこに?」と、小さな声で言う。

「うしろから首筋に」

「だったら、どうというほどのことでも……もっと、とんでもないことかと思った」

チャペルには誰もいなかった。こんなところで神に背を向けるのかと思うと、空恐ろしい気がしたが、マクワット先生に歩かされていったのは、会衆席の最前列だった。二人で祭壇の真向かいに坐った。「うしろを向かなくていいんですか?」

「あなたは、いいわ」

「どうして?」

「あなたは……まっすぐな方角に向かなくちゃと思うから。——神様に背を向けちゃだめよ。あなたの場合……絶対、だめ。……見られてるもの」

「ほんと?」

「もちろん」

「おー」

「あなた……まだ八歳でしょ。その年で……もう女の子にキスしてる!」

「首筋ですけど」

「やったことはどうでもいいのよ……でも、わかったでしょ、そのあとが問題なの」(つまり、失禁、流血、死後硬直、傷の縫合!)

「どうしたらいいんですか、先生?」

「祈りなさい。お祈りするには……まっすぐ向いていないとね」

「何のお祈りですか?」

「自分で……衝動をコントロールできるように」

「え、何のコントロール？」

「だから強くなれるように……自分を抑えられるように」

「キスしないように？」

「もっと……とんでもないことにならないように」

　あなたの内なる父親から守ってもらえるように、とまで言ってもよかったのかもしれない。「強くなれるように……自分を抑えられるように」と言ったときの先生は、まともにジャックの顔を見ていられなかった。坐っているジャックの下半身に目が行った！　つまり、おチビちゃんだ。おチビちゃんがしでかしそうなことを言いたかった。キスよりもとんでもないことが何であれ、ともかくジャックは抑えられる強さを求めて祈った。祈りに祈った。

「あの、せっかくお祈り中に……邪魔して悪いんだけど。ひとつ……聞いてもいいかしら」

「どうぞ」

「いままでに……あるの？　キスよりとんでもないこと」

「とんでもないって、どんな？」

「ほら、だから、キスより以上の……」

　ちゃんと言えば灰色幽霊も許してくれる、とジャックは祈った。「オーストラーさんのブラと寝ました」

「エマ・オーストラー？　もらったの……ブラを？」

「いえ、エマじゃなくて──エマのおかあさんのブラです」

「でも、エマから……もらったんでしょう？」

「はい。うちの母が回収しました」

「何てこと！」

「プッシュアップ・ブラだったんです」と、ジャックはさらに解説した。

「いいから……お祈りを続けなさい」

幽霊のような先生が、幽霊らしく出ていったが、通路でおごそかに膝をつき、胸の前で十字を切っていた。ああして親切にしてもらうと、意外に生きている人なのだと思えてきた。それでも、マクワット先生が伝えたメッセージには、墓の下から訓示が聞こえたように、ぞくっとする冷たさがあった。神がジャック・バーンズを見ているのだ。もしジャックが神に背を向けたら、そういうものだと神に見られる。そして、こんな近くで見られているとしたら、それはジャックが過ちを犯す人間だと神に思われているからだ（この点で灰色幽霊も同意見らしい）。その責任が内なる父親にあるにせよ、早くもおチビちゃんが本体から独立して発揮しだした精神にあるにせよ、ジャックはエマ・オーストラーが見通したような変態的性生活に向かう運命にありそうだ。

祈りに祈った。膝が痛くなり、背中が痛くなった。すると、まもなくチューインガムの匂いが、うしろの席からやって来た。きょうはフルーツ味だ。「あんた、何やってんの？」と、エマ・オーストラーがささやいた。

いま振り返ることはできなかった。「お祈り」と答える。「何やってるみたいに見える？」

「キスしたんだって？　口を四針縫ったってさ！　これで宿題ができちゃったわね。女の子に舌なめずりしてるようじゃだめ」

「あいつ、自分で嚙んだんだ」と、言ってみたが無駄だった。

「とっさの衝動、って感じ？」

「いまお祈り中なんだけど」まだジャックは振り向いていない。

「お祈りじゃだめね。宿題しなくちゃ」

こうしてエマ・オーストラーはジャックの祈りを妨げた。もしエマに見つかっていなければ、チャペルでの祈りは灰色幽霊の指示通りに完遂されたかもしれない。もし自分を抑える強さをお祈りの力で得ていたら――というのは、もちろんおチビちゃんを抑えることにもなるのだが、そうであればジャックは何を免れていたか、また他人に何を及ぼさなかったか、まったく知る由もない。

12 Not Just Another Rose of Jericho

12　普通ではない「ジェリコのバラ」

　ルシンダ・フレミングは、ずっと後年になっても、あきれるほどにクリスマスカードを書き続け、それがジャックのところへも届いていた。なぜかはわからない。あれ以来、キスしたことはなく、何の行き来もない。

　三年生のときにジャックから首筋に受けたキスは、ルシンダの最初にして最高の――ひょっとしたら唯一の――キスだろう、というのがエマ・オーストラーの説だった。だがルシンダが産んだ子供の数を考えると――毎年のクリスマスカードに一人ずつの名前と年が記されていたのだが――それだけでもジャックはエマの説に異論を唱えたくなった。尋常ならざる出産回数に啞然としたジャックは、ルシンダの夫がキスをしないはずがなく、むしろ嬉々として任務を果たしてきたのだろうとしか思えないのだった。夫となった人物は、その生涯の過半をルシンダ・フレミングにキスする日々として送ったのだろう。しかも妻に下唇を嚙ませることも、全身を尿にまみれさせることもなかったに違いない。

　過去を振り返るジャックは、ルシンダがなつかしいとは思わなかった。あのときだけのために満を持していたらしい静かな怒りのことだって、いまさらどうとも思わない。なつかしかったのは灰色幽霊だ。あのマクワット先生は、ジャックを父親のようにさせまいと尽力してくれた。ジャックのお祈りが足りなかったのは先生の責任ではない。「衝動」と言われたものをジャックが抑えきれなかったのも、先生のせいではない。また、ジャックが神に背を向けたのも、先生や父親のせいというよりは、ジャックの身から出たことだ。

四年生になると、宿題がどっさりと出た。これはエマが真剣に手伝ってくれた。もう一つの宿題、つまりジャックの性教育のほうも、あいかわらずエマが世話係を務めていた。その道の案内役を買って出て、疲れを知らないようだった。

四年生の担任だったマクワット先生は、週に二日は放課後もジャックの算数を見てやっていた。この勉強には集中できた。相手が灰色幽霊では、雑念の生じる余地がない。その香りを吸い込みたいというような、勉学を妨げる要因がないのだった。マクワット先生を下着姿で夢に見たなどということは、いかなる下着であっても絶対にない。まあ、ああしてジャックに目をかけてくれたことには、感謝しなければなるまい。チャペルでの発言のみならず、キャロライン・ワーツがジャックを舞台上に放ったときの命令調を、ある程度やわらげる役割をしていてくれたことも、ありがたかったはずなのだ（ジャックの演技はワーツ先生の厳格な指導のもとにあったので、実際には「放たれた」とも言いにくい）。

こってりと味付けされたワーツ版の『アダム・ビード』では、ジャックはアダムの役を振られた。「二人はキスする。深い喜び」と、ト書きの指示にあった。まったく喜ばしいところのなかったルシンダ・フレミングへのキスの惨憺たる結末を、とりあえず考えないことにして、ジャックは役に打ち込んだ。ダイナの役にはヘザー・ブースが当てられたのだから、このキスは生やさしいものになるはずがなかった。キスされるたびにヘザーは毛布を吸うような気色の悪い音を発し、さらに連動して双子の片割れのパツィーまでも舞台裏でまったく同じ音を出していた。

このパツィーは、ヘティの役をやらされた。アダムを裏切る女だ。それにしても何という珍解釈になったことだろう。ジャック扮するアダムが最後に結婚する女は、彼を裏切った女と瓜二つの双子なのだ！（こうまで自由に改変されては、原作者たるジョージ・エリオットも墓の中で身をよじったに違いない！）

さらにワーツ先生は、第五十四章の最後のパッセージが、やけにお好みだった。いつもながらの自分流で、このパッセージをジャックがしゃべるセリフとして処理した。もともとは作者が語り手として述べるところだ。セリフとしては重すぎて、いくらヘザー・ブースが愛に打たれたような目をして、その目をのぞき込むジャックがしゃべるとしても、うまくいくものではなかった。「二人の人間の魂に、これ以上すばらしいことがあるだろうか。これで生涯結ばれるという実感——つらい仕事では助け合い、悲しいときは寄り添って、痛みがあれば癒そうとして、永遠《とわ》の別れの瞬間には言葉にならぬ記憶によって一つになる」こんなことをアダム役のジャックがダイナ役のヘザーに語りかけていると、そのヘザーの喉の奥から、かろうじて聞こえる程度に、くちゅくちゅと鳴る音がやまなかった。キスされて気持ちが悪くなり、いまにも吐きそうな気配とも思われた。

「ねえ、ジャック」と、マクワット先生が演技を見て言った。「ワーツ先生の言うことは、いくらか割り引いて考えなさい」

「割り引く？」

「そういう言い方があるのよ——何から何まで本気にしないってこと」

「おー」

「二つの魂が生涯結ばれて万々歳だなんて、にわかに信じられないわ。正直言って、それほど恐ろしいことはないと思うのよ」

こうなるとジャックは、マクワット先生は不幸な結婚をしているのではないかと思ってしまう。もし夫が死んでいて、未亡人ながらミセス・マクワットを名乗っているのだとしたら、この灰色幽霊と故マクワット氏は、永遠の別れの瞬間に、言葉にならぬ記憶をたいして持てなかったのではなかろうか。

ともかく年長組の眼前で、ヘザー・ブースに「深い喜び」のキスをしたとあっては、エマ・オーストラーの執拗な追及は避けられなかった。「舌を使った？」と問いつめる。「フレンチキスみたいだったわよ」

「舌って、どんなふうに？」

「そこなのよ――宿題がたまる一方だわ。算数なんかやってるから、どんどん遅れちゃう」

「何が遅れる？」

「ヘザーの息を詰まらせてるみたいだったじゃないの」

双子のブース姉妹が幼稚園以来ああいう毛布くちゅくちゅの音を立てていることは、エマだって忘れたわけではあるまいに（というよりもエマがお昼寝の時間に語ったことが、おぞましき音声の発生源ではなかろうか！）。

「ま、『ミドルマーチ』が演目になるのを待ちなさいな」と、マクワット先生はジャックをなぐさめた。「あれなら『アダム・ビード』よりも小説として上だし、いまのところワーツ先生もつまらない手を考えてはいないようね」

というわけで、四年生のジャックは、マクワット先生が毒消しになったような形で、別の見方というものを教えられた。これ以後に教わることがなかったのは残念だが、セント・ヒルダ校での最後の学年で担任になってくれたのは、じつに幸運なことだろう。

しかるべき見方は得難いものだ。小説を読むときのワーツ先生は、うまく真理や道徳や気の利いた警句を引き出せないかと思って読んでいる。その結果、原作がめちゃくちゃになっても、先生が困るわけではない。あのとき灰色幽霊が「割り引くように」と言ってくれなかったら、あれだけで実際に本を読んだような気分を、いつまで抜けられなかったかわからない。『ジェーン・エア』『ダーバヴィル家のテス』『緋文字』『アンナ・カレーニナ』『分別と多感』『アダム・ビード』『ミドルマーチ』——こういう名作を、四年生のジャックは全然読んでいなかった。ワーツ先生が歪曲した脚本によって演じていただけである。

ジャックもよく見る学校の掲示板は、女性讃美の表現が勢威を振るう場になっていた。いつものお知らせに混じって、しかつめらしいエマソンの所説が出ていたりする（「しかるべき女性の進出は、文明を計る目安になる」）。ジャックはワーツ先生版の『ミドルマーチ』でドロシアの役を演じることになったが、それまでにも掲示板には原作者ジョージ・エリオットが何度も引用されていた。この時期のジャックが、ジョージ・エリオットとは男の名前であると思っていたのも無理はない。ひょっとしたら男嫌いの男ではないか——。掲示板で好まれるエリオット氏なる人物の主張から察すればそうなるが、ともかくジャックはそのように思った（「男の精神がどれほどのものであれ、男らしいというだけで利点につながっているのだから、ささやかな樺の木がそびえるような椰子の木よりも高級だというのと同じことで、たとえ男が無知であっても、良質な無知とされている」）。いったい何なのだ、とジャックはいつも思っていた。

ドロシアは「人生の真実を知りたくてうずうずしている」役どころで、これを演ずるジャックは（ワーツ先生の指示のもと）「結婚についての子供みたいな考え方」を周囲に放射していた。現実に子供なのだから洒落にならない。

「プライドは人を助けるのです」と、ドロシアになったジャックが弁じた。「自分の傷を隠したい動機になるだけで、他人を傷つけようとしないなら、プライドは悪いものではありません」（このとき

もまた、原作ではドロシアであれ誰であれ、そのセリフとして書かれてはいなかった）

ジャックの演技力に関するワーツ先生の評価には――つまり、俳優として無限の「可能性」があるという意見には――マクワット先生は『ミドルマーチ』からちょっとした真理を引いて反論した。「なるほど、この世界には、呑気な類推がまかり通って、可能性という名のもっともらしい卵がいくらでもある」と、灰色幽霊はささやくような声で引用したのだった。

「ジョージ・エリオットですか」と、ジャックは言った。「『ミドルマーチ』から？」

「もちろん。いろんなことが書いてある本よ。ドラマ向きのお説教ばかりじゃないんだわ」

いずれジャックは名優になるというワーツ先生の予言に対しては――もし先生が徹底して鍛えようとするとおりの的確な役作りに励んだら、という絶対条件のもとでの予言だが――ここでも灰色幽霊は『ミドルマーチ』からドラマにはならない引用をした。「世に過ちは多かれど、予言こそはあらずもがな」

「あらず……？」

「だからね、ジャック、これからの人生では、ワーツ先生よりも自分自身が主役なのよ、って言ってるの」

「おー」

「なんでワーツがおかしいか、わかんない？」と、これはエマ・オーストラーが言った。

「なんでなの？」

「わかりそうなもんだわ。ワーツはね、欲求不満なのよ。愛人がいるなんて言ったのは、あたしの見込み違いだったかな。いい服だって家族に買ってもらったのかもしれないし。まあ、あの分じゃあ、男関係があるとは思えないわね。あったこともないんじゃない？」僕の夢の中だけであればいい、とジャックは願った。エマに向かっては言わないが、なんだかわからなくなっている。これだけワーツ先生の指導により学んでいるのに、その先生には明らかに欠陥がありそうなのだ。

　キャロライン・ワーツが小説を読んで題材漁りをするように、ジャックは学校の掲示板を見て、気持ちの引き立つような教えが光を放っていないかとさがしていた。だが、ワーツ先生が小説から乱獲するようにはいかず、めぼしい表現は見あたらなかった。この当時、年長の女生徒に好まれていたのが、カリール・ジブランというレバノン出身の詩人である。何やらを勧めているらしい一節を、灰色幽霊のところへ持って行き、解読してもらおうとした。

人と人の間に、空間があってほしい
人と人の間で、天界の風が舞ってほしい

「どういう意味なんですか？」

「めちゃくちゃ、でたらめ、むにゃむにゃ」と、マクワット先生は言った。

「は？」

「どういう意味にもならない、ってことよ」

「おー」すでに先生はジャックの手から紙を取っていた。その紙が冷たい手の中でぐしゃっと丸められる。「それ、掲示板に戻さなくていいんですか？」

「様子を見ましょう。放っておいて、またジブランさんが掲示板に復活するかどうか」

　ジャックはマクワット先生を信じていた。ほかの人には聞けないことも、この先生には聞けた。母親には言いたくないことが、そろそろ増えてくる年齢だ。むしろ母のほうでジャックとの距離を置こうとしているのだから、まるで警告でも受けているような気がするが、それが何なのかはわからない。ああいう態度の理由が何であれ、「もっと大きくなったら」と言われるのはいやになった。

ロティーは、ロティーでしかない。ちょっと前までは大事な人だったが——おそらく北海の港町を渡り歩いて、ロティーをなつかしく思った頃が、いちばん大事だったろうが——いまのジャックではロティーも、抱き寄せて胸の鼓動を感じ合おうとはしなくなった。ジャックもどうせなら、そういうことはエマとしていたい（エマが言うには、「ロティーは峠を越えちゃった人なのよ」）。

ウィックスティード夫人は、もともと年配で、ますます老いてきた。言うことをきかなくなる一方の手をティーカップで暖めようとして、指先がお茶に出入りしてしまうことがあり、ジャックのシャツやネクタイに指先経由の茶が飛んだりもした。本来ならネクタイを締めるのはお手のものなのだ。亡き夫が関節炎を患っていた日々に、すっかり要領を覚えた。「今度はあたしが患ってるわ」と、夫人は言った。「どうなのかしら？　割に合わないみたいね」

割に合うかどうかという問題は、さまざまなところでジャックに及んできた。「僕が父に似ていくだろうなんて、おかしいと思うんです」と、マクワット先生に疑問をぶつけてみた（いまのところエマに対しては「ぶつける」域にまで達しない）。「先生はどう思いますか？」この灰色幽霊がもとは従軍看護婦だった、とジャックには見えている。毒ガスを吸って片肺をなくしたという話が本当だろうと嘘だろうと、そんなことは関係ない。「僕が父みたいになると先生も思ってますか？」

「ちょっと歩きましょう、ジャック」

行き先はチャペルのようだ。「お仕置きなんですか？」

「とんでもない！　よく考えられるように場所を変えるだけよ」

最前列に坐った。もちろん前を向いている。三年生の男の子が一人、神に背を向けて中央通路に膝をついていたのだが、たいした問題ではなかった。そのように灰色幽霊が坐らせたのに——だいぶ時間がたっていたとは言いながら——意外なものを見るような顔をして、すぐに知らん顔で話しだした。

「もしお父さんに似ることになってもね、ジャック、お父さんを責めてはいけないわ」

「どうして？」

「神の意志が働かない条件なら、人間の災難は自業自得なのよ」と灰色幽霊が言ったとき、通路にひざまずく三年生の怯えた表情からすれば、この子は自分のことを言われたと思ったに違いない。

この次にジャックが発した質問が、エマ・オーストラーに向けられたのでないことは、天に感謝してよいだろう。それをチャペルでマクワット先生に向けた。「いつもセックスが気になって仕方ないというのは、神の意志が働いているのでしょうか？」

「何ですって！」灰色幽霊は祭壇から目を離して、ジャックを見た。「まじめに言ってるの？」

「いつもなんです。そればっかり夢に見て」

「その話、おかあさんにはしたの？」

「どうせ、まだ早い、って言われるに決まってます」

「でも、まあ、むやみに気になって夢に見るようにはなってる！」

「男子校へ行ったら、いくらか良くなるかもしれません」ジャックを男子校へ行かせることが、母の次の一手であるらしいのだ。セント・ヒルダから歩いてわけもない距離に、アッパー・カナダ・カレッジという学校があった。略してUCC（ここの生徒どもは、セント・ヒルダの年長組を目当てに、うろちょろ嗅ぎまわっていたものだ）。この学校なら、ウィックスティード夫人が何かしらのコネを持っていても、またジャックがセント・ヒルダの先生に推薦状を——少なくとも学業については——書いてもらえたとしても、不思議ではない。じつはもうUCCの面接に行っていた。グレーとえび茶を基調とするセント・ヒルダにくらべると、こっちは青が目立っている、とジャックは思った。軍隊調のネクタイも青と白のストライプだ。何かのスポーツをして全校代表の選手にでもなれば、青無地のニットタイを締められた。ネービーブルーで、下端が平たいデザインだ。そういう形で運動選手がもてはやされることに、アリスはいやな予感を覚えていた。この母は、ジャックの面接時に、聞かれもしないうちから、息子は運動が得意ではないと言いだしていた。「なんでわかるの?」と、ジャックは言った(これまでは運動をやってみようという機会さえなかった)。

「親の言うことを信用しなさい」だが、このところジャックは、以前ほど母を信用できなくなっていた。

「で、どこの男子校を考えてるの?」と、灰色幽霊が言った。

「アッパー・カナダ・カレッジ。母がそう言ってます」

「だったら、先生がおかあさんと面談しなくちゃ。あなたなんかUCCへ行ったら、こてんぱんにやられちゃうかも」

いい人だと思っているマクワット先生に言われると、いささか落ち込んだ。そんな心配をエマに話す。「なんで、こてんぱんなんだろう。どうされるんだろう」

「あんたって体育会系とは思えないもの」

「それで?」

「それでこてんぱんなんじゃない。あんたの場合は、人生というスポーツをやってなさい」

「人生——」

「いいからキスしてよ」このときはタウンカーの後部席に沈んでくっついていた。比較的最近の現象として、エマはものの数秒でジャックに勃起をもたらすことができるようになっている。おチビちゃんの気まぐれな反応次第では、うまくいかないこともある。エマは十年生で十六歳。三十か四十になりかけた十六だ。歯列矯正のブレースをはめられたので、相当に機嫌が悪い。キスをするジャックもこわごわとなる。「ちがうわよ!」と、エマの指導が入った。「ひな鳥の口あけて、虫を突っ込むわけじゃあるまいし」

「舌だけど」

「そんなのはわかってる。もっと大事な話だわ。感覚の問題よ」

「虫みたいな感じ?」

「息を止められそうな感じ」

エマはジャックの顔を膝に乗せて、じれったそうに可愛がった。一年ごとにエマは大きく強くなる。そこへいくとジャックは、あまり育っている実感を持てなかった。だが勃起するようにはなっていて、そのたびにエマに気づかれていた。「おチビちゃんも、乞うご期待ってとこね」

「なに?」

「よく映画館で言うじゃない」

「おー」

「いずれ大当たりをとるんじゃないの、ってことよ」

「このお嬢さん、まるで人形使いだね」と、ピーウィーが言った。

「いいから、ちゃんと運転してなさい」このピーウィーも、ジャックと同様、エマに牛耳られていた。

ジャックは、母がオーストラー夫人にプッシュアップ・ブラを返してから、この二人の母親同士の仲がどうなったのかと思った。ふたたびエマと二人の時間ができるようになったのは、どういう事情なのだろう。しかも、そういう時間が増えた。エマの家で一時間以上も二人きりということさえある。エマの母が在宅であろうがなかろうが、二人で放っておかれた。もちろん、下のキッチンでどたばたして、お茶が入ったとか何とか叫び散らすロティーもいない。

フォレスト・ヒルのオーストラー家は、三階建ての大邸宅。オーストラー夫人が別れた夫から受け継いだ。離婚時の交渉のおかげで、この母とエマは生活費に困らない。女が離婚で得をすると、トロントのタブロイド新聞には徹底して悪く書かれたものだが、もしオーストラー夫人に言わせるなら、こんなに割のいい金儲けはなかったろう。

小さくまとまった女だ。あのプッシュアップ・ブラから考えても見当はつく。またエマのひげのような毛でわかるように、母親のほうも――女性で、しかも小柄であることを思えば――意外なほどに毛深いのだった。だから娘よりも毛が目立ってよさそうなものだが、（エマの話では）オーストラー夫人は鼻の下の脱毛を欠かさなかった。だが腕の脱毛まで思いつくことはなかったようだ。毛の対策らしきものとして傍《はた》から見てわかるのは、つややかな黒髪をいたずらっ子のように短く切りつめていることだけである。かわいらしい印象はあるのだが、ジャックには男みたいだと思えなくもなかった。「でも、いい感じでしょ」と、ジャックの母は言った。エマの母は「なかなか美人だ」とアリスは思っていて、エマが父親似なのは惜しかったとも言う。

エマの父という人に、ジャックは会ったことがない。毎年、エマは冬休み明けにすっかり日焼けして帰ってきた。父親に連れられて西インド諸島かメキシコへ行く。それだけが父と娘の時間だったと言えるだろう。夏になると一カ月ほどヒューロン湖へ行って、ジョージア湾のコテージで暮らすようだが、そのときは世話係ないし管理人が面倒を見てくれて、父親は週末だけに来る。エマの口から父の話を聞くことはなかった。

エマはまだ毛抜きの処理をする年齢ではない、とオーストラー夫人は考えていて、母と娘の論点になっていた。「見た目にはどうってことないわよ。まだ気にするような年じゃないんだし」と言う。また論争の種はこればかりではない。離婚した女が難しい一人娘を育てるのだから、いろいろあると思ったほうがよかろう。十六の娘が母親よりも体格と体力にまさっていて、なお成長中なのである。

また夫人は、エマが刺青をするような年でもないと考えた。これはエマの見解では、許しがたい偽善である。この母親本人が、つい最近、お嬢のアリスに彫ってもらったばかりなのだ。ということをジャックは初めて聞いた。もっともエマに聞かされることは、たいてい耳に新しい。「刺青って、どんな？　どこに？」

聞いてびっくり。傷を隠したいがためだった。「帝王切開だったからね」と、エマは言った。また この話か、とジャックは思った。「Cセクションていうやつね」とエマは言う。幼いころは、こんな言葉を聞いて、ハリファックスの病院の難産病棟かと思ったのだった！「ビキニカットなのよ」

「え？」

「傷が横についてるの。縦じゃなくて」

「そう言われても……」

というわけでオーストラー夫人の寝室へ行くことになった（いまは留守中だ）。エマは母親のパンティーを見せた。黒いビキニで、どうやら例のプッシュアップ・ブラの相方だ。ビキニカットとは、パンティーラインの下に隠れる傷である。

「おー。それで刺青は？」

「つまんないバラの花」

ジャックはつまらないとは思わなかった。どういうバラか見当はつく。その見当があたっているとするならば、こんなビキニのパンティーラインに隠れる大きさではないだろう。「ジェリコのバラ？」

このときばかりはエマのほうに予備知識が欠けていた。「何のバラ？」

その説明は九歳児には容易ではない。ジャックは握りこぶしを作った。「このくらいの大きさ。もうちょっと大きいかな」

「そうそう。それで？」

「花なんだけど、ほかの花びらが隠れてるんだ」

「ほかの花って何よ」

聞き覚えた言葉はたくさんあった。わかっているわけではない。たとえば陰唇、あるいはワギナ――。花びらと言えば花びらだ。ジェリコのバラに隠れているのは、女の花びらなのである。そんなことをエマに説明しようとして、どれだけ支離滅裂になったのかジャック自身にはわからないが、言わんとするところは、ちゃんと通じていた。

「嘘っぽいじゃない」

「そうとわかって見ないと見えないんだ」

「どんな形なのか、わかってるわけじゃないでしょうね？」

「本物は知らないけど」だがジェリコのバラなら見たことがある。何度もある。そっちの花ならじっくり見た。バラの内部に「唇」があった。女好きのマドセンが下の唇と言っていた。まったくもって変わっているが、何なのかはよくわかる。ただのバラではない所以なのだ。「きっと見方が足りないんだと思うよ」と、エマに言った。さすがのエマが信じられずに麻痺したようで、いつものエマではない。「もちろん刺青を見るってことだよ」

エマはジャックの手をとって、また寝室へ連れていった。もう片方の手には、まだ母親のビキニパンティーを持っている。どうもジャック・バーンズという男には、オーストラリー夫人の下着との腐れ縁がどこまでも続きそうである。

エマの寝室は、女の子が思春期を迎えて熟れていく過程を、ありありと物語っていた。テディベアそのほかの縫いぐるみが、もう放ったらかしにされて、キングサイズのベッドでは僻地というべきところに追いやられている。ビートルズのコンサート、またロバート・レッドフォードの映画のポスターがある（レッドフォードがひげ面だから『大いなる勇者』かもしれない）。そして、フロアにもベッドにも、エマのブラとパンティーが臆面もなく取り散らかって、テディベアの首を絞めそうになっているのもある。発展途上の女の下着は、（ジャックにはわからないとしても）エマが同じ年頃の娘たち以上に、大人の女への旅を急ぎたがっていることを思わせた。

そこへいくとジャックは、青年となる旅を急いではいなかった。エマ・オーストラーと会ったのは偶然というにすぎない。このエマがジャックの父にまつわる話を知っていた。七年分の年の差はあるけれど、ジャックが追いついてくるのを待ちきれない思いだったのだ。「じゃあ、やっぱりどんな形か知ってるんだ」と、エマが言う。取り散らかったパンティーとブラとテディベアに囲まれて、ひっくり返ったところである。

「ジェリコのバラにある形なら知ってる」まだ手を離してもらえないから、ジャックもエマとならんでベッドに横になるしかなかった。

「わかってはいるのよねえ——陰唇とか何とか、そんなような」と言いながら、エマは短いプリーツスカートをまくり上げ、もぞもぞ動いてパンティーも脱いでしまう。その腰つきを見れば、母親のビキニパンティーでは収まりようがないだろうとわかる。セント・ヒルダの年長組は服装にだらしないのが通例で、ちゃんと着ているのか（脱いでいるのか）わからないくらいだが、このときのエマも蹴っ飛ばすように脱いだパンティーが片方の足首に引っかかったままだった。白いパンティーとグレーの膝丈ソックスが好対照をなす。ソックスをふくらはぎの半分まで下げているのも通例なので、これまた脱いでいるのかどうか半々のようなエマらしいところだった。

「大きい足だね」と、ジャックが言った。

「うるさいわね。足なんかどうでも、いま初めて本物を見てるんでしょう。あんまり驚いた様子もないけど」一応、ヘアには驚いた。といって、見ずに感じただけの初回ほどではない。そのほかは——まあ、複雑にできているのだろうとは予想した。何度も折りたたんだようなところは（女好きマドセンは「唇」と言っていたが）健やかなピンク色というべきで、刺青の色彩では出しにくいものだろう。この装飾的な入口は——この先がありそうだから入口と言えよう——母が彫ったジェリコのバラでおなじみであり、それなら百回も見ていると思う。こうしてエマに見せてもらったから、(今後は)バラの内部に別の花をさがすのが容易になりそうだ。それにしても九歳である。初めて実物を拝観して平然としている九歳児が、世にどれだけいるだろう。「なんで黙ってんの」と、エマが言った。

「毛で違うんだね――刺青の絵には毛がない」

「どういうことよ。毛だけ特別で、あとは見たようなもんだってこと？」

「ジェリコのバラだ。もうどこで見てもわかると思う」

「これは本物だってば！」

「でもジェリコのバラなんだよ。おかあさんのを見せてもらえばわかる。あの、刺青のほう」

「たぶん、あんたはともかく、おチビちゃんのほうは、本物に興味を持つわね」しかし、きょうのおチビちゃんは、エマに誉めてもらえるほどには、興味津々ではなさそうだ。「まーったく、どうなっちゃってるんだろ」だが、もうすぐ十歳の九歳では、まだ仕方ないだろう。これが予測不能だとしても――ぴくっと動いたと思うと、もうその気が失せているのだが――ジャック本人は、たいして困っていなかった。「キスして」エマがぴしゃりと言った。「効くこともあるでしょ」

だめだった。たしかに、きょうのエマがいつも以上に果敢なキスをして、さっきは虫が動くように舌を入れたと言って叱ったわりに、エマ自身がぐりぐりと探求したおかげで、いくらかおチビちゃんは反応の兆しを見せた。だが、小指の先ほどのチビが乗り気になりかかった態度を見せて、この調子ならエマに「見込みがある」と思われたかもしれない瞬間に、ジャックはエマがつけたばかりの矯正ワイヤのどこやらに自分の下唇を引っかけた。二人が気づいたときには、どっちも血だらけになっていて、またベッドといい、縫いぐるみの動物といい、前述の(テディベアの首を絞めそうになっている)ブラといい、すっかり血染めになっていた。

どこもかしこも血だらけだ。しかも、エマとジャックはくっついたままなのだから、なお始末が悪い。大混乱の寝室で、エマが手鏡をさぐっている間も、この二人はにっちもさっちもいかなくなって――ジャックには苦痛をともなって――連結がほどけなくなっていた。歯を締めている針金に、下唇が釣られたように引っかかる。ようやくエマが鏡をさぐりあてたものの、映像は左右が反対だからもどかしい。ジャックの唇を矯正ブレースからはずそうと空しく奮闘しているところへ、エマの母が帰ってきて、ものの数秒で器用に二人を離していた。「エマは口の上あたりの脱毛をしたほうがいいわね」と、オーストラー夫人が言った。

傷を縫うことになるかな、とジャックは思った。ルシンダ・フレミングが自分の唇に噛みついたときも、これくらいの血が出ていた。キスで危ない目にあったのは、きょうが初めてではない！

「ちょっと刺さっただけでしょ」エマの母は親指と人差し指でジャックの下唇をつまんだ。出血は気にならないらしい。プッシュアップ・ブラと寝る夜を重ねたジャックには、香水の匂いがわかった。あのブラをジャックが思い出したのと同時に、夫人は血染めのベッドに黒いビキニのパンティーがあることを発見した。「こういう遊びは自分の下着でやってよね、エマ」レースのウエストバンドのついたエマ自身の白パンティーが、エマの左足首にからんで足の甲にかかっているのだから、エマの下着も遊び道具になっていた証拠だとも言えるだろうに、夫人の考えは黒いビキニパンティーを回収することに向いたようだ。「ジャックって、ませた子なのねえ」

「刺青に詳しいのよ」と、エマが言った。「ママの刺青のことも、ちゃんと知ってるわ」

「ほんと？　そうなの、ジャック？」

「ジェリコのバラだったら、まあ、知ってます」

「ねえ、見せてあげたら」と、エマが母親に言った。

「もういいんじゃないの。どこかで見てるでしょうに」

「あたしも、じっくり見たいのよね。図柄もわかったことだし」

「いまじゃなくていいでしょ。このままジャックを血だらけで帰すわけにもいかないわ」

「何よ、ワギナの上にワギナを彫ってるくせに、あたしが足首に蝶の刺青しようとしたら、絶対だめって言ったじゃない！」エマが叫びをあげた。

「足首は痛いよ」と、ジャックは言ってやった。「骨ばってるところは痛いんだ」

「たしかに詳しいみたいだわね。エマも言うこときいたほうがいいわ」

「蝶を彫りたいんだってば！」また叫ぶ。

「さて、いまからすることは――」オーストラー夫人は娘には耳を貸さずに言った。「ジャックはあたしのバスルームへ連れていくから、顔を洗いなさい。エマは自分のバスルームで洗って」エマの母はジャックの手をとって、歩き慣れた寝室への廊下を歩きだした。寝室につながる大きなバスルームは、ほとんど鏡張りになっている。反対の手には黒のビキニパンティーを持っていて、人差し指でくるくる回す。宙に躍るパンティーが、わずかながら風を起こし、ジャックの意識に香水の匂いが強まった。

夫人は血のついたシャツとネクタイを取り去って、浴槽に湯を張った。濡らした洗面タオルで顔から首筋をぬぐってやって、刺し傷のある唇にはやさしく気を遣う。まだ少しは出血があるようだ。流しで手を洗うジャックの肩を、絹のようなクールな感触の手でさすった。肩に血がついているわけではないのだが、エマといい、この母といい、ジャックとの接触に遠慮がないらしい。「しっかりした体になるでしょうね。大きくはないかもしれないけど、しっかりしてくると思う」

「そうですか」

「そうよ。わかるわ」

「はあ」このときジャックにもわかった。クールな絹の感触も道理で、黒いビキニパンティーを持った手でさすっていたのだ。

「いまでも年のわりにしっかりしてるもの。どうもエマは、体だけは大きいけど、幼いところがあるわね。同じ年頃の男の子とはなじめないみたいだし」

「はあ」という返事をジャックは繰り返した。いまはタオルで手の水気をぬぐっているが、夫人も手を止めずに、ジャックの背中にも肩にも黒いパンティーをなすりつけてくる。鏡で見ると、ショートヘアを輪郭にした顔が、えらく真剣になっていた。

「あなたの場合、年上の女の人が相手でも、ちっとも困ってないでしょう」でも、いくらか困った。エマの母は絹のパンティーをジャックの首筋にすべらせ、帽子のように頭にかぶせたのだ。へんてこりんなベレー帽である。本来ならば太ももが出てくる位置に、ジャックの耳がある。「あなたのママには何て言おうかしらねえ。唇のこと」さらにジャックの返事を待つまでもなく、「十六歳の子にキスしたなんて、まだアリスには言わないほうがいいような気がする」

どうやら「アリス」という名前で呼ぶ間柄になったらしい。といって、さほどに驚くまでもない。わかりそうなものだ。ジェリコのバラを彫るなら、相応の時間はかかるだろう。すべて順調だったとしても数時間。しかも、オーストラー夫人の場合、ややこしい部位に彫っている。二人でどんな話をしていたのか、おおよその見当はつく。寝台に仰向けになって、かなりの時間をかけ、本物よりもわずか数センチ上にジェリコのバラを彫らせるとしたら——どんな話題だって平気で持ち出せるようになるだろう。あれを彫る時間の半分もあれば、すっかり仲良くなれるはず。アリスは何時間もオーストラー夫人の陰部とにらめっこをした。そういう状況では、親密にならないほうがおかしい。いままでのところ、ジャックとエマの行動について、アリスはオーストラー夫人と歩調を合わせていると思われるが、キスの事故で息子が口を切ったとなると、せっかくの友情が芽を摘まれることになりかねない。しかし、何がどうあれ、ジャックとしてもエマにキスして怪我をしたなどと母に言わないほうがよいことは、十二分に納得できた。

「じゃあ、おかあさんにはホチキスだと言って。綴じてある二枚の紙を、あたしが離そうとしていて、ジャックが手伝ってくれようとした。ホチキスを歯でとろうとしちゃったの」

「なんで歯なの？」

「子供だからよ」ジャックにかぶらせたままのパンティーに、ぽんぽんと手をあてる。これを頭からはずしてやって、バスルーム内の洗濯かごに放り投げた。すぽっと入る。ボーイッシュな人だけに、身のこなしが決まっていた。「Tシャツでもさがしてあげるわ。それ着てお帰りなさい。シャツとネクタイはドライクリーニングに出すからって、おかあさんに言っといて」

「はい」

エマの母は寝室へ行って、引き出しをあけていた。ジャックは鏡を見ている。バスルームの流しの鏡に裸の上半身が映っていて、これを見れば体の成長がわかるとでもいうように見ているのだった。オーストラー夫人がTシャツを持ってきた。ビキニパンティーと同じく真っ黒で、よくある女性の好みとして半袖がぴっちりと短い。エマの母は小柄だから、ジャックが着てもわずかに緩いだけだった。

「もちろん、あたしのよ。エマのなんか着たら、だぶだぶでどうしようもないわ」

ようやく下唇の出血は止まったようだが、だいぶ腫れていて、矯正ブレースの針金が刺さった傷痕は、ちゃんと見てとれる。オーストラー夫人がそうっとやさしくリップグロスをつけた。「こんなTシャツ着てると、女の子みたい」と、エマが言った。

「ほんとに、これだけ可愛ければ、女の子でもいいんじゃないかしら」とオーストラー夫人が言うと、エマは憮然として姿勢を崩した。母の発言に痛いところを突かれたようにも見える（ジャックは女の子にしてもよいくらい可愛いが、エマはそうでもないということだ）。「ホチキスで唇を切ったっていうことにするわ。歯で取ろうなんて無茶をしたってことで」

「ねえ、ジェリコのバラってやつ、見せてよ。ジャックにも見てもらおうじゃない」

ぴっちりした黒いジーンズに銀のベルトを巻いていたオーストラー夫人が、ものも言わずに、これまた黒いコットンの長袖タートルネックの裾をたくしあげた。ベルトのバックルをはずし、ほっそりした腰をくねらせてジーンズをおろす。黒いビキニパンティーの上に、ジェリコのバラが上半分だけ見えた。両手の親指をパンティーに引っかけ、押し下げようとした瞬間に、「ねえ、ジャック、こんなことお母さんに言ったら、よけいな心配かけるだけだからね。十六歳の子にキスするよりも深刻な事態かもしれない、でしょ？」

「おー」と言うジャックの前で、夫人はビキニのパンティーをおろした。

さあ、出た（といってジェリコのバラを見たのではない。いまさら見ても仕方ない。母はプロだ。お嬢アリスが彫ったなら、どれを見たって同じだろう）。エマは息を呑んで花を見た。バラの中にあって、それとは別物でしかない花だ。ジャックはじっくりと本物のほうを見ていた。一日に二度も拝観してしまった。エマの陰毛は本人に劣らず乱雑だったが、オーストラー夫人はきっちり手入れをしているようだ。ジャックには年上の女に執着があるとか何とかエマに言われてきたが、きょうばかりは納得しないわけにいかない。エマの持ち物にはとりたてて感銘を受けなかったおチビちゃんが、エマの母に対してはびくんと跳ねたのだから、どう考えたらよいのだろう。「いやらしい！」と、エマが言った（刺青のことである）。

「ジェリコのバラだよ。こういうものなんだ」ジャックも負けていない。「うちのママは腕がいいからね」

じつは本物を見ていたジャックに、オーストラー夫人が手を出して、髪の毛をくしゃっと乱した。

「そうよね。いい腕よね」

すると、いきなりエマがひっぱたくので、ジャックはタイル張りのバスルームを短距離飛行して、洗濯かごの付近に着地した。とっさに下唇に指をあて、また血が出ていないのを確かめる。「こら、いま見てたのは刺青じゃないでしょっ」

「男の子なんて、そんなものよ」と、オーストラリー夫人が娘に言った。「かわいそうなことしないで。また血が出たらどうするの」

エマはジャックが着せられていた窮屈なTシャツをつかんで、むりやり立たせた。鏡だらけのバスルームで、オーストラリー夫人がパンティーを引き上げ、また腰をくねらせてジーンズにおさめる映像が、ジャックの目をかすめた。「おチビちゃんは、このジェリコのバラを見て、どういう考えなのかしら」エマらしい脅迫をにじませた質問だ。

ジャックのペニスの話だとは、オーストラリー夫人にわかるわけがない。ジャックが小さいから馬鹿にしているのだとしか思わなかったろう。「意地悪しちゃだめよ。みっともないわ」

帰りがけに、ジャックは母と娘からキスを受けてまごついた。オーストラリー夫人はジャックの頬に、エマは無事だった上唇に、さよならのキスをしたのだ。母によけいな心配をかける事態になりそうだから、まごついた話は一切しないことにした。そのほか、フォレスト・ヒルのオーストラリー屋敷における事多き一日のことは、口をつぐんでいようと決めた。

その晩、いつものパジャマのほうが似合うのに、とロティーには言われたが、オーストラリー夫人の黒いTシャツのままで寝た。ロティーは洗面タオルに四角い氷を一つくるんで、お祈りを唱えながらジャックの下唇にあてがってくれていた。「神様がジャックをお守りくださり、ジャックがほかの人に悪いことをしませんように」という文句で始まるのだった。後半については、つまらない心配としか思えない。他人に悪さなんかするものか。「――もう少しウィックスティード夫人を長生きさせてくださいますように、私が死ぬまでトロントにいられて、もうプリンス・エドワード島へ帰らずにすみますように」

「アーメン」と、ジャックはこのあたりで言うことにしていた。そろそろ終わってほしいのだ。

しかし、ロティーは終わらない。「――アリスがああいう性癖から救われますように」

「ああいう何？」

「だから、まあ、傾向だわね、友だち選びの癖というか」

「おー」

「――ざっくばらんに言えば、わざわざ自分で傷つくことがないように。それから、このジャック・バーンズがしっかりした道を歩んで、誘惑に負けない心でいますように。ひとのお手本になって、ありきたりな男にはならないように」

「アーメン」

「それは、あたしが言うの。あなたは、あとに続く」いつもロティーはそう言った。

「おー、そうか」

「ウィックスティード夫人に感謝いたします」と、ロティーは小さな声で締めくくった。まるでウィックスティード夫人が神様で、初めから夫人に向けて祈っていたようにも聞こえる。「アーメン」

「アーメン」

ロティーは洗面タオルにくるんだ氷をジャックの唇から離した。もう唇の感覚がなくなっている。だが目は冴えていたから、ロティーがいなくなると、すぐに母の部屋へ行き、ベッドにもぐり込んで、どうにか眠れた(二度も本物を拝んだ日だから、鮮明な記憶がたっぷりとあって、おいそれと寝つけるものではなかった)。

寝ている母の脚が体にかかって、ジャックは目が覚めた。母はTシャツのせいで目が覚めた。よく見るつもりで電気をつける。「なんでレズリーのTシャツを着てるのよ？　エマはTシャツも盗むようになったの？」

どうやらオーストラー夫人のことは「レズリー」と呼ぶ間柄のようだ。これまた、さほどに驚くまでもないだろう。ジャックの予想以上に、母はTシャツを知っているらしかった。服が血だらけになったのでTシャツを貸してもらったのだ、と気を遣いながら説明する。服はドライクリーニングに出してもらった。エマのシャツでは大きすぎたろう。ジャックはぷくっと腫れた下唇を母に見せた。歯でホチキスをとろうとして刺してしまったことになっている。

「もうちょっと賢いかと思った」と、アリスは言った。

ゆっくりと、さらに気を遣いながら、オーストラー夫人に刺青をしたらしいねと言ってみた。エマの話ではジェリコのバラのように聞こえたと言ったのだが、あまり説得力はなかったかもしれない。いずれにしても人に見せるような部位ではないので、エマの母は隠していたと言った。

「それはまた意外だわね」

「いまさら見るまでもないから」とジャックは言ったが、自分の耳にも格好よすぎるように聞こえた。

「ほかのジェリコのバラとどう違うの？」

「場所が場所だからね――ほかとは違うところにあるの」

「おー」ジャックとしては目をそらすしかなかったろう。この母は嘘にかけては名人だ。ごまかせる相手ではない。

「ヘアをあんなふうに剃ってる女の人もめずらしいわ」

「何を？」

「ヘアよ。下の毛のこと」

「おー」

「あんたはまだだろうけど、そのうち生える」

「やっぱり、そうやって剃るの？」ジャックは母に尋ねた。

「あたしのことなんか聞かなくていいの」と母は言ったが、泣いていることはジャックにもわかった。

何も言えなかった。「レズリーは――あの、オーストラー夫人はね――すごく……自立した女なのよ」長い本の音読を始めるようにアリスが語りだした。「離婚して、つらい思いをして、でも……すごくリッチ。何かあると必ず自分で取り仕切ろうとする。すごく……強力なのよ」

「ちっちゃめだよね――エマより小さいのは確か」と、ジャックは口をはさんだ（母が何を言いたがっているのか見当がつかない）。

「あの人の前では気をつけたほうがいい」

「エマの前では、けっこう気をつけてるけど」と、ジャックは言ってみた。

「そう、エマの前でもね。でも、エマの母親には、なおさら気をつけて」

「わかった」

「見せられたこと自体はいいのよ。見せてって頼んだわけじゃないんでしょ」

「エマが言いだして、見ることになった」

「まあ、いいわ。それで口のほうはどうなの」

このごろのジャックは、大人は隠しごとがうまいのだとわかってきている。母も実際に口にしないだけで、あれこれ知っているらしいと思う。たとえばウィックスティード夫人の健康状態。あの人に関節炎があるのは見ればわかるし、じかに聞いたこともある。でも、ガンに冒されているという話は、ネクタイを結んでくれる朝の時間に起きてこなかった日まで、ジャックには知らされなかった。それもロティーに教わったのであって、母にではない（オーストラー夫人に刺青をしていた週だったとしたら、忙しさに取り紛れた可能性もある）。

突然、この家にはネクタイを結べる人がいないことになった。ウィックスティード夫人はいるけれど、もう死にかけている。「関節炎なんかで死ぬの？」と、ロティーに聞いた。

「そうじゃないのよ。ガンなの」

「おー」なるほどロティーが毎晩祈っていたわけだ。もう少し長生きさせてくださいと神様にお願いしていたのだった。

この朝は、ピーウィーがネクタイを結んでくれた。リムジンの運転手だけあって、毎朝、自分のネクタイを締めている。ウィックスティード夫人が――関節炎より以前にも――大騒ぎで締めていたのとは全然違って、あっさり事務的に用を済ませた。「ウィックスティードさんは死んじゃうんだよ、ピーウィー」

「お気の毒にねえ。そうなったら、あの足の悪い人は、どうするんでしょ?」だからロティーは、死ぬならトロントで死ねますようにと祈ったのだ。ロティーがプリンス・エドワード島へ帰りたくないことくらい、ピーウィーでなくても知っている。

みんなジェリコのバラを隠し持っているのではないか、とジャックは思った。目に見える普通の刺青とは限らない。無料サービスみたいに、どこか普通ではないものだ。それでも一生残るには違いない。皮膚の上には見えないだけ。

13 いわゆる通販花嫁にはならないが

ウィックスティード夫人が気がかりなジャックは、もう今週は『ジェーン・エア』の練習を抜けてもよいだろうかとワーツ先生に言ってみた。それにロチェスターの役は初めてではない(目をつむっていても演じられそうなのだった)。しかし、前回のジェーンはコニー・ターンブルだったが、今度はキャロライン・フレンチに変わっていた。似たような背格好の女の子と抱き合うのは初めてだ。キャロラインの髪の毛が口に入ってくるのは、どうも気持ちが悪かった。ロチェスター役のジャックがジェーン役のキャロラインに、この私のことを「信仰心のない犬のよう」に思うだろうと言う感極まる場面では、キャロラインが踵をどかどか鳴らしだした。あの知恵の足りない双子の片割れゴードンも、きっと舞台裏で踏み鳴らしているだろうと予想がついた。キャロラインのジェーンがロチェスターのジャックの手をとって、ぶちゅっと口に押しあてる場面に来たときは、ジャックは怖じ気をふるったものだった。キャロラインの手も口も、妙にべたついていた。

舞台のリハーサルを一週間休みたいと思ったのは、ウィックスティード夫人が死にそうだからというだけではない。この週はワーツ先生が泣きの涙にくれていた。母に聞くと、先生はウィックスティード夫人のおかげで「窮地を脱した」ことがあるらしい。その窮地とやらが、センスのいい高級衣料の出所になるのかどうか――つまり、もうエマの想定からは消えた愛人の線であるのかどうか――ジャックにはわからなかった。ともかく練習は休ませてもらえた。だからキャロライン・フレンチは、いなくなったジャックがいることにして、べたついた抱擁の練習をするしかなくなった。

だが、ジャックがどこにいようと、ウィックスティード夫人にはわからなくなっていた。すでに入院して、検査に次ぐ検査という状態だったのだ。ジャックの母は、まず感情を口にすることはなかったが、その顔には焦りの色がありありと浮いていた。もしウィックスティード夫人が亡くなって、ロティーがプリンス・エドワード島へ帰りたくなったとしたら、とアリスは薄暗い寝室でジャックに言った。この家を出て、路頭に迷うことになるかもしれない。そこでジャックは、町でさまようくらいなら、チャイナマンの刺青パーラーに置いてもらえないだろうかと言ってみた。母の答えは「もう針に眠るのはやめましょうよ」というものでしかなかった。

では、これからウィックスティード夫人の離婚した娘を、敵に回すことになるのだろうか。この娘は、母親が家賃なしの間借り人を置いていることに、いい顔をしていなかった。だが、オーストラー夫人とは親しいのではなかったか。セント・ヒルダで机をならべた仲であるはずだ。そのレズリー・オーストラーが、いまではアリスの友人なのだから、自分たち親子のために口をきいてくれるということはなかろうか。これに対しても、アリスの答えは、ウィックスティード夫人の娘とレズリー・オーストラーは、もう親友とは言えなくなっている、というだけだった。

困ったジャックが灰色幽霊に頼ったのは、まったく当然だったろう。だがマクワット先生には、知っていて黙っていることがありそうだった。いっしょにチャペルへ、と強く勧められた。つまり、またお祈りを、ということでしかない。アッパー・カナダ・カレッジなどへ行ったら「こてんぱんにされる」ことを母に納得させてくれたかと聞くと、マクワット先生は柄にもない答え方をした。つまり歯切れが悪くて、元は従軍看護婦だったとは思えない。「まあ、UCCへ行っても……とんでもなくひどくはなかったでしょうけど、ねえ……」

どういうことだ。「なかったでしょう」というのがわからない。「でも、先生――」と言いかけると、

「たしかに、ちょっと早いのかもしれないけど……学校によっては――だいたいアメリカでは――寄宿制を採用してるから」

「何ですって？」

このときはチャペルの中央通路から左よりの、前から二列目の席にいた。祭壇は金色の光を浴びている。ステンドグラスの聖人がイエスにかしずく。なんたる果報者だろう。四人の女にちやほやされている。マクワット先生は、ジャックの肩に冷たい手をまわして引き寄せた。さらっとした唇をジャックのこめかみあたりに当てて、かすかにキスらしいキスをした（後年、ジャックは「彼女は紙のように薄いキスをする」と書かれた台本を見ることになり、このチャペルでの瞬間を思い出す）。

「ジャックみたいな立場の子は……何というか……いくらか自立するくらいでいいのよ」

「いくらか、何です？」

「おかあさんと話してごらんなさい」

といって、そっちの扉は閉ざされていたのだから、話を持っていける相手はエマ・オーストラーだった。このときのエマは、フォレスト・ヒルの豪邸でジャックを連れまわしていた。来客用の寝室や、オーストラー夫人が言う来客用「ウィング」を見ていたのである。寝室が三つあって、どこにもバスルームが付属している。なるほど「ウィング」と称してもおかしくない。「あたしが思うに――」と、エマが言いだしていた。「あんたたち親子なら、ここへ越してきたっていいじゃない。来させないのがおかしいわ」

「来させなくて、どこへ行かせる？」

「おかあさんと話してごらん。言い出しっぺなんだから。あんたとあたしが組むとまずいと思ってるのよ。あたしと一つ屋根の下で思春期を送らせたくないんでしょ」

「何を送るって？」

「まさか一つの部屋で寝るわけじゃあるまいし」と言いながら、エマは来客用では最大のベッドにジャックを押し倒した。「どっちの母親もセント・ヒルダの根性でものを考えるからね。女子は九歳以上の男子に会うべからずなのよ。それ以降、男子には消えてもらう」

「どこへ消える？」

エマはジャックの定期検査を開始していた。だが、ペニスを見るたびに憂鬱になるようだ。ジャックのパンツをおろしてしまい、むき出しにした太ももに、重そうな自分の頭を乗せて寝そべっている。まるでおチビちゃんにだけ語りかけるように、「このごろ新説を思いついたの」と言う。「きみは充分に発達してるのよ。あたしが幼いのかもしれないんだわ。もっと大人の女であっていいのかもしれない」

「ねえ、どこへ消えるの？」と、ジャックは同じことを言った。「僕はどこへ行かされる？」

「メイン州の男子校だってさ。だいぶ引っ込んだところみたいね」

「どんなところ？」

「おチビちゃんて、あたしが思ったよりも、さらに年上好みなのかもしれない」とエマが言っていて、その手の中でジャックのペニスは小ぢんまりとおとなしくなっていた。メイン州へ行かされることなど、おチビちゃんの関心事ではなさそうだ。「十三年生の二人に話を聞いてみたのよ。あと十二年生も一人。ペニスのことは詳しいんだから。手を貸してくれるかもしれないんだけど」

「どうするの？」

「でも問題はね、みんな寮生なの。あんたが女の子でもないかぎり、寮へ連れ込むわけにはいかないじゃない」

結局、話はここへ来るのだった。ジャックなら女の子になるのもわけはなかろう。オーストラー夫人が言ったとおりで、かわいらしさに不足はない。また、校内の演劇でも出演回数の半ば以上は、女の役をやっていた。

最近のジャックは、ワーツ先生の意向には反したが、高等部の演劇に起用されて、『北西準州の通販花嫁』という作品の中で、女の役を演じていた。これは十九世紀のメロドラマで、ワーツ先生から見ればくだらないとしか言いようがない。ジャックはいたいけな幼妻になっていた。この劇の主題からして——毎年、高等部だけで上演されていたのだが——ジャックが出演するためには、母親の承諾が必要だった。とりたてて反対もしなかったのはアリスらしい。この戯曲を知らないのだ。カナダ育ちではないために、『北西準州の通販花嫁』なるものを娘時代に読まされたことがない。アリスくらいの年齢でカナダの女だったなら、まず読んでいたはずだ（エマの世代であっても、カナダの娘は読まされるだろう）。

この当時、とくにセント・ヒルダという学校では、年長の女生徒は日々の糧としてカナダ文学をあてがわれていた。ワーツ先生は、数々の世界文学、つまり先生が敬愛してやまない古典たるべき小説が、「カナ文」と称されるものに置き換えられる風潮に、ぷんぷん憤っていたけれど、あまり古典をやかましく言わないときの先生は、カナダにも立派な作家がいるのだと力説した（ロバートソン・デイヴィス、アリス・マンロー、マーガレット・アトウッドが、先生のお好みの現代作家だった）。ずっと後に、まるでジャックと作品論を続けているような先生からの手紙が来て、アリス・マンローの「荒野にて」を読みなさいと言われる。僻地へ送られる花嫁をあつかった傑作短篇だそうだ。そんなテーマだからというだけで、あの恒例の年長組演劇に反感を持っていたとは思わないでくれとのことだった。

戯曲の作者はアビゲイル・クックといって、北西部で不幸な結婚をした女だが、もちろんカナダの一流作家とは言えない(いわんやアリス・マンローの域にはない)。それでも『北西準州の通販花嫁』はセント・ヒルダ高等部の課題図書になっていた。ワーツ先生の考えでは「おぞましいこと」であり、その上演を恒例にするとは「まったくの茶番」であると、先生らしい整った発音で言っていた。戯曲の版元は、いつもは学術書ばかり出している名もない小さな出版社だ(あるときワーツ先生は、いつになく下品になって、このカナダの会社のことを「ビーバー・ペニス出版」などと言ってから、すぐに失言を詫びていた)。とにかく、こんな芝居に出たところでジャックには役不足であり、年長組の前でみじめな思いをさせられるだけだとも言っていた。

だが灰色幽霊からは、いつもの渋い見解をもらえたので、ジャックはおおいに気が休まった。マクワット先生も、たしかに駄作もいいところだとは言った。「ずぶの素人で、まず間違いなくヒステリックな作者の妄想ね」一八八二年、アビゲイル・クックは横暴だったとされる夫を殺害し、それから銃で自殺した。屋根裏から見つかった原稿が世に出たのは一九五〇年代のことである。セント・ヒルダの卒業生の中には、たとえばウィックスティード夫人のように、この作家を時代に先んじたフェミニストと考える向きもあった。

ジャックが頼まれた役だけは一応おもしろいのではないか、とマクワット先生は言ってくれた。花嫁の役だ。ジャックが「いままでよりも自由に」表現することもできるだろう。つまり、ワーツ先生の演技指導が入らないということだ。高等部で演劇に熱を上げていた先生は——マルコム先生のほかには唯一の男性教師で——何につけ軽快なラムジー先生だった。よく「万年独身者」と言われたタイプの男である。身長は百六十センチに足りない。ブロンドの体毛がスペード形のあごひげになり、また長髪にもなって、子供のバイキングという感じがする。高等部にいると、女生徒の肩の高さまであるかないかの背丈となる。体重も数キロ下回ることが少なくない。若い娘のような高い声でしゃべる。

そして生徒のために熱心に大騒ぎする毎日だから、誠実な教師像としては見上げたものだ。徹底して若い女性に身を尽くす先生が、セント・ヒルダの年長組から慕われていた。

これが男子校なり共学校なりであれば、ラムジー先生はさんざんな目にあわされたことだろう。ゲイだということは見え見えなのだが、セント・ヒルダにいれば問題にはならなかった。もしホモだとかオカマだとか、男の子がいじめ用語として使う悪口が聞かれたら、この年長組がよってたかって容疑者をたたきのめしたことだろう。

ラムジー先生が『北西準州の通販花嫁』を偏愛するのは困ったものだが、ジャックにとって新鮮な出会いであったことは確かである。初めて知る創造的な（抑制的ではない）演出家だったのだ。

「あのジャック・バーンズなのか？　こりゃまた嘘みたいに運がいいなあ！」と、一回目のリハーサルの日に、両手を広げたラムジー先生が大きな声で言った。「見てごらん！」と年長組に命じたのだが、そんなことを言われるまでもなく、とうに娘たちの目はジャックに集まっていた。「見る者の胸が張り裂ける幼妻として生まれついた子じゃないか。これぞ純真無垢な、いたいけな美だよ。これだから暗い時代の花嫁は過酷な運命に送られていったのさ」

「運命」ならジャックにはわかる。すでにテスを演じた。今度の作品は文学としての大きさでは話にならないが、たしかにラムジー先生が言うとおりで、さぞかしヒロインは見る者に胸の張り裂ける思いをさせるだろう。観衆になるのは、思春期まっさかりの（ヒステリックになりやすい）女生徒だ。

さて、開拓時代の北西部。男っぽい男がいて、女はめずらしい世界である。ここの住人たる毛皮めあての猟師や、氷上から魚をとる漁師が、かなりの金額を「旅費」として東部の周旋会社へ送る。ケベック州で引き取り手のない孤児の中から、花嫁として調達される者が出る。英語のわかる娘ばかりではない。注文主が夫になろうと待っている北西辺境へ旅立つときに、いまだ思春期に届かない娘さえもいる。時代設定は一八六〇年代。ケベックからは長く厳しい旅になる。年端のいかない娘でも、目的地に着くまでには、どうにか適齢期にさしかかる、充分以上になるだろう、という見込みなのだ。そもそも男たちは年のいった娘を求めてはいない。準主役でジャックの夫になるハリデーという猟師は、注文の際に「若いのを見つくろってもらいたい」と条件をつける。

劇中で、四人の娘が西へ向かう。お目付役で同行するのがマダム・オーベールという女。これがマニトバで四人のうち一人を鍛冶屋の男に売り、アルバータでは牛を飼う牧場主に売る。どっちの娘もフランス語しかわからない。マダム・オーベールは自身がフランス系であるのに、そういう二人を馬鹿にしきっているようだ。あとの二人は北西部の準州までたどり着くのだが、つっかえながら二カ国語をしゃべるセアラは、注文主である夫に犬ぞりの上で処女を奪われ、その後、雪原へさまよい出て、ブリザードの中で凍死する。

ジャックが演ずるのは、最後の一人、ダーリン・ジェニーという娘で、ひたすらお祈りによって初潮を遅らせることになる。作中では一貫して「メンス」という用語が使われるが、もし出血が見られれば適齢期なのだと——少なくとも夫になるハリデーの野卑な考えではそうなのだと——ジェニーは認識している。もう祈るしか方法はなく、意志の力で体の変化を止めようとする。こういう筋書きになるために、出演には母親の承諾が必要だった。またジャックが保健室へ行かざるを得ないという、おかしな成り行きにもなった。若い保健婦のベル先生が「人生の事実」を教えた。とはいえ、生理を中心に、女子に関わる事実のみである。

初めて見た女陰が一日に二人分だったという子供なのだから、ああいうややこしい部位に定期的な出血業務があると知らされても、いまさら驚くほどではなかったが、そのために一つの誤解をして大あわてになったのだということは考えていただきたい。エマ・オーストラーが待ち望んでいて、だからベッドのシーツを点検したがる対象は、きっとこれであるに違いないと思ったのだ。ジャック本人の知るかぎり、いまだペニスは何も「発射」していない。ここから血が噴き出たら、大変なことではなかろうか。

この大誤解に保健婦が困ったのも無理はない。ベル先生は女生徒に初潮の話をした経験なら豊富である。九歳の男児を前にして勝手が違ったのは確かだが、そういう話ができないわけではない。しかし男の夢精となると守備範囲ではなかった。しかも生理と混同しているらしい子供に、どうやって違いをわからせようかと大弱りだったのだ。「そうねえ、たぶん男の子は眠っていて初めて射精してもわからないと思うわよ」

「初めての、何ですか?」

ベル先生は若いだけに熱心だった。ジャックは保健室を出るまでに、月経について知らなくてもいいことまで教わった。夢精なるものが来るかもしれないことには恐怖心があった。耳で聞いた感じでは、ロイヤル・オンタリオ博物館のコウモリ洞窟に出現する魔物のようだ。たぶん——ベル先生が言ったように——寝ていて気づかないのだとしたら、目が覚めることもなく失血死するのではないか、と子供の頭で考えた。

さて、十三年生の中から選ばれたのは、堂々たる体格のヴァージニア・ジャーヴィスだ。ジャックを注文して夫になるハリデーという男の役である。通称でジニーというジャーヴィスは、体つきからして毛皮猟師にはぴったりだ。大きい女という感じは、たとえばエマ・オーストラーやシャーロット・バーフォードとも似ているが、さらに年齢が上である。鼻の下のひげのような毛は、エマよりもなお濃くなっていた。エマの母のプッシュアップ・ブラでは、とうてい包めない体だろう。練習の初日を前にして、エマに言われたことがある。ジニー・ジャーヴィスは、ペニスを熟知する二人の十三年生のうちの一人だそうだ。もう一人はジニーの親友でペニー・ハミルトン。根性の悪い付添人マダム・オーベールの役になる(モントリオールに住んだことがあるので、ものすごいフランス訛りをやってのけ、トロントの人間から見ると不思議なくらいだった)。

十二年生の娘で、エマがペニスに詳しいという第三の寮生は、ペニーの妹でボニーといった。ペニーは美人で、自分でもそう思っている。だがボニーは交通事故の後遺症で、度重なる手術の甲斐もなく、いまだに足を引きずって歩いていた(ロティーよりも重症のようだ)。どこか骨盤あたりに、ねじれたまま治らない箇所があるようで、ボニー・ハミルトンが歩くと、いつも左足が先に出て、右足が大きな袋を引くように遅れている。だから見苦しいのだとジャックは思わなかったが、ボニー自身はそのように考えていた。

今度の芝居にボニー・ハミルトンが出演するわけではない。いつだって出たがらない。だがジャックは、どっちかというとボニーのほうが姉さんより美人ではないかと思っていた。リハーサルのときは、ボニーが坐っている姿しか見なかった。プロンプターの係なのだ。金属製の折りたたみ椅子で、膝の上に台本を広げ、手にした鉛筆で舞台上のミスを記録していた。もちろん、坐っているかぎりは、足が悪いのかどうかわからない。

リハーサルの初日に、ハリデー役のジニー・ジャーヴィスが、ジャック扮するダーリン・ジェニーに向かって「まだ血は出ないのか」と聞く場面で、あまりの品の悪さに出演者一同が、ぎくりとして言葉を失った。「そうそう、気持ちはわかるよ、けしからん質問だけどね。でも、そこがポイントなんだ」と、ラムジー先生は言った。

ジャックは役柄におさまっている。とうにセリフは覚えた。この子供にプロンプターは要らない。「どういうことなのっ?」と、ハリデーに応じた。「どうして血が出なくちゃいけないの?」と言いながら、ジェニーはハリデーの意図を見抜いている。

ハリデーは苛立ちを募らせる。いつまで待ったら、この幼妻が女になるのかと思う。ある晩、ジェニーがベランダのブランコに坐って、なつかしい歌をうたっているところに、いよいよハリデーは襲いかかる。だが賢い娘はマダム・オーベール所有のピストルを盗んでいた。これはラムジー先生がアッパー・カナダ・カレッジの陸上部から借りてきたものを小道具とした。スタートの合図をするだけで、弾が出るようにはできていない。第二幕の最後で、ジャック扮するジェニーは、ジニー演ずるハリデーを、競技用ピストルで撃つ。ばん、ばん、と二発の空砲を胸に受けたジニー・ジャーヴィスは、さすがにセント・ヒルダ校ホッケーチームの花形だけあって、どさっと勢いよく倒れてみせた。

第三幕では、ハリデー殺しの罪で、ジェニーが裁判にかけられる。弁護側の論点は、いまだ男を知らない女児が、むりやり毛皮猟師に嫁がされたということだ。ジェニーの奇跡は――すなわち、いまだジェニーの初潮がないということは――検察側の追及の的にもなる。だがジェニーは、この土地の医者に検査されることを拒む。一人しかいない医者が男だからだ。わずかに存在する女の住民は――陪審員の中には二人しかいないが――ジェニーの拒絶に同情的だ（あんな男の医者ではだめだと思っている）。

ジェニーの運命は、イエローナイフという町から呼ばれることになった女医の手に委ねられるかに見えた。だが、女医の到着を待たずに、もう一度、お祈りの力で奇跡が生じて、ジェニーは救われる。ハリデーの射殺についての証言中に、ジェニーはいきなり悲鳴をあげて、出血が始まる。このときの小道具は、借り物の競技用ピストルよりも念の入ったものだった。ジャックは衣服の下にビニール袋を仕込んでいる。中身は水で溶いた食紅だ。ジャックは両手首を腰の高さで縛られているのだが、立った姿勢で苦しそうに下腹を抱え込み、赤い水の袋を破るので、服といい手といい、ぐっしょりと血に染まる。

ダーリン・ジェニーの鋭い悲鳴に、これは間違いないと陪審員も納得する。この娘は嘘をついていなかった。無罪潔白。一件落着。だがジャックが練習できたのは――普通の水で――本番前に一度きりだった。もっと練習したほうがよさそうに思っていた。

　さて、本番なみに衣装をつけた稽古の日に、終了後の舞台裏で、エマ・オーストラー、ハミルトン姉妹、ジニー・ジャーヴィスの四人が、かねて用意したとおりジャックに着替えをさせた。やや大柄な六年生から強引に借りた女子の制服を、人目を忍んで着せたのだ。短いグレーのスカートに、膝丈ソックスである。もうメーキャップはしてあったので――いくらかルージュをつけ、舞台用の口紅も塗っていて、これはフットライトを浴びると赤みが強く見える――いまはもうダーリン・ジェニーのかつらを手直しするだけでよかった。ペニー・ハミルトンとエマが左右をかためジニー・ジャーヴィスが先に立って、後衛となるボニー・ハミルトンは、いつものように足を引きながらついてくる。この隊形にかこまれた女装のジャックが、年長組の女子寮に易々と侵入していった。放課後の時間に初等部の二階から行く経路では、まず見咎められることがなかった。

　ハミルトン姉妹は一つの部屋を使っていた。廊下をはさんでジニー・ジャーヴィスの部屋がある。ドアに鍵はかからないが、夕食がすむまでは寮母の見回りはないと思ってよかった。その時間になれば点呼がある。寮生は勉強中でなければならない。ジャックはベッドに寝なさいと言われた。さぞかし不安な顔になっていたのだろう。エマがのぞき込んで耳打ちした。「大丈夫よ。誰にもさわらせやしないから」とはいえエマよりも年上の娘に取り巻かれている。こわかった。

「ねえ、あたしたちの中で、見ていたくなるのは誰？」と、ジニー・ジャーヴィスが言った。あまり真剣みのない口ぶりで、自分が筆頭に来ることはないと承知しているように聞こえた。ペニー・ハミルトンは自信たっぷりの目つきで迫力がある。ボニー・ハミルトンは目をそらしていた。ベッドから距離を置いて、左足を前に出している。

「ボニーがきれいだと思う」と、ジャックは言った。

「ほらね」ジニーが一同に言う。「男の気をそそる原因て、予知不能なのよ」そしてペニーのご機嫌を損ねたらしいことも、ジャックにはわかった。なおさら場の雰囲気に負けそうになる。「こっちいらっしゃいよ、ボニー」と、ジニーが指示を出す。「よく見てもらったら？」

ボニーが左足から先にぎくしゃくと出てきた。そのまま上から倒れてこられそうだと思ったら、ボニーはがくっと膝をついた。両手をジャックの胸に置いて、なんとかバランスをとっている。まだ目を合わせようとはしない。膝をついたままで、今度は自分の太腿に手を乗せ、視線を膝に落としていた。永遠のプロンプターで、誰かがセリフをとちるのを待ちかまえているようにも見える。ボニーが目をそらしているので、ジャックも決まりが悪くなった。すると、ジニー・ジャーヴィスにスカートをまくられ、パンツを脱がされるのが、見ていなくてもわかった。たぶんジニーがしているのだと思う。ペニー・ハミルトンはぷりぷりとご機嫌ななめだから、そんなことはしないだろう。また、それ以上に手を出してくる娘はいなかった。ジニーに脱がされて、「やっぱり小ちゃいわ」というペニーの声がした。

「どうかしらね」ジニーが応じた。

「どうなるの？」ジャックはエマに言った。

「どうにも。大丈夫だって」

「どうにもだめだわ」ペニー・ハミルトンが言った。

「こわがってるのよ。こんなこと、よくない」ボニー・ハミルトンが言った。「まだ小さいんだもの。子供なのよ！」ジャックにかぶさるような姿勢をとる。ボニーがこっちを見ると、プロンプターとして台本を見つめるような目になっていた。いわばジャックの顔だけが物語の展開を読む手がかりで、そのジャックの感情の行方をボニーが掌握しているというようだ。

ジャックとしては、ボニーの足の具合を見ていると、どんな事故だったのだろうと思わざるを得なかった。このとき初めてわかったような気がした。魅力を感じるということは、いや、性欲を感じると言ってもよかろうが、完璧な肉体、美形の顔だけで刺激される現象ではないらしい。このときのジャックは、ボニーの「過去」に引きつけられた。ジャックの知らない過去にあったボニーのトラウマ体験に引かれた。こんなに傷つく事故があったということで、ボニーに吸い寄せられていた。すでに年上趣味についてはエマに看破されたとおりだが、きょうの症状はなお深刻だ。ボニーに損傷があるからボニーに引かれてしまった。そういう人だから魅力たっぷりに思えた。それで頭の中がごちゃごちゃになり、ついに泣きだしたのだった。

「あたし、こういうことは詳しいの」と、ジニー・ジャーヴィスの声がした。

「いま眠ってる、なんてね」ペニー・ハミルトンが言った。

「こわがらなくていいのよ」ボニー・ハミルトンが言ってくれた。

ところがボニーこそ恐怖にひきつったような顔をしているのだからびっくりする。たとえば車の助手席に乗っていて、運転手が気づくよりも何秒か前に、もう衝突が避けられないとわかったという顔だ。下唇を嚙んで、硬直したようにジャックを見つめる。なんだかジャックが事故として迫っていて、見えているジャックから目をそらせないような状況だ。「どうしたの？」と、ジャックは言った。「何が見えるの？」するとボニーの目に涙があふれた。

「あんたが泣いてどうすんのよ。あんたでこわがってるんじゃないの？」と、ペニー・ハミルトンが言った。

「あら、効いてるみたい」ジニー・ジャーヴィスが経過を観察した。「泣くのがいいのかも」

「そのまま泣いて。かまうことないから」ペニーは妹をけしかける。

「でも、ジャックがこわがってるなら、やめたほうが」エマが言った。

「こわがってるのはボニーだわ」ペニーは笑っている。

「でも、ボニーがこわがってるなら、やめたほうが」と言ったのはジャックだが、いま何が始まったのかわかっているわけではない。ただボニー・ハミルトンは恐れおののく顔に見えたし、その恐怖のためにジャックの不安も募っている。

「男の子を、こわがらせちゃった」ボニー・ハミルトンが泣く。

「ほら、あたしがいるから」エマはかがみ込んで、ジャックの口にキスをした。ここで舌を使ったのかどうかジャックには覚えがない。とにかくジャックのこだわりはエマの鼻の下である。ひげみたいな毛のせいで、ジャックは息を呑んだ。

「そのまま、キスして」ジニー・ジャーヴィスが言った。

「あ、来てる来てる」ペニー・ハミルトンは観察の目をこらす。

息苦しいどころではなかった。ぱたっと止まった。ジャックの目に見えたのは無数の流れ星。オーロラがゆらゆら輝いた。カナダ国民が大好きな光の放射――。「息をさせなくちゃ」ボニー・ハミルトンの声がしたようだ。

「うわ！　あぶない！」ジニー・ジャーヴィスが叫んだ。のぞき込んでいたペニーの顔に、ジャックの射精が飛んだ。顔を近づけすぎていた（それにしても、誰も手を出していないのに！）。

「ずばり眉間に的中だったのよ」あとでエマが言った。「やるじゃないの！　おどかしちゃったのは悪いけど、あの先輩たち、二度と近づいてこないと思うよ。あたしもよく見張っててあげるけどさ」

ともかく、発射直後には、ボニー・ハミルトンが不動の視線をジャックの目に据えていた。もう動かせなくなっていた。「何が見えてる？　何なの、ジャック」

「ボニーが美人だと思う」まだ息をするのがやっとだった。

「この子、熱に浮かされて、譫言《うわごと》みたいになってる」エマは素っ気なく言ってみたが、ボニーには聞こえないようだった。ひたすらジャックを見ていた。姉のペニーはティッシュを何枚か丸めて、必死に目の上をこすっていた。もちろんジャックは、血はどうなったかと聞いた。

「何がどうだって？」エマが言う。

「きっとダーリン・ジェニーのつもりなのよ！」ジニー・ジャーヴィスが言う。「まったく男の子はいやらしい」

エマ・オーストラーがジャックの手を引いた。年長組の寮を出て、さっきの道を反対に初等部を抜ける。舞台裏でジャックは自分の服に着替えた。血の袋を破る練習をしたいところだったが、もうラムジー先生は帰ってしまっていた。

車に乗ろうとすると、ピーウィーが眠っていた。ロウザー通りとスパダイナ通りの角にある家へ帰る。このごろロティーはほとんど病院に詰めていて留守だった。ロティーの言葉によれば、もうウィックスティード夫人は「死の入口」まで行っている。アリスはチャイナマンの店か、オーストラー夫人の家だろう。エマがちゃんと味方してくれたことで、ジャックは感激していた。もう年長組を近づけないとも約束してくれた。でも、あとどれだけの時間があるだろう。五年生になったらメイン州へ送られるのではないのか（年長の男子生徒を近づけないようにしてくれる人はいるだろうか）。

もう一つ気がかりといえば、エマは十一年生になったら寮生にされることになったらしい。なぜだ。エマは自宅から通学している。歩いて通える距離なのだ。「うちのママは、あたしを追い出したいのよ」としかエマは言わなかった。寮に入れられると知ったエマは、いつも以上にむくれていた。

さて、この二人が、ジャックの寝室に来ている。エマはおチビちゃんの点検中だ。「とくに異常なし。さっき何考えてたか、覚えてないでしょうね」息が止まったらしいことは、おぼろげに覚えている。でも、死にそうになって射精したあと、ウィックスティード夫人も臨終になったらオーロラの輝きを見るのだろうかと思ったのは確かだ。なぜボニー・ハミルトンに引かれたのか、どうにか言葉にしてエマに伝えたいもどかしさもある。足が悪いせいだけではなかろう。ボニーの全身に、傷つくとのオーラが出ていた。それが言えない。ボニーの目がどうだったのかも伝えきれない。ボニー自身がどこまでわかっているか知らないが、あのボニーが打ちのめされた人間であるとジャックにはわかったことを、うまく言えないのだった。

この話を灰色幽霊にもしてみた。もちろん、女子寮で死にそうに射精したことは黙っている。「それって年長組の人ね？」と、マクワット先生は言った。「その人に見つめられた、と。どんなふうに？」

「どうしても目が離せないっていう感じでした」

「で、誰なの？」

「ボニー・ハミルトンです」

「十二年生じゃない！」

「だから年長って言いました」

「そういうお姉さんに目をつけられたら、あなたのほうで目をそらしなさい」

「僕まで目が離せなくなるとしたら？」

「何てこと！」驚愕の叫びをあげたマクワット先生は、話題を変えるつもりで、「通販の花嫁とかいう芝居はどうなってるの？」

「血を出すのが難しいんです」

「あらま。本物？」

「食紅です。水に溶いた小道具」

「小道具！　血なんてのは、目で見るより、頭の中で想像するほうがいいのに。ラムジー先生にひとこと言ってみようかしら」だが、その「ひとこと」が実際にあったのかどうか、ともかく『北西準州の通販花嫁』は、まったく予定どおりに初日を迎えた。土曜日の夜、セント・ヒルダの講堂は大入り満員になっていた。ジャックが見ると、なんとワーツ先生が来たばかりか、その隣に灰色幽霊がならんで最前列に坐っていた。おそらくマクワット先生としては、辛辣に批判するだろうワーツ先生のそばに自分がいれば、励ます存在として批判を中和してやれると思ったのだろう。

　さらに驚いたのは、やはり最前列に陣取って、アリスがいたことだ。オーストラー夫人およびエマと連れ立ってきていた（ロティーが来ていないということは、死期の迫ったウィックスティード夫人に付き添って夜を徹するつもりだろう）。そしてピーウィーまで来ていたのは予想外もいいところだ。エマとジャックが車の後部席でしゃべることを聞いていたに違いない。いやでも人目に立つような黒人の美女を連れている。奥さんか恋人かわからないが、ピーウィーにはこんな人がいたのだ！　服装でも目立っている。年長組演劇を見に来るのは、離婚歴のあるパパやママと決まったようなものなのに、その中で「ピーウィー夫人」は襟ぐりの深い花柄のドレスを着て、舞台裏から見るジャックにはオウムの剝製のようだと思える帽子をかぶっていた。

　すごい観客だ。いままでにジャックが知っているのは、ワーツ先生が演出した初等部演劇で、その水準からすれば、たいしたものである。だが出演者の中には、あがっている人もいた。フランス語の発音でトロントの人間を恐れ入らせたマダム・オーベール役のペニー・ハミルトンなど、たちの悪い付添人の衣装を着ようとして、引きつけを起こしそうになった（あとでジャックは、眉間に命中した粘液の記憶が、着替えの作業におかしな緊張をもたらしたのだろう、と考えたくなる）。

　小柄な九年生のサンドラ・スチュアートは、どもりながら二カ国語をしゃべるセアラという娘を演ずることになっていて、犬ぞりの上で処女を喪失したあと凍死する役なのだが、本番前に吐いてしまい、これを見たラムジー先生に「どきどきしたんだな。腹の中に蝶々がいるって感じだ」と言われていた。

　ハリデー役のジニー・ジャーヴィスは、毛皮猟師の衣装を着て汗ばみながら、「蝶々よりひどいわ」と言った（症状の話だったのに、ジャックは吐いた内容物のことかと思った）。

　第一幕と第二幕の間中、ジャックはボニー・ハミルトンにちらちら目をやっていたが、一度も目が合うことはなかった。観客の様子は舞台裏から何度か見ただけである。ピーウィーは楽しそうだった。連れの女の人はオウムの剝製を頭からはずしていた。ワーツ先生は隣のマクワット先生に向けて、しかめっ面でぶつぶつ言っていたようだ。灰色幽霊の表情は読めなかったが、この先生らしいとは言える。オーストラー夫人はつまらなそうだった。しゃれた暮らしをしているから、芝居にも目が肥えているのだろう。エマはじれったがっている。さんざんリハーサルを見てしまって、もう楽しみは血の場面しかないのだった。

ダーリン・ジェニー役のジャックが、ハリデー役のジニーに向けて、競技用ピストルを二発撃つと、すっ飛び上がったピーウィーが拳骨を何度も宙に突き出した（ワーツ先生は心得たもので、ちゃんと耳をふさいでいた）。アリスは、この戯曲を読んだことがなく、かなり強引とも言える内容をまったく知らなかったが、見ているうちに空恐ろしくなってきて、ついに銃が火を噴くと、まるで自分が撃たれたように縮み上がった。

第二幕が終わって緞帳が下りた。場内の照明が戻ったので、客席の見通しがよくなる。だが、舞台裏から見るジャックの視線は、ほぼ最前列だけに向いていた。さっきの銃撃にピーウィーは興奮がおさまらないようだ。エマはガムを嚙んでいる。ワーツ先生は演劇評論を開始して、だいぶ長くなりそうだ。きっと生理の問題でおおいに弁じているのだろう。黙って聞き役になっているのがマクワット先生である。アリスとオーストラー夫人は手を取り合っていた。

手を取り合う？　なぜだ。これがオランダ人そのほかヨーロッパの女性なら、よくあることかもしれないと思う。でも、いままでカナダでは、セント・ヒルダの女生徒に例はあっても、それ以外に見たことはなかった。若い娘なら手を握ることもあろう。だが、アリスやオーストラー夫人の年齢ではどうなのか。しかも、エマの母は靴を蹴り飛ばしてしまって、エマよりも小ぶりな素足の片方を、アリスのふくらはぎへ寄せて、肌と肌をすり合わせているのだった。この奇妙な行動をジャックは不思議そうに見ていた。あとでエマに教わる突飛な考えに、まだ気づいていない。なぜ母とオーストラー夫人は、あんな大きな屋敷に、たった二人で住みたがるのか。エマとジャックが「組むとまずい」というのは、一つ屋根の下に置かない理由の一半でしかなかったのだ。

客席をのぞいていたら、ラムジー先生に呼び止められた。そろそろ腰に血袋をつけられる時間なのだ。ジャックは裁判の被告としての衣装を着る。格好だけ見ているとジャンヌ・ダルクのようでもあるが、たとえ舞台上で初潮を迎えるとしても、ジャンヌ・ダルクよりは恵まれていただろう。それにしても麻袋にすっぽり入ったような服で、ジャガイモのような薄茶色をしている。おとなしい色の生地にすれば、血が鮮やかに見えるじゃないかと先生は言った。だが服の下に仕込んだビニール袋はぺたぺたと下腹にあたって、慣れないと気持ちが悪かった。あまり大きな袋ではないが、ひょっとしてジャック扮するジェニーが妊娠したようにならないかと先生は心配したようだ。よけいな空気を抜こうとして、先生は袋の口を緩めに結ぶことにした。少しずつ洩れだしたのは、そのせいだったかもしれない。ジャックは証言をする位置で着席するまで気づかなかった。汗ばんだように思った。しかし、たらたらと片脚に垂れたのは血だ。食紅を溶いた水と言ってもよいが、いずれにせよ汗ではない。死ぬような思いで射精したジャックには、ペニスから血が出ることの恐怖があった。洩れているのが赤い水だと気づいてみれば、このまま山場にさしかかるまでに充分な残量があるかどうか不安だった。

終演後、ラムジー先生はジャックを誉めることになる。立って、叫んで、血を流すという見せ場に向けて、うまく仕掛けていったものだという。証言席で身をよじる姿は、いつの間にか初潮が始まる演技としてぴったりだ――。じつは現実に洩れていた。

ジャックは証言中に言葉が詰まりそうになった。ためらいを表現して「すばらしい」とラムジー先生に評されることになるが、プロンプターの仕事に忠実なボニーは、膝にあった視線を上げて、ジェニーになったジャックを心底気づかわしげに見たのだった（その唇に次のセリフが浮いている、とジャックには読めた)。客席にも不安が広がるようだった。血が垂れているのを気づかれたくなかったが、ピーウィーが見てしまった。この男は芝居慣れしていない。ジャックが可愛いから来ただけだ。小道具なるものは知らないから、さっきのピストルにたまげたのだし、今度はジャックの出血を見てとった——さては緊張のせいか、切れ痔にでもなったか、楽屋で女生徒に刺されたか? ジャックがあと何行かのセリフを言えば山場に来るというところで、ピーウィーは立ち上がって、ジャックを指さし、「おーい、血が出てるぞっ」と叫んだ。

これぞワーツ先生が恐れる事態だ。すなわち突発的な展開。だがジャックはどうにか即興で証言の場を乗り切ろうとした。ボニー・ハミルトンは息が詰まりそうになる。すでに血は出てしまっているが、この出血およびジャックの対処が裁判の行方を決めるのだ。ジャックは飛び上がるように立って、赤い水が洩れている袋を両手でどんと打った。予想以上に洩れていて、残量が少ないだけに、なかなか破裂しない。ダーリン・ジェニーが下腹をどかすか打っている。最後の一撃がいくらか強すぎたようで、ジェニーのジャックは自分でたたいた体を二つに折り曲げた。ぶちっと腱が切れたような音がして、ついに袋は破裂し、ジャガイモ色の衣装の下で血が飛散した。

「ありゃりゃ、ひどくなったじゃないか!」ピーウィーが叫ぶ。

しかし、すでにジャックは演技に入り込んでいた。完全に「一人だけの観客」しか考えられない境地にあったのだ。ひたすら悲鳴をあげる。組んで縛られている手を頭上にかざした。血のしたたる手だ。顔にもかかった。ついに来るものが来たと思わせるはずの血が、命が危ない大出血に急転換してしまった。陪審団に二人いる女性の中から、間違いなく初めてでしょう、という声があがる予定だったが、そんなものはジェニーのジャックには聞こえず、また客席に届くわけがなかった。ボニーでさえプロンプターの仕事を忘れた。もうジャックはほとんど妖怪じみて泣いていた。

まもなくメイン州へ送られる! ああして射精にまでいたったのは、ボニー・ハミルトンの痛みに引かれたばかりではなく、ずっとエマ・オーストラーの口ひげに執着していたからだ。息を詰めてエマにキスしていたら、なんだか死にそうになった！　ウィックスティード夫人は臨終を迎えようとしている。ロティーはプリンス・エドワード島へ帰る船に乗るだろう。またしてもジャックの世界が変わろうとする。泣けてきて止まらなかった。ジェニーのジャックが流した血は、初潮から五回分もあったかもしれない。

ワーツ先生はうれしくてたまらない顔に、豁然《かつぜん》と悟った表情を浮かべていた。いままでは文学趣味を振りまわして、ジャックの即興の才能や、『北西準州の通販花嫁』なる演目に潜在した可能性を、たいして評価していなかった。ほかの出演者も一同そろって凍りついた。舞台裏で、サンドラ・スチュアートがまた吐いた（もう殺され済みのハリデー氏たるジニー・ジャーヴィスは、すべてジャックのなせるわざだと言った）。

エマはガムを嚙むのも忘れて、ぽかんと口をあけていた。オーストラー夫人でさえも、この流血と号泣には感動を誘われたらしい。ピーウィー夫人は、オウムのような帽子につかみかかって、その首を絞めるようである。ピーウィーは心配のあまり舞台に駆け上がってしまったが、ジャックは知ってか知らずか、悲鳴と血液を流し続けるだけだった。さすがに母の姿を見たときは、「一人だけの観客」への集中が途切れた。

アリスにはこのところ気がかりなことがあった。ベッドの中でジャックがもぞもぞ動き、母親の帝王切開の傷を見ようとしていた。薄暗いから、よく見えなかったろう。傷痕に興味があると息子は言った。レズリー・オーストラーのようなビキニカットなのか、縦方向に切ったのか知りたかったそうなのだ。

「ひとに見せるものじゃないのよ。あんたには関係ない！」と言ってやったが、かっとした理由は自分でもわからない。

セント・ヒルダの講堂の最前列で、アリスはそんな間の悪い瞬間を思い出していたのかもしれない。あるいは、ウィックスティード夫人が死ぬことを、ロティーと別れることを思ったのだろうか（それとも将来のこと――とくにオーストラー夫人宅に同居しようとすることか）。

舞台にあって泣き叫びつつ血を流していたジャックも、この母がピーウィーと同じく芝居に慣れていないことはわかっていた。この子は「芝居をする」とわかっているつもりだったかもしれないが、きょうのような意味での芝居は予想外だろう。ぽかんと口をあけていたのはエマと同じだ。ぎゅっと握った手を頭の両側へ押しつけ、膝をきつく閉じている。これでは大量に出血しているのが誰なのかわからない。ジャックは自分の声にまぎれて聞けなかったが、じつはアリスも泣いていた。涙が頬を落ちるのは見えた。あたりかまわず泣きに泣いた。ヒステリックだ。連れのレズリー・オーストラーがなだめようとする。エマも視線をジャックからアリスに移して、びっくりしたように見ていた。

「何でもないよ」助け起こしに来て、医者だと叫んでいるピーウィーに、ジャックは言った。「劇なんだから！」

「だって、そんなに血を出されたんじゃ、たまんないよ」とピーウィーは言うのだが、ジャックはジャックで母の様子に身動きがとれなくなっていた。

「あああ、ジャック、ジャック！」と泣き叫んでいる。「ごめんね、ごめん」

「大丈夫だよ」と、ジャックは母に言いたかったが、もう耳に聞こえてこなかった。拍手に声が消される。みんな立ち上がって大喝采になっていた（ワーツ先生でさえ仲間入りだ）。出演者が総出になってピーウィーとジャックを囲んでいる。客席へ挨拶しないといけないが、ピーウィーはジャックを抱えたまま下ろそうとしない。

「食紅を水で溶いたんだ」ジャックは大きなピーウィーの耳元で言った。「小道具だよ。ほんとに血が出てるわけじゃない」

立ち直れなかったよ、と言っていた）。

「何なんだ。じゃあ、どうすりゃいい？」

「お辞儀するんだよ」ジャックを抱いたピーウィーが、その格好でお辞儀した。

月曜日になって、ラムジー先生から打診がある。今後の上演にもピーウィーに出てもらえないかというのだが、ピーウィーのほうでは二度とご免だとのことだった（ずっと後になってから、あのあと立ち直れなかったよ、と言っていた）。

気がつけば、灰色幽霊が母に接近していた。さすがに元は従軍看護婦だけあってアリスを落ち着かせようと懸命の努力をしているが、このマクワット先生でさえも手に負えなかった。たしかにアリスの泣き声はまわりの喚声に埋もれたが、悲しみに引きつったような顔はジャックからも見えた。唇が読める。何度もジャックの名前を口にして、ごめんね、と言い通しであるようだ。

ジャックは、これからオーストラー夫人宅で「家賃のいらない」間借り人になるのかと聞きたかった。無料というなら、ただで刺青をしてやったのではないか。だがダーリン・ジェニーの芝居で、これだけ感極まっている母を見たら、聞かないほうがいいらしいと思った。レズリー・オーストラーとどういう関係なのか、いま一つわからないところはあるのだが、およそこの世に大事なもので「ただ」のものはないのだろう。

喝采を浴びながら、ジャックはまた泣き叫びそうになっていた。そこへ幕が下りて、楽屋へ引きあげ、いまだピーウィーに抱かれていた。幕が下りるのを見たピーウィーは、一瞬だけ、また悲惨なハプニングかと思ったようだ。しかし女の子が海のように押し寄せたので、何でもないことがわかったピーウィーは、たいした役者だとジャックを誉めて、ようやく下におろしてくれた。

「ジャック・バーンズ！」ラムジー先生が呼びかけている。「すごいぞ。世界中の通販花嫁が喜ぶだろう」先生はカメラを持っていた。ジェニーに扮したジャックを撮ろうとする。

「いつでも撃たれてあげるねっ」と、ジニー・ジャーヴィスが耳元でやけに大きく言った。

これをペニー・ハミルトンが聞いていた。ジャックが死ぬ思いで発射した液体を眉間に浴びてしまった娘である。「そうよ、きっと空砲じゃないもんね」

「え？」

「もう放っといて」エマ・オーストラーだ。どうにか楽屋までやって来て、ジャックを守ろうとするように腕を巻いた。

もう一人、楽屋へ来て、お化けでも見たような顔をしていたのが、ジャックの将来につきまとうボニー・ハミルトンだ。いくらか離れたところから、これ以上近づいたら心の痛みに耐えられないというように見ている。とうにプロンプターの役はしていないが、ふるえる唇から読めるものがありそうにジャックは思った。

「ほら、あれ」と、ジャックはエマだけに聞かせた。「ボニーがこっち見てるんだ。ほら、ね？」

しかし、この場の騒がしさで、エマには聞こえなかった。あるいはエマは年長の娘たちを近づけまいとして、忙しさに取り紛れたのかもしれない。「だから、あんたの場合はさあ」と言っている。「たしかに悪いことじゃないかもね。メイン州の男子校で正解なのかもしれないよ」

「なんで？」

ともかくメーク落としをしなければならない。舞台用の口紅をぬぐう必要もある。もちろん血をつけたままではいられない。監督であり、子供のバイキングのようでもあるラムジー先生は、ぴょんぴょん飛んで歩いていた。「ぼく自身がね、もうアビゲイル・クックはちょっと時代遅れかなんて考えそうになってたんだ」と、ワーツ先生に言っている。ワーツ先生は、おめでとうと言いたくて（涙を浮かべて）来ていた。

エマとつきあいの長いウェンディ・ホルトンおよびシャーロット・バーフォードも、楽屋にいた。「初めてのときにあんな出血だったら、死んじゃうよね」と、ウェンディは言う。シャーロット・バーフォードは、まだ手を出されないオードブルを見るような目をジャックに向けていた。

あれだけの大男で、しかも土壇場で盛り上げたと言ってもよいピーウィーは、いつの間にか抜け出していた。ジャックは、成功裏に終わった初日の晩の、てんやわんやの大騒ぎの中で、いかにも痛ましかった母の姿を、心の奥へしまい込んでいった。だが、もしセント・ヒルダの良心と言えるものに出会っていたとするならば、それはマクワット先生という名前だったに違いない。ジャックの成功に遅れをとるまいと、持ち前の急速な出現を果たした先生に、ジャックは息を呑んだ。もしジャックに血が残っていたら、あらためて出血したかもしれない。泣き叫んだ喉が嗄れていなかったら、さっきより激しく叫んだかもしれない。

ジャックはエマと帰ることになった。「初めてのお泊まりパーティーだね」と言ったエマが、楽屋を離れ、アリスと待っている母親のところへ行った。だからジャックは、ほんの少しだけ、奇跡的と言ってもよいが、楽屋に一人きりになった。ジャックが好意を持ったプロンプターも、このときばかりは足を引きずるとも見えずに、するりと去っていた。

そんなとき灰色幽霊が出たのだった。さっきまで括られていたジャックの手首を、冷たい両手で握ってくる。「よかったわ、ジャック」と、マクワット先生の息がかかった。「でも、まだまだすることがあるわね。……舞台ではないけれど」

「どんなことですか？」

「おかあさんを大事に。さもないと、あとで自分を責めることになる」

「おー」とはいえ、どうやって、と聞きたかった。なぜ、でもある。だが灰色幽霊は、いつものことではあるが、すでに消えていた。

いずれ再発見することになるのだが、この晩、舞台の裏は暗くさびしい場所なのだと思った。客が帰り、役者もいなくなれば、そういうものだ。ジャック・バーンズが遠くへ売られる花嫁になるはずもなかったが、このラムジー先生による時代劇で血まみれの演技をしたことを転回点として、ジャックは軌道に乗っていった。

14　マシャード夫人

セント・ヒルダの同窓会に、男子は参加しないものと決まっていた。卒業したわけでもないのだから、同窓会でもないだろう。男子は四学年を終えると転出する。ここでの卒業式はない。

この学年では、ルシンダ・フレミングが飽くことなく幹事役を引き受けていた。もしジャックが女の子なら、同期で卒業したはずのクラスである。結婚後の名前が謎となるモーリーン・ヤップも、同窓会の常連になった。会があってもなくても来たがった。双子のブース姉妹も常連だ。いつもくっついている。だがルシンダから来るクリスマスの便りには、双子がそろって発する毛布を吸うような音のことは書かれなかった（あいかわらず音を出しているのではないかとジャックは思うようになる）。

キャロライン・フレンチは、まったく顔を出さなかった。もしキャロラインが踵をどかどか鳴らすことがあったとしても、一人でやるしかなくなった。喧嘩ばかりしていた双子のゴードンは、ボートの事故で死んだのだ。セント・ヒルダを出てから、さほどの時日は経ていない。まだジャックは学生だった。よく知っていたとは言えない人間でも——たとえ好ましいとは思えなかった相手でも——死んだと聞けばつらいのだからおかしいが、ジャックもそんなことを知る。

最後となった一九七五年の春の日に、めずらしくエマ・オーストラーのほかにマクワット先生までも、ジャックを見送りに来てくれた。ピーウィーがお迎えの任務を果たすべく、大きなリンカーン・タウンカーのエンジンをかけたまま、ロセター通りの正門前に停めていた。ジャックがセント・ヒルダを去る日までピーウィーが運転手を務めるように、とウィックスティード夫人がいまわの際に言い残したのだった。

エマとジャックが、うしろの席に乗り込んだところだけ見ていれば、いままでの生活が変わるとは思えない。ピーウィーは涙にくれていた。この男も暮らしが変わる。いや、ウィックスティード夫人が亡くなって、ロティーも急な旅立ちでプリンス・エドワード島へ帰ったから、もう変わってしまったと言うべきだ。灰色幽霊が、開いている窓からのぞき込んだ。冷たい手が、やっと芽を吹き出した春にまだ残っている冬のように、ひんやりとジャックの頬をなでた。「手紙を書いて……くれるわよね。そのほうが……いいと思うから」

「はい、先生」タウンカーが動き出したが、ピーウィーは泣きながらの運転になっていた。

「あたしにも書いてよね」と、エマは言っている。

「坊ちゃんは尻に気をつけないとねえ」ピーウィーが顔をくしゃくしゃにして、わからないことを言う。「うしろに目をつけるくらいでいいよ。ようく尻の穴を見張ってなくちゃ」

ジャックは後部席で黙っていた。ウィックスティード夫人の葬儀に往復したときもそうだった。ずっと母だけがしゃべりどおしで、今度の夏は「休暇どころじゃないのよ」と言っていた。次の学校へ行かせられるように、必死で頑張らなくちゃ、とのことだ。「男の子を相手にする対策が要るもの」

アリスは、息子には運動技能などあるわけがないと思っていて、あながち見当はずれではなかったために、刺青の客だった四人の男の力を借りて、ジャックに男らしい護身術を仕込むことにした。どんな術を覚えたいかはジャックにまかせる、と母は言った。

刺青四人男のうちの三人まではロシア系だった。ウクライナが一人、ベラルーシが二人である。いずれもレスリングをする。あとの一人はタイ式キックボクシングの元チャンピオンで、ミスター・バンコクに選ばれたこともある。クルングという名前でリングに上がっていた。このミスター・バンコクと、ウクライナ産のレスラー――ほんとうはシェフチェンコだが、アリスは「チェンコ」にしてしまった――の二人は、だいぶ年配で頭がはげていた。クルングの刺青は、左右の頬に警官の袖章のような形の短剣を彫ったもの。チェンコは、はげ頭に狼がうなっていた（だから対戦相手に一礼すると、おっかない狼が出た）。

「ウクライナの刺青でしょ」と、アリスは趣味が合わないことを隠さなかった。クルングの顔の短剣については、「タイ風なのね」と言った。どちらの男も、割れたハートを胸に彫ってもらっている。お嬢アリスの作だ、と言われなくてもジャックにはわかった。

バサースト通りのおんぼろジムは、どちらかというとレスリングよりもキックボクシングのほうが盛んだったかもしれない。黒人やアジア系が多かったが、ポルトガル系、イタリア系の姿もあった。ベラルーシから来た二人は、どちらも若くて、タクシーの運転手をしていた。ミンスクの生まれである。チェンコには「ミンスキー」と言われていた。名前はボリス・ジンケヴィチと、パーヴェル・マルケヴィチ。たいした刺青はしていないが、レスリングには真剣だ。チェンコがコーチ兼トレーナーを務めていた。

二人の刺青は、レスラー好みの位置にあったと言えよう。肩胛骨の真ん中の高い位置だ。これならユニフォームを着ていても見える。ボリスは「福」という漢字を彫っていた。最近の母はこんな題材も手がけるようだ。パーヴェルのほうは外科の鉗子のようなものを彫っていた。パーヴェルの話では、主として動脈を支えるための器具であるらしい。

ジムの壁をにぎやかにしているのが、お嬢アリスとチャイナマンの型紙だ。チャイナマンの店の宣伝がなされている場所というのは、トロントでもめずらしい。ウェイトトレーニング用の鏡でさえもアリスの割れたハートが縁飾りとしてあしらわれ、ロッカー室には「男の破滅」の図柄が掛かっていた。しかし、装飾の基調をなしていたのは、中国の文字や記号である。ジャックにも意味のわかるものがあった。「寿」という漢字、「五福」のコウモリ。またチャイナマンの得意な図柄で、「如意」をあらわす儀仗のようなもの。

チャイナマンの刺青では「如意」がいい、とジャックが言うと、母は「おやめ」としか言わなかった。そのほかには「仏手柑」という果実の模様も好きだった。これはクルングの太腿に彫ってあった。アリスかチャイナマンか、どちらかの仕事だろう。

この古びたジムには、「鹿」や「六」の字もあった。六は吉祥の数字らしい。また牡丹、花器、竜門の鯉——。竜門とは滝のことだ。いわゆる鯉の滝登りで、うまくいけば竜になる。この図柄だと、背中の全面に刺青が広がる。彫るとしたら何日か、ときに何週間か、かかる。アリスによれば、背中全体に刺青をするとひんやりした感触になるそうだが、刺青オーリーは別の見解を述べていた。ひんやりした感触は「全身の」刺青から来るもので、また必ずそうなるとは限らない（アリス説では、ほとんどがそうなる）。

また月の女神もあった。「西王母」と呼ばれている。道教では最高の仙女とされて、不老不死を授ける力がある。「双喜」の文字もあったが、アリスは注文に応じていなかった。双喜は結婚祝いと縁が深いので、いまさら結婚など信じないアリスは彫らないのだった。

古いジムは、もともと絨緞を売る店だった。いまでもバサースト通りの歩道に面して、大きなショーウィンドーが残っているから、物見高い通行人がのぞいたりする。この近辺では、元ミスター・バンコクのキックボクシング教室と言えば、人に知られた存在だ。クルングは、頬に袖章、太腿に仏手柑という彫り物があるのに、講師として評判になっていた。初級から上級までレベルはさまざまだ。

もちろんジャックは入門クラスである。年齢と体格を考えれば、練習相手は女性しかいなかった。ジャックの母は、有能なミスター・バンコクの手に（というか足に）息子の鍛錬を委ねた。いじめっ子に出会っても、何とか自衛できるようでいてほしい。ある年頃の少年は、とくに男子校では、粗暴になりやすいと聞いている。だが、あるときジャックは、年上の女こそが最大の難敵ではないかと、あらためて思った。大きな尻の女の人がいて、ジャマイカの出だそうなので、それならピーウィーを知らないかと言ってみたら、「ちんちん《ピーウィー》なんて引っ込めとくもんだよ」と言われた。こんなに大きい女だから、まさか練習相手になることはあるまいと思って、ほっとした。

ペアになったのは、四十代のポルトガル人で、マシャード夫人といった。もう子供たちは大きくなって親元を離れている、ということだ。つまり一人になってしまったので、前夫に奇襲をかけられると無防備だ。アパートの鍵を取り替えてばっかりよ、と言っていた。もう妻ではなくなったというのに、妻の役割を無理強いされる。ぶらっとアパートへやって来ては、体を要求するか殴るかどっちか、という男にそなえて、ここで武術を習いたいのだった。

クルングの入門クラスへ来る女たちは、だいたい似たような動機から、急所蹴りを会得したい気持ちが強かった（ジャックの場合は、胸から喉あたりの高さで、夫人が蹴ってくることになる）。元ミスター・バンコクに言わせれば、急所蹴りは「邪道」だそうだが、ジャックにしても女性入門者にしても、きれいな技を覚えるという以上に、急所蹴りをマスターしたい理由があった。もし年上のいじめっ子少年を敵とするなら、急所蹴りに反対する謂われはないのだった。

マシャード夫人は、スパーリングの相手として手強かった。ずんぐりした体型で、硬めの髪の毛が黒々として、乳房がだらりと垂れ下がっている。ジャックが繰り出すキックは、たいていブロックされていた。たっぷりした太腿で受けるか、張り出した腰をひねって受けるか。いくら背が低いといっても、ジャックのほうがもっと小さい。ジャックは百四十センチ、三十四キロ。マシャード夫人は百五十七センチで六十八キロある。キック力もジャックよりだいぶ上回っていた。「これじゃ、いつまでたっても負けてるな」

「レスリングのほうが向いてるよ」というのがチェンコの助言だった。

クルングや上級のキックボクサーに対しては、チェンコも一目置いていたが、入門クラスの女たちには、どうしようもないと思うだけだった。たとえばマシャード夫人なら、キック力はあるとしても、動きが鈍い。キックでは前夫への防衛策にならないだろう、というのがチェンコの意見だ。第一撃が痛打になればよいけれど、最初のねらいを外したら、もう勝ち目はない。やはりレスリングのほうが向いている。

ジャックについては、この先、キックボクシングにしてもレスリングにしても、せめて身長で十センチ前後、体重で二十キロか三十キロは大きくならないと、護身術としてはものにならないと考えた。

「おかあさんには悪いが、まだ授業料の元は取れないな」ジャックがマシャード夫人との練習を一週間ほどしてから、チェンコは言った。

でも、金の出所はオーストラー夫人ではないのか（とすれば、夫人の金で得をしている、とジャックは思った）。レズリー・オーストラーは、朝方、まだ母が寝ているうちに、バサースト通りのジムまでジャックを車で送ってくれる。ジャックは一日中ジムにいて、マシャード夫人と練習をしたり、五分連続の片足跳びをしたり、ストレッチを何度も反復したりする。その目標は、身長よりも上に、つまり相手の肩の高さに安定したキックを繰り出して、なお自分のバランスを崩さないということだ。

ジャックはチェンコの手伝いとして、マットを広げ、消毒をして、から拭きをした。さっぱりしたタオル、水のボトル、四分の一に切ったオレンジを、キックボクサーやレスラーのところへ持っていってやる。お昼をだいぶ過ぎてからミンスク出身の二人がやって来ると、マットの横へチェンコとならんで坐り、ボリスとパーヴェルが取っ組み合うのを見ていた。二人とも体重ではマシャード夫人と変わらないが、体は引き締まっている。三十歳前後の強そうなタクシー運転手だ。耳の型くずれがひどいのはチェンコである。だがボリスもパーヴェルも、太くて短い首はないに等しく、眉毛は傷が治ったあとのようでしかなかった。パン生地を練ったような耳は左右が不ぞろいで、これでも耳かという耳であるのはチェンコと似たようなものだった。

ジャックが習ったレスリングは、初歩の初歩にすぎなかった。だいたいは防御の技だ。ロシアン・アームタイとフロント・ヘッドロック、スリークォーター・ネルソンにクロスフェース・クレードル。上の位置にいるときのボリスは、すごいクロスボディー・ライドを使った。パーヴェルは立った姿勢からダックアンダーが得意で、アームドラッグはもっと得意で、アンクルピックが抜群だった。チェンコはハイクロッチに持ち込みたがるが、あとの二人はアウトサイド・シングルレッグを好む。チェンコはラテラルドロップも得意だが、これは身長差のない相手にかぎるようだ。ともかくジャックにとっては、誰とも身長が合わないので、レスリングでは決まった相手がおらず、この三人に型の稽古をつけてもらうだけだった。

マシャード夫人が会心の「急所蹴り」をジャックの喉元あたりに決めたような、とくにジャックが息もできないくらいに決めたようなときならば、今度はレスリングのマットに転がってお手合わせを、と頼めることがあった。背の高さが違うからラテラルドロップは効かない。でもアンクルピックなら一日中でも試していられそうだった。マシャード夫人にはおもしろくない。どうにか夫人を倒せれば、そのままクロスボディー・ライドにがっちり決めて、夫人は動けなくなっていた。

それだけでは気の毒なので、チェンコは夫人にスナップダウンを教えた。この技でジャックを四つん這いにしてしまえば、ジャックが動けなくなる(三十キロ以上の体重差を利してのしかかり、はあはあ息を弾ませていただけなのだが)。ジャックを倒すと「はっ！」と掛け声が出る。会心の急所蹴りのときと同じ声だった。

この調子で護身術の修業になっているのかいないのか、実戦で試すことはできなかった。一日が終わって帰ると、エマが容赦ない攻撃をしかけてくる。居間のカウチでもラグの上でも、エマの寝室でも、客用の寝室でも、そういう戦いが行われた。今年の夏は客用の寝室を二つ、ジャックと母が使わせてもらうことになっている。十七歳になったエマは、身長体重ともにマシャード夫人を上回って、ジャックなど敵ではない。練習の成果がちっとも見られないのだから、ジャックの自信には大打撃だった。

六月の半ばに、エマはオーストラー夫人の言う「体重管理プログラム」のためにカリフォルニアへ行かされた。エマは「でぶの施設」と言っていた。ジャックはエマが太っていると思ったことはないのだが、オーストラー夫人は違う。すっきりしたアリスの体型とくらべられて、エマの自己評価は被害を大きくしていた。もちろんアリスだってレズリー・オーストラーほどに小柄なわけではない。

エマの減量プログラムは二週間続くらしい。その間、マシャード夫人が雇われて、ジャックの食事その他の面倒を見ることになった。ジャックの母もオーストラー夫人も帰りが遅いのだ（ジャックが寝かされる時間よりも、だいぶ遅くなることが多かった）。そんなわけで、ジャックにとってはキックボクシングのスパーリング相手であり、ときにレスリングの対戦をする人が、養育係にもなってしまった。ロティーの代役としては予想外の人選である。

就寝の時間になってから、ちょっとだけスパーリングをした。本式にはやらない。チェンコの言う「寸止め」でやめておく。マシャード夫人はジャックを寝かせると、客室がならぶ廊下のドアを開けておき、突きあたりの電灯もつけたままにした。だから寝しなに電話の話し声が聞こえることがあった。ポルトガル語でしゃべっている。親元を離れたという子供だろう。でもトロントにいるのではなかろうか。通話の長さから考えて、あれは市内にかけている。電話を切る夫人が涙にくれていることも少なくなかった。

泣き声を聞きながら寝入った。オーストラー邸一階の美麗な部屋から部屋へと、裸足の足音が移動した。堅い木のフロアをきしませもする。片足の前のほうに重心を置いて回転し、蹴るほうの足を肩より高く上げているのだろう。そういうときのマシャード夫人は、別れた夫ないし他の襲撃者を想定して、思いきり蹴り飛ばしている。何にせよジャックの知っている練習だ。フットワークの音もわかっていた。

夏らしい暑さになってきた六月末の夜のこと、マシャード夫人が泣いて回転して蹴り上げる物音は、天井ファンの作動する寝室にもよく聞こえてきた（この豪邸は空調完備であるけれど、客用の部分は適用外なので、ジャックと母が使えるのは天井ファンだった）。暑い季節に向けて、アリスが「夏用パジャマ」と称するものを何着か買ってくれた。何のことはないトランクスである。ジャックには初めてで、やや大きめだ。

ベッドから起きた。チェック柄のトランクスは、だぶだぶで膝まで届いている。グレーとえび茶のチェックであるところに、セント・ヒルダの校風が出ていた。ついている明かりを目標に廊下を歩きって、一階へ下りた。できる範囲だけでも慰めの言葉をかけてあげたかったのだ。マシャード夫人は玄関ホールにいて、まるで大時計と対戦するように、ぐるぐると位置を変えていた。左足だけでバランスをとった姿勢は、うまいものだと思えた。蹴り足の膝を曲げた形が、ぴたっと決まっている。宙に浮いた足首に適度な角度がついて、コブラが頭をふくらませたようなのだ。

ジャックとしては、声をかけるか、せめて咳払いでもすればよかったのかもしれないが、これだけ張りつめて集中しているところで、うっかり声を出したら、かえって驚かす恐れがあった。また息を荒くしているせいで、ジャックが降りてくる足音も聞こえてはいなかった。こみ上げる泣き声を押し殺そうとして、息がひくひく引っかかってもいるようだ。顔は涙でぐちゃぐちゃ。汗まみれ。黒のタンクトップが薄青い練習用ショートパンツからはみ出していた。左足で立って前後に揺れると、大きな垂れ乳がぶらぶら揺れた。クルングが「軸足」と言う一本でバランスを取るのは、夫人には大変なことだった。

おそらく振り子時計のガラスドアに、いくらかジャックの影が映ったのだろう。半裸の男に見えた。夫人と同じくらいか、やや高そうな背格好で、うしろから忍び寄ってくる。ジャックは、まだ玄関ホールの床面まで二段か三段という位置にいた。だからマシャード夫人が身長の判断を誤ったのだ（さらには、衣服を脱ぎかけてから襲ってくるのが、前夫のいつもの手だったのかもしれない）。軸足がきゅっと鳴る音に、ジャックは階段上で凍りついた。このときの急所蹴りなら、正統派のクルングにも喜んでもらえたことだろう。ジャックが階段に立っていたぶんだけ、夫人の攻撃は低く来た。きれいな蹴りが睾丸に決まる。「はっ！」と、掛け声が出た。

ジャックはくんにゃりと倒れた。人間が消えてトランクスだけが落ちたようだ。玄関ホールで胎児の姿勢になって丸くなる。グレープフルーツの大きさに急膨張したと思える睾丸が、喉元までせり上がってきた感覚だ。「あら、ららら」マシャード夫人が、まだ片足で跳びながら叫んでいた。

ジャックは死にたいと思った。せめて吐いてしまいたい。だが、どっちの救いも来そうにはなかった。「いま、氷を持ってったげるからねー、たっくさん持ってくからねー」と、キッチンへ行ったマシャード夫人が言っている。

それから夫人はジャックを立たせ、ほとんど抱えるようにして二階へ連れていった。氷を満杯にしたビニール袋を、口にくわえている。「ジャックぅぅ、かわいそうなことしたよ」食いしばった歯の隙間から夫人が言った。

夫人はベッドにバスタオルを敷いて、ジャックのトランクスを脱がせた。エマとその仲間におチビちゃんを見せた実績があるジャックには、いまさら恥ずかしいというよりは、氷に対する心配のほう

イズを忘れたのだろう)。「ちいちゃくなった?」

(あるいは、たとえ息子がいたとしても、小さかったのは昔のことで、もう夫人は男児の情けないサイズを忘れたのだろう)。「ちいちゃくなった?」

「なった?」

「キーックする前より、ちいちゃくなった?」

ジャックは思わず自身を見た。どこといって変わらない。玉は痛い。棒はずきずきする。氷をくっつけられそうなおチビちゃんが縮み上がっているとは言えるかもしれない。バスタオルに仰向けになったジャックの股間に、大量の氷が当てられた。「冷たい。よけい痛い」

「ちょおっとの間よ」

「どれくらい冷やすの?」

「じゅーごふん」

そんなに冷やしたらペニスが凍るのではないか。「いままでにも冷やしたことある?」

「こーゆーのはない」

きんきんに冷やされたジャックは、ついに泣き出した。マシャード夫人が添い寝して、抱きかかえて揺する。ポルトガルの唄を歌った。十分が経過して、まだジャックはふるえていたが、歯がちがち鳴るのは止まっていた。夫人は子供をあたためてやるつもりで、大きく体をかぶせた。その乳房が、重なった二人の間へソファのクッションを突っ込んだように感じられた。一分か二分たってから、「こうしてると、あたしも氷で冷たいよ」と夫人が言った。「あんまり悪くはないけど」すでに痛みはおさまった。睾丸は麻痺状態だ。ペニスもあるのかないのかわからなかった。

十五分たって、夫人が氷袋をはずした。ジャックは自身が消滅していたらどうしようと思って、すぐには下を見られなかった。バスルームへ行った夫人が、だいぶ溶けだした氷を流しに捨てる音を、ジャックは聞いていた。夫人が戻ってきてベッドに腰かけた。「ずいぶん赤いねー」と観察する。「感覚がない。死んじゃったのかな」

夫人はおチビちゃんにやさしくタオルを当てた。「だいじょーぶ。生き返るよ」と言いながら、押しあてたままだ。その手のぬくもりがタオルを通して伝わった。坐った夫人の横顔が見えている。つやつやした強《こわ》い黒髪が、きゅっと引いて、いいかげんに束ねてある。武術用のヘアスタイル、なのだそうだ。顎から喉元の皮膚がたるんで、だらりと垂れた乳房はぼってりした腰にまで届きそうだ。美人ではないし、美人だったこともない。だが、十歳の男児が大人の女にペニスをつかまれているとしたら、つかまれていることだけが重大だ。

「あれま」マシャード夫人はタオルをはずした。「チンチンさんが生き返ってきた。なんか大きなこと考えてるみたいじゃないの」おチビちゃんは、こんな一人前あつかいをされたことがない（いつもは、がっかりされたような、しっかりしなさいと言われるような反応に出会っている）。この待遇のおかげで、おチビちゃんは急所蹴りの被害から回復したという以上の動きを見せた。戦士のような固い決意に身をこわばらせ、雄々しく立ち上がったのだ。「うわあ、チンチンさん」と、マシャード夫人が驚きの声をあげた。「これって、ただ見栄張ってるの？　何かたくらんでるの？」

いつだって企みのある器官であることは当然としても、このとき十歳のジャックに的確な表現ができたはずはない。だが、マシャード夫人は、相手の心を読めたのだろう。「チンチンさん、なに考えてんだろねー」と、おチビちゃんに言った。

「わかんないよ」この答えに嘘はない。

手の甲が夫人の腰をかすめたのは偶然だったが、その腰を夫人が押しつけてきて、手を動けなくされたのは偶然であるはずがない。夫人は後頭部に手をまわし、束ねた髪を一気にほどいてしまった。ペニスをのぞき込むので、髪がはらりと垂れて顔を隠す。おチビちゃんに夫人の息がかかった。「チンチンさんの考えは、わかってるよ」

　ジャックの腹に乳房の重みがかかったと思うと、ペニスをするりと口にくわえられていた。これ以後、チンチンさんは少々こわいもの知らずになったかもしれない、とジャックは回想することになる。このとき、つい腰の動きで反応してしまったのは確かだが、ジャックが興奮したのは喜んだからばかりではない（飲み込まれるのではないかと心配になった！）。「どうなってるの？」と聞いた。

　マシャード夫人は動きが鈍いと見たのは、チェンコの判断ミスではなかったか。くるっと体勢を入れ替える素早さに、ジャックはついていけなかった。夫人が奇術師であるはずもないのだが、タンクトップにしろブラにしろ、いつ取ったのかわからなかった。薄青いショートパンツ、またパンティーも、どうやって脱いだものか、ジャックには解けない謎となる。わずかに見えたのは、股ぐらに広がった大規模な毛だらけの部分だった。大規模というのは、すでに見学したオーストラー夫人やエマのおとなしい繁栄ぶりにくらべればの話である。また母が彫るジェリコのバラに作品としての一貫性があったとすれば――つまり、バラに隠れた花にばらつきがなかったとすれば――マシャード夫人にのしかかられたジャックは、いかに本物には個体差があるのかを知った。否定しがたい実例として成長期に見せつけられたからには、のちのジャック・バーンズがいかなる女陰にも個々の持ち味があると信じるようになったのは、悲しき定めとしか言えなかったろう。

　上位をとった夫人の太腿に腰をはさみつけられて、ジャックはもう一度、さっきよりも緊迫した問いを発した。「どうなってるのっ？」ジェリコのバラが包んでいた花びらの重なり具合を知っている子だったからまだしも、さもなくば（おチビちゃんを奥まで案内されて）ひどく怯えたことだろう。どこへ行かされるのかだけはわかった。それでも、ずるずると全身が吸い込まれていきそうな恐怖があった。なにしろ自分を小さく感じた。

　腰あたりは勝手に動きだしたがっていたようだが、マシャード夫人の体重がかかっているので動きようがない。夫人の胸の谷間に、つつっと汗が垂れる。ジャックの顔は、その乳房にめり込みそうになっている。「ほら、どうなってるかってゆーとねえ、これからチンチンさんが泣くんだよう」「どう泣くの？」これだけ声を出すのがやっとだ。乳房に口をふさがれている。

「随喜の涙、なんてねー」

こんな言い方を聞いたことがないわけではないが、自身に適用されてみれば、どきっとする。「あんまり泣かせたくないけど」

「ほうら、もうすぐだよう。こわくないよう。痛くないんだから」

でも、こわいものはこわい（この人に組み敷かれると不利だとチェンコも言っていなかったか）。「やだ、こわい」と叫んだ。

「ほうら、来るよっ」

何か飛び出したような感触があった。この感覚を灰色幽霊に言ったとしたら、あの先生ならば、あなたの魂が飛んだのよ、とでも答えたのではないか。重要な出発と言ってよいものだったが、ほとんど自意識のない旅立ちだった。子供時代が遠ざかるのと同じだ。ジャックは、これこそ神に背を向けた瞬間だった、そのつもりはなかったのにそうなった、とのちのちまで考える。神様は、ジャックが見ていないうちに、すっといなくなったかもしれない。

「どうなったの？」と、ジャックは聞いた。もう夫人はぐりぐり動くのをやめている。

「随喜の涙。いまのが初めてだったろねえ」

じつは初めてとは言いきれない（ペニー・ハミルトンの眉間に命中したのが初回だった）。「二度目だよ。でも、前のときは息をするのも忘れそうだったから、今度のほうがよかった」

「はっ！」夫人は声をあげた。「大人をからかうんだからね、この子は」

ジャックは何とも言わなかった。七十キロからの女に乗っかられていては、その半分の子供が理屈で争う余地はない。それにジャックは見とれてもいた。マシャード夫人が服を着るところを、じっと見た。のんびりと着ている。さっき脱いだときは、あれほど素早かったのに、着るとなったらのんびりだ。ジャックの上に居坐ったままで、ブラをつけ、タンクトップをつける。さすがにパンティーと薄青いショートパンツをはくときには、ジャックの上から降りていった。

ベッドに濡れた箇所ができていた。マシャード夫人がタオルで拭く。そのタオルを洗濯かごに放ると、夫人は浴槽に半分だけ湯を入れて、洗っておきなさいと言った。とくにチンチンさんを洗うのだそうだ。ぷんと臭いがすると思っていたが、風呂に入ったら消えた。好ましいのかどうかわからないのだから、へんな臭いだった。

ベッドへ戻ると、まだ湿り気は残っていたが、マシャード夫人がさっぱりしたトランクスを出してきて、はいてなさいと言った。濡れた箇所を避けて横になったが、すぐ近いのだから手を伸ばせば届く。冷たかった。なんだか寒気がした。神に背を向けてチャペルの石のフロアに膝をついたような感じだ。いや、ひょっとしたら祭壇のステンドグラスでイエスに付き従う女が一人降りてきて、いまベッドに入ったのではなかろうか。

ステンドグラスから出た女は、姿が見えないのだから聖人であるに違いない。マシャード夫人には見えないだろうが、その見えない体が発する冷たさで、ジャックには感覚としてわかった。チャペルのフロアの石のように、硬質な体なのだろう。いま降りてきた祭壇の上のステンドグラスのように、こちらから手を出していけるものではない。

「まだ行かないでよ」ジャックはそうっと口にした。

「もう寝る時間よ、だーりん」

「行っちゃやだよ」

何となくステンドグラスの聖人は夫人が出ていくのを待っているのだと思えた。どういう意図なのかはわからない。じっとり冷たいところに、また手を出してみたものの、その先まで伸ばしたら何に触れることになるかわからなくて、やめておいた。

「あしたは、めちゃくちゃ頑張って取っ組もうね」と、夫人が言っている。「もうキーックはやめ。レスリングにしよ」

「心配だな」

「痛いの？　だーりん」

「何が？」

「チンチンさん」

「そうじゃないけど、感じが違う」

「そりゃそーでしょ。秘密ができたんだもの」

「秘密？」

「きょうのチンチンさんがどうなったか、誰にも内緒だからね、だーりん」

「おー」

この秘密にジャックも加担したことになるのだろうか。すっ、と聖人がいなくなるのを感じた。それとも、すべり出したのはジャック自身か。聖人はステンドグラスに帰ったのか。それとも、すり抜けていくように思えたのは、ジャックの「子供時代」だったのか。

「ボア・ノイチ」マシャード夫人がポルトガル語でささやいた。

「え？」

「おやすみ、ってこと」

「おやすみなさい」

寝室を出ようとした夫人は、客用ウィングの廊下の先から来る光を背中に受けて立った。ずんぐりしたシルエットを見たら、レスリングのときの立ち姿は、熊が後ろ足で立ったようだというチェンコのマシャード夫人評が思い出された。でも、そこまで言ったら、この人は四つん這いのほうが似合うと言ったも同然だ。

夫人は、廊下に出てから、秘密の念を押すように、もう一度だけささやいた。「ボア・ノイチね。チンチンさん」

よく眠れない夜になった。もちろん夢も見る。寝ているうちにステンドグラスの聖人がまたベッドにもぐり込んでこないか心配だったのか。いや、むしろ聖人に背を向けられることを恐れたか。自分では神に背を向けてしまったと思うけれど。

母とオーストラー夫人が帰宅したのはわかった。母が入ってきてキスをしたからではない。毎晩そうしていると母は言うのだが、今夜も廊下の明るさが変わったからわかったのだ。突き当たりの光は消えた。母の部屋のドアが半開になり、そっちのバスルームの光が廊下に洩れている。ジャックもバスルームの明かりをつけているから、ドアの下に光の細い線ができている。

また色気づいた夢を見たこともわかっていた。じっとり冷たいところはもう乾いていたのだが、その付近に別の箇所が、なおさらじっとりと、しかし温もりの残った状態で、おチビちゃんが追加の涙を流したことを物語っていた。マシャード夫人の夢でも見たのだろうか。こんな夢のことをエマはずっと前から予想したのだろうが、その通りになっていると教えたほうがいいのだろうか（いや、マシャード夫人のことは、誰にも何とも言わないほうがいいのではなかろうか）。

ベッドから起き上がり、廊下をはさんだ母の部屋へ行った。だが母はいない。ベッドに入ろうとした様子もない。暗い邸宅のどこに母がいるのかさがした。一階の照明は消えているから、マシャード夫人は帰ったのだろう。客用のウィングを出て廊下を行き、留守中のエマの寝室を通過した。ゆらめく光がある。レズリー・オーストラーの寝室だ。ドアの下から洩れている。

二人でテレビでも見ているのかと思った。ノックしたが聞こえなかったようだ。それとも、うっかりノックせずに開けてしまったのだろうか。テレビは消えている。ゆらめく光の正体は、ナイトテーブルに置いたキャンドルだった。

とっさにオーストラー夫人が死んでいると思った。まるで背骨が折れたように体をそり返らせて、ベッドの横側から首だけ落ちそうになっていた。それで顔が見えるのだが、上下さかさまになっている。この顔はジャックを見ていないらしい。夫人は裸になっていて、目は大きく見開いていた。ということは、ぼんやりした廊下の光がジャックを見えなくしているか、さもなくばジャックこそが死んでいて、オーストラー夫人の視線が通過してしまうのではなかろうか。エッチな夢のさなかに死んだのかもしれない（マシャード夫人とのことで、つまり急所蹴りだけではなく、そのあとの全部のせいで、自分はもう死んだのだと思っても、そうおかしくはないのだった）。

ふいにアリスが上体を起こし、手で胸を隠した。やはり裸だ。でも、そうやって動くまでは、ベッドにいたとは見えなかった。ぴんと背筋が伸びたアリスに、レズリー・オーストラーの脚がからみついている。そのオーストラー夫人は動かなかったが、目の焦点が合うようになったらしいことはわかった。見てくれたと思うと、ほっとした。

「ああ、死んだんじゃなくて、夢を見たんだ」と、二人の女に言った。

「あっちの部屋へ戻りなさい。あたしもすぐ行くから」と、母が言った。

そう言いながらナイトガウンをさがしていた。ベッドの足元のほうへ、ごちゃごちゃにもぐり込んでいるのを発見する。レズリー・オーストラーは裸体を横にしたままで、とくとジャックを見ていた。

キャンドルの光だけの部屋では、ジェリコのバラのローズレッドとローズピンクの花びらが、陰影の二段階になっていた。黒と、真っ黒。

ジャックが自室へ戻ろうと廊下へ出たところで、オーストラー夫人の声が洩れてきた。「もうベッドで添い寝なんかしちゃだめよ。だいぶ大きくなってるわ」

「こわい夢を見たっていうときだけよ」と、アリスは言う。

「せがまれれば行ってるじゃないの」

「ごめんね、レズリー」という母の声が聞こえた。

ベッドに入り直してから、濡れた箇所をどうしたらよいか、どう言ったらよいか困った。何ともならないかもしれない。ところが、ベッドに入った母は、たちまち気づいていた。「あら、夢って、こういうのだったの」こわい夢とは思ってくれないらしい。

「血じゃなくて、おしっこでもない」と、これは解説のつもり。

「そりゃそうでしょ。精液《シーメン》だもの」

ジャックは完全に面食らった（いやらしい夢が、なぜ海の男《シーメン》と関わるのだ！）。「しようと思ったわけじゃなくて、した覚えもないんだけど」

「あんたが悪いわけじゃない。男の子にはあることよ」

「おー」

母に抱いてもらいたかった。小さい頃、こわい夢を見たときのように、母にすり寄っていたかった。でも、近づこうとしたら、思いがけず母の胸に触れてしまい、押しのけられた。「やっぱり添い寝するような年じゃないわね」

「どうして！」ちょっと前は「まだ早い」ばっかりで、こんなに急に「年じゃない」になるのか。泣きたくなるのを我慢した。だが母は察したようだ。

「泣かないのよ。もう泣くような年じゃないわ。今度の学校へ行ったら、泣いてなんかいられない。馬鹿にされちゃうから」

「なんで遠くの学校なの？」

「それがいいのよ。誰のためにも。いまの事情では、それがいいの」

「事情って、どんな」

「いいんだってば」

「僕にはよくない！」と、ジャックは叫んだ。すると母が腕をまわして、抱き寄せた。ジャックが四歳でヨーロッパを連れまわされた頃は、こうして寝ついたものだった。

マシャード夫人のことを母に言ってもよかったろう（もし言えば、まだまだ幼いのだとわかってもらえたかもしれない）。でも言わなかった。昔のように母に抱かれて寝ただけだ。いや、ほとんど昔のように、と言うべきだろうか。母の匂いが違っていた。顔におかしな臭気がついている。さっき浴室で意識したような、ぷんと鼻につくものだった。それならば臭いの元はマシャード夫人かもしれない。いい臭いかどうか不明というのも、さっきと同じだ。眠ってからも消えてくれなかった。

この部屋にオーストラー夫人はいつから来ていたのだろう。アリスが寝ている側に腰かけていた。ジャックが目を覚ましたらこの人がいて、とっさに夫人だとはわからなかった。ステンドグラスの聖人かと思った。ジャックをつかまえようと戻ったのではないか（たぶん女の聖人というのは、まず素っ裸になって、人間をつかまえるのだ）。

レズリー・オーストラーは裸になっていた。アリスの肩胛骨の間あたりを揉んでいる。この位置は、ボリスなら漢字の「福」が、パーヴェルなら手術器具が、刺青になっているところだ。

ジャックが起きてから、間髪を入れずに母も目を覚ましたらしい。「何かしら着てなさいよ、レズリー」と言っている。

「夢を見ちゃった」というのがオーストラー夫人の答えだ。「こわい夢」

「あっちの部屋へ戻ってよ。あたしもすぐ行くから」こう言われて出ていくオーストラー夫人を、ジャックは見ていた。体にすごく自信があるらしいと思った。母はジャックのおでこにキスをした。またあの匂いがした。目を閉じて考えたが、いい匂いかどうか決めかねた。瞼にもキスされた。好きになれるかというと苦しいが、いい匂いだと思うことにした。

「じゃ、ごめんね」と母は言う。ジャックは目を開けずに、レズリー・オーストラーを追って廊下を遠ざかる素足の足音を聞いていた。

エマがカリフォルニアの減量講座から帰るのが待ちきれなかった。エマならば、いまの困った「事情」がわかるように、きっと解説してくれる。母がオーストラー夫人との関係について言っていた「事情」のことだ。

マシャード夫人がレスリングの練習相手として確定し、ジャックはめきめきと腕を上げた。ただし、それ以上に夫人の上達はめざましかった。なるほど気の強い戦いぶりを見せて、その点ではチェンコも感心したほどだ。しかも体重が倍もあるのだから、ジャックには分が悪い。倒してしまえばクロスボディー・ライドを決めていられるが、倒すまでが大変だ。立って上半身で組み合うと、もうジャックには夫人の足首が取れなかった。もし倒せるとしたら、夫人の腕を一本つかんでおいて、その下をかいくぐり、横から足を取るしかない。あとはクロスフェース・クレードルに持ち込んで動けなくするだけが、フォール勝ちの可能性なのだった。とにかく夫人は強かった。とくに手のコントロールではかなわない。でも、ジャックはジャックなりに、上手になっていく実感があった。

マシャード夫人もそういう手応えを感じて、ジャックを励ました。たしかに総得点の三分の二は夫人の側についていたが、くたびれて休みたくなるのは夫人だった。ジャックは疲れを知らない。

レスリングは階級別でやるもんだ、とチェンコは言っていた。ジャックが似たような体格の子と対戦することにでもなれば、完勝するに違いない、とボリスもパーヴェルも口をそろえた。そんな相手がいないだけだ。とりあえず、この年の夏にはいなかった。

減量講座から帰ったエマは、五キロ近くも痩せていた。だが、人が変わったわけではない。食習慣も変わらない。「あれじゃ腹減って、しょーがないわよ」とのことだ。

エマの体重は、いまなおマシャード夫人を上回る。その夫人と交替で、エマが臨時にジャックの面倒を見た。トロントにいられるのは数日のことで、まもなく七月いっぱいの予定で父親のコテージがあるヒューロン湖へ行く。もちろん数日とはいえエマと二人の夜があったのだから、ジャックがマシャード夫人の話をすることはできたはずだ。でも、しなかった。母親同士のことを、あの二人がベッドにいたということを言うだけで、もう胸がどきどきした。だが、そう聞いたエマが驚かないのだから、もっとびっくりだ。「まあね、何度も見てるのよ。よくやるわ。舐め合ってるとは言わないけど」と、辟易したように言う。「だから不思議じゃないのよね。あんたはメイン州なんてところへ行かされる。あたしは寮生にされる」

「舐める？　何を？」

「放っときなさい。だって愛人なんだもの。女の子が男の子を好きになったり、その反対だったり、なんていうことに、あの二人はなってるの」

「おー」

「あたしの知ったこっちゃないもんね。でもさ、それを言わないんだから、あったまにくるじゃない。ただ追っ払おうってだけなのよ！」

なるほど、話を聞かされないということは、あったまにくる正当な理由である、とジャックは判断した。この家を見まわせば、エマとジャックの写真が何枚もあって、ならんで撮ったのも結構あって、それがまた不当な感じを増している。つまり家族ということではないのか。エマもジャックも、ここの人間なのである。それなのに、ただ厄介払いされるのだ！

もしジャックの母が愛人のことを言わないならば、ジャックだってマシャード夫人の話をするまでもない。話すとしたら相手はエマだ。いずれは話すことになるのだが、もっと早く言ってもよかった。気がついたらもう七月で、エマはヒューロン湖へ行っていた。そして、ふたたびマシャード夫人が、ジャックの練習相手と養育係を兼ねていた。

15 生涯の友

マシャード夫人の行為が「児童虐待」にあたるとしても、当時のジャックが虐待された意識を持たなかったのはなぜだろう。ほどなくジャックにも性の自意識をもたらす関係ができてくるのだが、そんなとき相互に求める経験があって、これだったらマシャード夫人とも同じことではなかったかと思いあたる。しかし、この時点では、夫人の行動がいかに不適切だったのかを判断する心の座標軸のようなものが、まだジャックにできていなかった。

ときには痛いと思わされることがあった。わざとではないらしい。もういやだとも思った。でも、いやだと思いながらも、どこか夫人が慕わしかったことも多いのだ。また、こわいと感じることもあった。少なくとも、わからない、という思いだ。何をされているのか、なぜなのか。何をしたらよいのか、どうしたらよいのか。

だが、ひとつ確かなことがあった。夫人にはジャックが気になる存在だったのだ。それは当時のジャックにもわかった。あとになって、定かではない記憶に、どう融通をきかせて考えても、いい子だと思ってくれたのは間違いのないところだった。わけのわからない方法ではあったが、母の意向でメイン州へ行かされようとしたジャックも、マシャード夫人からは愛される実感をあたえられた。そんな夫人も、自分の子供の話をされたときだけは機嫌が悪かったのだから、おもしろいことである。ただ大きくなっただけだろう、だから「離れて」いったのだろう、とジャックは考えていたのだが、夫人にとっては痛いところを突かれる話のようだった。

マシャード夫人は、とにかくチンチンさんが悪いやつにつけ込まれないことを切に願っていた。少なくとも、そう言った。でも、誰に？　わがまま娘、性悪女？

ジャックは大人になってから精神科医にかかり、子供にセクハラをする女の話を聞く。当人は子供を守ってやっているつもりである場合が多いそうだ。普通の人間なら「児童虐待」と見なすはずのことが、そういう女にとっては母親のような愛情表現なのだという（「気色わる」と、いずれジャックが出会う娘には言われる）。

この時期のジャックが強く意識したのは、自分が変わったことだった。母には隠しごとのできない子だったのが、もう何もかも隠そうとするように、たった一夜で変化した。マシャード夫人との関係にずるずる引き込まれたという以上に、それを秘密にすることに——母に対してマシャード夫人を秘密にしておくことに——何が何でもしがみついていた。

アリスはレズリー・オーストラーとの関係にのめり込んでいた。それはジャックとの距離を置こうとしたことと軌を一にしている。そういう母親なのだから、何でも秘密にしてやれと思ったら簡単なのだった。マシャード夫人は必死になって洗濯という職務をこなした。ジャックのシーツやタオルや下着や稽古着はもちろん、アリスとオーストラー夫人の洗濯物まで一手に引き受けたがっていたのだが、とくにアリスもレズリーもおかしいとは思わなかったようだ（たとえジャックにマシャード夫人を妊娠させる能力があって、そのようになっていたとしても、この二人が気づいたかどうか疑わしい）。

八月にエマが湖から帰った。全身すっかり日焼けして、色が濃かった腕の毛はブロンドにまで薄まった。しばらくぶりのジャックに何か気づいたようである。母親同士が愛人になっただけの問題ではないと考えた。「あんた、どうしちゃったのよ。何なのさ、あのレスリング。どう見たってマシャードさんとつるんじゃってるわ」

あとで考えると、チェンコが——またボリスやパーヴェルが——不審に思ってもよさそうなものだった。ジャックが夫人と取っ組み合うと、クルングのキックボクシング教室の女たちが異常なほどに注目することまでは、三人とも気づいていた。エマが帰ったので、もう夫人は夜のお守り役ではなくなる。ジャックと夫人が連れ立って、ジムを留守にする時間ができた。それだけはチェンコ、ボリス、パーヴェルにもわかった。ほとんど毎日、一時間か二時間、お昼前かお昼過ぎに出かけていた。

「せーちょー期の子供だからねー。八月の都会っ子には、ちょっと外の空気も吸わせなくちゃねー」というのが、マシャード夫人の謳い文句だ。

じつは夫人のアパートへ行っていた。セントクレア通りへ折れて、歩いていける距離だ。薄ぎたない焦げ茶色の建物の三階まで階段を上がると、ろくに家具もない部屋がある。夫人には精一杯の住居だった。サー・ウィンストン・チャーチル公園とセントクレア貯水池の裏手の谷になった地形が、いくらか窓から見えている。アパートには小さい共用の庭があり、芝生は枯れ果てたようだが、ジャングルジムやブランコやすべり台は、放ったらかしで残っていた。この建物の子供たちが、みんな大きくなって出ていって、もう次世代が生まれることはなかったとでもいうことか。

この小さなアパートでは、バサースト通りのジムとくらべても、空気がいいとは言えなかった。家族の写真がまったくない、とジャックは思った。定期便のように来襲するという前夫の写真がないのはわかる。そんな男の写真を置きたくはないだろう。だが二人の子供はどうなのだ。たった二枚しかなくて、それぞれに男の子が写っていた。四歳の年の差があって、もう「大きくなっている」とのことだが、写真で見れば二人ともジャックと似たような年齢だ（いまの年を教えようとしないのは、その数字がラッキーではないからか、もう子供ではないと認めるのがいやなのか）。

よく言えば寝室が一つのアパートだ。箪笥があって、クイーンサイズのマットレスが床に敷いてある。ほかにダイニングキッチンはあるが、居間はない。ハッチというかサイドボードというか、とにかく食器をしまう棚がない。見たところキッチン用品もなさそうで、もし食事をするなら外食しかなさそうに思えた。家族が暮らした頃にどういう食事をしたのか、まるで手がかりはなかった。食事ができるテーブルも椅子もない。すっきりと何もないキッチンカウンターに、たった一つのスツールがあるきりだ。

ここで子育てをしたというよりは、つい最近、夫人が引っ越してきたというように見える。ただ、ここへ来る目的は、さっさと事に及んで、いそいでシャワーを浴びるだけだ。ジャックは、どこで子供たちが寝たのか聞こうとはしなかった。なぜ、いまだにミセス・マシャードと名乗るのか、下の入口にあったブザーの横に「M・マシャード」の表札が出ていて、これで姓名になったようにさえ思えるが、そんなことも聞いていない（前夫は乱暴な男だという話なのに、なぜいつまでもミセスになっているのだろう）。

八月の、空気がいいとは言えないアパートでの密会が重なって、さすがにジャックもまいってきた。レスリングのせいではない。でも、疲れがたまった。二キロ以上は痩せたのでチェンコに心配された。もっと牛乳を飲みなさい、というのが母の反応だった。この夏に始まっていた夢精は、ぱったり止まった（連日のように現実の関係があるのだから、そんな夢のありようがない）。

ほかの夢は見た。レズリー・オーストラーなら「いやな夢」と言ったろう。だが、それよりも、もう一緒に寝る年じゃないと母に言われたことが、心にわだかまっていた。母とオーストラー夫人がいるベッドにもぐり込んだら歓迎されないくらいの見当はつく。たまさか母に来てもらえることはあったが、いつまでも添い寝していてはくれない。レズリーが母を呼びに来ることもわかっていた。

エマが露骨な皮肉調で「家族の食事」と言ったものは、気兼ねの練習試合のようになっていた。アリスは料理ができない。オーストラー夫人は食べたくない。エマはせっかくカリフォルニアで減らした体重が元に戻った。

「湖であんな暮らしをして、どうなるっていうのよ」と、エマは母親に言った。「バーベキュー食べて痩せる人いる？」いつもの夕食は、タイ風レストランへ行くか、テイクアウトですませた。だからエマが言うには、「なんだか結局はタイかピザって感じなのよ」。

「あら、やだ」と、オーストラー夫人は言う。「サラダにしなさい」

というような食の文化論があって、ピザとサラダを食べていたときに、アリスとレズリーは、ジャックを新しい学校へ旅立たすのが案外難しいという話をした。メイン州の学校への交通手段に困るのだ。おいそれと行けるところではない。ボストンまでは飛行機で行って、ポートランド行きの小型機に乗り換え、あとはレンタカーで行くことになるのだろうが、アリスは運転ができない。オーストラー夫人ならできなくもないが、メイン州へ行く気がない。

「レディングが海岸の町だったら、考えてもいいんだけど」と言う。レディングというのは町名でもあり、学校名でもある。メイン州の南西部。内陸であって海岸ではない（だいぶ違いがある、とジャックは知る）。

「あたしは免許あるもんね。送っていけるわよ」と、エマは言った。しかし十七歳ではポートランドで車を借りることができない。さりとて、トロントから走り出したのでは、いくら何でも遠すぎる、とエマも思う。

エマはサラダもそっちのけにメイン州の道路地図を見ていた。「レディングって、ウェルチヴィルの北、ラムフォードの南、ベセルの東、リヴァモア・フォールズの西。なーんにもないとこ」

「またピーウィーを雇って、運転手をやってもらいましょうよ」と、オーストラー夫人が案を出した。

「だけど、あの人、いまはカナダの住民で、生まれはジャマイカよ」アリスは現実を言った（外国生まれのカナダ人がアメリカに入国しようとすると、へんに警戒されるとでも言いたいのか）。

「ボリスとパーヴェルに頼んだらどうかな」と、ジャックは言った。「タクシーの運転手なんだし」レスラーでもあるし、と考えていた。あの二人がいたら心強い。だが、いまだ市民権はなく、やっと難民としての認定を申請したところなのだ。

チェンコは運転ができない。クルングは運転が乱暴だ。おっかない顔のタイ人で、左右の頬に袖章形の剣が彫ってある。つい何年か前にベトナム戦争が終わったという時代なのだから、アメリカの入国係官がミスター・バンコクに歓迎の視線を向けるとは、レズリー・オーストラーもアリスも思わなかった。

「じゃあ、マクワット先生なんかどうかな」とジャックが言うと、母はひっぱたかれたようにぎくりとした。

「学校の先生なんて、夏場にわずらわすものじゃないわ」と言ったのはオーストラー夫人だ。――あやしい、とジャックは思った。灰色幽霊を対象外にしたがる理由は、まだいくつかありそうだ。あの先生は、ジャックを遠くの学校へやることに、反対の姿勢を隠さなかった。

ワーツ先生は夏になるとエドモントンへ出かける。といって、この先生にレディングへ送ってもらうことが名案だとは思わない（そんな旅でもドラマにされてしまうことは、まず間違いない）。

「だったらマシャードさんは？」と、アリスが言った。それでジャックの食欲が止まったと見たのは、エマだけである。

「どうせ運転は無理でしょ」レズリー・オーストラーが言い放つ。「困った人なのよ。洗濯物のしまい場所も覚えられないみたい」

「ねえ、そのピザ、いらないの？」と、エマは言った。

「ミルク、飲みなさいね。お腹いっぱいでも飲みなさい。体重が減ってるじゃないの」と言ったのはアリスだ。

「いらないなら残してね。あたし食べるから」

「ちっちゃいホモなんかどうかしら。芝居の先生」と、オーストラリー夫人がジャックに言った。「なんて名前だっけ」

「ラムジー先生」エマが答える。「いい人だわ。あの人はいい。へんなこと言わないでよ」

「だってホモだもの」と娘に言ってから、今度はアリスに、「大丈夫よ。もし男の生徒に手を出してたりしたら、とうに要注意人物になってるはずだもの」。

「夏場にわずらわせていいの？」と、ジャックは言った。

「あの先生から文句は出ないでしょ。あなたが歩いた地面さえ、ありがたく拝んでるみたいだわ」

「でも、どうかしらねえ」と、アリスは言った。

「何がどうかしらなの？」

「ホモだなんて言うから、それだけが――」

「ジャックをちやほやするのは女だけよ」と、これはエマの見解である。

「ラムジー先生は好きだな。もし行ってくれるならいいと思う」

「前を見て運転する座高があれば」

「聞くだけ聞いたっていいんじゃないの」と、アリスが言った。「刺青のご用があるかもしれない」

「相手は先生よ。たいした給料じゃないでしょうね」と、レズリーが言う。「刺青の無料サービスより、お金を欲しがると思う」

「ふーむ」

アリスとオーストラー夫人が二人で映画に行ってしまうと、エマは留守番で皿洗いとジャックを寝かしつける役目を負った。全員分の皿に残ったピザをたいらげる。空腹の原因をジャックは知っていた。サラダには手をつけていないのだ。

「なんか音楽かけてよ」と、エマが言う。

エマは食事中に歌いたがる。もぐもぐ頬張っているときにボブ・ディランの物まねが得意なのだ。ジャックは「アナザー・サイド・オブ・ボブ・ディラン」というアルバムをかけた。エマの好みにより音量を上げる。それから寝るつもりで二階へ行った。バスルームの流しに水を出して歯を磨いていても、エマがレコードに合わせて歌う「モーターサイコ・ナイトメア」が聞こえた。そんなこともあって気分がもやもやしたのだろう。

着替える際にペニスを見たら、いくぶん赤らんで腫れたようだった。モイスチャライザーでもつけようかと思ったが、しみるといやだからやめた。さっぱりしたトランクス、つまり母の言う夏用パジャマをはいて、ベッドで横になり、エマがおやすみのキスに来るのを待った。

ロティーとお祈りをした日々がなつかしい。いまは一人でお祈りを口にすることもあるが、以前は母と祈ったときの言葉だ。もう母がジャックと二人で祈ることはなくなった。たぶん、これもジャックが大きくなったからだろう。また、いまのようなマシャード夫人がいる暮らしでは、あの昔なじみのスコットランド風のお祈りが、なんだか場違いのようでもある。「くださった一日が終わります。神様に感謝いたします」だったけれど、いまのジャックは、終わった一日のことで誰かに感謝しようという気持ちになりにくい。

ロティーからは、プリンス・エドワード島の絵はがきが来た。もみの木、くすんだ色の岩場、ダークブルーの海という風景からは、のどかな島としか思えなかった。

「ちがう、ちがう、おれじゃない」と、エマが歌っている。「きみがさがしてる男は、おれじゃない」

　ジャックは、ラムジー先生にメイン州まで連れていってもらうという話が、気になって仕方なかった。自分がみじめに思える。いやな夢が生産されやすい状況だ。ボブ・ディランのアルバムがかかっているうちに、ジャックは寝入ったのかもしれない。まだエマがおやすみのキスに来ないのに、母とオーストラー夫人が映画から帰ったらしく思った。先に来てキスをするのは、母か、エマか、と思っていたのは、もちろん夢だ。ベッドにいて目が覚めているという夢を見ていた。

　ボブ・ディランが声を張り上げている。ジャックの夢の中ではそうなっている。「太陽の色を切りぬいて、おれが立ってる街角の上にかぶせたとか」これに合わせてエマも歌う。「それとも陽気のせいか何か。でもママ、あんたが気がかりでたまらない」（煮えきらない言い方だ！）

　すると、寝室へ来た人がいる。エマか、母か、と思って目をあけると、レズリー・オーストラーなのだった。裸である。ベッドへもぐり込んでくる。ああいう小柄な人だから、マシャード夫人にくらべると、ずいぶんベッドに余裕があった。匂いもいい。喉の奥から、うなるような音を出した。野生動物に嚙みつかれそうな感じがする。長いマニキュアの爪がジャックの胸に引っかかり、つつっと腹に進む。小さなすばしこい手がトランクスに突入した。爪先がペニスにちくりと当たった。ちょうどおチビちゃんが痛くなっていた箇所だ。ジャック本体もぎくりとしたに違いない。

「どうしたの。あたしのこと、嫌い？」と、耳元でささやかれる。小ぶりな手がペニスを包み込む。オーストラー夫人に抱きすくめられて、ジャックは麻痺した。

「え、あの、そういうわけじゃなくて——でも痛いから」と言おうとした言葉が、口から出てくれなかった（いつも夢では舌が動かなくなって、全然しゃべれないのだった）。

　レズリーに握られたおチビちゃんの大きくなる感触があった。手の大きさが僕とたいして変わらない、とジャックは思っていた。まだ音楽は続いている。「あすの朝きみがどこで目を覚ますのか、もう知ったことではないけれど」と、エマが歌う。「気にならないわけじゃない」

「これから行くところに行けば、チンチンさんも痛くないのよ」オーストラリー夫人がジャックの耳にささやく。

この人まで、チンチンさんのことを知っているのか。こっちがしゃべれないのに、なぜ痛いとわかるのだ。それを確かめようとする言葉が、自分の耳には聞こえない。オーストラリー夫人が同じことを言っているだけ。

いつの間にか声が違っていた。ぐりぐりと押しつけられる体は締まった細身のオーストラリー夫人なのに、声はマシャード夫人になっている。それとも完璧な物真似か。「これから行くとこはねー、チンチンさんにも痛くないんだよー」(でも、だーりん、と言わないのだからおかしい)。

「だめだよ。ほんとに痛い。やめて」ジャックは、そう言おうとしている。でも自分で聞こえないのだから、オーストラリー夫人に聞こえるわけがない(母が聞いてくれるとか、聞こえたら助けに来てくれるとか考えるのは見当はずれだとわかっていた)。

もしボブ・ディランの歌が終わったら、エマには聞こえて、救助に駆けつけてくれるように思っていた。もう音楽は聞こえないのだが、だからといってボブがおとなしくなったとは言いきれない。これだけオーストラリー夫人が耳に息を吹きつけてくるのでは、たとえボブ・ディランが寝室に来て、脳みそを破裂させそうに歌ったとしても、ジャックには聞こえなかったかもしれない。

「あんた、また息が止まっちゃってる」はっきりエマの声だと思った。てっきりオーストラリー夫人にキスされているつもりだったが、エマだったのか！　「ほら、キスしたっていいけど、息もしなさいよっ」

「あ、夢見てた」

「そりゃそうでしょ。ごしごし自分でこすっちゃってさ、痛くもなるわ」

「おー」

「ちょっと見せてごらん。どうかしちゃってるかも」

「どうもしてないよ」損害の状況を知られるのが恥ずかしいだけだ。

「こら、あたしには見せなって。いじめるわけじゃないんだから」バスルームの明かりもナイトテーブルのランプもついていた。エマがじっくりとおチビちゃんを見る。「なんだか腫れてるみたい。すりむけちゃってるよ」

「すり……？」

「むけちゃってる。こすりすぎだっての。一晩か二晩さわらないで放っときなさい。いつからこんなの？」

「こすってないよ」

「嘘おっしゃい。マスかいてばっかで、おチビちゃん酷使されちゃったわ」

「マスって？」

「あんたがやってること。マスターベーション」

「何それ」

「手の仕事とも言う」

「してないよ」

「だからねえ、夢を見ながらやってたのよ」ここまで言われてジャックは泣きだした。エマには信用してほしかったが、それをどう言えばよいかわからない。「泣かなくたっていいじゃない。どうにかしましょうよ」

「どう？」

「モイスチャライザーか何か、つけてみましょ。悩むことないわ。男の子はするんだから。みんな、しこしこ。そういう年になってると思わなかったのは誤算だけど」

「してないってば」ジャックは自説を曲げない。エマが廊下向かいの母の部屋へ行ったので、大きな声を出すしかない。モイスチャライザーを持ってきたエマに、「しみる?」。

「しみるタイプじゃないわ。成分によってはしみるけど」

「成分?」

「化学薬品。香料というか、非天然物質というか、へんなもの」と言いながら、ペニスにローションをすり込む。痛くはなかろうに、ジャックの泣き声は止まらなかった。「あんた、もう少ししっかりしなさいね。こんなことしてたって、しょうがないんだから」

「僕じゃないよ。マシャードさん」

エマは、あわてて手を離した。「マシャードさんが、あんたに?」

「いろんなこと。チンチンさんを入れちゃう」

「チンチンさん?」

「チンチンさあーん、なんて言う」

「入れるって、どこなのさ。口の中?」エマは答える暇もあたえずに問いただす。

「口の中も」

「ちょっと、あんた、それって犯罪よ」

「はん――?」

「悪いことなの。いえ、だから、あんたは何もしてないんだけど、マシャードさんはしてるのよ」

「おかあさんには黙ってて」

エマはジャックを抱きしめた。「あのね」と、ささやく。「そんなことやめさせないとだめ。絶対だめよ」

「エマならできるかな。きっとできるんじゃない?」

「できるわよ」エマの言い方に凄みが出た。

「まだ行かないで」ジャックはせがんだ。必死にしがみつく。もっとエマに力はあるだろうに、さっき抱き寄せたときのままである。ジャックの背筋をさすって、泣き濡れた瞼に、また耳にキスをした。

「あたしがついてるよ。きょうは、もう寝なさい。どこへも行かないから」

今夜は夢のない眠りに落ちた。ぐっすり寝ていたから、言い合う声に、やっと目が覚めたくらいだ。

「こわい夢を見たらしいのよ」と、エマが言っているようだ。「抱いててやったら、そのまま寝ちゃったの。あたしも寝ちゃったみたい。何だと思ったっていうのさ？　こんな服着たまんまで、何をどうしたっていうのよ」

「それにしても、一つのベッドで寝てたらおかしいじゃないの」と、これはオーストラリー夫人の声だ。

「同じベッドにもぐり込んだってことでしょ」

「かまわないと思うわよ。ジャックも問題ないみたいだし」アリスが言っている。

「あ、そう、問題ないのね。それさえ聞けば、こっちは大助かりだわ」エマはわめき立てる。

「なんて口のきき方をしてるの」と、オーストラリー夫人が言う。

「ジャック、起きてる？」

「たぶん」

「こわい夢見たら、いつでもおっしゃい。あたしの居場所わかるわよね」

「ありがと！」ジャックは、出ていくエマに言った。

「ちょっと、エマ」オーストラリー夫人が言いかける。

「まあ、いいから」と、アリスは言う。「何事もなかったようだし」

「ほんとにいいの、ジャック？」

「うん、平気、平気」とレズリーに言ってから、ジャックは母を見た。母は「たった一人の観客」ではないけれど、そうであるかのように母を見た。「まったく何でもないんだ」この発音ならワーツ先生だって誉めてくれたかもしれない。この嘘を、芝居のセリフと同じように、すらすら言えてしまった。母をだますのが簡単だったのは、このときが初めてだ。

オーストラー夫人の足音が廊下を去っていった。行き先はエマの部屋だろうが、だいぶ手前で思いきりドアを閉められたようだ。女二人は相当にエマを怒らせたらしい。ジャックだって腹は立ったが、エマはそれ以上だったろう。まあ、何だかんだ言って、ジャックの腹立ちもかなりのものではあったが。

母にキスされて、ジャックは笑顔をつくった。母がどんな笑顔を好むのかはわかっていたから、それに合わせてやった。くたびれていて、気分的にはおもしろくなかったが、よく眠れそうな気がした。きっとマシャード夫人とエマはいい勝負になるだろう。間違いない、とジャックは思った。


次の朝、母親よりも早起きしたエマが、ジャックを起こしに来た。バサースト通りのジムへはオーストラー夫人が送っていくくらいで、ジャックの母がまともな時間に起きたことはない。ふだんのジャックは一人でシリアルかトーストを用意して、牛乳とオレンジジュースを飲む。そうこうするうちにはレズリーも降りてきて、コーヒーを淹れている。

このオーストラー夫人は、朝のジャックには優しかった。口数は多くない。髪の毛をなでつけたり、首筋あたりに手を出したりしている。お昼用のサンドイッチもつくってやる。リンゴとクッキーがおまけにつく。エマにはクッキーを控えさせたいとすれば、なおさらジャックに食べさせる。

でも、この八月中旬の朝、ジャックがぶんぶん回る天井ファンの音に目を覚ますと、エマがいて、ショーツやソックスやTシャツを、ジム用バッグに詰めている。いつもならジャックが練習着を持ち歩くバッグだ。「早めに出るわよ。きょうからあたしがパートナー。ただ、あらかじめ型の稽古をしたいのよ。オオカミ頭に見てもらう」

「チェンコ？」

「ええ、そのオオカミ頭」

「どうして早く行くの？」

「あたしは柄が大きいから。ちゃんとウォーミングアップしないとね」

「おー」

なるべく静かに裸足で階段を下りたら、もうキッチンのテーブルにメモが置いてあった。昨夜のうちにエマが書いたものだろう。「ジャックをジムへ連れていきます」とか何とかいう趣旨だ。

二人でフォレスト・ヒル・ヴィレッジへ出て、スパダイナ通りのコーヒーショップに立ち寄った。ジャックの朝食は、レーズン入りのスコーンと、いつものように牛乳とオレンジジュースを一杯ずつ。エマはコーヒーしか頼まなかったが、ジャックのスコーンに遠慮なく一口かじりついた。

そのあとは、まっすぐセントクレア通りへ。マシャード夫人が住んでいる薄ぎたないダークブラウンの建物を、ジャックが指さした。決然と歩くエマが何を考えているのか、やや不安でもあった。黙っているのがエマらしくない。いかにも機嫌の悪そうなエマに、マシャードさんはいい人だというような話をしたくなった。情けないことだが、ジャックにとって夫人はいい人なのである（これが問題の一面だということは、まだわかっていない）。

「前の旦那さんが押しかけてくるから、ドアの錠をしょっちゅう取り替えるんだって」

「新しくなってるの、見た？」

そう言われてみれば、ない。「ええと、覚えはないけど」

「どうせ取り替えてなんかいないのよ」

ジャックのしたい話にはならなかった。

やけに早く、バサースト通りのジムに着いた。まだクルングは来ていない。なかなか筋のよさそうなキックボクシングの生徒が、二人で組んで始めている。チェンコは巻き上げたマットに腰を下ろし、コーヒーを飲んでいた。エマがいると見て、「よう、ジャック。彼女ができたか」

「練習パートナーよ」と、エマは言った。「この子は、まだ子供」

チェンコは立って、エマと握手をした。ウクライナ人のチェンコは、もう六十いくつになっている。寸胴な感じはあるが、胸といい腕といい筋肉がぱんぱんに張っていた。体重は八十キロを越え、身長は百八十センチに届かない。この体型で、ひょいひょい身軽に動くのだ。

「この人がエマ」と、ジャックは言った。チェンコは握手しながら、ぺこりと頭を下げた。はげ頭で唸っている狼に、エマは可愛いペットを見るような目を向けた（この狼のことはジャックから聞いている）。

「百八十はあるね」と、チェンコは言った。

「百八十一・六です。まだ成長中」

マットを広げるチェンコに手を貸してから、エマとジャックはそれぞれのロッカー室へ行って、練習用の着替えをした。エマはレスリングシューズを持っていない。靴下のままで現れた。「適当に見つくろってやるよ」と、チェンコは言う。「それじゃスリップするだろう」

「そんなでもないけど」

「体重はどうなんだろな」チェンコがジャックの耳元で言った。シューズをさがしてやっている。だがエマにも聞こえたようだ。

「調子がよくて七十五キロ」

「調子か」シューズをはくエマを見ながら、チェンコが反復する。

「きょうは八十くらい行ってるかな」

「ジャックとは階級が合わないね」

「じゃあ、先生、よろしく。あたしとは合ってるみたいだわ」

「おい――」とチェンコは言いかけたが、もうエマはマットの上へ出て、チェンコを周回する動きをとっていた。

「まずルールを教わったほうがいいかも。何かあるんだったら知っときたいわ」

「そりゃあるさ。たくさんでもないが」と、チェンコは手始めに言った。「相手の目を突っついちゃだめだ」

「でしょうね」

チェンコは組み手争いから始めた。エマの手首をつかんで動きを封じようとしたのだが、そうと読んだエマはチェンコの指を引きはがすようにして、逆にチェンコの手をつかまえた。「ようし、いいぞ」と、チェンコは言う。「手をコントロールする勘が良さそうだ。ただし、指はまとめて握るんだぞ。せめて三、四本はつかまえろ。親指でも小指でも一本とって曲げたりするなよ」

「なんで?」

「指の骨が折れるかもしれない。そういうのは反則だ。指はごっそり握れ」

「嚙みついちゃだめなんでしょ」これは残念そうに聞こえた。

「あたりまえだ!　それから髪の毛を引っ張っても、着てるものをつかんでもいかん。チョークもだめ」

「チョークって、やってみてよ」

そこでチェンコはフロント・ヘッドロックを実演した。エマの頭を抱え込み、首筋に力をかけて自分の胸に押しつける。前腕がエマの首を巻いていた。「こうやると反則。ほんとは相手の腕も抱え込まないといけない」そう言うとエマの腕を一本とって、ヘッドロックで固めている中へ突っ込んだ。

もうチェンコの腕はエマの首から浮いている。「ヘッドロックをやるときは、相手の頭と腕を抱えなくちゃいけない。首だけだと、じかに締めちまうからな」

「でしょうね」

チェンコはしっかりした立ち方と、膝を取る基本も教えた。さらにアンダーフック、ダブルアンダーフック、またカラータイアップからフロント・ヘッドロックへ持っていく要領。「腕も取るんだぞ」と念を押す。ラテラルドロップも教えて、エマの実験台にもなってやった（エマの体重をまともに受けて、予想外にどしんと落とされたのではないかとジャックは思った）。「あんた、なかなか――」と言いかけて遠慮した。エマの体の中央部を指さしている。

「腰？」と、エマは言った。

「ああ、いい腰してるよ。あんたの強みになるね」

「そうじゃないかと思ってた」

この二人がマットに転がって、アームバーの指導が行われていたときに、ジャックはマシャード夫人が着替えて出てきているのに気づいた。まずはストレッチというところだが、目はエマへ行っているようだ。「おっきい子、だーれ」とジャックに言う。

ジャックは夢の中にいるように口がきけなくなった。声が出ない。エマはチェンコと転がったままで言う。「マシャードさん、ジャックにセクハラしてるのよ。ちっちゃいペニスが腫れちゃったわ」

チェンコはごろりと回って、坐る体勢になり、ジャックとマシャード夫人にびっくりした目を向けていた。もう立ち上がったエマが、二人に近づこうとする。

「おっきいお姉ちゃんに、秘密をばらしちゃったの？」と、マシャード夫人は言った。

あとでチェンコからボリスとパーヴェルに、勝負にならなかったぜ、と話が伝わることになる。エマはマシャード夫人の目を両方いっぺんに突いて、ぎゃっと叫んだ夫人が顔を手でおおった。その右手の小指をエマがねじり上げる。骨が折れたかもしれない。手の甲から直角にそり返っていた。マシャード夫人は刺し殺されるような悲鳴をあげる。

さらにエマは、カラータイアップを決めておいて、夫人の首を前に出させ、反則のヘッドロックに固めた。もちろん腕なんか入れてやらない。夫人の後頭部に思いきり体重をかけた。前腕が喉にかかるから、夫人は息が詰まっている。

ようやくジャックはクルングも来ていると気がついた。この元ミスター・バンコクがレスリングに目を留めたのは、すでにエマとマシャード夫人がマットの外へ転げ出ていたからだろう。それでもエマは反則ホールドを緩めていなかった。息のできない夫人が、さかんに足をばたつかせる。

「新しい子かい？」クルングがチェンコに言った。

「ああ、呑み込みがいいね」とチェンコが言うとおりで、エマは十秒とたたないうちに三つの反則技を繰り出していた。これ以上の「呑み込み」はあるまい。どうりでルールを知りたがったわけだ。

「止めなくていいのか？」

「もうちょっと、な」もうマシャード夫人はべったりと腹這いになって、ほとんど動きがない。片足でふらふら蹴りたがっているだけだ。お得意の急所蹴りはどこへやら。

「じゃあ、そろそろいいだろう」チェンコはジャックに言ってから、二人のそばへ膝をつき、エマにボリスに言うのだった。「よっぽど締めつけないと、あのヘッドロックを緩めようとしないんだからな」こうして新しくジャックの練習相手をすることになったエマを、この日の午後にパーヴェルとスリークォーター・ネルソンをかけた。「いやはや、苦労したぞ」と、紹介したのである。

マシャード夫人は一言も発しなかった。立って歩けるようになると、すごすごとジムを出ていったのだが、だいぶ喉をやられて口がきけなくなっていた。しゃべったのはエマだ。「通販花嫁みたいなわけにはいかないよ」という発言は、夫人には何だかわからなかったかもしれないが、「ジャックの唯一の練習相手」と言ったのが誰のつもりなのかはわかったろう。夫人がどのように納得したのかしないのか、ともかくクルングとチェンコには文句がなかったようだ。ジャックのためには心配でなくもなかったが。

クルングはキックボクシングのほうへ気を引こうとしたのだが、エマはレスリングにこだわった。

「地面に落っこちてるものを蹴っ飛ばすならいいんだけどね」とエマは言い、そんなやり取りのあとでクルングも、だったらそのほうがありがたいという顔になった。

午後からパーヴェルとボリスがやって来ると、エマはこの二人とも取っ組み合った。すでにジャックは休憩したくなっている。マットにこすれた頬が痛くて、肩もひりひりしていた。エマはチェンコに伝授されたファイヤーマン・キャリーに天分を見せていた。ジャックは初めて経験する「カリフラワー耳」をさすっている。

パーヴェルとボリスも、チェンコと似たような耳の形になっているのを見てとると、エマはジャックの耳をどうにかしなければならないと言った。どうにかなるとはジャックは思っていなかった。だがチェンコらは、あまり乗り気ではないものの、「血抜き」の方法を心得ていた。

「ちょっと痛いかもしれないけど我慢してね」と、エマは言った。「だって、あんたが大きくなってあんな耳になっちゃったら、とんでもなく困るもの。せっかくいい男なのに、犬のウンコみたいな耳じゃ、将来がめちゃくちゃだわ」

これには男三人がおもしろくなさそうだ、とジャックにもわかった。耳がこうなるのは歴戦の勲章なのであって、犬のウンコとは何事か！　だがエマはジャックの将来を自分の仕事として引き受ける覚悟を決めていた。もはや後へは引かない。

いわゆる「カリフラワー耳」は、血が溜まって起こる。耳がマットにこすれたり、相手の顔とぶつかり合ったりしていると、内出血して腫れるのだ。血が固まれば、もともと凹んでいた部分が盛り上がる。つまり中で固まらせないことが対策になるので、注射針で血抜きをしてやる。それからプラスターをつけたガーゼを、耳の形を考えながら当てておく。これが固まると、もう耳がふくらむことはない。血は溜まらず、耳の形が保たれる。

「あんまり快適とは言えないぞ」と、チェンコが釘を刺した。

「おちんちん腫れるよりいいでしょ」とエマが言い、これにはパーヴェルとボリスも異論がなかった。

そんなわけで、この日のジャックは、片側の耳にガーゼを当て、もう片側はマットのすり傷も生々しい頬をして、帰途についたのだった。

「あら、ジャックがこんなになってる」と、オーストラー夫人が言った。きょうの夕食はテイクアウトであるようだ。「あのジムの連中ったら、ジャックを殺す気かしら」

「おちんちん腫れてるよりいいんだ」と、ジャックは言った。

「そういう言葉遣いまでロシア人から教わってるの」

「口のきき方には気をつけてね」と、母が言う。

次の晩は、エマもそんな耳になって帰った。おそろいのガーゼをつけて二人とも自慢げである。ジャックがクロスフェース・クレードルを決めて、右のこめかみがエマの左耳にぐりぐり当たっていたときに、エマは足の反動で脱出し、リバース・ハーフネルソンで逆襲したのだった。

「クレードルは相手の体格を考えないとな。おまえさんには無理だ」というのがチェンコの意見だ。

そう言われればそうなのだが、ジャックとしては、エマくらいに強い相手に恵まれればありがたいことだった。また、エマにとっても、レスリングは効果があった。一週間で四キロ近く減った。それにパーヴェルとボリスを見て、エマは思うところがあったらしい。耳のことはともかく、食事への態度に感心した。練習も厳しいが、食事も厳しい。「つまんない瘦せ道場より、初めからジムへ行かせてくれれば、ずっと安上がりだったわ」とエマは母親に言った。

「あなたも、口のきき方には気をつけてね」と、オーストラー夫人は言った。

「ちんちん、ちんちん、ちんちん」と、ジャックは口ずさんだ。

「そのへん止まりにしてよ」レズリー・オーストラーは言う。

「もう部屋へ行きなさい」と、母が言う。

ジャックは素直ではなかった。ほんとうに言いたかったことは、「エマを寮生にして、僕をメイン州へ追っ払おうとしてるくせに、何が気をつけろだ、このやろ」なのだけれど、実際には「ちんちん、ちんちん、ちんちん」と言いながら、階段を上がっていったのだ。

「いいかげんにしなさいっ！」と、母が大きな声を出す。

「怒らなくてもいいわよ」と夫人が言っているのが聞こえた。「転校するんで落ち着かないんでしょ」

「なーにバカ言っちゃって」と、これはエマが言った。

「あなたも部屋へ行きなさい」オーストラー夫人が言う。

「じゃあ、ごゆっくりお皿洗いを！」と言ったエマは、どすどすと階段を上がった（いつもならエマが皿洗い係をやっている）。


エマとジャックは、いろいろな意味でパートナーになっていた。ついに盟友になったとさえ言えるのだが、双方の母親が二人を離そうとしたことも一因になっている。だが、マットに皮膚をこすったり、唇が切れたり、目のまわりが黒くなったり、耳をカリフラワーにして帰るたびに、これがどういう接触であるにせよ、色気は抜きであるということだけは、アリスとオーストラー夫人にも納得された。ジャックが真夜中に目を覚ましてエマの部屋へ行き、そのベッドにもぐり込んでも、逆にエマがジャックの部屋へ来てベッドにもぐり込むことがあっても、母親は口を出さなかった。

そろそろ夏も終わりだ。エマとジャックがバサースト通りのジムに入り浸りで、どたばた暴れているくらいなら、アリスやレズリー・オーストラーには何が困るわけでもなかった（どたばたしてもジャックに勝ち目はないのだが、たまに一発、二発と技が決まることはあった）。

「ま、ホルモンだわね。エマはそうよ」と、オーストラー夫人は言った。アリスは従来の見方のまま、ジャックは男生徒からの自衛策を身につけようとしていると考えていた。

エマは二週間で五キロ半も減らした。さらに行けそうだ。練習だけではない。食事が変わったのだ。チェンコという男が気に入った。「耳以外は、いい人ね」またボリスとパーヴェルも、耳以外は、いい人として扱った。

ジャックは、エマの部屋へ行って添い寝したり、やって来たエマに抱きかかえられたりしていると、つらい思いになって、これから誰と練習するのかと聞いた。もちろんジャックがメイン州へ行ったあとの話だ。

「そうねえ、適当なのをさがすわよ。ぶっ飛ばせるようなやつ」

ジャックはエマで練習して、息を詰まらせずにキスができるようになっていた。気が遠くなるほど息を止めていたい願望が失せたわけではない。エマがおチビちゃんを大切にする精神は揺らいでいなかった。なるほど言ったとおりに回復した。相乗効果と言うべきだろう。エマは、見た目にはもう大丈夫とジャックが思ってからも、なおモイスチャライザーをつけてくれた。それにマシャード夫人が手を出してこなくなったのがありがたい。あの人は明らかに手を出しすぎた。

「惜しかったと思う？」ある晩、エマに聞かれた。たしかにマシャード夫人の行為には惜しかったものもあると思っていたのだが、さりとて夫人そのものが惜しいとは思えなかった。では何が惜しいのかというと、なんとなく気まずくてエマには言いそびれている。救い出してもらって恩知らずだとは思われたくない。だが、いまはもう本物の友人および練習パートナーだ。エマはちゃんとわかっていた。「わくわくしたような、こわかったような、って口ぶりね」

「うん」

「これでメイン州へ行ったら、おチビちゃんがどんな目にあうのか、心配でぞっとするわ」

「どういうこと?」

このときはエマの部屋にいた。縫いぐるみ動物がいるとはいえ、ベッドはキングサイズである。ジャックはトランクスをはいていた。エマのTシャツは、パーヴェルとボリスのどっちかにもらったもの。トビリシでのレスリング大会の記念品なのだが、グルジア語が読めなければ詳しくはわからない。だいぶ色が褪せて、裂け目もあって、古ぼけた血痕が残っているというのが、エマの好みにはぴったりだ。

「トランクス、脱いじゃいなさいよ」もうエマはベッドの中でTシャツを脱ごうとしている。ささやかな大変動に、縫いぐるみが揺れた。「無事にすむコツを教えたげる」エマはジャックの手を取って、ペニスに置かせた。「どっちの手でもいいんだけどね。やりやすいほうでいいのよ」

「やりやすい?」

「とぼけなくたっていいの」

「とぼける?」

「初めてってことないでしょ」

「だって初めてだから」

「じゃあ、あわてなくていいわ。すぐ覚えるって。あたしにキスするとか、あいてる手でさわるとか、どうにかしてなさいな」

ジャックもどうにかしようとしていた。こわくないことは確かだ。「左手のほうがいいみたいだ。ほんとは右利きなんだけど」

「こんなのロシアン・アームタイよりも簡単よ。相談するようなもんじゃないわ」

ジャックはエマにしがみついた。なにしろ強力な、ずっしりした相手なのだ。キスされたので、ここで息を止めてはいけないと思った。とにかく始めから止めてはいけない。「どうにかなりそうだ」

「そこらじゅうぐしょぐしょにしないでね」とエマは言ったが、すぐに「いまの冗談よ」。

キスをしながら息をするのが困難になってきた。もちろん口をきくのは大変だ。「これって何なの。どうしようとしてるの?」

「メインへ行ったら、こうやって生きていく」

「エマがいるわけじゃないのに」ジャックは泣きそうに言う。

「いるつもりになりなさい。写真、送ったげてもいいわ」ああ、またしても北極のオーロラが見える! 「あらー、これがそこらじゅうでなかったら、何がそこらじゅうかわかんない」と、エマが言っているようだ。ジャックは息をする行動に戻っている。「あーあ、こんなになっちゃった」と、エマは言う。「あんたに嫌われたいわけじゃないんだから、そのつもりで」

「嫌いなもんか」ジャックは思わず口走った。

「あんまり義理堅くなくていいのよ。あたしの親友になってくれたことだけで、もう奇跡なんだから」

「ほんとは離れたくない!」ジャックは泣かんばかりになる。

「しーっ。大きな声出さないで。聞かれたら、あっちの思う壺だわ」

「壺?」

「そりゃ、あたしだって離れたくはないわよ」エマが声をひそめる。Tシャツを着直そうとしているので、また縫いぐるみの動物が逃げまどうように揺れている。と、廊下でジャックの母の声がした。ドアがちゃんと閉まっていなかった。

「いま騒いでたの、ジャック？」と、母が言うのだから、よほど変に聞こえたのだろう。

ジャックがトランクスを脱いだままであるのは、ベッドにいる二人ともわかっていた。だが、どこに脱いだのかわからない。ベッドの中であってくれ、とジャックは思った。顔がエマの肩にくっついた状態で、ゆるやかに首を抱えられている。この「ゆるやかに」のおかげで、まだヘッドロックにはなっていないが、ベッドでぬくぬくとくっついているというのは間違いない、というところへアリスが入ってきたのだった。

「夢を見たんだ」と、ジャックは言った。

「へーえ」

「こわい夢を見るなら、こっちのベッドのほうが広いから」これはエマが言った。

「ま、広いことは広いわね」

「落っこちた堀の夢だった」と、ジャックは言う。「ほら、あの小柄な兵隊だよ」

「忘れちゃいないわ」

「あのときの夢だった」

「いまだに見てたとはね」

「ずっとだよ」と言ったのは嘘だ。「このごろ多くなった」

「へーえ。そりゃ大変」

縫いぐるみ動物が、大襲撃で蹴散らされたように、てんでな位置にある。そんな中にトランクスがあったらどうしよう、とジャックは思っていた。出ていきそうになったアリスが、ふと立ち止まって、振り向いた。

「いいお友だちになってくれたのね。ありがとう、エマ」

「ええ、生涯の友ですよ」

「そうだといいけど。じゃ、二人とも、おやすみ」そっと言い残して、廊下を歩きだしていた。

「おやすみなさい！」ジャックは母に向けて言った。

「おやすみなさい！」エマも言う。その手はベッドの中でおチビちゃんをつかんだ。おチビちゃんは、もう寝ていたようである。

「忘れっぽいのね」と、エマはペニスにささやいた。

昔はこうだった、と思いながらジャックは眠りについていった。その「昔」のどこが良くて、どこが良くなかったのか、はっきり認識できているわけではない。でも、エマのいびきを聞くだけでも落ち着けた。

エマは、バサースト通りのジムで、フィルムを一本使いきり、ジャックとチェンコの二人を撮っていた。オオカミ頭の刺青がさまざまな角度から写っている。ジャックがマット上でチェンコとならんで胡座をかいている。チェンコに肩を抱きかかえられて、まるで父親のような感じだと子供には思えている。

いまエマのいびきを聞いているジャックは、そういう写真を目に浮かべていた。もうすぐメイン州へ行くのだが、もう不安ではない。眠りに落ちていきつつ、メインにこわいものなんかないはずだと思った。


これまでの娘たち、年上だった女たちのことを、あとでジャック・バーンズはなつかしむ。セクハラめいたことをされた女についても例外ではない。むしろ、そっちのほうが妙に覚えていたりした。だからマシャード夫人のことも、エマに話した以上に、なつかしかった。

いじめられたわけでもない女のことも思い出した。たとえばサンドラ・スチュアート。まわらない舌で二カ国語をしゃべる役を演じた娘。吐いてしまった娘。犬ぞりの上で犯され、大仕掛けな雪の舞台で凍え死んでいった通販花嫁。そういう女まで記憶に残ったとは、どこまで病気なのだろう。

そういう一人一人を覚えていた。女の海をただよった日々の、主役も脇役も、みな覚えていた。あの娘たち、当時は「女」と思えた娘たちのおかげで、ジャックは強くなっていた。これから人生の大陸（といって、どっしり確かな陸地でもなかったが）へ行って、さまざまな年齢の男と立ち向かうジャックには、もう充分な備えができていた。女の海を泳いだあとでは、若い男など物の数ではない。年上の女との経験があれば、もう男どもは楽な相手なのだった。

第Ⅲ部　幸運

16　凍上現象

メイン州への出発を前にして、あわただしい日々になった。母は新調の服にせっせと名札を縫いつけた。オーストラー夫人は買い物の面倒を見てくれた。レディングの学校には制服がないらしい。スクールカラーというほどのものもない。男生徒がジャケットを着て、ネクタイをして、カーキ色かフランネルのズボンをはいているだけ。ジーンズではないようだ。ともかくレズリー・オーストラーが服を見立ててくれるなら、ジャックは学校のベストドレッサーに仲間入りするだろう。

アリスもジャックと話をしておけばよかった。何でも言えばよかったのだ。でも、口には出さずに、縫ってばかりいた。

ジャックには不思議なことだった。四歳だった年は、北海の港町をまわって逃げる父を追った。しかしセント・ヒルダへ通った五年間に、アリスはほとんどウィリアムの話をしなかった。いま十歳になったジャックは父への関心を強めている。ウィリアムが邪悪な人間だったとすれば、ジャックもこの自分がどうなのか、どうなってしまうのか不安である。父のことを聞こうとしても、母は答えてくれなかった。アリスが冷酷な母だったというわけではないのだが、冷ややかになることはあった。そして、ジャックが父のことを聞きたがると、決まって母は冷たくなるのだった。

そういう話題に戸を閉められたことは、もう百回にもなるだろうか。「もう少し大きくなったらね」というのが、アリスが戸を閉めるときのセリフだった。

マクワット先生に相談したこともある。「女が秘密を守るなら、文句を言ってはいけないわ」というのが灰色幽霊の答えだった。

エマは母親への苦情の一覧表ができそうな娘だから、愚痴をこぼせる相手としては楽だった。「どんなやつだったか知りたいだけなんだぜ、ったく」

「口のきき方には気をつけてよね」

すでに二人とも、入学前の準備としてレディングから届いた『生徒心得』なる冊子を読んでいた。正しい言葉遣いは校則の重要事項になっている。ジャックをメイン州まで送ってくれることになったラムジー先生も、この本を熱心に読んだ。「じつに厳しい」校則だ、とのことである。

メイン州へ出発する前日に、エマと二人でフォレスト・ヒル・ヴィレッジの理髪店へ行き、おそろいの髪にカットした。ジャックの場合、似合わなくもなかった。一九七五年の男の子にはやっていた、もじゃもじゃのモップ頭にくらべれば、だいぶ短めではあったが、それなりに格好がついていた。だが、エマがショートヘアにしたことには、いささか疑義があった。さすがに丸刈りとまではいかないが、男の子も同然になって、首筋がよく見えた。体重は減少傾向のままであるだけに、このごろは首の太さが目立ってきた。週に三度か四度、十キロ以上の負荷を胸にかけたネックブリッジで鍛えている。すでにフットボールの守備につけそうな首になっていた。そこへショートヘアだから、エマを初めて見る人は不幸な第一印象を持ちやすい。すなわち、エマ・オーストラーには首がない。うしろから見れば、まるで男なのだった。

まずジャックが切ってもらってから、エマが終わるまで横に立って待っていた。「こんなにしたら、帰ってから叱られない？」

「平気」

と、エマの言うとおり、いまやオーストラー夫人など敵ではない。キャンディーの棒のように、へし折ってしまうかもしれない。もうすぐチェンコでさえエマを持て余すようになるのだ。ジャックがいなくなってからは、チェンコが代役でエマの練習パートナーになる。チェンコなら年はとっても体の手入れはできているし、体重でも十二、三キロは上回る。しかも経験は豊富だ。でも相手に怪我をさせまいと遠慮するのは大変で、自分が傷つく可能性もある。手加減することに無理があるのがレスリングなのである。

エマを組み止めて、ラテラルドロップの機をうかがっていたチェンコに、ふと迷いが生じた。怪我をさせたくない。動きが止まった瞬間に、逆にエマからの完璧な一発が決まっていた。胸にのしかかられたはずみに、チェンコは胸骨を脱臼した。ただでさえ治りの遅い負傷なのに、六十いくつの身ではなお遅い。

こうなるとエマとしてはボリスとパーヴェルに頼るしかない。まだ若い二人だけに多少の無理はきいた。

理髪店の鏡で、同じようになった頭を見ていたら、もうジャックには予見できるように思えた。エマを寮生として受け入れたとは、セント・ヒルダの判断はどうかしている。そもそも寮に入るような性分ではないだろう。そこへ持ってきて、この怒り肩と、四十数センチの首まわり。

「この年齢の子は、一年に二、三センチ太くなる」と、チェンコは言っていた。

結局、エマの寮生活は一年で終わるのだが、そうと知らされたジャックには意外でも何でもなかった。一年でもよく続いたと思った。学校側が安堵の胸をなでおろし、オーストラー夫人もしぶしぶ承知するという形で、エマは自宅に戻り、第十二学年と十三学年を通学生として送った。だが客用のウィングに引き移った。もとはアリスが使っていた寝室で、廊下をはさんでジャックの部屋がある。といって、今後のジャックが、この部屋をまともに使うことにはならないが。

さて、アリスはというと、もう開き直ったように、レズリー・オーストラーの寝室に泊まり込んでいた。エマに聞けば、ジャックがメイン州へ発ってから一週間足らずで、そうなったらしい。エマが客用の一角へ移ったのは、この二人となるべく離れて眠りたいという気持ちもさりながら、母親同士の関係について一切語られないことに業を煮やしたせいなのだ。語って聞かせるのはアリスの得手ではない。オーストラー夫人は娘との対話を閉ざした実績がありすぎて、いまさらエマのほうから再開に応じるとは考えにくい。またアリスとジャックについても、事情は似たようなものである。たとえ話そうと思うことがあったとしても、ジャックには聞く気がなくなっていた。

メイン州へ行ったジャックには、母よりもエマから届く便りのほうが多かった。マシャード夫人のこともエマから聞いた。すでに逮捕されたという。サー・ウィンストン・チャーチル公園で、淫行目的をもって未成年者に近づいた容疑だった。被害者は十歳の男児である。夫人の子供たちが大きくなって離れていったというのも嘘だった。まだ十五歳と十一歳。トロント市内で父親と同居している。この父親は再婚して幸せな家庭を築いているそうだ。夫人には制限条項がついていた。実の息子に手を出した過去があるからだ。いま十五になっている子が十歳のときだった。

もちろん前夫が襲って来るというのはでたらめだ。鍵を取り替える必要もなかった。M・マシャードという表記が「ミセス」に相当するものだったのかどうかも疑わしい。すでに「夫人」でなかったことは確かだろう。この人が何者であるにせよ、キックボクシングやレスリングを習いたがった理由は、ずっと不詳のままだった。

このニュースについて、アリスからは何も言ってこなかった。知らないわけではなかったろう。どの新聞にも載ったのだ。「写真つきで、ばっちり」と、エマは言った。ジャックが被害にあったとは、アリスには思いもよらなかったのだろうか。あまり考えたくなかったというべきか。あるいはまた、何かあればジャックが話したはずだという虚構にひたっていられたのか。

　エマの皮肉な口調で言うならば、「そりゃそうよ、もしアリスに何かあったら、きっとジャックに話したはずだもの」。


　灰色幽霊に対しては、どちらかというとジャックが筆無精になっていた。このマクワット先生は賢明な人だったが、いまのジャックに助言する存在としては、エマが第一等の地位にある。これは筋違いだったかもしれない。ジャックは幼児期に娼婦とアドバイス係を混同したが、そのほうがまだましだったのだから、おかしなものだ。娼婦でも何でもないエマが、セックスとアドバイスを区別していなかった。

　ジャックは、ワーツ先生との音信も途切れがちになった。ラムジー先生とは、通販花嫁を演じたという以上のつながりができた。初めて行くメイン州へ付き添ってもらった経験が心に残り、その影響で、演劇という大事な方面の指導者として、ラムジー先生が浮上したのだった。

　あいかわらずワーツ先生は夢に出てきて、下着姿だったりもしたけれど、ジャックは人生の岐路というべき地点にさしかかって、ラムジー先生の話を聞くことが大事な問題になっていた。この先生の発言は、内容以上に芝居がかっていたことが多いのだが、そんなことは関係ない。ジャックも役者であるからには、芝居がかっているから嫌いだとは言えるわけがない。

　ポートランドに着陸した瞬間、ラムジー先生はジャックの両手をつかまえて、「ジャック・バーンズ！」と叫びをあげた。いきなり大きな声を出されたので、これは墜落なのかと思った。「さあ、何はともあれ、メインに来たぞ」ジャックは飛びすさる滑走路に心配そうな目を投げる。「さあ、いいか。ああいうモットーを掲げるレディングが、悪い学校であるわけがない。ほら、言ってみてくれ」

「は、何を？」

「今度の学校のモットーだ」

もう忘れていた。じつはラムジー先生とは違って、ジャックは『生徒心得』を読んで質実剛健が目立ちすぎると思った。あっちにもこっちにも「人格の形成」とか何とか書いてある。「品性を旨とする」と謳っていたはずで、あれがモットーかもしれない。

「品性を旨とする、でしたっけ」

「そりゃそうに違いないが」と、先生はじれったそうだった。「モットーではないぞ。きみのような記憶力の持ち主としては、案外だな」

ジャックは学友との「交流」とか何とか書いてあったのを思い出した。「軽い言葉を使ってはいけない」と注意していた。この変わった指示を思いながら、これがモットーでないとはかぎらないが、でも違うだろうという感覚は働いた。同級生を「軽くあしらう」ような、「軽く見る」ような態度をとってはいけないという。そして校則の核心の位置にあったのが「人格形成の契約」なるものだ。これに生徒が署名して、他者への尊敬がなければ自尊心もあり得ない、と宣言させられる。ジャックも署名はすませていたが、これまたモットーになりそうではなかった。

「じゃ、ヒントを出そう。ラテン語だよ」と、先生は言うのだが、これでヒントになるのだろうか。

ポートランドの空気は、さっぱりしていたが、まだ夏の感じが残っていた。もうすぐ引き締まってくるとしても、いまのところ思ったほどではない。また空港全体が、滑走路と同様に、たいして整備されていないようだ。

「ラボル・オムニア・ヴィンキット！」ラムジー先生は、ちょうど通りかかった二人のパイロットに向けて、大きな声を出した。頭のおかしい客、と思われたはずだ。「このジャック・バーンズが、いまからモットーの模範演技をいたします」と言ったのは、スチュワーデスをびっくりさせた。なかなかの美人である。三十代だろう。

「ラボル・オムニア・ヴィンキット」と、ジャックは堂々と言ってのけた。最後の単語に、とくに力を込めている。

「意味を教えてあげなさい」と、先生は言ったのだが、スチュワーデスには見向きもされない。この人の目はジャックに行っていた。いま外国へ来て、それがメイン州などというところで、これから入る学校のモットーも、その意味も忘れていたのだが、スチュワーデスの心理は読める子なのだった。つまり「年上の女」というやつだ。にっこり笑っただけのジャックが、すでに相手の考えることを読んでいた。

「付き添いの人がいらっしゃれば安心だわ」と、ラムジー先生に言ったのに、目はジャックから離れない。

「この子はジャック・バーンズというんです。象みたいに優秀な記憶力をもってますが、きょうは調子が悪そうだ」

「ラボル・オムニア・ヴィンキット」またジャックは言いながら、これを訳したらどうなるんだっけ、と思っていた。

「労働は――」と先生が言いかけたのを、ジャックはさえぎった。ようやく思い出していた。

「労働はすべてに勝る、です」と、十歳の少年が客室乗務員に言った。

「あら、やだ。すべてに勝るのは愛だとばかり思ってた」

「いえ、労働です」ジャックは断言した。

スチュワーデスが、ほうっと息をついて、少年の髪に手を出した。目だけはジャックで、言葉はラムジー先生へ。「どれだけ人を泣かせることになるのかしら」

レディングをめざしてレンタカーを北北西に走らせたときは、まだ明るさが残っていた。ポートランドを出ると、もう海からは離れている。ルイストンを過ぎれば、たいした景色ではなくなる。ウェスト・マイノットという町がある。おもしろくはない。イースト・サマー、ウェスト・サマーという二つもおもしろくないが、ただのサマーがないことを先生はおもしろがった。「メイン州は、気のきいた地名のつけ方では、上位に来ないだろうな」

そろそろ日が暮れかかり、周囲に広がる荒野が、さびしい色に染められていく。さっきまでラムジー先生は、さかんに話しかけようとしていた。ウィックスティード夫人の流儀だった「二度まではおだやかに」の哲学を、男子校レディングにいるかもしれない乱暴者にも適用できるかもしれないという話に、ジャックをつり込もうとしたのである。だが、いまは違う。いつも明るいラムジー先生も、殺風景な荒野を見ていたら、言ってはならないことを口にした。「これじゃあ、つい言いたくなるよなあ。通販花嫁の舞台になりそうな田舎だよ」これでジャックが気落ちした。先生はあわてて話題を変える。「いや、あの、レディングってのは、ほとんどの子が寮生活なんだろう」

「たぶん」

レディングは私立の（いわば独立した）学校だった。対象とする学年は、五年生から八年生まで。ジャックの学費はオーストラー夫人が引き受けてくれて、これはアリスに言わせれば「痛くもかゆくもない」出費でしかないはずだが、いま次々に通り抜けていく町、というか町にも村にもならない、さびれた土地の様子を見ていると、このあたりの家庭には子弟をレディングへ行かせる余裕はなかろうと思えた。学校から出る奨学金制度がないわけではないとしても、何らかの恩恵にあずかる受給率は、全生徒の十五から二〇パーセント止まりだろう。ふんだんに資金を集めている学校ではない。

ラムジー先生は『生徒心得』の行間を読んで、ジャックと同じような解釈を得ていた。冒頭の文からして、どこか予防線を張ったような無理な気配が察せられる。「まず第一に、レディングの生徒のすべてに問題はありません」

　もちろん、これを読んだラムジー先生は、多くの生徒に問題があるらしいと思った。では、どんな問題だろうか、という推論を、ずばり言ってのける。「きっと問題のある家庭の子供なんだ。ほかの学校を退学させられたのかもしれないな」

「理由は？」

「まあ、おそらく、五年生から受け入れる寄宿制の学校というのは、ニューイングランドといえども、そう多くはないだろう。でも、そういうところでこそ、ジャック・バーンズという子が開花するのではなかろうか！」と、先生は謳いあげる。

「開花って、何のですか？」

「まあ、だから、きっと適性よりも態度を重視する学校なんだよ。君はどっちもしっかりしてるんだから、どのみち有利だ」ジャック・バーンズは態度が先行している、と先生は見てとっていた。ラムジーは話を進める。ジャックのためを思う熱意は、一方向に一定速で進む。すなわち全速前進。好漢「まあ、いわゆる人格形成を基礎にした教育はだね、共学ではないほうが追求しやすいのではないかな。ジャック・バーンズのようないい男には、よけいな邪魔が入らずにすむ」

「女がいないほうが、ってことですか？」

「そのとおり。女のことなんて考えてもいけないよ。あっちへ行ったら、仲間うちのヒーローにならなくちゃ。それが無理なら、せめてヒーローらしくなってることだ」

「どうしてヒーローなんですか？」

「男子校ってのはねえ、大将組と兵隊組に分かれるんだよ。どうせなら上にいるのが幸せだ」

　運転席のラムジー先生は、エマが言ったとおり、ハンドルの上へ顔を出すのがやっとらしい。マシャード夫人なみの身長しかなくて、体重は十キロほども軽い。女子校に勤めてヒーローになったらしいが、どこかで兵隊の役どころだった前歴がある可能性は、ジャックにも見えていた。きれいなスペード形に手入れした髭は、子供が砂場で遊ぶシャベルくらいの大きさだ。二十四センチ、とジャックが推測するローファーをはいた足は、かろうじてブレーキとアクセルに届いている。「先生、今夜はどうするんですか？」夜道を一人でポートランドまで運転して戻るのかと思うと、ジャックは心配になった。でも先生は勇敢だ。先生の頭にはジャックのことしかない。

「もし困ったら、まわりに人を集めるんだ。乱暴なやつが二人も三人もいたとしたら、まず強そうなのをやっつけろ。とにかく大勢の前でやるんだ」

「どうして？」

「やられそうになったら、誰かが止めに入ってくれるかもしれない」

「おー」

「打たれるのをこわがっちゃだめだ。とにかく出番があっただけいいと思え」

「はあ」

こんな調子でメイン州南西部を走破した。心臓が止まりそうなくらい、さびしい土地だ。もうすぐ学校へ着くという地点で、先生はガソリンスタンドへ入った。帰路の先生が満タンで走ることを思うと、それだけでもジャックは救われた。よく田舎にあるような、食料品も売っているスタンドだ。といって、チップにソーダ、シガレットにビール、という程度のこと。目の見えないらしい犬がレジの横ではあはあ息をしていた。レジの番をするのは、どっしり大きな女だった。坐っていてもラムジー先生を上回る。ジャックもレスリングの心得があるので、人の体重は見当がつく。この女なら優に九十キロはあるだろう。

「どうなるかわかんないけど、これからレディングへ行くんですよ」と、ラムジー先生は言った。

「そうだろうと思った」と、大きな女が応ずる。

て言う。

「あんまり地元の人間には見えないかな」と言った先生に、女は笑いもしなかった。

「髭も剃らないような子を家から離すのは、どうかと思うけどねえ」と、ジャックのほうへ顔を向けて言う。

「そりゃまあ、近頃は、どこの家庭にも、いろんな事情があるからね。仕方ないよ」

「仕方なくなんかないさ」女はやけに頑固だ。レジの下へ手を伸ばし、取り出したのは拳銃で、これをカウンターに置く。「たとえばね、あたしが頭ふっ飛ばして自殺したとするでしょ。あしたになったら誰かが犬を見つけてくれるかなんて思うわけよ。こんな犬、引き取ってくれようって人がいるかどうか知らないけどさ。だったら、先に犬を撃っちゃって、それから自殺する手もあるじゃないの。ま、そんなに難しい問題じゃないのよ。どっちにするかってことで、仕方なくはないんだわ」

「なるほど」

大きな女は、ジャックが拳銃を見ているのに気づいて、レジの下へしまった。「まだ宵の口だったねえ。出すのが早すぎた」と、子供にウィンクしてみせる。

「どうもお世話さま」と、ラムジー先生は言った。車内へ戻ってから感想を述べる。「そう言えば、この国はみんな武装してるんだった。全員で睡眠薬飲んで寝ちゃったほうが、安上がりで安全なんだろうが、睡眠薬には処方箋が要るんだっけな」

「銃には処方箋ないんですか?」

「なさそうだね。それよりも、銃ってのは、持ってると何となく使いたくなるだろう。目の見えない犬にまで銃なのか」

「かわいそうな犬でしたね」

「ひとつ言っとくが」と先生が言ったときには、川霧の中から学校が姿を現していた。赤レンガの建物がならぶ。監獄ではないかという厳めしさだ。学校になる前は刑務所だったかもしれないとジャックは思った。じつはレディングの前身は、メイン州で最大の精神病院なのだった。四〇年代に戦争の煽りを食って、州の予算を打ち切られた。いまでも学生寮の窓には鉄格子があって、往時の有様を偲ばせる。

「ジャック・バーンズ」先生はしっかり聞かせるような声を出した。「学校を逃げ出したくなったら、もう一度考え直せ。逃げていった先は学校より敵だらけかもしれない。しかも住民が武器を持ってるのは間違いない」

「盲目の犬のように撃たれてしまう、ですか？」

「ようし、いいぞ。状況を見通してる。二枚目のセリフだ」

だが寮の廊下で涙ながらに先生と別れたのだから、あまり二枚目らしくなかった。さよならを言う先生も泣いていた。

ジャックと同室になったのは、生白い肌をした長髪のユダヤ系少年だった。ボストン周辺の出だそうだ。ノア・ローゼンという。泣きたくなっているジャックの気を紛らせようとしてくれた。部屋にドアがないじゃないかと言って、おおいに怒ってみせたのだ。廊下との間にはカーテンが下がっているだけで、一応は部屋をのぞかれないことになっている。ジャックはすぐさまノアと握手して、まったくひどい話だと言った。どっちが窓側の机を使うとか、カーテンや廊下の人通りから遠いベッドには誰が寝るとか、ご丁寧に譲り合っていたら、そのカーテンが予告なしに開け放たれ、こわそうな上級生が入ってきた。七年生か八年生、とジャックは思った。この無遠慮な男が大きな声で、まるで喧嘩腰の問いを発した。ジャックがウィックスティード夫人に言われた「二度まではおだやかに」の哲学を放棄する寸前まで行ったような発言だ。「おい、ホモ野郎ども、ちっこいホモが親父なのは、どっちだ」

「あいつ、トム・アボットっていうんだ」ノアがジャックに言った。「三十分前にトイレで会ったんだ。露骨にユダ公なんて言われた」

「やあ、トム」ジャックは手を差し出した。「僕はジャック・バーンズといって、トロントから来たんだ」これで一度はおだやかだと考えていたが、すぐに計算がわからなくなることも予測できた（大人になってからも数字は大の苦手だった）。

「ブロンドの髭だったホモ野郎は、おまえの親父か？」

「いや、そうじゃないけど、親しい人だ。ちょっと前までは先生で、演劇のコーチでもあった。立派な人だよ」それからノアに向けて、「数を覚えててくれないか。二度までおだやかになったはずで、もう終わりだと思う」ジャックはトム・アボットの前をすり抜けて、カーテンを開け、廊下へ出ていった。

「いま何てった、このやろ」アボットも廊下へ出る。「誰か助けに来るとでも思ってんのか」

「助けは要らない。観客がいればいい」

ジャックと同学年らしい子が、廊下でトランクに腰かけていた。そのルームメートは部屋に入りかけて、カーテンを押さえている。「やあ、ジャック・バーンズっていうんだ。トロントから来た。これから喧嘩があるから、よかったら見てくれ」トム・アボットには背を向けたままで、廊下にいる者に呼びかける。「まったく差別だよ。人のことをユダ公だのホモ野郎だの、ひどい差別語だと思わないか？」

肩に手を乗せられた、と思った。ノアではあるまい。うしろから手を出された場合、どのように振り向くか、敵にも予想があるだろう。その予想をはずせるといいな、とチェンコに教わった。とまどわせれば隙になる。そう心がけての振り向きざまに、ジャックはアボットと胸を合わすように立った。ジャックの頭が、やっと相手の顎に届くかどうか。身長差は十センチ以上、体重でも十数キロは負けている。だがアボットはレスリングを知らない。もろに体重をかけてきた。

これをアームドラッグでつかまえて、四つん這いに落としてやった。さらにアボットの頭を自分の膝に押しつけ、クロスフェース・クレードルに固める。エマ・オーストラーにくらべれば、三分の一ほどの手強さもなかった。せいぜいマシャード夫人の三分の二だろう。こんなに厳しいクレードルを決めたことはない。トム・アボットは鼻をぴったりふさがれて、ふがふがと息ったような息をしていた。すると、別の声が聞こえた。「中途半端なクレードルだなあ」

「どこがいけないんだ?」と、ジャックは言った。しゃべった男は見えないが、上級生のようだった。「もっと締めつけられるぞ。教えてやろうか」まわりで見ている顔は、どれも五年生らしかった。上級生はすぐ背後に立っている気配だ。トム・アボットが口をきけるはずはない。息もできないくらいだろう。ジャックはぎゅうぎゅう締める力をゆるめずに、様子をうかがった。「もう立たせてやれよ」と、上級生らしき声が言う。

「ホモだのユダ公だの言っちゃいけない。人を軽んずる差別だ」

「まあ、いいから」と上級生が言うので、ジャックは技をといて立たせてやった。「おい、トム、五年生の寮に何の用だ」とも聞こえた。

ようやく上級生の顔を見た。このときはジャックの階を監督する係だとは知らなかったが、レスリングをする人であることは聞かなくてもわかった。身長は百七十センチ台の半ばと見た。だが体格からすればエマと同じか、もっと重い階級になりそうだ。カリフラワー耳も、さすがにチェンコには遠く及ばず、またパーヴェルやボリスほどでもないが、本人には自慢の耳だろう。

トム・アボットは黙っている。覚悟を決めたのだろうか。つまり、これからクロスフェース・クレードルの実演をされる運命がわかっていたのだろうか。「締め方を見せようか?」と、監督生がジャックに言った。

「お願いします」

トム・アボットは本日二度目のクロスフェース・クレードルをかけられた。攻撃側の膝がアボットの肋骨を押すので、アボットの首と腰がねじれた方角を向いていた。「よけい締まるし、よけい苦しい」と、監督生が解説する。

ルーミスという名前だった。いつも姓で呼ばれていた。ペンシルヴェニア出身の八年生で、十年のレスリング歴がある。何らかの学習障害があるらしく、二年次と四年次で落第したので、年齢としてはエマより二つ三つ下でしかない。

この学校にレスリング部があることをジャックは知らなかったが、レディングが人格重視の学校であるならば——才能よりも努力に信が置かれる校風であるならば、おかしくないどころか、あって当然だったろう。

このレディングには採点制度がある。ほかの生徒を軽んずる言葉遣いに対しては一点減点になる。同様に、冒瀆の言葉、意地の悪い行為も、減点の対象である。きょうのアボットは、もう三点減らしていた。ユダ公発言、ホモ野郎発言、および喧嘩を売った行為。「先に手を出したのは向こうです」とジャックは言い、そんなことだろうとルーミスも思った。

さらに五年生の寮に来ているだけでも、トム・アボットには減点の材料になった。下級生の部屋を訪ねるなら、担当する監督の許可を得なければならない。毎月の限度は四点であって、五点以上になると問答無用で放校される。この初日だけでアボットは四点稼いでしまった。来週いっぱいもたないだろう。

レディングは上級からの転校生には難しい学校である。アボットもそうだった。五年次で入学していれば八年次まで全うする確率が高まる。ほとんどの八年生は、ルーミスのように四年間在籍する生徒なのだった。

だが、するべきことをしていれば——つまり、しっかり宿題をして、レディングの原則である作業活動もしていれば、とくに問題はない。学友に敬意をもって接することは必要だ。ともかく初めからずっと「おだやか」でなければいけないのだから、「二度までは」の哲学より厳しいかもしれない。ウィックスティード夫人なら立派な学校だと思ったことだろう。

きたない言葉遣いは〇・五ポイント引かれる。一語につき一点だから、「くそ」や「このやろ」は、「くそ、このやろ」よりも損が少ない。エマにはやっていけない学校だったろう。

ここの生徒すべてに問題があるわけではなかったが、家に居づらい子供たちであったことは間違いない。ルーミスは交通事故で両親と姉を亡くしていた。祖父母はルーミスが思春期にならないうちに家から出したがった。

「無理もないよ」と、ルーミスは言った。これも学校のモットーになってよさそうな言葉だが、「ラボル・オムニア・ヴィンキット」よりは響きが悪い。

レスリングの部屋へ行ったら、もう一つモットーになりそうなのを見つけた。天井に書いてあるので、押さえ込まれたときにだけ読める。

泣きごとを言うな

学業の面で要求される水準は、まず平均的なものだった。宿題は何度も出されるだけで、そう難しくはない。暗記の量は多いが、ジャックには苦にならない。レスリングでも、ダックアンダー、アームドラッグ、アンクルピック、アウトサイド・シングルレッグというような技は、チェンコに言われたように、繰り返しの練習は必要だが、それぞれの難易度は高くない。ジャックにはなじめそうな学校だった。

暗記を重視する点では、ワーツ先生にもラムジー先生にも異論はなかったろう。レディングでは天才のひらめきは不要で、とにかく鍛錬なのである。いわゆる頭のよい子がどれだけいたかあやしいが、いたとしても鳴りをひそめていた。勤勉が大切。目標達成が難しいほど、努力は評価されるのだ。

校長は、資金調達を第一の職務として、外回りをしていることが多かった。その動向が、朝礼の時間に校長夫人から伝えられる。「アドキンズ校長は、いまクリーヴランドにいらっしゃいます」というような調子だ。「えらくなった卒業生がクリーヴランドにいますのよ。また、すでに一人か二人、困っている子を見つけたとのことでした」

じゃあ、おれたちも困ってる子か、と思うけれども、生徒から文句が出るわけではない。アドキンズ校長は、めずらしく在校したときに、「本校の第一目標は、諸君を鍛えて、もっといい学校へ行かせることである」と言った。

とりあえずレディングは努力することを教える。そのあとの教育は、他校に、もっといい学校に、まかせればよいという考え方なのだ。寮の窓にある鉄格子は、この学校でもっとも有効性のないものだ、とジャックは知る。逃げ出したい生徒なんかいない。いい学校へ行きたいだけである。

レスリング部のコーチをしているのはクラムという人で、メインへ来る前はコロラドにいた。中西部の大学リーグでレスリング歴があるのだが、正選手だったことはないと口癖のように言っていた。「四年間、ずっと控えだったんだ。もっといいやつがいたからな。毎年、別のやつだったが、俺よりは上さ」

劣等であることが、このチームの強みだった。劣等意識が熱っぽい努力と結びついて、チームの根性ができあがっている。

クラム・コーチは、わざと強い相手と対戦するように予定を立てた。だからレディングは勝ち越せるシーズンがなかった。しかし、このチームは負けをこわがらない。たまに勝つ試合があると大喜びした。のちにジャックは、もっといい学校に移ったあとで、レディングはいやがられる存在だったことを知る。やられて面白がっている。ダメージはあるはずなのに、なかなかフォールできない。しかも礼儀正しい連中だ。

「もし負けたら、相手が強かったことを誉めろ」と、ルーミスは後輩に諭した。「もし勝ったら、嘘でもいいから、気持ちはわかる、同じ経験があると言ってやれ」

同州のバースという町の学校と対戦したときに、ジャックは初めての勝利をおさめた。力はあるが不器用な相手で、クロスフェース・クレードルなるものを見たこともなかったようだ。ルーミスの見本どおりに締めていたら、この敵に噛みつかれた。前腕に歯を立てられ、血が出た。だが、そいつの顔を見ると、悪意も故意も、目の色に浮いていなかった。こわがっていただけだ。たぶん負けるのがいやだったのだろう。フォール負けなどもってのほかだ。怪我をしたくない気持ちは、もっと強かったかもしれない。人間につかまった動物のように、がむしゃらに暴れただけなのだ。

ジャックは技をといた。噛まれた傷は明らかで、両チームのおごそかな目が集まった。バース側の選手はスポーツマンらしくない行為で失格となり、レディング側にはジャックがフォール勝ちをしたのと同じ得点があたえられた。

「気持ちはわかるよ」と、ジャックは言った。「同じ経験がある」バースの選手はすっかり落ち込んで、言葉をかけられないほどの屈辱にひたっていた。

ルーミスが首を振っている。「何です?」と、ジャックは言った。

「そのセリフは、噛んだやつに言わなくてもいい」

というように、レディングでは学ぶべきルールがあった。だからジャックはこの学校になじんだのである。

校長夫人は、夫が資金集めに出かけてばかりで事実上の未亡人になっていたが、学校では英語の教師でもあり、毎週の「ドラマナイト」の配役を決めるディレクターにもなっていた。まるで鬱病のような人だ。年は五十いくつだろう。不幸を背負ってやつれたブロンドで、金色から灰色へ、色白からスレート色へ変わりそう、と言えばアドキンズ夫人の色になる。着ている服がワンサイズ大きそうに見えた。どこかに病気があって、体が縮んでいくという感じがする。

配役を決める際には、ふらふら回遊しながら答えを導いていた。奥深い力が働いて歩きだした夫人が、あらゆる教科の授業中に、ぶらりとやって来る。ものも言わずに教室へ入って、机の間を巡回する。だが授業は集中を切らすまいとして継続する。

「私がいるとは思わないで」と、夫人は五年生に言う。上級生なら心得て知らん顔をするというのだろう。

このように教室に現れたあとで、生徒への連絡箱に呼び出しメモが入ることがある。

来てください――ミセス・A

ジャックは第五、第六学年で、たいてい女装役を割り振られた。群を抜いて学校一の美少年だったのだし、ワーツ先生およびラムジー先生からの熱烈な推薦によって、女性の役をこなせる逸材だと知られてもいた。

第七、第八学年になると、男の役も増えてきたが、もうアドキンズ夫人はメモを残すことをしなくなった。すっと肩に手を置けば、それだけで来なさいの合図なのだった。

そう、ジャックは夫人と寝たのである。そのときは八年生で、十四歳になりかけた十三歳だった。男ばかりの学校にいて、以前のようなセクハラされる男の子という生活がなつかしくさえ思えていた。もう三年以上もアドキンズ夫人にいい役をもらって、夫人につきまとう寂しげな翳に惹かれてもいた。

「べつに減点にはならないわよ」と、初めてのときに夫人は言った。だがジャックには予測がついた。レディングを去って世間に出ていけば、これとは別の採点法があるだろう。アドキンズ夫人のことを減点として考えざるを得ないはずなのだ。

レディングの町には、ネジンスコット川が流れている。たいてい一年中、よほどに（ばかみたいに）頑張らなければ、溺れて死ねるような川ではない。だが、ジャックが卒業してから数年後に、この川でアドキンズ夫人が自殺した。きっと春だったことだろう。春といってもメイン州の春でしかないのだが——。

アドキンズ夫人には、ワーツ先生ばりの消え入りそうな美しさがなくもなかった。「ドラマナイト」で配役を決めるときには、やはりワーツ先生のように、ドラマづくりの情熱を異常にほとばしらせた。レディングでは、戯曲にしても小説の翻案にしても、全編を通して上演するわけではない。元来が硬派の学校なので、その実用型の学校経営にあっては、通し上演をするほどのリハーサルは組めなかったろう。ただ、学校がお題目にする暗記重視の教育と響き合うように、アドキンズ夫人は生徒に芝居をさせようとしていた。

役柄ごとに衣装を付けさせ、メーキャップの監修もした。女性役の衣装は、夫人が着なくなった服である、とジャックにもわかってきた。さもなくば、おしなべて野暮な教員の奥さん連から、さえない寄付としてもらったものである。女の先生は、アドキンズ夫人を入れて二人しかいない。

週一回の「ドラマナイト」は、スピーチ、寸劇、短篇や戯曲の抜粋、詩の朗読で成り立っている。詩ですら抜き読みにされたりする。あるいは政治家の名調子の一節などという暗記しづらい演目もある。

五年生のジャックは、アン・ブラッドストリートの「愛し愛される夫へ」という詩を暗唱した。アドキンズ夫人のお上品で色あせた服を着て、植民地時代の生活苦とピューリタン家庭の主婦たる義務を、聴衆の耳に届けた。そのような困難に、ブラッドストリート夫人は厳しい自律で耐えたのである。

ジャックはまたワシントン・アーヴィングの奇談「ドイツ人学生の冒険」の、うっとりするほど美しい幽霊にもなった（ギロチンで殺された若い女である）。このときの黒いドレスは、アドキンズ夫人のナイトガウンだったものだ。校長がいまほど旅をしなかった時代には、こんなガウンを着る夫人がいたのだろう。

ホーソンの短篇「ラパチーニの娘」では、毒が体にしみついた娘ベアトリーチェを演じた。庭園での死にふさわしく、ジャックは夏物を着た。その昔、アドキンズ夫人が友人の結婚式で着た覚えがあるという服だった。シェークスピアの『空騒ぎ』に出てくる小唄「嘆くな、乙女」は、六年生のときの演し物だ。シェークスピアは先生のお好みで、『お気に召すまま』の「緑の森の木の下で」を歌ったときは、夫人のプリーツスカートをはかされた。

夫人が言ったことはジャックの記憶に残る。「あら、よく似合ってるわ、ジャック。そのスカート、私もまたはいてみようかしら」

初めて男児として出演した日には、それでもアドキンズ夫人の服を着せられたので、やや意外な思いをした。黒のスラックス、ひらひらした襟がついた長袖の白ブラウス。演目は『十二夜』から「ああ、愛しき人よ」だったが、最後のセリフで叱られた。先生にではなく、観衆に向けて言いなさい、とのことだ。

若さとは移ろうものなり

まさしく。先生もそう感じていたのだろう。ジャックに『尺には尺を』から「その唇を持ち去ってほしい」を歌わせた。まだ声変わりしてはいなかったが、そうなりつつあった。

七年生ともなれば、ジャックの体にもだいぶ筋肉がついて、アドキンズ夫人の服が似合わなくなってきた。だが、八年生になっても、まだ女の子を演じたら学校では右に出る者がなかった。陰毛は早いほうだったが、ひげが生えるのは遅くて、たいして濃くはならなかった。エマがなつかしいと思う気持ちはあって、ちゃんとエマを思い出しながらマスターベーションをしていた。仲間とシャワーを浴びるのは、いつまでも苦手だった。ほかのペニスを見たくないのだ。そんなことをアドキンズ夫人に言ったら、心の中で詩を暗唱しながら浴びなさいと言われた。

校長が留守になる週末には、ジャックは夫人に呼ばれて校長宅へ行った。すると着替えをさせられる。まだ演劇用に寄付するまではいかない服を着るのだった。シェルフブラを仕込んだアイボリーのキャミソール、ブークレ糸でレース編みしたタートルネック、ベロアのカーディガン、しわ加工のシルクシャツ、サテンをあしらったラップセーター……。アドキンズ夫人は小柄なわりに足の大きな人で、ビーズがついた翡翠色のミュールが、ジャックの足にも合っていた。

夫人から手を出してくるのではない。また、手を出しなさいと命ずるのでもない。ジャックに服を着せながら、それが自分で着ていた服だったりすることが多いので、当然、夫人が先に脱ぐということになり、ともかく間近に迫って立っていて、いい香りがするのだから、ジャックは手を出さないわけにいかなくなった。そうなった初回には、夫人は目を閉じて、息を止めた。ますます手を出さずにはいられない。マシャード夫人のようなごり押しのタイプとは反対の誘惑だった。でもマシャード夫人との過去があったから、まごつくこともなく手を出していけた。どこへ出すべきか十三歳で知っているのはなぜか、とは聞かれなかった。

この人には娘でもいればよかったのではないか、とジャックに思えたことがある。そのときは夫人がお気に入りのビロードのトップを着せられていた。夫人はアンダーワイヤのブラにおもしろがってレモンを入れた。自分でも胸の小さな人だった。だいぶあとになって知ったのだが、校長夫妻は息子を亡くしたことがあった。ジャックが惹かれた夫人の悲しげな雰囲気には、そんな伏線があったのだ。でも当時はそんなことを知らなかった。

「私の服を着てると、ほんとにかわいい」としか夫人は言わなかった。

七年生だったジャックに、ユージン・オニールの『毛猿』でミルドレッド・ダグラスを演じさせた夫人は、ジャックの令嬢役がすっかり気に入ったものだから、わざと翌年にはミルドレッドの口やましい叔母の役を振った。つまりレディングでの最後の年には、ジャックは夫人の腕に抱かれ、暗闇の中だけで、前年のセリフをテストされたのだ。夫人は二等機関士の男っぽい声を真似て、「お嬢さん、油汚れにまみれますよ」と言う。

ジャックは夫人の肌にまみれながら、ミルドレッドとして答える。「いいんです。白の着替えならありますから」すべて夫人の服だ。ジャックが着たドレスは、どれもアドキンズ夫人が袖を通したことのあるものだった。そういう服に、すっかりなじんでいた。

レスリングを別にすれば、ほとんど学校を離れることはなかった。トロントへ帰るのは大変だから、アメリカの暦での感謝祭はボストンで——実際には、その近郊ケンブリッジで——ルームメイトのノアの家に泊めてもらっていた。クリスマスと春休みにはトロントまで帰った。この春休みというのは語弊があるかもしれない。三月から四月だけれども、帰ったからといってトロントが春らしいとも言えない。メイン州に春はない。

だがレスリングでは、ニューイングランド各地へ出かけた。クラム・コーチの引率のもと、はるばるニューヨーク州のトーナメントまで行ったこともある。だがルーミスでさえ負けてしまった。ジャックが見たルーミスの敗戦はこの一度だけだったが、じつはルーミスには失うものが多かった。すでに両親と姉を亡くしていたのだし、失ってばかりの将来にもなる。進学したブレア・アカデミーでは、さる審判の年端もいかない娘を妊娠させて退学処分になり、レスリングで大学へ行ける奨学金を棒に振った。結局、海軍の特殊部隊に入ったのだが、フィリピンのどこかで刺されて死んだ。危険な隠密作戦に関わっていたのか、バーで飲んだくれただけなのか、いずれにしても刺したのは男装マニアの娼婦だったとやら。

だがレディング時代のジャックには、ルーミスはレスリング部で模範となる先輩だった。ジャックは後半の二年間で、一応は勝ち越しの成績をおさめたけれども、ついにルーミスほどの力量には達しなかった。

もし「ドラマナイト」で写真を撮る人がいたら、撮られたジャックにもわかったろう。だがレスリング中には、誰に見られようが写真を撮られようが、わからなかったはずである。シャッター音にしろ観客のざわめきにしろ聞こえなかったことだろう。レスリングをするときのジャックには、たった一人の観客すらも目に入らなかった。試合となれば、敵を制するか、自分が負けるか、どちらかしかない。いわば誰もいない空間で、無人の観客に向けて戦っていると言えるだろう。それにルーミスが去ってからは、ジャックが主将になる。生まれて初めて、責任ある立場になったのだ。

チームが移動するバスの中でも、ジャックはリーダー格になっていた。ほかの者は寝ながら屁を垂れているか、懐中電灯の光で宿題をしながら屁を垂れている。バスの運転手を邪魔しないよう、なるべくおとなしくしていろと言われていた。

レディングへの帰路に、ジャックは仲間に物語を聞かせたくなることがあった。デンマークの城の堀で、小さな兵士に助けられた話。母がイングリッド・モエという娘の胸に刺青をして、ジャックが布を当ててやった話。娼婦サスキアのブレスレットのことも、客にとんでもない火傷をさせられたらしいということも言った。だが、アムステルダムで母が若者相手の「アドバイス係」になろうとして、真珠のネックレスをだめにした話はしなかった。もちろんマシャード夫人のことは言わない。

エマという「義理の姉」がいて、すごく強いから、負かせるのはルーミスくらいなものだろう、と自慢話をした。この時点でのルーミスは、まだブレア・アカデミーから追い出されていなかった。ノアとアドキンズ夫人を別にすれば、レディングの誰もが、ジャックの母は名のある刺青師で、オーストラー氏という男性と暮らしており、それがエマの父親なのだろうと考えた。

ひょっとするとジャックは、エマのみならず、母やオーストラー夫人を、いやマシャード夫人さえ、なつかしんでいたのかもしれない。少なくともマシャード夫人の荒っぽさを思い出していた。アドキンズ夫人のおとなしい誘いかけには、まったく見られないものだ。いささか下品なところまで、なつかしかったと言えるのかもしれない。

これまでの傑作である舞台経験の話もした。『北西準州の通販花嫁』のことだ。だがチームで移動するバスの中では、話題として危うい部類だった。クラム・コーチは「月経」という用語を嫌った。これをジャックが使ったところで、〇・五ポイント減点の判断が下された。

八年生でジャックは二人制キャプテンの一人になった。この年にランブレクトという軽量級の選手が入った。アリゾナからやって来た六年生だ。砂漠の育ちで、雪を見たことがない。もちろん「凍《とう》上《じょう》に注意」という道路標識などは知らなかった。

暗闇の標識は読みづらかったのだろう。バスの車窓からでは、飛びすぎるようにしか見えない。ランブレクトは誰にともなく言った。「トウ何とかって、何だ」この問いが、ぼんやり暗い車内の空間に浮いた。屁を垂れ流して眠りこける連中は、ぴくりとも動かない。ジャックはマシュー・アーノルドの詩を覚えようとしているところだった。懐中電灯を消し、どこからか答えが出るのかと待った。

「アリゾナにはないんだ」と、さらにランブレクトが言う。

「そいつは夜には見にくいものなんだ」と、ジャックは言った。「道路に低く貼りついてるから、へッドライトが目に反射することもない。道路と同じ色だしな」

「そいつって、どんなやつなのさ」

こんなバスの旅にはアドリブが飛びかう。「いいか、夜中に寮を出たりするなよ。いまの季節は危ない。そいつは夜になると悪さをするんだ」

「だから、何をするってのさ」ランブレクトは落ち着いていられなくなった。いかにも軽量級らしい。ただでさえ声が甲高くなりがちだ。そんなわけでマイク・ヘラーが口を出したのだろう。このチームの重量級だ。もうジャックのお遊びをやめさせようとした。もとから冗談の通じないやつで、気むずかしいところがある。ぶよぶよした体型だから、本物の重量級とは言いがたい。一試合も勝ったことがなかった。少なくともジャックは見ていない。

「ったく、おまえ、字も読めないのか」と、ヘラーは言った。「凍上って書いてあるだろうが。水が凍って、下から道路を押し上げるんだ。舗装がいかれたら危ねえだろ、アホ」

「それで一・五ポイントだぞ。もとい、二ポイント」と、クラム・コーチが言った。ぐっすり眠ることのない人だ。「ったくに〇・五。危ねえだろに〇・五。アホに一点。たしかにアホには違いないかもしれないが、それを言ったらおしまいだ。軽んずる発言になる」

「くっそー」

「それで二・五」

「じゃあ、道路がでこぼこになることだと思えばいいんだ」と、ランブレクトが言った。

「アリゾナに霜ができないってのが驚くよ」ジャックは言う。

「できるところもあるけど、道路標識はないな。凍って盛り上がるなんて、ない」

「ばかじゃねえの」またヘラーが言った。

「ほれ、三点」クラム・コーチに言われる。「ヘラーには苦難の旅になったたな」

「こいつに楽勝の旅なんてないから」と、ジャックは言ってやった。今月は減点がなかったので、いま一点くらいかまわないという心境だ。

だが意外にもコーチは「バーンズに二点だ」と言った。「ヘラーが負けてばっかりなことを思い出させて一点。へんな化け物が地面にひそんでるようなこと言ってランブレクトをからかったのが一点」

「しかも地面と保護色みたいなことまで言ってやんの」と、ランブレクトが口をはさむ。

「おまえにも〇・五」

このときはロードアイランドのどこかを走っていたのだろう。マサチューセッツだったかもしれない。ともかくメインからは距離があるはずだ。こういう夜が、つくづく好ましかった。ジャックは懐中電灯の光を本に戻し、ふたたび「ドーヴァー・ビーチ」の暗唱に気持ちを切り替えた。かなり長い詩だ。第一スタンザからして、むやみに長い。

「今宵、海は静かに――」と、声に出して読んだ。おおらかに話題を変えてやったつもりである。

「そういうのはドラマナイトだけにしてくれ」と、クラム・コーチが言った。「いまは暗記に徹してくれるとありがたいね」

このコーチは悪い人ではないのだが、ジャックが耳の血抜きをするので、あんなのは気取り屋のやることだと思っている。あるときマイク・ヘラーが、カリフラワー耳になる人生を嫌うジャックを、弱虫と言った。するとコーチは、明らかに差別語である弱虫に減点一を科したばかりか、次の機会にヘラーの耳を血抜きさせた。「おい、マイク、痛いか?」と、練習場で血を抜かれている重量級におおいかぶさるように立って言う。

「はあ、痛いです」

「そうだろう。だからバーンズに弱虫と言っちゃいけない。言うとしたら気取り屋だ。弱くはない」

「わかりました。バーンズは気取ってます」ヘラーは縮み上がって言った。

「そうだ、マイク。ただし、いま気取ってると言ったのは、減点の対象になる」

ある晩、バスの車内で眠らなかったのが二人だけになったとき、ジャックはやや哲学的な話を持ちかけた。「じつは俳優になりたいと思ってるんです。俳優だったらカリフラワー耳になりたくないとしても気取りではなくて、むしろ実戦を考えてのことじゃありませんか」

「ふむむ」としかコーチが言わないので、じつは寝ているのかと思った。だがコーチは考えていただけだ。「じゃあ、こうしよう。もしジャックが映画スターになったら、いままでコーチしたなかでも飛び抜けて実戦型の選手だったと言ってやる」

「で、もし、なれなかったら？」

「おいおい、なるってのがポイントだろうが。もしなれなかったら、ジャック・バーンズほどの気取り屋はいなかったと触れまわる」

「その判断も実戦的ですね。賭けてもいいです」

「え、何てった？」

「きっと俳優になるって、賭けてもいいです」

「いま起きてるやつはいないから」と、クラム・コーチがそっと言った。「まあ、聞かなかったことにしてやるよ」またしても生徒心得だ。ラムジー先生なら（ジャックよりも熟読していたから）レディングでは賭けごとは禁止だと承知していただろう。ジャックは目を閉じて、眠れるように祈った。だがクラム・コーチは暗いバスの車内で、そっと言い続ける。「ようし、俺に言わせるならば——賭けるんじゃなくて、ただの予想として言うんだぞ、おまえなら進んだ道でレギュラーになれるさ」

「はい、そうなってみせます」

こういう学校だった。ジャックには、またエマにも、意外だったのだが——もちろん、アリスやオーストラー夫人はびっくり仰天だったのだが、ジャックはおおいにレディングが気に入っていた。こういう学校は、相性さえよければ、うまくいく。どこか外国のような、いや実際に外国であるところへ、行ったとする。それで万事解決ではないとしても、その場所になじめることもある。ジャック・バーンズは、ここで初めて場所になじんだのだった。

17 ミシェル・マー、そのほか

次に進学したエクセターには、なじめたとは言えない。人格形成のレディングという評判と、クラム・コーチに仕込まれたら「頑張り屋」だろうとエクセター側のレスリングコーチが口をきいてくれたおかげで、どうにか入学できたのだった。なるほどジャックは頑張る子だ。タフな現実派でしかないかもしれないが、それに間違いはない。レスリング部に入る実力はあったろう。だが、この難関校フィリップス・エクセター・アカデミーでやっていけるかというと、お寒いかぎりだった。

ノア・ローゼンも同じ学校へ進んだので（ノアは学力がある）、ジャックはだいぶ救われた。レスリングコーチをしているハドソンという人が、ここでも口を出してくれたおかげで、ジャックはノアと同室になった。これならノアに宿題を手伝ってもらえる。ジャックも記憶力はよいとして、必要な学力知力の水準からすれば、できあがった答えを覚えるだけでは追いついていけない。レスリングにしても役者を志望するにしても、たしかに物覚えがよければ身の助けになるのだが、この学校にいられたのはノア・ローゼンという存在があったからだ。

そのノアへの返礼としてジャックがとった行動は、ノアの姉と寝ることだった。ラドクリフ在学の女子大生で、リーアという名前だった。初めて会ったのは、感謝祭の休暇でノア宅に泊めてもらったときである。四歳年上のリーアは、当時はアンドーヴァー校の生徒だった。ジャックらが進学した年に大学生になった。とくに器量よしでもないのだが、みごとな髪の毛と、昔の美人にありそうな胸の持ち主であり、年上好みになりかかっていたジャックの気を引いたのである。

ノアは親友だった。運動の選手ではないが、この時期のジャックにとって、レスリングの仲間よりもなお近いところにいた。リーアは一学期間の休学で中絶をしたばかりか、そのあと悩み抜くことにもなる。だがノアでさえ、胎児の父親がジャックだとは知らなかった。

ジャックは、リーアとの関係を終えてから、学生食堂で皿洗いをしていた既婚女性、ずんぐりした体型で、数カ所の刺青が薄れて目立たなくなっていたスタックポール夫人という人との情事におよんだ。ノアからの話で、リーアが鬱病で精神科医にかかっていると知ったが、それでもノアには黙っていた。

全員に作業が課されたレディングとは違って、エクセターでは奨学生だけが働いた。ノアもそんな一人だったのだが、あるとき病欠して、その代役にジャックが食堂での仕事を引き受けた。カフェテリアで使用済みの皿を下げてきて、厨房へ運ぶ。というわけで、スタックポール夫人と知り合うことにもなった。

訪ねていくのは午前中だった。授業の休み時間を利用する。ガス会社の工場に近い、しょぼくれた家だ。行き帰りを急がないと、工場で働く亭主が昼食に帰ってくる。どうせ前の晩の残りものをオーブンで温め直すのだが、その間に夫人は居間のカウチにタオルを敷き、ジャックと激しい一戦を交える。マシャード夫人に仕込まれたことを思い出すような激戦なのだった。ひゅーひゅーと笛の鳴るような音が息遣いに混じるので、亭主の昼食になる何やらがオーブンで破裂寸前なのかとも思ったが、じつはスタックポール夫人は鼻中隔がずれているのだった。亭主に殴られて鼻骨がおかしくなったことがある。昼食がまずかったせいかもしれないが、夫人が事情を話すことはなかった。

この人は魅力的だったためしがなかろうとジャックは思い、それが(一つの)理由になって、なぜジャック自身が惹かれているのか、何とも言いようがないのだった。むっつりした顔、無愛想に結んだ口、脂っぽい肌、へたな刺青、本人は「ラブ・ハンドル」と言いたがる脂肪のたるんだ腰――。だが、ある種の体位に情熱をたぎらせていた。アドキンズ校長の夫人なら、ため息まじりか、いやいやながらに我慢するような格好だ。たとえば女性上位がお好みで、ジャックに騎乗して見おろすことができるのだ。

「かわいいねえ、男の子にしとくのが惜しいくらい」と、乗っかって攻めながら夫人は言った。

亭主の昼食になるものが、カリフラワーとキャラウェーとスモークソーセージの匂いを発していた。ポーランド風のキルバーサだろうか。いずれにしてもオーブンに入れたら強烈だ。この夫人に負けず劣らず強い風味なのだろう、とジャックは思っていた。

「年上の女ってのは」と、エクセターの最終学年で、ノアに言ったことがある。「若い男を見て、この子だけは自分を好いている、なんてわかるもんなのかな」

「おまえ、どうしてそういうこと考えるの?」

この際だと思って、かなり突っ込んだ話を聞かせてやった。マシャード夫人のことも言った。でも、どこで覚えた術なのか、母親の感化だったのかもしれないが、真相を全面的に開示することはなかった。リーアと寝たことも、アドキンズ校長夫人のことも、ノアには言っていない。ノアが姉を慕っていて、アドキンズ夫人の大ファンだった、という配慮からだ。

ただ、ジャックの誤算だったのは、ノアが正直すぎたことである。あっさり全面開示されたのだ。へんに年上の女と関わること、皿洗いのスタックポール夫人のこと、またマシャード夫人のことも、すべてリーアに伝わった。

エクセターという名門校では、たいていの生徒が、あらゆる必須の知識を高度なレベルで吸収しようとしている。ではジャックが何をしたかと言うと、真相を部分的に開示して、ということは結局隠しているのも同然で、友情をぶち壊すことでしかなかった。リーアがジャックの子を妊娠したことは、リーア自身の口からノアに知らされた。中絶のことも言われた。だからリーアが二度目に大学を離れると、もう休学ではなくて退学になったのだが、これではノア・ローゼンという友人に愛想をつかされるのは当然だ、とジャックにもわかっていた。

ジャックの幼い日々は、一生かかって終えるかのように長かった。ところが思春期になったら、レスリングで移動するバスの窓に見た標識のように、時間がびゅんびゅん過ぎていった。女なるものに対して、あるいは女に対する行動はどうあるべきかについて、しっかりした認識はないままだ。たとえばランブレクトが凍上現象を知らなかったのと同じこと。アドキンズ夫人やスタックポール夫人は、またリーア・ローゼンでさえも、悲しい倦怠を紛らわせたいがために、色気づいた男の子と寝てしまっただけなのだということを知らなかった。

ジャックがエクセターを卒業した一九八三年の春、もうノア・ローゼンは握手して別れようともしなかった。のちのちまでジャックはノアのことを考えるのがつらくなる。要するに、ノアこそが最大の暖かい存在だった時期に、そのノアを人生から抹消してしまった。

ノアの両親はどちらも学者だった。幼児教育の理論家である。見た目の感じや、ケンブリッジの家の様子からして、またノアが奨学生で、リーアも奨学金を頼りに高校から大学まで進んでいたという実情だってあるのだから、幼児教育は金になる仕事ではなさそうだ、とジャックは考えた。これは残念なことである。幼児期の経験がジャックの人間形成に大きく影響していたというのに。

ローゼン夫妻は、初等でも高等でも、とにかく教育は大事なものであると思っていた。娘が大学を中退したのは大打撃だったろう。その後、リーアはウィスコンシン州のマディソンへ行って、何らかのトラブルがあったようだ。麻薬ではない。政治がらみの問題だった。つきあった仲間がまずかった、とノアは匂わせていた。「悪い男に引っかかってばかりさ。おまえから始まったんだぜ」

リーア・ローゼンは、最後にはチリへ行って死んだ。それしかジャックは知らない。水には関係なかった。川とも言えないネジンスコット川で死んだアドキンズ夫人とは違う。

ジャックに悪気があったわけではない。スタックポール夫人に対してもそうだ。この人の死体はエクセター川で発見された。滝よりは下だ。滝より上では、川は淡水で、たいして深くない。滝を過ぎると塩分が混じり、下流へ行けば海のように干満がある。水量が減った時刻に、塩水につかった夫人が見つかった。水位が下がったのでゴルフ中の人から見えたのか、ボート部の選手が見つけたのだったか。ジャックは卒業間近であたふたしていたから、よく覚えていなかった。どっちにしても、学校食堂で皿洗いをしていた人は、ずっと水につかっていたので、身元のわからない変死体になっていた。

絞殺である、と地元紙は報道した。それから川に遺棄された。溺死ではない。生前のスタックポール夫人はジャックのことを亭主に打ち明けたのだろうか。言うより前に知られたのだろうか。ジャックのほかにも男がいただろうか。ガス会社に勤めて昼食に戻ってくる亭主がまず疑われたのは、ニューハンプシャーではありがちなことだが、だからといって告訴されてはいなかった。

ジャックが追及を受けたわけでもない。ノア・ローゼンには責められたが、いくらノアでも殺人まで疑いはしなかった。「おまえに責任がないわけじゃない、とは言わせてもらうけどな」

水死体が見つかった時点では、まだリーアが死んでいなかったので、この程度の言われ方ですんだのかもしれない。リーアは、あとでチリへ行って死ぬ前段階のような精神状態になっていたとしても、まだウィスコンシン州のマディソンで生きていた。

こうして寄宿生になっていた時期に、ジャックは母親との距離感を強めていった。もとはと言えば、まだセント・ヒルダの通学生だった頃に、アリスのほうから距離を置きだしたのである。エマについては、もし会うとすれば、わずかな時間でも心が弾んで、ますます親近感が沸いた。ただし、まだ若かったジャックは、女とは新規開拓するものだと思っていたために、エマへの憧憬があることを認識しそこなっていた。

わかっていたのはエマだけだ。共学校エクセターでの四年間に、なぜジャックには恋人らしきものができなかったのか。年上志向のせいである。エクセターの女生徒は、女の子というにすぎなかった。ジャックが十四歳から十五歳だった第九学年には、十七、八歳の上級生の中には、気になる娘がいないわけでもなかった。だがジャックのほうが、かつての可愛い男の子ではない。要領の悪いティーンエージャーの時期だったから、この学校に入ってからの二年間は、高学年の娘には見向きもされなかった。

エマと顔を合わすことはあった。休暇や夏期だけではない。セント・ヒルダを出てからのエマは、モントリオールのマギル大学へ進んだ。これは根っからのトロント人であるオーストラー夫人には、非トロント的ないし反トロント的な行為に思われた。

エマは、大学にもケベックの人間にも、すぐに退屈した。フランス語が得意科目にならなかっただけで、抜群の優等生だったことは間違いない。フランスの映画を字幕で見るおもしろさを覚えた。いや、とにかく映画そのものがおもしろいのだと思った。

そこでニューヨーク大学へ転学して、映画を専攻すると決めた。マギル大学で取っていた好成績が、ニューヨークでも単位として認定された。この都会に住んでいると楽しかった。ジャックがエクセターへ行き始めた年、すなわち一九七九年の秋に、エマは大学生としては二年目で、ニューヨークでは一年目を過ごしていた。この秋、ジャックはエマの誘いを受けて、週末にニューヨークへ行ってみた。週末とはいえ、エクセターは土曜日に半日の授業があるし、ニューハンプシャーからニューヨーク市へ出るには、あとの半日が必要だ。そして学校に帰ってくる門限は、日曜日の夜八時なのだった。

それでも土曜日の晩と日曜日の朝は、エマおよび映画専攻の学生たちと、わくわくする時間を過ごした。ビリー・ワイルダー監督を特集しているオールナイトの映画館へ行った。たしか九歳か十歳のとき、トロントで母と『お熱いのがお好き』を見た覚えはあるのだが、とりたててワイルダーを知っていたわけではない。マリリン・モンローがきらきらした衣装で「アイ・ワナ・ビー・ラブド・バイ・ユー」と歌う場面では、びくんと反応してしまって、その立ったところを母に見せるという失敗をやらかした。アリスは息子のペニスについて、残酷なまでに冷ややかなことがある。「お父さんそっくり」と口に出しては言わなかったが、顔がそう言っていた。

ニューヨークで、エマの仲間たちと見た一本目は、『熱砂の秘密』だった。でも記憶に残るのは冒頭の部分だけだった。幽霊船のように死んだ兵士を運んで砂漠を行く戦車——。そのあと主役のフランチョット・トーンがどうなったのか、全然わからなくなる。大きな理由は、エマが手を伸ばしてジャックの膝に置いたと思うと、映画が終わるまでペニスをつかんでいたからだ。ロンメル将軍の役がエリッヒ・フォン・シュトロハイムだったことも、ずっと後になるまで知らなかった。

次の『失われた週末』では、もっと握られていることになった。この映画のレイ・ミランドが父に似ているのではないかと思った。もし父が酒飲みだったら、あんな感じになるだろうか、という想像なのである。

『サンセット大通り』では、エマの肩にもたれて寝てしまった。目が覚めてから、小便を我慢しつつ『地獄の英雄』を最後まで見た。日曜日の朝になって、みんなで食事をしていたら、エマの映画仲間には、『地獄の英雄』で眠って、『サンセット大通り』で起きていればよかったのに、と言われた。「そこがあんたのいいとこよ。気にしなくていいわ」と、エマは言った。ほかの学生はあまり好きになれなかったが、エマさえいれば、わざわざ長旅をしてきた甲斐があったというものだ。

ジャックがビリー・ワイルダー監督のファンになることはなかった。ワイルダーがウィーン生まれで、その作品中もっともアメリカ的な映画にもどこかヨーロッパを感じることはあったのだが、だからといって好きではなかった。それよりはヨーロッパの監督のほうがおもしろかった。最初はエマ・オーストラーに誘われて見たのである。ニューヨークへ来てエマと映画を見る週末であれ、ケンブリッジでノアと見る週末であれ――ハーヴァード・スクエアで上映中の外国映画を片端から見たのだが――ジャックは字幕のある映画のファンになった。西部劇を例外として、アメリカ映画は好きになれなかった。

父親には似ていないという件については、ジャックに考えることがあった。もし父のウィリアムであれば、若い頃にエマと出会って関係しないということはないだろう。またエマも、あれこれジャックから聞いたかぎりでは、ウィリアムは迫られたら負けそうな男だろうと思っていた。

「だから、あたしたちが関係してないってことは、あんたには喜ばしい材料でしょ」と、エマは言った。だが、ジャックはどう思っているとも言わなかった。

冬の学期には、週末となるとレスリングばかりしていた。よくエマがレンタカーで試合を見に来た。エマはもう自分ではレスリングをやめて、ふたたび体重との闘争に入っていた。めちゃくちゃに食べたがることがあれば、めちゃくちゃにウェイトリフティングをすることもある。喫煙を始めたと思えば、禁煙をして、食べすぎて、食べなくなって、ジムで体を痛めつける。こういう周期が来ると、もうどうしようもない。結果がわかっているのに止まらなくなるのだった。

ほんとうはチェンコにいて欲しかった。絶好の練習パートナーだ。でも、チェンコはトロントにいるのだし、人工股関節の手術を受ける順番待ちという状態だ。ボリスはベラルーシへ帰っていた。「家庭の事情」とパーヴェルは言うのだが、そのパーヴェルもヴァンクーヴァーへ引っ越した。ブリティッシュ・コロンビア州の女と結婚したのである。タクシーの客として知った女だそうだ。

ジャックが十五歳から十六歳になるエクセター校の二年目に、エマは二十二になっていた。土曜日の試合が終わると、たいていエマはジャックを連れて、ダラムの映画館へ行った。ダラムという町はエクセターからは車で一走り。ニューハンプシャー大学の町である。ここなら芸術志向の映画館があって、新旧の外国映画が見られた。エクセターでは古いものしかやっていない。

ジャックはフェリーニの『道』を好んで、何度か、エマにペニスを握られながら見た。アンソニー・クインが演じた男は、チェンコならぶっとばすだろうとジャックもエマも思った。ただし、チェンコが腰を痛める以前なら、という話である。『甘い生活』のほうはジャックの好みに合わなかった。マルチェロ・マストロヤンニの役柄は、なんだか父を想像してしまいそうなプレーボーイだ。もし父に似たら自分でもそういう女たらしになるのだろうか。『8 ½』も好きではなかった。またマストロヤンニだ。

フェリーニを見直したきっかけは『アマルコルド』だった。エマはニューヨークで一度見ていたが、とにかく見に行こうと言って、ジャックをダラムの映画館へ伴った。タバコ屋の巨乳おばさんを見て、ジャックがどういう反応をするか、試してみたい気持ちがあった。ジャックの股間に手をもぐり込ませたエマには、ジャックが意識するより先に、おチビちゃんの動きがわかった。「ああいう年上だったら、いかが?」

リミニの町のタバコ屋を演じた有名とは言えない胸の大きな女優の名を、二人は記憶にとどめた。エマがジャックの寮へ電話を入れるときは、よくイタリア風の響きを真似て取り次いでもらったものだ。「ジャック・バーンズねがいまあす。わたしのなまえ、マリア・アントニエッタ・ベルッツィでえす」

だが、電話のエマは、ジャックの身内を名乗ることが多くなった。ジャックも義理の姉あつかいをやめて、人には「姉」として話をする。

顔が似ていない、などと言わずもがなのことを言うやつは、エクセターにはいなかった。唯一の例外が、レスリング部のエド・マッカーシーである。何かにつけて行き当たりばったりな男で、練習のときにサポーターをつけ忘れたことがあった。はみ出したペニスがマット上でナメクジのように横たわり、八十キロ級のパートナーに踏んづけられていた。

ある日、このマッカーシーがエマの悪口を言った。まったく踏んづけてやりたくなるような口をきく。「おまえが家族のルックスを一人占めしてるんだろ。おまえより姉ちゃんのほうがレスリング向きの顔だもんな」

このときはロッカールームで練習前の着替え中だった。木製のベンチ、金属製のロッカー、セメントの床――。ジャックはすくい投げのように右手を差して、大きな相手の首根っこを押さえつけた。はずそうとするマッカーシーが右足のかかとに体重を乗せたところへ、今度は足払いを掛けたので、マッカーシーはセメントに裸で尻餅をつき、開いていたロッカーのドアに背中をぶつけ、ついでに肘をベンチに打ちつけた。

起きあがって逆襲してくるかと思ったが、マッカーシーは坐り込んだままだった。「ぶっ飛ばしてやってもいいんだけどよ」

「じゃあ、やれよ」

ジャックは最終学年になっても、六十五キロ以上の階級で戦ったことはなかった。身長は百七十センチを超えたところで成長が止まった。背伸びして、である。ベストの体重は六十キロ強というところだ。

最後の二年間は、レスリング部内でも上位に来ていた。エド・マッカーシーは悪くはないが、普通、という程度だ。試合だったらジャックが勝ったかもしれない。ただ、喧嘩となると話が違う。せいぜい並でも八十キロ級ならば、並の上くらいの六十キロ級に後れをとることはないだろう。マッカーシーもそのつもりでいた。背中と肘をさすりながら立ち上がった。

このときは意図したわけではないにしても、ラムジー先生が教えたとおり、ちゃんと観客はそろっていた。「ひとの姉さんのことを、言っちゃだめだよな」と、軽量級の中から声が出た。

「だって不細工なんだぜ」と、マッカーシーが応じる。

これがジャックを助けた。マッカーシーが喧嘩を売ったということよりも、不細工と言っていることが問題だ。この学校には他人を軽んじたら減点だという道徳システムはないのだが——というよりも、エリート校の気風としては、何でも洒落のめしておもしろがっているのだが、ときとして姉や妹を神聖視する感傷性が見られる。とくに器量が悪ければなおさらだ。エマの場合、美人になりそこなっているばかりか、体重という困難も抱えていた。

「おまえも誰かに一人占めされてるのか」と、チームの重量級が言った。ハーマン・カストロといって、テキサス州のエルパソから来ている。実力は並の上クラスだが、見た目に強面なので、にらみ勝ちの試合もあったかもしれない。こんな恐ろしい顔の男が聞いているところで、不細工とは発言しないほうがよい。

「おまえに言ったんじゃないだろ」と、エド・マッカーシーは言った。

「いまは言ってる」と、ハーマン・カストロが言い、それで決着がついた。いや、ついたはずである。ジャックがおとなしくしていれば、そうなった。だがエマを思う気持ちが強すぎた。

エド・マッカーシーは悪い顔でもなかった。ただしペニスは別だ。踏んづけられてからは、なお見てくれが悪くなった。全体として、いい男でないことは確かである。最上級生になるまで女の子とつきあうことがなかった。やっと彼女にしたのが、びっくりしたような顔にそばかすのある赤毛の娘だった。まだ十年生で、十六歳になったばかり。マッカーシーは十八だ。さほどの深い関係になったとは思われないが、ともかく関係らしきものは、どちらにも初めてだったろう。

この娘を引っかけてやろうか、とジャックは思いついた。びっくり顔の年下だから、女として欲しいわけではない。エマの悪口を言ったマッカーシーを裏切らせてみたくなっただけである。

この娘を学校のカフェテリアで見かけた。サラダバーにいる。ジャックはレスリングのシーズン中、サラダを主食にして生きていた。体重を六十一キロに保つためには、うっかりしたものを食べられない。朝食はオートミール一杯で、バナナを一本添えることもある。昼食はサラダのみ。夕食もサラダで、またバナナがつくこともある。

そばかすで赤毛の娘は、ジャックが声をかけると、びっくりした顔がもっとびっくりしたようになった。「あいつ、やさしくしてくれるかい？」

名前はモリーといった。姓は知らない。ぽかんとしてジャックを見つめる。わけのわからない身体反応が出そうな面持ちだ。ジャックに幻覚剤の静脈注射でもされたようである。

ジャックはモリーの手をとった。モリーの手は、本人の知らないうちにステンレス容器にすべり込んで、切り離した部品か何かのように、生のマッシュルームに突っ込まれていた。「だからマッカーシーのことなんだよ」と、ジャックは言う。「あいつ、女に冷淡なところがあるからね。上っ面しか見なくてさ。そう思わされることない？」

「そういう例を知ってるとか？」モリーには怯えがあるようだ。

「いやあ、僕の気持ちだけの問題なんだが――姉さんのことを言われちゃって」

ここでジャックは、すでに覚えた術を使って、目に涙をあふれさせた。エマに握られつつ何本も映画を見たおかげで、顔のアップに関するイメージトレーニングができていた。アンソニー・クインが泣く場面など、五回や六回は見ている。怪力男のザンパーノでさえ泣くのなら、ジャックが泣いたっておかしくない。

この学校では、ジャックはあまり演劇をしなかった。「ドラマット」という演劇部もあるのだが、たっぷり宿題が出ているから、その企画にはなかなか参加できない。

九年生の秋に『セールスマンの死』が演目になったが、ジャックはどうという思い込みもなかった。主役のウィリー・ローマンには顔が子供っぽいし、その息子ハッピーとビフには柄が小さすぎる。それならばと主人公の妻リンダに応募したら、演劇部に入って四年目という二人の最上級生を含めて、あまたの女生徒を押しのけ、ジャックが採用されてしまった。だが、ここで初めて演劇批評なるものを受ける。その年の記念文集に、ジャックの演技は「大げさに苦悩する」と書かれた。『エクソニアン』という学校新聞はミスキャストだと断じた。「かつて男子校だった暗黒時代の観衆が堪え忍んだであろう性倒錯パロディを再現する結果になった」わかりもしないくせに、とジャックは思った。リンダが苦悩しなくてどうするんだ。

そのあとは、勉強に追いついていくのが大変でもあったので、演劇部がやるような芝居はつまらないと思うことにした。それで苦しいわけでもなかった。演目の決定には、顧問の先生の趣味が大きく反映されていた。ヒッピーが年をとったような人だ。また、それよりもジャックとしては、たまにシェークスピアが上演される機会のために、満を持していたかった。シェークスピアだったら素人がやっても台無しということはないだろう。

演劇部内では、ジャックが女装でリンダ役を務めたことを遺憾とする声も出ていて、男の役を押しつけられそうになった。『ミスター・ロバーツ』のオーディションを受けろと言う。だが、もう映画だけでよいではないか。しかも古い！　ジャックはウェンディ・ホルトンの口調を持ち出して、「死んだほうがましです」と言ってやった。

これが効果覿面《てきめん》。いい役者らしいという評判ができた。超然としてみせるのがよかったのだ（きわどい賭けでもあるが）。

その次は、みんなを驚かすつもりで、小さい仕事に名乗りを上げた。『八月十五夜の茶屋』のロータス・ブロッサムなる芸者の役だが、これをやっておけば、この先どんな女の役もいただきだという計算があった。ほんとうに欲しかった役は、卒業の前年、春の『マクベス』公演にあった。当然、マクベス夫人をねらっていた。どこからも文句の出ようがない。レスリング部からは出ない。演劇部の最上級にも、あの役は「えらそうな女性像としては、男っぽい選択でも悪くない」と理屈をつける女生徒がいた。

ようやく演劇部がジャックという人間をわかったつもりになった頃合いに――つまり、あいつはシェークスピアが好きで、女装役が大好きだ、と思われたあとで、もう一度ジャックは意外なことをした。『リチャード三世』に応募したのだ。しかもリチャード役でなければいやだという。『わが町』なんてのは、やりたいやつがいつまでもやってればいい、というのがジャックの考えだ。この自分はフットボールを背負いたい。せむしのリチャードに扮するために、フットボールを背中に仕込もうと思っていた。

このときはジャックが最上級生だった冬である。レスリングのシーズンで、いつものジャックより厳しく引き締まっていた。いままでにない「不満の冬」を見せつける、「王国をやるから馬をくれ」のセリフも迫真の演技で聞かせる、というつもりだった。そして実際にやってのけた。

さて、カフェテリアで流した涙は、モリーの手に落ちかかった。マッシュルームにも、またブロッコリーと輪切りのキュウリにもかかった。皿のラディッシュを落としたが、拾おうともしない。

モリーはジャックを引っ張り、テーブルに連れていった。坐っていた生徒が席をあけてくれる。「よく聞かせてよ」と、モリーに手をぎゅっと握られた。モリーの目は薄ぼんやりした青色で、喉にはそばかすの膿んだような箇所がある。

「こういう顔に生まれたいと思ったわけじゃないんだ」と、ジャックは切り出した。「でも姉はそうはいかなかった。だいぶ年上なんだけど」と、さりげなく年齢を強調して、恋人などはできそうもないと匂わせた。現実のエマは、かなり遊びまわっていた。たいていはジャックと同じような年格好か、もっと若いくらいの相手だ。べつに体の関係はないわよ、と本人は言っている。「そういうわけではない」

「お姉さんて、あんまり似てないの?」

「マッカーシーには不細工なんて言われちゃった。もちろん僕はそんなこと思ってない。これでも仲いいんだぜ」

「そりゃ、そうでしょう」モリーは握る手に力を込めて、つい大きな声になっていた。

この娘は、もとの器量が悪いだけではない。いま十六歳の現状を、これから上回るとも思えない。いつも鏡を見るのがいやだった。今後ますますそうなるだろう、とジャックには思われた。恋人のつもりでいる若者が、ほかの誰にせよ不細工と形容したことを聞けば、ぐっと身につまされただろう。

ジャックはもう充分に泣いてみせた。派手に演技した分だけ、サラダが涙に濡れている。今度は、ひくひく揺れながら強ばっている上唇、というアップの場面を思いついた。「へんなこと言っちゃってごめん。仕方ないのにね。もう言わないよ」

「そんな!」と、モリーはトレーを持って去ろうとするジャックの手首をつかんだ。生のニンジンが皿から落ちて、アイスティーがこぼれた。レスリングのシーズン中にはアイスティーを大量に飲むので、少々おかしな反応が出る。速い列車に乗っているように、手の指がふるえた。

「いいんだ、じゃあね」ジャックは振り返りもしなかった。これでモリーとエド・マッカーシーは終わりだなと思っていた。まもなくエドが食事に来ることも計算済みだ。

しばらくしてサラダバーへ舞い戻った。基本的に空腹である。すると学校一の美人がいた。ミシェル・マーという。ジャックと同じく最上級生だ。すらりとした体型に、ハニーブロンドの髪、モデルになれそうな肌の艶があって、マッカーシーの下品な評価で言えば「胸がぼんぼーん」と張っている。

百八十センチ近い身長で、ジャックよりも優に五センチは上回る。演劇の部員だから、マクベス夫人役の争奪戦ではジャックに敗れたことになるのだが、それを根に持っていないという意味ではめずらしい存在だ。美形なのに人に好かれる娘である。頭もいいが気立てもいい。コロンビア大学への早期合格が決まっていた。もともとニューヨークの出で、そっちへ戻りたいとも思ったのでそうしたのだが、ともかく最上級生でありながら進学の悩みは消えていた。もう行き先がわかっていた。

「あら、げっそり痩せてる」

「そうともさ。僕の心は空腹の闇の奥」

「背中どうしたの、リチャード」これは『リチャード三世』がらみの冗談で、演劇部の連中にはいやというほど言われている。

「もはや衣装置き場にあり。せむしはフットボールだったのだ」と応じるのは、もう百回目にもなるだろうか。

「ジャックって、恋人つくらないの？」こんなことをミシェルが言うとは、からかうつもりだな、とジャックは思った。

「きみが高嶺の花みたいだからね」

こんなのはセリフのつもりだ。芝居である。本気で言ったのではない。だが、言ったとたんに、しまったと思った。どう訂正するべきか、とっさに考えが回らない。空きっ腹にアイスティーばかり飲んだので、頭がはっきりしないのだ。

ミシェル・マーはうつむき加減になった。サラダバーに気を取られて下を向いたと思えなくもない。いつもは背筋がぴんと伸びているのに、このときは猫背ぎみで、ジャックと目の高さが変わらなかった。

あ、いまのはセリフだから、と言いかけた。言えばよかった。だがミシェルに先を越された。「そういうつもりだったなんて知らなかった。特定の子に興味を持たないのかとばっかり……」

この娘が嫌いではないのだから困る。心を傷つけたくなかった。現実問題として、もしジャックが皿洗いのスタックポール夫人と腐れ縁だと言っても、ミシェル・マーは信じようとしなかったろう。あの夫人は、マッカーシーの用語で言えば間違いなく「不細工」なのだし、ほかの女の中にいれば、かなり年配の人にまじったとしても、まったく分が悪いくらいなので、ジャック・バーンズと関係しているなどとは夫人自身にしても嘘みたいだと思っていた。

「なんで、あたしなの？」と言ったことがある。そのときは全体重をかけてジャックにのしかかり、呼吸器を押しつぶしそうになっていた。ジャックはものが言えなかったが、どっちにしても答えられたわけではない。夫人からは切実な思惑があって寄ってくる。ふつうならジャック・バーンズのような若者には見向きもしてもらえないのだ。だが、そんなことをミシェル・マーのような美少女に言っても仕方ない。

「きみに興味を持たないなんてあり得ないよ」

このセリフを最後にして立ち去っていれば、それだけで終わったのかもしれない。だが、あまりの空腹に、サラダバーへの未練を断ち切れなかった。すると誰かにつかまれたので、ミシェルかと思った。ミシェルであってほしかった。

「おまえ、モリーに何を吹き込みやがった」マッカーシーが言った。

「ありのままに」と、ジャックは答えた。「うちの姉を不細工と言ったろ。だったよな？」

ジャックはミシェルに惚れさせようとしたつもりではないのだが、まだミシェルはすぐ隣に立っていた。ここでエド・マッカーシーにどういう出方があったか。ジャックはレディング出身のやつである。おそらく負けをこわがらない。このジャックに怪我でもさせて、軽量級の中心選手がシーズン終盤に欠場することにでもなったら、ハドソン・コーチにどんな処分をされるだろう。

さらには、ジャックに手を出したと知られたら、ハーマン・カストロが黙っていなかったはずである。「不細工」に抵抗の声を上げたジャックには、生涯、ハーマン・カストロという強い味方ができていた。

「姉さんを不細工なんて言われちゃったのさ」と、ジャックは事情の解説をした。もうミシェル・マーはどうしようもない。すっかりいかれた状態だ。「僕はそんなこと思うわけがない。仲いいんだぜ」

この状況でエド・マッカーシーがとるべき策は何だったか。たぶん逃げの一手しかなかったろう。だから去っていったのだが、それがジャックにはわからなかった。これでマッカーシーはせっかくの彼女らしきものを失った。また、この世にあるかぎり、ミシェル・マーのような美少女と同じ空気を吸おうとしたら、ジャック・バーンズのような美少年にくっついているしかないのである。いい女が寄ってくるのはいい男だ。ジャックの場合、たいして努力は要らない。


ある週末のこと、すでに最高学年の春になっていたが、ミシェルに連れられてニューヨークの実家を訪問した。このとき初めて、エマを裏切っているような気がした。ミシェルと同行したからというよりは、エマに言わなかったからだ。あんな美少女に会わせたら、エマが気まずいかもしれないし、へそ曲がりなことをしかねない。なにしろマー家は美男美女がそろっていて、飼い犬までが美犬なのだ。

いや、それに、とジャックは理屈をつけた。黙ってニューヨークへ出たくらいで、エマが一大事だと思うだろうか。すでにエマはニューヨーク大学を卒業し、この都会のテレビ界で深夜番組向けコメディ作家の卵になっていた。好きでやっているのではない。少なくともエマに関しては、テレビの仕事は映画製作につながらないと考えるにいたっていた。そもそも映画の道に進みたいのかどうかわからなくなっている。

「やっぱり作家になろうかなあ。映画の脚本じゃなくて、小説を書きたいわ。ジャーナリズムじゃなくて文学よ」

「書く時間あるの？」

「土日ならね」

というわけで、週末に執筆の邪魔をしたらいけない、と考えることにしたのだった。

ミシェルの実家は、パーク街のアパートにあった。一つの建物の半分くらいを占有しているから、ジャックが前の学校で暮らした五年生の寮よりも広い。自己所有の美術品をアパートにならべて暮らす人々を、いままでジャックは知らなかった。いや、美術品を私有物とする概念がなかった。民間の実力を軽視するカナダ人らしい発想なのかもしれないし、メインやニューハンプシャーの暮らしが身について都会の感性をなくしていたのかもしれない。

ゲスト用のバスルームに、ピカソの小品があった。壁の低い位置に掛かっていて、坐った目の位置で鑑賞しやすい。たいしたものだと思って見ていたら、立ち上がりかけた拍子に小便をかけそうになった。なんとなく放水の具合がおかしかった。

まずいかも、と思った。もらっちゃったのかもしれない。スタックポール夫人が淋病を持っていた可能性はおおいにある。どんな男と寝ているか知れたものではないし、亭主がどんな女と寝るのかもわからない。いま膝の高さのピカソに小便をかけそうになって、どうやらその線かなと思った。ミシェル・マーに移すことにもなるだろうか。でもミシェルが体を許すとは思えなかった。エクセター校の外で会っているのは初めてだ。たしかにキスは済ませたが、下品なマッカーシーの言う「ぼんぼーん」の感触までは得ていない。

ところが、ジャックの運というもので、美男美女の両親は、今夜、どこかの正式な催しに出るとか

た。

あと、とりあえずミシェルの寝室でテレビを見た。「だいぶ遅くなるんだって」と、ミシェルは言った。両親が出かけたあと、とりあえずミシェルと美しき犬だけになった。

で、パーク街の広大なアパートには、ジャックとミシェルと美しき犬だけになった。両親が出かけたあと、とりあえずミシェルの寝室でテレビを見た。「だいぶ遅くなるんだって」と、ミシェルは言った。

ジャックも考えないではなかったが、まさかと思っていたことがある。ミシェル・マーは、アリスがヒッピー時代以前の用語で言う「最後まで行く」娘なのだろうか。「最後まで行くような子とお知り合いじゃないでしょうね」と、春休みとはいえ雪景色のトロントへ帰ったときに言われた。

ミシェル・マーはそういう娘ではなかったが、そういう話をしたがった。いままでしなかったのがおかしいと思うらしい。

「おかしくなんかないよ」ジャックは即座に応じた。

皿洗いのおばさんから淋病をもらった可能性は言わずにおくとして、ほかに何をするべきか。自分でも最後まで行かない主義者であると宣言することしか思いつかなかった。

あるチャンネルで、ジョン・ウェイン特集をやっていた。最初が『ケンタッキー魂』で、ケンタッキー銃隊を率いるジョン・ウェインが、アライグマを一匹かぶったような頭で登場する。ジャックはこの俳優が好きだったが、この手の格好良さをおもしろがっていたジャックの好みは、エマによって土台から崩されていた。トリュフォーやベルイマンのような節制した好みを仕込まれたのだ。いまのジャックはトリュフォーが好きで、ベルイマンが大好きだった。

たしかに『大人は判ってくれない』では退屈して、そのようにエマに言ってしまった。すると、あきれかえったエマは、握っていたペニスを離してしまった。また握ってくれたのは、『ピアニストを撃て』をジャックが誉めあげたときだ。『突然炎のごとく』では一度も手を離さなかったのだが、これがエマではなくてジャンヌ・モローの手であるようにジャックは空想を働かせた。

イングマール・ベルイマンは、いくらでも見たいと思った。『第七の封印』『処女の泉』『冬の光』

『沈黙』――こういう映画を見たからこそ、ジャック・バーンズは映画の虜になって、舞台よりも映画の役者になりたいと考えた。『ある結婚の風景』『鏡の中の女』『秋のソナタ』――こういう映画を見たからこそ、おおいに想像をかき立てられた。ベルイマンが使いそうな女優と共演した自分の、アップの顔を夢想した。どんな小さな仕草も大事にして、きっちりセリフを言っている。カメラがぐっと迫ってくるから、ジャックの顔だけで巨大なスクリーンがいっぱいになる。こぶしを固める手かもしれない。人差し指の先だけが、呼び鈴を押そうとして構図に入ってくるのかもしれない。

そして言うまでもなく、ベルイマン映画におけるセックス。ああ、年上の女たち！　エマ・オーストラーにペニスを握られた状態で、そんな女優と出会っていった！　ビビ・アンデルソン、グンネル・リンドブロム、イングリッド・チューリン、リヴ・ウルマン。そういうときに、アリスは「最後まで行く」娘とは知り合わないでほしいと思っていた。何を考えていたのだろう。

「どうしたの？　せむし男、チン没？」ミシェル・マーが、また『リチャード三世』をネタにふざけた。

ジャックの答えは決まっている。「いやあ、縮んだだけだ」

『ケンタッキー魂』に気を取られたなどとは、嘘でも言えないだろう。次に『リオ・グランデの砦』も見ることは見た。またもや戦争物で、今度はアパッチ族が相手だった。戦いと言えば、疎遠になっていた勝気な妻、大きな胸のモーリン・オハラとの戦いでもあった。だがジャックの目はミシェル・マーにしか向いていない。いやはや、きれいな子だ。優しいし、頭はいいし、冗談がわかる。たしかに欲しくなる娘だ。

ミシェル・マーだって、すっかりその気になっていた。しかしジャックのほうが、いかに目が釘づけとは言いながら、最後まで行こうとはしなかった。もちろんキスをして、体をさぐって、抱きしめるまでの勢いは止められない。何度でも名前を呼んだ。のちのちまでも「ミシェル・マー、ミシェ

ル・マー、ミシェル・マー」と寝言を言ってから目を覚ますことになる。「ジャック・バーンズ」ふざけ半分の声である。「リチャードもっこり三世。マクベス夫人」と、からかっているミシェルだが、キスの味はすばらしかった。エマ・オーストラーが強烈であることを忘れるわけにはいかないが、それでもジャックが出会っていくキスとしては断トツの一位となる。この部門でミシェルに太刀打ちできる女はいなかった。

　では、はっきり言えばよかったのではないか。淋病にかかったかもしれない、淫乱な皿洗い係からもらったのかもしれない、と言ってしまったらどうだったか。年齢からすれば母親みたいな女！　演劇部で取り上げそうな題材か。いや、『北西準州の通販花嫁』の続編にもなりそうか。

　ミシェルが好きで、守ってやりたいと思うからだ、と言えばよかったのではないか。ジャック自身にまつわりついている（かもしれない）悪いものを、ミシェルには一切関わらせたくない。どうとでも話をでっちあげてもよい。芝居はお手のものだ。練習パートナーにペニスを踏んづけられたと言ってもよかった。ほとんど話題にされないだけで、レスリングでは意外によくある負傷なのだ。きょうは使いものにならない、痛くてだめだ、と言おうと思えば言えただろう。

　だが現実のジャックは馬鹿だった。同時にマスターベーションすれば代用になると言ったのだ。「究極のセーフセックス」とも言った。室内には血なまぐさい戦いが流れ、アパッチ族が雄叫びを上げて死んでいく。ジョン・ウェインが必死の闘争を続け、ジャックは対ミシェル・マーの自殺行為に走る。「だからさ、この際、裸になっちゃって、それぞれが自分の手を使うんだ」と、ひたすら墓穴を掘った。「見つめ合って、キスをして、あとは想像だよ。役者ってそうだろ」

　ミシェル・マーの目にあふれた涙は、もしスクリーンに映ったら、感動の名場面になったろう。この娘なら大きく迫ったアップに耐える。「もう何なのよ。あたし、いつだってジャックの味方してたのに。あいつは変だなんて聞くたびに、そんなことないって言い続けたんだから」

「ミシェル――」と言いかけたが、もう目を見ればわかった。せっかく落ちそうになってくれたのに、取り戻せない遠くへ逃してしまった。テレビの西部劇には葬送の砂塵が舞っている。馬が倒れ、アパッチ族は死屍累々。

ミシェル・マーを寝室に一人残して出ていった。きっと一人になりたいだろうと思うくらいの感性はジャックにもある。美しき犬もいることだ。バスルームに美術品のある客用の部屋へ戻った。膝の高さにピカソがある。この部屋にもテレビがある。一人で『静かなる男』を見た。

ジョン・ウェインはアイルランド系のボクサーだが、対戦相手を死なせてしまったために故郷のアイルランドへ帰って、モーリン・オハラ（またしても大きな胸）と恋に落ちる。しかし女の兄（ヴィクター・マクラグレン）がどうしようもないやつなので、ひょっとしたらアイルランド史上最長、かつもっともありそうにない殴り合いとして、ふたたび拳を振るうことになる。

みじめな気分にひたりきっていたジャックは、ほんとうならヴィクター・マクラグレンが負けるはずはない、ジョン・ウェインをぶちのめして当然だと考える。マクラグレンは本物のボクサーでもあった。ジャック・ジョンソンと試合をして、相当に手こずらせたではないか。本気で戦ったら、ウェインなんて一ラウンドも立っていられないだろう。

二人でエクセターまで帰ったが、ほぼ押し黙った長い旅になった。ジャックが愛の告白に及んだので、ますます事態は悪化した。ミシェルに敬意をもって接したいから同時マスターベーションを提案した、とまで言っていた。

「やっぱりジャックって変よ。だって――」と言いかけたミシェルは、どっと涙にくれて、それ以上は言わなかった。最後まで言ったらどうなるのか、もうジャックは想像するしかなかった。以後ほとんど二十年の長きにわたり、できることなら、あの週末を取り戻したい、と願って暮らすことになる。

「強いて言わせてもらえば」と、ノア・ローゼンが推理した。「おまえとミシェルがうまくいかなかったのは、どっちからも見てばっかりだったからだろう」

ノアにスタックポール夫人の話をするまでに、あと一週間か二週間の時点だった。話してしまえば、ノアからその姉に伝わって、そうなればノアとの友情が終わりになる。この時期のジャックには、ミシェルを失ったことよりも、なお大きな痛手だった。だが、ジャックの記憶の中ではノアが薄らぎ、ミシェルはいつまでも残るのだ。

ミシェルはおかしな行動をとらなかった。ジャックと同い年で、そろそろ十八歳になる十七歳。それでも自制心があり品位をわきまえて、たとえ親友にでも、ジャックが変態だとは言わなかった。やっぱり変なところがある、という程度の発言も控えていた。いや、ジャック変人説が出るたびに、あいかわらず弁護にまわっていたのである。あとでハーマン・カストロが言った。ミシェルはいつでも、「別れたあと」でさえも、ジャックを誉めていたそうだ。「おまえたちのこと考えると、まあ、わかんなくなるんだよな。二人そろって雑誌のモデルみたいな感じだったんじゃないのか」

ハーマン・カストロは、ハーヴァード大学へ進み、さらに医学部へ行く。感染症の専門医になって、故郷のエルパソへ戻り、主にエイズ患者の診療にあたる。じつに好ましいメキシコ系アメリカ人の女性と結婚して、子だくさんになった。ハーマンが送ってくるクリスマスカードを見て、子供たちが母親似でよかったではないかとジャックは思う。いいやつであるのは間違いないとしても、見かけは芳しくなかった。すとんと肩が落ちて、水差しのような体型だ。鼻ぺちゃ、でこっぱち。左右からくっつき合う小さな黒目の上で、おでこがベークトポテトのように出っ張っていた。

ハーマン・カストロは、レスリング部のカメラマンでもあった。当時はヘビー級の選手は最後に試合があるものと決まっていた。だから他の選手の試合中に、たとえウォーミングアップの途中でもハーマンが写真を撮った。ああやって顔を隠しているのではないかとジャックは思っていた。カメラを盾にしていたのかもしれない。

「よう、アミーゴ」と、のちにクリスマスカードの決まり文句ができる。「きみの恋愛遍歴を考えると、まあ、わかんなくなるんだよな」

たしかにハーマンはわかっていなかった。ずっと長いことジャックは、あの晩ミシェル・マーを失って、すなわち生涯最大の恋愛を失った、と考えるようになる。もし父がジャックの年齢だったら、ためらうことなくミシェルに突入しただろう。淋病であろうがなかろうが関係ない。


それに淋病にはかかっていなかった。ニューヨークから帰って保健室で診てもらったら、ちょっとした炎症だろうと言われた。レスリングのシーズンが終わって食事が変わった影響があるかもしれない。

「淋病じゃないんですか？」ジャックは半信半疑だった。

「全然」

まあ何といっても、皿洗い係の八十キロ近い肉体と数カ月にわたる取り組みがあって、週に四回戦か五回戦もめずらしくなかったのだから、小便が膝の高さのピカソに向けて横っ飛びしそうになるくらいには乱用したということだ。もちろんノア・ローゼンが言う「麗しのミシェル」を逃がす結果になったのは仕方ない。

ミシェルと同じ授業を受けたのは、四年目のドイツ語だけだった。ドイツ語を選択する生徒は、たいてい医者になろうかと考えていた。医学に進むならドイツ語をやっておくとよいと言われた。ジャックはそんなつもりではない。理系の学問には強くない。ドイツ語は語順がおもしろいと思った。動詞が文末まで出てこない。なるほどドイツ語では最後に山場が来る。役者向きの言語だ。

ジャックはゲーテが好きだったが、リルケは大好きだった。また「ドイツ語Ⅳ」ではシェークスピアのドイツ語訳をおおいに楽しみ、とくに愛のソネットが好きになった。ドイツ人のリヒター先生に言わせれば、じつはドイツ語で読むほうがよろしい、とのことだった。

ミシェル・マーは果敢にも反論した。「ですが先生、『つややかに色めいて、よく悪しき色をあらわす』なんていうのは、やはり原語のほうがいいんじゃありませんか」

「うん、しかしだねえ」先生は朗々と吟ずるような声を出して、「そういうミシェルも、『ゾンスト・プリュフト・ディー・クルーゲ・ヴェルト・デア・トレーネン・ジン、ウント・ヘーント・ディッヒ・ウム・ミッヒ、ヴェン・イッヒ・ニヒト・メア・ビン』は、訳文のほうがいいと思うのではないかな。では、ジャック、これを原文で言ってくれないか。きみは朗読がうまいから」

「賢《さか》しらなる世の人が、汝《な》が嘆きの心をのぞき見て、我なきあと汝《なれ》を嗤うことなきように」

「ほらね？」と、リヒター先生が言った。「どう考えてもドイツ語のほうが無理なく韻を踏むだろう。では、この議論はおしまい」

ジャックもミシェルも、たがいの顔を見ることができなかった。ジャックからの最後の言葉が「我なきあと」と「嘆き」をくっつけるものだとは、あまりに残酷な偶然だ。

同じ教室に出席した最後の授業で、ミシェルからメモが渡された。「あとで読んでね」とだけ言っていた。

ゲーテの一節だった。ジャックにくらべて、ミシェルはゲーテへの好感を強く持っていた。「女性ニハ寛容ノ心ヲ向ケヨ」

もしジャックに度胸があったら、リルケを選んだことだろう。「彼女ニ一度ダケ笑顔ヲ見セラレ、ダカラ辛クモアッタノダ」ただ、こんなメモを渡しても、ミシェル・マーには散文的すぎると言われたかもしれない。

この学校での勉強において、ジャックがなけなしの自負を得たのはドイツ語だった。ともかくもノア・ローゼンの援助を仰ぐことなく、四年間の受講を終えたのだ。この科目だけは、ノアにも手の出しようがなかった。ユダヤ系のノアは、わからないこともない理屈として、民族の抹殺を計った国の言語など学んでやるものかと思っていた。

またSATの試験でも、ノアが助けることはできなかった。ジャックが一人でどうにかするしかない。学業の適性試験となれば、「態度」だけでは埒が明かない。いくら頑張っても学力は伸び悩み、級友に後れをとっていた。八三年卒の学年ではSATの最低点をとった。

「役者に選択問題は似合わない」と、ハーマン・カストロには言った。

「どうして？」

「役者に当てずっぽはない。もちろん役者にだって選択はあるけれども、役柄はわきまえているからね。答えが出なくても、当てずっぽには走らない」

「そんなこと言ってると試験では馬鹿を見るぜ、と言っといてやるよ」

これだけ点数が悪いと、ハーマンやノアのようにハーヴァード大学へ行くのは無理に決まっている。どこであれ一流とされる大学は難しかったろう。トロントへ帰って地元で進学すればよい、と母親にはしつこく言われたが、ジャックに帰る気はなかった。

アリスは自分から息子との距離をとったくせに、いまはまた近いところに置きたくなったようだった。ジャックのほうでは、もうご免だと思っている。エマの言う「レズ問題」を気にしたのではない。そんなものは、とうに乗り越えた。エマもそうだ。母親同士がくっついたことを、いまさらどうこう思わない。それどころか、ジャックもエマも、まだ継続していることを喜ばしく思っている。誇らしくもある。破局だらけの世の中だ。知り合いの恋人同士、あるいは知り合いの両親で、別れたカップルはいくらでもいた。

だが、トロントを、祖国カナダを、追い出されたという意識は消えない。もう八年アメリカに暮らした。学校の友だちも、たいていはアメリカ人だ。映画俳優になりたいと思うきっかけは、ヨーロッパの作品でつくられた。

出願して合格したのはニューハンプシャー大学だ。エマにはやいやい言われた。「あんた、何やってんのよ、いくら映画館が気に入ったからって、あそこじゃなくたっていいじゃない」でも、もう決めたことだ。ダラムの町も、そこの映画館も気に入った。もちろん、エマが横に坐ってペニスを握っていてくれないとしたら、いくらか印象は違うだろう、と認めないわけにはいかなかったけれど。


母に連れられていった北海への旅は、ジャック・バーンズという人間を形成した。セント・ヒルダ校へ入学してからは、エマがいみじくも言った「年上趣味」が確定した。この学校で演劇の基礎を覚えたのでもある。少女の役を演じても説得力があるという自信がついた。レディング校では努力することを教わった。アドキンズ夫人の悲しみに惹かれた。エクセターへ来てからは、自分がインテリではないと思い知った。でも読書と作文は鍛えられた。読み書きを知るのがどれだけ貴重なことか、このときのジャックにはわからなかった。わからないと言えば、スタックポール夫人がジャックの中に見てとった危うさも、本人はわかっていなかった。

エクセターでの女の先生は、ジャックには近づきようがなかった。近づきたい年上のタイプではなかった。この判断の当否はさておいても、スタックポール夫人は異質だった。この夫人だけが、品は悪いが何か差し迫ったものがあって、ジャックの心をとらえた。レディングは一種の砂漠で、女がしおれたようになる土地だったが、エクセターというところでは先生の奥さんたちに魅力のある人がいて、たとえ空想にすぎなくとも男生徒の気を引いていた。だがジャックには遠すぎた。あまりに幸せそうで、お近づきになりたいとは夢にも思わなかった。

その最たる存在がデラコート夫人だった。フランス風の憎い美人で、図書館に勤めていた。その夫はロマンス語の教師である。だが夫人はロマンスを考えられるような相手ではなかった。まともに目を合わせられる生徒はいない。でも図書館へ行けば、つい憧れる目になって、その姿をさがしてしまう。

デラコート夫人を見ていると、いままで濡れ場だったのに、まだまだ物足りなそう、という雰囲気がある（一汗かいて、なお髪の乱れもないような）。その存在感は『突然炎のごとく』におけるジャンヌ・モローのようにすごい。夫たるデラコート氏でさえも、近づこうとして舌がもつれそうになる。パリの産である氏にしてそうなのだ。

ある春の夜、ジャックは歴史の期末試験に向けて、最後の追い込みにかかっていた。書庫の二階に、好んで坐る閲覧席がある。すでにノア・ローゼンともミシェル・マーとも関係は修復不能になっていて、あとはもうニューハンプシャーのダラムへ行って四年間をすごすだけだという心境にあった。

エマ・オーストラーはアイオワ・シティーへ引っ越す予定だった。書いたものを送ったら、アイオワ大学の作家養成コースに入れてもらえることになったのだ。そんな学校があるのかとジャックは思った。アイオワなんて中西部へ行かれたら、またエマとは会えなくなるのだろう、としか思わなかった。

「いつだって来ればいいじゃない」と、エマは言った。「作家だらけだとしても、映画館くらいあるわよ。作家にいやがらせするように映画館ができてるのかもしれない」

というわけで図書館でのジャックは、試験が心配になっていたというよりは、いささか消沈していたのだった。読まずに放っておいた本がたまっていて、仕方なく読んでいたところへ、デラコート夫人が来た。用済みの本を積み重ねていたのだが、その中に埃っぽくて分厚いローマ法の本があった。これを借りたがっている人がいるから、三階の書庫へ返して欲しい、と夫人は言った。ギリシャ語やラテン語の古典がある書棚だった。

「いいですよ」とジャックは言ったが、ほっそりした腰から上に目を上げられない。夫人の腰だけで、平常心は飛んでいた。ジャックはローマ法の本を持って、三階へ上がりかけた。

「すぐ戻ってね」うしろから夫人の声が来る。「気が散って勉強できなくさせたのなら困るもの」こんなふうに言って、気が散らないことがあると思うのか！

いつもながら三階の書庫には人の気配がなかった。どこへ返すのか、すぐにわかった。だが、次の列の、かび臭い装幀がならぶ棚に、二つの目だけがのぞいていて、ジャックを見ていた。「あんたにミシェル・マーはふさわしくない」と、目がものを言った。「だって、いい男なんだもの。いい女なんか要らないじゃない。もっと現実が必要だわ」

また別の皿洗い係か、と思った。だが聞いたような声だ。水増ししたような薄青い目にも心当たりがある。モリー何とかいうやつだ。エド・マッカーシーの（ハーマン・カストロが好意のかけらもなく「ペニスのマッカーシー」と言った男の）元彼女。

「やあ、モリー」ジャックは隣の通路へまわり込んで、モリーと立ち話になった。

「あたしこそ、ふさわしいのよ」と、モリーは言う。「だって、お姉さんが好きなんでしょう。その人、不細工なんでしょう。おんなじじゃない」

「ちっとも不細工なんかじゃないよ、モリー」

「不細工だってば」どうやら異常をきたしている。また風邪ぎみでもある。鼻の穴が赤くて、水っ洟が出ていた。このモリー何とかいう娘が、書棚に寄りかかって、目を閉じた。「抱いてよ」

ジャックは自分が笑いたいのか泣きたいのかわからない。どちらの行動もとらなかった。とっさに最小限の被害ですませてやることを考えたジャックは、膝をついて、モリーのスカートをめくった。パンティーに顔を押しつけ、手をモリーの腰に置いて、パンティーを引き下ろす。

そう、ジャック・バーンズは十六歳の十年生を舐めてやったのだ。エクセター校図書館三階の書庫でである！　マシャード夫人およびスタックポール夫人との経緯から、やり方は心得たものだった。今回は自分から率先して実行しただけの違いである。モリーの指にしっかり頭をつかまれる感触があった。そのまま強く押しつけられる。ジャックの顔面で頂点に達したモリーが、ぐらりと書架にもたれかかるのがわかった。図書館ではめずらしい出来事だ。これでなおジャックがモリーの姓を知らずにいたのだから、どうかしている。弁明の手紙を書くわけにもいかない。

モリーを立たせたまま、というか倒れそうに立たせたまま、この場を去った。ミシェル・マーのような身長はないから、ジャックでもおでこにキスしてやることはできる。小さい女の子を相手にするようなものだ。じゃあ、試験勉強があるから、とだけ言い捨てて離れたが、モリーの膝はいまにも崩れそうになっていた。

飲料水の機械があったので、顔を洗った。二階の閲覧席に戻りながら、やけに時間がかかったとデラコート夫人に思われそうな気がした。おおいに気が散ったことだけは間違いない。おそらく目が血走っていたのか、何かしら異様な気配があったのだろう。その場の思いつきで舌技を行使した余波が、デラコート夫人の目にとまった。

「あらま、ジャック・バーンズ、何を読んでたのかしら。ローマ法じゃないことは確かね」

波打たせたような声は、探求心よりも遊び心をにじませていた。この夫人がジャックに色気を見せたいのか。やっとジャックも夫人の顔をまともに見ることができたが、読もうとして読めない顔だった。読めないのはジャックの将来も同じ。これからの人生は始まったばかり、としか思えなかった。その人生にミシェル・マーはいない。最初にして、たぶん最後でもある、本物の恋を失った。

18　クローディア登場、マクワット先生退場

ジャック・バーンズの大学時代は、望遠鏡をのぞいているようだった。欲しいものは遠くにあり、いまは時来たらず、という感じだった。ニューハンプシャー大学は飛行機の乗り継ぎのようなもの、どこかへ行く旅の中継地だったのだ。成績は良かった。エクセターでは取ったことのない点数が取れた。卒業成績も良好だった。だが在学中ずっと心はどこかへ飛んでいた。

大学の演劇では、欲しい役は手に入ったけれども、欲しいと思うことが少なかった。ダラムの町へ来る外国映画は全部見た。一人で見ることもあったが、たいていは連れがいた。ただし、ペニスを握っていてくれる女の子に限られた。そんな娘が二人だけいた。

たいていはクローディアだった。演劇専攻の学生だ。もう一人、ミドリという日本の女の子がいて、これは裸体画のクラスに出ていた。この手のクラスではジャックが一人だけ男性モデルを務めた。芝居の役に立つ、とラムジー先生なら言っただろう。それにモデル料をもらえた。ワーツ先生が言っていた「一人だけの観客」を意識する場面ではなかったが、ちょうど練習中だったアップの表情をイメージするのにはよかった。何通りも持っていたいと思った。

さらには精神で肉体を制御する訓練にもなった。意志の力で勃起を押さえつける。また、もっと難しいけれど、かなり上達したのが、いくらか勃起させておいて、そのまま止めるという術だ。これを見ていたから、ミドリが映画へ行くようになったのかもしれない。

「神様、われらを罪の縛《いまし》めから解き放ってください」と、よくロティーが祈っていた。あのロティーからも、はがき一枚来なくなっている。プリンス・エドワード島へ帰ってからどうなったのか、さっぱりわからない。どうともならなかったのかもしれない。

ジャックはエマに車の運転を習っていた。いかにもエマらしく無免許のジャックに教えたのだ。まもなくジャックも正式に免許をとった。自家用車を持たないだけに、クローディア所有のボルボに愛着を覚えた。クローディアは好きだったが、ボルボは大好きだった。

クローディアは女優願望をふくらませていた。学生演劇では何度もジャックと共演した。ペニスを握ってくれようとする意欲も、まず揺るぎないものだった。まあ、体の関係もできていた。ということで、エマの場合にくらべれば、握ってくれたのも不自然ではない。逆に刺激は薄れたかもしれない。どこへ行くにもクローディアが運転手になっていたが、ジャックが免許をとってからは、気前よくボルボを貸してくれた。

週に何度かエクセターへ車を走らせた。後輩のレスリング部員と練習して、室内ケージで傾斜のある木製トラックを走る。大学のレスリングには興味が湧かなかった。もともと人に勝ちたい気持ちが強いわけではない。そこそこに体のコンディションを保って、自衛ができていればよいのだ。レスリングには世話になったから、一応の恩返しはしてもよいと思う。だからエクセターへ戻れば臨時コーチのようなことをして、初心者のために技の実演をしてやった。ジャックの子供時代にはチェンコやパーヴェルやボリスが、あとになってからはクラム・コーチやハドソン・コーチがしてくれたことである。

ハドソンという人は、クラムとは違って、トレーニング室でカリフラワー耳の血抜きをすることに、馬鹿にした態度をとらなかった。クラムとは違って、いい男だったのだ。だからジャックが生涯ずっとレスリング選手の顔でいたくないと思っても、ちゃんと納得してくれた。俳優になりたいなら、なおさら無理はないことだ。

「僕みたいな将来の志望があるなら、血抜きをするのは実利的なことだと思いませんか？」と、ジャックは言った。

「すごく実利的だ」と、ハドソン・コーチは答えた。

この時期になるとエクセターには、もう一人コーチがいた。ロシア語の教科担当でもあるシャピロ先生で、のちに学生部長も務めた人だった。

あるときクローディアを連れていったが、おもしろくもなさそうな顔でマットに坐り、パッド入りの壁に寄りかかった。うさんくさいものを見るように部員たちを見ていたが、いまにも拳銃を抜いて誰か一人撃ちそうな雰囲気があった。なんとなく危険な感じのする女だ。秘密でもあるのか。人には言わない将来の計画か。それともジャックと同じで、いつも芝居をしているというのか。

シャピロ・コーチは、「はっとするような美人」で「スラブ的な顔立ちだ」と評した。ジャックもクローディアの魅力を感じないわけではないが、心の中にあって比較を絶するイメージとしてのミシェル・マーのおかげで、どんな女も美人とまでは見えなかった。それにしてもスラブ的だと思ったことはない。でもシャピロ・コーチはロシア語の先生でもあるのだから、でたらめだったということはなかろう。また自分のレスリングを心得ている人でもあった。ジャックがチェンコに教わったような技を、この先生も伝えていた。

ダラムでの学生時代に、ジャックと交流のあった男性は少ない。出身校エクセターのレスリングコーチ、入部したばかりの後輩。

大学の二年生になってから、二者択一を迫られた。スラブ的美人のクローディアと、裸体画クラスで獲得した東洋の宝石ミドリの、どちらかを選ぶことになったのだ。ミドリと初めて見た映画は、黒澤の『用心棒』だった。日本娘に握らせて見るなら大興奮の作品だ！　しかし択一で選んだのはクローディアだったのだから、ジャックもアメリカ暮らしが長くなって物質主義に染まっていたのだろう。クローディアには車があり、また大学の外にアパートもあった。ダラムとエクセターの中間あたり、ニューマーケットというところである。俳優仲間として、夏のアルバイトも似たような仕事に興味があった。サマーストックと称される夏期公演だが、家畜《ストック》なんて牛の話でもしているようだとクローディアは言っていた。

劇団によって質の善し悪しはあるが、ニューイングランドには夏期公演が多かった。学生のアルバイトもあって、たいていは演劇関係で修士号を取ろうという院生だったけれども、有能であれば学部生でも見習い待遇で参加できたし、場合によってはクローディアやジャックのように、出演料がもらえるのだった。

クローディアは舞台への志向が強かった。ジャックが映画を目指しているのは知っていたが、自分は映画では感動しなかった。ジャックを握っているのでもなければ、一人で出ていきたくなった映画も多いのだ、と言っていた。

クローディアは胸がずっしり重すぎて、また腰まわりに劣等感がなくもないのだが、肌はつるんと滑らかで、顎から頬にかけての線がしっかりしていたので、アップに耐える顔だった。カメラ映りがよさそうだから、もっと映画に向かっていくべきだったろう。あの薄茶色の目など、磨きあげた木肌のようでさえあった。だがクローディアは三十歳より手前で「どうしようもなく太る」と予想していた。「そうなったら舞台での演技力だけが勝負なのよ」

二年生の三月には、アメリカ横断とまではいかないが、その半分ほども車を走らせ、二人でエマに会いに行き、春休みを過ごした。この年の秋には、クローディアをトロントへ連れていこうと思った。そうなればアリスとオーストラー夫人に会うわけだが、エマは「お気の毒なクローディア」に予習をさせたほうがよいと考えた。ジャックとしては母に会おうとして行くわけではないのだが、もし行くならクローディアともども会うことになるのだろうと予想した。同棲していることは母にも知られている。アリスもレズリー・オーストラーも、クローディアに会いたがったとして無理はない。

ジャックがトロントへ行こうとした主目的は、クローディアを映画祭に連れて行って、まったく英語のできないロシア女優として押し通すことだった。今度の旅は、二人のどちらにとっても、ラムジー先生だったら「芝居のチャンス」と考えただろうものにしたかった。それに二人とも、いくらか都会の時間が欲しくてたまらなくなっていた。ニューハンプシャーに暮らしていると、そんな気分になるものだ。

意外にも、エマはクローディアに好意的だった。体重と闘う戦友ということか。クローディアは美人だったけれども、いつも卑下する性分だったから、エマにもすっかり気に入られた（ただし、どうせジャックとは長続きしないという読みが、エマにあったことも考えられる）。

だがクローディアが卑下する性分なのかどうか、ジャックはあまり確信が持てなかった。自分の体を厳しく見ているようだが、それも演技なのではないか。男好きがすることに自信はあるようだし、この肉体をジャックがありがたく賞味していることもわからないはずがない。またジャックがエマに電話したのを聞いてもいた。春にアイオワへ行ったのは、何よりも「モーテルのチャンスがあったから」なのだ。

「それってどういう意味？」受話器を置いたジャックに、クローディアは言った。

「モーテルをさがそうと考えたくなる女だってこと」この返事は芝居抜きだった。

だが、これに応じたクローディアには、芝居があったかもしれない。そういうところが危なくもあり、また謎めいてもいる女だった。「あなたとならモーテルなんて要らない。あなたとなら立ってもできそう」

実際、やってみたことがある。こんな格好をして、もし舞台だったら、どう見えるものだろう、と思わなくもなかったが、そのうちに時の勢いに流された。少なくともジャックは流されたが、クローディアがどうだったのかわからない。

たしかに中西部まで行って帰るのだから、途中でモーテル泊まりになる機会はいくらでもあった。またニューイングランドとは違って、アイオワには本物の春がある。あたりに豊かな農地が広がる。エマは作家コースの院生仲間と四人で、アイオワ・シティーから数キロ離れたところに農家を一軒借りていた。だが、ほかの三人が帰省したので、クローディアとジャックをまじえて、この家を気ままに使えた。毎晩のように車で町へ出て外食した。エマは料理がさっぱりだ。

母親同士が「レズ関係」であることを、クローディアにわからせようとした。これはエマに言わせれば、いわゆるレズ関係ではない。

「ちがうの？」ジャックには意外だ。

「普通のレズじゃないのよ。二人で寝たり起きたりしてるけど、全然ちがうんだわ」

「聞いてるとレズみたいだけど」と、クローディアは言ってのける。

「それまでの事情があってそうなったんだと思ってよ。ジャックのお母さんていう人は、男関係はジャックの父親に終始したと感じてるの。あたしの母は、父を憎らしく思ってるだけ。その延長で、どんな男も嫌いなのよ。それでいて、女二人の出会いがあるまでには、どれだけの男出入りがあったのか知れやしない。そう思うからそうなっちゃうってタイプの男なんだけど、わかるかしら」

「わかりますとも。男なんかクズよって思うから、クズみたいなのばっかり引っかかる。そういうタイプ、いるわね」

「そんなわけだから」と、エマは先を言った。「捨てたり捨てられたりしたところで、男とはクズだという考えは、いちいち変えるまでもない」

「ええ、まったくだわ」クローディアも意見が一致した。

　ジャックは口をはさまなかった。オーストラー夫人と会うまでの母に「どれだけの男出入りがあったか知れやしない」とは、とんと聞かなかったことである。エマの男関係についてはちっとも詳しくないけれど、いまの話の様子では、エマ自身のことを言っているのかもしれないと思えた。たしかに何人もいたのである。ほとんどは行きずりの関係だ。エマの評価では、どいつもこいつも駄目なのだが、駄目なやつとの別れから立ち直るのに、まるっきり苦労はなさそうだった。みんな若いやつだ、とジャックは思った。ジャックが会ったかぎりでは若いやつらがそろっていた。

　少しでも話題を変えようと思って、ジャックは母に関してずっと気になっていたことを、エマに聞いてみた。第三者がいたほうが聞きやすかった。クローディアの手前もあるから、エマの答えにも、いくらか遠慮が入るだろう。

「エマのお母さんのことはわからないけど、うちのお袋が男に興味をなくしたとしたら、そのほうが驚くよ。とくに若い男は好きなんじゃないかな。たまに、かもしれないけど」

「うちだって、若い男がいたらどうなるか知れやしない。ま、あんたのお母さんが男を卒業してないのは確かよ。とくに若い男」

　やっぱりそうかとは思うが、はっきり知ったのは初めてだ。いまにしてみればエマが幼稚園児を昼寝させようとした物語、あの子供の息を詰まらせる悪い愛人の物語は、オーストラー夫人の元愛人がモデルだったのではないか。それでエマが年上の男とは、いや同年齢の男とさえも、つきあえなくなったのではなかったか。

さて、このころのアリスは、チャイナマンの店を出て、クイーン通りに自前の店を開いていた。「お嬢アリス」という名がついた刺青ショップは、流行を先取りすることになる。どうせレズリー・オーストラーが店舗購入を援助したのだろう、とジャックは考えた。

だが、いずれクイーン通りは、むやみに流行の町となり、かわいらしい名前の店が集まって、どこもかしこもビストロだらけになる。お嬢アリスの店は、そんな中心よりも西に寄っていた。そのへんからはクイーン通りも少々きたならしくなる。エマの見解では「だいぶ中華っぽく」なる。

店開きと同時に、エマの言葉で「めちゃ若い」客層がついた。母がいるから若い客が来たのか、もともとクイーン通りが若者の街だからか、ジャックは判断をつけかねた。若者と言っても、たいていは若い男よ、とエマに聞いた。恋人を連れてくることもあって、そうなると女の子も刺青をするそうだが、やはり若い男は母が目当てで、母もまた若い男が好きなのだ、とジャックにはわかってきた。

またエマは、レズリー・オーストラーが「クイーン通り的な人」ではないとも言った。この街の雰囲気やお嬢アリスの客層が好きになれないのだ。しかし、アリスとしては、ずっと下職の地位に甘んじて、ようやく一本立ちできたという思いがあった。いつも客は大入りで、文句も言わずに順番待ちしてくれるし、アリスの仕事をながめて喜んでもいた。壁には自身の下絵が掛かっている。誰のでもない。ステンシル帳もあって、客が待ち時間に見ていられる。お茶やコーヒーの接待もした。ずっと音楽を流している。明るい照明つきの水槽をならべて、熱帯魚を飼った。水中に下絵を置いたりもしたから、熱帯魚が刺青ワールドを泳いでいた。

「ちょっとした店なのよ」と、エマはクローディアに言った。

そこまではジャックにもわかる。だが若い男云々はジャックの理解力をすり抜けていた。いや、考えたくなかったのかもしれない。あの母が、息子と同い年か、へたをすれば年下くらいの男と関わるというのは、落ち着いて聞ける話ではなかった。それくらいならレズリー・オーストラーと抱き合っていてくれるほうが、ありがたいとは言わないが、ともかく危ないことがないだけに好ましいと思えた。

「で、そういう若い男のことを、エマのお母さんはどう思ってるんだろう」と、聞いてみる。

「まあ、だいたい――」言いかけたエマがいったん止めて、むしろクローディアに向けて言い直した。「まあ、うちの母は、ジャックのお母さんが男じゃなくてよかった、と思ってるみたいね」

いつものことだがエマに言われると重みがあった。とくに母とオーストラー夫人の問題になるとそうなる。レディングの学校へ行った一九七五年以来、母親二人と暮らす時間があったのはエマである。すでにトロントは、ジャックの知る町ではなかった。

もともと知っていたと言えるのは、ウィックスティード夫人の家があったスパダイナ通りとロウザー通りの交差する一角と、セント・ヒルダ校のあったフォレスト・ヒル一帯だ。あとはまあ、バサースト通りのジム、セントクレア通りのマシャード夫人の家から見えただけのサー・ウィンストン・チャーチル公園近くの渓谷。だがダウンタウンはたいして知らない。ジャーヴィス通り、ダンダス通りの一角、つまりチャイナマンの刺青パーラーがあった付近などは、とうてい知っていたとは言えない。クイーン通りの西寄り、エマが「ちょっとした店」と言う〈お嬢アリス〉の界隈には、まるで不案内なのだった。

ジャックとの比較で言えば、エマのほうが本物のトロント人だった。たとえアイオワ・シティーへ行ってからでも、あとになってロサンゼルスに住んでからも、それに間違いはなかった。

ついにエマはアリスに刺青をしてもらってもいた。そのためにどんな交渉が、あの母のみならずオーストラー夫人とも行われなければならなかったのか、ジャックには想像もつかなかった。かつてエマが刺青をしたがった蝶々の図柄は、最近欲しくてたまらなくなったものに置き換えられた。アリスお得意の「ジェリコのバラ」を小さめに彫ってもらったのだ。

「ああだこうだ言わないでね」と母親には言った、とジャックに言った。「あのとき足首に蝶々を彫らせてくれてたら、いまになってワギナを見ることはなかったのよ」

ただ、これをエマが隠そうともしないのだから困る。つまりバラに隠れた別の花、というような生易しいものではなく、あの花びらとしか思えない花びらなのである。たしかに小さい彫り物だが、どう見ても女陰だ。ああ、とジャックは思った。蠅になって壁にとまってでも、この母と娘の議論を聞いてみたかった！

この刺青ができあがるには、アリスの対応がものを言っていた。「部位だけの問題よ、エマ。たとえば足首に彫るのはやめたほうがいい」

もちろん足首に彫りたがる考えなど、エマには（本人の表現で）「抜けちゃって」いた。またアリスは女性客の尾骶骨に彫ることもやめていた。いつか刺青業界の雑誌を読んでいたら、そんなところに刺青があると出産時に麻酔をかけてもらえないと書いてあった。ひょっとすると墨が脊柱にしみこむというのかもしれない。あまり発生率が高いとは思えなかったが——。

「これから子供を産むとして、麻酔をかけたくなるでしょう？」と、エマに言った。

「あたしは産まないもの」

「わかるもんですか」

「わかるわよ」

「ともかく尾骶骨はだめ」

たしかにエマといえども、尾骶骨にあったらややこしい図柄であると言わざるを得なかった。結局、腰に彫ることでアリスは引き受けた。パンティーラインの少し下である。鏡に映さなくても、もちろん映しても、ちゃんと見える位置だ。「どっちの腰にする？」とアリスは言った。

ちょっとだけ考えたエマが、「右に」と答えた。

エマの見解によれば、アリスに「どうして右?」とまで言わせれば、もう女陰は制作途上にあったのだ。

「たいていは左を向いて寝るから」と、エマは言った。「まあ、男と寝てるとして、せっかくのワギナを――あ、刺青よ――見てもらいたいじゃない」

いくらか待たされたけれど、アリスにしっかりと答えを出してもらってよかった、とエマは言った。さもありなん、とジャックは思った。きっと母は足元スイッチを踏んだままで、タトゥーマシンの針がノンストップで稼働して、墨と痛みの集中豪雨だったろう。そのときの音楽が何だったか、しばらくエマの記憶はあやふやだった。「『ミスター・タンブリンマン』、だったような気もするけど」

黄昏の帝国は砂に戻って
この手から消え失せ
わけもわからず立たされているが眠りはしない
疲れているのだからびっくりする　足に焼き印が押してある
会う人はいなくなり
さびれた古い街は死んだようで　もう夢も見られない

「ああいうときって、助平なやつがパーラーに群がるわねえ」エマが回想して言った。だが制作中の刺青はもちろん、大きく広がったエマの腰つきが見えたのなら、通りすがりに一目だけというわけにはいかなかったろう、とジャックは思っていた。

「あ、ちょっと待って。ディランには違いないけど、『女の如く』だった」エマが急に思い出し、そうだろうなとジャックも思った。

ああ、ごまかすところが、いかにも女
女みたいに体を求め
女みたいにつらそうで
こわれるところは女の子だ

「だけど、エマ、念のため聞かせてもらうけど」しばらく黙っていてから、アリスは言った。「もし男と寝てるとして、こんな刺青を見てもらいたいの？　眠ってるときにも見られていたい？」

「あたしが忘れられたとしても、刺青は覚えてもらえるでしょ」

「うらやましい男だこと」仕事中のアリスがボブ・ディランに調子を合わせながら足元スイッチを踏んでいるように、エマには思えていた。

「うちの母はどうしようもない女だけど、アリスは好きになれるからね」と、エマはクローディアに言った。「みんなそうなるのよ」

「僕だって、昔はそうだった」ジャックが言った。

外へ出ていって、アイオワの農業地帯をながめる。見渡すかぎり平らに広がっていた。メイン州、ニューハンプシャー州の、深い森の山とは大違いだ。あとからエマも出てきた。

「まあね、嘘ついちゃった。あんたのお母さんて、好かれることばっかりじゃないもんね」

「僕だって、昔は好きだった」ジャックはさっきと同じことを言う。

「映画でも見に行こうじゃないの。クローディアも連れて」

「そうだね」

もしジャックにわずかでも脳の働きがあれば、エマおよびクローディアと映画へ行くことは問題含みであると予想がついただろう。映画を見て記憶が残らなかったのは、いかにもジャックらしくない。いつもなら出来の悪い映画もしっかり覚えていた。だが、このときは館内で着席したとたんに、つまり左隣のクローディア、右隣のエマにはさまれて坐ったとたんに、どっちがペニスを握るかという問題が発生したのだった。こうなると映画には気が回らない。

まず左利きのエマが、ジャックの股間へ手を入れてジッパーを開けた、と思ったとたんに、右利きのクローディアが手を伸ばしてきたのだが、すでにペニスはエマの手に握られていた。三人とも首の向きを変えたりはしない。瞬きもせずスクリーンを見つめている。クローディアが遠慮して手を引いたが、それでもジャックの左の内腿にとどまった。エマも協調の精神を見せて、クローディア側へペニスを傾け、先端を手の甲に当ててやった。ふたたび進出したクローディアが、ペニスとエマの手をまとめて握った。こうして映画を見たジャックには、二時間の勃起が生じていた。

映画のあと、ビールを飲みに行った。ジャックは飲みたい気分でもなかった。ビールに金を出したのはエマだが、ほかの二人のどちらが買ってもよかったろう。クローディアは身分証明の提示を求められたことがなかった。十九歳というのに、だいぶ年上に見られる。あまり女子大生とは思われない。またジャックも、『用心棒』を見て以来、年齢をとやかく言われなくなった。二十歳になりかけた十九だが、トシロー・ミフネの気むずかしい面構えを採用して、髪の毛には相当量のジェルをすりつけていた。いい顔だ、とエマには言われ、しかめっ面を誉められていたのだが、クローディアには三日に一度しか髭を剃らないのは困ると文句を言われることがあった。

ジャックが真似したかったのは三船の怒りの表情だ。とりわけ『用心棒』の冒頭、宿場町へやって来た浪人が、人の手をくわえて歩く犬を見たときの顔。あの犬をにらむ顔が、たまらなく好きだった。

エマがだいぶ飲んだので、ジャックが運転を代わって農場の家へ帰った。後ろの席でエマとクローディアが手を取り合い、なにやら怪しげな雰囲気だ。「あんたもこっちにいたら、仲良くしてあげるのに」と、エマが言う。

エマが型破りで、常識を曲げておもしろがるのは昔から承知しているが、クローディアまでお仲間になっているとはどういうことだ。エマは複雑にできていて、難しい人間にもなるのだが、正体がつかめないという意味ではクローディアのほうが難しい。ジャック自身がそうなのだが、いまは時を待っているというように見える。自分を前に出さない。距離をとる。どうも読みきれない。それともジャックに鏡を向けているというべきか。それで牽制しあっているというわけか。

農家に帰り着いて、エマが眠り込んでしまってから、クローディアも手を貸してエマを寝室へ運んだ。着ているものを脱がせてベッドに寝かす。ぐうぐう鼾をかいていたが、そんなことには二人ともかまわない。気になるのは右腰に彫ってある完璧なワギナ画像だった。

「ほんとのところ、エマとはどういう関係なの？」

「じつはよくわからない」これに嘘はない。

「あは、そうなんでしょうね」クローディアは笑った。

ベッドに入ってから、またクローディアが言う。「こうやって握るのは、いつ始まったことなの？もちろんエマのことよ。あたしの場合はわかってるから」

ジャックは記憶が曖昧であるように装った。「たしか八歳か九歳だった。とするとエマは十五か十六。いや、もう少し早かったかもしれない。僕は七つで、エマは十四ってとこか」

クローディアは何とも言わずに、握ったままでいた。寝入りばなに、また言われた。「すごく変だ、なんて思わない？」

ミシェル・マーとの経緯があって以来、変だと思われることに対しては神経が鋭くなっている。クローディアであれば、まさか一生の恋と思い込まれてはいないだろう。そこまで自惚れて考えはしない。クローディアにしたところで、ジャックが一生の恋のつもりでいると思うほど甘くはあるまい。

それなのに、いま変だと言われると、心が痛んだ。

「すごく変かな」

「どっちかしら」

いやな仕掛けをするものだ。何がどっちだと言わせたいのだろう。そんなことは言ってやらない。どうせ答えは知れている。クローディアの乳房をつかみ、首筋に顔をすり寄せていった。しかし、握られていたペニスが、いよいよ息づこうとしたときに、クローディアは手を離した。「どうしてエマって子供を産みたがらないのかしら」

こうなるとジャック・バーンズも役者である。意味ありげな質問が来れば、裏読みして応じる。

「いい母親にならないと思ってるんじゃないかな」と、クローディアの胸をつかんだままで言ってみた。いまの問いがジャックに向けられているのは当然だ。どうして子供は要らないと思うのか、ということだ。もし父親になったら、去っていく父になりそうな気がする、とクローディアには言ったはずだ。そういう父にはなりたくない。

だが、こんな答えで納得されないこともわかっていた。クローディアは子供が欲しいと思っている。女優としては自分の体が気に入らない。肉体に関する唯一前向きな発言が「あたし、安産型なの」だった。しかも本心のように聞こえた。芝居とは思えない。ジャックがどういう父親になるかは本人次第である、とも思っているに違いない。

「ジャックが子供を欲しがるかどうかで決まるのよ。どっちかしら」

ジャックは乳房の手を離し、背を向けて寝返った。クローディアが寄ってきて、背後からジャックの腰を抱き、またペニスを握る。

「卒業まであと二年もあるんだぜ」と理屈を返す。

「いますぐなんて言ってないわよ」

だが、子供は絶対に要らない、と言ってあるではないか。「いやだ。僕の父が子供を可愛がる人で、子供を捨てた人ではない、と突き止められるのならともかく、それまではいやだ」そのように前から言っている。

クローディアが引き気味になったのも無理はあるまい。

この夏が楽しかったのは間違いない。とにかく芝居があった。前年の夏はバークシャー・ヒルズの劇場で『ロミオとジュリエット』が掛かった。いい役はベテラン勢に取られる。クローディアはジュリエット役の控えだった。正式のジュリエットは、鈍くさくて平たい胸のロボットみたいな女優だったが、夜はもちろん昼の興行でも、休むことだけはなかった。ジャックは、もしロミオになりそこねたら、せめてマキューーシオがいいと思っていたのだが、レスリングの経験があるから対決したがる役柄がよいとして、ばかな突っ張りのティボルトにされた。

クローディアは写真を撮ってばかりいた。二人で写る枚数が多ければ、カップルとしての記録が残り、長続きするとでも思っていたのだろうか。セルフタイマー付きのカメラを持っていて、セットしてから構図の中へ飛び込んできた(やけに写真にこだわるので、よもや一生の恋をしているつもりではあるまいかと勘繰りたくもなった)。

エマを訪ねたあとで、クローディアとジャックは、ガルシア・ロルカの上演に加わった。コネティカットの劇場で『ベルナルダ・アルバの家』が夏の演目になったのだ。一九三六年のスペインという設定だ。二人とも女の役を演じた。ある晩、ジャックは貝の料理で食あたりを起こしたまま出演した。途中休憩のない舞台である。監督も女性だったが「ぐっと我慢して、長めのスカートはいてなさい」と言っただけだ。控えの女優もいたが膣カンジダ症ということで、監督は女優のほうに親身になっていた(配役は女優が九人で、あとはジャックだった)。

腹痛と下痢がひどかった。ある緊迫の場面で、必死のあまりに体をよじったら胸のパッドが一つはみ出した。ずれ落ちるのを肘で押さえ、肋骨で止めた。あとでクローディアが言うには、スペイン内乱のさなかに作者が暗殺された瞬間を茶化しているようだった、とのこと。そのガルシア・ロルカが存命して、こんな舞台を見たわけではないことに、ジャックは感謝したかった。

「それはいい経験になったね！」と、貝で苦しんだ長い夜のことを手紙に書いたら、ラムジー先生から返事が来た。

ワーツ先生なら誉めてくれたかもしれない。また今回ほどジャックが「一人だけの観客」をピンポイント的に意識したことはなかった。客席に父が見えるような心地だった（もしウィリアムが見たら、これぞ手頃な演目だったろう――女だらけなのだから！）。

この夏は『キャバレー』で初のミュージカルに参加したが、二人とも控えの役だった。ジャックはMC役の控えで、正式の配役だったイギリス人俳優には、期待するなよ、と初日から言われた。いままで一日も病気で休んだことはないそうだ。もともとジャックはMCには気乗りがしていない。サリー・ボウルズ役の女優よりもサリーに合っていただろう。その控えだったクローディアよりも、さらに上を行ったかもしれない。

だが、もしジャックがサリー役に応募して、クローディアを押しのけても選ばれたとしたならば、この二人の関係に大変な緊張をもたらしただろう。実際には「明日はわれのもの」とか「今度こそきっと」とか、二人だけになったときに歌いながら、ひと月ほど過ごした。控えの役者が輝くのは、そういう私的な空間だ。

『キャバレー』ではキットカットガールズに混じってもいたのだから、客席に向けて体をちらつかせる必要もあった。肌もあらわな衣装をつけて、一九二九年から三〇年のベルリンという時代設定では、ジャックは女装の変態のように見える。でも客には受けた。クローディアは、あたしよりホットなのが憎いわね、と言った。

「でも、気をつけたほうがいいかも」二人とも二十歳の夏だった。「これ以上、女装が似合ったら、男の役なんか来なくなるわよ」こういう事情になると、じつはサリー・ボウルズを演じたくてうずうずしていたとは言えなくなった。

コネティカットでの夏は、しっかりと記憶に残った。サリー・ボウルズとキットカットガールズが「ママには内緒よ」や「私の男」を歌う場面で、ジャックはまっすぐ客席を見ていた。客の顔が見えた。客もジャックに目を見張った。主役のサリーではなくて、女装マニアのような脇役を見つめたのだ。もう目を離せなくなっていた。客席の男という男が鳥肌の立つ思いをしたのである。

クローディアとジャックの成績からすると、たとえ何度か授業を欠席しても、トロントで九月に行われる映画祭へ行くことはできた。見た映画についてレポートを書くという代替措置を前提に認められたのだ。小さなディナーパーティーでの芝居談義を別にすれば、ジャックにとって最初で最後の演劇評論らしき試みとなった。

クローディアを初めてアリスの店へ連れていったときのこと。パーク・プラザの男子トイレからラウル・ジュリアが出てくるのを見たというクローディアに、ジャックは異議を唱えていた。すぐにアリスはクローディアの肩を持った。映画祭の期間中には、現実か非現実かはともかく、この手の目撃情報が飛びかうものだとジャックは思ったが、母とクローディアを近づかせるために、あえて口をつぐんだ。

アリスは若い女の下腹に小さいサソリの刺青をしていた。いくつも節をつなげたような細い尻尾が、サソリの背中の上へ曲がる。尻尾の先の毒針が、女の臍の真下だった。ハサミを陰毛の上へかざしている。いかれた女かな、と思った。何がどうあれ扱いにくいことに間違いなかろう。だが、これも思っただけで言わずにおいた。クローディアは刺青パーラーの雰囲気をすっかり面白がっているようだ。わざわざ水を差すまでもあるまい。ラウル・ジュリアを見たということにも、サソリが厄介な位置にいることにも、ジャックは意見を控えていた。

映画祭のおかげで、アリスの店は繁盛した。筋金入りの映画好きという客に刺青をしていたら、表のクイーン通りをグレン・クロースが歩いていくのが見えたそうだ。にわかに信じがたいことだった。クイーン通りやパルマーストン通りの近辺が、グレン・クロースの来そうなところとは思えない。しかしジャックは「店へ入ってきて、ジェリコのバラを注文したりしそうなものだけどね」と言っておいた。

クローディアは、エマが予想したとおり、すぐにアリスと親しくなり、ジャックは親にぞんざいな口をきくと憤ったりもした。それでジャックとの緊張が高まり、『マイ・ビューティフル・ランドレット』への見方も異なった。アリスとオーストラリー夫人とクローディアは、すばらしい映画だと評した。ジャックは嫌いということもなかったが、「ランドレットって、洗濯する女の意味かと思った」としか言わなかった。

「だったらランドレスでしょうに」と、母は言った。

「コインランドリーを指すとしたら、ランドレットじゃなくてランデレットなのかと思った」

「なに細かいこと言ってるんだか」と、クローディアは言った。

「そういう口のきき方も、なってないんじゃないか」

また『ビビアンの旅立ち』に対しても、ジャックは乗っていけなかった。これにはオーストラリー夫人もレズビアンのラブストーリーと言いきった。死ぬほど見たかった映画だそうだ（アリスはそうでもなかったらしい）。女同士で手をつなぐ観客が集まった。クローディアは、アリスやオーストラリー夫人といっしょに見る映画では、ジャックを握ることはなかったが、この映画のときは手も握ってくれなかった。まるで一人で勝手に離婚への旅をしそうな気配だ。ヘレン・シェーヴァーの演技を見ながら、自分を発見するつもりにでもなっていたのかもしれない。

ジャックは「キャラクターの描き方が雑だな」と言っただけで、三人の女を敵に回した。同性愛を毛嫌いして、レズビアンに恐れを抱いていることになった。「ヘレン・シェーヴァーは好きだよ」と言い続けたが、もう取り返しはつかなかった。

ある上映《スクリーニング》パーティーで、この映画祭はアジア・ブームの前兆だ、とクローディアにすり寄った男が言った。ジャックは黙っているのがクールだと思って、手をクローディアの尻にあてていただけだが、どう見てもプラトニックではない。クローディアがトイレへ行った隙に、このアジア・ブームの馬鹿たれに三船敏郎ばりの顔でにらんでやったら、すごすご消えていった。

ジャックの態度は「所有欲が丸出し」だとアリスとレズリーからの攻撃があった。二人ともクローディアの味方だと断言する。人前でなでまわされて喜ぶ女はいない。ジャックがクローディアにするような手の出し方は喜べない、というご意見だ。その当人たちが、『北西準州の通販花嫁』でジャックが画期的な演技をしていた際に、手を握ったり、足を絡ませたりしていたのではあるけれど。

母やオーストラー夫人をまじえて映画なりパーティーなりへ出かけるのは、もううんざりした。この夜、ベッドへ入ってから、そんなことをクローディアに言った。部屋はエマの寝室を使わせてもらっていた(「ほら、ベッドが大きいから」と母は言った)。

クローディアは、アリスとレズリーをかわいい女の二人組と見ていた。「あなたって、いい子だと思われてるのよ、わかるじゃないの」と言うのだが、ジャックには不可能な見方だったろう。

クローディアをセント・ヒルダ校へ連れていこうと思い立った。母校を見せておきたかった。ジャックの年上趣味を涵養《かんよう》した場所である。だが、それだけではない。なつかしい先生にも会いたくなったのだ。しかし大失敗になった。女生徒は異様なほどに若い。あたりまえだ。クローディアもジャックも二十になっていた！

まず会いに行ったのはマルコム先生だ。いつもは奥さんの車椅子を押して、急いで学校から帰ってしまう。目のよく見えない車椅子ジェーンが、手さぐりでクローディアの腰から胸を確認した（こういう遠慮のなさは無敵かもしれない）。「お父さんの二代目になるかしら？」と、夫に言っていた。

二代目とはどういう意味かとクローディアにわからせようとしていたら、ラムジー先生が男子トイレから出てきた。「ジャック・バーンズじゃないか！」と大きな声を発しつつ、ズボンのジッパーを引き上げる。「通販花嫁の守護聖人だ」こっちの意味は、さっきよりなお説明を要するだろうとジャックは思った。ぴょんぴょん飛び跳ねるような動きをやめない小男と間近に接して、クローディアも相当にびっくりしたようだ。

演劇部の放課後練習があるから、ぜひ見ていってくれ、とラムジー先生は言う。年長組の女生徒が、『アンネの日記』を稽古中なのだそうだ。しかし、そうなるとクローディアにはつらい思い出があるとジャックは心得ていた。中学生の頃、この運命の少女の役に応募したことがあるのだが、すでに顔立ちが大人びていた（胸だって、その当時から、むやみに大きくなっていた）。

ラムジー先生は、記憶にあるかぎり本校で史上最高の男優として、ジャックを生徒たちに引き合わせた。女装の役ばかりだったことは、この際おかまいなしだ。クローディアも仲間の女優として紹介された。「映画祭のために来てるんだよ」という先生の発言に、本物のスターを目の当たりにしたつもりの女生徒は、クローディアとジャックが新作映画のプロモーションで来ているものと思い込んだ。新進気鋭の映画人であるように先生が吹聴したのだった。

こんなことを言われると、クローディアに腹を立てたことを思い出す。英語がわからない有名なロシア女優になりすます企みを、どうしてもいやだと言ったからだ。つまりクローディアは即興で芝居をする度胸がない。決まったセリフがないとだめなのだ。また老け顔であるばかりか、年齢を上に言いたがる。「もう三十代になりました。それだけ言えばいいですよね」悪いセリフではないが詐欺である。十歳も上にサバを読んで、だんだんサバの数が増えていく。

セント・ヒルダの女生徒は、浮かない顔になっていた。ジャック・バーンズと言えば憧れの先輩だったのに、いま見ると豊満な女を連れている。なんだか自分たちは発育不全とさえ思える。しかもラムジー先生が二人の演技を見せてもらおうと言い出した（あらかじめジャックからの手紙で、何度も共演していると聞いていた）。

ジャックに不安はあったが、何となくクローディアの言うままに、キットカットガールズの曲を歌うことにしてしまった。「私の男」を選んだのはクローディアで、ジャックではない。セント・ヒルダで歌うには少々えげつない、とジャックが言ったのは後のこと。振り返るならば、女生徒が練習していた演目の文脈においては、ベルリンにおける退廃したナチのナイトクラブの歌を選んだ無神経ぶりに、ジャックも唖然としたものだ。それにまた二人ともサリー・ボウルズになったようなつもりで歌ったのだから、なおさら悪い。このときクローディアには、いかにジャックがこの役を欲しがっていたのか、いまさらながらに了解された。

濃艶な歌が終わったときに、もうラムジー先生はホッピングの遊具になったように跳ねていた。女生徒らは気絶しそうになった。羨望と当惑で死にそうなのかもしれない。そろそろ『アンネの日記』に戻してやったほうがよい、とクローディアは言った。

ところがラムジー先生が名残惜しそうにしていた。映画祭や、その作品がどんなだったか、話を聞きたがったのである。「ゴダールは見たかい？　マリアがどうこういうやつ。ローマ法王が弾劾したよな」

「ジャックなんて、見ないうちから弾劾してましたよ」と、クローディアは言った。「ゴダールが大嫌いなんです」ここでジャックは三船敏郎よりは人なつこい顔になろうとした。惨めな思いをしている女生徒のためにはなるだろう。

　アンネ・フランクに起用されている娘が、まわりから押し出された。その薄い胸がクローディアには気になって仕方ないようだった。また娘にしてみれば、やって来た二人はこわい存在であるらしかった。アンネ・フランクの聞かせどころになる名ゼリフを、真っ向から否定する二人組に思えたのだろうか。そのセリフをクローディアは覚えていて（まったく皮肉めいた様子もなく）暗唱してみせた。

「まだ理想を失っていないなんて、ほんとにすごいことだわ。だって無理に決まってるような、とんでもない理想だから。でも理想は捨てない。何があっても信じてるから。ほんとうは人の心は善なのよ」

「すばらしい！」ラムジー先生が叫んだ。「アンネとしてはあっさり気味かもしれないが、でもすばらしい！」

「そろそろ失礼します」クローディアは気を遣った。

　女生徒の目がジャックに集まっていた。そのペニスをクローディアが握っていたのではないかと思うほどの注目である。クローディアもジャックを見ていた。まるでゴダールの映画ですらまだましだというほどに、なつかしき古巣への旅は身を苛まれるようにつまらないと思っていたようだ。

　ジャックは内心ではゴダールを見たい誘惑に駆られていた。カトリック教徒が反対の気勢を上げて、トロントでの上映阻止を叫んでいるので、かえって見たくなった。だがクローディアは、ジャック以上に、ゴダールが嫌いである（『ゴダールのマリア』なんていうのはキリスト生誕の現代版で、今度はガソリンスタンドの処女従業員と恋人のタクシー運転手のもとへ生まれることにしてある）。

　こういう心境の乱れがあったときに――つまり、ここへ連れてこられたことでクローディアはジャックに腹を立て、ジャックは来なければよかった（せめて一人で来ればよかった）と思っているところへ、いきなり灰色幽霊が現れて、この二人を驚かせた。ちょうどジャックはクローディアをチャペルへ案内しようとしていた。四年生のジャックの担任だったマクワット先生は、クローディアを見て思うところがあったようで、二人を中央通路の最前列まで連れて行き、お坐りなさいと言ったのだ。さすがに膝をつかせたわけではない。

宗教とは無縁のクローディアは、あとでジャックに言う。ステンドグラスの絵にあった「キリストにかしずいてるみたいな四人の女」には憤りを感じたそうだ。しかしマクワット先生は二人の手をとって、いつ結婚するのかと低くささやいた。どっちもまだ学生だということは、この先生の考えにはなかった。セント・ヒルダの女生徒に山火事のように広がった噂を聞いたのだ。ジャック・バーンズがアメリカのスター女優を同伴して映画祭へ来たのを目撃され、それがクローディアらしいというのだった。わざわざ学校へ連れてきたのは、チャペルを見せるためである。自分を育ててくれた母校のチャペルで、挙式しようと考えているらしい。

「いえ、何も考えていませんよ」と、ジャックは言った。ほかに答えようがない。

「ジャックと結婚なんかしません」クローディアは灰色幽霊に断言した。「子供は要らないという人とは結婚したくないんです」

「なんてこと!」マクワット先生は驚きの声をあげた。「どうして……子供を……欲しくないの……ジャック」

「はあ、あのう」

「お父さんを気にしてるそうです」と、クローディアが言った。

「まさか……いまだに……お父さんみたいになることを……心配してるんじゃ……ないでしょうね」

「もっともな疑念なんです」と、ジャックは言う。

「ばかおっしゃい!」先生が叫んだ。「あのね、私の考えでは」と、これはクローディアの手をたたくように、「ただの言い訳なのよ……結婚したくないだけ」。

「わたしもそう思います」

ジャックは、ステンドグラスの中のイエスになったような気がした。トロントという町は、どこへ行っても女に責め立てられる。きっと帰りたい気持ちが顔に出たのだろう。灰色幽霊が、この先生らしく、やんわりと確実にジャックの手首をつかまえた。

「ワーツ先生にも……会っていく……わよね？　そりゃ、あなた……せっかく来たのに会わずに帰ったら……がっくり気落ちされちゃうわ」

「おー」

「あの人を……映画祭へ連れてってあげてよ。一人じゃ映画にも……行けないんだから」

いつでも灰色幽霊は、ジャックの良心の声だった。どれだけ先生が大事な意味を持っていたか、いや、どんなに立派な先生だったかとさえも、はっきり言えずに終わったことが、あとでジャックには悔やまれる。

このマクワット先生は、いずれセント・ヒルダ校のチャペルで死ぬことになる。ワーツ先生が担任だった態度の悪い三年生を叱りつけ、祭壇とは反対向きに、神に背中を見せるように坐らせたあと、先生はすっかり歩きなれた中央通路で倒れたのだった。自分の背中を神に向けて、神の目と、罰を受けている三年生の目だけに見られつつ倒れた（こういう経験を形成期に持った子供も気の毒だ）。

知らされたワーツ先生は、大急ぎで――ずっと泣きながら――走ってきたに違いない。

ジャックは灰色幽霊の葬儀には行かなかった。もう葬儀がすんでしまってから知ったのだ。そのときは母に聞いたのだが、いままで思いもよらなかったのが不思議だと思えることまで聞いた。マクワット先生はミセスではなかった。ずっと独身を通した人らしい。ワーツ先生がミス・ワーツなのと同じように、ミス・マクワットとして一生を終えた。だが従軍看護婦だったという気質から、未婚を隠していたのだろう。この当時は、未婚であるというと、愛されないという意味を持ってしまうものだった。

それにしても灰色幽霊がこの秘密を母に打ち明けたというのが、なぜかわからなかった。親しかったわけではない。思いあたるのは、秘密を守る女について云々してはいけないと先生が言ったことだ。あれはアリスのことだった(先生自身でもあったのだが)。

ただ、灰色幽霊が未婚だったと知っても、小さなショックを受けたというにすぎない。あとから考えれば、あの先生が——ミセス・マクワットと呼ばれたがっていた先生が——男だったとしても、あまり驚かなかったかもしれない。

チャペルで行われた葬儀に、アリスとオーストラー夫人は参列していた。夫人のほうは卒業生ということで、学校での出来事にはすべて情報を得ていた。だがアリスは「ノスタルジア」から出たのだとジャックに言った。そう聞いたジャックは、似合わない言葉を使うものだと思った記憶がある。似合わない感情を持つものだと思ったことは言うまでもない。

ほかの出席者について、アリスは言を左右にした。「そりゃ、キャロラインはいたわよ」と言ったのは、キャロライン・フレンチではなく、ワーツ先生のことだ。前者のキャロラインは来ていなかった。双子のゴードンも欠席だ(前述のとおりボートの事故で死んでいたのだから、出席できるはずがない)。

葬儀の場で、毛布を吸うような音か、うめくような声は聞こえなかったか、と母に聞いてみた。わけのわからない顔をされたので、ブースの双子もジミー・ベーコンも来ていなかったと知れた。町を離れていたのかもしれない。

ルシンダ・フレミングの謎めいた怒りは消えていたのかどうか、いずれにせよ毎年来るクリスマスカードに葬儀のことは書いていなかった。もし出ていたのなら、そうと書かなかったはずがない。ローランド・シンプソンは姿を見せなかった。もう刑務所の中にいた。

参列した教員は、容易に見当がつく。まずハリケーンのさなかに生まれたウォン先生。そのハリケーンが豪雨で来るか葬儀で来るかというように、ひいひい断続的に泣いていたことだろう。それから車椅子の奥さんを連れたマルコム先生。ぬうっと立ち上がるような奥さんの狂気を避けてばかりの人生だ。ラムジー先生は会衆席でじっとしていられずに、チャペル後方でぴょんぴょん飛んでいたのではなかろうか。そしてワーツ先生は、さぞや泣きじゃくったことだろう。

「キャロラインは打ちひしがれていた」と、アリスは言った。

そういう先生を、はっきり思い浮かべることができた。でたらめな算数の答えをのぞき込まれ、その先生の香りを吸い込んでいた当時と変わらない生々しさだ（ジャックの夢の中で、ワーツ先生が通販で買ったブラジャーとパンティーは、どんなに打ちひしがれているときも、ちゃんと所定の位置におさまっていた）。

しかし、あの先生がどうやってセント・ヒルダの三年生担当にとどまっていられたのだろう。灰色幽霊による救出劇がなくなって、どうやってクラスを維持していたのだろう。

ところがマクワット先生亡きあとにワーツ先生が進歩したという話を、レズリー・オーストラーから聞いた。ようやくワーツ先生も独り立ちせざるを得なかったのだ。でも葬儀のときは止めようがなかった。泣きに泣いて、手の打ちようがない。それで涙が涸れたのだろう。ある日、三年生の教室で突然の現状打破があって、もう先生は泣かなかった。

でも夜ごとのお祈りは続いているだろう、とジャックは思った。「マクワット先生に神のお恵みを」お祈りなら、たまにはジャックも思い出したように、そんなことを言った。ただし、もっと何度も、また熱烈に、連発していた言葉がある。すなわち「ミシェル・マー、ミシェル・マー、ミシェル・マー」。

19 つきまとうクローディア

ジャックには、灰色幽霊がよけいなことを言ったように思われてならなかった。一九八五年秋、トロントの映画祭に、クローディアと二人で、ワーツ先生を連れて行ってあげなさいと言われたのだ。この年のワーツ先生は四十代になっていて、アリスよりは年長という程度なのだが、見かけやスタミナの点では、目立って老けてきていた。昔から細身で、こわれそうな人ではあったろう。ただ、この時期の先生が先生らしかったのは、ジャックが病気かと思ったほど憔悴していたことである。いまだに傷ついた美人というべき資質は見られたが、病身に見えるだけではなくて、何か心に恥じるものがあるような感じだった。といって、この先生が恥じるべきことをしたとは、ジャックには考えられなかった。ずっと昔に、いやな事件でもあったのか。それとも束の間の出来事で、他人は忘れてしまっているのに、一人だけ生々しく覚えていて、いまでも疼くようなのが、ワーツ先生らしいところなのだろうか。

やって来た先生は、いつもの遠慮がちな節制した様子とは打って変わっていた。往年の女優、という感じだったのだ。いまでこそ目立たないが、かつては名を馳せたのだろうと思わせる。少なくとも映画祭という場では、そんな印象があった。ジャックとクローディアは先生をポール・シュレーダー監督『ミシマ』の初日へ連れていった。劇場の近くまで来て、先生は「ミシマって誰だっけ」と言った。

どこにでもカメラマンはいるもので、よくクローディアが撮られていたが――いい女であることは間違いないので、きっと有名人だろうと思われたのだが――このときはワーツ先生に関心が集まった。映画祭へ来た服装からして、ただの観客とは思われない。オペラを見に行くつもりがロックコンサートに紛れ込んでしまった女、というようだ。ジャックは黒のジーンズに、黒のリネンジャケット、Tシャツだけが白である。「LAルックね」と、ロサンゼルスへ行ったこともないクローディアに言われた。

とくに若手のカメラマンは思い込みが激しくて、ワーツ先生は自分たちが生まれる前に最終作を撮って引退した人ではないかと考えた。「あれじゃあジョーン・クロフォードなみの扱いだったわ」と、あとでクローディアは言った。そのクローディアは光のゆらめくようなスパゲティストラップのドレスにすっぽりと身を包んでいたのだが、それでもカメラマンがワーツ先生に群がったことを口惜しいとは思わなかった。

「あらまあ」と、ワーツ先生はささやいた。「あなたって、もう有名人と思われてるのね、ジャック」まるで人ごとのように考えるところが、かわいい先生だ。「すぐ現実になるでしょうけど」と、ジャックの手を握りしめる。「あなたもね」と、これはクローディアに言い、クローディアも手を握り返していた。

「もう死んだのかと思ってた」と、年長らしき男が言った。昔の誰と間違えたのか、ジャックは女優の名を聞きそこなった。

「ミシマって舞踊家？」と、先生が言った。

「作家であって――」と、ジャックは言いかけたが、クローディアが止めて、

「作家でした」と訂正する。

俳優でも監督でもあって、軍国主義にいかれていて、とまで言う暇がジャックにはなかった。劇場内へ押し流され、特別席へ案内された。それもこれもキャロライン・ワーツを三流の教師ではなく往年の名女優とする誤解が広まったためである。

先生のドレスについて「ヨーロッパ風」と言っている声が、ジャックの耳に入った。薄桃色のドレスは以前の先生なら、おそらくエドモントンに住んでいた時代には、似合ったかもしれない。いまの先生はドレスの中で縮んだように見える。映画の初公開というよりは、学校のダンスパーティーに着ていくべきドレスだったろう。アドキンズ校長夫人なら、レディング校の「ドラマナイト」に寄贈したかもしれない。だが、まるで下着のような透けた感じがあって、見ているジャックは空想の中とはいえ先生に着せてみた通販ランジェリーを思い出したりもした。

「ミシマっていうのは日本人で――」と、ジャックは解説を試みる。

「日本人でした」と、クローディアが口をはさむ。

「いまは違うの？」キャロラインが言う。

答えようとするうちに映画が始まってしまった。しゃれた趣向で、ミシマの人生の場面（白黒撮影）に、小説をドラマ化したカラーの部分が交錯した。ジャックは作家としてのミシマには関心が薄かったが、異常者としてはおもしろいと思った。映画は一九七〇年の割腹自殺を最後の山場にしていた。

上映中、ジャックはワーツ先生に手を握られていて、つい勃起したのだが、クローディアの目はごまかせなかった。このときはペニスなど握らないし、その近辺に手を出すこともないクローディアが、たっぷりした胸の上で腕組みをして、ミシマが腹をかっ切る場面も身じろぎ一つせずに見ていた。先

生は思わずジャックの手首に爪を立てた。銀幕の光がちらつく中で、先生の喉頸に、かわいい痣の上に、小さい釣り針のような形の傷痕が見えた。不思議なくらい細身のワーツ先生の首に、脈動が浮いていた。傷痕の間近でどきどき打っているのがわかるのだ。この鼓動を止めるのはキスしかない、とジャックは思った。といってジャックにそんなことができるはずはなかった。クローディアがいてもいなくてもだめだったろう。

「何てことかしら！」劇場を出ながら先生が嘆声をあげた。マクワット先生のように息を切らしていて、アドキンズ夫人のように男心をそそる。「あれって、すごく……野心作だわ！」

午後四時頃のことである。外へ出たら、カトリックの反対デモにぶつかった。上映館を間違えて押しかけたようだ。膝をついた参加者が、ラジカセで反復再生するマリアの歌に合わせて声を上げる。『ゴダールのマリア』を見て出てきたと誤解されているのだと、ジャックには了解された。『ミシマ』は間違って抗議されているのだった。

ワーツ先生は、こんな場面にとまどったのはもちろん、的はずれな抗議であることも知るはずがなかった。「きっと自殺の場面がたまらなかったのね。無理もないわ」と、連れの二人に言った。「そうそう、カトリックの人には自殺が大問題なのよ。どうしてか忘れちゃったけど、たしかグレアム・グリーンの『事件の核心』にも、神経とがらせてたっけ。でも、そう言えば、『権力と栄光』にも『情事の終り』にも、へんに力み返ってたわねえ」

クローディアもジャックも顔を見合わせるだけだった。この先生にゴダール作品の話をして、どうなるものではないだろう。

テレビの記者がマイクを向けようとした。ワーツ先生は当たり前のことのように受け止めた。ジャックが三年生だったときの担任に、記者が「どうお考えですか」と言う。「映画のこと、議論の的であること――」

「はい、あの映画は、なかなかの……ドラマです」ワーツ先生は断言した。「ちょっと長すぎて、つかみきれないところもあって、おもしろいわりに納得しきれないような。撮影はみごとですね。音楽も、好みは分かれるかもしれませんが、たいへんに力がありました」

記者の予想を越える答えだった。『ミシマ』の話よりは、膝をついているカトリック集団、ラジカセから響くマリアの賛歌について聞きたかったようで、「まあ、現在の論争についてですが――」と言いかけた。ワーツ先生を当面の争いに誘導したいらしい。記者根性としてはそうだろう。

「あら、どうでもいいじゃありませんか」キャロラインはあっさりと片づけた。「カトリックの人が自殺のことでばたばた大騒ぎしたいなら、ご自由になさればいいわ。たしか金曜日は魚の日とか何とか、やたらに神経とがらせてなかったかしら」

これが六時のニュースに出る。アリスとレズリーがテレビを見ていたら、薄桃色ドレスのワーツ先生が出てきて、クローディアとジャックを左右に従え、おおいに弁じた。クローディアをロシアの映画スターに仕立てるのと、どっちがおもしろいかわからない。すっかりご機嫌の先生自身は、何が滑稽なのかわからない。

『ミシマ』を見た観客は、カトリックの団体やマリアの歌に出会いたい心境ではなかった。割腹自殺を見たばかりで、そういう気分ではない。三島自身もおもしろくあるまい、とジャックは思った。割腹の場面だけで言うならば、えらく真面目そうな男だった。

二人は先生をパーティーへ連れていった。招かれていなくても、どこへでも入れた。もしクローディアが男子トイレに入りたいと言っても、入れてもらえただろう。ジャックが映画スターみたいに見えるからよ、と言っていたが、実際にはクローディアのせいで入れたのだ。いまはワーツ先生がいるから、先生のおかげで入れる。あるパーティーを出ようとしたときなど、若い男が先生にすり寄った。バーの花瓶から抜いてきた花を、むりやり先生の手に持たせ、「お仕事、すばらしいですね」と言って人中に消えた。

「いまの人、正直なところ、全然覚えがないわ」と、先生はジャックに言った。「三年生の教え子をみんな覚えてるわけじゃないもの」これはクローディアに言っている。「ジャックみたいに記憶に残る子ばかりじゃないのよ」

いまの若い男が先生の教歴を問題にしたとは思われないのだが、そんなことはワーツ先生に説明のしようがない。またクローディアにもジャックにも、説明する気がなかったろう。

あるレストランの前に送迎のリムジンが列をなしていて、運転手の中に昔なじみの知った顔を見つけた。「ピーウィー！」と、ジャックは大きな声で呼んだ。

すると、このジャマイカの大男が降りてきて、ジャックが舗道から浮き上がるほどに抱きしめた。というわけで、マリアを叫ぶデモ隊が、さらなる誤解をしたのだろう。ジャックをゴダール作品で恋人役のタクシー運転手を演じた俳優だと考えた。つまりヨゼフの役どころだ。だとしたらクローディアは、と見当違いもはなはだしく、処女マリアの現代版たる妊娠したガソリンスタンド従業員の女優だと思い込んだ。ワーツ先生をどう解釈したかは神のみぞ知る。

「ああ、坊ちゃん、もうスターになったんだねえ」ピーウィーが感動の叫びをあげた。抱きしめられたジャックは息もできない。

カトリック集団が膝をついて動きまわるのを、クローディアは気色悪いと思っていた。ワーツ先生も宗教熱に嫌気がさしてきた。「もう家に帰って、その人の本を読んでなさい」と、土と涙でぐちゃぐちゃの顔をした若い女に言った。そう言われた女が、キリストって作家かしら、と考えていることがジャックには読めた。

さっきからの「めでたし、マリア」の歌が、やかましく続いている。

「さ、坊ちゃん、早いとこ乗んなさい」と、ピーウィーが言った。すでにドアを押さえて、クローディアと先生を乗せようとしている。

「ウィックスティードさんの運転手なのよ、心配しなくていいわ」と、ワーツ先生がクローディアに言った。いまでもウィックスティード夫人に運転手が必要であるような口ぶりだ。しかしクローディアの脚に、膝をつくカトリック教徒がしがみついていた。「離しなさい。腰の抜けたおバカね」と、先生は言った。「わかるでしょうに。あの人が命を捨てたのは、生活と芸術を一つにしたかったからよ」

もちろん先生はミシマのつもりだが、しぶしぶ手を離したカトリックの男は、キリストの話だろうと思った。怒ったような顔の、禿げあがった中年男で、白い長袖のドレスシャツを着ている。透けて見えそうな薄地のシャツの胸ポケットで、ペンがインク漏れしていた。頭脳のこんがらかった所得税検査官という感じだ。

ピーウィーはどうにかクローディアだけは車に乗せたが、まだワーツ先生が膝をつくデモ隊を見下ろして立っていた。「だから日本人だったのよ。その人が自分を消しちゃったの」と、ぷりぷりして言った。「しょうがないでしょ」

デモ隊は一人残らず同じ反応をした。こうまで悪く言われるのは許せない。悲運のキリストへの雑言は、どれだけマリアを讃えても取り返しのつかないものになっている。イエスが日本人だったというのか。

ジャックは先生のほっそりした腰に腕をまわした。ダンスのパートナーにしたようだ。そっと耳元でささやいて、「ワーツ先生、こいつら全員いかれてます。もう乗りましょう」。

「まあまあ、ジャック、大人びたことを言うようになって」と言いながら、先生は腰をかがめてリムジンの後部座席に入った。中からクローディアが手を引っ張る。外からはピーウィーがジャックを押し込んで、ドアを閉めた。

デモ隊の一人がピーウィーの膝を抱えてしがみついたが、ピーウィーはこの女を引きずったまま歩いて運転席へまわろうとしたので、女もあきらめて手を離した。この夜のピーウィーが、どの映画スターを迎えにきたのか、ジャックは知るわけがなかった。ピーウィー自身は、誰だったか忘れたなどと言った。ともかくワーツ先生を送っていき、それからクローディアとジャックも帰してくれた。

このときまでジャックは先生の家がどこなのか知らなかった。ラッセル・ヒル・ロードの邸宅前に車が止まったときは、なるほどと思っただけだ。セント・ヒルダ校まで歩いて行ける距離だろう。だから、裏口へまわってくれと先生が指示したときは、まるで予想外に感じた。外階段があって、小さな賃貸アパートへ上がったのだ。

かつては流行の先端を行っていた衣装は、どこから費用が出ていたのだろう。エドモントンの実家だとしたら、もう底をついていただろう。求婚者か秘密の愛人で、目の高い男がいたのだろうか。昔の男だった金持ちとか、もっとあり得ないが元の夫とか、そんなものであったとすれば、とうに切れていたのだけは間違いない。

先生は、ささやかなアパートにジャックを上げようとはしなかった。若い男をアパートに入れるのは不謹慎と思ったのかもしれない。クローディアは入らせた。ジャックはピーウィーと車の中で待っていて、アパートに明かりがつくのを見ていた。

あとでアパートはどんなだったか言わせようとしたら、クローディアの機嫌が悪くなった。「きょろきょろ見たわけじゃないわよ。ま、ああいう年の人だから、いろんな持ち物があるわ。とっくに捨ててもよかったようなもの。古い雑誌とか、そんなような」

「テレビは？」

「なかったと思うけど、ちゃんと見てないから」

「写真はどう？　男の写真とか」

「なに言ってんのよ。あの先生にお熱なの？　そういうこと？」

このときはエマのベッドに寝ていた。縫いぐるみの動物はなくなっている。エマ本人かオーストラリー夫人が処分したのだろう。どの一つもはっきり覚えてはいない。記憶から消せないのは、このベッドでエマに抱かれて、マスターベーションの指導を受けたことだ。

いまはクローディアがひねくれ気分のようだから、そんな詳しいことは教えるまでもなかった。

映画祭に関わるパーティーや駆け引きもさりながら、トロント滞在中にはたっぷり時間を使って、近所にあった「お嬢アリス」の店にいた。いや、クローディアは間違いなくそうだった。ジャックはよく抜け出して、近所にあった救世軍の店へ行った。救世軍の店へ行った。母の店の常連よりは、そっちの客層のほうがなじめた。

アバディーン・ビルは海の男だった。チャーリー・スノウも、船乗りジェリーもそうだ。また、刺青オーリー、刺青ペーテル、ドク・フォレスト——。アリスには師匠格の面々だ。しかし刺青の世界も変わった。いまでもお嬢アリスが「男の破滅」を彫ったり、また何カ月も航海する船乗りのために割れた心臓を彫ることがないわけではなかったが、一生ものの図柄を刻みたがる若い男の肌には、昨今、えげつない趣味が出てきていた。

北海の港町のロマンスは、とうに過去のものだ。母のタトゥーマシンが刻んでいた確かな音もない。あの音がジャックには子守歌だった。ホテル・トルニで出会った勇敢な娘たちも、時の彼方にいる。乳房が見えないままだったリトヴァ、腋毛が未処理で目を引く痣のあったハンネレ。へその上へシルクハットを押しかぶせたような、ワインをこぼした染みの色の、フロリダの形をした痣だった。

こわさを知らない昔のジャックは、誰にでも寄っていって、「刺青してますか？」と言ったものだ。ホテル・ブリストルでは、若い美人に面と向かって、「お時間があれば、部屋と道具はあります」と言ってのけた。それにまた、小さい兵士に母が無料サービスをしたらいいというのは、ジャックが思いついたことだった！

眠っているジャックには、旧教会のオルガンの音が聞こえた。娼婦に聞かせた夜の音だ。起きていても目をつむりさえすれば、教会内の階段にあった太いロウ引きの綱と、その反対側についていた木の手すりの感触を思い出した。

だが（とくにクローディアがいると）お嬢アリスの店に出ている刺青文化のありようは、母の「アート」を情けないものにするように思えた。クイーン通りのいかがわしい連中が客になっているのだから、心配で仕方なかった。海の男が刺青をして肌に記念を残そうなどという気風はすたれて、悪意があって味のない乱暴な図柄が目立ってきた。暴走族のマークをあしらったスキンヘッド——髑髏が血を噴いて、骸骨の目の隅に炎がちろちろ燃えている。

あるいは裸身をくねらせる女の図柄があった。刺青オーリーが見たら顔を真っ赤にしただろう。女好きマドセンでさえ目をそむけたかもしれない。陰毛の表現など、さかさの眉毛どころではなかった。どこかの部族に伝わるような図柄もあった。クローディアは、オンタリオ州キッチナーから来たというあばた面の若者が、大きく「モコ」を彫られるのを見ておもしろがった。マオリ族が顔面に施す刺青だ。この若者の恋人という貧相な女は、自慢げに尻をまくって、腰骨あたりの「コル」を見せた。シダの葉のような螺旋模様だった。

ジャックはクローディアを脇へ引いていって、「もとから魅力があれば、刺青なんかしないのが普通だろ」と言った。これが正しいとは言いきれない。いささか一般論にすぎる。お嬢アリスの店が気に入らないので、つい表現過剰になったのだ。

こんなことを言ってまもなく、ゲイのボディービルダーが店に来た。ファッションモデルでもあったようだ。クローディアを一目見たのか見ないのか、すぐに照れもなくジャックに寄りつきたがった。「ちょっと手直ししてもらおうかと思ったんだけどね」と、アリスに言いつつ、ジャックに笑顔を向けている。「きれいな息子さんが来てるんなら、毎日でも直したくなるじゃないの」

男はエドガーという名前だった。アリスとクローディアから見ると、なかなか愉快だったようだが、ジャックは目をそらしていようと思った。肩胛骨の一方に写真のような生き写しでカウボーイ姿のクリント・イーストウッドが彫られていた。修正したいというのは反対側の肩にあって、キリスト受難の姿をおどろおどろしく彫ったもの。イエスが四の字固めにあったようにオートバイの車輪に鎖でつながれていた。もっと「いじめられた」感じをつけたいという。たとえば頰を引っかいて血が垂れる。なんなら脇腹でもよいのだが、ということだ。

「どっちもやっとこうか」と、アリスは言った。

「そこまでやったら、どぎつくない？」

「いいじゃない、自分で決めれば」

クローディアは芝居がかったものは何でも愛好するので、お嬢アリスの世界がすっかり気に入ったのだろう。ジャックにしてみれば、エドガーがみっともないとは言わなくても、その刺青はみっともない。エドガー本人は確実にどぎつい。いや、お嬢アリスの店にあるものは、ほぼ何にせよ、みっともないどころではないみっともなさで、しかも意図的にみっともない。人間の肌に一生消えない印をつけるばかりか、ひどい傷をつけている。

「お高くとまってるのね」と、クローディアには言われた。

そうでもあり、そうでもない。四歳のジャックがこわいとは思わなかった刺青の世界が、二十歳のジャックには空恐ろしく感じられる。いまのジャック・バーンズは、三船敏郎の苦々しい顔を真似したがる青年だ。人間の手をくわえて歩いていく犬に、怒りを向ける浪人の顔。だがお嬢アリスの店にある光景は、あの犬よりもけしからん行動を映し出しているのではないか。

その昔、海の世界は、あらゆる異国のもの新奇なものへの道だった。いまは違う。いまの刺青はドラッグに誘発されている。サイケデリックなでたらめ。幻覚症状の出そうなホラー――。セックスの無政府状態をまき散らし、死を崇めるのが、新しい刺青になっていた。

「いつまでも若くいられるように」とボブ・ディランは歌い、これにアリスは調子を合わせるという以上に賛同した。だが、この哲学を抱きしめながら、店に集まる若い者がいわゆるヒッピーやフラワーチルドレンとは違っていることには気づかなかった。

もちろんコレクターという存在はある。墨が病みつきになって、いつでも制作中の体になっていて、というウィリアム・バーンズのような昔のマニアが、全身彫り物だらけになって冷えるまでの途上にあるのだが、ジャックが大嫌いなのは同年代の、つまり二十前後の連中だった。唇にピアスをするようなやつらだ。瞼や舌にも刺している。女だって乳首や、臍や、あるいは陰唇にまでピアスをする。お嬢アリスの店にたむろする同年代の人間は、まず変態か落ちこぼれと決まったようなものだった。

その連中にアリスはお茶やコーヒーを出してやる。アリス好みの音楽を流してやる。自前の音楽を持ってくる客もいるが、やかましいものだ。お嬢アリスの店はたまり場になっている。刺青をする客ばかりではない。といって、刺青の一つや二つはないと、ここで常連を気取ってはいられない。

一度、クルングが来たこともある。お茶を飲みに立ち寄っていた。もうバサースト通りのジムはなくなって、いまでは健康食品の店ができている。

「ジムで生きるネズミは新しい船を見つけないとな。いつものことさ」クルングはちらりと投げた目をクローディアに這わせて、あの腰なら手ごわいキックボクサーになるんだが、と踏んでいた。

チェンコが来た日もある。杖をついていたが、ともかくジャックはうれしくて、もっと長居して欲しかったくらいだ。たとえ杖をついていようが、こんなに心強い用心棒もなかったろう。

クローディアにはていねいな態度だったが、レスラーの素質があるかどうかは何とも言わなかった。どうもエマのことが尾を引いちまって、と悲しげだ。エマのラテラルドロップを食らって胸骨がはずれた一件から、すっきり立ち直っていないのだ。

どうしようもない金欠の坊やたちが、アリスの仕事を見ていった。いま金をつくろうとしながら、今度は何の図柄にしようかと迷っている。古参の病みつき連が、自慢の肌を見せに来た。まだ墨のついていない部位を配給制にするようだ。もう一度彫らせたくても、もう残った余白がなくなりそうなのである（これをクローディアが「ロマン派」と呼ぶので、ジャックは腹が立った）。

「いちばん悲しいのは」と、アリスが言った。「ほとんど全身に彫ってあるケースね」

ほとんど冷えるようになった、ということか？　そういう体を見ると、ジャックは父を思わないわけにいかなかった。ウィリアム・バーンズに、最後の音符を彫る余白はあるのだろうか。

クローディアが刺青をしたがるのも予想はついたようなものだが、言いだされたときは一応びっくりしてみせた。「せめて舞台に立ったときに目立たないところにしろよ」

キャスターで移動するカーテンがあった。病院のベッドを囲むようなものだ。公開をはばかる場合には、カーテンで人目を遮ってやるのだった。クローディアは太腿の上のほう、右脚の内側に、チャイナマンの得意芸だった杖の模様を彫らせた。これをジャックが好むことは、クローディアも知っていた。「如意」の意味がある。

チャイナマンに教わった模様では一番いい、とジャックが言うと、アリスは「よしてよ」と言ったものの、クローディアに彫ることには何の反対もしなかった。

レディング校にいた時期には、母が異風な人間であるという話をして、まわりの生徒に感心されたことがないわけでもなかった。有名なタトゥー・アーティストにしておいた。もし有名でなかったら、刺青師などありきたりな商売だ、という口ぶりだった。いまでは確かに有名人だ。クイーン通りの界隈では、ちょっとした顔になっている。そのようなお嬢アリス、および刺青が一般にあらわす薄汚さ、世の掃きだめのような有様が、いまのジャックには困ったものだと思われた。

　アリスとしては、ほかに仕方なかったということだ。ジャックが刺青世界になじまないようにと心がけた。チャイナマンの店は子供の来るところではないと思わせた。ウィリアムをさがして北海の港町を遍歴したときは、（コペンハーゲンで女好きマドセンが寝かしつけてくれた夜のほかは）たしかにジャックを刺青渡世の道連れにしたのだが、それを責めるわけにはいくまい。

　ところが皮肉なもので、一本立ちして店を持ったアリスが刺青の仕事に自信を深めるほどに、ジャックは母の仕事を恥ずかしく思うようになっていた。だからクローディアにたしなめられたのでもあるが、ジャックが母に背を向けられたと感じていた日々を、クローディアは知らなかった。

　またジャックが助手の立ち会いに文句をつけたので、なおさら事はこんがらかった。クローディアのまわりにカーテンを引き回したところで、この男が制作現場にいたのでは何にもならない。ほとんど恥部にかかる模様なのだ。

　この男はニュージーランドから来ていた。「キウィ坊や」とオーストラー夫人は言った。気に入っていないのだ。もちろんジャックもいけすかないと思っている。ウェリントンの出で、アリスにマオリ族の模様を教えた張本人である。どうせ若い職人の常として、たいして長続きはしない。二、三カ月でいなくなるだろう。すると、また別の職人が来る。これがまたアリスに一つや二つは新しいことを教え、アリスからはたっぷりとお釣りが来るくらいに教わっていく。というのが刺青の業界だ。それだけは変わっていなかった。

　一九八〇年代がようやく終わりに近づこうかとして、エイズの問題から、カナダおよびアメリカの刺青師で多少とも心得のある者は、ゴムの手袋をするようになっていた。ジャックは手袋をする母にまったく馴染めなかった。もともと衛生的とは思えない店なのに、手だけは医者か看護婦のようになっている。もし順調に進むなら、刺青は血を見るような仕事ではない。

だが、変わらないものは変わらない。紙コップに入れた色素、いろいろな使い道のあるワセリン、電動式の針がたてる歯医者のような音、刺されていく皮膚の匂い。さらにはコーヒー、茶、べたついた瓶の中の蜂蜜。また何よりもボブの歌があいかわらず大きく響いて、何だかんだと文句を言ったり、運命やら次の流行やらを予言する。

「刺青の色と同じでね」と、アリスは言った。「ボブ・ディランの歌って、身に染みたら最後なのよ」

クローディアが杖の形の彫りものをされているときは、「すべては終わったのさ、ベイビー・ブルー」がかかっていたが、歯を食いしばるクローディアにはわからなかった。ジャックから見ると、ボブにせよ誰にせよ、クローディアには身に染みるほど影響した存在がない。それもこの女の謎だった。

マリファナでいかれたやつが、コーヒーに蜂蜜を入れていた。お茶のつもりだったかもしれない。この男の頭が、ダッシュボードに置くおもちゃのように、ゆらゆら上下に揺れて目障りだ。カナダの「大西洋岸のどこか」の出だと本人は言うが、そのどこかの町を追い出されたか、それともドラッグで記憶がぼけて町の名前も忘れたか。緑と赤のロブスターを前腕に彫っていて、これが生煮えのようであり、したがって食べないほうがよさそうに見えた。

ボブが泣き叫ぶように歌った。

ほら、かなたで孤児が銃を持って
日なたで火がついたように泣きわめく

クイーン通りの店でウィンドーに出ている看板は、板に彩色したものだった。「晴れた日のリースくらいに明るいわ。あの町に日は射さないけど」と、アリスは絵看板について言っていた。お嬢アリスとは船か港の名前であるかのように、なんとなく海岸を思わせる感じがした。「お嬢アリスは海の世界の名前なのよ」アリスは口癖のように言った。コペンハーゲン、刺青オーリー、という脈絡に発する。

「船酔いの船乗りが、みんなで漕いで帰っていく」と、ボブ・ディランの歌が流れた。

みんなでこっちへ来るんじゃないのか、とジャックは思った。カーテンの向こうのクローディアをのぞきにいくと、ジャックには笑顔を見せながら、体の横で握りこぶしを固くしていた。「この杖みたいなのは仏教にある形なのよ」と、アリスは静かに語り、刺青の針がクローディアの太腿に跳ねて、痛そうなクローディアがびくんと動いた。手足に彫る場合、外側よりも内側が痛いのだ、とジャックは知っている。「で、この形は不老不死のキノコを模したもの」と、アリスの解説が続いた。

死なないマッシュルームか！　その次は何だ。ジャックは目をそむけた。まったくゴム手袋というやつが気に障る。マリファナ男を見ているほうがまだましだが、こいつはコーヒーに入れた蜂蜜で酔ったような顔をしている。トロントへ帰郷したジャックは、ここはもう故郷ではないと思うようになっていた。

「死んだ者は忘れるんだ。ついて来はしない」と、ボブが歌った。いつもながら大御所じみた歌いぶりだ。ボブが正しいこともずいぶんあるが、この点は違った。あとでジャックにわかるように、何でもついて来て忘れられないものである。

内腿の刺青のおかげで、もうトロントでの滞在中には、クローディアと交わることが難しくなった。だが、そうでなくてもクローディアにいやがられてきたことは、ジャックも意識していた。彫ったばかりの刺青があろうがなかろうが、乗り気になってはくれなかったろう。エマの寝室を使っているからといって、何の刺激にもならない。映画祭が最終日の夜を迎える前に、もうトロントを発っていた。

クローディアが気落ちしていることは察せられた。二人で口論する内容がばかばかしくなって、どちらもすっかり落ち込んだ。クローディアは、新しい刺青のせいで、歩くとこすれて痛かったのでもある。そこでオーストラー夫人に断って、エマのスカートを一枚借りていた。クローディアには大きすぎたが、まるでオムツでもしているように脚を広げて歩けた。

映画祭を振り返ってみると、参加作品の中ではレトロ調のものに惹かれたように思った。クローディアと二人だけで見たのは、ファスビンダー監督の『マリア・ブラウンの結婚』だ。ジャックはおおいに気に入った。

ハンナ・シグラが演じたのは兵士の妻だった。戦後のドイツで、したたかに生きる女になる。この女優を見ながら、ほかの女にペニスを握られていることが、とくに問題だったのではない。ただ、クローディアに握られたのは映画祭にあって本作だけであり、これをジャックは十四歳のときにエマと見ていたのだった。ダラムの町の映画館。エクセター校の一年生だった。

つい比較してしまい、どきっとした。人生の岐路でもあるような予感だ。誰に握られるよりもエマがいいと思った（もちろん、いつかミシェル・マーに、という希望は、まだ捨てきれていない）。「あたし、それともハンナ？」クローディアが耳元でささやいた。おチビちゃんが熱い反応を見せたからだ。だが、おチビちゃんの精神を高めたのがクローディアでもハンナ・シグラでもないことはわかっていた。いまだ十四歳でエマに握られた記憶のせいなのだ。

あの瞬間、『マリア・ブラウンの結婚』を見ていて気づいたときから、もうクローディアとは足踏み状態なのだと思った。いずれは離婚だとわかっている夫婦のように、いままでの形だけを整えているにすぎなかった。

クローディアと袂を分かつことになるきっかけは、前年春のアイオワ行きだったかもしれない。エマに会いに行ったのが分かれ目になった。「子供の会話」とクローディアは言った。それがトロントの映画祭でどんどん下り坂を転がって、トロントから車で戻ってから、なおさら悪化したのだった。

帰り道は、来たときとは別のルートにした。これが最適なルートとは言えないが、どこを走っても
つまらないドライブになったろう。まずオンタリオ州キングストンへ行って、それからガナノクでセントローレンス川を越えた。橋を渡ればアメリカへ入ってニューヨーク州のアレクサンドリア・ベイ。入国審査の際に、ジャックは学生ビザとカナダのパスポートを提示する。クローディアはアメリカのパスポートを見せる。ボルボを運転していたのはジャックだった。クローディアは新しい刺青が気になって、まだ運転どころではない。

　このときも借りてきたエマのだぶだぶスカートをはいていた。オーストラリー夫人が持っていってくれと言ったのだ。「どうせエマには小さすぎるのよ。今度帰ってきたら、また太ってるんだろうと思うわ」と、悲観論を唱えていた。「あなたのほうが似合うもの。だぶだぶには違いないけど」

　ドライブの途上で、たいていクローディアはスカートを腰までたくし上げていた。中国風の杖のデザインに風をあてながら、ひっきりなしにモイスチャライザーをすりつける。刺青のまわりに赤みがさしているようだ。手足は内側のほうが敏感だから、という話には耳にタコができそうになっていた。

　ジャックが国境線で車を止めると、クローディアはきっちりとスカートの裾をおろした。税関の係官がのぞいてくる。「トロントの母の家へ行った帰りです」と、ジャックは聞かれもしないことを答えた。「映画祭で何本か見てきました」

「カナダから持ち込むものは？」

「なし」と、クローディアが言った。

「カナダ産ビールなんてのも？」と、係官がクローディアを見てにやついた。たしかに女っぷりは見事だった。

「ふだんビールは飲みません。ジャックは体重に気を遣ってます」

「では、とくに申告なしですね」係官はジャックに向けて、口調をいかめしくした。

ジャックは自分がわからなくなっていた。「なんとなく、ふざけたくなったんだ」と、あとでクローディアに言ったが、それだけではないはずだ。

顔の表情で勝負する場面になった。やましい顔というのを見せてやった。かなり得意な技だった。これは犬の顔を見て覚えた。こそこそした弱そうな犬で研究したのだ。「あのう――」と言いかけておいて、こそこそした目つきをクローディアに向けた。「中国の杖は申告しなくていいのかな？」このときのクローディアの顔と言ったらない。

「え、なに？」係官が問う。

「宮廷で使うような、杖というか、錫《しゃく》というか。今回は短剣のようでもあり、まあ、権威の象徴なのですね」

「中国の？　骨董品？」

「そりゃあ、古いですよ。仏教の何かだそうで」

「ちょっと見せてもらいましょうか」

「刺青なんですよ」と、クローディアは言った。「刺青は申告の対象外でしょう？」

なぜジャックはこんなことをしたのか。クローディアを愛していた。嫌っていたわけがない。すっかり失望した顔をされているが、こんなのはエマの裸の写真を見られたとき以来だ。レディング校の時代、ジャックがせっせと自慰に励んでいたころ、エマが送ってきた写真である。十七歳のエマが写っていた。撮ったのはシャーロット・バーフォードだ。クローディアに見つかって捨てなさいと言われたが、まだ一枚だけ持っている。

「一応は確認させてください」係官は言う。「中国の杖なんて見たこともないけど」

「女性の係はいないんですか？　だったら見せてもいいですが」

「ややこしい箇所にあるんです」と、ジャックも言い添えてやった。

「ちょっと待って」係官は二人を車の中に待たせて、女性の人員確保に行った。事務棟のようなものがある。しばらく出てこなかった。

「子供みたいなことするのね」と、クローディアが言った。オーストラー邸で母に同じことを言われた晩があったのを思い出す。

「ペニス、ペニス、ペニス」と言いかけて、やめた。さっきの係官が、がっしりした黒人女性を連れてくる。クローディアは車を降りて、女性係官と事務棟へ消えた。ジャックは車の中で待つ。

「なんのつもりでした？」と、男の係官が言った。

「このごろ、うまくいってないんですよ」ジャックは本当のところを言った。

「なるほど。これで片がつくかもしれないね」

車に戻ったクローディアは、すっかり被害者の顔をしてみせた。また走り出す。アメリカの国土を行く最初の何マイルか、ジャックはわけもなく心が弾んでいた。

カナダは故郷である。生まれた土地である。それなのにアメリカへ帰ったら浮き立った。こっちのほうが安らげる。なぜだ。自分はカナダ人ではないのか。母および刺青の世界を拒もうとするから、故国にも背を向けてしまうのだろうか。

クローディアは、三百マイルの走行中、まったく口をきかなかった。またスカートをたくし上げ、右の内腿にある中国の杖をむき出しにしている。ジャックからは、ちょっと斜め下に横目を使えば、視野に入った。あれなら彫ってもよかろうかとジャックが思ったくらいだから、非常にめずらしい刺青だったと言えるのだが、しかし内腿はいやだった。まったく同じものを彫るとしたらどこにするだろう、などと思っていたら、ついにクローディアがしゃべった。

すでにヴァーモント州に入っていた。目的地まで百マイルほど。ニューハンプシャーへ向かっている。股ぐらに視線がちらつくのに気づいて――真新しい中国の杖をねらう視線に気づいて、クローディアは言った。「あなたのために、こんなの彫ったんだからね」

「わかってる。いいと思うよ。ほんと」いいと思うのは、刺青もそうだが、彫った場所でもある、ということをクローディアは知っていた。「ごめん」と、ジャックは言う。「国境でのことは、ほんとに悪かった」

「もう忘れたわ。時間はかかったけど、忘れた。もっと忘れられないこともあるしね」

「おー」

「それしか言えないの？」

「ごめん」

「子供が欲しくないって言われたことだけじゃないのよ。あなたって人は、お父さんの遺伝子を悪者にしてるだけなの。それでもって一人の女と長続きしないんだわ」

　今度はジャックが黙りこくって、百マイルは口をきかなかった。知らん顔をするというのも役者にとっては芸を磨くようなものだ。

　まもなく灰色幽霊にも知らん顔をするようになる。ニューハンプシャーへ帰ってから、先生が手紙をくれた。クローディアのことも少しだけ書いてあって、「すごい美人」とのことである。無理にでもお嫁さんになってもらう人、とも書いていた。だが、手紙の趣旨は、クローディアのことではなく、またジャックが無理にでも子供を持ちたくないことでもなかった。もっとお母さんを大事にしなければ、とマクワット先生は言うのだった。たぶん放ったらかしているだろうと考えているようだった。

「大事になさい」と、灰色幽霊は書いていた。

　ああ、またか、と思ってジャックは手紙を打っちゃった。あとでマクワット先生が死んだと聞いて、あれも虫の知らせのようなものだったかと思った。母を放ったらかしたのみならず、灰色幽霊にも返事を出さずに、すでに死んだも同然のあつかいをしたのかもしれない。ともかく先生はいなくなり、ジャックの良心の声もなくなった。

ダラムの町まで数マイル、ニューマーケットのアパートからも遠くない地点まで来て、いきなりクローディアが言いだした。「もう何なのよ。あたしが死んだら、きっと化けて出てやるわ。取りついてやるからね。死ななくたって生き霊になるかも」

そう、ジャック・バーンズも役者の端くれなら、決めゼリフを認識しなければいけなかったろう。クローディアの警告を、もっと深刻に記憶するべきだったのだ。

20　天使の都に二人のカナダ人

気持ちは離れていく一方だったが、ジャックとクローディアは大学を出るまでの二年間、同棲をやめなかった。だが惰性で別れなかったとも言いきれない。どちらも役者の卵である。隠しごとの技術を訓練していたのだった。それぞれが隠そうとしながら、さぐりあいの術を学ぶ。内心の秘密を、隠れたキャラクターを、鋭く、かつ不機嫌に観察しあっていた。

トロントへ行った翌年、ふたたび夏の公演に参加した。今度はケープコッドの劇場だった。舞台監督はゲイの男だったが、ジャックはすごくいい人だと思った。ブルーノ・リトキンズという。背が高く、品があって、さっと降り立つように舞台に出た。長い腕を大きく動かしているところは、まるで鷺がはばたいていて、小さな鳥に飛び方を教えてやろうと、わざわざお役目を買って出たようだった。

ブルーノ・リトキンズの考えでは、戯曲ないし小説を原作とするミュージカルは、適当に作り替えてしかるべきものだった。新しい上演のたびに衝撃の新工夫があるべきだ。原作そのものはブルーノにとっても神聖かもしれない。だが、ひとたびミュージカルにしてしまったなら、あとはストーリーだろうがキャラクターだろうが、どうとでも変えればよいのだった。

このブルーノ・リトキンズが『ノートルダムのせむし男』のオーディションをすると発表した。クローディアの意中にあったのは美しきジプシー娘エスメラルダだったのだが、ブルーノ・リトキンズの意向で、今度のエスメラルダは美しき女装マニアにする、ということになった。そしてフィーバス大尉の同性愛傾向を解き放つ。もともと大尉の心の中でくすぶって、ちろちろ燃えていたのだが、これを遠慮のない炎にしてやるのが、ジプシーの女装クイーンなのだ。そのエスメラルダが、じつはゲイである大尉を何としてもカミングアウトさせる。大尉が本来の自己に目覚めるために、炎を燃やす酸素になるのがエスメラルダだった。

悪役のフロロ神父は、エスメラルダに惚れたつもりだったが、最後には死刑に処してしまおうとする。エスメラルダが愛してくれないからというよりも、じつは男だったからだ。神父はホモ嫌いである。さて、やはりエスメラルダに恋をするカジモドは、結局、エスメラルダが好きなのはフィーバス大尉だと知って安堵する。

「このほうがストーリーになるだろう」と言って、ブルーノ・リトキンズが出演者一同に衝撃をあたえた。「だって、カジモドは悲しいとは思わないんだぜ。エスメラルダを大尉に譲る気になるんだよ」つまり背中が曲がっていようとも、カジモドはまっすぐに異性愛の道を行く。

「ヴィクトル・ユーゴーはどう思うかしら」と、クローディアが言った。欲しかった役が消えたことはわかっている。エスメラルダを女装マニアに設定するなら、ジャック・バーンズこそ、生まれながらの適役だ。

「客には考えさせておくんだ」ブルーノ・リトキンズは、長い腕をぱたぱた動かしながら、そんなことを言いたがった。「はたしてエスメラルダは女なのか、男なのか。そうやって考えさせるんだよ」

もちろん、美しきジプシー女はもう一人登場する。カジモドの母親だ。殺される役で、出番は少ないが、なかなかの感動を誘う。また、この夏のケープコッドには、ほかの演目もあったわけで、それが新しいゲイ解釈のミュージカルばかりだったのではない。クローディアには、もっと張り合いのある役がつく。ブルーノ・リトキンズが演出したオスカー・ワイルドの戯曲『サロメ』で、その題名役をもらった。ブルーノはワイルドを崇め奉っていたから、一言一句も手を加えようとはしなかった。クローディアのサロメは、すごい見ものになった。七枚のヴェールの踊りという奇妙な場面は、ワイルドが書いたからそうなっているので、クローディアのせいではない。ただ、右の内腿にある中国の杖だけは、たっぷりメーキャップしないと隠れてくれなかった。もし隠さなければ、観客には紛らわしかったろう。痣と見えたか、傷と見えたか。

ジャックは脇役にまわった。預言者ヨカナーン、すなわち洗礼者ヨハネ。その切られた首に、サロメがキスをする。なかなかのキスだった。ジャックは膝をついてテーブルにもぐった。テーブルには穴があいていて、首だけ出している。テーブルクロスのおかげで、立っている部分も、坐っている本体も、すべて隠れていた。しかし、すでにクローディアとの関係は修復不能になっていたから、このキスをもってしても別離を押しとどめることはできなかった。

ゲイの解釈になった『ノートルダム』のほうは、二人を引き離そうとする結果になっただけだ。あとで振り返ったジャックには、クローディアがゲイのフィーバス大尉を演じた二枚目役者と一晩だけ関係したのも仕方なかったように思われたが、当時のジャックはそういう気にはなれなかった。ただしジャックはジャックで、春にタンゴの先生と浮気していたのだから、クローディアは仕返しをしただけなのだとわかってもいた。

だがクローディアはついていなかった。フィーバス大尉役の俳優が原因で、まずクローディア、そしてジャックに淋病が移った。それでクローディアが白状したのでなかったら、ジャックは何も知らずに終わったろう。まったく平気で年をごまかしていた女なのだから、今度の小さな浮気だって隠しとおすつもりだったのではなかろうか。大尉にもらった病気でばれたようなものである。

当然ながら、ジャックはおおいに痛がってみせた。排尿のたびに、がくっと膝をついて悲鳴をあげる。寝室からはクローディアが、「ごめん、ごめん、**ごめん**」と言っていた。

ブルーノが振り付けの才能を発揮した舞台では、女装マニアのエスメラルダになったジャックが、腰から下は男であることをフィーバス大尉に開陳する。ジャックは思いのたけを打ち明けて歌うのだが、フィーバスは悪い気はしないとしても尻込みする。ジャックに惹かれているくせに、まだ女だと思っているから、すぐ乗り気にはなれないのだった。

ジャックはフィーバス大尉の手をとって、胸のパッドにあてさせる。だが大尉は乗ってこない。そこで、もう一方の手をとって、今度は股間にあててやる。大尉は客席にも明らかにわかる驚きの顔をして、その耳元にジャックがささやきかける。それからブルーノが書きおろした歌を二人で歌う。ボブ・ディランの「おれじゃないよ、ベイブ」の節回しで「おれもだよ、ベイブ」となるのだが、ボブならばジャックにはお手のものだ。

だが、ジャックが淋病の一件を聞いた翌晩に、つまり出所がどこかとクローディアに聞かされた次の晩に、大尉に耳打ちする場面で、現実に戻るようなことを言ってやった。大尉の手に股間をさぐらせながら、「ありがたく頂戴したわよ」と言ったのだ。

この夜のフィーバス大尉は、みごとな顔の演技ができていた。いつも客席が沸くところだ。はっと気がついた顔になる。エスメラルダにペニスがあった！　もちろん、とうに客は知らされている。フロロ神父に迫られそうになって、防衛策として教える場面があったのだ。まさかエスメラルダを絞首刑にしろと言い出すほどのゲイ嫌いとは、とんと知らないことだった。

だが、記念すべき夜になった舞台でのフィーバス大尉は、エスメラルダのペニスをつかみ、つかまれたエスメラルダのジャックは淋病をもらった礼を言っていて、それが二枚目役者の大尉には、みごとな大受けの場になった。顔の演技がすばらしく、一分間あるいはもっと長いこと、芝居が止まっていた。一斉に立ち上がった観客のスタンディングオベーションがやまなかったのである。

「あそこまでやらなくていいぞ、フィーバス」と、あとでブルーノ・リトキンズは言っていた。

ジャックは精一杯のエスメラルダらしい笑顔をしてやった。これにフィーバスは何をされるかわからない凄みを感じた。

だがジャックとしては、ありがたかったくらいなのだ。フィーバス大尉のおかげで、クローディアは自分が悪いことをしたと思っている。それだけに、クローディアと別れることに対して、ジャックの罪悪感は多少なりとも減っていた。


ニューハンプシャー大学を卒業した年の夏、ついに二人は別々の道を行くことになった。クローディアは大学院生となって、どこか中西部の有名大学で演劇の修士課程をめざした。どこの大学なのか、ジャックは忘れていようとした。この夏は、もう同じ公演には出ないものとして、クローディアはニュージャージーのシェークスピア祭へ行き、ジャックはマサチューセッツ州ケンブリッジの子供向け演劇ワークショップで『美女と野獣』『ピーター・パンとウェンディ』に出た。

この町については、失った親友ノア・ローゼン、もっと取り返しのつかない形で失ったノアの姉リーアにまつわる思い出もあったが、ハーヴァード・スクエアの映画館で見た外国映画もつくづく懐かしかった。ひと夏、字幕つき映画を見続けて、子供たちと若い母親ばかりの観客に芝居をしようか。それも悪くないと思った。

クローディアに言わせれば――これがジャックへの最後の言葉になったのかどうか定かではないが、ジャックが覚えている最後としては、「子供の前で何の芝居をしようっていうの。いらないって言ってるくせに」。

ジャックは野獣の役を演じた。相手役の美女は、だいぶ年がいっていた。この女優は子供劇場の創立メンバーでもあり、ジャックの採用を決めた責任者でもある。そう、たしかにジャックはこの女と寝た。ひと夏の関係で、それ以上ではない。いくら何でも、年齢からしてジャック演ずるピーターパンの相手としてウェンディになるわけにはいかなかったが、その母親ダーリング夫人なら、それなりに若作りができた。夏期限定とはいえ、ピーター・パンがウェンディの母親と絡み合っていた。

ジャックは大学院にでも行って学生の身分を保つ必要があった。あるいは、しっかりした仕事を得て、アメリカの永住権を取るのもよい。さもなくばカナダへ帰ることになるが、帰りたくはなかった。ここでまたエマに助けられることになる。もう二年ほどエマはアイオワを離れて、ロサンゼルスに住み、初めての小説を書こうとしていた。と言うと、おかしいと思われるかもしれない。小説を書くのが動機なら、わざわざロサンゼルスへ行くだろうか。だがエマは、まわりとは違っていたい人間なのである。

あるスタジオで、台本を校閲する仕事についていた。ジャックと同じく、まだ国籍はカナダであり、カナダのパスポートを持って暮らしているが、アメリカでの永住権もある。いまの仕事は、ニューヨークで一年間テレビのコメディ作家をしたことの延長だ。こんなことをするためにアイオワの創作コースへ行ったわけではない。小説を書いているのは、映画を専攻して無駄にした時間に、復讐をしたいからだという。だから「敵を利する仕事であっても、その報酬で生きている」のだそうだ。

こっちへ来て暮らしなさいよ、とジャックに言った。映画産業に仕事を見つけてくれるらしい。「そりゃあ、いい男はいるからね。トロントよりも競争はきついだろうけど。でも、演技力で張り合えるいい男なんてのは、そう多くないわよ」

ジャックに計画らしきものがあるとすれば、この話に乗るくらいのものだった。もう劇場に未練はなかった。これだけミュージカルばやりになったら無理もなかろう。最後の舞台出演がピーターパンであり、ウェンディとその兄弟をネバーランドへ連れていくことになったのも、最後らしくてよかったろう。それから芝居がはねて、真夜中をまわった頃には、ウェンディの母親におおいかぶさっていたのだが。

「そういうピーターパンに、作者は何て言うかしら」と、クローディアなら言ったかもしれない。クローディアのことを思うと、侘びしい気持ちがなくはなかった。


ロサンゼルスという街は、どんな人間が行っても特別あつかいされることはない、とジャックは思うようになる。そうと思い知ることを教えてくれる街なのだ。誰のご威光も薄れていく。もちろん、初めてロサンゼルスへ来たジャックが、特権階級にまじっていたはずがない。まだ有名人ではなかった。エマ宅へ転がり込んだ一九八七年の秋、将来あれこれと出てくるだろうお楽しみを先取りするような目印といえば、派手なものが何でもありそうなサンタモニカ・ピアだけだった。

ジャックもエマも、あたたかい太平洋岸の空気を吸っていると思うだけで、あとはどうでもよくなった。海の空気にスモッグの毒が染み込んでいても一向にかまわない。また一つ屋根の下に住んでいた。しかもトロントではない。母親たちもいない。

二十九歳になったエマは、だいぶ老けて見えた。あいかわらず体重と戦っていることは、周囲の人間の目にも明らかだ。しかし内面では別の戦いが大きな被害を出していた。くるくる変わる野心と、頑固な決心が、内部抗争を起こしていたのである。落ち着きがないことは見ればわかる。だが、ジャックにもエマ自身にさえも、事態の深刻さはわかっていなかった。


昔からジャックは数字が苦手だ。ロサンゼルスにエマと暮らして、その家賃がいくらなのか、月々の支払日はいつなのか、全然覚えていなかった。

「あんたって数学オンチねえ。でもまあ、あんたに用はないもんね。俳優になるんだから」

セント・ヒルダの生徒だった日々には、かがみ込んでくれるワーツ先生が必要だった。先生の香しさを吸い込むのが、算数の勉強の代わりになったようなものだ。それ以上にマクワット先生が教えようとしてくれたのも確かだが、やはりジャックは数学ができる子にはならなかった。

レディング校へ行ってからはアドキンズ校長夫人が代数の手ほどきをしてくれた。自分の古い女物をジャックに着せて、病んだような捨て鉢の気分でジャックを抱いた人だった。あとでネジンスコット川で溺死するために裸になったようなものかもしれない。来るべきもっとも孤独な瞬間に備える練習だったとは言えるだろう。

ノア・ローゼンには「おまえ、十より大きな数は勘定できないと思ったほうがいいな」と言われた。エクセターでの学習相談に乗ってくれたウォレン先生は、そこまで手厳しくなかったが、悲観していることには違いなかった。「そうだなあ、ジャック、どんな場合でも、自分の数字的判断を疑ってみるといいね」

ロサンゼルスには十六年住むことになる。車での移動はおもしろかった。まずエマと暮らしたのは、ネズミにかじられたような二軒長屋の一軒で、ヴェニス地区にあった。街路で言うとウィンドワード・アヴェニューだ。メイン通りと交差する角に寿司屋があり、その風下にあたる。もっと正確には、〈浜寿司〉のゴミ捨て容器の風下である。いい店だ。二人ともよく行った。生きのいい魚を出していた。だが残念ながら、ゴミ容器におさまるものは、あまり生きがよいとは言えない。

この浜寿司にいたウエートレスが、ロサンゼルスにおける初めての女になった。オーシャン・フロント・ウォークから引っ込んだ通りに、女同士数人で住んでいた。十八番か十九番か二十番アヴェニューだったろうが、もうジャックは覚えられなくなった。ある晩出かけていったら、家を間違えた。通りを間違えたのだったろうか。ブザーを押したら、ここにも女がたくさんいて、歓迎されてしまったのだが、さがしているウエートレスはいなかった。これは別の集団だと気づいた頃には、もうジャックは寿司屋のウエートレスよりも気になる女を見つけていた。あいかわらずの計算ミスだ。

「電卓を持って歩いたら?」と、エマは言った。「せめて筆算しなさい」

ヴェニスという界隈が気に入った。ビーチがあって、ジムがある。本来は薄汚い場所であるようだ。エマは〈ゴールズ・ジム〉というところにいたボディービルダーの男に痛めつけられてから、ジャックともども〈ワールド・ジム〉の会員になった。ここのTシャツとタンクトップについているゴリラの図柄がいいのだと言う。大きなゴリラが地球の上に立っている。この地球はビーチボールくらいの大きさがあるだろう。毛むくじゃらの手で持ち上げたバーベルは百何十キロかあるのだろうが、だからといってバーの部分がこんなに曲がるものだろうかと思われた。

タンクトップは深くカットしたデザインで、胸元が大きく丸くあいていて、脇の下もよく見えた。女性向きとは言いがたい。少なくともエマが買ったものはそうだった。薄いグレーの地に、蛍光オレンジのレタリングが入っている。着ていると胸の谷間が大きくあいて、よく乳房が横からはみ出していたが、就寝および執筆に際しては、この〈ワールド・ジム〉タンクトップのほかに着るものがなかった。

エマとジャックには一人ずつの寝室があったのだが、それぞれにデートのない夜は、たいてい同じベッドに寝た。それで何も起こらない。エマはジャックのペニスを握って、そのうちにどちらかが寝てしまう。つまり二人が同じ時刻にベッドに入れば、ということであり、それすら多いとは言えなかった。たまにジャックがエマの乳房をつかんでいることもあったが、それ以上ではない。エマがいても、マスターベーションさえしなかった。

昔はともかく、いまは口に出さずともわかっていた。たしかにエマに自慰を教えられ、あたしのことを考えるように、とさえ言われたのだったが、それはジャックの生存のため、とくにレディング校あたりで自己保存ができるようにと教えたまでだ。またエマは自分が裸になった写真を送り、その一枚をまだジャックが持っているとは知らなかったけれども、こうしてロサンゼルスに暮らした日々には、ある共通の理解ができていた。すなわち、ただの友人ではなく、また普通の姉と弟とは少々違っているのだが、絶対に愛人関係ではないのだった。ペニスを握るかどうかは問題ではない。たがいの目を気にせず裸になって、べつに何とも思わないということが、何度でもあったのだが、それで問題にはならなかった。

ワールド・ジムにも、またボディービルダーがいたけれど、こっちはエマをたたきのめしたりはしなかった。〈スタンズ〉のウェイターをしている男だ。この店はローズ通りとメイン通りの角にあった。

ヴェニス界隈で長続きするような店ではない。ここのウエーターは、ニューヨークのステーキハウス、たとえば〈スミス&ウォレンスキー〉ほどに、突っ張っているわけではない。メニューにあるのは、ステーキとチョップとメイン州産のロブスターだけだが、白いテーブルクロスが似合っていなかった。ウエーターは白のドレスシャツを着て、腕まくりをする。ネクタイはつけない。ぱりぱりに糊のきいた白エプロンからすると、肉にさわったこともない肉屋という感じだった。ステーキハウスで高級ぶるのも大変だろうが、このスタンズという店のウエーターは、あたりまえのようにそうしていた。ぱりぱりの白エプロンを着て生まれたようである。しかも一滴の血もつかずに、というところがおもしろい。

エマが知っている男は、ジョルジョかグイードか、どっちかの名前だった。ベンチプレスで百四十キロくらいは上げられる。この男に向けて、ジャックはウエーターの経験がたっぷりあるのだと売り込んだ。それでジョルジョないしグイードが、やたらに威張っている主任のドナルドに一応は口をきいてみることになった。

ジャックにウェイターの経験があるとは言えるはずがないのだが、そこはエマが文才を発揮した。ラムジー先生からの推薦状に、演技の修業を積んで「将来性豊か」と何度も書いてあったところを、適当に書き直したのだった。エマは毎朝ウェスト・ハリウッドのスタジオへ行き、下読みした記録を渡して、次に読むべき脚本をどっさり持ち帰る。一日に三本か四本は読み通して、批評を書いた。このスタジオに最高のコピー設備がそろっていたのを幸い、エマはラムジー先生の推薦状から捏造した文書を、器用に見かけよく仕上げたのである。

「俳優」と書いてあるところは「ウェイター」に変えた。戯曲やドラマ化作品（ミュージカルであっても）の題名は、どうせアメリカ人にはわかるわけがないものとしてトロントの人気レストランの名前とした。そういう場所で、いかにジャックがきちんと役割を「演じた」か、というところは構文に合わせながらも単語だけは大事にして、繰り返し書いてあるままにした。

というわけで、ジャックがすばらしく「演じた」店は、ビストロ〈通販花嫁〉だったり、レストラン〈北西準州〉だったり、あるいはまたフランス料理の〈ダーバヴィル〉、さらにアメリカ北東部で名の通ったレストラン、〈ノートルダム〉や〈ピーター&ウェンディ〉になった。スペイン風に違いない〈ベルナルダ・アルバ〉という店もあった。

もともと推薦状のレターヘッドには「セント・ヒルダ」の校名が入っていたのだが、「英語・演劇」の主任だったはずのラムジー先生は、この教会めいた名前の会社における「ホテル・レストラン」部門の主任のように変えられた。先生は手紙の冒頭で「トロントでも有数の」と書いていたが、もちろん有数の学校のつもりだった。

だがドナルドは、ちくちくと嫌みなことを言いたがった。地獄の鬼を上司にしたようなやつである。「トロントのホテルで、いいレストランのある一流どころだったら、まずフォーシーズンズを薦めるのがあたりまえじゃないか」などと言っておいて、一分か二分やるから本日のスペシャルを暗記してみろ、とジャックに言った。

「十分いただけたら、メニューを丸暗記しますが」

ドナルドは応じなかった。生意気なやつだな、とジョルジョまたはグイードに言う。ジャックのことは「トロントからニューハンプシャー経由で流れてきた田舎者」と考えた。そのようにジョルジョまたはグイードに言った。だがジャックとしては、もうウェイターになりたい気は失せていた。ともかく、こんな偉そうに構えているステーキハウスはいやだ。ところが、客の車を駐車場へまわす係ならどうだ、とドナルドが言うので、その話には乗った。運転ならできる。

エマはいい顔をしなかったが、この仕事がジャックに役不足だというのではなかった。政治的な判断である。「駐車場の係ってのはねえ。だって、あんたは英語を第一言語とする人間でしょう。不幸な不法移民から仕事を奪ってるようなもんだわ」

だがジョルジョまたはグイードは、ほっとしたらしい顔だった。ジャックには同じ店のウェイターをしてほしくなかった。エマからは体の関係がないと何度も聞かされたが、それにしても同居しているというのが腑に落ちない。ジャックから見ると、このジョルジョまたはグイードには何の悩みがあるのだろうと不思議である。百何十キロもベンチプレスをする人間が、こんなに弱々しいものだろうか。

ジャックの仕事は長続きしなかった。駐車場の係になった初日の夜に、もう解雇されていた。いや、一台も駐めた実績がない。

銀色のアウディだった。革張りのシートはガンメタルグレーである。ジャックにキーを放ってよこしたのは、気障な芸術家タイプの若い客で、気障な芸術家タイプの若妻と喧嘩でもしていたようだった。妻というより恋人なのかもしれない、と思いながら車を移動していたら、一ブロックも行かないうちに、小さな女の子が後部座席に起き上がった。涙の筋ができている顔が、バックミラーにきっちりと収まっていた。四歳か。せいぜい五歳。補助シートに坐っているのではない。どう見ても、今夜は座席で寝ることになっていたらしい。ちゃんとパジャマを着て、毛布とテディベアを抱きかかえているのだ。ジャックから見ると斜めうしろのアームレストに、枕が押しつけてあった。補助シートは邪魔になるだけのようで、フロアに放り出されていた。

「駐車場に入れるの？　ひょっとして屋外？」女の子はパジャマの袖で鼻をこすった。

「どっちみち車の中にはいられないだろ」一時停止で、ハザードランプをつけた。こんな子がいるとは思わないから、びっくりして心拍が早くなった。

「あたし、しつけが悪いから、おとなのレストランに入れないの」

どうしたものかと思う。さっきの芸術家気取りの若夫婦は、子供を車に置いていくかどうかで口論したのかもしれないが――いや、そうではなさそうだ。駐車場のベテランみたいな顔をした子である。

「屋内に入れて欲しいな。路上駐車はいや。もうすぐ暗くなるわね」と、言うべきことを言う。

ジャックはメイン通りに車を走らせ、ウィンドワード・アヴェニューまで行った。まだ宵の口だというのに、やかましい連中が浜寿司の前に群がって、空席待ちをしている。ジャックはエンジンをかけたまま路上に停めて、エマと同居する家のブザーを鳴らしてから、車に戻って待った。女の子からは目を離していない。

「こんなとこに駐めるの？」

「大丈夫。一人で放っといたりはしない」

エマが出てきた。いつものようなワールド・ジムのタンクトップで、ほかには何も着ていない。ことのほかご機嫌ななめの様子からして、小説の執筆中だったのだろう。

「いい車じゃないの。景品つき？」ジャックは子供が乗っていた事情を話し、それを女の子が見ていた。タンクトップのエマのような人を、たぶん初めて見たのだろう。「だから言ったじゃないの。駐車係なんて向いてないのよ」そう言いながら、エマはじろじろ子供を見ていた。「あたしはベビーシッターを頼める人間じゃないわよ」

「いつもフロアで寝るの。座席にいて外からのぞかれると、そうしてる」と、女の子が言った。

この「いつも」が決め手になった。それにエマの発言もある。おそらく進行中の小説でも怒りの渦巻く場面を書いていたのだろうが、その執筆に戻ろうとしたエマが、「こんな仕事してたって何にもならないでしょうに」と言ったのだ。

ジャックは子供を後部席の中央に坐らせ、シートベルトで固定した。補助シートの使い方がわからなかったのだから、それしかない。「親にならないとわからないのよね」と、少女にやさしく許される始末だ。ルーシーという名前らしい。「もうすぐ五歳」

あのスタンズという店に戻って、正面に車をつけた。ほかの駐車係がびっくりした目で見る。「どうなってんだ」と言うロベルトに、キーを預けた。

「まだ駐車場へ回さないでくれ」そう言ってジャックはルーシーの手を引いた。毛布とテディベアは持っていきたい、枕は要らない、と言うので好きにさせた。

店内では、いけすかない主任のドナルドが、まるで予約の帳面を聖書にして、教会の説教壇にでもいるように立っていた。たくさん人がいるのを見たルーシーが、抱っこしてほしいと言うから、そのようにした。「まずいことになるんでしょ」と、子供に耳元でささやかれる。

「ルーシーが困ることはないさ。まずいのは僕だけ」

「もう充分まずいぞ」と、ドナルドが言ったが、かまわずに奥へ進んだ。まずルーシーが親の顔を見つけた。まだ薄明るいくらいの時刻で、満席にはなっていなかった。そもそも満席になることはないのかもしれない。

ルーシーの母親が立ち上がって、いくらか寄ってきた。「どうかしたの?」とジャックに言う。何という質問だ。これなのに女というやつは（クローディアだけではなく）、ジャックがまだ親になれないと思うなどと言うと、とんでもなく非難する。

「お忘れものです」と、芸術肌の若いママに言ってやった。「車内にルーシーをお忘れでした」女はあきれた顔をしただけだが、ルーシーが手を出していったので、ジャックからテディベアも毛布も込みで受け取った。

これで終わりだとジャックは思ったが、鬼のようなドナルド主任が手ぐすね引いて待っていた。「なあ、セント・ヒルダなんていうのは、ホテルにしてもレストランにしても、トロントにはないよな」と嚙みついてくる。「なにが通販花嫁だ――」

「あれ、トロントの人だったのか」と、ジャックが先回りして言った。いま「トロント」と言った発音が、いかにも地元くさい。どうしていままで気づかなかったのだろう。ロサンゼルスでウェイター稼業をしているが、ドナルドもまた隠れカナダ人だったのだ。

こうなると気取った夫にして悪い父親である男も、一言ジャックに言わなければおさまらなかった。「きっと首にさせてやるから、そう思え」

「辞めて惜しい仕事じゃないさ」このセリフは悪くない、とジャックは思っていた。

ジョルジョないしグイードという男も、ふわふわ浮くように居合わせた。百何十キロかのベンチプレスをする男がふわふわできる範囲でふわふわする。「もう出てったほうがいいぜ、ジャック」

「だから出ようとしてるんだよ」

予約のデスクの前へ来たら、ふと電話が目に入った。よほど保護責任者遺棄として通報してやろうかと思ったが、やめておいた。銀色アウディのナンバーを覚えていなかった。そのつもりならメモするしかなかったろう。まったく数字は苦手だ。

だが、悪い父親がそのままにしてくれなかった。ジャックの行く手に立ちはだかる。平均くらいの身長だろう。顎がジャックの目の高さにあった。ジャックは相手が手を出すのを待った。肩をつかまれたので、やや後退した。若い父親がジャックを引き戻そうとする。その勢いに乗ってやって、口に頭突きを食らわせた。さほどに強い当たりではなかったが、ずいぶん血を出すやつだった。

「帰ったら警察へ通報してやるさ」ジャックはジョルジョないしグイードに言った。「ドナルドに言っといてくれ」

「そのドナルドが、おまえは首だってさ」

「辞めて惜しい仕事じゃない」と、また言った。このセリフは使い出がありそうだ。

外の通りへ出たら、まだロベルトが銀色アウディのキーを持っていた。それでジャックは駐車伝票をシャツのポケットに入れていたのを思い出した。何のことはない、車のナンバーを控えてあったのだ。「伝票、作り直しといてよ」と、ロベルトに言う。

「ああ、いいよ」

メイン通りを歩き出して、ウィンドワード・アヴェニューまで行った。いい晩だ。ようやく暗くなってきた。育ったのがトロント、メイン、ニューハンプシャーなのだから、ロサンゼルスへ来たら、いい晩ではない晩がない。

帰ると、エマは猛烈に書いていたが、ジャックの九一一番通報を聞いていたようだ。「それで、その子どうしたの」電話を切ったジャックに言う。

「親に返した」

「おでこに何つけてるの?」

「ケチャップ、かな。食べものが乱れ飛ぶ騒ぎがあって」

「ばかね、血じゃないの。歯の跡までわかるわ」

「あの唇は見ものだったなあ」

「はっ！」と、エマが言った。マシャード夫人の口調を思い出すようで、ぞっとしてしまう。

二人で浜寿司へ出た。うるさい店だから、どんな話でもできる。ジャックはすっかり気に入っていた。だが、エマがモントリオールのフランス語めかして「オー・デ・ゴミ箱」という匂いに誘われるから、つい出かけたくなるのでもあった。

「で、束の間の駐車場経験から、得るものはあったの？」

「いいセリフができた」

その次にエマは、海岸から遠くないサンタモニカのレストラン〈アメリカン・パシフィック〉でジャックにウェイターをさせるのがいいと思いついたのだが、場所柄がいいとか、メニューがいいとか、そんな理由ではなかった。ある晩デートで出かけたエマは、ウェイターの服装が気に入ったのである。青いオックスフォードのボタンダウンシャツ、ワイン色の無地ネクタイ、ダークブラウンのベルトをつけたカーキ色のズボン、靴もダークブラウンのローファーというものだった。「あれって、すごくエクセター風じゃないの。ぴったり似合うわよ。メニューを一枚こっそり持ってきてあるから、ラムジー先生が言ったような芝居の修業のつもりで、やってごらんなさいよ」

つまりメニューを暗記するのも芝居のためになるという趣旨だった。やってみると午前中かなり長い時間がかかった。メインコースがあって、またサラダその他の前菜を入れると、二十種類くらいになる。

それからトロントのラムジー先生に電話を入れて、推薦状にエマが手を加えたことを承知しておいてもらった。どこからか確認の電話が行かないともかぎらないので、じつは「通販花嫁」が飛びきりのビストロになっていることを、この敬愛する先生に、どうにか呑み込んでいてほしかった。

「そうか、一カ月前から予約しないといけないんだな！」いつものように先生は乗りがよかった。

「まあ、おまえなら、相当のところまで行くだろう」そうかもしれない、とジャックは思った。ウェイターとしては、かもしれないが。

午後に、〈アメリカン・パシフィック〉という店へ行った。どう聞いても鉄道会社のような名前だが、フロア主任はカーロスといって、なかなかの男前だった。見た目の印象は悪くない。カナダ人でないことはわかった。ジャックの推薦状を見たカーロスは、〈通販花嫁〉という店には何度も行ったことがあると言いたげに、うなずいてみせた。

本日のスペシャルが、バーの脇の黒板に書いてあった。「あんなのは、ぱっと覚えられるだろうね」「メニューを全部覚えてます。言いましょうか?」するとウェイターがそろって聞き耳を立てた。まだ五時半で、客はいないけれども、観客ができた。「仔牛のチョップ、ゴルゴンゾラチーズ入りマッシュポテト添え」というのを、わざと抜かしてやった。一つ忘れたと思わせておいて、あとまわしで意表をつこうという作戦だ。忘れたものなどない。服装だって、この場になじんだようなものを着てきた。観客を引きつけた感触がある。もうカーロスは本日のスペシャルにこだわらなかった。

これを皮切りとして、ジャックは何度もオーディションを受けることになる。ドナルドとの一件を別にすれば、今回が最初だった。これ以降はウェイターではなくて役者のオーディションになる。この店に勤めたあとは、もう芝居で食っていけたのだ。

エマは知り合いのカメラマンに頼んで、ジャックの顔写真を何枚も用意した。めちゃくちゃに費用をかけた写真を、いつも持っているようにした。ウェスト・ハリウッドのスタジオで、エージェントや配役ディレクターに会うこともある。もっと上のほうの人物とデートすることも、ウェスト・ハリウッドないしビバリーヒルズのレストランで会うこともあった。

「クリエイティブ・アーティスツ・エージェンシー(CAA)」のとんがった若い男が、エマにあくどい下心を抱いていた。ジャック・バーンズごとき無名の役者にCAAのエージェントがつくはずもなかったが、この男は、もしジャックが自分で役を見つけたら、契約の面倒をみてやってもよいと言った。そもそもエージェントなしで役が見つかるのかどうか、そこまでは言わなかった。

この男の助平根性につけこんで、ある晩、エマはアメリカン・パシフィックへ連れていくことにした。男の名前はローレンス。「ラリーとは呼ぶなよ」と、一方の目を見開きながらジャックに言った。

この出会いに大きな収穫はなかったが、ともかくローレンスが何人かに電話してくれたことは確かである。ほかのエージェントへかけたのだ。CAAではなくて、もう少し格下の、ローレンスが考えるB級リスト、あるいはC級かもしれないが、そのへんの心当たりに話をしたのだった。

ジャックが名前を聞きそこなって、ロットワイラー（という大型犬もいる）ではないかと思った男が、推薦状だの学生時代の演劇経験だのは役に立たなくてあたりまえの世界なのさ、と言った。「夏の地方公演も同じこと。ブルーノ・リトキンズだけは別だがな」ブルーノはハリウッドとのコネがあった。女装する役については、配役ディレクターから相談が行くこともある。「服装倒錯とか願望とか、そんなようなやつ」

おかしなものだが、ブルーノが改変した『ノートルダムのせむし男』で、女装マニアのエスメラルダを演じて気に入られたことが、ジャックの足がかりになっていた。「すごい売れ線とは言わないけどさ」と、ロットワイラーは教える。ジャックにしても、服装倒錯だか願望だかの線で売ってもらいたいかどうかわからない。

もう一人、B級ないしC級リストにあったエージェントに教えられて、映画のオーディションを受けにヴァンナイスへ行った。個人の家のように見えたが、それが撮影のセットを兼ねているのだった。ヘア係かメーク係とおぼしき女に聞くと、映画の題名は『吸血娼婦マフィー3』だそうだ。てっきり冗談かと思った。いったい何なのだと思っていたら、ある女が出てきてプロデューサーだと名乗り、ペニスを見せてちょうだいと言った。

「ちいちゃい人に来てもらっちゃ困るの」ミリーという名前なのだそうだ。スレートグレーの地にピンストライプのパンツスーツを着ている。颯爽とした銀行業のビジネスウーマンという見かけのわりに、古めかしい真珠のネックレスをしていた。ブリッジクラブでトランプを楽しむご婦人方を飾りそうなものだ。大きく広がったヘアスタイルは、シルバーブロンドの気泡のようで、オートバイのヘルメットから絵文字を抜けば、こんな感じになったろう。

ジャックは、間違えました、と言って出ていこうとした。だがミリーが、「あら、ちゃんと大きいかどうか、ただで見てもらえるチャンスじゃないの」と言うので、髪をポニーテールにしたボディービルダー風の男と、肉づきのよい吸血タイプの女が、こっちを見た。二人でカウチに坐り、ビデオ映画を見ていたようだ。出ている当人が見ていたのだから、きっと『吸血娼婦マフィー2』だったのだろう。たしかに吸っ*て*い*る場面が延々と続き、ときどき主役のマフィーが相手のペニスに牙をむいたように夢中になっていた。いよいよ嚙みついて血を吸うのだとしたら、せめて喉笛に食らいついてやってほしい。どうやらカウチで映画を見るときは、吸血の差し歯をしていないようだった。おとなしくガムを嚙んでいる。

ポニーテールの男が、吸われる場面にポーズをかけた。三人がジャックの検分に集まる。こういう映画の道に進みたいわけではないのだが、たいていの男は自分の相場を知りたいと考える。なにしろ審査員は専門家だ。

「おう、いいじゃないか」と、ボディービルダーが言った。

「よしなよ、ハンク」と、ミリーは言う。

「そうよ」と、吸血娼婦のマフィーが言った。

ハンクという男はカウチへ戻り、ビデオのポーズを解除した。「いいもの持ってると思うけどな」

「かわいいわね」マフィーは言った。「でも、この商売、かわいいだけじゃだめなのよ」

「だけじゃだめに決まってるよ」ミリーは五十いくつだろう。六十いくつかもしれない。昔はポルノのスターだったと、さっきカメラマンに聞いたが、冗談だったとしか思えない。ふくらんだヘアスタイルがなければ、ノア・ローゼンの母親みたいな感じだ。

「かわいいわ。おっきいかどうかなんて、どうでもいいのよ」マフィーがジャックの耳元で言った。それからカウチへ行って、ハンクの隣にどったり坐る。

「だめと言ったらだめなの。おっきいかどうかが問題なの」と、ミリーは言う。「かわいいかどうかは、どうでもいいの」

「じゃ、どうも」ジャックはジッパーを閉めた。

　ビデオでマフィーに舐めまくられていた大男のハンクが、車まで見送りに来た。こいつのモノは、ちっともかわいくはないが、たいした大きさだとジャックは見ていた。「まあ、がっかりするなよ」と、ハンクは言った。「食事に気をつけろよ。俺だったら、低脂肪、低ナトリウム、低炭水化物にこだわるね」

「ハンク、準備いいの？」ミリーの声が外まで聞こえた。

「一般向きの仕事じゃないぜ」と、ハンクは言った。「ストレスたまるよ」高い声が鼻にかかっていて、ずっしり強そうな存在感にはふさわしくない。

「ハンク！」入口へ出てきたマフィーが、大きな口をあけた笑い顔で、歯を見せている。すでに吸血の牙を差し込んでいた。次の場面がどんなものにせよ、マフィーはいつでも撮影に入れそうだ。

「いま行く！」と、ハンクは答えておいて、「もし俺が出会ったのがミルドレッドの姉さんだったら、だいぶ結果は違ったんだろうが、ミリーのほうに会っちゃったんだ」

「姉がいる？」

「マイラ・アシャイム。そっちは正統派だ。同じ一家でも、ミルドレッドはポルノ系のプロデューサー」

そのミルドレッドも入口に出て、吸血娼婦のマフィーとならんでいた。「ぼやぼやしないの！」

「マイラ・アシャイムってのは、どっち系？」と、ジャックは言った。

「まあ、エージェントみたいなもんでね。以前はヴァル・キルマーを担当してたかな。マイケル・J・フォックスだったかもしれない。とにかく、そんなようなことをたくさんやってる。結局は、誰と知り合うかで決まる世界なんだね」と言いながら去っていくハンクは、これから吸血娼婦とノンストップのセックスに突入する男になっていた。おもしろくはなさそうだ。

「グッドラック！」と、ジャックは声をかけた。

「いずれ大きな画面でお目にかかりたいもんだな」と、ハンクが空を指さした。二人とも大スクリーンは天にあると思っているかのようだ。

「グッドラック。小さめのお兄さん」ミリーが言った。

ハンクが引き返してきて、また少々の立ち話をした。「もしマイラに会うことがあっても、ミルドレッドに会ったなんて言うなよ。一発でぶち壊しだ」

「べつにオーディションされたわけでもないのに」

「オーディションだったよ。ま、いずれ、どこかで見せてもらうぜ」と、また言った。

このときは言わなかったが、ジャックもハンクの姿をさがそうとする。ポルノでの芸名はハンク・ロングだった。なかなか立派な男前で、ウェイトトレーニングに通いつめて、おそらく鼻にかかった高い声のせいだろうが、最小限の会話しかしなかった。この出会いのあと、ジャックは十五本から二十本ばかりのアダルト映画で、この男を見ることになる。ほとんどは題名も筋立ても心に残るようなものではなかった。

その逸物を見るだけで、これはハンクだとわかったかもしれない。エマだってそうだ。オーディションとも言えないようなオーディションのあと、何度か二人でハンク・ロングの映画を見たのだ。「ヴァンナイスへは行かないほうがいいよ」と、帰ってからジャックはエマに言った。「巨根がうようよしてるんだ」

「そう聞いたら、あたしが行かないみたいね」エマは思わせぶりなことを言った。

ジャックは一部始終を語った。ミルドレッド・アシャイムのお見立てでは、小さすぎてだめなこと。吸血娼婦のマフィーによれば「かわいい」けれども、ハンク・ロングの域には達しないこと。

「あんたが小さすぎるとは言わないけど、大きい人は大きいからねえ」ミリーに小ぶりだと評価されたときよりも、エマにずばりと言われて落ち込んだ。「ま、何にせよ、ポルノスターを目指してるわけじゃないもんね！」これで元気づけているつもりだ。

またCAAのローレンスに電話して、開口一番、あんたには抱かれてやらないと言った。「あの話は問題外ね」とのことだ。「ほかにジャックに会わせたいエージェントがいるのかどうか、お説を拝聴しようじゃないの」それから受話器を手でおおって、ジャックに向かい、「知らない、だって」

「マイラ・アシャイムのことを聞いてくれないか」

これにには即答があったようだ。「過去の人だってさ。もう相手にされてないみたい。アシスタントにも逃げられたって」

「でも取っかかりになりそうな気がするんだ。一回でいいから電話してくれるように言ってよ」

それをエマが伝えて、「いまのマイラには事務所さえないんだって」。

「僕にはぴったりの人だと思うんだが」

そういう気持ちをエマが電話で中継した。「妹がいることはいる、だって」

「それはそうなんだ。聞きたいのはマイラで、ミルドレッドじゃない。そういうこと」

その夜、帰ったら留守電に三件の録音が入っていた。このごろ関係しているベネディクト・キャニオンの人妻ではないのかと思った。いかれた女で、シャロン・テートが殺されたシエロ・ドライヴの屋敷が、ちょっとだけ自宅の寝室から見えるのだと言っているが、ジャックにはわからない。からっ風の日にはテートら被害者の悲鳴が、いま殺されているかのように聞こえる、というのだが。

この女からは、よく電話がかかってくる。たいていは夫や子供がどうこうと言って約束を延期するのだが、前回は犬だった。へんなものを食べた犬がおかしな合併症になって、獣医が往診することになったのだ。

行間の読めない人ね、とエマに言われる。獣医を愛人にしてるんじゃないのというわけだ。女がジャックを避ける、ないし予定を先送りする言い訳を、エマはおもしろがって聞いていた。だが今夜は執筆中で電話をとらず、帰宅したジャックとならんで聞いたのだ。

ローレンスとロットワイラーが、どちらもマイラ・アシャイムに電話して、ジャックの番号を教えたようだ。それで三件目はマイラからだった。どきっとするくらい妹の声に似ている。あんたのは小さいと言いたくて、またミルドレッドがかけてきたのかと思った。

「あんたに会えと言ってるやつが二人いるのよ。どこにいるのさ、ジャック・バーンズ」

というわけで上品なメッセージとは言えない。名乗りもしなかった。姉妹の声が似ているから、マイラだとわかっただけのことである（ロサンゼルスよりもブルックリンのしゃべり方だ）。

三つの録音を何度も再生しているジャックに沈んだ気配があることを、エマは察していたはずだ。いかれた人妻から何も来なかったのが、ジャックにはつらいらしい。そこまでジャックを知っているのはエマだけだ。ただれた関係が遠ざかるのは喜ばしいが、いかれた女のいかれぶりをジャックは惜しんでもいるのだった。

エマ・オーストラーが初めて書いた小説は『投稿リーダー』と題された。ふだんの仕事に基づいた作品だが、こういう職業名だったわけではない。「第一リーダー」と呼ばれていたのだから、まるでスタジオでの最終権限があるかのようだが、応募原稿が採用されて、しかるべき映画台本になるまでの、一過程にすぎないというのが正しい。

勝手に送りつけられる原稿を読んだだけではない。一流とは言えないエージェントが回してくる脚本があれば、脚本家は名前が通っていても、そのエージェントが近頃スタジオの信用を損ねているというような場合もあって、念のため読んだ。もともと制作にまで進む脚本は少ない。また有望なものは、それなりの第一リーダーが読む。いずれはエマもそういう担当になるだろう。

この仕事でいやになるのは、どれだけ読む分量があるとか、まず下手な作品ばかりだとかいうことではなかった。癪の種と言うべきはスタジオのお偉方である。エマが読んだ結果だけを見て、自分たちは脚本そのものを読もうとしない。だから実際に読むのはエマだけだと考えてよいのだった。ふだん映画を見ては、こんなもの撮らなければよいのにと思うことが少なくないが、エマの専権で日の目を見ないことにさせたくもないので、たとえ下手だと思っても、なるべく甘く採点するようになった。

「でもさ」と、ジャックは言った。「お偉方はそういうヘボ台本を読みたくないから、リーダーを雇ってるんだろう?」第一リーダーだけが読むことを、おかしいとは思っていない。

エマはそうではない。むやみに腹を立てていた。「ヘボでも何でも、読むべきよ」

「だからエマを雇ってるんで、つまんないものを全部読まなくたっていいんじゃないか」

「つまんないものでも書いた人がいるの。さんざん時間かけて書いてるのよ」

大学で映画を専攻したことは時間の無駄だった、とエマは言いすぎるくらいに言った。名作を見きわめる目を養って、それがどうなるのよ、というのだ。映画産業のありようは、映画の芸術性とは関わりがない。だがジャックは、それでは恨みを向ける方向が違うように思った。映画産業の仕組みが悪いだけのことで、映画を専攻したことが無駄だったわけではないだろう。

ところがエマの理屈では、スタジオの上層部がおかしいから、あってはならないような映画が出来上がっている。だから、せめてもの罪滅ぼしに、ヘボ台本を読むことも仕事にするべきなのだった。もっと怒っていいことがあるだろうに、とジャックは言った。めずらしいケースだったが、無名作家の脚本を上層部が読んで気に入ったということがあったのだ。それがどうなったか。いままでにエマが応募作を心底よしと思ったのは二回しかない。どちらも上層部を説いて読ませた。どちらの場合も、すぐに権利を買うことになって、第二稿を依頼するべく作家への支払いがあった。だが、できあがってからボツにして、金で追い払った原作者ではなく、実績のある書き手に根本から直させて、よくある作品が仕上がった。オリジナル原稿でエマが感心したものは跡形もなく消え去り、スタジオは権利を有する作品として確保したものを、先へ進めようとしていた。

エマは何とも思っていなかった。「それは作家が悪いの。金に転んだだけじゃない。だめ作家がやることよ。自分の脚本は自分が管理しなくちゃ。金なんて、もらっちゃったらおしまい。ランチを奢らせるのだって、あとがこわいんだから」

「そんなこと言ったって、金は要るだろう。ランチも食べなきゃ生きてられない」

「だったら、ほかの仕事で食いつなぐの」

エマと議論していたら、すっかり頭に来た。それに小説のことだって心配だ。文句たらたらの自伝めいたレベルまで落ちていくのではなかろうか。ありのままを書いただけで、発明工夫が微塵もなく、いつか聞かされたような鬱憤晴らしになっていないか。たとえば主人公は若いカナダ人の女で、アメリカ東部の大学を出てからロサンゼルスへ来て、エマと同じような仕事をしている、なんていう話でうまくいくはずがない。ところが、エマはまったくエマらしくない人物を書いていた。エマ自身の物語よりもずっとおもしろい話を創作していたのだった。どこを見ても、しっかり書いてある。実体験を大改訂するだけの努力をしていた。

それにまた主人公が、いかにもヒーローらしくできていた。人のためを思う精神が感動を誘う。エマ本人は皮肉な精神が強すぎてヒーローにはなりそこねている気配だが、そんなことはどうでもよい。『投稿リーダー』の主人公たる読み手は、ちっとも皮肉屋ではなかった。正反対だ。ミシェル・マー（何という名前をつけたのか！）は、素直な心を持っていて、太陽のように明るく、芯の強い女だった。ミシェル・マー――つまりエマが書いたミシェル・マーは、純真な娘であるがゆえに、ひどい屈辱にも耐えて生きていける。そういうことが何度かあるのだった。

エマとは違って、ミシェルは嘘のように痩せぎすで、無理にでも食べないといけなかった。ジムや健康食品の店に通いつめ、むせるほどのプロテイン粉末を口に入れ、ボディービルダーご用達のあらゆる栄養サプリメントを喉に落とそうとしていたが、ちっとも太ることができない。どれだけウェイトリフティングで鍛えても、体は針金のようなままである。ミシェル・マーの代謝機能は、十二歳の少年のようだった。

また、ひどい原稿を読んでは心を痛めているのだから、それもエマとは異なる。ひとりよがりの最低作家にも、胸が張り裂けそうになった。少しでも上達してほしいと思った。そういう無駄な目標のために、スタジオの便箋を使ってせっせと励ましの手紙を書く。お偉方への報告とは、内容も筆致もまるで違っている。そっちの報告では辛辣きわまりない批判を述べていた。早い話がミシェルは職責を果たしている。こんなものをお読みになったら時間の無駄です、ということを委細つくして教えるのだ。

しかし、そういう最底辺の物書きにとって、ミシェル・マーは希望の天使とも思われた。ごてごてした不格好な作品にも、何かしら誉め言葉を見つける。『投稿リーダー』第一章において、ミシェルは熱っぽい手紙を書いている。その宛名はミゲル・サンチャゴ。刺青だらけのボディービルダーで、ポルノ男優でもある。ポルノの芸名はジミーという。

サンチャゴの人生そのものと言ってよい悲惨な脚本においては、サンチャゴは仕事嫌いなポルノスターということになっている。だが命令を受けてセックスに応じるとしたら、自分を若きジェームズ・スチュアートになぞらえて、空想にひたるしかない。『桃色の店』でマーガレット・サラヴァンに恋をするか、『素晴らしき哉、人生！』でドナ・リードと過ごす甘い家庭生活の喜びに身をまかすか。こういう白黒映画時代の傑作メロドラマでジミー・スチュアートになっていると思うから、どうにかポルノの長丁場をこらえきれた。そうやって『人妻の倦怠4』や『立てますカンパニー』のような大作を乗り切ったのである。

ストーリーらしきものはない。ミゲル・サンチャゴがひたすらウェイトリフティングと刺青をする。ひたすら白黒映画のセリフを覚える。もちろんポルノ俳優としてのジミーの演技もある。これでは映画として「制作不能」とミシェル・マーは報告する。たっぷり三分の一はポルノにしかなるまい。だが、ミゲル・サンチャゴへの手紙では、この脚本は「ほろ苦いメモワール」のようだと書いている。さらには身の上話のような方向へ行って、ミゲルはどこのジムで練習するのかと聞いたりもする。

サンチャゴとしては、当然ながら、きっとミシェル・マーとは重役クラスの人間だろうと考える。原稿の下読み係とは思わない。ビデオ屋へ行って、『人妻の倦怠』シリーズを全部借り出す女だとも思うまい。もっと恥ずかしい話としては、『立てますカンパニー』を見ながらマスターベーションをすることだってある。欲求に蓋をしているミシェルは、ミゲル・サンチャゴ（またの名をジミー）が鍛錬するジムへ行って、こっそり見ていることもある。こういうところはエマに似ている。エマもボディービルダーのようなタイプの男には弱い。ただエマと違って、ミシェルは欲求に基づいた行動をとらない。それにボディービルダーがミシェルのような女に迫るとは思えない。鉛筆のような体なのだ。

この小説のよいところは、頭は弱いが純情きわまりないミゲル・サンチャゴの人物像だった。ミシェル・マーは度胸一番、名乗りを上げて、じつは下読みの役目であるにすぎず、でも彼に同情を感じていると告白する。それで関係が始まるのだが、書評では「ロサンゼルスの機能不全カップル」と言われる。これでも誉め言葉だ。いや、ほかの書評では大評判だった。「ノワールを越えたノワール」と『ニューヨーク・タイムズ』は言った。

ミゲルとミシェルは同居するにいたる。「ヴェニス地区の寿司屋のゴミ容器から目と鼻の先」というのは、ジャックには見え見えだ。でも体の関係は結ばない。男の逸物ではミシェルには大きすぎて痛いのだ。だから握るだけにする、というのも見え見えだが、大きすぎるというのだけは違う。

そのうちに、ますます愛を寄せるミゲルは、ジムで知り合いの男を紹介するようになる。シャワー室で見ているから、誰が小さめなのかわかる。そういう男とミシェルが寝る。「ささやかな喜び」とミシェルは言う。さまざまな思いを込めてミゲルのポルノ級ペニスを握り、幸せだわと言っている。

ミゲル・サンチャゴはというと、この珍なる大物の持ち主は、身すぎの仕事でセックス三昧になっていて、それを懸命の努力で持ちこたえている。ミシェルとの関係はこのままでよいのだ。ミシェルはたまさか小さめの男と寝るけれど、家に帰ればミゲルがいるから、二人でベッドに入り、大きすぎて受け入れがたいものを握る。どちらからも何とも言わず、ビデオの『哀愁』を見る。一九四〇年のリメークで、ヴィヴィアン・リーとロバート・テイラーが出ている。ミゲルはこういう映画が好きなのだ。涙もろい男である。

小説の最後まで行っても、この二人は同居を続けている。もうミシェルはヘボ作家に励ましの手紙を書くことはない。上層部への報告とする評価のみを書いて、その上層部が原稿を読むことはない。いまでもミシェルはひどい原稿に心を打たれたりしているが、帰ってからミゲルに話そうとはしない。そうなるとミゲルも昼間の出来事は話さない。二人で粉末プロテインや栄養サプリメントを消費し、ジムへ出かける。ワールド・ジムのタンクトップを着て寝てくれるとうれしい、とミゲルは言う。怒ったゴリラがバーベルを曲げている生地の下へ、ミシェルのあるかなきかの乳房に手を出すのが楽なのだ。

「もっとひどい関係がロサンゼルスにはある」とエマは書いて、何度も書評で引用された。そういう設定があって、最後の一文が生きてくる。「二人の一方がひどい映画に出ていても、何度も何度も出ていても――また一本のひどい映画を永遠に書き直しているのだとしても、それより恥ずかしいことはいくらでもある」

ジャックは書き出しの一文のほうがよいと思った。「この街には、まったく偶然がないか、それとも偶然だらけなのか、どちらかだ」

なんとマイラ・アシャイムからの伝言が留守電に入っていた、というのも偶然の例だろう。すでにエマがミルドレッドを知っていたことを、ジャックは知らなかった。いや、知っていたどころか、エマは日夜ポルノ映画を見続けていた。執筆のための「調査」だったと、あとでジャックに言うけれども、とにかくジャックが撮影現場でハンク・ロングと知り合い、その出演作をジャックとエマが二人で見始めるよりも前から、エマはポルノ界のミルドレッドを知っていたのだった。

小説を読んでいると、どうしてもミゲルはハンク・ロングの役どころだと思ってしまう、とジャックは言った。だがエマはあわてるなと言った。映画化されることは考えていないようで、「映画の話はやめてよ」とのことだ。「先走っちゃだめ」

ジャックが『投稿リーダー』を読んだのは、まだ原稿がニューヨークの文学エージェントを回っている頃だった。エマはもうカナダよりもアメリカの人間のつもりになっていて、まずアメリカでの版権を売りたがった。かつてセント・ヒルダ校での仲間で、「乳房に骨が詰まっているような」シャーロット・バーフォードが、いまではカナダの出版界で頭角を現していたのだが、それでもトロントの出版社はあとまわしにした。

「どうしてミシェル・マーなんていう名前にしたんだ？」と、ジャックは言った。「ほんとに恋いこがれたんだぜ。いつまでも憧れてると思う。エマは会ったこともないだろう」

「あたしからは遠ざけていようとしたくせに。それにさ、この本では、しっかりした役にしてあるじゃないの」

「そりゃ、実物はしっかりしてるよ。この本だと十二歳の男児のような体で、ボディービルダーにいかれる哀れな人物造型だ」

「名前を借りただけじゃない。大げさだわよ」

だがジャックとしては当然だが、ものが小さいという設定には神経をとがらせてしまった。小さい男だと「ささやかな喜び」でしかないというのか。

「小説じゃないの。フィクションなの。あんた、小説の読み方もわかんないの？」

「もう何年もエマに握られてるだろう。あれはサイズを見てたってことなのか」

「だから小説だって言ってるでしょ。自分に引きつけて考えすぎよ。ペニス論の的をはずしてるわ」

「的って何なの」

「大きすぎると痛いのよ。ね、女が小さいと痛いものなの」

そう言われて考える。そんなに小柄な女がいるとは知らなかった。大きすぎるのはわかるのだが、小さすぎるなんてあり得るのか。「ささやかな喜び」でも痛みよりはましというのか。そういう論点か。と思ったら、エマが泣いていた。「いや、いい小説だと思うよ。つまらないと言ったんじゃない」

「わかってないのね」

これは小説のことかと思った。それならわかっているつもりなのだ。「そんなことないよ。たしかに好みに合うとは言いきれない。あのう、筋が込み入ってて、いろいろな人物が出てきて、というような古いタイプじゃないよね。僕には現代風にすぎるかもしれない。物語というよりは、人間関係の心理研究というか、それも機能不全の関係だもんね。でも、よかったと思う。ほんと。語りの声は一定してるし、うーん、抑えた皮肉調なのかな。どろどろした場面でも、あわてず騒がず。それがいいんだよ。で、関係というのも、あれはあれで、まったく関係がない状態よりはいいんだね。わかってるんだ。セックスはないね。持てないんだ。いろんな理由があるわけだろ。でも、セックスレスであることが、この二人には救いなんだ」

「もう、黙ってなさいっ！」エマは泣き声になっていた。

「わかってない？」

「そうよ、わかってない。あたしのことがわかってない」エマは泣いた。「小さいんだもの」このへんは、そっと静かに言った。「大きすぎない男だって、あたしには痛いの」

これには驚いたもいいところだ。エマほどに大柄で、若い肉体の持ち主で、減量に取り組んでいて、ジャックよりもずっと大きく重い女が、小さすぎるというのか。「医者に診てもらったことは？」

「婦人科へ、何度か。どの医者も小さくはないって言うの。たぶん心の問題だろうって」

「痛みは心にある？」

「痛いのは下のほう」

エマの症状には、どぎまぎする病名がついていた。膣痙攣《ワギニスムス》なのだそうだ。何らかの条件に反応して起こる。会陰の周辺に刺激があると、そこいらの筋肉が収縮しやすかった。挿入されると思っただけで、急に収縮する例もあるそうだ。

「入られたくない？」ジャックは言った。

「意志は関係ない。そうなっちゃうんだもの。治らないのよ」

「処置なし？」

エマは笑ったと言う。催眠術をかけてもらったと言う。無意識の収縮が起こらないように、筋肉をほぐす訓練だった。だが精神科の医師も成功率は高くないと言い、実際、エマには効かなかった。

トロントの婦人科医に勧められ、系統的脱感作法なるものをやってみたこともある。ああ、綿棒のやつね、とロサンゼルスの医師は馬鹿にしたように言った。まず綿棒くらいの細いものを入れて、うまくいったら徐々に太いものを入れるのだ。

「もういいよ」と、ジャックは言った。いままでの療法を全部知りたいわけではない。「で、どれか効いたの？」

唯一効き目があったのは（それも毎度のことではないのだが）パートナーが協力を惜しまないことだった。「あたしが上位になってね、そうすると男は動けない。ちょっとでも動かれると、もう収縮しちゃうから」だからエマが完全に主導権を握っている。エマが動きたいように動かないと、どうにもならない。そこまで言うことを聞いてくれるパートナーをさがすのは、かなり大変であって当たり前だ。

ジャックの頭にいろいろと考えることは浮かんだが、うっかり口には出せなかった。エマがボディービルダーを好むのはあまり感心できないとか、ずっと年下の男の子を好んだのは肯けることだとか。また子供は絶対に要らないと強硬であることも思い出した。その理由がわかった。どうせ悪い母親になりそうだ、自分の母親のようになりそうだ、というよりも説得力がある。

外科手術を考えたことはあるかと聞いたら無神経だろう。エマは診察室では意気地がなくなる。もともとお医者さん嫌いでこわがっているが、とくに手術となると大の苦手だ。それに悩みの性質からして、手術でよくなるものとも思えない。心の問題であればそうだろう。

あの『投稿リーダー』という小説を書き換えたらどうかと思ったが、ジャックには言い出せなかった。ペニスが大きい小さいと言っているよりも、膣の痙攣を使ったほうが話の題材になりそうだ。ミシェル・マーという人物が、小さな入れ物のせいで悩むとは、どうも現実味に欠けていた。だが、この作品が、より突き詰めた選択を迫られる話であることはわかった。現状を受け入れることの寓話である。エマが自身の困難に近づこうとした結果でもある。上位にあるしかない人生、動かずにいてくれるパートナーをさがす生涯。これは厳しい。また、そうしていれば会陰の筋肉がほぐれる日が来るのだろうか。

「で、原因は何なの？」と、ジャックが言ったのだが、エマは聞いていなかったのか、ほかのことを考えていたのか。あるいは自分でも原因はわからなかったのかもしれない。原因などないのかもしれない。これ以上話したくなかったのかもしれない。

もう服を脱いで、ベッドへ入った。エマが握ってくれる。ジャックはかちかちに硬くなった。こんなになるのはめずらしい、と自分でも思ったが、エマは「そんなに小さくはないわよねえ」としか言わなかった。「小さめ、じゃないかな。あんまり気にするほどじゃないわよ」

もっと小さいのを見たとは言われなかった。もっと大きいのを見たとは聞いたように思うが、その点は追及せずにおいた。こうして握ってくれるだけでよい。この持ち方がすばらしい。

「そろそろ動こうか」エマが眠そうに言った。

「まあね、同居人がリーダーとして優秀かどうかわからないから」と、ジャックはエマの胸をさぐりながら言ってみた。

「別れて暮らそうって話じゃないのよ。このヴェニス界隈がいやになったの」

それはないだろうと思ったが、ジャックは黙っていた。ここを出ていくのは惜しい気がする。浜寿司のゴミ容器の香りでさえも、すでに離れがたくなっていた。ワールド・ジムも好きになった。またゴールズ・ジムでさえ、エマはいやなことがあったらしいが、ボディービルダーではないジャックが行ってみることもあった。どちらのジムでも、ジャックがウェイトトレーニングをするとしたら、女性用の器具を持ち上げていた。

「きっと強い子になるわね。大きくはないとしても、強くなる」と、いつかレズリー・オーストラーに言われたことがあった。

「そうかなあ」と、当時のジャックは言った。

「そうよ。わかるわ」

こんなことを思い出しながら、いまのジャックは小さめのペニスをダイヤのように硬くして、エマの大きな力のある手に握られている。ジャックは母親似で手が小さい。しばらく母のことを考えたこともなかったのが、不思議なように思われた。いや、考えたくないのかもしれない。だんだん父に似てきていると母が思うだろうと思うからだ。身体的に似ていてもジャックには何でもないことだが、どこかがどうにか似ていると母には心外なことだろう。何となく母には嫌われているような気がした。

これから引っ越すとして、どこへ行くのだろう、とも考えた。パリセイズという地名を話題にしたことはある。いわば村みたいなもので、どこへでも歩いていけるところだ。だがエマは、あんなのは「子供がうようよしてる」場所だと言った。「昔はまともだった人が子作りに出向いたところ」なのだそうだ。行き先にはなるまいな、と思った。

いくら何でもビバリーヒルズは高級すぎる。海岸からも遠い。海へ出るわけでもないエマが、いつも海をながめていたいと言った。ではマリブか。それともサンタモニカ。だが、いまセックスは痛みを伴うという話をしたあとで、それも痛いのが普通だというのだから、こんなときに引っ越し先がどうこううるさく聞くべきではないだろう。またにしよう、とジャックは思った。

「ラテン語で言ってみてよ」と、エマに言った。

これで話は通じた。エマが小説の冒頭に置いた言葉のことだ。よくエマは祈禱の文句のように言っていたが、自分たちのことだったとは、いままで気づかなかった。

「ニヒル・ファキムス・セド・イド・ベネ・ファキムス」エマがそっと口にした。このときのように握ってくれた人は、あとにも先にもない。

「何もしないことを、うまくやる」ジャックはエマの乳房をつかみながら、英語で言った。

一九八八年、秋のことだ。この年の映画としては『レインマン』が興行収入のトップであり、アカデミー賞もさらった。ジャックが気に入ったのは『ワンダとダイヤと優しい奴ら』だった。ケヴィン・クラインが演じた役を自分のものにできるなら、人殺しだってしたかもしれない。このときのクラインは助演男優賞でオスカーを得た。

ジャック・バーンズは二十三歳になっている。エマ・オーストラーは三十歳。いよいよ人生の節目にかかっていた！

ジャックがマイラ・アシャイムに会ったのは、モンタナ・アヴェニューの朝食レストランである。エマと二人でサンタモニカの賃貸アパートに移った直後のことだった。この日のためにエマが衣装を買いそろえ、着付けてもくれた。コーヒー色の長袖シャツは、袖をまくらず、ボタンを上から二つはずしていた。それから茶系のチノ。ウェイターとしての靴だったダークブラウンのローファー。いくぶん長髪で、ジェルを多めにつけた。二日間、髭を剃っていなかったが、これすべてエマの判断による。剃ったばかりだと「女っぽすぎる」そうだ。でも三日剃らないと、今度は「トシロー・ミフネになりすぎる」シャツは麻のものにした。エマはしわが寄った感じを好む。

レディング校へ旅立つ前にオーストラー夫人が衣装をそろえてくれたことを思い出す。エクセター校へ行くときもそうだった。世話になりっぱなしで、お礼もしてない、とジャックは言った。エマは手にジェルをつけて、ジャックの髪になすりつけていた。いささか手荒い。「ずっと学費を出してもらったしね。礼儀知らずと思われてないかな」

「お礼なんか言わないでよ」

「なんで?」

「いいから、言わないで」エマに髪の毛を引っ張られた。

レズリー・オーストラーないしエマがジャックの服装に気を遣ったほどには、マイラ・アシャイムは誰にも面倒を見てもらっていなかった。ぱっと見た瞬間は、ホームレスが来たのかと思った。オーシャン・アヴェニュー海側の細長い公園から、モンタナ・アヴェニューをふらふら東へ歩いてきたようなのだ。〈マーマレード・カフェ〉前の舗道でシガレットを吸っていた。六十代の後半、あるいは七十にもなろうかという女で、薄汚れたランニングシューズをはいて、グレーのスエットパンツがだぶだぶに広がって、ぼかしたピンクのスエットシャツは洗濯をしたとも思われない。美しいとは言えない白髪を長く伸ばして編んでいて、それがカリフォルニア・エンジェルズの野球帽——それもAの字の輪っかのデザインがとれている——から垂れているのだから、どう見ても妹には似ていない。ミルドレッドのほうが、ずっと若いし、はるかにスタイリッシュだ。

持ち物といえば、詰め込みすぎの買い物袋である。古いレインコートを突っ込んであるようだ。ジャックはうっかり通り過ぎた。マイラに声をかけられて、やっとわかったようなものである。声だけはミリーに似て、ポルノプロデューサーの感じだった。「ひげは剃らないとね。髪の毛もジェルでべたついてる。車の下へもぐり込んで寝たみたいだ」

「アシャイムさん?」

「おや、おりこうさんだね。でもローレンスなんて男の言うことは、まともに受けちゃだめだよ。あんた、二枚目すぎるほどでもないや」

「ローレンスがそんなこと言ったんですか?」ジャックは店のドアを開けてやった。

「こすっからい嘘つきでね。ま、この街では、二枚目すぎるなんてことはありゃしない。何にせよ、上には上があるんだ」

このマイラ・アシャイムがどれだけ上まで昇れたのか、という話はまったく出なかった。いや、ジャックの知るかぎりでは、誰にも言わなかったことだろう。マイラにまつわるハリウッド伝説は、真偽のほどを立証されたことがない。どの話も、昔のマイラはどうだった、という趣旨で語られた。かつてエージェントとしてウィリアム・モリスからICMが引き抜いたのか、CAAがICMから呼んだのだったか。結局、三社とも首になったのか、自分から追ん出ていったのか。以前はジュリア・ロバーツを担当したというではないか。マイラが「発掘した」ことになっているのは、シャロン・ストーンだったか、デミ・ムーアだったか。「ギミ・ムーア」という渾名をつけたのは、ほんとうにマイラなのか。

あとでジャックは、ホテルのバーでローレンスに出くわす。〈ラッフルズ・ル・エルミタージュ〉は、ビバリーヒルズでジャックが好んだホテルではないが、ローレンスはここのバーを行きつけにしていた。この男の説では、デミ・ムーアを「ギミ」にしたのは自分の手柄であって、マイラが思いついたのではない。だが、マイラが言ったとおりで、ローレンスは「こすっからい嘘つき」だった。また、ジュリア・ロバーツの代理人を務めたかどうかはともかく、マイラがいまでも配役ディレクターとのコネがあることは確かであり、そのあたりから好感を持たれているようだった。いまのマイラが誰の代理人ではないとしても、マイラから電話が行けば配役ディレクターは返事をよこしていた。

もともとエマの代理人でもあってジャックの担当にもなったCAAのボブ・ブックマンという男に聞くと、マイラのトレードマークになっている野球帽には、それなりの謂われがあるのだった。カリフォルニア・エンジェルズのファンではないし、そもそも野球好きですらないマイラだが、Aの文字はお好みなのだった。上の輪っかは嫌っている。「A級リストの帽子なのよ。でも、あたしはエンジェルじゃない」と言っているそうだ。

さらにボブ・ブックマンの話では、マイラは毎年一つ野球帽を買って、輪っかだけを爪切りで取ってしまうのだそうだ。「ランチの席で切ってるのも見たよ。コブサラダを待ってる間に切っちゃったね」ここでコブサラダが出たのは真実味がある。朝食を別にすれば、マイラがコブサラダ以外のものを食べるところを、ジャックは見たことがなかった。

アラン・ハーゴットからは――ジャックと契約するようになった芸能関係が専門の弁護士だが――マイラが留守電に残すメッセージはいつも同じだ、と聞いた。「コールバックしてよ。しないと訴えてやる」だそうだ。なるほどマイラらしい。

「この街では、知ってることを何度も聞かされていやになるよ」と、アランは言った。「一応はおもしろく聞いてるような顔をするんだが、言ってるやつよりも、こっちのほうが詳しいんだ。でもマイラは違うね。いつだって初耳だと思うことを聞かされる。ほんとの話かどうかわかりゃしないが、どうでもいいさ」

ハリウッドでは、いくらでもマイラ・アシャイムの伝説がある。ミルトン・バールに巨根伝説があるのと同じだ。ジャック・バーンズは小さめだったおかげでマイラに会えた。それもまたポルノのプロデューサーをしている妹のミリーに会っていたからだ。その元を正せば、ローレンスに会っていなければ、アシャイム姉妹に会うこともなく、ローレンスに会ったのは、こいつがエマに下心を抱いたからだ。エマのことだから、きっとローレンスを避けようとする本能が働いただろう。サイズが合わないと思ったか、あるいは上の位置を明け渡すことがないと思ったか。

「あたし、いまはもうエージェントじゃないのよ」あの〈マーマレード〉での朝食の日に、マイラは言った。ピクニックテーブルのような席に坐らされていた。サンタモニカの住民が食事に繰り出してきたような雰囲気の場所だ。「妹と二人で、マネージャー会社みたいなのを作ったからね」これには驚いた。その妹について（じかに知ったとはいえ）限られている知識からすると、わけがわからなくなる。だがジャックは業界の仕組みを知りたがっているように見られたくはなかった。仕事を見つけることが仕事である、と最初からわかっていたのだ。すでに芝居をしていた。

同じテーブルの一方で、ある男が新聞を広げていた。坐る位置はジャックの隣である。新聞報道に恨みのある一生を送るかのように、ぶつくさ口の中で言っていた。マイラに隣り合うほうには、四人家族が坐っていた。やりきれなそうな若い夫婦と、喧嘩ばかりしている二人の子供である。

ロットワイラーもそうだったが、マイラ・アシャイムもまたジャックの履歴の中からは、ブルーノ・リトキンズに食いついていた。ジャックの出発に際して役に立つ市場価値のある名前は、これだけだった。「あんたが倒錯してるわけじゃないんでしょ。そういう芝居ができるのよね」と、マイラは言った。

「そういうことです」

「その手の役柄がありきたりになったら、注意してあげるわ」

マイラに隣り合う子供たちが、うるさくなってきた。六つか七つの男の子がバナナの輪切りつきのオートミールを注文していたのに、まずバナナを確保してから、おねえちゃんのベーコンの分け前をねらったのだが、もらえそうではない。「ベーコンが欲しいなら頼めばよかったじゃない」と、母親はくどくど言っていた。

「バナナあげてもいいから」と、男の子はおねえちゃんに言うが、ベーコンに交渉の余地はない。バナナとの交換はできない。

「ぼく、一つお勉強しなさい」マイラが見かねたように口を出した。「欲しいものはあるけど、あげるものがない。それじゃあ取引にならないね」

映画という業界では、人と会うことが、すなわちオーディションなのだ、とジャックも知りつつあった。どういう役であってもかまわない。とにかく役をつかんで演じればよい。いまベーコンの持ち主を見ると、九つか十の女の子だ。ベーコンは三切れある。きょうの観客はこの子だ。この子だけに演技して、マイラ・アシャイムのオーディションを受ける。マイラもそういう目で見ているだろう。『ブレードランナー』では、ルトガー・ハウアーが最後まで生き残るブロンドの人造人間を演じた。ハリソン・フォードを絶体絶命に追い込みながら、みずから死期の迫るルトガーは、どうせ死ぬなら話し相手があって死にたいと思う。「きみたち人間には信じられないものを、ずいぶんと見てきたよ」いまジャックが思い出したのは、そんな場面だった。

女の子にベーコンの話をしようとして、ルトガー・ハウアーの声音を採用した。「弟がいたんだが、いつも何かしらねだられていた。ベーコンをくれとも言った。この子と同じだね。あげておけばよかったな。せめて一切れでも」

「なんで？」

「あとでオートバイの事故にあった」ジャックは脇腹に手をあてて、顔をしかめてみせた。うぐっ、と息を吸ったら、びっくりした男の子が思わずバナナをつぶしていた。「ここにハンドルが当たってね、めり込んでしまった」

「およしなさい、食事中に」と、マイラ・アシャイムは言ったが、子供たちとルトガー・ハウアー風のジャックは、おかまいなしに続けた。

「どうにかなると思ったんだ。腎臓を一つなくしただけだった。腎臓っていうのはね」と、小さい子に解説を入れてやる「二つあるんだ。一つあれば生きられる」

「一つ残ってるのに、だめなの？」と、女の子が言った。

ジャックは肩をすくめて、また痛そうな顔をした。事故のあとは肩を動かしても痛む、という芝居だ。いま思い出しているルトガー・ハウアーのセリフは、「そんな瞬間も、雨の中の涙のように、いずれは時間に流されて消えるんだ」実際にジャックが言ったのは、「一つ残った腎臓が、だめになりかけてるんだ」

「もう死ぬんだね」と、マイラ・アシャイムが肩をすくめる。これはルトガー・ハウアーの最後のセリフだ。マイラも映画を見ていたのは間違いない。

「そりゃあ、弟に一つもらえないかと言ってもいいのさ」と、ジャックは先を言った。「兄弟でやり取りすれば、ちゃんと体の中で働いてくれるだろう。弟でも妹でもいいんだが、妹はいないからね」

「じゃ、弟に言えばいいのに」女の子が釣り込まれてきた。

「もちろん、そうしたいよ。でもなあ、そこで困るんだ。弟にはベーコンの一切れもやったことがない」

「じんぞう、って何？」と、男の子が言った。

バナナのなくなったオートミールのボウルに、おねえちゃんがベーコンを一切れ、ていねいに乗せた。「ほら、あげるよ。腎臓はいいでしょ」

「その手の役柄がありきたりになったら、注意してあげるわ」としかマイラは言わなかったが、これでオーディションはうまくいったとジャックは思った。

女の子は、ベーコンを食べる弟を見ていた。でも、まだ事故のことを考えているのだろう。「ハンドルがぶつかった傷を見せてくれない？」

「およしなさい、食事中に」またマイラが言った。

きょうの観客だけに気をとられていたジャックは、新聞の男がいなくなったのに気づいていなかった。どんな芝居でも、途中でいなくなる客はいるものだ。だが、食事を終えて、モンタナ・アヴェニューへ出てから、マイラは厳しい評価を下した。「新聞男はいなくなったね。ハンドルの話が、ちっとも受けてなかった」

「女の子だけが観客のつもりでした。あとは、あなたですね」

「相手が子供なら楽よ。あたしは、ちょいと白けたね。ハンドルってのは、あんまり」

「おー」

「その『おー』もおやめ。意味ないよ」

マイラの言うマネージャー会社がどういうものか、エージェントとは違うのか、よくわからない。

「エージェントは要らないんでしょうか?」

「まず映画を見つけてあげるよ。映画と、監督だね。エージェントなんてのは、余裕ができてから、どうでもいいときに雇うのがいい」

このときマイラ・アシャイムが、あれとは違った映画を、また監督だけでも別の人を見つけていたら、どういう経歴や人生をたどっただろう、とジャックは思うようになる。いずれにせよ、どのようにブレイクするのかしないのか、これだけは自力でどうにかなるものではない。また、そうなったら次にどうなるのかということも、まったく計算外なのだ。

若い役者は、えてして特別な役があると思いたがる。はまり役というようなものだ。しかし、のちのジャックが若手にアドバイスするとしたら、こんなものだろう。ぴったりの役なんてあると思うな、なくてよいのだ——。マイラ・アシャイムが見つけた役は、ジャック・バーンズ(映画初出演)のはまり役になって、いつもの役になっていた。

「Principiis obsta!」と、ラムジー先生は手紙の中でオヴィディウスを引用する。「マズ初メヲ警戒セヨ」

21　二本のロウソクが燃える

突き詰めて言えば、ジャック・バーンズが成功したのは、ウィリアム「ワイルド・ビル」ヴァンヴレックのおかげである。またの名を「いかれたオランダ人」、「リメークの怪人」という。リメークとはすなわち、ヨーロッパの名作映画を盗用して、アメリカの観客向けに趣味の悪い改作をするという、情けない得意技のことである。

というわけで、一九六二年のポーランド映画、ロマン・ポランスキー監督の本格映画第一作となった『水の中のナイフ』も、ヴァンヴレックの手にかかれば、一九八九年の『わが最後のヒッチハイカー』となる。うまくいっていない夫婦が週末のスキーに出かける。ヨット遊びではなくスキーだ。途中でヒッチハイカーを拾うのだが、この服装倒錯の若者を、ジャック・バーンズは生まれながらの適役として演じた。

ウィリアム・ヴァンヴレックは、脚本家と監督を兼ねていた。あるとき『ヴァラエティー』誌に評が載って、かのリメークの怪人は、問題が映画にせよジェンダーにせよ、どんな素材でも改悪する能力がある、と言われた。しかし、この「ワイルド・ビル」は、たしかに紛いものアーティストであったのだが、その道で生き延びるだけの見識はたっぷり身につけていた。いいものだけを盗んだのだ。またセックスとバイオレンスのアメリカ映画に、ヨーロッパ風の芸術を、とは言わないが、異常な嗜好を持ち込んだのでもある。一筋縄ではいかない雰囲気が横溢する。これを本人も、多くの観衆も愛好した。

その一例——。コロラド州のエンパイアとウィンターパークの間では、S字カーブの多い四十号線がバーサド峠を越えていく。冬期には人工雪崩を起こすために封鎖されることもある道だ。スキーやスノーボードで遠くまで行った人が、車を置いたところまでヒッチハイクで戻ろうとするのも、よくある風景である。

『わが最後のヒッチハイカー』の最初の場面では、きれいな娘がバックパックを背負い、スキーを肩にかついだ姿で登場する。四十号線のヒッチハイカーだ。あとでわかることだが本物の女ではない。それにしても惚れ惚れするようなジャック・バーンズの美しさである。

この役をもらったのは、ブルーノ・リトキンズによる倒錯エスメラルダの線だけではなかった。「いかれたオランダ人」ヴァンヴレックが、無名の新人を起用する案をおもしろがったのだ。

車で通りかかった男女が、しげしげと娘姿のジャックを見る。誰だって見るだろう。「止まらないで」と、女は言う。

男はブレーキをかける。「これで最後にするから。約束だ」

「この前も約束したわね、イーサン。やっぱり美人だった」

車のルーフラックにスキーを乗せるジャックを、あらためて二人がながめる。イーサンの目が娘の胸に行く。連れの女は、妻か愛人かわからないが、ジャックの黒っぽい肩までの髪を見ているようだ。ジャックは後部席に坐り、イーサンがバックミラーの角度を合わせる。それを見た女が、いらいらを募らす。

「どうも。ジャックっていいます」と、娘はかつらを外し、スキーグラブをしたままの手で、ふじ色のリップグロスをぬぐう。「女と思ったでしょ」

助手席の女が振り返って、かつらをバックパックにしまうジャックを見る。さらにジャックは、まるで手袋のようにぴったり体に合っていたパーカーのジッパーをはずして、イーサンにはおぞましいことだが、胸のパッドを取りはずし、これもバックパックにしまい込む。たしかにB級映画であり、一部のマニアだけに受けるものだろうが、この出だしは上出来だ。

「あたし、ニコール」と助手席から名乗る女は、いきなりご機嫌の顔である。

ニコールを演じたのは、ジャスティーン・ダンだった。これが最後の映画出演になる。交通事故で顔を損傷し、女優としては再起できなかった。ウィルシャー通りが四〇五号線と交差する面倒な箇所で、五台の車が巻き込まれた有名な事故だ。

さて、映画では、ジャックが男と知ったイーサンは、もう降りてくれと言う。

「いいじゃないの。あなたが乗せたんでしょうに」と、ニコールは言う。

「男は乗せてない」

ジャックは首をひねって、リアウィンドーの外を見ている。さっきのS字カーブが見える。「いま止まったら危ないね」

「降りろ！」イーサンがどなる。

急な場面転換で、黒いヴァンの車内。この車がS字カーブを通過しようとする。スノーボードをするらしい連中が酔っぱらって、マリファナたばこを回している。そこへニコールのセリフがナレーションのようにかぶさる。「この人を降ろすなら、あたしも降りるわ」

ふたたびイーサンとニコール。停車した車の中。シートベルトをはずそうとするニコールを、イーサンが止める。さっきのヒッチハイカーは、もう屋根の上からスキーをおろし、助手席側のガラスをたたくので、ニコールが窓を下げる。急に男っぽくなったジャックが、「ご面倒かけました。女になってると乗せてくれる人が多いんで」と言って、うしろへ下がると、黒いヴァンが走ってくる。停まっている車の横を、ヴァンが四輪ドリフトですべり抜ける。指を立てて猛然と振りかざすやつがいる。あやうく追突されるところで、イーサンもニコールも動揺を隠せないが、ジャックだけは平然たるものだ。

ここから映画は下り坂になる。作品の紹介として一部を使う場合には、この出だしを利用してジャックの顔がアップになる二箇所だけを使った。

公開時にジャックは二十四歳。ジャスティーンは十二歳年長で、女装のヒッチハイカーに対する魅力ある年上の女を演じていた。

映画の後半に、どきっとする場面がある。スキーリゾートのレストランで、女装のジャックが女性トイレの鏡に向かい、せっせと化粧直しをしていると、ジャスティーンすなわちニコールが服をなでつけながら個室を出てくる。どちらもなかなかの美人ぶりだが、ジャスティーンは三十六歳、どっちに分があるのか言わずもがなだ。

「今度は、どんなものに乗ろうとしてるの？」

「ディナーに乗せてもらおうかと」

「リフトのチケットは、自分で買うのかしら？」

「スキーってお金がかかるから」と、ジャックは肩をすくめる。「せめてディナーは、ただ乗りしたいですね」

ジャスティーンは相手を見定めるような目をして、「ディナーのあとは、どうするの？」。

「今夜はだめって言わないとね。そちらは、どうします？」

この時点では、まだジャスティーンのニコールはイーサンと別れていない。それで沈みがちなのだ。

「そうね、今夜はだめって言おうかしら」悲しげな声になる。

するとその口にジャックがキスをする。これが女としてなのか、男に戻ってのことなのか、よくわからないところが悩ましい。でも、よいのだ。『わが最後のヒッチハイカー』は、ジャスティーン・ダンのファンには、おおいに喜ばれた。この女優が無惨に傷つき、銀幕から消えたあとで、かえって強固な支持集団ができあがった。どうかしていると言えば言えるのだが、ひどい事故で死んだり傷だらけになったりした人を祭り上げて、ありがたがる映画ファンはいるものだ。

ジャックにとっては、この映画は、自分の力では止められない動きの開始点となった。元レスリング選手としては、減量をして体重を落としたままでいることは経験がある。小柄な男の体型を保ってきた。六十キロを超える程度の軽量級だ。ミシェル・マー（実在のほうの）が言ったように、痩せぎすな容姿になっている。

「男か女かわからない路線が合ってるわね」と、マイラ・アシャイムには言われる。「ワイルド・ビル」ヴァンヴレックのおかげで、ジャックは倒錯したセックスシンボルになった。好き嫌いはあるだろうが、ともかく女よりもセクシーになれる男として、世に出ていた。

ジャックが女装のヒッチハイカーを演じたのは、ジェイ・デイヴィッドソンが『クライング・ゲーム』のディル役でデビューするよりも三年前のことだった。その監督と脚本がニール・ジョーダンで、この人は一流であり、「ワイルド・ビル」ヴァンヴレックが二流以下であることは常識と言ってよかったが、時期だけはジェイ・デイヴィッドソンよりもジャック・バーンズが早かった。

たしかに、いつまでも続けられる役ではない。いずれ白髪まじりになって、なお女狐を演じられるかどうか。ハリウッドといえども、ミセス・ダウトのような役の需要がいくらでもあるわけではない。だがスタートとしては上々だった。じつはエマのほうが有名になっていた。処女小説が『ニューヨーク・タイムズ』のベストセラーリストに十五週続けて顔を出したのだ。そこへ『わが最後のヒッチハイカー』が「特別限定公開」された。トロントでも、エマの知名度がはるかに勝っていた。カナダ人として生まれてアメリカで大当たりした人間が、何よりも持てはやされる町である。しかし、ジャックの母が言うことを聞いていると、またラムジー先生もそうだったことは当然だが、ジャック・バーンズのおかげでジェフ・ブリッジズでさえ陰に隠れたような勢いだったし（なるほど女装役をしたらジャックが勝ちそうだ）、また興行成績でハリソン・フォードを上回るかのような口ぶりに聞こえたことだろう。

それにしても、ひどい映画だった。ただジャックの二度のクローズアップだけは評判になった。『サタデー・ナイト・ライブ』でパロディにされようが、ものともしない。UCLA医学部センターの前でキャンドルを持ったファンが寝ずの番をして、事故のあと昏睡状態のジャスティーン・ダンを気遣っていたときには、「ワイルド・ビル」ヴァンヴレックが、すっかりトーク番組の主役になって、ジャック・バーンズのことばかり熱心にしゃべっていた。

というのも、じつはもうマイラ・アシャイムの手腕で、次の作品でもジャックを起用することが決まっていた。だから脇役とも言えないような出番でジャックが上出来だったことを吹聴すれば、ワイルド・ビルとしては次作の宣伝をしていたようなものだった。ただ残念ながら、そっちは『わが最後のヒッチハイカー』ほどにカルト映画の古典にはならなかった。ジャックは「リメークの怪人」が撮るB級映画に二度目の登場として、主演男優（女優でもある）を務めたのだが、今度はジャスティーン・ダンに相当する役者がいなかった。男でも女でも、有名な俳優がタイミングよく事故にあって、再起不能になる重傷を負うことがなかった。怪我の功名がなかった。

さて、女装役でリメークの第二弾に出演することを待たずに、ジャックはエマのおかげで相当に名前を売っていた。『投稿リーダー』のご利益にはたいしたものがあったのだ。エマは『ピープル』誌の取材に答えてジャックを「同居人」と称しており、二人が仲良く写っている写真が掲載されたのでもある。また映画のスチル写真も出回っていた。ジャックが女から男に変身する瞬間を撮ったものだ。かわいい口元にくっついた薄紫のリップグロスが、たったいま激しくキスされた恋の証拠にも見える。「プラトニックな関係ですよ」と、エマが言ったように記事は書いていた。「ただのルームメートですからね」また別のインタビューでは、「ジャックの写真を撮るのが趣味です。すごくフォトジェニックなんですよ」と言った。ここにはジャックが眠る写真が掲載されていた。

おそらく、この二人が愛人関係ではないとわかっていたのは、アリスとオーストラリー夫人だけだったろう。だが夫人のほうは勘繰っていたのではないかとジャックは思う。あの嘘つきローレンスも怪しんでいたかもしれない。エマに聞くと、ランチに行った〈モートンズ〉で、ローレンスに出くわしたそうだ。もうCAAの仕事は辞めているらしい。あんなやつの言うことは聞いちゃだめ、とエマは言った。自前のマネージメント会社を作るとか何とか、調子のいい発言をしたそうだ。それで「いまは身軽だ」とも言った。だったらマイラ・アシャイムと似たようなもので、そのマイラをローレンスは「過去の人」あつかいしたのだったが……。

たしかに「身軽」なようだった、とエマは言った。失業した嘘つき男でしかない。あのモートンズは、ウェスト・ハリウッドのメルローズ・アヴェニューにあって、昔から有名人が集まる高級な店だ。ふつうなら一人で来るようなところではない。きっとローレンスには、どこからも声がかからないのだろう、とエマは見ていた。だから愛想が悪くもなっていたのではないか。ジャックのことは「いまだに何でもないなんて、すっとぼけるのか」と言ったそうだ。「あいつは女としてデートするのか？」

ぶっ飛ばしてやれそうな男だが、やめておいた、とのことだ。「あんた、もうだめだね」とだけ言った。つまらない席につけられて、そうとも気づかないらしい。そう思っただけで充分すっきりしたという。

『投稿リーダー』の出版に先立つ二カ月ほど前から、エマ自身はスタジオの原稿を読む仕事を辞めていた。「脚本を育てるなんて、わたしには向いてません」と言った。だが、さる重役がエマの小説のゲラを入手した。ハリウッドには何となく了解ができていて、そんな掟は絶対にないということになっているのだが、現実には業界ルールとして、バカなやつをバカと言ってはいけない。書いて発表してはいけない。そういう重役の観念では、エマは掟破りをしたのだった。この重役は仕返しのつもりで、エマが書いた評価メモをコピーして、落選した作者のエージェントに配付した。ところが逆効果だった。コピーを流せば人の目にふれる。他社の上層部がエマのメモを読むことになった。評価されている脚本の候補で、まだスタジオからスタジオへ回っていたものが少なくない。

そういう脚本の中から、制作にまで進んだケースがある。すでに撮影が終わっていたものもある。それだけで奇跡だろう。すでに一本は公開されて、さえない批評を受けていた。もちろん、第一稿にエマが書いた評価にくらべれば、こんな批評は眼力も筆力も劣っていた。エマの評価を読めば、落選組のエージェントでさえおもしろがった。仕事の依頼が二件やって来たほどである。

さるロサンゼルスのラジオ局からは、トークショーを担当する有名人が、放送で使わせてほしいと言ってきた。「いいですとも」と、エマは答えた。「もうみんな読んでますから」ますます『投稿リーダー』の宣伝になるのだが、いまさらエマには必要ないことでもあった。

こうなるとエマは脚本家に好かれる存在ではなくなった。何よりも業界の感情を逆撫でしたのは、エマ自身に映画台本を書く気がないことだった。自作を脚本化しようとは、さらさら考えていない。もとから原作の三分の一はポルノ映画に仕立ててある。まともな映画作りを思い立つような素材ではない。しかも、さらに予防線を張るかのように、ふつうなら作家には口を出せないところまで、いちいち小うるさいことを言って、権利関係を難しくした。これほど扱いにくい新人作家もいないだろう。まず自分では脚本を書く意志がないと念を押しておいて、もし万一ほかの誰かが埒もなく思い立った場合には、エマに許諾の権利があるものとした。さらには配役、監督についても、また最終のカットにいたるまで、原作者の許諾なしには決められないことにした。ここまで面倒な条件のもとでは『投稿リーダー』が映画化されることはあり得ない。

　エマは立ち回る先々で——ジャックを連れて歩くことが多くなっていたが——ふたたびハリウッドの業界小説を書こうとして取材中なのだと思われた。ジャックだけは（このときには）そんなことを予想していなかった。ただ食べたり飲んだりしたいのではないかと思った。だがエマは鬼になっていた。スタジオの上層部に対して、原稿読みの人間にも書く力があると思い知らせるため、この世に遣わされたようなつもりだった。

　すでに映画界では『投稿リーダー』は「手を出せない」作品として語られるようになった。これは業界内の誉め言葉になることもある。ただし、いつもそれでよいというものではない。

　ジャックの目には、エマが心配に見えてきた。サンタモニカで借りていた家を、エマは買い取った。理由がわからない。ヴェニス地区から移ったときもエマはいらいらして、もう引っ越しはいやだと言ったのだ。借りるだけでおもしろくなかった家を、わざわざ買ったのだからどうかしている。

　二階建てで、寝室が三つある家だった。エントラーダ・ドライヴの坂を下りきったところにある。もう少し行けば、この道がパシフィック・コースト・ハイウェイに流れ込む。ハイウェイの車の音が、エアコンの音にかぶさって聞こえた。それにまた、ここでもレストランのゴミ容器の匂いとの因縁があるようで、家まで行こうとするとイタリア料理の店の裏道と交差した。今度は寿司屋から出るゴミではない。ナスのパルミジャーナらしかった。

　ともかく、第一長篇が出版にいたった時点では、エントラーダ・ドライブの家に住んでいた。エマは本人がプライドを込めた言葉でいう「自活できる小説家」になった。映画を専攻して時間を無駄にしたことへの報復を、立派に果たしていた。映画の総本山へ乗り込んで、活字の仕事で、しかも小説で、まんまと敵討ちをした。エントラーダの家に住んで買い取るまでになったことも、映画の鼻を明かしてやる行為なのだ。部外者としてロサンゼルスへ来たエマが、部外者として居坐ってやることに意味がある。

「ビバリーヒルズなんかへは行かないよ」と、ジャックに言った。

「まあ、そうだね、ここにいれば食べることに困らない」

そして、食べるといえば、だいたい夜食が多かった。ジャックは酒を飲まないから、いつも運転手になっている。エマは赤ワインのボトルを一人で空けてしまう。そのくらいはディナーが終わるまでに飲んでいる。ビバリーヒルズの〈ケイト・マンティリーニ〉という店がお好みだった。

「ステーキサンドイッチとマッシュポテトのために、あんな遠くまでいくかなあ」と、ジャックは渋っていた。自分ではマッシュポテトはおろかパンも食べない。だがエマは、この店の端から端まで続く長いカウンターで食べるのが大好きだ。そのへんを心得た業界雀が群がって、次の小説はどうですか、などと聞きたがる。

「順調よ」と、いつでもエマは言っている。「ジャック・バーンズは初めて？　同居人なんだけど。『わが最後のヒッチハイカー』に出た子。あれ、よかったでしょ」

「ヒッチハイカーの役でした」と、ジャックは言う。ひげを剃れ、とマイラ・アシャイムには言われるが、いつも無精している。女みたいな第一印象を、いくらかでも薄めたいのだった。

月曜日の夜になると、ウェスト・ハリウッドの〈ダン・タナズ〉へ行ったものだ。バーにテレビがあって『マンデーナイト・フットボール』を見られるが、ウェイターにはタキシードを着せている店である。客層としては、ハリウッドらしい洒落た業界人か、そのようになりたい人々が多かった。あやしげな稼業と思える男女と同席していたりする。赤いビニール張りのブース席に、赤白チェックのテーブルクロスがかかって、メニューにある品目には映画界の著名人にちなんだ名称がついていた。「あんたも、そのうち、自分の名前がついた子羊のロインでも頼めるようになるわ」と、エマは言っていた。そういうエマは、よくルー・ワッサーマンの名を冠した子牛のチョップを注文した。ワッサーマンが死んでから、ジャックは奇妙な感覚を抱くことがあった。子牛の肉を食べながら、なんだかルーという男を食べているような気がしたのだ。エマはディラー風ステーキというのも好んだ。ジャックは軽く食べただけだ。サラダのみ、ということも多い。レスリングの減量でアイスティーばかり飲んでいた時代に戻ったようだ。空きっ腹に一リットルでも二リットルでも茶を飲めば、一晩中ダンスしていられそうだった。

エマは深夜の音楽も好んで、ウェスト・ハリウッドのサンセット通りにある〈ココナッツ・ティーザー〉という店に、やけにのめり込んでいた。うさんくさい店だ。ロックンロールががんがん鳴って、汗だくになるような急テンポのダンスをやっている。子供みたいな若い連中が出入りした。どうかするとエマが一人引っかけて、家に連れ帰る。運転手のジャックは、うしろの席を見ないように気を遣った。「いいわね」と、エマが言っている。「ちゃんと言うとおりにするのよ」ジャックは聞くまいとした。

エマが上位になっているところを、なるべく考えまいとした。収縮問題を考えたくはない。だが、バスルームで涙を流し、苦しそうに体を折っていた姿が、ずっと忘れられなくなる。「あいつめ、動かないって言ったのよ」と泣いていた。「動かない約束だったのに、あんにゃろ」

そうやって若い男を連れ帰った翌朝だけは、早起きして次のハリウッド小説を書くことがなかった。その第二作のことを、まるでタイトルのように「ナンバー2」と言っていた。エマは自分に甘くはないし、書かずにはいられないのでもあったが、以前のようなプレッシャーはなくなっていた。すでに第一作は世に出ていて、第二作もどこかの出版社から出せるという自信があったらしい。

プレッシャーと言えば、ジャックも少しは楽になっていた。初めての出演がウィリアム・ヴァンヴレックの映画で、しかも次作の契約までしているというのは、たしかにCAAの誰にも好印象は持たれていない。いや、ICMでもウィリアム・モリスでも、大手のエージェンシーに受けはよくなかったろう。「ワイルド・ビル」との縁がうまいこと切れたら、どこからか声がかかるかもしれない。ただ、いまのところはマイラ・アシャイムが面倒を見てくれていた。マイラを「マネージャー」として考えるようにと言われていた。

ジャックは〈アメリカン・パシフィック〉を円満に辞めることができた。この店のウェイトレスとは二人しか寝ていない。そのうち一人は、ジャックよりも先に辞めていた。ともかく「リメークの怪人」のもとで仕事をするだけで、もうウェイター勤務をする必要はなくなった。

エマは、ファンレターが来ると、まずジャックに読んでもらおうとした。自分では一切の否定論を受け付けない。批判がましい意見を除外してから見せるように、とジャックに指示を出してある。「もし脅迫状があったら、あたしに見せるよりFBIに転送してよね」だが命をねらおうという手紙は来なかった。ほぼ好意的な反応だ。ジャックが思うに、読者の反応でまずいのは、各人の体験談をしたがることだった。エマに聞かせて、作品として書いてもらおうと考える機能不全の人間が、びっくりするほど多かった。

ジャックに来るファンレターは、エマが先に読んだ。だがジャックは、良い手紙も悪い手紙も、結局は全部目を通していた。エマにくらべれば二十分の一も来ない。しかも、たいていは遠回しであるような、そうでもないような文面だ。エマに言わせれば「息子さんをぶら下げた娘さん」である倒錯した人々が、決まって写真を同封して、あなたもゲイですかと聞いてくる。たまには若い女からの手紙もあって、そういうのは全部が全部ではないが、普通の人だとよいのですけれど、と書いている。

ジャックはエマに来る手紙のほうに関心を寄せていた。ミシェル・マーから来るのではないかと思っていたからだ。なぜ勝手に名前を使ったかと問いただす手紙が来そうな気がしてならなかった。でもミシェル・マーからは『投稿リーダー』について何の音沙汰もなかった。

あれからミシェルがどうなったのか、さっぱりわからないのがつらい。『わが最後のヒッチハイカー』を見たかもしれないと思うと、居ても立ってもいられない。あの女装の演技を見て、「やっぱり変だ」という確固たる証拠だと思われたらどうしよう。

「ミシェルに次回作を見てもらおうじゃないの。まったくもって、やっぱり変だわ」すでにエマもヴァンヴレックの脚本を読んでいた。このエマをして「言葉が出ない」と言わせたものである。

今回、アイデアをちょろまかした原作は、同じオランダ人の監督による知られざる名品だった。ペーター・ヴァン・エンゲンといって、この一作を残してエイズで死んだ人である。題名は『拝啓アンネ・フランク様』。つまり、かの死んだ少女に手紙を書き出したような作品で、オランダではどこかの映画祭で賞を取った。ドイツ向けには字幕つきで配給されたけれども、そのほか上映された国はない。オランダ以外では、ほとんど誰も見ていないと言ってよいだろう。だがウィリアム・ヴァンヴレックは見ていて、おおいに改変を施すことになった。もはや泉下のエンゲンにも、これが自作のなれの果てとは思えなかったろう。

「拝啓アンネ・フランク様」と、ナレーションが入って始まる。現在のアムステルダムに住んでいるユダヤ人の少女の声だ。ナチにつかまって収容所へ送られたアンネの年頃である。

エマとジャックは、オランダ語の原作を、ヴァンヴレックの自宅にある映写室で見た。「リメークの怪人」は、ビバリーヒルズのロマ・ヴィスタ・ドライヴに、趣味の悪い屋敷を構えていた。ホイペット種の犬が好みなので、これが何匹も走りまわり、堅い木のフロアですべったり転んだりしている。また専属の料理人と庭師を雇っていた。スリナム人の夫婦だそうで、子供なみに小さな妻に、似たようなミニサイズの夫がくっついていた。

「拝啓アンネ・フランク様」と、ワイルド・ビルがエマとジャックに通訳した。たばこ好きらしい咳がまじる。「あなたは私の中にいるのだと思います。いま生きている私は、あなたのために働きます」

少女はレイチェルといった。水曜日の放課後に、また週末ごとに、アンネ・フランクの家でガイドのアルバイトをする。プリンセン運河二六三番地。いまでは記念館として、贖罪《ヨーム・キップール》の日のほかは年中無休で公開されている。

「アンネ・フランクの家には、悲しい美しさがあります」と、レイチェルがカメラに向けて言う。まるで見ている者が旅行者になって、レイチェルにガイドされているようだ。アンネの自筆サンプル(日記を複写したもの)、および多数の写真が画面に出る。レイチェルは髪を短く切って、アンネの顔に似せようとしている。いまどきの流行には目もくれず、なるべくアンネの時代に近づけた服装だ。

レイチェルは蚤の市で中古の衣類を買い、夜には両親の目の届かない寝室でアンネの写真にあった仕草や表情を真似している。

「逃げられたかもしれないのです」と、レイチェルは言いつづける。「父のオットーがボートを盗むことだってできたはず。プリンセン運河からアムステル川へ出て、海とは言わないまでも、どこか安全なところへ行けたのではないでしょうか。たぶん逃げられたと思うのです」

ここまで映画が進んで、たいして物語にはなっていないのだが、もうエマは涙にくれていた。「ね、いい映画だろう」と、ヴァンヴレックは言いどおしだ。「すばらしいだろう」

レイチェルは、自分がアンネ・フランクの生まれ変わりだという考えにとりつかれている。歴史を書き換えられると思っている。アンネ・フランクの家が休業になる贖罪の日に、レイチェルは鍵を開けて館内に入り込む。アンネになりきった服装をする。気味悪いほどそっくりで、アンネに変身したと言ってもよさそうだ。翌朝になって、開館を待っている旅行者の前へ、アンネになったレイチェルが、まるでアンネ・フランクであるように、アンネ・フランクの家から歩き出す。亡霊かと思って悲鳴をあげる人がいる。写真を撮りながらついてくる人もいる。

行き先は運河だ。プリンセン運河に父のオットーがボートを用意して待っている。ゴンドラのような舟だから、何だかよくわからない。アムステルダムというよりはヴェネチアだ。オットーはゴンドラとは縁もゆかりもなさそうな、ちっともイタリア人らしくない男である。アンネは舟に乗り、ファンに向けて手を振る。

金色に輝く西教会の尖塔からプリンセン運河を行く舟を見おろす風景が美しい。心やさしき見物人が橋に駆け寄って、手を振る。舟は川幅のあるアムステル川へ出る。見る人の数が増え、カメラのシャッターが切られ続ける。

ファンタジーの終わりは、ほぼ音のみで描かれる。敷石の道に軍靴が響く。その音がアンネの家の階段を上がるが、人の姿は映らない。家具がひっくり返っている。アンネの書いたものが散らかる。

エマはわあわあ泣いている。ロマ・ヴィスタ・ドライヴのつまらない屋敷で坐っているジャックには、ばたばた突っ走るホイペット犬の足音が、ナチの突撃隊と交錯して聞こえた。この映画をもとに、いかなる粗悪品が作られていくのか、ジャックには見当もつかなかった。

逃げられなかったのだ。

いざ脚本を見たら、エマもジャックも当分のあいだ落ち込むことになった。

「ジムにでも行こうかな」最初に読んだとき、ジャックは言った。

エマは「言葉が出ない」と言ったあとで、ひとつ深呼吸をしてから、仕事に戻るわと言った。「原作を見て気づくべきだったわね。あんたがアンネ・フランクってことはないもの」

だが、この日、初めてリメーク版を読んで、どういう映画ができるのか知ったときのジャックは、ジムへ行って体をいじめることしか思いつかず、エマはエマでハリウッド小説の第二作に戻ることしかできなかった。「いかれたオランダ人」の脚本は、それほどにひどいものだった。

エマは小説がうまくいって、なおさら仕事中毒になった。近所のハイウェイが朝のラッシュになる頃に起き出し、濃いコーヒーを何杯も飲む。しっかり目が開かないこともあるが、いつも音楽をかける。ジャックの好みからすると、やかましくてメタリックだけれども、ハイウェイの単調きわまりない音にくらべれば、まだましだ。

エマは午前中ずっと執筆した。コーヒーは食欲抑制剤として最高だという。いよいよ腹が減ってたまらなくなると、車でランチに出ていった。さすがに酒は飲まない。だが、よく食べる。ランチでも夜遅いディナーでも、さかんに食べていた。

サンセット・ストリップにある〈ル・ドーム〉という店を好んだ。往年のハリウッドを思わせる古めかしい店だが、いまでも重役連や、エージェント、弁護士などに受けている。またエマはウェスト・ハリウッドの〈スパゴ〉へも行った。サンセット通りを上がった元々の〈スパゴ〉だ。いくら成功したといっても一冊書いたばかりの作家には高級すぎるかもしれない。だが、サンタモニカ通りの〈ザ・パーム〉には週一で行きたいと言った。ステーキやロブスターよりも、エージェントの数が多い店だそうだ。

エマはかなりの無理をしていた。ランチのあとはジムへ行って、ほぼ夕方までウェイトリフティングをする。それで「腹ごなし」ができた頃に、腹筋を百回かそこら。エアロビクスはしない。踊りに行ったり、上位の体勢でわずかでも男と楽しむだけが、エアロビクスのようなものだった。

大きな女には、たいへんな運動量である。それにジャックはエマが運転することが心配だった。飲んでいない昼間でもそうだ。エマはスピードを出したがる。またスピードだけならまだしも、という事情があった。

エマはサンセット通りを走るのが大好きだ。セント・ヒルダの女生徒だったトロント時代に、すでにサンセット通りを走ることを夢見ていた。この道のどこへでも行こうとする。ビバリーヒルズ、ウェスト・ハリウッド、ハリウッド、などなどサンセット通りのどこへでも。

とにかく心配なのは、サンタモニカへの帰り道だ。ランチをたらふく食べてから、ジムで腹ごなしができているやら、いないやら。サンセット通りのカーブがこわい。パリセイズの手前で左へ折れてシャトーカ通りへ入ってからは、くねくねした急坂の下りがパシフィック・コースト・ハイウェイまで続く。この道で左端の車線に移動しておいて、ほとんどUターンを切るようにウェスト・チャンネル通りへ入るのだ。

夕方近くのラッシュアワーの道を、ジムでへとへとになってから一リットルのボトルで二、三本のエヴィアンを補給したエマが車を飛ばす。シャトーカ通りに雪崩を打つような車の列が最後の長いカーブにかかって、その四分の三も曲がったところで、エマの目に海が映る。ジャックは、エマのことも、その運転のことも知っている。ほかの車など見てはいないだろう。太平洋がきらりと青く光る瞬間だ。それしか見ないに決まっている。何と言ってもトロントの女だ。ロサンゼルスという街は、人間の出身地によって、正直に影響をあたえる。トロントでは太平洋を見られない。

ジャックはエントラーダ・ドライヴの家にいて、エマの帰りを待つ。帰って執筆にかかるエマと交代で、今度はジャックがジムへ行く。たまにゴールズ・ジムへも行くことはエマには知らせていない。

体を動かすには、ちょうどいい時間帯だ。いまごろ来る人は、だいたい酒を飲まない。食べない、という人もいる。きれいな女が何人か、夢中でウェイトを上げている。循環機能のマシンに取りついている女は、超がつくほど瘦せていて、食事の時間になっても食べようとしない例が多い。ある女は、毎晩一時間は足踏みマシンに乗っていて、食事はスムージーを飲むだけ、と言った。

「エネルギーになるの？」と、ジャックは言った。

「ベリー類と、蜂蜜、ノンファットヨーグルト。三日に一度はバナナ一本。全部ミキサーにかけるの。それだけで体には充分よ」

だが、ある晩、トレッドミルを踏んでいて倒れた。結腸が萎縮したのではないか、と言ったヨガの講師がいる。ジムの外にボディービルダーが何人も出ていたのが、ジャックの記憶に残る。やって来た救急車に向けて、タオルを振って合図していた。

ジャックは自分の食事スタイルを変えなかった。主体はプロテインで、この手のマシンに乗るとしたら炭水化物は控えめに。ウェイトトレーニングは重量を下げて、繰り返す回数を増やす。筋肉をつけて大きくなろうとは思わない。いまの仕事は、というのは仕事を見つけることなのだが、次の役がついて、またその次の役もついて、となるためには、ほっそりした華奢な体でいなければならない。

毎晩、ジムを出る頃には、腹が減ってふらふらした。いったん帰ってから、ついエマと二人で食べに出かける。朝になると胃が重くなっていた。エマもさることながら、ジャックはジャックで無理をしていた。いわゆる「ロウソクの両端を燃やす」ような暮らしを、二人ともしていたのだ。

ある夜、〈ケイト・マンティリーニ〉でマッシュポテトを腹に詰め込んでいたエマは、ジャックがサラダも食べていないのに気づいた。手と口を止めて、じっとエマを見ている。あきれたというよりも心配の顔だ。エマとしては、あきれられたほうがまだよかったのだが、そんなことをジャックは知らない。

「あたしが早死にすると思ってる？」

「まさか」と言ったのが、いやに早い返事だった。

「ま、長生きはしないわ。食べすぎで死ななくても、収縮で死にそう」

「そんなもので死なないだろ？」だがエマは口に詰め込みすぎで、ただ肩をすくめて食べていた。

22　いい場面

一九八九年、映画界の売り上げとしては『バットマン』や『リーサル・ウェポン2』が強かったが、オスカーの作品賞は『ドライビング・ミス・デイジー』に決まった。ジャックが二度目に出演したウィリアム・ヴァンヴレック監督の作品は、『ツアーガイド』という題名になっていた。およそ賞と名のつくものには縁がない。

アンネ・フランクの家はラスベガスにあるものとして再構成された。死んだロックンロール歌手の殿堂になっている野暮くさい家であり、この歌手はジャニス・ジョプリンをかわいらしくしたような感じがする。それがジャックの役だ。いかれたファンが家に詣でる。セックスアピールを発散していた歌手は、映画が始まって間もなく、おおいに飲んだくれてから、自分が吐いたものを喉に詰まらせて死ぬ。歌手の名はメロディ。そのグループは、ピュア・イノセンスという。これが発足したのは、一九六〇年代初頭の、ビート族が出没したヴェニスないしノースビーチの界隈だ。もともとフォーク・ジャズ・ブルースの路線だったのが、サイケデリック・ロックに転じて、一九六六年のサンフランシスコで、フラワーチルドレンを支持基盤とする。

ヴァンヴレックのリメーク作品は、ほかからの盗用でできあがっているようなものだ。ピュア・イノセンスとメロディが名声を得るのは、ジャニス・ジョプリンがビッグ・ブラザー&ザ・ホールディング・カンパニーと組んで歌い出した事実と重なる。メロディの最初のヒットシングル「わたしの心は、ほかの何でもない」は、ビッグ・ママ・ソーントンの「ボール・アンド・チェーン」のようだと言えなくもない。これを歌うジャックが、なかなかの声を聞かせた。

ジャック扮するメロディは、さっさとピュア・イノセンスを捨てて、ソロの歌手になる。一九六九年には、アルバムの売り上げが、ゴールドになり、プラチナになり、トリプル・プラチナにもなった。最後のヒットシングル「バッド・ビル・イズ・ゴーン」ではブルース・シンガーに戻ったようで、たちの悪い元恋人、ピュア・イノセンスのリードギターだった男に贈る歌になっているのだが、芸能ニュースとしては、この男が好んだマリファナ入りのラザニアに、メロディが殺鼠剤を混ぜて毒殺を計ったこともあると言われる。「バッド・ビル・イズ・ゴーン」が「ミー・アンド・ボビー・マギー」のように聞こえたのは、まず偶然とは思われない。

ジャック演ずるメロディは、ラスベガスのホテルでコンサートを終えた直後に、酔って意識を失い、吐いたものを喉に詰まらせて死ぬ。というわけで、メロディの短かった人生と強烈な名声のための聖地として、またしてもロックンロールの記念館が、ラスベガス通りのマンダレー・ベイにできあがる。清らかとは言いかねるメロディの下着を展示してあるのが、いかにも見当はずれだ。カジノやホテルが立ちならぶ街では、うっかり見逃しそうにもなる。だが「いかれたオランダ人」はラスベガスで映画を撮りたいと思っていて、やっと念願がかなったのだ。

歌唱力だけで考えれば、ほかのメロディもいたかもしれないが、これ以上のホットな娘はいなかった。「あんたはホットだったのよ」と、エマは言った。「歌はイマイチだったけど、ホットには間違いないね。保証するわ」だが男の役としても悪くなかった。題名にあるツアーガイドとの二役だった。

ックにする」

「話をわかりやすくしようじゃないか」と、ヴァンヴレックは言った。「ツアーガイドの名前はジャ

というわけでジャックが演ずることになったジャックは、メロディが参加していた短期間だけ、ピュア・イノセンスの熱狂的なファンになる。メロディがグループと別れたときジャックは大学生で、メロディが死んだときは卒業したばかりである。メロディに夢中である様子は、この歌手が死んだからどうこうという薄っぺらなものではない。映画の中のジャックは、歩いていてもダンスしているようなのだ。「バッド・ビル・イズ・ゴーン」や「わたしの心は、ほかの何でもない」が、脳内に鳴り響いているらしい。

メロディ記念館、という図々しい名前になっている施設には、うさんくさい館長がいて、ジャックをツアーガイドとして雇う。だがジャックは、ここの展示品がメロディを見せ物にしているような気がしてならない（もちろんメロディ自身がさかんに醜態をさらしていたことは否めない）。楽器の収蔵品などはよいだろう。ツアーの写真も、音楽そのものも、どこが悪いわけではない。しかしメロディを貶めるものでしかない写真がある。平気で暴力を振るうリードギターとつきあっていたり、いくつものモーテルの部屋のベッドで正体不明に酔っぱらっていたりする。またメロディの衣類が置いてある。ごく「プライベートな」品物だ。こんな下着は人に見せるものでも手を出させるものでもなかろうに、とジャックは思う。ワインの空き瓶がずらずら並んでいるのも気に入らない。ラベルの製造年月日を見るかぎり、メロディの死後に出荷されたとしか思えない酒もある。

館長の役は『ホーリー・スモーク』のハーヴェイ・カイテルを先取りしたような感じだが、ワインの瓶は「雰囲気」づくりのために置くのだと言う。また下着については、とくに「Tバック」のショーツは、必須のアイテムであるそうだ。

アンネ・フランクが逃げられたかもしれないと思い込むレイチェルのように、ジャックもメロディ

は死ななくてすんだはずだと考える。もし自分がメロディのそばにいてやれたら、こんなことにはならなかった。こんな記念館はメロディへの裏切りだ。おかしな展示品は彼女をバカにしているだけだ。

ある夜、閉館したあとの時刻に、ジャックは館内へ忍び込む。鍵は持っている。スーツケースを二つ用意して、あまりにプライベートな、また名声の傷になりそうな品物を回収する。といってメロディを神聖視するのは、この男くらいなものだろう。戸締まりしたはずの建物に明かりがついているのを、パトカーで警戒中の二人の警官が見つけて、調べようとする。だがジャック役のジャックは、すっかりメロディに変身を遂げている。死んだ歌手の衣装をつけて、ぽかんとしている警官の前でスーツケースを運び出し、そのまま大通りへ、男でありながら黒いスパンデックス地にエメラルドグリーンのラメを入れた衣装で逃げおおせる。あまり例のないことだろう。ここで「いかれたオランダ人」がなけなしの演出力を発揮する。メロディになったジャックがスーツケースを引いて記念館を出たところで、初めて観客にラスベガス通りのきらびやかなネオンの風景を見せるのだ。

まったく不思議なことだが、警官はジャックを止めようとしない。メロディの亡霊とでも思うのか。そのわりに怖がった顔はしていない。女装の男と知っているのか。だが不審に思うわけでもなさそうだ。それとも、ジャックと同じく、また観客とも同じく、こんな記念館はインチキだと認識しているのか。盗まれて当然のものが置いてあると思うのか。

「ワイルド・ビル」ヴァンヴレックは説明を入れない。この「リメークの怪人」はイメージを大事にする。メロディになったジャックが、エメラルドグリーンのハイヒールをはいて、あのホットな衣装を着て、見るからに重そうなスーツケースを引いて、ラスベガス通りを歩きだす。夜の街へ消えていくジャックは、メロディとして生まれ変わったのか、それとも手頃なホテルをさがそうとするだけか。うさんくさい館長も見ているが、この完璧な後ろ姿に、もう手出しはできない。「首だぞ、ジャック。おまえみたいな女は首だ」と叫ぶのみ。

メロディの声音で、ジャックは言う。「辞めて惜しい仕事じゃないわ」ヴァンヴレックのひどい脚本に、ジャックが価値ある補足をしたことになる。たしかに客受けするセリフだった。

この年、『ツアーガイド』が最低の作品だったとは言えない。次の年を考えてもそうだ。つまり『ティーンエイジ・ミュータント・ニンジャ・タートルズ』や『ダイ・ハード2』があった。また、女装のジャックが「辞めて惜しい仕事じゃないわ」と言っている場面は、誰の記憶にも残ったのだ。映画そのものは、すぐに忘れられる作品だが、この場面だけは、このセリフだけは、覚えられていた。

一九九一年のアカデミー賞授賞式では、ビリー・クリスタルが司会役を務めた。いい司会ぶりだったが、あるジョークのタイミングが早すぎた。シュライン・シヴィック・オーディトリアムに集まった客は、事情通ばかりだったはずだが、それでもジョークがわかった人は少ない。でもジャックは違う。テレビを見ていてわかった。自分のセリフなのだから。

このときビリー・クリスタルは、アカデミー賞の司会を他人に奪われるかもしれない云々と言っていた。そんなことがあるかと思わず声をあげた観衆は、ビリーが次に言ったことを聞き逃した。明らかに女のような声色で、「辞めて惜しい仕事じゃないわ」と言ったのだ。

これを聞いて、エマもジャックも、してやったりと思った。「ちょっと、いまの聞いた？」とエマが言った。オーストラー邸でのことだ。二人とも母親のいるトロントへ帰省していた。ただ、アリスとレズリーは、キッチンでひそひそ話していたから、ジャックの決めゼリフにビリー・クリスタルが敬意を表したのを聞かなかったし、作品賞が『ダンス・ウィズ・ウルブズ』へ行ったのも知らずに寝てしまった。

ジャックは、このジョークを聞いたというばかりか、メロディになったジャックを真似してみせたビリーの芸に素直に感心して、「やられた」と言った。

「いかれたオランダ人とは別れてもいいね」と、エマは言った。「あんたの次の出演作が待ちきれない」ジャックとエマは大きな居間のカウチにいた。以前のジャックが「邸宅」と考えていた家だ。ビバリーヒルズに立ちならぶ本物の「邸宅」を、まだ見たことがなかった頃の話である。いまエマの肩越しに遠くを見れば、メイン階段を降りてきたところにロビーがあるはずだ。マシャード夫人に股間を蹴り上げられて、さんざんな結果をもたらした場所である。

すでにエマは二番目の小説を高値で売っていた。しかも、まず出版社へ持っていくより先に、CAAのボブ・ブックマンに見せていた。今回は映画化の権利を売ってもよいと思っている。ブックマンは本の出版に先行して映画化に合意したが、これはエマの望むところだった。

この小説は『ふつうで素敵』という題で、エマのハリウッド小説第二弾になった。ハリウッドで映画スターになる夢を見て、アイオワから出てくる若い夫婦の話である。ジョニーという男は、妻のキャロルよりも夢をあきらめるのが早い。役者として成功するためには気が優しすぎた。きびしいオーディションが二度三度とあって、もう見込みはないと考える。ちっとも酒を飲まず、性根はまっすぐ。腹の中のきれいな男なのである。好青年で、運転歴にも傷がないので、ジョニーはリムジンの運転手として仕事を得る。まもなく大型のリムジンを走らせている。

エマらしい皮肉がきいて、このジョニーは映画スターの送り迎えをする人生となる。伸ばして一本にまとめた髪型は、いくらかでも夢を見た名残である。リムジンの運転手としては、これだけが反骨の象徴だが、さっぱりしたもので、たいして長くもない。この男について、「ほとんど女性的に細やかな良さがある」とエマは書く。長い髪が似合うのだ。これをリムジン会社が黙認してくれるのだからありがたいと思っている。

妻のキャロルは、もっと運が悪い。エスコートサービスで仕事を得ようとする。まともな職業と思わないジョニーはしぶしぶ承知する。キャロルは何度も勤め先を変える。社名のABC順で、次から次に変わるのだ。

それがHまで行ったところで、もうやめろとジョニーは言う。だが、もう同じだ。どの会社も同じ、とキャロルは思う。Iがつく会社のどこへ行こうが、求められる仕事は変わらない。何でもすることになっている。

一つの会社で、一週間つとまるか、一カ月か、一日ももたないか。これすべてエマが言う「おかしな」客に出会うかどうかで決まる。客の求めに応じないとなれば、その会社にいられなくなる日も近い。

前作の『投稿リーダー』でも見られた傾向だが、『ふつうで素敵』はエマらしい共感を表している。ひどく傷ついて無理な我慢を重ねた関係がどうにか立ちゆく、というものだ。キャロルとジョニーの愛は途切れることがない。二人の結びつきが固いのは、ふつうで素敵な行動は何なのか、しっかり意見が合うからだ。

キャロルは訪問の仕事だけを引き受ける。いつもジョニーに電話して、行き先を告げる。たとえばホテルの名前だけではなく、客の名前、部屋番号まで知らせる。部屋に着いてから、また無事に出てきたら、もう一度電話をする。だが、おかしな要求をする客はどこにでもいるから、キャロルは何度でも職を失う。

ついにジョニーがあることを思いつく。キャロルが自分の名前でイエローページに登録したらどうかと言うのだ。キャロルが客を誉める最高の言葉は、いい人で素敵だった、という言い方だ。「ふつうの人だった」ということである。だからキャロルは自前のサービスを、「ふつうで素敵」という名称にする。

エマは書く。「どうせなら『産休ヘルパー』とでも呼んだほうが、まだ客がついたかもしれない。ふつうでしかないエスコートサービスに電話をする客がいるだろうか」

ジョニーは客引きを始める。リムジンには常連客がいるのだ。よく知っている相手のような気になっている。中には映画スターもいる。「あんまり興味はないかもしれませんが」と、一見ふつうらしい客を見つくろいながら声をかける。「もしエスコートサービスに電話したくなったら、とっておきの女性を知ってるんで、よろしくお願いしますよ。ふつうで素敵なんです。おかしな線じゃないんですが、どうでしょうねえ」

こんなことを初めて言った相手は、さる有名な俳優だった。つらい場面である。もう読者にはわかっている。映画スターになりたかったジョニーは、スターのための運転手になっていて、すでにキャロルはスター相手に体を売っている！

どうやら話に乗ってくるのは年配の客だけのようだ。たいていはスターではない。性格俳優というべきで、西部劇華やかなりし頃の悪役、いまは顔つきも衰えて、足元が覚束なくなり、慢性の腰痛をかかえている昔のカウボーイだ。キャロルもジョニーも、そういう西部劇の古典を見たときは、まだ子供だった。もとはと言えば、ああいうものを見たから、アイオワを出てハリウッドへ行こうと思ったのだ。

いまの家で、というのはロサンゼルス空港の音も匂いも届いてくる、マリーナ・デル・レイの見栄えのしない二軒長屋の半分で、キャロルとジョニーは衣装を取り替えてのプレーを楽しむ。妻はブロンドの髪をポニーテールにまとめ、夫の白いシャツを着て、黒いネクタイをつける。どうせならと思って、ジョニーは妻が着られそうな黒い男物スーツを買ってやる。この妻は、わざわざリムジン運転手の服装をしてから、裸になる。

ジョニーはキャロルの服を着せられる。しばらくしてから妻は夫のためにブラを買う。胸のパッドも必要だ。また夫でも着られそうなドレスを買う。肩まで長い髪をブラッシングしてやって、化粧もさせる。リップスティック、アイシャドーなどなど。彼女になった彼が呼び鈴を鳴らして、中へ入れてもらう。エスコートサービスの女が、初めての客のホテルへ来たという設定だ。「この二人には、これだけが映画で共演したようなものなのだ」と、エマは書く。

さて、あるベテランの西部劇俳優が、新作のプロモーションのために来ていた。エマは「ヌーヴェル・ウェスタン」と言っている。レスター・ビリングズという俳優は、本名がレスター・マグルーダー。モンタナ州のビリングズで生まれた。本物のカウボーイであって、「ヌーヴェル・ウェスタン」などは大嫌いだ。すっかり西部劇が下火になったご時世で、いまの若い役者は馬に乗れず、銃も撃てない、ということを嘆いている。今度の新作では、西部劇とは言いながら、善玉も悪玉もいない。みんなアンチヒーローなのである。「フレンチ・ウェスタン」とレスターは言っている。

このレスターが、ふつうの女性が好みだと言うので、ジョニーはキャロルを行かせる。だがレスターはカウボーイだ。キャロルに乗り上がる。初めはおかしなこともなかったのよ、とキャロルは言う。ところが、しばらく正常に進行してから、レスターは拳銃を自身の頭に突きつける。コルト四五口径。弾倉に一発だけ入っている。カウボーイ式ルーレット、とのことだ。

「馬上で死ぬか、また一日生き延びるか！」と、レスターが叫んで、引き金を引く。キャロルは、いままでにロサンゼルスのエスコートサービスの女が何人、この撃鉄が空砲を撃つ音を聞いて、レスターが翌日も馬に乗ったのだろうと思う。だが、この日は勝手が違った。馬上で死ぬ日になった。

昼下がりのことで、〈ペニンシュラ・ビバリーヒルズ〉には、銃声を聞いた客は多くなかった。また、若くて元気のよい客層を集めているホテルでもない。近くの客室にいたのは、昼寝中か、耳が遠いか、という人々だ。エマの記述によれば「〈フォーシーズンズ〉に似ていなくもないが、それよりは娼婦とビジネスマンが多めの」ホテルなのだった。

ＣＡＡのビルに隣接しているから、レスター・ビリングズが頭を吹き飛ばした音を聞いたエージェントが一人くらいはいたかもしれない。それだけのことだ。また、エージェントは、銃声を聞いてあわてる人間ではない。

キャロルはジョニーに電話する。さっきロビーを通過してエレベーターに乗ったところは、誰にも怪しまれていないと思う。だが、出ていくところを見られたらどうする。不安に駆られたのも無理はない。娼婦と思われるのではないか。実際には、そういう服装ではない。スタジオの幹部がランチに来たような装いだ。ふつうで素敵な路線として、コールガールめいた恰好はしない。

ジョニーが助けに来る。着替えを持ってレスターの部屋へ来るのだが、その着替えを男女が行うのだ。キャロルには運転手の服を着せ、自分ではキャロルに買ってもらったドレスとブラと胸パッド。キャロルの手で化粧をされて、肩までの髪にブラシをかけてもらえば、もうキャロルの比ではなく、すっかり娼婦になりきっている。

リムジンを駐めた場所を教える。遠くはないが、ホテルの玄関からは見えない。あとで合流する、と言う。

娼婦になったジョニーは、わざと人目に立つようにホテルを出る。部屋のミニバーからバーボンの小瓶をくすねて、口をゆすいでおいた。若いフロント係に迫っていって、襟の折り返しをつかまえ、ふうっと息を吐きかける。「いいこと教えたげようか」と、ハスキーな娼婦の声を出す。「レスター・ビリングズさん、出てったわよ。あとのお部屋がたーいへん」つかんだ襟を離してやって、ゆらゆらとロビーを抜け、外へ出る。キャロルと二人で車を走らせ、マリーナ・デル・レイの家へ帰り、いつもの服に着替える。

小説の最後では、中西部のどこか、インターステート八十号線に近いモーテルに、この二人が泊まっている。アイオワへ帰って、ふつうの仕事で素敵に暮らしたい。キャロルは身ごもっている。「産休」につけ込んだエスコートサービスをしたら、おおいに儲かったかもしれないが、こんな仕事に関わる気持ちは失せている。ジョニーも映画スターの送り迎えはしたくない。

モーテルの部屋のテレビに、昔の西部劇が映る。レスター・ビリングズが出ている正統派の西部劇だ。レスターは牛泥棒になっていて、馬上で撃たれて死んでいく。

『ふつうで素敵』は、小説よりも映画として出来映えがよかった。それはエマの予想どおりだ。原作が『ニューヨーク・タイムズ』のベストセラーリストに載っているうちに、もう映画の制作が始まっていた。もともと映画化を計算して書いた小説だろう、と書評で何度も言われた。もちろん今度はエマ自身が脚本を担当した。小説よりも脚本として書いたのが先ではないか、と考える向きが映画評論家にはあった。エマは語ろうとしない。

どういう取引がボブ・ブックマンと行われたのか、ジャックは詳しいことを知らなかったが、ふつうなら俳優のエージェントにならないブックマンが、ジャックの担当を引き受けていた。書面で契約がなされたか、ランチの席で話をつけたか、電話だけで決まったか、とにかく『ふつうで素敵』の映画化にはエマとジャックが込みで関わることになっていた。エマが脚本を書き、ジャックはジョニーの役を演ずる。もちろんエマは初めからジャックを念頭に置いて、ジョニーを書いた。女装をしても好感度が高い。今回は、肩までの髪も、かつらではなく地毛を使った。

キャロルを演じたのはメアリー・ケンダルだった。かつてない純真なエスコートである。ジェイク「プレーリードッグ」ローリングズが、レスター・ビリングズになった。久々の映画復帰であり、西部劇でない作品への唯一の出演となった。

八十号線のモーテルの部屋で、メアリー・ケンダルとジャック・バーンズの二人が手を握り合って、テレビを見ている。このとき会話は全然ない。小説では、同じ場面で、レスター・ビリングズが撃たれるところを見ながら、キャロルが「この人、いままでに何度撃たれて死んだのかしら」と言う。「これだけ慣れてれば、こわくないだろう」と、ジョニーは言う。

だが映画では黙っているほうがよいとエマは考えた。それで映画らしくなる。昔のカウボーイが死ぬのを二人で見ている構図にする。映画スターになる夢も死んだ。キャロルとジョニーの諦めのついた顔で、そうなのだろうとわかる。その顔に、テレビが発するグリーンないしブルーグレーの光がちらつく。

ジャックは、このセリフを言ってみたかった。「これだけ慣れてれば、こわくないだろう」

「いずれ使えることがあるかもね」と、エマは言った。「今回はだめ。作家は、あたし」

いや、ただの作家ではなかった。映画界におけるジャックの将来を設計したと言えるのだ。エマがいたから、ジャックはヴァンヴレック監督の際物《きわもの》から飛躍して、それなりに業界の本流に乗った。いまだ女装役で知られていたのは確かだが、一気にまともな役者になっていた。

しかも、アカデミー賞にノミネートされたのだから驚いた。女装するリムジン運転手が、そこまで好感度の高い役だとは思わなかった。受賞にいたらなかったとしても無理はない。メアリー・ケンダルも初めてノミネートされて、受賞は逃した。ただ、二人そろってノミネートされたことだけで、まったく予想外だったのだ。

この年は『羊たちの沈黙』が作品賞を得る。主演女優賞にジョディ・フォスター、主演男優賞にアンソニー・ホプキンスと、この映画の当たり年になっていた。

エマはノミネートされなかった。脚本家をノミネートするのは脚本家である。物議をかもしたエマの評価メモが、まだ凝《しこ》りを残していたのだった。ジャックの同伴者として授賞式の会場へ出かけたのはおもしろかった。だいたい二人の意見は合った。誰がくだらない人間かという品定めは、こういう催しには欠かせない仕事である。

またもや司会はビリー・クリスタルだ。この夜の予定が遅れたことをジョークにして、「ジャック・バーンズが、まだブラの着替えをしてますので」と言った。

エマの喉元には、よく目立つキスマークがついていた。つけてくれと言われてジャックがつけた。

このところエマは人と連れだって外出していなくて、自分は美人とは思えないし、この夜のドレスも気に入らない。「せめてキスされてる女に見せたいじゃないの」

トロントでテレビを見ていたオーストラー夫人が、これに気づいた。「ちょっと化粧すれば隠せるのに」

これが一九九二年三月三十日のことである。オーストラー夫人とアリスが、初めてアカデミー賞の授賞式を最後まで見ようと夜更かしした日だ。ジャックは見なくていいよと言っておいた。どうせ主演男優賞はアンソニー・ホプキンスだろう。それでもレズリーとアリスは、ジャックが受賞しないのを見届けるまでテレビを見ていた。

慣例として、ノミネートされた俳優が出ている映画から、少しだけ上映される。ジャックには使ってほしい部分があった。リムジンの運転席にいる顔だ。ジョニーとして運転しながら、バックミラーで妻のキャロルを見る。ゆったり大きな後部席に、妻が一人で坐って、髪の毛とリップスティックを手直ししている。〈ビバリー・ウィルシャー〉の部屋で、しつこい観光客に乱されたのだ。ジャックの目がちらりとバックミラーへ行って、また前の路面へ戻る。厳しい抑制と暗い情念の中間にある顔だ。あのクローズアップには自信があった。

しかし営業の観点からは、当然のことを当然とするわけにはいかない。上映されたのはコールガールの場面だった。娼婦になったジャックが、ホテルのフロント係にバーボンの息を吹きかけている。「いいこと教えたげようか」娼婦のジャックがハスキーな声になって言う。「レスター・ビリングズさん、出てったわよ。あとのお部屋がたーいへん」

「マネーショットだわね」と言ったのはマイラ・アシャイムだ。エマとジャックが〈モートンズ〉での受賞パーティーへ行ったら、マイラに出くわした。会場に入るだけでも、どれだけ時間がかかったかわからない。ロバートソン通りには、人間の目の届くかぎり、ずらりとリムジンがならんでいた。

ジャックは「マネーショット」という用語を知らず、鸚鵡《おうむ》返しに口にした。

「カナダ人だからね」と、マイラが解説した。すぐ隣に妹のミルドレッドが坐っているのだった。

あとでエマが「特等席のおばちゃんパワーが二人」と言う。

「ポルノ映画ではねえ」と、ミリー・アシャイムがジャックを見ることもなく教えた。「ついに射精する場面を、マネーショットっていうのよ。そこまで行かなきゃ、どうにもならない。出すものを出してくれるのか、くれないのか」

「出さないか、出せないかだったら、どうするの?」エマが、このポルノ制作者に聞いた。

「氷水につけた蟹みたいなもんさ」と、ミリーが言った。「出さなくちゃ死んだも同然」

「あんただって、娼婦の場面がなくちゃどうしようもないよ」マイラが小馬鹿にしたような口をきく。ジャックのほうから気づいて挨拶しなかったので、ご機嫌ななめであるらしい(いつもの野球帽をかぶっていなかった)。

「なるほどね」ジャックはもうアシャイム姉妹から逃れたい。手を握っているエマも、この場を離れたくてたまらないようだ。二人の強力なおばちゃんがエマをじろじろ見て、友好的な評価を下しているとは思われなかった。

「受賞しなくたって問題じゃないからね、ジャック」マイラがエマを見たままで言う。

「受賞したら問題よ」と、ミリーが訂正を入れた。

「では、もう行かないと――ほかにもパーティーがあるので」と、エマは言った。「もっと若々しいパーティー」

「いいキスマークじゃないの」ミルドレッド・アシャイムが言った。

「あら、どうも。ジャックにもらったのよ。本物の輝きだわ」

ミルドレッドは検分するような目の先をジャックに移した。「かわいい坊やでしょ?」と、マイラが口を出す。「騒がれるだけの子だわ」

かわいいと言われてミリーが何を考えているのか、ジャックには見当がついた。ミリーの世界では、「かわいい」ことは役に立たない。「娘役をやったら、かわいさが増すかもねえ」と言うと、またエマに目を這わせ、もうジャックには知らん顔だった。この男の秘密をばらしてやろうか思案中、なのだろう。

するとマイラが言った。「あら、妬いてんだね、ミリー。あたしが先にジャックと知り合ったから」

こりゃ、まずいな、とジャックは思った。だがミルドレッド・アシャイムは意外な反応をした。あんたのものは小さかったね、と再確認を迫るような目つきをしておいて、しかしジャックが困るようなことは言わなかった。もちろん安心はできない。あらためて念を押されたようなものである。ヴァンナイスでのオーディションでは一つもいいところがなかったね、いまは黙っててやるが、忘れちゃいないよ、ということだ。

「まあ、いいじゃないのよ、オスカーの夜なんだから」と、ミリーが姉に言った。「若い人は楽しめばいいの」

「じゃ、これで」と、エマは言った。

「どうも」ジャックがミルドレッド・アシャイムに言う。

このミリーは、まだまだエマを見ていて、ジャックには手のひらを返すように振っただけだ。何かしら追い討ちのようなことを言われるのかと思った。「じゃあね、ちっちゃい人」のような一言が来そうだったが、ミリーは口をつぐんでいた。

「言っとくけどね、ミルドレッド。あのジャック・バーンズには、この先いくらでもマネーショットがあるはずだよ」と、マイラ・アシャイムが言う声を、ジャックは背中に聞いた。

「かもね。だけど、女にしたほうがかわいいよ」

リムジンに乗ってからエマが、「あんな婆さんどもの言うことは、いちいち気にしない」と言った。似たような車の海を漂っている。次のパーティーが何だったか、ジャックはどうでもよくなった。いつもエマにまかせきりだ。

こんな夜だったので、知り合いからの電話がどんどんかかるのではないかと思った。受賞を逃したとしても、いや、逃したからこそ、何か言ってくるのではないか。だが、そういう人は多くなかった。ただ、キャロライン・ワーツがアリスに電話を入れた。「ジャックが受賞しなかったのはおかしい、と伝えてくださいね。だって、人を食べる人がオスカーにふさわしいなんてことあるかしら!」

ジャックとエマがサンタモニカの家へ帰ると、まず留守電から聞こえたのはラムジー先生の声だった。「ジャック・バーンズ!」と叫んだのみだが、それだけで充分だ。

やや遅れて、レスリングの知り合いから反応があった。レディング校のクラム・コーチからの手紙には、「きみの判定で正しかったね。カリフラワー耳になったら、娘役はできなかったろう」と書いてあった。

ハドソン、シャピロの両コーチからも、お祝いの手紙が来た。ハドソンは、まさか女性ホルモンを摂取していないだろうね、と言った。また、胸のふくらみもパッドならよいが、インプラントではないことを願う、ということだ。シャピロは、名前を忘れたが、あのスラブ系の美女はどうなった、と知りたがった。授賞式にちらっとでも映らないかと思っていたそうだ。

もちろんクローディアのことである。別れたきりになっている。ノア・ローゼンからも音沙汰なしだが、これは当然と言わねばなるまい。ミシェル・マーもまた、愚痴の一つも言うことはなく、ふっつりと音信が途絶えたままだ。医学部へ行ったのではないかとハーマン・カストロに聞いたことはあるが、その後の消息はわからないそうだ。そのハーマンからは手紙が来たが、ごく短いものだった。

「やったぜ、アミーゴ、決勝進出だったな」

そう言われてみれば、そんな感じがする。決勝まで進んで、試合が成立しないのに負けたようだ。この次はいつ出られるかわからない。一発勝負が、すでに終わったのではないか。

おおいに収益を上げた作品は『ターミネーター2』や『裸の銃を持つ男PART2 ½』であって、『ふつうで素敵』などは霞んでいたが、それでもアカデミー賞にノミネートされたということで、ジャック・バーンズもたいした顔になっていた。どこへ行こうが、男装でも女装でも、見破られたかもしれない。男装なら間違いなく顔を知られていた。いまのところ映画の中だけしか、女装では出歩いていない。いずれにせよ有名人になっていた。

せっかく有名になったのなら、せいぜい利用すればいい、とエマは決めていた。そのためにジャックには執筆を開始したと言わせることにした。もちろん書いてなどいない。「あんまり詳しく言わないで、適当にごまかしててよ。いつも欠かさず書いてるってことで」これはジャックにインタビューする人が、一瞬、返す言葉に詰まるという現象をもたらした。いつも書いているという何やらが、ひょっとして暴露ものではないかという威嚇の効果が、どことなく感じられたのだ。では何を暴露しようとするのか。「そう言っとけば、あんたが謎めいてくるからね」と、エマは言った。「暗黒のイメージが強まるわ」もの書きだということにすれば、役者として性別不明の名声を、さらに高めるとでも言いたいのだろうか。

そればかり聞かれる取材もあった。だがジャックが何を書いているか言わないので、相手が痺れを切らす。そのためだけでも繰り返す価値はあった。「落ち着いた暮らしなんて興味ないですね。結婚するとか、子供を持つとか。そんなことは、当面、考えてません」というように語りだして、「いまは仕事に集中です」。

「俳優の仕事ですか？」

「それもそうだし、書くことも」

「何を書いてるんです？」

「ええ、まあ、いつも書いてるってことで」

母にさえも何なのかと聞かれた。「回想録みたいなものじゃないでしょうね」アリスの笑いは引きつっていた。

レズリー・オーストラーからは悔やんだような目を向けられた。もしジャックがもの書きになるとわかっていたら、ジェリコのバラを見せたりはしなかったろう。

娘のエマに対しても、ジャックの書いたものを読んだことがあるかと聞いてばかりであるらしい。エマはおもしろがっていたが、ジャックはそうでもない。こんな嘘をついてどうなるのか、さっぱり見当がつかなかった。


マイラ・アシャイムが死んだとき、ジャックはどこからも知らされず、『ヴァラエティー』誌の訃報を見ただけだったが、もうマネージャーは要らないだろうとボブ・ブックマンに言われた。ＣＡＡのエージェントがついているなら、まったく充分ではないか。すでにジャックにはエージェントがいて、顧問弁護士もいた。アラン・ハーゴットという男だ。「資産管理のマネージャーならいいが、仕事のマネージャーは不要だ」と、アランは言った。

これからは母の扶養を考えなければいけないと思って、ジャックはニューヨーク州バッファローに資産管理のマネージャーを見つけた。ウィリアム・セイパーストンといって、トロントの事情にも通じている。ジャックはカナダの税金に痛めつけられていた。とりあえずアメリカの市民になったらよい、とウィリアムに言われて、そのようにした。またお嬢アリスの店に出資していることにして、ジャックから母へ行く米ドルに、いちいち税金を「ぶったくられない」対策とした。

もう刺青の店は売却して、あの商売をやめてもらおうか、と思わなくもなかった。またオーストラー夫人と関係したのは資金援助の見返りではないか、と考えたこともあったが、もしそのようなものであるならば、もう断ち切ってもよいではないかと思った。

だが、母は刺青の世界の住人になりきっていた。ここにいれば専門家だ。オーストラー夫人との同居にいたった理由を、ジャックはあれこれ考えたのだが、もし心ならずもそうなったと考えたとしたら大間違いなのだった。とうの昔に刺青オーリーが言ったように、ジャックの母は根っから「お嬢アリス」なのである。ヒッピーと船乗りを足したような気質だった。看板に偽りのない女だ。

そういうことを冷静に受け止められていたら、また失踪した父の話題を母が持ち出さないという条件が整えば、ジャックがトロントで暮らす時間は増えていたかもしれない。

ジャック・バーンズは刺青師の息子であり、父の顔を知らない。そうなると、おそらく予想はつくだろうが、売り出し中の俳優のインタビューやプロフィール記事の中では、放っておかれるはずがない。映画メディアは風変わりな幼少時代を取り上げて飽きることがなかったし、芸能ジャーナリストというものは、有名人の生活にわずかな異変でも見つけたら、そこに食らいついて離れない。ジャックには「刺青の消えない過去がある」と表現した記者がいる。それでいてジャックも母も刺青をしていないのだから、なおさら話題にされやすいのだった。

カナダのテレビ局は、お嬢アリスの店でジャックと母にインタビューするという企画にこだわった。ジャックがあれやこれやのデート相手との写真を撮られ、それがアメリカのマスコミに流されるたびに——相手というのはエマのほかはカナダ人ではなくて、そのエマにしても税金対策からアメリカ市民になっていたのだが——CBCテレビの記者が店へ来て、ジャックがつきあっている女性を知っているか、真剣な交際なのか、アリスから聞きだそうとした。

「あんまり立ち入ったことは知らないんですよ」アリスは素面《しらふ》とは思えないような呑気な言い方をし

言いません」

た。ＢＧＭのボブ・ディランが、さかんに呻きを上げている。「ジャックも、親のことを、とやかく

　ジャックは、食肉会社の後継ぎだという女と、ニューヨークで会った。サマンサという年上の女であり、自分の服をジャックに着せて喜んでいた。その格好で外へは出ない。ニューヨークの街を女装で歩いたことはない。まもなくサマンサとも切れた。

　年上の女はロンドンにもいた。イギリスにおけるエマの出版社のトップである。コリンナといって、ジャックも執筆中ということに大乗り気になった。何を書いているのか、もちろんジャックは教えてやらない。出版業者にしてはセクシーな装いの女だったが、やはり長続きはしなかった。

　この二人は、どちらもジャックがエマとは長いこと続いているので、ねたましく思っていたようだ。ジャックは、ロンドンやニューヨークからロサンゼルスまで飛んで帰る時間がもったいないと思った。エントラーダ・ドライヴの侘びしい家を動かないことが、エマの基本方針になっている。そしてジャックは家から遠くへ離れると、エマがなつかしくて仕方ないのだった。

　また、いまの家に居着いているおかげで、車だけは立派なものを買う余裕があった。銀色のアウディを買ったのだ。シートはガンメタルグレーの革張りで、かつて束の間とはいえ〈スタンズ〉の駐車場係になって動かした車と同型だ。ここに込められた意味をエマは了解していた。「後部席に子供一人のおまけつきでなければ、いいわよね」

　こういう車を買うと、酒を飲まない性分がありがたかった。といって、もともとスピードを出しておもしろがる人間ではない。エマに言わせれば、ジャックほどにのろのろと用心深く運転する者はいない。そういうエマは、のろのろ走ることはなく、また用心深くもない。「ビバリーヒルズに家を買うほうが安全だったかも」と、ジャックは言っていた。エマの運転時間が減るということだ。

この家から出かけては、また帰ってくる（帰らないこともある）。もちろん会うべき人がいる。ジャックは同じ人とは続かない。せいぜい一カ月。長くても二カ月。エマなどは一晩の仲でしかないから、〈ココナッツ・ティーザー〉で若い男を引っかけるのと変わらない。

ジャックは髪を伸ばして、肩までの長さを保っていた。女装する際には、それが自然になる。ただ、プライベートな室内でしか女装はしない。男としては、無精ひげが出かかったくらいでよいと思っている。体つきは痩せ型に絞ったままだ。これも仕事のうちである。

ジャックに回ってくる役であっても、男から女へ変身する場面があるとはかぎらない。だが、そのような可能性を秘めていることが、ジャックの柄として染みついていた。エマが言う「暗黒の部分」の一要素だ。

スクリーン上では、誰とでもつきあった。『リービング・ラスベガス』に出る前のエリザベス・シュー。つまらない女性受けねらいの映画でのキャメロン・ディアス。スティーヴン・キングの絶叫ホラーでのドリュー・バリモア。ニコール・キッドマンの夫になり、だんだん死んでいく役もあった。映画の四分の三くらいで、やっと死ぬのだった。キッドマンはジャック・バーンズよりもずっと長身だが、この映画では目立たなかった。ジャックが寝たきりの役だったからだ。

ジュリア・ロバーツが賢い選択として結婚しなかった男にもなった。嘘をついてメグ・ライアンに愛想を尽かされる役もあった。グウィネス・パルトロウの背中にビシソワーズをこぼしてどやされる哀れなウェイターにもなった。

ブルース・ウィリスに蹴っ飛ばされたことも、デンゼル・ワシントンに逮捕されたこともある。短い出番だったがボンドガールにもなった。正体は男だと007に感づかれ、ライターから飛んでくる毒針で殺される役だった。

マイラ・アシャイムの言ったことに間違いはなかった。いくらでもマネーショットはあったのだ。

もしジャックにお気に入りを一つ選ばせたら、ジェシカ・リーとの場面だったろう。「ほとんど女装めいた瞬間」と言った『ニューヨーカー』の評者もいる。

ジェシカは資産を受け継いだ美女である。ジャックは泥棒なのだが、いま彼女と寝たばかり。彼女がシャワーを浴びている隙に、ジャックは寝室でお宝の目星をつける。どこを見ても金目のものばかりだ。ジェシカの歌声がシャワー室から聞こえ、ジャックはボクサーショーツだけで寝室をうろついている。

衣類のクロゼットまで来ると、ジャックは陶然とする。知っている人向けのジョークのようなものだが、ジャック・バーンズが女物の衣装に次から次へ手を出していくのだ。ボクサーショーツだけの泥棒には、宝石でさえも、ここまでの関心を惹かなかった。われを忘れた泥棒は、シャワーの音が止まったのもわからない。ジェシカの歌声はやんでいる。

バスルームのドアが開いて、テリークロスのローブを巻いたジェシカが、濡れ髪をタオルにつつんで立っている。この映像がクロゼットのドアの鏡に映るのだ。いい場面である。鏡の前に立つジャックと、ならんで映ったようになる。ジャックは裸の胸にドレスをあてて、おのが姿（と彼女）を鏡の中に見る。

いかにもクールな泥棒だ。「きみに似合いそうだね」と言ってのける。ジェシカはすっかりたらし込まれる役である。そういう筋書きだ。この泥棒に惚れている。だが撮影ではNGの連続で、十回もかかった。ジェシカ自身が乗っていけなかったのだ。ドレスを胸にあてるジャックを見たとたんに、ジェシカは蒼白になった。台本にはないはずなのに、ぞっとするものを見てしまった。それが何だったにせよ、乗り越えるまでに十回もかかった。ジャックも何度か失敗している。

「どうしたんだい？　何があった？」と、あとでジャックは聞いた。

「よくわからないけど」と、ジェシカが言った。「あなたを見たら、ぞっとしたのよ」

こんな経過はあったのだが、最後のテークは上々の保存版になった。ジャックの過去を振り返って名場面集を作るなら、ジェシカと鏡に映った場面が必ず入っていた。ドレスをあてて「きみに似合いそうだね」と言っている。バスルームを出た彼女は、大きな笑顔になっている。吸い込まれていきそうな笑顔である。だがジャックは、この場面を見るたびに、彼女の最初の表情を思い出さずにはいられなかった。最初は笑ってなどいなかった。芝居になってもいなかった。

こういうことが何度かあって、ジャックは自分がよそ者であるという感覚を強めた。幽霊を見たような顔をされたのでは、こちらも気安くはなれない。だが、エマが「暗黒の部分」と言ったものには、たしかに不気味なところがあった。売り物にはなるかもしれないが、好かれる要素になるだろうか。

ジャック・バーンズには独特のクローズアップの顔ができあがっていた。三船敏郎の渋い顔よりも、なお凄みがあった。自分ではよくわからないが、この顔を見る人の反応に何かある。ぞっとする色気なのか。まあ、そうだろう。暗黒よりも色気のおそろしさなのか。たしかに、いたずらっぽい可愛さは越えている。

「どうなるかわからない感じなのね。あんたは、そういう顔してる」と、エマは言った。

「演技でやってるんだよ」それでこそ大事な一人だけの観客を惹きつけておけるのではないか。

「ちがうんだなあ。あんた自身が、どうなるかわからない感じなのよ。だからこわいのね」

「僕はこわくないよ」と、ジャックは力説した。こわいと言うならエマではないかと思う。

こわいと言われた場所を、ジャックはいつまでも覚えていた。銀色のアウディでサンセット通りを走っていたのだ。ジャックの運転でハリウッドへ来て、〈シャトー・マーモント〉の領内に踏み込もうとしている。ジョン・ベルーシが変死した、かの高級ホテルだ。このときジャックは、ジェシカ・リーは何をこわがったのだろうと思っていた。「衣装がまずかったのかもしれないな。あれはもう忘れたいよ」

「あたし、〈バー・マーモント〉って、いやなのよねえ」としかエマは言わない。

ジャックが有名人になったおかげで、ホテルに併設のバー・マーモントには出入り自由になっている。やかましい空間だ。大きな胸に見せかけた女や、ひと儲けたくらむ芸能マネージャーが、うようよしている。すごくトレンディで、えらく若い趣味の店である。たいていの場合、中へ入れてもらえずに店の前で待ちぼうけの人々が、三十人くらいいる。今夜はローレンスの姿もあった。エマはそっぽを向いたが、ジャックは手首をつかまれた。

「よう、今夜は女になってないのか。男なのか。これじゃあファンががっかりだな」

その玉へ、エマが膝蹴りを入れた。それからジャックと二人で店に入る。ローレンスは胎児のように丸くなって転がり、これから生まれ出でようかという形にも見えた。といって、この状況から何が生まれることもあるまい。あとでジャックは考える。もしローレンスに膝蹴りを食らわせたのがジャックなら、たぶん訴訟沙汰になっていた。だがエマだから何事もなく終わった。やはり、こわいのはエマではないか、と思うのだ。


ホテルの本体、つまりシャトー・マーモントは、また話が別だ。ジャックは人に会いたくて来るわけではないが、ほかの俳優同士がロビーで会っているのは見かける。ジャックにも、そういう機会が増える。ロビーとはいえ実態はバーのようなものだ。

もし人に会うならば、できるだけビバリーヒルズのフォーシーズンズ・ホテルのバーにしたかった。ここにこそ洗練の極みというべき出会いがある、とジャックは思っていた。いずれは有名人の亡霊が集うホテルになるだろう。話がまとまらなかった俳優の霊だ。でもジャックは落ち着けた。ここなら部外者の気分にならなかった。

ジャックもエマと同じで、部外者のような自意識は強かった。クールになれないと人からも思われている。アメリカは祖国ではない。ロサンゼルスは故郷ではない。ではカナダはどうかというと、それも違う。トロントが故郷だとは思えなかった。

ジャックが適合できたのはレディング校だけだった。ロサンゼルスとは合わない、ということはジャックもエマも内心わかっていたのだろう。有名になったからどうだという問題ではない。どう見られようと関係ない。もちろん金は稼いだのだから、エントラーダ・ドライヴの家から出ることはできたはずだ。しかしジャックもジャックも次第にエマの意志に同化していった。ロサンゼルスは職場にすぎない。何だかんだ言ってエマもジャックも労働者である。ロサンゼルスを仕事にする。

見られること、見つけられることも、いわば仕事のうちなのだ。ジャックの場合は、そうに違いない。エマは人の目を気にしなかった。

二人とも、神のような存在だと言えないこともない。天使の都会《ロサンゼルス》に、クールではないカナダの神。また神であれば遠い存在でもある。自分の姿さえはっきり見えない。映画商売ではあたりまえだが、どれだけうまくいったのか自分ではわからず、人の反応で見るしかない。だがジャックの心中には、ドナルドの言ったとおりだ、という思いがあった。〈スタンズ〉の主任で、いやなやつだったが、ジャックという人間を見抜いていた。所詮はトロントからニューハンプシャー経由で出てきた田舎者なのだ。なるほど、いまはアメリカ市民で、正当に滞在するカリフォルニア州サンタモニカの住人だ。だが現実にどこに住んでいるとは言えない。時間を稼いでいるだけのような気がする。まあ、それができる男である。クローディアに対しても、そうしていた。

当然ながら、ジャックは相当の稼ぎをあげていた。しかし、金がすべてだとは思っていない。稼ぐだけの人間でよいとも思わない。

ジャックはトロントへ帰った。いつものことだが、喜んで帰ってきたわけではない。今回、エマは来ていない。いつもならエマのほうがトロントへ来ることが多い。カナダでは、作家だというと、やけに大事にされるのだ。

「人生とは配役の表みたいなもの」と、エマは『投稿リーダー』の中で書いた。「出番だと言われれば、出ていく。ほかに決まりはない」

お嬢アリスの店でぶらぶら暇をつぶしながら、ジャックは刺青業界の大会を議論の対象として持ち出した。そんなものは昔はなかったようなのだが、いまのアリスは毎月どこかの会へ出かけている。東京へもマドリードへも行ったことがある。多いのはアメリカだ。どこかで何かしらやっている。まれにはロサンゼルスへ来ることもある。来るとしたら秋だろう。ジャックに会いに来るだけではない。この季節にはロサンゼルスにおける刺青およびボディーピアス業界の年次総会があるからだ。これが世界最大ということになっていて、サンセット通りの〈ハリウッド・パラディアム〉を会場にする。その昔、スイング時代にはダンスホールだったところだ。

もう一つ、アリスが常連になっている大会がニューヨークにあって、場所は西五十二番街の〈ローズランド・ボールルーム〉。こっちは春に開催される。春といえばアトランタでも催しがある。メインでも開かれるが、何と二月だ。ジャックがレディング校にいた頃、母はメイン州まで会いに来るといいながら結局は来なかった。だが、メイン州ポートランドで開かれる「マッド・ハッターズ・ティーパーティー」と称する刺青大会には、是非にも出ようとするのだった。

「ヘル・シティ・タトゥー・フェスティバル」というのにも行った。これはオハイオ州コロンバスの、ハイアット・リージェンシー・ホテルで開かれる。たしか六月だ、とジャックは記憶をたぐった。母が好んだ町はフィラデルフィアだったように思う。クレージー・フィラデルフィア・エディーという男とならんだ写真があった。この男は黄色のスポーツジャケットばかり着て、ジェルでかちかちに固めた髪の毛が鶏のトサカのように立っていた。

どこで大会があろうとも——ダラスでも、ダブリンでも、ピッツバーグの「マークされた人間の集会」なるものでも、イリノイ州ディケイターの「男の破滅」年次大会でも、アリスは出かけていった。ボストンへ行った。またドイツのハンブルクへも行った。すでにヘルベルト・ホフマンが引退していたのは残念だ。だがロベルト・ゴールトに会えた。「身長が二メートル以上あって、カナダでバスケットボールの選手だったこともあるのよ」

こういう大会には世界中の刺青師が集まった。タヒチから、キプロスから、サモアから。またタイ、メキシコ、パリ、ベルリン、マイアミ。さらには刺青が非合法であるオクラホマからも来た。そういうご同業と会うために、アリスはどこへでも足を運んだ。ゴミの埋め立て地にできた〈シェラトン〉か何かのホテルへも行く。いつでも出てくる顔ぶれは決まったようなものだ。

「いつもの変態さんたちと、何度も会うの？」と、ジャックは言った。「そんなに何度も？」

「そういう仲間だからよ。この商売は人間そのもの。人間は変わらない」

「そんなこと言ったって、わけのわかんないホテルに一人で泊まったら、危なくってしょうがねえよ」

「その言葉遣いをワーツ先生が聞いたら、ロティーが聞いたら、ウィックスティード夫人が聞いたら、ああ、ご冥福を——。どうしてこうなっちゃったのかしら。カリフォルニアのせい？　映画のせい？」

「せい、って何が？」

「エマだわね。ああいう口の悪い人と一緒にいるから。いちいち聞き苦しい言葉をはさんでる。いつ何時も、ところ構わず、へんなこと言ってるでしょ。あんたも言葉遣いのいい子だったのに。しっかりしてたわ。発音もきれいで」

言われてみればその通りだが、こうして話題をすり替えるのがアリスらしい。ジャックが中年女になった母親にお説教するつもりで、刺青大会などは奇人変人の見せ物ショーではないかと言おうとしていたら、すっかり言葉遣いの問題にされてしまった。刺青大会とは、おっかない集まりである。全身を染め上げた連中がやって来るコンテストなのだ。前科者もいる。刑務所というのは、オートバイと同じように、一つの刺青ジャンルをなすものだ。ストリッパーも刺青をする。もちろんポルノスターもいる。ジャックが「資料調査」として何本見たかわからないハンク・ロング出演の映画で、そういうことがわかっていた。

それにしても、こんな大会が何のためにあるのだろう。ジャックはウェスト・ロサンゼルスのライリー・バクスターという男の店〈タブー・タトゥー〉で、おっかない顔のブードゥー人形やら、短剣で刺された心臓（「悔いなし」という字が彫ってあった）を見たことがある。バクスターの名刺には、ブードゥー人形の下に、「使い捨て針を使用」と書いてあった。

アリスは腰回りがふくらんだが、きれいな笑顔は健在だった。さすがに髪の毛は、以前の琥珀色というかメープルシロップの色に、白いものが混じってきたようだけれども、肌に張りがあることは驚くほどで、また服装としても豊かな胸が際立つようなものを選んで着ていた。ウエストラインを高めにして、襟ぐりを丸形にせよ角形にせよ大きく開けたドレスが好みである。年が年だからブラにはアンダーワイヤがついている。赤ないし紫がかった色だ。この日、店にいたアリスは、田舎風のドレスを着ていた。肩の真ん中あたりまで見せるようなネックラインで、ブラのストラップが出ているのは、いつものことである。わざと見せたいのか、とジャックは思ったが、そのわりにドレスでもブラウスでも、胸をのぞかれそうなものは着ない。「あたしの谷間なんて、どうでもいいことよ」おかしい、とジャックは思っていた。自慢の胸であるはずなのだ。それなのに、わずかでも見せる気はないらしい。

胸をはだけることもしない女が、刺青の大会へ行ってどうするのだろう。「あのう――」とジャックは言いかけたのだが、母はお茶のポットにかまけて、ジャックには背を向けていた。

「ねえ、ジャック、女の人はどうなの。いい娘さんいないの？　あたしに会わせてないだけ？」

「いい娘？」

「クローディアみたいな。あの子はよかった。あれからどうなったの？」

「さあね」

「じゃあ、あの、ほら、いかにも間の悪い人がいたじゃない。ウィリアム・モリス・エージェンシーで駆け出しの仕事して、しゃべり方は舌足らずもいいところで」

「グウェン、何とか」たしかに舌足らずだったが、あとはすっかり忘れた。まだウィリアム・モリスにいるのかどうかも知らない。

「とうに過去の人？」と、母は言った。「あんた、いまでもお茶に蜂蜜入れる？」

「グウェンは過去の人。蜂蜜は入れない。入れたこともない」

「女優でも、ウエートレスでも、オフィスガールでも、食肉業界の令嬢でも――まあ、へんな追っかけの子でもいいとは言わないけど」

「へんな――？」

「追っかけ。グルーピーっていうのかしら」

「そんなのとは縁がないね。むしろ刺青の世界にいるんじゃないの」

「どういうこと？」

「大会には、そんなのが来るんだろう」

「あんたも、いっぺん行ってみるといいわ。おかしなものじゃないとわかるから」

「ロサンゼルスの会場へ案内したのは僕じゃないか」

「だって、中へ入らなかったくせに」

「会場の前に暴走族みたいなのがいた」

「たしか言ってたわね。インチキ巨乳の女なんで、夜に見るだけでたくさんで、あんなのを昼間っから見せられたんじゃかなわない、だっけ。そうでしょ？　まったく、あんたの言葉遣いときたら

——」

「かあさん」

「ロンドンでつきあったイギリス女。あたしくらいの年じゃない！」アリスの声が大きくなった。息子の茶にも蜂蜜を入れている。

クイーン通りに面したドアが開いて、ちりんとベルが鳴った。音だけ聞いていると、〈お嬢アリス〉とはレース人形やバースデーカードを売る店かと思う。入ってきたのは若い女で、ピアスをしたところが腫れている。カフスボタンのようなものがあるために、下唇が突き出ていた。剃った眉毛の一方にも小さい玉とチェーンがついているのだが、腫れているのは下唇だけのようだ。

「いらっしゃい」と、アリスは言った。「お茶いれたところなんだけど、いかがかしら？」

「えーと、いつもはお茶しないんだけど、してもいいかな」

「さ、ジャック、お茶をさしあげて」

十八か、せいぜい二十くらいの娘だろう。濃い色の髪が清潔とは言いがたい。ジーンズをはいて、グレートフル・デッドのTシャツを着ている。「やだー、この人、ジャック・バーンズに似てない？ふつうっぽいけど」

アリスは音楽をかけた。もちろんボブ・ディランだ。「うちの息子なのよ」と、ピアス娘に言う。

「ジャック・バーンズの本物」

「うっそー。じゃ、女づきあいが派手なんだ」

「そうでもないよ」と、ジャックは言った。「蜂蜜入れる？」

「入れる、入れる」痛そうな唇に、さっきから舌先をつんつん当てている。

「お嬢さんは、どんな刺青がいいの？」と、アリスが言った。店のウィンドーに「ピアスはいたしません」と断り書きを出している。この娘は刺青がしたくて入ってきたに違いない。

娘はジーンズの前ジッパーを開け、二本の親指をパンティーのウエストバンドに差し入れて、陰毛の上端がのぞく程度に見せた。蜜蜂が一匹、毛の上へ止まりそうになっている。ジャックの小指の先くらいの大きさだ。ぼやけた黄色の羽根に透明感があった。蜂の胴体は、やや濃いめの金色をしていた。

「金色を出すのは難しいのよ」と、アリスは言った。誉め言葉なのだろう。ジャックには判断をつけかねる。「あたしの場合は、明るい黄色に赤っぽいレンガ色を混ぜるわ。いわゆるイングリッシュ・ヴァーミリオンでもいいわね。硫化水銀のことよ。それを糖蜜で溶くの」どうせ話の四分の三はでたらめだ、とジャックは思っていた。アリスは色の出し方を軽々しく人にしゃべったりはしない。相手が素人ならなおさらだ。

「糖蜜？」と、娘が聞き返した。

「ウィッチヘーゼルと混ぜてね。いい金色って、なかなか出ないのよ」この傷薬を使う話は本当だろう。

娘は、あらためて蜜蜂を見おろしている。「ウィニペグで彫ってもらったの」

「ああ、〈タトゥーズ・フォー・ザ・インディヴィジュアル〉ね」

「あの店、知ってるんですか」

「そりゃもう。あの町じゃ悪いことできないわよ。――で、せっかく蜂がいるから、花を添えたい、ということかな」

「そーなの。どんな花にしようかと思って」

ジャックはそろそろ逃げ支度にかかった。思いきってクイーン通りへ出てみようという気だ。ファンというか熱狂的なマニアみたいなやつが、目ざとくジャック・バーンズを見つけるかもしれないが、刺青の現場はもう見飽きている。

「どこ行くの?」アリスが目を向けることもなく言った。蜜蜂娘に見せるべく花柄のサンプルをならべている。

「いいですよ、ここにいたって」と、娘が言った。「見てもらっていいから。どこに彫るとしてもいいわ」

「それはどうかしら」

「じゃあ、また家で」と、ジャックは母に言った。「レズリーも一緒にディナーへ行こうよ」

ジャックがいなくなるというので、アリスも蜜蜂娘もがっかりしたような顔をした。ボブ・ディランが哀れな声を絞っている。「愚かな風」という歌が、いつまでもジャックの記憶に残る。娘のことはどうでもいい。母が沈んだ顔をしたのはなぜなのか、しっかりした答えが欲しかった。僕のどういうところが気になるのか、と聞きたかったが、蜜蜂娘の前では言えなかった。

「何だか悪く思われてる」と、ボブが愚痴っぽく歌っている。ジャックもトロントへ来るたびに、そう思う。「グレーという男を撃ち殺したことにされている。そいつの奥さんとイタリアへ逃げたということだ」という歌詞でボブがわめく。「女は百万ドルも相続して、女が死んだら僕のものになった」

次の箇所を、ジャックも声に出して歌った。目は母から話さない。「運がいいんだから、しょうがない」という歌だ。母がジャックに向ける目つきには、そういう感情が主成分として入っている。この息子は運がいい、と思っている!

「いまのところはね」という母の声を背に、ジャックはクイーン通りへ出て、〈お嬢アリス〉のドアを閉めた。

Until I Find You

John Irving

また会《あ》う日《ひ》まで　上

著 者

ジョン・アーヴィング

訳 者

小川高義《おがわたかよし》

発 行

2007年10月30日

発行者 佐藤隆信

発行所 株式会社新潮社

〒162-8711 東京都新宿区矢来町71

電話 編集部 03-3266-5411

読者係 03-3266-5111

http://www.shinchosha.co.jp

印刷所

株式会社精興社

製本所

株式会社大進堂

乱丁・落丁本は、ご面倒ですが小社読者係宛お送り下さい。

送料小社負担にてお取替えいたします。

価格はカバーに表示してあります。

ISBN978-4-10-519111-5 C0097

JOHN IRVING
ジョン・アーヴィングの本

ガープの世界　上下
筒井正明 訳　新潮文庫

圧倒的なストーリーテリングで暴力と死にみちたこの世をコミカルに描き出し、物語の復権を成し遂げた世界的ベストセラー。全米図書賞受賞作。

ホテル・ニューハンプシャー　上下
中野圭二 訳　新潮文庫

ホテル経営の夢にとりつかれた父と、それぞれに傷を負った五人の子どもたち。そして悲しみという名の犬。美しくも悲しい愛のおとぎ話。

オウエンのために祈りを　上下
中野圭二 訳　新潮文庫

5歳児ほどの小さな体。異星人みたいなへんてこな声。ぼくの親友オウエンは、神がつかわされた天使だった？ 巨匠による20世紀の福音書。

ピギー・スニードを救う話
小川高義 訳　単行本・新潮文庫

創作の秘密を明かす表題作とディケンズへのオマージュに、短篇をサンドイッチ。ファン垂涎、入門篇としてもぴったりの唯一の短篇＆エッセイ集。

サーカスの息子　上下
岸本佐知子 訳　単行本

混沌の都ボンベイで起きた連続娼婦殺人事件。真相を追う面々も、負けず劣らずの訳ありばかり。大サーカスか曼荼羅か、めくるめく物語世界。

未亡人の一年　上下
都甲幸治・中川千帆 訳　新潮文庫

「泣かないで、ルース。ただのエディとママじゃない」──4歳の少女が母の情事を目撃してから37年。毀れた家族とひとつの純愛の行きつく先は？

第四の手
小川高義 訳　単行本

ライオンに手をくわれたTVマン。移植手術を目前に「手」の未亡人が会いにきて。稀代の女ったらしが真実の愛に目覚めるまでを描く純愛長篇。